d

Hans Werner Kettenbach

Kleinstadtaffäre

Roman

Diogenes

Umschlagillustration:
Ramón Lombarte,
›At the Ritz 1‹, 1988
(Ausschnitt)

www.diogenes.ch
100/04/52/1
ISBN 3 257 06385 7

I

Als Wallot in Merzthal ankam, war ich nicht dabei. Aber ich kann mir vorstellen, wie es war. Er kam mit dem 7-Uhr-Zug am Samstag abend, das steht jedenfalls fest. Und die Gegend am Bahnhof ist schon ziemlich tot um diese Zeit. Der Zug – es ist gar kein richtiger Zug, sondern bloß ein zweiteiliger Diesel-Triebwagen – der 7-Uhr-Zug also, wie wir ihn nennen, übernachtet in Merzthal, er fährt vom Bahnsteig direkt aufs Abstellgleis. Und dann wird's still da. Wer am Samstag abend noch in die Stadt gefahren ist, ins Theater vielleicht oder in die Disko, der muß für die Heimfahrt den Nachtbus nehmen, aber der kommt erst um halb zwölf zurück. Oder schon um halb zwölf. Und danach fährt gar nichts mehr, logisch.

Ich kann mir jedenfalls vorstellen, wie Wallot mit seiner teuren Reisetasche aus dem Zug steigt und sich plötzlich mutterseelenallein auf dem Bahnsteig wiederfindet. Die paar Leute, die wie er im Zug gesessen haben, verschwinden durch den Bahnhof hinaus auf die Straße. Und niemand ist erschienen, um ihn abzuholen. Der Zug hinter ihm ruckt mit einem Stöhnen an, er fährt langsam davon, klappert über die Weiche hinüber auf das Abstellgleis, hält quietschend vor dem Prellbock. Wallot sieht, wie der Fahrer aussteigt und die Tür abschließt.

Vielleicht war es Peter Oettinger, Ulrikes Vater. Wenn er es war, dann wette ich darauf, daß er, während er in seiner Eisenbahnerkluft von dem Abstellgleis zurückkam, Wallot nicht aus den Augen ließ.

Der Mann ist krankhaft neugierig. Wir haben mal bei Ulrike gefeiert, vielleicht war's ihr achtzehnter, und alle halbe Stunde hat der Alte seine Nase durch die Tür gesteckt, tatsächlich! Wenn er es war, der Wallots Zug nach Merzthal gefahren hat, dann hat er sich mit Sicherheit brennend für diesen Fremden interessiert, der da allein auf dem Bahnsteig stand, mit seiner teuren, weinroten Reisetasche. Er hat, während er sein Fahrrad aus dem Ständer an der Flanke des Bahnhofs holte, den Fremden angestarrt, und er hat sich auch noch nach ihm umgedreht, als er über die Straße davonfuhr.

Vielleicht war es schon dieser allererste, penetrante Eindruck, der Wallot meine Heimatstadt verleidet hat. Und das könnte sogar noch früher passiert sein: Er hat ja, denke ich, aus dem Fenster geschaut, als der Zug sich Merzthal näherte; aber was es da zu sehen gibt, das dürfte auf einen Menschen aus der Großstadt nicht gerade aufmunternd wirken. Eher deprimierend. Zumal am Samstagabend.

Sobald der Zug Scheuermanns Wäldchen durchfahren hat, kommt auf der linken Seite der Friedhof, auf der rechten die Keppler-Siedlung, Einfamilienhäuser, ja, ja, schon, aber ziemlich klein, mit Vorgärten wie Fußmatten. Und da sie in den sechziger Jahren gebaut wurden, sind die Kinder, die es dort mal gab, mittlerweile alle groß geworden und ausgezogen, und es sind fast nur noch Alte, die in dem Viertel leben und herumkriechen, aber am Samstagabend um sieben nicht einmal das, da sitzen sie vor der Glotze und freuen sich schon auf den Musikantenstadel.

Tot, mausetot. Und nach dem Friedhof und der Keppler-Siedlung kommen die beiden Holzlager, beide zur Linken des Bahngleises, und rechts vom Gleis der Hof von Tiefbau Lasotta und die Rückseite von Kallenbachs Schlosserei mit dem Eisenkrempel unter dem Wellblechdach, und dann ein paar Gärten und die eingezäunte Wiese, auf der Frau Reichardt ihre Pferde grasen läßt, ihren Braunen und die Ponys für die Kinder. Und gleich dahinter nur noch die Schranken an der Waldstraße; wenn das Gebimmel losgeht, mit dem sie heruntergedreht werden, läßt sich mit einem kleinen Spurt ein Zug, der in die Stadt fährt, noch erreichen.

Nach den Schranken ist man nämlich schon auf dem Bahnhofsgelände. Rechts und links die gewalzten Dämme, Rollsplitt, links daneben das Rangiergleis, rechts der Jägerzaun zur Straße hin und am Ende der Bahnhof. Gelbe Klinker, schmale Fenster, putzige Gauben im Dach, eher ein Bahnhöfchen, ich hab vergessen, wann sie das gebaut haben. Anfang des vergangenen Jahrhunderts wahrscheinlich.

Tot, mausetot? Nicht für einen wie mich, natürlich. Schließlich bin ich hier geboren, und ich habe eine Menge von Erinnerungen, sehr lebendigen Erinnerungen an diesen Ort. Und manche sehr schöne Erinnerungen sind auch dabei. An dem Schuppen, der zwischen der Schranke und dem Bahnhof steht, hat Maren Kaufmann mir den ersten Kuß verpaßt, den ich bis ganz unten spürte. An einem Samstagabend im Sommer waren wir mit ein paar anderen im Wald gewesen, wo wir herumgealbert hatten, aber die anderen hatten sich verzogen, und in der Dämmerung kamen wir beide allein zurück, und an den Schranken gingen wir natürlich nicht hinüber und weiter auf der Bahnhofstraße, sondern wir liefen, um durch den Bahnhof auf die Straße hinauszugehen, am Gleis entlang, was verboten war.

Und als wir an dem Schuppen vorbeikamen, der uns gegen die Straße abschirmte, versuchte ich das, woran ich schon die ganze Zeit im Wald gedacht, wozu ich aber nicht den Mut gehabt hatte, dreizehn war ich, so wie Maren, ich faßte sie am Arm und zog sie an mich und fuhr mit meinen Lippen über ihre Wange, mehr wagte ich noch immer nicht, und plötzlich packte sie mich an beiden Ohren und drückte ihren feuchten Mund auf den meinen, und dann ließ sie ihre Zunge tief, sehr tief in meinen Mund hineingleiten. Und während ich noch mit dem Schrecken ebenso wie mit meinem Entzücken zu tun hatte, löste sie sich von mir, sie sagte: »So wird das gemacht, damit du's nur weißt!«, und sie rannte weg und durch den Bahnhof hinaus auf die Straße. Ich lief ein paar Schritte hinter ihr her, aber dann ließ ich es, Maren konnte schon immer schneller laufen als ich.

Schöne Erinnerungen. Sehr angenehme Erinnerungen. In den beiden Jahren, in denen ich in der Großstadt wohnte und zu studieren versuchte, bin ich ziemlich oft und gern am Wochenende nach Hause gefahren. Sooft das Geld reichte. Ich hab Heimweh gehabt, ja. Ich bin schon aufgestanden von meinem Platz, wenn der Zug noch durch Scheuermanns Wäldchen fuhr. Und wenn im Sommer die obere Klappe an meinem Fenster offenstand, habe ich die Nase gehoben und versucht, den leichten Teergeruch einzuziehen, der bei Westwind vom Hof der Gebrüder Lasotta herüberdrang.

Aber das kann einem Menschen wie Carl Wallot natürlich nichts bedeuten. Jedenfalls nicht viel. Jedenfalls nicht soviel wie mir.

Die Ankunft in Merzthal ist ihm aufs Gemüt geschlagen. Die Ankunft und das, was er rechts und links der Bahnlinie und auf dem Bahnhof vorfand.

Und natürlich war er empört darüber, daß er unversehens völlig allein auf dem Bahnsteig herumstand, in der Abendsonne, er, der bekannte, um nicht zu sagen berühmte Autor. Träger mehrerer Preise, Mitglied des P.E.N. Ein Dutzend Romane immerhin, ein halbes Dutzend davon verfilmt, zwei Dutzend oder noch mehr Erzählungen, dazu Drehbücher und Hörspiele, Essays in angesehenen Zeitungen und was sonst noch so ein Mensch in fünfundvierzig Lebensjahren anhäufen kann.

Und selbst wenn er nicht etwas so Besonderes gewesen wäre, hätte er natürlich Anlaß gehabt, sich zu empören. Immerhin hatte Behringer ihm noch am Tag zuvor, als er wegen des Hotels nachfragte, am Telefon versichert, er brauche sich um nichts zu kümmern; er, Behringer, werde ihn am Bahnhof abholen und zu seinem Hotel bringen. Er habe selbstverständlich ein Zimmer für ihn reservieren lassen. Wo, das hatte Behringer allerdings nicht gesagt. Und Wallot hatte nicht danach gefragt, warum denn auch.

Wallot wußte nicht einmal, in welchem Hotel er wohnen sollte.

Ich hätte ihm diesen Schlamassel vorhersagen können. Aber ich war ja noch gar nicht mit ihm persönlich bekannt.

Ich kannte ihn, bevor er nach Merzthal kam, ja nur durch seine Bücher. Ich schätzte ihn – nun gut: vielleicht verehrte ich ihn sogar, aus der Ferne des Lesers. Und mit der Distanz des rund zwanzig Jahre Jüngeren. Ich hatte alles von ihm gelesen, was ich in die Finger bekam, und alles über ihn. Seinen Stil fand ich bewundernswert, seinen Erfolg nicht minder. Ich meinte sogar, daß er noch mehr Anerkennung verdient gehabt hätte.

Hin und wieder versuchte ich, so zu schreiben wie er. Vielleicht versuchte ich das sogar unablässig?

Vielleicht war er mein Vorbild. Ich weiß es nicht.

Ich hätte ihm jedenfalls sagen können, daß man sich auf Herrn Dr. Behringer noch nie hat verlassen können. Ich hätte ihm sagen können, daß unser Hans-Ulrich, der Behringers Hans-Ulrich aus Merzthal, ein windiger Hund ist.

Bei Wallot hat er sich mit der Behauptung entschuldigt, er habe ihn wegen eines plötzlichen Sterbefalls in der Familie nicht abholen können. Ich weiß nicht, wer da gestorben sein soll, er hat doch so gut wie keine Familie mehr. Irgendeine alte Tante oder zwei davon leben noch irgendwo auf dem Dorf, aber wenn von denen wer gestorben wäre, hätte man in Merzthal davon gehört. Ich kann mir auch nicht vorstellen, daß ausgerechnet Behringer es für nötig gehalten hätte, sofort zu der Leiche zu eilen. Er hätte die Tante allenfalls noch *vor* ihrem Tod besucht, nämlich dann, wenn es bei ihr etwas zu erben gegeben hätte.

Nein, nein. Wahrscheinlich hatte unser Hans-Ulrich sich schlicht und einfach zugekifft, wieder einmal und entgegen allen guten Vorsätzen. Oder er hatte diesmal schon am hellen Tag seine zwei bis drei Flaschen Rotwein in sich gegossen und lag im Koma auf dem Sofa, mit der urgewaltig und unbeirrt sich vollziehenden Götterdämmerung vom CD-Wechsler.

Und Wallot stand allein auf dem Bahnhof.

Aber vielleicht war selbst das noch nicht alles, was ihm Merzthal gleich zu Beginn verleidet hat. Ich habe mir überlegt, ob der Detektiv, von dessen Auftritten ich erst später erfuhr, auch bei der Ankunft Wallots eine Rolle spielte. Vielleicht war er über die Ankunftszeit des Besuchers informiert worden, mit dem Auftrag, Genaueres über diesen Schriftsteller in Erfahrung zu bringen und über das, was er während seines Aufenthaltes in Merzthal unternahm. Und ob er vielleicht die Lesung aus seinen Werken nur als Vorwand benutzte, um seine Nase in Angelegenheiten zu stekken, die ihn nichts angingen. Merzthaler Angelegenheiten.

Natürlich wird der Detektiv sich am Bahnhof noch nicht haben blicken lassen; er wollte ja bei der weiteren Observierung nicht sofort wiedererkannt werden. Aber ich weiß nicht, ob ein Mensch, der über Wallots Sensorium verfügt, nicht einen Beobachter auch dann wahrnimmt, wenn der sich zu verbergen sucht.

Doch. Ich bin fast sicher, daß er ihn spürt. Körperlich spürt. Ja.

Nachdem also Wallot eine Weile auf dem Bahnsteig gestanden und außer ein paar Vogelstimmen keinen Laut mehr gehört hatte und überdies weder der Doktor Behringer noch irgendwer sonst erschienen war, nahm der Autor seine Reisetasche selbst in die Hand und trug sie in den Bahnhof. Die kleine, dämmrige Halle war leer. Hinter der Scheibe des Fahrkartenschalters hing das Schild mit der

Aufschrift »Geschlossen«. Der eiserne Rolladen des Kiosks gegenüber war hinuntergelassen, er sah, mit seinem abblätternden grauen Anstrich und dem Ausschlag der Rostflekken, auch ganz so aus, als werde er nie mehr hochgezogen.

Ein schwacher Luftzug wurde spürbar. Vielleicht gab es in irgendeinem Winkel dieses alten Gemäuers eine zerschlagene Fensterscheibe, durch die der Hauch des Altweibersommers eindrang. An dem Fahrplan, der neben dem Fahrkartenschalter hing, hatte sich eine Ecke gelöst, sie hob sich, sank wieder zurück.

Oder der Luftzug war durch eine Tür gekommen. Irgendeine Seitentür war geöffnet worden.

Wallot trat an den Schalter. Er lugte in den engen Raum dahinter, der mit einem Schreibtisch, einem hölzernen Drehstuhl und einem Aktenschrank möbliert war, aber er konnte niemanden entdecken. Er rief »Hallo?!«, und als er keine Antwort bekam, schlug er mit der flachen Hand ein paarmal auf die Scheibe, rief noch einmal: »Hallo!« Nichts rührte sich. Wallot blickte um sich.

Zum erstenmal, schon hier vielleicht zum erstenmal, überkam ihn das Gefühl, daß er besser nicht nach Merzthal gekommen wäre. Unheil lag in der Luft.

Unheil? Na ja, nun mal halblang! Ich weiß es doch nicht, ob Wallot so etwas empfand. Er hat es mir jedenfalls nicht gesagt. Und ich kann mir kaum vorstellen, daß er es so dramatisch formuliert hätte. Die Luft war abgestanden, sie enthielt den Gestank der Zigarettenkippen, die die Pendler auf dem Weg zum Frühzug in den eisernen Topf neben dem Eingang werfen; und wahrscheinlich war auch die Pisse zu riechen, die hin und wieder einer, dem der Druck in der Blase lästig gewesen ist, in einem Winkel abgesetzt hat. Aber Unheil?

In einer Aufwallung von Zorn ging Wallot hinüber zu dem Kiosk. Er schlug mit der Faust ein paarmal auf den Rolladen, der ohrenbetäubend zu rappeln begann, rief: »Hallo! Kundschaft! Ist denn da keiner?!« Niemand antwortete.

2

Wallot warf noch einen Blick durch die Halle, dann zog er die Tür des Ausgangs auf, die widerwillig nachgab. Er trat auf die Steinstufe, die zum Gehsteig hinabführte, musterte die Straße nach beiden Seiten. Niemand zu sehen.

Gegenüber eine Art Grünanlage, sorgsam abgezirkelt, ein paar Büsche und Bäume, ein ausladender, knorriger alter Baum in der Mitte, darunter eine Bank. Rechts und links daran anschließend ältere, bescheidene Häuser, durch schmale Gartenstreifen voneinander getrennt, fast alle ähnlich konstruiert: der Eingang zum Hochparterre an der Seite, über dem Hochparterre ein Obergeschoß mit drei schmalen Fenstern zur Straße und darüber das ausgebaute Dachgeschoß, der First parallel zur Straße, mit zwei Gauben in der Schräge und einem Fenster in einem Quergiebel.

Niemand schaute aus den Fenstern, niemand zeigte sich in den Gärten. Aber die Häuser mußten bewohnt sein, es waren ja Gardinen an den Fenstern zu sehen. Konnte es sein, daß die Bewohner schon zu Bett gegangen waren?

Ich weiß nicht, ob Wallot gehofft hatte, vor dem Bahnhof ein Taxi zu finden. Wenn ja, dann wurde er schon wieder enttäuscht; einen Taxi-Warteplatz gibt es in Merzthal nicht. Natürlich standen einige Autos vor den Häusern geparkt, und vielleicht hat Wallot den Kopf gereckt, um zu erkennen, ob in einem dieser Autos ein Fahrer zu entdekken sei. Aber er fand niemanden. Der Detektiv, wenn er auf Wallot gewartet haben sollte, hat ja darauf geachtet, daß er selbst von seinem Objekt nicht gesehen wurde.

Unversehens entdeckte Wallot die Telefonzelle zur Seite des Ausgangs. Und ebenso unversehens fühlte er sich erleichtert. Er fühlte sich geradezu, als sei eine zentnerschwere Last von ihm abgefallen. Ja, ja, ich weiß: Das ist nur eine Vermutung, richtig. Aber ich möchte wetten, daß er sich erleichtert fühlte. Erleichtert wie ein Kind, das sich verirrt hat und unverhofft sich in einer vertrauten Umgebung wiederfindet.

Er stellte seine Reisetasche vor der Telefonzelle ab, schob die Tür auf und griff nach dem Telefonbuch. Er wollte, denke ich, Behringer anrufen und ihn zur Rede stellen; er wußte ja nicht, daß der um diese Stunde nur in einem Zustand zu erreichen gewesen wäre, der ein Gespräch verunmöglicht hätte. Aber noch bevor Wallot das Telefonbuch aufschlug, sah er das Schild neben dem Apparat: »Mietwagen – Krankentransporte – Heinz Hemmerle – Tel. 3033«. Und er entschied sich anders.

Er beschloß, sich von Heinz Hemmerle oder dem Fuhrknecht, der an diesem Wochenende für das Transportunternehmen Hemmerle arbeiten mußte, in das erste Haus am Platze oder gegebenenfalls auch in der Kreisstadt fahren zu lassen, es sich dort bequem zu machen, zu genießen, was Küche und Keller zu bieten hatten, und abzuwarten, ob der Herr Doktor Behringer ihn rechtzeitig finden und ihn aufsuchen würde, um die überfälligen Entschuldigungen abzuliefern. Wallot lebte auf bei diesem Einfall.

So könnte es zumindest gewesen sein. Aber das ist auch nicht erheblich, denn im folgenden bin ich nicht mehr auf Mutmaßungen angewiesen. Wallot selbst hat mir erzählt, wie seine Ankunft in Merzthal von nun an verlief.

Er hat es mir natürlich nicht etwa erzählt, weil er sich mir hätte anvertrauen wollen. Er tat das vielmehr, denke ich, weil es ihn vergnügte, mich mit ironischen Bemerkungen über unsere Kleinstadt zu provozieren; vielleicht hat er es aber auch getan, weil er mich zu meinem Besten davon überzeugen wollte, daß an diesem Kaff, meiner Heimatstadt, Hopfen und Malz verloren sei und ich nichts Klügeres tun könne, als Merzthal so bald wie möglich den Rücken zu kehren.

Wie auch immer: Der Apparat in der Zelle am Bahnhof ist ein Kartentelefon, und Wallot hatte auch eine Telefonkarte dabei, die er erst wenige Tage zuvor erstanden und bisher kaum benutzt hatte. Aber der Apparat nahm die Karte nicht an. Er spie sie aus, sooft Wallot sie in den Schlitz hineinschob, und jedesmal gab er ein durchdringendes, widerliches Piepen von sich.

Wallot schlug ein paarmal mit der flachen Hand auf den Apparat. Die Zelle dröhnte vom Widerhall, doch der Apparat zeigte keine Wirkung, er beharrte auch beim nächsten Versuch auf seinem stereotypen Protestgeschrei. Wallot wandte sich ab, aber er verließ die Zelle nicht. Er starrte durch die Glasscheiben hinaus auf die reglose Straße.

Dieses öde, trostlose, beschissene Kaff! Nannte sich Stadt, aber nichts, rein gar nichts war hier so, wie es in einer Stadt sein sollte. Nichts, nicht einmal das Simpelste, Dümmste, Primitivste funktionierte hier so, wie man es erwarten durfte. Erwarten mußte, um halbwegs normal leben zu können. Um von A nach B zu gelangen. Um zu wissen, wo man Durst und Hunger stillen, wo man die Nacht verbringen konnte.

Was sollte er tun? Wohin konnte er sich wenden?

Während er noch, an die Wand der Zelle gelehnt, vor sich hin brütete, bemerkte er am Ende der Straße zu seiner Linken eine Bewegung. Er erkannte einen Jungen, der sich auf einem Fahrrad näherte. Wallot verließ die Telefonzelle, ging an den Straßenrand, winkte dem Jungen, und als der Junge herangekommen war, rief er ihm zu: »He, du, halt mal an, bitte! Einen Augenblick mal!«

Der Junge, ein Zwölf- oder Dreizehnjähriger, glotzte ihn an und fuhr in unvermindertem Tempo an ihm vorbei. Er hielt den Mund geöffnet, als ob der Anblick dieses Menschen ihn verwundere und vielleicht sogar erschrecke. Er drehte sich noch einmal um, mit offenem Mund, fixierte Wallot mit starrem Blick und bog, als er die Waldstraße erreichte, nach links in die Vorstadt ab.

Wallot nickte grimmig. Kein Anlaß, sich zu echauffieren. Es gab ja nichts an dieser Begegnung, was bemerkenswert gewesen wäre. Sie war genau so verlaufen, wie sie in dieser Stadt zu verlaufen hatte.

Er senkte den Kopf, rieb sich die Stirn, versuchte nachzudenken. Als er den Blick wieder hob, sah er zur Rechten einen Mann, der anscheinend aus dem Wald gekommen war, das Bahngleis überquert hatte und nun auf der Bahnhofstraße sich näherte. Der Mann führte einen großen Hund an der Leine.

Wallot zögerte nur eine Sekunde lang, dann nahm er seine Reisetasche und ging dem Mann entgegen. Der Mann richtete seinen Blick auf ihn. Als Wallot sah, daß er mit dem Hund in einen Vorgarten einbog, begann er zu laufen. Der Mann behielt ihn im Auge, aber er blieb nicht stehen, sondern stieg die Treppe zum Eingang des Hauses empor, den Blick über die Schulter auf Wallot richtend.

In dem Augenblick, in dem Wallot den Vorgarten erreichte, holte der Mann einen Schlüssel hervor und steckte ihn ins Schloß der Haustür. Wallot rief: »Einen Augenblick, bitte! Entschuldigen Sie!« Er mußte schlucken. Sein Atem ging schwer.

Der Mann, der schon älter war und eine grüne Leinenjoppe trug, sah ihn schweigend an. Wallot tat ein paar Schritte in Richtung der Treppe. Der Hund, der neben dem Mann auf dem Podest stand, ließ ein dumpfes Knurren hören. Der Mann zog die Leine ein wenig an.

Wallot blieb stehen. Er schluckte noch einmal, dann fragte er: »Wo kann ich denn hier ein Taxi bekommen?«

Der Mann musterte ihn aus blaßblauen Augen in dem zerfurchten Gesicht, dann sagte er: »Auf der Straße sowieso nicht. Müssen Sie telefonisch bestellen.« Er schwieg einen Augenblick lang, dann hob er die Hand, wies auf den Bahnhof: »Die Nummer steht in der Telefonzelle am Bahnhof.«

Wallot sagte: »Das weiß ich.« Der Mann hob die Augenbrauen.

Mit unterdrücktem Widerstreben fügte Wallot hinzu: »Der Apparat nimmt meine Telefonkarte nicht an.«

Der Mann betrachtete ihn stumm, dann zuckte er die Schultern. Er wandte sich der Tür zu. Wallot sagte hastig: »Gibt es hier in der Nähe ein Hotel?«

Der Mann schien eine Weile zu überlegen. Schließlich sagte er: »In der Nähe, na ja... Das Waldhotel vielleicht.«

Wallot fragte: »Und wie komme ich dahin?«

Nach einer Pause fragte der Mann: »Sind Sie denn gut bei Kasse?« Wallot spürte, wie Zorn in ihm aufkochte. Er starrte den Mann an. Der Mann sagte: »Die sind teuer, das sag ich Ihnen.«

Wallot beherrschte sich mühsam. Er fragte: »Können Sie mir den Weg sagen?«

Nach einem Zögern wies der Mann in die Richtung des Bahnhofs. »Die Straße immer geradeaus. Und nachher über die Merz rüber. Aber da müssen Sie noch mal fragen.«

Er wandte sich ab, schloß die Tür auf und verschwand mit dem Hund.

3

Wallot kam um Viertel vor acht im Waldhotel an. Das weiß ich von Elfi Neuhaus, die an diesem Abend an der Rezeption Dienst hatte. Elfi sagte mir, er müsse zu Fuß vom Bahnhof gekommen sein; er sei mit rotem Kopf und schweißnasser Stirn dem Portier gefolgt, der ihm vor dem Eingang die Reisetasche abgenommen hatte und ihn zur Rezeption führte. Das glaube ich ihr unbesehen: Wenn Wallot es tatsächlich – und Elfi ist sehr zuverlässig – bis Viertel vor acht zu Fuß und mit der Reisetasche vom Bahnhof bis zum

Waldhotel geschafft hat, dann war das ein Gewaltmarsch, wie ich ihn nur sehr ungern auf mich nähme.

Vielleicht war es noch immer der Zorn über die frustrierende Ankunft, der ihn unter Dampf hielt. Vielleicht auch der Abscheu vor dieser schläfrigen Stadt, die er durchquert hatte. Es sind ja nicht gerade glänzende Beispiele der Baukunst, die er auf seinem Weg zu sehen bekam.

Die Bürgermeister-Kunze-Straße mit ihren zweigeschossigen Häusern und den Läden, Gebr. Caspers, Eisenwaren, Radio-Reifenrath und dergleichen mehr, in deren Schaufenstern um zehn die Beleuchtung sich ausschaltet, automatisch; die zwei Pensionen, Familienbetriebe, »Gästezimmer in ruhiger Lage«, ja, ja, nämlich über den Hof; die drei Gaststätten, gutbürgerlich. Und selbst die steinerne Brücke über die Merz ist architektonisch nichts Besonderes. Die Brükke, die mir so ans Herz gewachsen ist, mit ihren bemoosten Pfeilern und dem engen Bogen, in dessen Schatten wir im Sommer herumplanschten.

Aber woher sollte so ein Mensch aus der Großstadt das wissen? Und wie sollte er es verstehen?

Zu allem Überfluß wurde Wallot, noch während er das Meldeformular ausfüllte, mit einem neuen Ärgernis konfrontiert. Elfi sagt, die Hochzeit, die im Speisesaal des Hotels gefeiert wurde, sei um diese Zeit so weit fortgeschritten gewesen, daß immer wieder Gäste, die sich die Beine vertreten wollten oder ein wenig Abwechslung suchten, in das Foyer einfielen; und sooft die Tür zum Saal geöffnet wurde, drang auch die elektronische Musik des Alleinunterhalters heraus, der drinnen zum Tanz aufspielte, und nicht nur das, er sang ja auch dazu.

Ich kenne den Kerl, Hajo Kühne. Er reist mit seinem bombastischen Keyboard und den klotzigen Lautsprechern über Land, verdingt sich nicht nur in Merzthal, sondern auch auf den Dörfern ringsum, und hält sich offenbar etwas zugute auf seine Knödelstimme, die mir auf die Nerven geht. Er ist alt genug, um Roy Black noch erlebt zu haben, und den versucht er auch zu kopieren, er singt bevorzugt die Titel, die der Star einst unter die Leute gebracht hat. »Ganz in Weiß...«

Als unversehens ein Schwall dieser Geräuschkulisse aus dem Speisesaal in das Foyer drang, blickte Wallot irritiert hinter sich. Er sah die drei Fünfzehn- oder Sechzehnjährigen, die in ihren langen, bonbonfarbenen Ballkleidern durch das Foyer sprangen, heftig kichernd, mit hochroten Wangen und unverhohlen schwitzend. Er blickte Elfi an: »Was ist denn das, um Himmels willen?!«

Elfi sagte, das sei eine Hochzeitsfeier, aber sie gehe dem Ende zu und die Gäste seien auch schon gebeten worden, sich auf den Speisesaal zu beschränken.

Wallot runzelte die Stirn: »Auf den Speisesaal? Heißt das, daß der für andere Gäste gesperrt ist?« Elfi sagte, nur heute abend, aber man werde ihm selbstverständlich in einem anderen Raum des Restaurants alles servieren, was er zu sich nehmen wolle; er möge nur bitte seine Bestellung bis spätestens neun Uhr abgeben.

Wallot schob ihr wortlos den Meldezettel zu. Elfi warf einen Blick darauf, dann fragte sie: »Sie sind Herr Wallot?« Wallot erwiderte: »Ja? Was denn noch?«

Elfi sagte, sie habe eine Nachricht für ihn. Herr Doktor Behringer, der auch ein Zimmer für ihn habe reservieren lassen, habe am späten Nachmittag angerufen und sie gebeten, Herrn Wallot zu sagen, daß er wegen eines plötzlichen Sterbefalls in der Familie habe verreisen müssen. Er werde aber morgen, am Sonntag morgen, schon zeitig, nämlich ungefähr eine halbe Stunde vor Beginn der Lesung, in der Stadtbibliothek sein. Wenn Herr Wallot im Hotel abgeholt werden wolle, möge er sich bitte morgen früh telefonisch bei ihm melden.

Sie gab ihm den Zettel, auf dem sie auch Behringers Telefonnummern zu Hause und in der Stadtbibliothek notiert hatte. Wallot steckte stumm den Zettel ein, nahm den Schlüssel, den sie ihm reichte, nickte ihr zu und ging zu den Aufzügen.

Elfi war sich sicher, daß er wenig später die Rezeption anrufen und sich über irgend etwas beschweren werde, das auf dem Zimmer nicht in Ordnung sei, die Fernbedienung des Fernsehapparats oder die Klimaanlage oder die Gardinenschnüre oder was auch immer. Sie sagte mir, sie kenne diesen Typ, arrogant und unverschämt und ständig auf der Suche nach Anlässen, das Personal zu schikanieren.

Ich verteidigte Wallot. Ich sagte, man müsse ihm doch zugute halten, daß Behringer ihn offenbar versetzt habe, und daß er nach diesem Fußmarsch nicht bester Laune gewesen sei, könne man ebenfalls verstehen. Und ob er denn tatsächlich bei ihr angerufen habe?

Elfi sagte nein. Zunächst einmal sei er halbwegs anständig geblieben.

Ich hätte mich freilich auch gewundert, wenn Wallot mit dieser Unterkunft nicht zufrieden gewesen wäre; nicht einmal er konnte daran viel auszusetzen finden. Kurt Keppler hat sich den Bau des Waldhotels ja etwas kosten lassen. Merzthals großer Spender wollte den Ruf seiner Heimatstadt aufbessern, er wollte ihr ein Ansehen als Gemeinwesen verschaffen, in dem auch überregionale und sogar internationale Begegnungen eine geeignete Stätte fanden. Den Text für die Werbung habe ich geschrieben, in Kepplers Auftrag:

»Kommen Sie mit Ihrer Jahrestagung ins Waldhotel! Ruhige Lage im idyllischen Tal der Merz, Konferenzräume für alle Zwecke, erstklassige Restaurants, komfortable Zimmer, die höchsten Ansprüchen gerecht werden. Sauna, Schwimmbad, Massage und Kosmetik, Trainingsstudio mit den modernsten Geräten. Auch für einen Urlaub oder ein erholsames Wohlfühl-Wochenende bestens geeignet!«

Außer Keppler hatte kaum ein Merzthaler, auch ich nicht, so recht daran glauben wollen, daß dieses Unternehmen in Gang kommen würde. Aber es war in Gang gekommen, und es lief, nicht gerade auf hohen Touren, doch ziemlich beständig, an Wochenenden und in der Urlaubszeit sogar sehr gut. Die Zahl der Gäste aus dem Ausland hielt sich freilich in Grenzen. Dafür nutzten um so mehr Vereine und Gesellschaften aus der näheren und weiteren Region die Gelegenheit, in einem Ambiente, das ihnen aus Filmen am Sonntagnachmittag als das Milieu des Jet-set vertraut war, sich wohl zu fühlen, zu unter der Hand ermäßigten Preisen, versteht sich.

An dem Samstag, an dem Wallot ankam, hatte die

Hochzeitsgesellschaft im Speisesaal untergebracht werden müssen, weil die Räumlichkeiten in der ersten Etage, die in der Regel solche Festivitäten aufnahmen, durch einen Lichtbildvortrag der Katholischen Jugend, die Jubilarenehrung einer Firma aus der Kreisstadt und die Skatmeisterschaft des Bundeslandes in den Klassen Jugendliche, Senioren (Männer und Frauen gemeinsam) und Gäste belegt waren.

Elfi meint, Wallot habe von diesen anderen Geselligkeiten nichts mitbekommen, sonst wäre er wohl doch unleidlich geworden. Wahrscheinlich seien die Aufzüge, die er benutzte, beidemal an der ersten Etage vorbeigefahren. Jedenfalls sei er kurz nach acht wieder an der Rezeption erschienen, offenbar geduscht, in einem frischen Hemd, und habe sie nach einem Stadtplan gefragt.

Das Waldhotel hält den Stadtplan vorrätig, den das Informations- und Fremdenverkehrsamt der Stadt veröffentlicht hat. Der Plan ist nicht größer als ein Briefbogen, aber das Amt besteht ja auch nur aus Frau Kapusta und ihrem Schreibtisch mit zwei Aktenböcken und einem Prospektständer im Bürgermeisteramt. Wallot ließ sich von Elfi auf dem Plan den Weg zur Stadtbibliothek zeigen.

Der Autor roch, wie meine Informantin mir anvertraut hat, nach einem Rasierwasser oder einem Parfum, das ihr noch nie begegnet war. Aber sehr angenehm, hat sie eingeräumt. Er fragte sie, wie lange er für den Weg zur Bibliothek brauche, und Elfi antwortete, knapp zwanzig Minuten. Als er sich mit einem Kopfnicken abwandte, fügte sie noch hinzu, wenn er im Hotel zu Abend essen wolle, müsse er aber bitte seine Bestellung bis neun Uhr abgeben.

Er erwiderte: »Ich weiß, das haben Sie mir ja schon einmal gesagt«, und ging.

Und das war dann der Augenblick, in dem sich zum erstenmal das Verhängnis abzeichnete, das niemand vorhergesehen hat und niemand vorhersehen konnte, denke ich, Elfi gewiß nicht und auch Behringer nicht, als er diesen Autor nach Merzthal eingeladen hat, und selbst Susanne nicht. Und ich? Ich weiß es nicht.

Vielleicht hat Kurt Keppler es vorhergesehen? Ja. Keppler hätte es zumindest ahnen können.

Während also Wallot noch die zurückfahrenden Glasscheiben der Eingangstür durchschritt und hinausging auf die Straße, trat Susanne Keppler an den Tresen der Rezeption. Sie warf einen Blick hinter Wallot her, dann wandte sie sich zu Elfi und fragte sie, ob das Herr Wallot gewesen sei, Carl Wallot.

Elfi antwortete, ja, Herr Wallot; aber wie er mit Vornamen heiße, habe sie sich nicht gemerkt.

Susanne fragte sie lächelnd, ob sie denn Carl Wallot nicht kenne, und Elfi antwortete, nein. Und sie fügte – ein wenig patzig, vermute ich – hinzu, ob man den denn kennen müsse?

Susanne lächelte. Sie sagte, nein, vielleicht nicht. Wen aus der weiten Welt müsse man denn schon kennen, um sich im Leben durchzuwursteln und in seinem Eckchen zufrieden zu sein? Genaugenommen doch niemanden, nicht wahr?

Sie lächelte und ging zurück in den Speisesaal, zu der Hochzeitsgesellschaft, von der sie gekommen war.

Elfi starrte hinter ihr her. Sie hat Susanne noch nie leiden können, und die Art, in der sie von ihr abgefertigt worden war, reizte sie bis aufs Blut. Wenn Susanne absichtlich dafür hätte sorgen wollen, daß sie an diesem Abend unter sehr strenger Beobachtung gehalten wurde, dann hätte sie Elfi genau diese Antwort geben müssen.

4

Elfi ist nicht die einzige in Merzthal, die mit Vorbehalten gegen Susanne beladen ist. Vielleicht hat es zunächst einmal daran gelegen, daß Susanne ein ziemlich exotisches Fach studiert und darin auch noch promoviert hat, nämlich vergleichende Religionswissenschaft und Religionsphilosophie. Was Frauen mit der Religion zu tun hatten, darüber gab es in Merzthal zu dieser Zeit noch immer nicht viel zu diskutieren, zumindest bei den Älteren nicht: Frauen sollten, jawohl, das sollten sie, und warum denn auch nicht, sie sollten die Kinder im rechten Glauben erziehen und sonntags mit den Kindern und dem Ehemann in die Kirche gehen.

Wenn sie unverheiratet blieben und nicht einem Orden beitraten, was allerdings kaum noch geschah, willst du wissen, warum, nein, frag mich lieber nicht, wenn sie also unverheiratet blieben, dann durfte man von ihnen erwarten, daß sie sich in der Pfarrei nützlich machten, zum Beispiel bei Wohltätigkeitsbasaren, und in besonderen Fällen konnten sie ja auch als Haushälterin einem Pfarrer zu Diensten sein. Aber was um Himmels willen sollte dabei herauskommen, wenn eine Frau Religion studierte?

Was hieß denn hier überhaupt »studieren«? Theologie

konnte man studieren. Aber Religion war doch wohl eine Sache der Überzeugung, oder?

Das Befremden wuchs noch, als sich herumsprach, daß die Religionswissenschaft sich nicht allein mit dem Christenglauben beschäftigte, sondern gleichermaßen mit den Buddhisten, zum Beispiel, oder den Zeugen Jehovas. Und auch noch mit den Juden. Glaubte das Fräulein Susanne etwa, das alles sei Jacke wie Hose und man könne die ganzen Religionen in einen Topf werfen, die Katholiken mit den Juden, die ja nun mal Christus ans Kreuz geschlagen hatten, und den Gelben und den Klinkenputzern und womöglich auch noch mit Negern, die um einen bemalten Pfahl herumtanzten, hula-humba-humba, und wer weiß mit wem sonst noch, und man könne das alles umrühren und sehen, was dabei herauskommt?

Was zum Teufel war das für ein Studium, das dieses Mädchen sich ausgesucht hatte? Hätte sie nicht Ärztin werden können oder Steuerberaterin?

Ebenso geschadet hat Susanne bei manchen, bei nicht wenigen Merzthalern, daß sie nie einen Beruf ausgeübt hat (welchen denn auch, mit diesem Studium?), sondern stattdessen, sobald sie ihren Doktor gemacht hatte, Kurt Keppler heiratete. Keppler war nicht nur der mit Abstand reichste Mann weit und breit, was er trotz seiner Verurteilung geblieben war und vermutlich noch immer ist; er hatte auch Susannes Studium, so wie später das meine, finanziert. Und überdies war er zum Zeitpunkt der Hochzeit 63 Jahre alt, sechsunddreißig Jahre älter als Susanne.

Der Bräutigam konnte mit Nachsicht, sogar mit Anerkennung rechnen, zumindest bei den Männern in Merzthal: Das war doch mal was, in diesem Alter sich noch einen so jungen Feger ins Bett zu holen, der verdammte Hund! Es gereichte ihm zur Ehre. Aber dem Ruf Susannes hat diese Heirat nur Abbruch getan: Das Mädchen war anscheinend zu faul, um zu arbeiten, sie ließ sich lieber von einem alten Kerl aushalten. Und Kinder bekam sie auch keine, obwohl sie auf geraden Beinen und gesund herumlief.

Es sind nicht bloß Vorbehalte, die manche Merzthaler, zu viele, denke ich, gegen Susanne hegen. Es sind törichte Vorurteile. Und weil sie so töricht sind, tun sie ihr unrecht. Ich kenne Susanne besser.

Ich kenne sie von Kindsbeinen an. Sie ist meine Kusine.

Auch ich war irritiert, o ja, als sie Kurt Keppler heiratete. Aber ich war irritiert auf eine besondere Art. Es hat mir einen Stich gegeben.

Sie ist elf Jahre älter als ich, und sie hat mich, als ich noch ein Kind war, oft gehütet, mal bei uns, mal bei ihr zu Hause. Mit den Jahren hing ich dann so an ihr, daß ich sie regelmäßig besuchte, um eine Stunde oder zwei mit ihr zu verbringen.

Ihre Eltern, die Schwester meiner Mutter und ihr Mann, mein Onkel Karl, besaßen zwei Straßen weiter ein kleines Haus mit einem großen Garten. Gleich hinter dem Haus standen die Rosen und die Stangenbohnen und die Salatköpfe und die Möhren, aber am Ende des Gartens gab es Büsche und Bäume und eine Hütte, die Onkel Karl selbst gebaut hatte, sie hatte ein Vordach und darunter eine Art Veranda, mit einem Boden aus breiten Bohlen und darauf einem grob gezimmerten Tisch, drei, vier Stühlen und einem Schaukelstuhl.

Ich kroch auf der Veranda herum und manchmal auch durchs hohe Gras und die Büsche, als ich noch ein kleines Bürschlein war, und Susanne saß in dem Schaukelstuhl und las, und hin wieder warf sie einen Blick über den Rand des Buchs und suchte mich und vergewisserte sich, daß ich wohlbehalten war. Später, als ich zur Schule ging, nahm ich meinen Ranzen mit zu ihr und machte, während sie las und schrieb, meine Hausaufgaben, und wenn ich damit fertig war, sah sie nach, ob alles stimmte, und hörte mich ab, wenn ich etwas auswendig hatte lernen müssen.

Und dabei blieb es auch, nachdem sie mit dem Studium angefangen hatte; sie verbrachte die Sommerferien meist zu Hause, und es zog mich zu ihr, sobald sie wieder in Merzthal war.

Sie hatte ihr Zimmer, mit dem Ausblick über Gärten und verschachtelte alte Häuser und windschiefe Anbauten und Schuppen, unter dem Dach. Ein besonderes Zimmer. Für mich ein Zimmer wie kein anderes. Es war ein vager, aber unverwechselbarer Geruch, der mich anrührte, sooft sie mich in dieses Zimmer mitnahm. Beinahe hätte ich gesagt, es sei ein Geruch gewesen, der mich verzauberte. Aber es war ja nichts Rätselhaftes daran. Es wird, denke ich, die Blumenseife gewesen sein, mit der sie sich wusch und von der ihre Mutter ein Stück oder auch zwei, wenn sie einen neuen Dreierpack gekauft hatte, zwischen Susannes Wäsche steckte.

Zwei- oder dreimal, ich war vielleicht sieben oder acht Jahre alt und meine Eltern hatten allein verreisen und die Nacht unterwegs verbringen müssen, vielleicht hatten sie auch nur zum Krönungsball der Schützen oder dem Feuerwehrball gehen wollen, was lange dauern konnte, und Susanne sollte nicht wegen des Hütens so spät nach Hause kommen, zwei- oder dreimal also habe ich auch bei Susanne schlafen dürfen. Oder ist es sogar öfter passiert? Wie auch immer, ich schlief, wenn ich bei ihr bleiben durfte, auf dem alten, mit schütterem roten Plüsch bezogenen Sofa, das ihrem Bett gegenüber unter der Dachschräge stand.

In einer ziemlich kalten Nacht, der Garten hinter dem Haus war tief verschneit, was bedeutet, daß es nicht der Krönungsball war, aber es könnte der Feuerwehrball gewesen sein, in dieser Nacht also lag ich, von Susanne in ein Plumeau eingemummelt, auf dem Sofa. Doch ich schlief nicht. Ich lauschte auf ihr Atmen, kurze, ein wenig zittrige Atemzüge, die ich in der dunklen Stille plötzlich gehört hatte. Ich drehte mich vorsichtig auf den Rücken, um besser hören zu können.

Unversehens fragte sie: »Was ist mit dir? Kannst du nicht schlafen?«

Es war mir nicht recht, daß sie mich beim Lauschen ertappt hatte. Ich murmelte etwas Unverständliches vor mich hin.

Sie fragte: »Frierst du vielleicht?«

Ich fror nicht, aber ich sagte: »Ja. Bißchen.«

Sie schwieg einen Augenblick lang. Dann sagte sie: »Komm zu mir. Aber leise!«

Ich weiß nicht, ob ich ebendas gewollt hatte. Aber ich weiß, daß ich auf der Stelle unter dem Plumeau hervorkroch und auf bloßen Füßen zu ihrem Bett hinübertappte. Sie schlug die Bettdecke auf, sagte: »Leise!«, ich kroch neben sie. Mein Glück war mir unheimlich, ich legte mich auf den Rücken, weil ich es nicht wagte, sie allzu eng zu berühren.

Sie flüsterte: »Dreh dich mal zu mir!« Ich wandte ihr meinen Bauch zu, sie zog mich an sich, griff die Bettdecke und stopfte sie unter meiner Seite fest. Dann flüsterte sie: »Und jetzt schlaf auch schön.«

Der Geruch, der mich so faszinierte, hüllte mich ein. Ich spürte, wie das, womit ich ihre warme Hüfte berührte, wuchs und steinhart wurde, und mir wurde immer banger und beklommener zumute. Sie mußte es spüren, was da vor sich ging. Ich fürchtete, sie werde böse werden und mich empört aus dem Bett weisen.

Sie blieb eine Weile regungslos liegen, ich hörte ihre leisen, flachen Atemzüge. Dann flüsterte sie: »Jetzt kannst du dich wieder auf den Rücken legen, okay?« Ich drehte mich auf den Rücken, erleichtert und enttäuscht zugleich.

Gegen Morgen wurde ich wach. Sie war über mich hinweg und aus dem Bett gestiegen, nahm mich auf die Arme und trug mich hinüber zu dem Sofa, mummelte mich wieder ein. Ich tat, als schliefe ich.

Wir haben kein Wort über dieses Ereignis verloren. Sie war sich offenbar sicher, daß ich darüber zu anderen nicht reden würde; und ich spürte, daß sie mir nichts übelnahm. Ich mußte mich nicht schämen. Aber vergessen haben wir es beide nicht. Es muß der darauffolgende Sommer gewesen sein, in dem die Erinnerung sich wieder einmal in mir meldete und jählings überhandnahm.

Ich hatte wieder bei ihr übernachten dürfen, diesmal war es wohl das Schützenfest und der Krönungsball, und nachdem wir zu Bett gegangen waren, sie in ihrem Bett und ich auf dem Sofa, packte mich ... ja doch: die Sehnsucht. Ich stand auf und ging auf bloßen Füßen zu ihr, stellte mich an den Rand des Betts.

Sie hatte von mir abgewandt auf der Seite gelegen, aber sie hatte mich gehört, vielleicht auch nur gespürt. Sie drehte sich zu mir um, hob den Kopf an und flüsterte: »Was ist denn?«

»Ich will zu dir.«

»Kommt nicht in Frage. Du frierst doch nicht. Oder?«

»Ich will aber zu dir.«

Ich sah ihre Augen, sie schimmerten im Halbdunkel der Sommernacht. Sie sah mich eine Weile schweigend an. Ich erwiderte den Blick, blieb stehen wie ein störrischer Esel.

Plötzlich lächelte sie. Sie schlug die Bettdecke zurück. »Fünf Minuten, hast du verstanden? Keine Minute länger!«

Ich stieg in das Bett, kroch an sie heran. Sie sagte: »Nein, nein! Leg dich auf den Rücken!« Ich legte mich auf den Rücken.

Ich bin mir nicht sicher, aber ich meine, es seien mehr als fünf Minuten vergangen, eher zehn oder sogar eine Viertelstunde, bevor sie die Decke zurückschlug und sagte: »Und jetzt raus mit dir!«

Ein anderes Ereignis kam schließlich noch hinzu, einige Jahre später. Ich war wohl vierzehn oder gerade fünfzehn. Sie war am Ende des Semesters nach Hause gekommen, ich wußte, wann sie eintreffen sollte, und hatte mich pünktlich auf den Weg zu ihr gemacht. Ihre Mutter öffnete mir die Tür, sie sagte, Susanne sei in ihrem Zimmer, und ich stieg hinauf.

Auf der Treppe hörte ich schon die Musik, sie drang

durch die Tür. Es war das Radio, oder sie hatte die Platte aufgelegt, »Super Trouper« von Abba. Ich klopfte an die Tür. Als ich keine Antwort bekam, öffnete ich die Tür und trat ein.

Sie stand nackt vor dem Kleiderschrank, ein Kleid, das auf dem Bügel hing, in der Hand. Ich erstarrte, die Hand auf der Türklinke. Sie wandte sich mir zu, blieb einen Augenblick regungslos stehen. Dann hielt sie das Kleid vor sich. Sie sagte: »Komm rein, und mach die Tür zu. Aber dreh dich gefälligst um.«

Ich schloß die Tür, doch ich brachte es nicht fertig, mich von ihr abzuwenden. Ich konnte ihre nackten Schultern und den nackten Bogen der Hüfte sehen.

Sie sagte: »Das Gesicht zur Tür. Bist du taub?«

Ich wandte mein Gesicht zur Tür.

Auch dieses Mal machte sie kein Aufheben von dem Ereignis. Aber dieses Mal ließ es mir keine Ruhe, ich versuchte immer und immer wieder, mir vorzustellen, was ich gesehen hatte. Und ein paar Tage später wagte ich mich aus der Deckung.

Es war am Nachmittag, wir saßen mit unserer Arbeit im Schatten des Vordachs und der Bäume vor der Hütte, einander gegenüber und jeder mit seinen Büchern vor sich auf dem Tisch. Ich überlegte fieberhaft, wie ich ihr näher kommen könnte, und schließlich entschloß ich mich. Ich stand auf, reckte mich und ging, wie ich es mir ausgedacht hatte, ein paar Schritte auf und ab, als wollte ich mich entspannen. Und dann trat ich hinter sie, ich beugte mich über ihre Schulter, als interessierte mich das Buch, in dem sie las, und legte die Hände auf ihre Schultern.

Sie trug ein Trägerkleid. Ich bewegte die Finger ein wenig über die glatte Haut ihrer Schultern. Dann schob ich die Hände nach vorn und hinab, bis die Fingerspitzen unter den Stoff des Kleides gelangten und ihre Brüste berührten. Sie sagte: »Nein«, und schob meine Hände von sich.

Ich fühlte mich beschämt und zog mich auf meinen Stuhl zurück, flüchtete mich in meine Arbeit. Aber eine halbe Stunde später versuchte ich es noch einmal.

Sie hatte sich die Übersetzung ins Lateinische vorgenommen, die ich geschrieben hatte, und ich hatte meinen Stuhl neben sie gerückt, vorgeblich, um das, was sie zu bemängeln hatte, besser zu verstehen. Ich beugte mich nach vorn über den Tisch, und nach einer Weile legte ich, als wollte ich mich abstützen, meine Hand auf ihr Knie. Ein wenig später bewegte ich die Hand langsam, in kleinen Etappen, Zentimeter um Zentimeter nach oben und unter ihren Rocksaum.

Sie griff nach der Hand, hob sie empor und legte sie auf den Tisch. Sie sagte: »Nein.«

Die Zurechtweisung trieb mir das Blut in den Kopf, mir wurde heiß. Aber ich mochte mich nicht geschlagen geben. Ich fragte: »Warum denn nicht?«

Sie schwieg eine Weile, sah auf das Blatt mit meiner Übersetzung, als müsse sie intensiv darüber nachdenken. Schließlich wandte sie sich zu mir, sah mich an. Sie sagte: »Weil du noch zu jung dafür bist.« Dann lächelte sie. »Und ich viel zu alt für dich.«

Ich wollte ihr widersprechen, aber sie legte mir den Zeigefinger über die Lippen, hob warnend die Augenbrauen: »Pscht! Kein Wort mehr!«

Als ich erfuhr, daß sie Kurt Keppler heiraten würde, kam ich mir getäuscht und verraten vor. Vielleicht hatte ich geglaubt, sie habe mich an diesem Sommernachmittag nur für den Augenblick zurückgewiesen, nur für dieses Jahr oder schlimmstenfalls das nächste noch. Ich hatte die Zurückweisung wie ein Versprechen verstanden. Sie hatte mich nicht zurückgewiesen, sondern nur vertröstet, nicht wahr? Ich hatte geglaubt, ich müsse nur noch ein wenig älter werden, um das zu bekommen, was jetzt dieser Greis bekam.

Es hat eine ganze Weile gedauert, bis ich sie wieder besuchte, nun in Kepplers prächtigem Haus am Wald.

5

Wallot kam um fünf vor neun ins Hotel zurück. Elfi führte ihn in die Bauernstube und sagte dem Oberkellner Bescheid, der eine Serviererin zu ihm schickte.

Elfi sagt, daß Wallots Laune sich deutlich verschlechtert hatte, und ich konnte mir hernach auch denken, warum. Er hat mir von diesem Abendspaziergang erzählt, die Story war ein Element des ironischen Feuilletons, das er mir aus dem Stegreif darbot und mit dem er mir beweisen wollte, daß Merzthal ein hinterwäldlerisches Kaff sei.

Er hatte die Stadtbibliothek ohne Mühe gefunden, und daß ein großes Plakat mit der Ankündigung seiner Lesung an der Glastür hing, wird ihm gefallen haben. Das Plakat zeigt eines der Porträts, auf denen eine Meisterfotografin sein Haupt abgelichtet hat, und es zitiert in großen Buchstaben auch den Kernsatz einer Rezension, der seinem Werk sowohl blutvolle Lebensnähe wie literarische Raffinesse bescheinigte. Er ließ sich vor dem Bistro gegenüber der Stadtbibliothek an einem der Tische nieder, die noch draußen standen, und bestellte ein Bier.

Die Straße war leer, ausgestorben, »so ausgestorben, als sei ein bedrohlicher Wirbelsturm angekündigt worden«, hat er gesagt. Allerdings belebte sie sich dann von einer Minute zur anderen, jedoch auf eine Art, die ihm wohl äußerst zuwider war. Ein halbes Dutzend Jugendlicher kam aus einer Seitengasse, man hörte sie schon grölen und lachen, als sie noch nicht zu sehen waren, sie fielen in das Bistro ein, besetzten zwei Tische neben Wallots Tisch, schrien nach der Bedienung und fielen sich wechselseitig und lautstark ins Wort: »Eh, halt doch mal die Klappe!«

Ich fragte ihn, ob ihn denn keiner erkannt habe; das Plakat hänge doch gleich gegenüber.

Er lächelte: »Sie glauben doch wohl nicht, daß solch beschränkte Existenzen überhaupt etwas erkennen.«

Sie hatten keine Notiz von ihm genommen. Vielleicht hatten sie es auch darauf angelegt, ihm zu demonstrieren, daß seine Anwesenheit sie nicht im geringsten genierte. Er hatte sein Bier stehenlassen und war gegangen.

In der Bauernstube des Waldhotels mußte er nach der Suppe ein Weilchen auf den Hauptgang warten; die Serviererinnen und der Koch, die den Schlußdienst versahen, hatten mit der Hochzeit noch immer alle Hände voll zu tun. Wallot hatte die ältere der beiden Serviererinnen, die seine Bedienung übernommen hatte, schon gefragt, ob sie ihm das Steak zum Frühstück servieren wolle. Aber einige Zeit später besserte seine Laune sich schlagartig.

Susanne Keppler kam aus dem Speisesaal, sie schaute in die Bauernstube hinein, sah Wallot und ging, ohne zu zögern, zu ihm. Und dann ließ sie sich bei ihm nieder.

Als ich später, am darauffolgenden Montag, mit Elfi sprach, hat sie mir mit einem bösen Lächeln erzählt, von Frau Doktor Keppler habe man ja schon einiges hören können; aber diesem Schriftsteller habe sie sich regelrecht an den Hals geschmissen. Elfi mit ihren braunen Augen und den vollen Lippen ist normalerweise gar nicht kleinlich und selbst auch nicht scheu; bei Susanne jedoch kennt sie keinen Pardon.

Ich sagte ihr, Susanne besitze alle Bücher Wallots, er sei einer ihrer Lieblingsautoren. Es sei doch wohl nicht verwunderlich, daß sie die Gelegenheit genutzt habe, sich allein mit diesem Mann zu unterhalten. Außerdem nähme ich an, Wallot habe sie eingeladen, sich zu ihm zu setzen.

Aber ja, aber ja. Elfi lächelte. Und er habe sogar zwei Kaffee-Cognac bestellt. Einen für die Keppler, versteht sich. Und als das nicht im Handumdrehen gekommen sei, habe er der Kellnerin gesagt, sie möge die Bestellung servieren, wem sie wolle, und sie solle die Rechnung beim Manager des Hotels kassieren. Und dann sei er hinaufgefahren auf sein Zimmer.

Elfi lächelte böse. Ich sah ihr an, daß sie noch etwas loswerden wollte. Ich fragte: »Und was noch?«

Sie sagte: »Frau Keppler ist ihm nach zehn Minuten gefolgt. Auf sein Zimmer. Und da ist sie bis kurz vor Mitternacht geblieben.«

Ich mochte es nicht glauben. Aber Elfi schwor Stein und Bein, daß Susanne mehr als zwei Stunden mit Wallot verbracht habe, allein mit ihm auf seinem Zimmer. Ich fragte sie, woher sie das denn wissen wolle, sie habe doch wohl die Rezeption nicht verlassen können; und sie wolle mir sicher nicht erzählen, daß sie Susanne gefolgt sei, um festzustellen, wohin sie gehe und wie lange sie dort bleibe.

Elfi warf einen Blick ringsum, dann beugte sie sich ein wenig vor und flüsterte: »Kann ich mich darauf verlassen, daß du nicht weitererzählst, was ich dir jetzt sage?« Ich sagte, natürlich könne sie sich darauf verlassen. Sie nickte, zog die Augenbrauen hoch und flüsterte: »Der Kollege könnte nämlich sonst ernste Probleme bekommen. Wahrscheinlich würden sie ihn feuern!«

Bernd Eisemann also, der Kollege, der am Samstag abend für den Zimmerservice zuständig war, hatte um Viertel vor zehn im sechsten Stock eine Bestellung abgeliefert, und als er das Zimmer des Gastes verließ, sah er Susanne Keppler, die gerade in einem anderen Zimmer auf dieser Etage verschwand. Bernd wußte nicht, wessen Zimmer das war, er hatte auch nicht darüber nachgedacht, was Frau Keppler da wollte. Aber fünf Minuten später war er wieder angerufen worden, und jemand von derselben Etage hatte eine Flasche Champagner bestellt.

Es war Carl Wallot, und es war das Zimmer, in dem Susanne verschwunden war. Von Susanne gab es zwar nichts zu sehen, als Bernd den Champagner servierte; aber natürlich sprach einiges dafür, daß sie im Bad wartete, bis Wallot die Rechnung abgezeichnet hatte und Bernd gegangen war.

Und dafür, daß Wallot den Champagner nicht allein getrunken hatte, sprach auch und nicht zuletzt, daß Susanne erst um zwei Minuten vor Mitternacht das Hotel verlassen hatte. Elfi hatte sie zufällig – sagt sie – aus dem Hinterzimmer der Rezeption gesehen, wie sie um diese Zeit aus dem Aufzug kam und geradewegs, ohne nach rechts oder links zu blicken, zum Ausgang ging.

Ich war wie vor den Kopf geschlagen. Ich suchte nach Argumenten, mit denen ich Elfi das süffisante Lächeln hätte austreiben können, aber mir fiel nichts Besseres ein, als zu fragen, ob Susanne denn nicht noch zur Garderobe gegangen sei.

Elfi fragte: »Garderobe? Wieso denn? Sie hatte keine Garderobe abgegeben. Sie ist in einem Jackenkleid gekommen. Sehr schick, das muß man sagen. Aber sie hatte keinen Mantel dabei, brauchte sie ja auch nicht. Es war doch warm am Samstag.«

Ich nickte. Dann stellte ich eine Frage, deren Beantwortung mir ohnehin klar war: »Keppler ist bei der Hochzeitsfeier nicht dabeigewesen?«

»Nein.« Elfi lächelte. »Du weißt doch, daß Susanne Keppler meistens ohne ihren Mann ausgeht.«

Ja, das wußte ich. Nach einer Weile fragte ich, ob Susanne sich denn von einem Taxi habe abholen lassen.

Elfi sagte: »Nein. Sie ist selbst gefahren. Ich nehme an, daß sie einen kleinen in der Krone hatte, von dieser Hochzeitsfeier. Und nach dem Champagner zu zweit.« Sie lächelte. »Aber fahren konnte sie anscheinend noch. Und bevor du fragst, kann ich dir auch noch verraten, daß sie ihr Auto nicht in der Tiefgarage geparkt hatte. Vielleicht war die Garage voll, als sie ankam, wir hatten ja eine Menge Gäste und Besucher am Samstag. Jedenfalls stand ihr Auto vor dem Hotel, ein kleines Stück weiter auf der Straße. Da hatte sie wohl noch einen Parkplatz gefunden.«

Ich nickte. Nach einer Weile brachte ich hervor: »Und um Mitternacht hat sie also allein das Hotel verlassen. Und ist nach Hause gefahren.«

»Ich hab nicht gesagt, daß sie allein gegangen ist.«

Ich starrte sie an. »Was denn? Also doch! Wer war denn bei ihr?«

»Es war niemand *bei* ihr.« Elfi lächelte. »Es war jemand *hinter* ihr.«

Ich sagte: »Sag mal, willst du mich verscheißern?«

Sie schüttelte den Kopf. »Ich will dich nicht verscheißern. Hör doch erst mal zu!«

»Okay. Ich höre ja.«

Sie beugte sich ein wenig vor. »Ein Mann ist ihr gefolgt. Harry Simonis heißt er. Vertreter. Angeblich. Er wohnt seit Mitte der Woche hier. Hat auch schon früher ab und zu ein Zimmer bei uns gehabt. Ich hab gestern mal im Telefonbuch der Stadt nachgesehen. Da steht ein Harry Simonis drin, und als Berufsbezeichnung ›Auskünfte‹. Ich glaube, so nennen Detektive manchmal ihren Job.«

Ich nickte. »Und der ist Susanne gefolgt?«

Sie nickte. »Ich bin, als ich sie hab vorbeigehen sehen, ihr nachgegangen. Nicht bis vor die Tür, aber ich bin an das Fenster gegangen, das der Tür am nächsten ist, das an der Sesselgruppe. Und während ich noch an dem Sofa vorbeigehe, schaue ich mal nach hinten, und wen sehe ich? Herrn Simonis. Er kommt aus einem Aufzug und geht hinaus auf die Straße und sieht sich um. Und natürlich sieht er ebenso wie ich Frau Keppler, die ein Stück weiter in ihr Auto einsteigt. Und dann steigt er in sein Auto, das da drüben schräg auf dem Bürgersteig gestanden hat, und folgt ihr.«

Sie lächelte. »Noch Fragen?«

Ich schüttelte den Kopf. »Nein.«

6

Sie muß sehr einsam gewesen sein. Ja, ganz gewiß. Ich hatte ja auch irgend etwas gespürt, schon seit ein paar Monaten. Ich hatte es gespürt, sooft wir uns begegnet waren in der vergangenen Zeit. Und besonders, wenn ich sie besuchte und wir allein waren. Ein paarmal hatte ich sie gefragt, ob sie traurig sei. Ob ihr etwas fehle. Aber sie hatte nein gesagt. Oder nur den Kopf geschüttelt, ohne ein Wort zu sagen.

Ja, und noch etwas war mir aufgefallen. Vielleicht hatte ich es mir nur eingebildet, aber ich meinte, sie hätte mit Keppler in meiner Anwesenheit kaum noch einen Satz gewechselt in den vergangenen Monaten. Nun gut, sehr viel hatten die beiden, wenn ich bei ihnen war, noch nie miteinander geredet. Schon möglich, daß das zu Beginn ihrer Ehe einmal anders gewesen ist, aber das habe ich ja nicht mitbekommen. Es hat doch ziemlich lange gebraucht, ein Jahr mindestens, wenn nicht zwei, bis ich Susanne wieder besuchen mochte.

Wir waren uns zufällig auf der Straße begegnet, und da hatte sie mich gefragt, ob ich denn nicht mal wieder zu ihr kommen wolle, an irgendeinem Nachmittag, wenn die Sonne scheine. Vor die Hütte könnten wir uns jetzt zwar nicht mehr setzen, es sei denn, wir besuchten gemeinsam ihre Eltern; aber sie habe doch eine sehr schöne Terrasse hinter dem Haus, gleich am Wald, mit einem großen Tisch für die Bücher und bequemen Stühlen, und genug Schatten gebe es da auch. Und natürlich könne ich sie auch besuchen, wenn es regne. Ich könne jederzeit kommen.

Dem hatte ich nichts mehr entgegenzusetzen. Mein Stolz brach zusammen, oder auch mein Trotz. Egal was, schon einen Tag später saß ich mit ihr in Kurt Kepplers Haus, auf Kurt Kepplers Terrasse. Es war ja auch ihr Haus und ihre Terrasse.

Zu dieser Zeit also hatte ich nie bemerkt, daß sie und Keppler nicht mehr oder so gut wie nicht mehr miteinander geredet hätten. Es war mir manchmal sogar zuviel geworden, zuviel an Kommunikation. Zum Beispiel, daß er sie Suse nannte und mit einem Lächeln auch schon mal Frau Doktor, womit er sie offenbar necken wollte. Was ich da an Vertraulichkeit spürte, war mir zuwider. Ich mochte nicht, daß dieser alte Knacker sich so etwas herausnehmen durfte. Es tat mir weh.

Dergleichen hatte ich in der jüngsten Zeit jedenfalls nicht mehr erleiden müssen. Nein, nein, ich habe es mir nicht nur eingebildet, daß sie kaum noch ein Wort miteinander wechselten. Das läßt sich mit einiger Sicherheit sogar schließen, aus etwas anderem, das ebenfalls neu war: Ich habe mich in dieser ganzen, gerade vergangenen Zeit, und ganz anders als früher, sehr wohl gefühlt, in dem Haus am Wald und bei Susanne, und das auch dann und gerade dann, wenn Keppler dabei war und bevor er sich, wie es üblich wurde, stumm in sein Arbeitszimmer zurückzog.

Ich habe darüber nicht nachgedacht, aber jetzt, nach Susannes Besuch auf Wallots Zimmer, ist mir bewußt geworden, daß ich mich an dem Gefühl erwärmt habe, es stehe schlecht um Susannes Ehe.

Das war niederträchtig. Es war kläglich. Ich habe sie allein gelassen.

Anstatt mich an der Krise ihrer Ehe zu weiden, hätte ich mich um sie kümmern müssen. Ich hätte sie immer wieder fragen müssen, was ihr fehle und was ich tun könne, um ihr zu helfen. Ich hätte in sie dringen müssen, so lange, bis sie sich ausgesprochen, sich ihren Kummer von der Seele geredet hätte, den Kummer oder was immer es war. Daß sie das brauchte, daß sie sich danach gesehnt hatte, lag jetzt doch auf der Hand. Sie hätte sich sonst wohl kaum mit einem Mann eingelassen, dem sie eine Viertelstunde vorher zum erstenmal in ihrem Leben begegnet war. Sie muß sich sehr einsam gefühlt haben.

Freilich kannte sie ihn, hatte sie schon eine Art von Beziehung zu diesem Autor. Seine Bücher waren ihr vertraut, sie wußte Bescheid in der Welt seiner Vorstellungen und Gedanken. Sie war ja seit vielen Jahren ein Fan von ihm, durch sie war auch ich zum erstenmal an seine Romane gekommen, die letzten hatten wir fast gleichzeitig gelesen, sobald sie erschienen waren, und ausgiebig diskutiert. Sie war es auch, die Behringer auf die Idee gebracht hatte, Wallot zu einer Lesung nach Merzthal zu holen.

Vielleicht hat sie die Einladung zu der Hochzeitsfeier, dieser nervenden Geselligkeit mit dem Alleinunterhalter Hajo Kühne, nur deshalb angenommen, weil sie von Behringer wußte, daß Wallot an ebendem Samstag am Ort der

Feier, im Waldhotel, eintreffen würde. Von Behringer wußte sie dann auch, oder sie hat es sich denken können, daß der Autor gleich nach der Lesung wieder abreisen wollte.

Sie hat zwar nicht gewußt, daß Behringer an diesem Nachmittag ausflippen und für den Rest des Tages ausfallen würde. Aber sie hat sich denken können, daß er keine große Lust haben würde, den Abend vor der Lesung mit diesem Autor zu verbringen, womöglich ihm beim Essen Gesellschaft zu leisten und sich anderthalb Stunden lang interessiert und intelligent gebärden zu müssen.

Also ist sie schon früh zu der Hochzeitsfeier gegangen, hat immer wieder einmal Ausschau nach Wallot gehalten und hat, als sie ihn endlich fand, die Gelegenheit beim Schopf gepackt.

Sie hatte sich wieder einmal im Foyer umgesehen, warf noch einen Blick in die Bauernstube und entdeckte Wallot. Als er in derselben Sekunde von seinem Teller aufsah und ihrem Blick begegnete, tat sie, als habe sie jemand anderen gesucht. Sie wandte sich ab, hielt aber plötzlich inne, als werde ihr erst mit einer Verzögerung klar, wer da saß, und schaute noch einmal zu ihm hinüber.

Wallot hielt noch immer die Augen auf sie gerichtet, was Wunder; er sah eine mittelgroße, gutgewachsene, elegant gekleidete, eine sehr attraktive Frau von Mitte Dreißig mit goldblonden, kurzgeschnittenen Haaren und leuchtendblauen Augen, die ihn offenbar mit Interesse wahrgenommen hatte. Wallot lächelte Susanne an.

Sie ging, als sei das ein spontaner Entschluß, zu seinem Tisch, blieb davor stehen und fragte, als könne sie es nicht recht glauben: »Herr Wallot?«

Wallot erhob sich, die Serviette mit der Linken über dem Schoß festhaltend, und sagte: »Ja, bitte?«

Susanne hob abwehrend die Hand: »Bitte nicht, bitte nicht, ich wollte Sie doch nicht beim Essen stören! Ich wollte nur …« sie wandte sich halb ab, neigte den Kopf ein wenig, schüttelte ihn, als finde sie selbst ihr Benehmen absonderlich, ließ den Ansatz eines Lachens hören, sah dann wieder Wallot an. Nach einer kleinen Pause sagte sie, es klang wie ein Geständnis, das sich nicht länger zurückhalten ließ: »Ich wollte Ihnen nur sagen, daß ich Ihre Bücher liebe. Wirklich! Ich bin ein Fan von Ihnen.«

Wallot sagte: »Danke, das ist sehr freundlich. Aber … wollen Sie sich nicht einen Augenblick zu mir setzen?«

Susanne sagte: »Nein wirklich, ich …«

Er legte die Serviette ab, zog den Stuhl an seiner Seite zurück und wies einladend darauf. »Bitte!«

Susanne lachte, schüttelte den Kopf, dann setzte sie sich.

Während er seine Mahlzeit beendete, sagte sie ihm, daß sie sich sehr auf die Lesung am nächsten Morgen freue. Sie habe auch bei jeder Gelegenheit unter ihren Bekannten dafür geworben, und sie habe den Eindruck, daß das Interesse ungewöhnlich groß sei. Solch eine Veranstaltung enthalte in Merzthal allerdings immer ein gewisses Risiko, das müsse er wissen, und er dürfe nicht enttäuscht sein, wenn die Stadtbibliothek nicht bis zum letzten Platz besetzt sein sollte. Diejenigen, die kämen, seien aber mit Sicherheit an seinem Werk sehr interessiert.

Wallot erwiderte lächelnd, sie solle sich bitte keine Sorgen machen. Er habe ja einige Erfahrungen mit Lesungen, und im Grunde kümmere es ihn nicht, ob er vor fünfhundert oder vor fünfzehn Leuten lese. Er versinke meist auch so tief in seinem Text, daß er das Publikum völlig vergesse.

Er fragte sie, ob sie etwas mit ihm trinken wolle, vielleicht einen Kaffee mit Cognac oder sonst etwas. Susanne antwortete, aber sie möchte ihm wirklich nicht lästig fallen, wahrscheinlich habe er ja auch noch etwas anderes vor, und es sei ohnehin unverzeihlich, daß sie ihn so kurzerhand angesprochen habe.

Wallot sah sie lächelnd an. »Wie kommen Sie denn darauf, daß Sie mir lästig fallen?«

Susanne erwiderte den Blick, lächelnd und ein wenig zweifelnd.

Er fragte: »Was könnte ich denn Besseres vorhaben, als mit Ihnen zusammenzusein?«

Susanne sagte, also gut, dann werde sie einen Kaffee-Cognac mit ihm trinken. Er rief die Serviererin herbei, die sich im Durchgang zur Schenke hatte sehen lassen, und gab die Bestellung auf. Als er sich wieder Susanne zuwandte, sagte sie, jetzt müsse sie ihm aber eine Frage stellen, die sie schon sehr lange beschäftige.

Er lächelte. »Nur zu.«

Susanne sagte, zu ihren Lieblingsbüchern gehöre ein Roman von ihm, den er schon vor einer Reihe von Jahren geschrieben habe, *Der kleine Feind*. Er nickte, senkte den Kopf ein wenig, als lausche er in sich hinein, und Susanne sagte, das sei ein wunderbares Buch, wirklich. Und was sie daran besonders fasziniert habe, das sei die Perspektive der Erzählung. Es sei ja aus der Perspektive einer Frau geschrieben, und das so überzeugend, so ohne jeden falschen Akzent, daß sie sich immer gefragt habe, wie ein Mann so etwas schreiben könne. Oder besser: wie ein Mann sich so feinfühlig in die Psyche einer Frau hineindenken, hineinversetzen könne. Sie habe eine Zeitlang tatsächlich geglaubt, Carl Wallot sei das Pseudonym einer Frau.

Sie sah ihn an, schüttelte den Kopf. Dann fragte sie: »Wie haben Sie das bloß geschafft?«

Wallot lächelte, zuckte die Schultern. »Ich weiß es nicht. Wirklich nicht!« Er tupfte den Mund ab, faltete die Serviette zusammen. »Ich habe natürlich eine Menge recherchiert. Mit einer ganzen Reihe von Frauen gesprochen, speziell für dieses Buch. Ihre Situationen, auch ihre Biographien studiert.« Er sah Susanne an. »Vielleicht liegt es daran.« Er lächelte. »Oder was glauben Sie?«

Sie sprachen noch eine Weile über den *Kleinen Feind* und Wallots Einfühlungsvermögen. Dann hielt er Ausschau nach der Serviererin. Er sagte, der Service hier sei wirklich unter aller Kritik. So lange könne doch niemand für zwei Tassen Kaffee brauchen?

Und dann fragte er Susanne, was sie davon halte, wenn sie das Gespräch auf seinem Zimmer fortsetzten. Vielleicht funktioniere der Zimmerservice ja ein wenig besser. Und zumindest könne er, Wallot, sie aus der Minibar bewirten.

Susanne lächelte. Dann sagte sie: »Ja, warum nicht?«

Sie hat, ich mag es nicht glauben, aber es muß so gewesen sein, sie hat dieses unmißverständliche Angebot tatsächlich auf der Stelle angenommen.

Sie mußte wissen, daß das Risiko, das sie einging, sehr hoch war. Sie wußte, daß sich in diesem Hotel um diese Zeit noch sehr viele Menschen aufhielten, die sie kannten und wußten, daß sie Kurt Kepplers Frau war. Und sie selbst kannte ja auch die kleinen, niederträchtigen Geschichten, die immer wieder mal in der Stadt erzählt worden waren, Geschichten von der jungen Ehefrau mit dem alten Mann, von der Blonden mit den blauen Augen, die sich durch den Tag faulenzte und Hummeln im Höschen hatte und ständig allein unterwegs war und angeblich sogar mit dem versoffenen Behringer herumgemacht hatte.

Selbst wenn alle diese Geschichten nur ausgedacht und erlogen waren: Würde man sie in einer zweideutigen Situation mit diesem Schriftsteller ertappen, der für eine Stippvisite, für nicht mehr als eine Samstagnacht und einen Sonntagmorgen nach Merzthal gekommen war, dann wäre ihr Ruf in der Umgebung, in der sie lebte und ja auch weiter zu leben hatte, für alle Zeiten entschieden: Sie war ein Flittchen.

Im Grunde hatte sie den Bogen schon überspannt, als sie sich zu Wallot an den Tisch setzte und mit ihm ein alkoholisches Getränk zu sich nehmen wollte. Und alles, was Elfi mir hernach über die darauf folgende Vertiefung dieser Bekanntschaft zu erzählen wußte, und daß sie es wußte und weitererzählte, hätte sich voraussehen lassen. Susanne mußte zumindest mit dergleichen rechnen, als sie sich an Wallots Tisch setzte und ihm auf sein Zimmer folgte.

Hatte sie keine Angst vor den Konsequenzen gehabt? Ja, und auch das noch: Hatte sie, obwohl sie gefährliche Wege ging, denn nicht bemerkt, daß ein Verfolger, der Herr Simonis, der mit Auskünften handelte, sich an ihre Fersen geheftet hatte? Das tat er doch wohl kaum zu seinem persönlichen Vergnügen? Und von wem konnte denn dieser Verfolger beauftragt sein?

Hatte sie keine Angst vor ihrem Mann gehabt?

Nach Merzthaler Moralvorstellungen und Ehrbegriffen gab es an dem, was Kurt Keppler zu tun oblag, gar keinen Zweifel: Er würde, wenn er von diesem Abenteuer seiner Frau erführe, Susanne vor die Tür setzen, sie mit Schimpf und Schande davonjagen. Und auch diesmal, wie schon, als er Susanne heiratete, hätte er die Sympathien auf seiner Seite.

War das Verhältnis zwischen den beiden schon so brüchig geworden, daß es ihr darauf nicht mehr ankam? Wollte sie ihren Mann herausfordern? Oder fühlte sie sich tatsächlich so einsam, so allein gelassen, daß sie sich diesem Schriftsteller Hals über Kopf und mit Haut und Haaren ausliefern mußte?

Ich weiß die Antwort nicht.

Nun gut. Und wie ging es weiter?

Wallot hatte, bevor Susanne an seine Zimmertür klopfte und er sie einließ, auf dem kleinen Schreibtisch neben der Sesselgruppe ein paar von Hand beschriebene Blätter arrangiert, so, als habe er an einem neuen Manuskript gearbeitet und die Arbeit nur wegen des Abendessens unterbrochen gehabt. Vielleicht hatte er, als er ins Bad ging, um sein Aussehen zu überprüfen und das volle rotbraune Haar zu richten, auch noch einmal nach der kleinen, violetten, bizarr geformten Glasflasche gegriffen und einen Hauch des Eau de Toilette unter das Kinn und auf die Wangen gesprüht, das Elfi Neuhaus als zwar fremdartig, aber angenehm empfunden hat.

Nein! Halt jetzt! Schluß damit!

7

Was eigentlich treibe ich hier? Was soll das, zum Teufel?!

Will ich mir etwa Satz um Satz ein Protokoll dieser gut zwei Stunden zusammenspinnen, die Susanne, meine Susanne, ja, verflucht, *meine* Susanne allein mit Carl Wallot verbracht hat? Will ich mir Nadel um Nadel ins Fleisch stechen, bis es nicht mehr auszuhalten ist, der Schmerz und die Wut?

Was soll denn schon gewesen sein? Was soll passiert sein? Was könnte es denn Außergewöhnliches daran geben?

Er hat ihr die Tür geöffnet und sie eingelassen. Sie hat sich in einen Sessel gesetzt. Er hat die Karte des Zimmerservice vom Schreibtisch genommen, nicht ohne so zu tun, als müsse er sie unter seinen Papieren suchen. Sie hat ihm dabei zugesehen. Er hat sie gefragt, wie es mit Champagner wäre? O ja, sehr gut. Und was wollen wir nehmen, den Piper-Heidsieck? Nein, halt, wie ich sehe, haben sie sogar einen Taittinger hier, den nehmen wir, einverstanden?

Während er die Bestellung aufgab, hat sie sich im Zimmer umgeschaut, als gebe es da etwas Interessantes zu sehen. Er hat über das Telefon hinweg einen beiläufigen Blick auf ihre Beine geworfen, die sie übereinandergeschlagen hatte.

Als der Champagner kam, waren sie bei der Verfilmung eines seiner Bücher angelangt, schrecklich, nicht wahr, ja, eine Schande. Sie ist aufgestanden, als Bernd Eisemann an die Zimmertür klopfte, hat Wallot angelächelt, den Zeigefinger über die Lippen gelegt und ist auf Zehenspitzen ins Bad gehuscht. Wallot hat sie mit einem Lächeln empfangen, als Bernd gegangen war und sie aus dem Bad zurückkam: »Ich hab gar nicht daran gedacht! Aber das war sicher klug.«

Sie antwortete: »O ja. Wir sind hier nämlich in der tiefsten Provinz.« Und dann hat sie angefangen, ihm von dem Leben zu berichten, das sie in Merzthal führe. Führen müsse, als Ehefrau des angesehensten Bürgers der Stadt. Ein Wort hat das andere nach sich gezogen, es war, als breche ein Damm Stück um Stück und die Flut ergieße sich immer heftiger. Sie hat von der Ödnis dieser Stadt gesprochen, der Kleingeisterei, dem Stumpfsinn. Der Mißgunst, dem Haß. Manchmal glaube sie zu ersticken. Zu ertrinken in einer… grenzenlosen Trauer. Sie wisse nicht, wie lange sie das noch aushalte.

Er sagte, er kenne dieses Gefühl. Das der Ausweglosigkeit, ja. Sehr eng verwandt mit Hoffnungslosigkeit. Mit der Verzweiflung, ja. Sie sah ihn mit großen Augen an, nickte. Er fragte sie, ob sie denn gar keine Möglichkeit sehe, diese Stadt zu verlassen. Sie neigte den Kopf, zuckte die Schultern.

Er sagte, es gebe immer eine Möglichkeit, das zu tun, was lebenswichtig sei. Und wenn sie wolle, werde er ihr dabei helfen. Sie blickte auf. Er hob das Glas, lächelte, prostete ihr zu. Sie tranken, er füllte die Gläser nach.

Eine Stille trat ein. Er wollte das, was er gesagt hatte, offenbar nicht näher ausführen. Er schien nachzudenken.

Nach einer Weile fragte sie ihn, ob er an einem neuen Buch arbeite. Sie wies auf den Schreibtisch. Er sagte: »Ach das, ja…« Er stand auf, trat an den Schreibtisch, schob die Blätter ein wenig auseinander.

Sie fragte, ob sie einen Blick darauf werfen dürfe. Nur einen ganz kurzen Blick.

Er sah sie an. Dann lächelte er: »Ganz ausnahmsweise einmal.«

Nach einem kurzen Zögern stand sie auf und ging zu ihm. Sie stellte sich neben ihn an den Schreibtisch, warf aber nur einen hastigen Blick über die Blätter, als traue sie sich nicht, genauer hinzuschauen.

Er sagte: »Sie würden wahrscheinlich Mühe haben, das zu entziffern.«

Sie sah ihn an. »Ja, aber darum ging es mir auch gar nicht. Ich wollte nur einmal sehen, wie so etwas… nun ja, wie es aussieht, wenn es entsteht.«

Er nickte. Dann sagte er: »Ich weiß nicht, ob Ihnen etwas daran liegt. Aber Sie könnten es als einen Beweis sehr großer Zuneigung betrachten.« Er lächelte. »Ich lasse sonst so gut wie niemanden in meine Notizen schauen.«

Er wandte sich ihr zu, streifte dabei ihre Schulter. Ihre Augen versanken ineinander. Er hob die Hand und legte sie an ihren Arm. Sie hob ihre Hand und legte sie auf seine Brust. Er zog sie an sich.

Ja, ja, ja! Und das genügt jetzt wirklich! Es genügt, zum Teufel! Was soll denn noch Erwähnenswertes geschehen sein?! Was könnte noch geschehen sein, das nicht stocknormal, stinkgewöhnlich, abgrundtief ordinär gewesen wäre?!

Sie begannen sich zu bewegen, Mund auf Mund, aneinander saugend, ineinander verschlungen und ein wenig schwankend. Er gab die Richtung an, sie bewegten sich auf das Bett zu, schließlich stieß sie mit ihren Kniekehlen an die Bettkante, sie sank zurück auf das Bett. Er hob ihre Beine an, schwenkte sie hoch, sie schob ihr Gesäß ein Stück weiter auf das Bett, er ließ die Beine sachte nieder, dann bettete er sich neben sie.

Nach großen Umständen, einem betulichen Vorspiel stand ihm nicht der Sinn. Er schob die Hand unter ihren Rock. Ich weiß nicht, ob sie Strümpfe trug. Ich kann Elfi nicht danach fragen, und Susanne ja auch nicht, verflucht! Vielleicht trug sie keine Strümpfe, seine Hand glitt auf dem glatten Fleisch nach oben.

Aber vielleicht trug sie auch Strümpfe. Strümpfe und einen Strumpfgürtel, an dessen elastischen Bändern, Strapsen, sie befestigt waren. Wenn es so war, dann glitt seine Hand über den Strumpf, stieß auf einen Straps und gelangte dann endlich an die nackte Haut. Vielleicht hat sie jäh den Atem eingezogen, als seine Finger die nackte Haut, das glatte Fleisch berührten. Ja, so wird es wohl gewesen sein.

Ja, ja, so wird es gewesen sein!

Vielleicht war es aber auch anders, verflucht noch mal?!

Vielleicht war es ganz anders.

Vielleicht haben sie während dieser zwei Stunden nur miteinander geredet?

Sie haben über sein Werk gesprochen, und er hat ihr von seinen Nöten, von Zweifeln an sich selbst erzählt, von ganz banalen Lebens- und Todesängsten, die kaum jemand in seinem Inneren vermuten würde. Vielleicht hat nicht sie sich ihm, sondern er sich ihr anvertraut. Ausgeliefert.

Ja, vielleicht.

Ich könnte weinen. Ich könnte jammern wie ein kleines Kind. Ich könnte heulen wie ein Schloßhund, durchdringend und zum Herzerbarmen.

8

Behringer hatte ein nicht sehr großes Karree zwischen den Regalen frei geräumt und darin die fünfzig Stühle aufgestellt, die er im Magazin der Bibliothek für solche Gelegenheiten bereithält. Die Zeit, elf Uhr am Sonntag morgen, nach dem Hochamt also, war günstig. Aber fast die Hälfte der Stühle blieb leer.

Daß schließlich siebenundzwanzig Personen, allerdings einschließlich Behringers, zweier seiner Mitarbeiterinnen sowie Fräulein Langenhagens, die die Marien-Buchhandlung vertrat, sich vor dem Tisch mit dem Mikrophon versammelt hatten, war für Merzthal immerhin kein Negativrekord. Bei der Lesung des Lyrikers Paul Bartels im vergangenen Jahr sind insgesamt sechs Zuhörer erschienen, und von dieser Zahl mußte man strenggenommen die Hälfte abziehen, nämlich Behringer und Frau Pabst, die älteste seiner Mitarbeiterinnen, sowie mich, denn wenn Verhülsdonk mich nicht beauftragt hätte, über die Veranstaltung zu berichten, wäre ich nicht hingegangen. Ich hatte in *Literaturen* einen Artikel über Bartels gelesen und dazu drei Werkproben, und sie waren mir ein bißchen zu aufdringlich, zu angestrengt lyrisch gewesen. So präsentierte sich denn auch die Lesung vor sechs Leuten. Bartels rollt das *R*, als habe er noch bei Albert Bassermann Schauspielunterricht genossen.

Wallot traf um Viertel vor elf ein. Behringer nahm ihn in Empfang, die Begrüßung verlief offensichtlich kühl. Ich nehme an, daß Behringer noch einmal seine Entschuldigung mit dem Sterbefall vorbrachte, und Wallot dürfte ihm deutlich zu verstehen gegeben haben, daß man einen Autor seines Ranges selbst dann nicht versetze, wenn es einen Sterbefall gegeben habe, vorausgesetzt, es habe einen solchen Fall tatsächlich gegeben, was Wallot möglicherweise auch noch in Zweifel zog, zumindest andeutungsweise.

Ich traue ihm zu, daß er Behringer auf Anhieb durchschaute. Er musterte ihn, während sie miteinander sprachen, mit unbewegtem Gesicht. Freilich ließ Behringer – was ich schon zuvor hatte feststellen können, als ich ihm guten Morgen sagte und ihn fragte, wann der Autor eintreffen werde –, Behringer ließ keinerlei Nachwirkungen erkennen. Er war nicht fahrig, seine Hände zitterten nicht, und es gab in seiner Nähe auch keine Restfahne zu riechen. Er war allenfalls noch ein wenig blasser als sonst. Aber ich traue Wallot zu, daß er hinter die restaurierte Fassade zu schauen vermochte.

Ich ging zu den beiden, stellte mich Wallot vor und fragte, ob es ihn störe, wenn ich während der Lesung hin und wieder fotografierte. Er fragte mit einem leichten Stirnrunzeln: »Können Sie das denn nicht vorher erledigen?«

Ich sagte, ich wolle vermeiden, daß die Fotos einen gestellten Eindruck machten. Er sagte, das müßten sie ja auch nicht. Er schüttelte den Kopf, stieß einen Seufzer aus, dann sagte er, na schön, in Gottes Namen. Er fügte hinzu: »Ich hoffe allerdings, daß Sie nicht permanent mit Ihrer Kamera um mich herumturnen.«

Ich unterdrückte die Antwort, obwohl es mir schwerfiel. Dieser Mensch hatte wirklich ein beachtliches Talent, andere Menschen gegen sich aufzubringen. Und ich hatte den Bauch ohnehin voller Wut, nachdem Verhülsdonk mich schon um halb neun am Sonntag morgen, ich stand noch unter der Dusche, angerufen und mir aufgetragen hatte, einen Ausdruck meines Berichts über die Lesung, bevor ich ihn an die Zentralredaktion sendete, bei Keppler zu Hause vorbeizubringen und ihn das Manuskript lesen zu lassen.

Ich fragte: »Warum denn das?«

Verhülsdonk erwiderte: »Was fragen Sie denn?! Er möchte es halt sehen!« Dann legte er auf.

Verhülsdonk ist zwar ein ergebener Diener Kurt Kepplers, welcher den *Merzthaler Boten* durch seine Geldspritzen lange am Leben erhalten hat und das gleiche nun auch als Mehrheitsgesellschafter des *Tageblatts* besorgt, unseres ehemaligen, größeren Konkurrenten mit Sitz in der Kreisstadt, welcher den *Boten* schon vor Jahren geschluckt hat und ihn seither mit den Mantelseiten ausstattet; dank Keppler darf Verhülsdonk sich auch noch immer Chefredakteur nennen, obwohl er nur noch für den Merzthaler Lokalteil zuständig ist, den er durch einen Redakteur, das bin ich, und vier freie, abwechselnd beschäftigte Mitarbeiter füllen und sechsmal wöchentlich dem *Tageblatt* zuliefern läßt.

Aber das Regiment, das Keppler wie schon sein Vater über die Redaktion auszuüben versucht und faktisch ausübt, geht dem Chefredakteur naturgemäß gegen den Strich. Und das um so mehr, als ich jedesmal, wenn es einen Ukas unseres Brotgebers zu befolgen gilt, die in der Tat alberne Frage stelle: »Warum denn das?«

Susanne Keppler erschien um fünf vor elf. Sie trug eine Bluse mit Lederweste und sah hinreißend aus. Sie kam nicht zu uns – ich stand noch mit Wallot und Behringer neben dem Tisch mit dem Mikrophon –, sondern setzte sich im hinteren Drittel der Stuhlreihen neben Dagmar Fries, ihre Freundin, mit der sie anscheinend verabredet war. Nachdem die beiden sich begrüßt hatten, richtete Susanne den Blick wie beiläufig nach vorn, lächelte und nickte.

Der Gruß konnte ebensogut Behringer wie mir, wie Wallot gegolten haben. Ich erwiderte ihn mit einem Winken und sah mit Verwunderung, daß Wallot sich leicht verbeugte und Susanne anlächelte. Elfis Informationen sollte ich ja erst am folgenden Tag erhalten.

Um zehn nach elf war abzusehen, daß niemand mehr sich in diese Lesung verirren würde. Frau Pieroth war da, die dem *Merzthaler Boten* seit Jahren ihre historischen Romane anbietet und nicht einsehen will, daß der Fortsetzungsroman von der Redaktion des *Tageblatts* ausgesucht und in die Zeitung gerückt wird; sie trug auch ein Päckchen in dem mir bekannten grünen Packpapier mit sich, ihr jüngstes Werk wahrscheinlich, das sie Wallot zur Begutachtung anvertrauen wollte. Auch Herr Knauf war erschienen, dem seit dem Tod seiner Frau zu Hause offenbar die Decke auf den Kopf fällt und der jede öffentliche Ansammlung von Menschen aufsucht, zumal solche, bei denen – wie in Behringers Veranstaltungsreihe »Kultur zu Gast« – kein Eintritt erhoben wird. Und der Studienrat Wiedebrück hatte es tatsächlich fertiggebracht, drei seiner Schülerinnen zum Besuch der Lesung zu animieren.

Behringer räusperte sich, trat neben den Tisch, an dem Wallot Platz genommen hatte, und hieß den Autor willkommen, während dieser mit einem verhaltenen Lächeln seinen Blick über die Zuhörer wandern ließ. Der Bibliothekar charakterisierte Wallots Werk mit ein paar Sätzen, die Hand und Fuß hatten; womöglich hatte Susanne sie ihm souffliert, ich schrieb sie jedenfalls mit. Alsdann meldete Wallot sich mit einem volltönenden »Guten Morgen!« zu Wort.

Er skizzierte den Roman, aus dem er lesen wollte, *Die Flucht des Markus Bohm*, eine überwiegend mit Beifall aufgenommene Veröffentlichung aus dem vergangenen Frühjahr, umriß das Thema in einer merkwürdigen Mischung aus Bescheidenheit und ungeniertem Anspruch (»Es ist freilich kein Buch für Leser, die sich nicht anstrengen möchten, aber die haben mich noch nie interessiert«, und gleich darauf: »Ich weiß nicht, ob ich das Ziel erreicht habe, das mir vor Augen stand, und das können letzten Endes ja auch nur Sie entscheiden, die Leser«), schickte zudem ein paar Merkmale der handelnden Personen voraus. Dann strich er mit der Hand glättend über das Buch, das aufgeschlagen vor ihm lag, trank bedächtig einen Schluck Wasser, beugte sich vor und begann zu lesen.

Ich kannte die Passage, und nachdem ich eine Weile die sparsamen Gesten, mit denen er den Text vortrug, beobachtet hatte, stand ich behutsam auf, trat zur Seite und fotografierte den Autor. Als ich genug Bilder aus dieser Perspektive beisammen hatte, ging ich um die Zuhörer herum, an der Tür vorbei auf die andere Seite des Karrees, um von dort zu fotografieren. Susanne und Dagmar lächelten mich an, als ich an ihnen vorüberging. Wallot schien nicht zu bemerken, was ich da trieb; entweder hatte er beschlossen, mich zu ignorieren, oder er war tatsächlich in seinen Text versunken.

Während ich ihn noch von der anderen Seite fotografierte, sah ich im Augenwinkel, daß die Tür geöffnet wurde. Ich sah, wie in Susannes Rücken eine massige Gestalt erschien. Kurt Keppler trat ein.

Er warf einen kurzen Blick auf Wallot, dann schob er sich in die Stuhlreihe hinter Susanne und Dagmar, die leer geblieben war. Susanne nahm ihn erst wahr, als er die Hand auf ihre Schulter legte. Sie wandte den Kopf zu ihm, er beugte sich zu ihr hinab und flüsterte ihr etwas zu. Susanne schüttelte den Kopf, sie wandte sich wieder nach vorn. Sie hatte die Augenbrauen zusammengezogen, nagte an ihrer Unterlippe. Es war offensichtlich, daß Keppler sie aufgebracht, daß er ihren Zorn hervorgerufen hatte.

Keppler legte die Finger um ihren Arm, er sprach noch einmal flüsternd zu ihr. Sie gab keine Antwort, sah starr geradeaus. Die beiden verharrten zwei, drei Sekunden lang wie gebannt in dieser Pose. Es war, als sähe man das eingefrorene Bild eines Kampfes, eines Ringens, das wortlos und ohne Blickkontakt der Kämpfer ausgetragen wurde. Dann sah ich, daß Susanne die Augen schloß, und ich sah auch, warum. Wallot hatte aufgehört zu lesen, er hatte den Blick gehoben und fixierte die beiden. Es dauerte nur noch einen kurzen Augenblick, dann stand Susanne auf, sie folgte Keppler zur Tür. Er öffnete die Tür, ließ Susanne vorausgehen, zog die Tür hinter sich zu.

Dagmar, die den beiden nachgeschaut hatte, wandte sich wieder nach vorn. Sie zog die Augenbrauen zusammen und schüttelte heftig den Kopf.

Wallot räusperte sich, trank einen Schluck, dann setzte er die Lesung fort.

9

Hernach kam sogar eine Art von Diskussion zustande, wenn vielleicht auch nur, weil Studienrat Wiedebrück vor seinen Schülerinnen nicht als Dämlack dastehen wollte, der in seiner Klasse klugschwätzt, aber den Mund nicht mehr aufbekommt, sobald so eine Geistesgröße leibhaftig vor ihm erscheint. Wallot war zum Ende gekommen, indem er das Buch behutsam zuklappte, er hatte den Kopf gesenkt, sich mit zwei Fingerspitzen über eine Augenbraue gestrichen, dann legte er die Hand wieder auf den Tisch und verharrte in dieser Haltung, als müsse er seinen eigenen Text zunächst einmal in sich verklingen lassen.

Schließlich hob Frau Pieroth die Hände und begann zu klatschen, die übrigen Zuhörer fielen ein wenig zögernd ein. Wallot blieb desungeachtet fürs erste sitzen wie in Stein gehauen, und der Beifall verebbte, weil das Publikum vielleicht fürchtete, der Autor halte dergleichen geräuschvolle Bekundung für unangemessen, nehme sie übel und tue das durch seine Reglosigkeit bereits kund. Vielleicht war das auch so. Als es wieder still geworden war, hob Wallot das Haupt.

Der Studienrat Wiedebrück räusperte sich laut, dann streckte er seine Hand empor.

Wallot fragte: »Ja, bitte sehr?«

Wiedebrück sagte, es sei auffällig, jedenfalls sehe er es so, daß Wallot die Umgebung, in der seine Personen sich bewegten, sehr detailliert schildere und immer wieder auch aktuelle Ereignisse, reale Ereignisse, wie sie in der Tagespresse zu lesen seien, in seinen Romanen zitiere. Und deshalb wolle er fragen, ob Wallot sich als Chronist der Zeitgeschichte verstehe.

Wallot erwiderte: »Ja und nein.« Er schloß eine längere, von Wiedebrück mit beifälligem Nicken und Lächeln begleitete Darlegung darüber an, daß er, wenn es ihm vorrangig um die Zeitgeschichte ginge, wahrscheinlich Journalist geworden wäre, oder vielleicht auch Historiker, obwohl es einem manchmal schwerfalle, zu glauben, daß unsere Historiker – ein ironisches Lächeln – die Zeit, in der sie und wir lebten, tatsächlich wahrnähmen, aber natürlich gehe es ihm und müsse es ihm als Autor in erster Linie um die Strukturen des menschlichen Lebens gehen, die unabhängig von den Zeitläuften existierten und das Leben der Menschen in den unterschiedlichsten Epochen bestimmten und bestimmt hätten, wie schon – kleine Pause, in der er sich nachdenklich übers Haar strich – ein Blick in die Geschichte lehre, und sei es ein nur flüchtiger Blick, was allerdings nicht bedeute, daß die Zeitgeschichte ihn nicht interessiere, ganz im Gegenteil, denn eben sie sei ja das Material, anhand dessen sich die Strukturen, von denen er gesprochen habe, am sinnfälligsten aufweisen ließen.

Ich schrieb den Satz mit, obwohl mit seiner zunehmenden Länge mein Verdacht wuchs, daß es sich um ein reichlich aufgedonnertes Geschwätz handelte. Nein, halt! So war es wohl doch nicht ganz. Um diese Zeit, am Sonntag morgen, war mein Respekt vor Wallot mit Sicherheit noch zu groß, als daß ich mir das Urteil erlaubt hätte, er schwätze bloß daher.

Auf Geschwätz, mehr oder weniger, lief allerdings der Rest der Diskussion hinaus. Wiedebrück stellte noch eine

Zusatzfrage, die Frau Pieroth offensichtlich elektrisierte, die aber der Autor knapp, wenn auch mit milder Nachsicht verneinte, nämlich, ob Wallot denn schon einmal daran gedacht habe, einen historischen Roman zu schreiben. Eine von Wiedebrücks Schülerinnen wollte wissen, ob Wallot sich auch für die Probleme von Jugendlichen interessiere, was wiederum eine längere Darlegung hervorrief, deren Details hier (und wohl auch anderswo) entbehrlich sind, und Herr Knauf schließlich stellte die beiden Fragen, mit denen er schon dem Lyriker Bartels lästig gefallen war, nämlich, warum Wallot schreibe und wieviel man als Autor verdiene. Zu der ersten Frage fiel Wallots Antwort so aus, daß ich es nach zwei Zeilen aufgab, sie mitzuschreiben, und zu der zweiten sagte er lächelnd, er könne davon leben; aber wenn Herr Knauf Reichtümer erwerben wolle, müsse er, Wallot, ihm doch eine andere Tätigkeit empfehlen.

Knauf rief »Ich bin Rentner!«, was Wallot mit einem Lächeln und einem bedauernden Achselzucken quittierte. Die übrigen Gäste werteten dies offensichtlich mit Erleichterung als einen komischen Schlußgag der Veranstaltung und erhoben sich.

Das tat auch Behringer, der sich nicht einmal die Mühe einer Frage an den Autor gemacht, sondern regungslos, mit übereinandergeschlagenen Armen und Beinen auf seinem Eckstuhl in der ersten Reihe gelehnt hatte. Er wollte zu Wallot gehen, aber Frau Pieroth kam ihm zuvor, sie trat, ihr grünes Päckchen mit beiden Händen vor den runden Bauch haltend, an Wallots Tisch und begann, auf ihn einzureden. Wallot hatte, noch bevor ich zu den beiden gelangte, schon begriffen, um was es ging, er lächelte, hob abwehrend die

Hände und schüttelte den Kopf, griff zwischendurch nach den Büchern, mit denen zwei andere Zuhörerinnen, die Geschwister Elisabeth und Hedwig Freikamp von *Freikamp Miederwaren*, herangetreten waren, und signierte sie.

Danach löste die Veranstaltung sich mehr oder weniger in Windeseile auf. Frau Pieroth fand sich ungewöhnlich schnell damit ab, daß sie mit ihrem Manuskript bei diesem Autor nicht landen konnte, ich nehme an, daß er sehr harsch geworden war, sie zog sich offenbar beleidigt und ohne Gruß zurück; Behringer verabschiedete sich mit der knappen Mitteilung, daß er wegen des Sterbefalls unverzüglich aufbrechen müsse und Wallot leider nicht zum Bahnhof fahren könne, aber eine seiner Mitarbeiterinnen werde ihm, dem Autor, wenn er es wünsche, das Taxi rufen; Fräulein Langenhagen hatte bereits das halbe Dutzend Romane von Wallot, die sie auf einem Büchertisch angeboten, jedoch nicht verkauft hatte, in ihre Tragetasche gepackt, dazu das kleine, abschließbare Kassenkästchen, und verließ den Raum. Schlagartig wurde es still.

Wallot sah von seiner Reisetasche auf, in der er *Die Flucht des Markus Bohm* verstaut hatte, und blickte sich suchend um. »Wo ist denn jetzt die Dame, die mir das Taxi bestellen soll?«

Ich sagte, die beiden Damen der Bibliothek seien gerade mit der ersten Ladung von Stühlen in den Keller gefahren; sie würden aber sehr bald zurückkommen, nähme ich an. Dann sagte ich dem Autor, ich könne ihm das Taxi auch mit meinem Handy rufen. Oder ich selbst würde ihn, wenn er das wolle, zum Bahnhof bringen. Allerdings nicht mit dem Auto.

Er sah mich an. »Wie weit ist das denn zu Fuß?«

»Etwa zwanzig Minuten.«

Er schüttelte den Kopf. »Nein, danke, das ist mir mit der Tasche zu lästig.«

Ich sagte, ich könne die Tasche auf meinem Fahrrad transportieren. Das sei gar kein Problem.

Er sah mich zweifelnd an, dann lächelte er. »Also gut, machen wir uns auf den Weg.«

Ich war sehr zufrieden. Ich hoffte, daß er sich unterwegs noch ein wenig ausholen lasse und daß aus einer schlichten Besprechung der Lesung vielleicht sogar ein größerer, beachtlicher Artikel über Carl Wallot werden könne. Aber wir waren noch nicht am Josephsbrunnen vorbei, als umgekehrt *er* schon begonnen hatte, *mich* auszufragen.

Und ich Narr, ich törichter Tölpel, noch immer von Respekt vor dem großen Schriftsteller erfüllt, gab ihm bereitwillig Antwort, und nicht nur das; ich erzählte ihm sogar ungefragt, was immer mir zu Merzthal, meiner Heimatstadt einfiel. Und ich trug, vielleicht, ich weiß es nicht, ich trug vielleicht auch noch zu dem Verhängnis bei, das schon an diesem Nachmittag seine Fortsetzung finden sollte.

10

»Was stellt das dar?« fragte er, als wir am Josephsbrunnen vorübergingen, und deutete auf die ziemlich abstrakte, aus schartigen flachen Eisenplatten zusammengesetzte Plastik inmitten des Brunnens.

Ich sagte, das stelle den heiligen Joseph dar, den Namenspatron der Pfarrkirche gleich gegenüber. Er blieb stehen, warf einen Blick auf die Kirche, betrachtete das Kunstwerk, nickte und sagte: »Ah ja, jetzt kann ich den Hobel erkennen.« Er lächelte, streckte den Finger aus. »Das da soll doch der Hobel sein, nehme ich an?«

Ich sagte, ja, so habe es der Künstler mir auch erklärt. Er fragte, wer denn der Künstler sei. Ich sagte, das sei Bernhard Beaujean.

»Ach. Ein Franzose?« Er ging weiter.

Ich antwortete, nein. Die Familie Beaujean sei eine alteingesessene Merzthaler Familie. Und Bernhard sei hier geboren und lebe noch immer hier.

Er sagte: »Aha. Und Sie sind auch hier geboren, Herr... Entschuldigung, würden Sie mir Ihren Namen noch mal sagen?«

»Froberger. Jörg Froberger. Ohne h. Ja, ich bin auch hier geboren.«

»Ah ja.« Er warf einen flüchtigen Blick auf das Haus zum Fuchsen, das älteste Haus in Merzthal. Dann sagte er: »Übrigens, was ich Sie noch fragen wollte: Wer war denn der Herr, der die blonde Dame aus der Lesung herausgeholt hat?«

Ich sagte, das sei Kurt Keppler gewesen, der Chef der *Fabrik für Apparatebau, Merzthal.* Und auch noch Chef von einigen anderen Unternehmen, ein ziemlich einflußreicher Mann. Und die blonde Dame sei seine Frau.

Nach einer kleinen Pause sagte er: »Er ist aber ein paar Jährchen älter als sie?«

Ich antwortete: »Ja. Genau sechsunddreißig Jahre älter.«

»O ja!« Er legte wieder eine kleine Pause ein, und ich

setzte an, ihm mehr von Bernhard Beaujean und dessen Werk zu erzählen, aber er ließ mich nicht zu Wort kommen. Er sagte: »Das sah ja fast so aus, als sei da etwas passiert. In der Familie, meine ich. Haben die beiden Kinder?«

Ich antwortete, nein. Er schien nachzudenken, und bevor er mir die nächste Frage stellen konnte, sagte ich, Keppler habe übrigens den Josephsbrunnen gestiftet, und er habe auch Bernhards Ausbildung finanziert. Und nicht nur Bernhards Ausbildung, sondern auch das Studium von Doktor Behringer; der Leiter der Stadtbibliothek habe Orientalistik studiert, zwei Jahre davon in Beirut, und Keppler sei dafür aufgekommen.

Er sagte: »Donnerwetter. Ein richtiger Mäzen also?«

Ich nickte. »Kann man sagen, ja.«

»Und offenbar noch fromm dazu.«

Ich schüttelte den Kopf. »Da bin ich nicht so sicher.«

»Aber zumindest ein Anhänger der Keuschheit, würde ich meinen.« Er lachte. »Ihr Kirchenpatron hier war doch nicht einmal der einzige Joseph, der durch seine Enthaltsamkeit berühmt geworden ist. Und das ist, wenn man's wörtlich nimmt, auch noch eine Art Ironie der Geschichte. Denn Joseph, das wissen Sie sicher, der Name bedeutet ja im Hebräischen ›Gott gebe Vermehrung‹.« Er lachte. »Nur haben halt hin und wieder die Namensträger sich der Vermehrung geradezu fluchtartig entzogen. Kennen Sie die Geschichte von Potiphars Weib?«

Ich sah ihn fragend an.

»Sollten Sie mal nachlesen, in der Genesis. Hübsche Geschichte. Ganz schön unanständig, selbst für die Bibel.« Er lachte. »Na ja, ich vermute, Herr Keppler wird seine

Frau nicht geheiratet haben, um eine Josephsehe zu führen. Oder?«

»Woher soll ich das wissen?« Er war auf dem besten Wege, mich abermals gegen sich aufzubringen. Ich versuchte einen Gegenangriff, der leider sofort versandete: »Aber wissen Sie denn, daß der heilige Joseph auch als Schutzpatron der Arbeiter gilt?«

»O natürlich, ja, ich wollte ihm ja auch kein Unrecht tun!« Er hob abwehrend beide Hände. Dann sah er mich an, lächelte. »Aber das wird doch wohl nicht der Grund dafür gewesen sein, daß Herr Keppler ihm dieses Denkmal gestiftet hat? Er ist ja schließlich kein Gewerkschafter, sondern Unternehmer?«

»Ja, natürlich. Aber er hat auch für seine Mitarbeiter eine Menge getan. Für sein Unternehmen, klar, aber dabei nicht zuletzt für seine Mitarbeiter.« Ich zuckte die Schultern, dann sagte ich: »Wenn auch schon einmal zu viel.«

Er merkte auf, dann fragte er: »Wie meinen Sie das? Meinen Sie die Geschäfte, die er macht?«

Ich weiß nicht, was er zu diesem Zeitpunkt schon wußte. Vielleicht hat er nur auf den Busch klopfen wollen. Ich mochte hernach, am Tag darauf, als Elfi mir von seinem Rendezvous mit Susanne berichtet hatte, jedenfalls nicht glauben, daß Susanne ihm schon bei ihrer ersten Begegnung alles über ihren Ehemann erzählt hätte; so weitgehend konnte sie doch nicht ihr Leben vor ihm ausgebreitet, es zu Markte getragen haben. Ich glaubte eher, Wallot habe von dem Prozeß gegen Keppler gehört, der ja einiges Aufsehen erregt hat, und erinnere sich daran, obwohl das nun auch schon sechzehn Jahre zurückliegt.

Jedenfalls antwortete ich ihm ohne besondere Zurückhaltung. Ich sagte, das gehöre zwar mittlerweile der Vergangenheit an, aber Keppler sei immerhin wegen Verstößen gegen das Außenwirtschaftsgesetz und das Kriegswaffenkontrollgesetz zu fünfzehn Monaten Haft verurteilt worden. Und zudem habe er anderthalb Millionen D-Mark an Strafe zahlen müssen.

»Tatsächlich?!« Das klang freilich so, als habe er davon nichts gewußt. Nur hatte ich mich nun einmal darauf eingelassen.

Er fragte: »Aber die Freiheitsstrafe hat er doch nicht abgesessen?«

»Aber sicher hat er das! Freiheitsstrafen von mehr als einem Jahr werden doch nur in Ausnahmefällen zur Bewährung ausgesetzt.«

»Ach ja. Richtig.« Ich war mir nicht sicher, aber auch das klang nicht so, als sei es ihm bekannt gewesen. Er sah mich an: »Was genau hat er denn verbrochen?«

Ich sagte, Keppler habe eine Firma im Libanon mit Meßinstrumenten beliefert, mit Apparaten, wie seine Fabrik sie herstelle und wie er sie in die ganze Welt exportiere. Präzisionsinstrumente. Aber was er in den Libanon geliefert habe, seien sogenannte *dual use products* gewesen.

»*Dual use products?* Und was bedeutet das?«

Ich antwortete, das bedeute, daß man diese Apparate nicht nur für zivile, sondern auch für militärische Zwecke habe gebrauchen können. Als Zielgeräte. Das hätten jedenfalls die Experten ausgesagt. Und das Gericht habe unterstellt, daß die Firma im Libanon nur eine Tarnadresse gewesen sei.

Er schwieg eine Weile. Dann fragte er: »Und wie hat seine Frau das verkraftet?«

»Zu der Zeit waren sie noch gar nicht verheiratet. Das war 1986.«

Er schwieg wieder eine Weile, bevor er sagte: »Sie hat ihn dann trotzdem geheiratet. Trotz dieser Verurteilung.«

»Ja.« Nach einer Weile fügte ich hinzu: »Die meisten in Merzthal haben ihm das verziehen. Die meisten haben zu ihm gehalten.«

»Weil er immer noch Leute beschäftigte und Steuern zahlte.«

»Nicht nur deshalb.« Ich sagte, Keppler habe auch die ganze Schuld auf sich genommen. Von seinen Mitarbeitern sei keiner verurteilt worden, nicht einmal von den leitenden Angestellten. Er habe ausgesagt, daß er das ganze Geschäft allein abgewickelt habe. Tatsächlich seien alle Schriftstücke, die dazugehörten, von ihm selbst und allein von ihm unterschrieben gewesen.

»Und Sie glauben seiner Aussage trotzdem nicht?«

Ich zuckte die Schultern. »Ich weiß nicht, was davon richtig war. Aber wenn es eine falsche Aussage war, finde ich das nicht in Ordnung. Und es war auch nicht in Ordnung, daß seine Leute dabei stillgehalten haben. Ich finde, wenn jemand etwas verbockt hat, dann muß er dafür einstehen. Und zwar jeder, nicht nur der Chef. Und wenn's dafür Strafe gibt, dann soll auch jeder seine Strafe bekommen.«

»Aber mit dieser Meinung stehen Sie in Merzthal wahrscheinlich ziemlich allein da. Kritik an Herrn Keppler ist hier doch wohl unüblich?«

Mir wurde ein wenig unbehaglich. Es war mir nicht klar, worauf er eigentlich hinauswollte. Nach einem Zögern sagte ich, er dürfe mich bitte nicht mißverstehen. Ich wolle Kurt Keppler nicht schlechtmachen. Ich selbst hätte durchaus Anlaß, ihm dankbar zu sein. »Ach ja? Und warum?«

Ich sagte, Keppler habe auch mein Studium finanziert. Oder er habe es zumindest finanzieren wollen.

»Und warum hat er es sich anders überlegt?«

Ich sagte: »*Ich* hab mir's anders überlegt.«

»Etwa wegen seiner Verurteilung?«

»Nein.« Dieser Mensch hatte wirklich das Talent, die schmerzenden Punkte bloßzulegen. »Als ich Abitur gemacht habe, war die Sache ja schon vergessen. Fast schon vergessen.«

»Und warum haben Sie sich's anders überlegt?«

Ich zögerte wieder, aber dann ließ ich auch das heraus. »Er wollte, daß ich Jura studierte. Ich könne hernach in seiner Rechtsabteilung arbeiten, hat er gemeint. Und am Ende die Leitung übernehmen.« Ich tat einen tiefen Atemzug. »Ich hab dann auch vier Semester lang Jura studiert. Mehr schlecht als recht. Aber irgendwann ging's nicht mehr. Das war ganz einfach nichts für mich.«

»Und da haben Sie das Studium abgebrochen?«

Ich nickte. Er sagte: »Das war aber mutig, Donnerwetter! Ich nehme an, Herr Keppler hat Ihnen das ziemlich übelgenommen?«

Ich sagte, es habe ihm nicht gefallen, natürlich nicht. Aber er habe dann dafür gesorgt, daß ich beim *Merzthaler Boten* ein Volontariat bekommen hätte. Und da sei ich nun Redakteur, und es gehe mir gut.

»Und warum die Zeitung? Sie wollten schreiben, nehme ich an.«

»Ja. Das wollte ich.«

Er nickte. »Der *Merzthaler Bote*, ja.« Nach einer kleinen Pause sagte er: » Ich hab heute morgen beim Frühstück die Wochenendausgabe gelesen. Ich meine, Ihren Lokalteil im *Tageblatt*. Ist *fro* Ihr Kürzel?«

Ich sagte, ja. Er fragte, ob ich immer so viele Beiträge selbst schreiben müßte. Ich antwortete, zwei unserer Mitarbeiter seien krank, eine Grippe oder so etwas. Außerdem mache es mir nichts aus, einzuspringen und ein bißchen mehr zu arbeiten.

»Ja, ja, das glaube ich Ihnen.« Er sah mich an. »Aber Sie wollen doch bei diesem Blatt nicht bleiben?«

»Warum denn nicht?«

Er lachte auf. »Na, hören Sie!« Er blieb stehen, lächelte mich an. »Also, bei allem Respekt vor Ihrer Vaterstadt: Aber das hier ist doch kein Pflaster für einen jungen, intelligenten Menschen wie Sie! Das ist doch, pardon, aber das ist ja nun wirklich ein Kaff! Hier müssen Sie doch versauern!«

Ich starrte ihn an. »Wie kommen Sie denn darauf? Woher wollen Sie das denn wissen?«

Er lachte, schüttelte den Kopf. »Also, jetzt werde ich Ihnen mal was erzählen. Eine eigentlich unglaubliche Geschichte, die ich aber beschwören kann, denn ich habe sie selbst erlebt!« Er begann, mir im Weitergehen die Geschichte seiner Ankunft zu erzählen. Ich fühlte mich stark versucht, seine Reisetasche auf die Straße zu stellen, ihm zu sagen, er möge seine Geschichte erzählen, wem er wolle, und ihn da stehenzulassen. Aber dann schob ich doch mein

Fahrrad mit der Tasche weiter neben ihm her und hörte mir an, was er an Hohn und gnadenloser Kritik von sich zu geben hatte.

Er erzählte mir nicht nur die Geschichte seiner Ankunft und wie dieser Stockfisch von einem Jungen und der ebenso ungehobelte Stiesel von einem ausgewachsenen Mann ihn auf der Straße hatten stehenlassen, als sei er ein Alien, der ihnen womöglich einen galaktischen Virus vermachen werde, er erzählte mir auch von der Hochzeitsgesellschaft und ihrer musikalischen Untermalung, die jeden halbwegs kultivierten Menschen in tiefste Depressionen habe stürzen müssen, und er beschloß seine Merzthaler Impressionen mit dem Bericht über seinen Abendspaziergang zur Stadtbibliothek und den Auftritt der Rüpel-Riege.

Die Frage, mit der ich ihn aus dem Fahrwasser bringen wollte, die in der Tat ziemlich alberne Frage, ob denn keiner der Rüpel ihn auf dem Poster gleich gegenüber erkannt habe, wischte er beiseite mit der spöttischen Gegenfrage, ob ich tatsächlich glaubte, daß »solch beschränkte Existenzen« überhaupt irgend etwas erkennen könnten. Er sagte, eine so ordinäre, rohe, rücksichtslose Lebensäußerung wie die unablässig im Brüllton geführte Unterhaltung dieser jungen Leute habe er schon sehr lange nicht mehr erleben müssen. »Widerlich! Unglaublich widerlich!«

Ich mußte mich räuspern. Dann sagte ich, so etwas bekomme man doch auch in der Stadt nicht selten zu hören, wenn vielleicht auch nicht in seiner Wohngegend.

Er antwortete, ja, vielleicht, aber dann rufe mit Sicherheit irgendwer die Polizei und es sei, meistens jedenfalls, sehr schnell vorüber mit solch ekelhafter Randale. Das sei es ja eben, was ihn so bestürzt habe: An dem Benehmen dieser Jugendlichen habe niemand Anstoß genommen. So etwas gehöre offenbar zum Alltag in Merzthal.

Ich antwortete ihm nicht. Wir waren vor dem Eingang des Bahnhofs angelangt. Ich nahm seine Reisetasche vom Gepäckständer und gab sie ihm.

Er sagte: »Danke. Das war sehr freundlich von Ihnen.«

»Kein Problem.«

»Es war trotzdem sehr freundlich von Ihnen.« Er lächelte mich an. Dann sagte er: »Aber ich wollte Sie noch etwas fragen.«

Ich sah ihn schweigend an. Er sagte: »Mich würde interessieren... Hat Herr Keppler auch das Studium seiner Frau bezahlt?«

Nach einer kleinen Pause antwortete ich: »Keine Ahnung.«

»Ah ja.« Er nickte.

Ich sagte: »Da müssen Sie Frau Keppler schon selbst fragen. Oder vielleicht ihn.«

Er nickte, lächelte. »Ja, natürlich.« Er warf einen Blick auf seine Uhr, dann sah er mich an. »Ach... Sie haben doch Ihr Handy dabei?«

»Ja, sicher.«

Ich traute meinen Ohren nicht, aber zu meiner Verblüffung fragte er mich: »Könnten Sie mir jetzt vielleicht doch das Taxi rufen?«

Ich sagte: »Aber der Zug in die Stadt geht in zehn Minuten!«

»Ja, ich weiß. Bloß hab ich mir's anders überlegt.« Er lächelte. »Ich werde noch einen Tag oder zwei hierbleiben.«

Ich schüttelte den Kopf. »Das verstehe ich jetzt aber wirklich nicht. Ich dachte, Sie fänden es so unerträglich hier?«

»Hab ich unerträglich gesagt? Nein, nein. Da haben Sie sich wohl verhört.« Er hob die Brauen: »Und vor allem vergessen Sie eines nicht: Ich bin Autor.«

Ich starrte ihn an. »Wollen Sie hier Stoff sammeln? Für einen Roman?«

Er hob die Schultern, ließ sie sinken. »So etwas weiß man nie im voraus.« Er lächelte. »Wir werden sehen.«

11

Es fiel mir schwer, mich auf meine Wallot-Geschichte zu konzentrieren und sie von den Aversionen frei zu halten, die ziemlich heftig in mir rumorten. Aber um viertel nach zwei hatte ich vierhundert Millimeter fertig, die mir halbwegs gelungen erschienen. Ich ließ Sissy Gambach, die mit mir den Sonntagsdienst machte, den Ausdruck lesen, redigierte in der Zwischenzeit die Texte, die sie über die Ereignisse des Wochenendes geschrieben hatte, korrigierte die beiden Schwachstellen, die Sissy bei mir gefunden hatte, und druckte das Stück abermals aus. Dann sagte ich Sissy, ich müsse noch einmal kurz zu Keppler fahren.

Sie sah mich verwundert an. »Wegen dem da?« Sie wies auf meinen Ausdruck. Ich nickte.

Sie fragte: »Seit wann interessiert er sich denn auch noch für Literatur?«

Ich zuckte die Schultern. »Frag mich was Leichteres.«

Ich gab ihr die Speicherkarte aus meiner Kamera, sagte ihr, sie solle ihre Texte und meine Fotos in die Zentrale senden und dem Kollegen, der dort Dienst mache, ankündigen, daß er über die Wallot-Lesung von mir bis spätestens um vier Uhr 400 Millimeter bekommen werde. Dann stieg ich auf mein Fahrrad und fuhr hinaus zu Kepplers Haus.

Während ich am Waldrand entlangfuhr, zog ich den kräftigen Geruch ein, den die Fichten in der warmen Herbstsonne abgaben. Das war eine der Köstlichkeiten, die ich in den beiden Jahren in der Stadt entbehrt hatte.

Wenn ich Wallot davon erzählt hätte, wäre ihm sicher sofort klar gewesen, was ich meinte. Selbstverständlich verfügte er über einen reichen Fundus an sinnlichen Erfahrungen, er zitierte ja oft genug daraus in seinen Büchern. Aber ich war mir nicht sicher, ob er auch zu schätzen vermochte, was eine solche Erfahrung, irgendeine solche Erfahrung einem Menschen bedeuten konnte.

Kepplers schwarze Limousine stand im Rondell vor dem Haus geparkt, offenbar wollte er an diesem Sonntagnachmittag noch einmal wegfahren. Max Ackermann öffnete mir die Haustür. Er sagte: »Der Chef wartet schon.«

Ich antwortete: »Glaubt der etwa, daß ich hexen kann?« Ich kann Max nicht leiden, und er mich nicht. Keppler hat ihn vor rund zwanzig Jahren angeheuert, als Fahrer, wie er auch unverändert genannt wird, aber jedermann weiß, daß Max eine beachtliche Vergangenheit als Kraftsportler hat, auf der Polizeischule gewesen ist und mit seinen Pistolen regelmäßig auf dem Schießstand der Schützenbruderschaft trainiert. Ich nehme an, daß Keppler von dem Bedürfnis nach einem Leibwächter überkommen wurde, als er begann, die eine oder andere Lieferung in hochexplosive Krisengebiete zu übernehmen und abzuwickeln, und daß er Max als Gorilla einstellte. Max ist mittlerweile Mitte Vierzig. Aber einen ernsten, einen handgreiflichen Streit möchte ich mit ihm nicht bekommen.

Er wies, als ich in die Halle des Hauses eingetreten war, mit dem Finger auf den Boden, als wolle er mir einen Warteplatz zuweisen, ging zur Tür von Kepplers Arbeitszimmer und klopfte an. Ich hörte undeutlich Kepplers Stimme, Max öffnete die Tür und sagte: »Jörg ist da.« Keppler murmelte etwas Unverständliches, Max trat zur Seite, er gab den Weg frei, indem er mir mit dem Daumen die Richtung wies.

Ich grinste ihn an, als ich an ihm vorüberging. Er revanchierte sich mit einem drohenden Blick.

Keppler saß in seinem Lehnsessel, eine Zigarre, die sich ständig bewegte, zwischen dem dicken grauen Schnurrbart und der Unterlippe, er las die *Frankfurter Allgemeine Sonntagszeitung*. Ich gab ihm den Ausdruck und sagte: »Es ist ein bißchen eilig mittlerweile.«

Er warf mir einen ungehaltenen Seitenblick zu, nahm die Zigarre aus dem Mund und sagte: »Soviel Zeit wirst du ja wohl haben, daß ich dein Werk in Ruhe lesen kann. Geh raus auf die Terrasse. Susanne ist draußen, du könntest ihr ein bißchen Gesellschaft leisten.«

Ich gab ihm keine Antwort. Ich trat durch das französische Fenster hinaus auf die breite Terrasse. Susanne lag am anderen Ende in einem Liegestuhl. Ich ging zu ihr. Sie hatte die Augen geschlossen, hielt ihr Gesicht in die Sonne. Neben dem Liegestuhl lag ein aufgeschlagenes Buch auf den

Bodenplatten. Der leichte Wind, der aus dem Wald herauswehte, blätterte ein paar Seiten um.

Ich trat an den Liegestuhl heran. Sie öffnete die Augen nicht. Ich fragte leise: »Schläfst du?«

Sie schlug die Augen auf, hatte anscheinend einen Augenblick lang Mühe, sich zu orientieren. Dann lächelte sie mich an. »Ach, du bist es!«

»Ja. Tut mir leid, wenn ich dich geweckt habe.«

»Ach wo, ich… hab nur ein bißchen gedöst.«

Mir schien, als seien ihre Augen gerötet. Ich hatte sie fragen wollen, warum Keppler sie aus der Lesung herausgeholt hatte, aber das ließ ich. Ich fürchtete, sie habe geweint und könne wieder zu weinen beginnen.

Ich sagte: »Glaubst du, das bekommt dir, wenn du dich so mitten in die Sonne legst? Die ist noch ziemlich kräftig, vertu dich nicht.«

Sie sagte: »Ich hatte auf einmal so ein Verlangen, mich aufzuwärmen, verstehst du?«

»Ja, sicher. Aber übertreib es nicht.«

»Okay.« Sie lächelte. »Nur noch ein paar Minuten.« Sie schloß die Augen wieder, deutete mit einer Bewegung ihrer Hand an, daß ich mich zu ihr setzen solle.

Ich holte mir einen der weißen Gartensessel mit den bunten, dicken Polstern heran und ließ mich an ihrer Seite nieder. Sie bewegte die Hand, als wolle sie mir ein Zeichen geben. Ich faßte die Hand und hielt sie in der meinen. Sie lächelte mit geschlossenen Augen.

Ich betrachtete sie eine Weile. Der dichte Ansatz der blonden Haare über der gebräunten Stirn schimmerte im Sonnenlicht. Ihre Wimpern zuckten hin und wieder. Einmal zog sie die dunklen Augenbrauen ein wenig zusammen, als gehe ihr ein Gedanke durch den Kopf, den sie nicht mochte. Sie trug eine andere Bluse als heute morgen in der Lesung und dazu einen Jeans-Rock. Ihre Mokassins hatte sie ausgezogen, sie standen neben dem Liegestuhl. Sie hatte die gebräunten nackten Füße übereinandergelegt.

Ich wollte nicht, daß sie unerwartet die Augen öffnete und mich dabei ertappte, wie ich auf diese Füße starrte, die schlanken Zehen, die Knöchel, die runde Ferse. Ich hob den Blick und ließ ihn über die Bäume des Waldes wandern, der gleich hinter dem Zaun des Grundstücks steht und an klaren Tagen wie diesem den Berg hinaufsteigt bis in den blauen Himmel.

Es ist ein steiler Abhang, aber in früheren Jahren bin ich hin und wieder mit meinen Freunden bis auf den Kamm geklettert, vielleicht, weil wir wissen wollten, was dahinterlag. Bloß war es immer wieder das gleiche gewesen, wir schauten von der Höhe hinab in das nächste grüne Tal, und wir kehrten um, weil wir ahnten, daß es uns nicht weiterbringen würde, in dieses Tal hinabzusteigen, wir hätten doch nur wieder vor dem nächsten Berg gestanden, so war die Welt nun mal beschaffen.

Plötzlich sah ich eine Bewegung in dem grünen Gewebe des Waldes. Eine Lücke schien sich aufzutun, ich glaubte eine Hand zu sehen, ein Gesicht. Unwillkürlich löste ich meine Hand von Susannes Hand. Das Gesicht verschwand, dann tauchte es wieder auf. Ich glaubte, ich sähe nicht recht, aber es war offenbar Wallot. Er mußte über den Waldweg gekommen sein, der oberhalb von Kepplers Grundstück den Abhang überquerte, war ein paar Schritte den Hang hinabgestiegen und hatte ein Gesträuch beiseite geschoben, das ihm die Sicht auf das Grundstück versperrte.

Susanne bewegte sich. Ich hatte ihren Halbschlaf gestört, als ich ihre Hand losließ, sie hatte die Augen geöffnet, hatte gesehen, daß ich irgend etwas auf dem Hang beobachtete, und war meinem Blick gefolgt. Sie sah Wallot, so wie ich ihn sah.

Wallot hob die freie Hand und winkte.

In dem gleichen Augenblick trat Keppler aus seinem Arbeitszimmer auf die Terrasse und kam heran, meinen Ausdruck in der Hand. Susanne setzte sich, zog hastig ihre Mokassins über und verschwand im Haus, sie ging mit schnellen Schritten und ohne ein Wort zu sagen, an Keppler vorbei. Keppler blickte ihr nach, dann kam er zu mir.

Ich warf noch einen Blick in den Wald. Wallot schien klug genug gewesen, sich nicht länger zu präsentieren. Die Lücke hatte sich geschlossen.

Keppler nahm seine Zigarre aus dem Mund. »Was hat sie denn? Hast du was Dummes gesagt?«

»Nicht daß ich wüßte. Warum soll sie denn nicht mal ins Haus gehen?«

Er runzelte die Stirn, dann hielt er mir den Ausdruck entgegen. »Hier. Du scheinst ja geradezu begeistert von diesem Menschen.«

»Das bin ich nicht. Und das habe ich auch nicht geschrieben. Ich habe geschrieben, daß er ein sehr beachtlicher Schriftsteller ist. Und das ist er auch.«

»Ja, ja.« Er bewegte ungeduldig die Hand, in der er den Ausdruck hielt. »Hier, willst du dein Werk nicht zurückhaben? Ich dachte, es sei so eilig?«

Ich nahm das Papier. Er sagte »Wiedersehen« und ging zurück in sein Arbeitszimmer.

Ich sah mir den Ausdruck an. Ich fand keinerlei Äußerung von ihm, nicht einen Strich, keine Korrektur, keinen Kommentar, kein Fragezeichen. Ich murmelte unterdrückt »Verdammtes Arschloch!«, steckte den Ausdruck in die Jackentasche und ging durchs Wohnzimmer in die Halle. Susanne war nirgendwo zu sehen. Ich rief halblaut: »Susanne?«

Auf der Treppe zum Obergeschoß tauchte Max auf, er hielt den Blick auf mich gerichtet, während er die Treppe hinunterstieg. Auf seiner Brust hing ein Fernglas. Am Fuß der Treppe blieb er stehen, er musterte mich. Ich sagte: »Ich hab nicht ›Max‹ gerufen, Herr Ackermann.«

Ich ließ ihn stehen und ging zur Haustür. Aber als ich die Tür öffnen wollte, trat Susanne aus der Nische der Garderobe; es sah fast so aus, als habe sie dort Zuflucht gesucht.

Sie fragte: »Mußt du schon gehen?«

Ich antwortete, leider ja; ich hätte ja Sonntagsdienst, und ich sei noch nicht mit allem durch.

Sie sagte: »Schade.« Sie trat an mich heran und küßte mich auf die Wange.

Ich sah hinüber zu Max, der unterdessen zur Küche gegangen, aber in der offenen Tür stehengeblieben war und zurückschaute. »Können wir was für Sie tun, Herr Ackermann?« Er verschwand mit einem giftigen Blick in der Küche.

Ich flüsterte: »Hast du Carl Wallot gesehen?«

Sie nickte.

»Was zum Teufel wollte der denn da oben?«

Sie hob die Schultern, ließ sie fallen. Dann verzog sich ihr Mund, ihr Gesicht wirkte unversehens so kläglich wie das eines kleinen Kindes, das sich vor einem Donnerwetter fürchtet. Sie schien drauf und dran, in Tränen auszubrechen.

Ich flüsterte: »Was ist denn nur?«

Sie schüttelte stumm den Kopf, biß sich auf die Unterlippe. Ich nahm sie in den Arm, zog sie an mich. Sie legte den Kopf an meine Schulter. Ich spürte die Wärme ihres Körpers, roch ihr Parfum. Ich flüsterte: »Ist ja gut, ist ja gut!«

Nach einer Weile hob sie den Kopf. Sie lächelte mich an, gab mir einen Kuß auf die Lippen.

Ich fragte: »Kann ich irgend etwas für dich tun?«

Sie schüttelte den Kopf. »Nein. Ich danke dir. Geh jetzt, sonst schaffst du deine Arbeit nicht.«

Ich fragte: »Soll ich hernach wiederkommen?«

»Nein, das brauchst du nicht.« Sie lächelte. »Mach dir keine Sorgen, das geht vorüber. Ich war ein bißchen traurig, ja. Aber das geht vorüber. Ganz bestimmt.«

Sie brachte mich zur Tür, winkte mir, als ich abfuhr.

12

Um fünf schickte ich Sissy Gambach nach Hause. Während ich meinen Schreibtisch aufräumte, fiel mir Wallots Kommentar zu Potiphars Weib ein. Ich ging in das Zimmer nebenan, das Zimmer Verhülsdonks, und nahm die Bibeln von seinem Bücherregal. Er hat deren vier, die Ausgabe der Evangelischen Kirchen in der revidierten Fassung von 1984, den faksimilierten Text der Luther-Übersetzung, diesen sowohl im zweibändigen Original wie in der dreibändigen Taschenbuchausgabe, und natürlich eine katholische Edition, die nach dem Impressum nicht nur in der ehemals deutschen Diözese Schneidemühl, sondern auch dem Bistum Luxemburg und zudem in zwei afrikanischen Eingeborenensprachen sich um die Verbreitung des Glaubens verdient gemacht hat.

Der Katholik Verhülsdonk allerdings hält die katholische Ausgabe für minderbemittelt. Er sagt, sie sei erstens kastriert und zweitens habe sie in blindem Glaubenseifer die Sprachkraft der Luther-Übersetzung beiseite zu schieben versucht und vor lauter gegenreformatorischer Neuerungswut den Text verhunzt. Das sagt er zwar nicht öffentlich, und schon gar nicht im Pfarrgemeinderat, aber mir hat er diese These während meines Volontariats ein paarmal vorgetragen, und auch noch danach.

Er bedient sich ihrer, freilich dosiert, auch dann, wenn katholische Besucher von der härteren Sorte den Blick über sein Regal gleiten lassen und an den diversen Bibel-Ausgaben hängenbleiben. In solchen Fällen pflegt er zu sagen, was er auch mir so oft gesagt hat: Für einen Journalisten, aber nicht nur für Journalisten, sondern für jeden Menschen, der deutsch schreibe oder schreiben wolle, sei die Beschäftigung mit dem Luther-Text ein Muß, eine Fundgrube zur Anregung des eigenen Ausdrucksvermögens.

Daß er selbst des öfteren in dieser Fundgrube sich umgetan hätte oder daß durch solche Bemühungen, die mir ja hätten verborgen bleiben können, seine Ausdruckskraft wesentlich bereichert worden wäre, habe ich bisher allerdings nicht festzustellen vermocht. Seine These fand ich aber auch diesmal bestätigt. Was Potiphars Weib von Josef begehrte, umschreibt die katholische Bibel mit einem Allgemeinplatz: »Nach einiger Zeit wollte die Frau seines Herrn ihn zur Sünde verführen.« Was für eine Sünde? Ein Würfelspiel, um sündhaft hohe Beträge? Oder womöglich ein gemeinsames Besäufnis? Völlerei? Klatsch und Tratsch, üble Nachrede?

Die evangelische Fassung wird entschieden deutlicher; sie läßt die Frau sagen: »Lege dich zu mir!« Und am saftigsten das Luthersche Original: »Vnd es begab sich nach diesem geschicht / das seines Herrn weib jre augen auff Joseph warff / und sprach / Schlaffe bey mir.«

Das war dann aber auch alles, was ich an Obszönitäten finden konnte. Schärferes hat selbst die Luther-Bibel nicht zu bieten. Warum in aller Welt Wallot mir die Josephsgeschichte so, wie die Schrift sie erzählt, als unanständig empfohlen hatte, konnte ich nicht erkennen. War seine Phantasie derart überhitzt? Dieser Verdacht kam mir sehr zupaß; mit seiner Hilfe ließen sich die Aversionen, die ich gegen Wallot entwickelt hatte, vortrefflich pflegen.

Noch während ich darüber nachdachte, klopfte es an die Tür meines Büros. Ich sah verwundert auf die Uhr. Besucher kamen um diese Zeit am Sonntag so gut wie nie. Ich rief: »Ja, bitte?«

Ins Zimmer nebenan trat Wallot ein. Er sah mich durch die offene Tür an Verhülsdonks Schreibtisch sitzen, näherte sich und kam herein, noch bevor ich ihm entgegengehen konnte. Ich klappte die Bibeln zu, schob sie auf einen freien Platz im Regal.

Er legte den Kopf schräg, lugte auf den in markanter Fraktur gedruckten Titel der Luther-Bibel, lächelte und fragte: »Potiphars Weib?«

Ich hätte ihn in den Hintern treten mögen und mich dazu. Ich hob die Hand und bedeutete ihm, daß er sich im falschen Zimmer befinde. »Wir gehen rüber zu mir. Das hier ist das Zimmer unseres Chefredakteurs.«

»Ah ja.« Er lächelte. »Belesener Mann, wie es aussieht.«

Ich ließ ihn vorausgehen, schloß Verhülsdonks Tür hinter mir und wollte mich schon an meinem Schreibtisch niederlassen, als mir bewußt wurde, daß es in meinem Zimmer außer meinem Schreibtischstuhl keine freie Sitzgelegenheit gab. Sissy hatte, als wir uns besprachen, sich einen Hocker aus dem Mitarbeiterzimmer geholt, aber den hatte sie zurückgebracht, bevor sie nach Hause ging.

Ich sah mich um, dann räumte ich einen Packen Zeitungen und einige Fotobände von dem Stuhl, der neben dem Aktenschrank steht, seit der Aktenschrank voll ist, setzte den Wust auf dem Fußboden ab und rückte den Stuhl vor meinen Schreibtisch.

»Sehr freundlich.« Er warf einen Blick auf den Sitz des Stuhls, fuhr mit der flachen Hand darüber, ließ sich nieder. »Ich wollte Sie aber nicht aufhalten. Sie haben sicher noch zu tun.«

»Nein, nein, ich bin… ich bin mit dem Dringendsten fertig.« Kaum, daß ich es gesagt hatte, fragte ich mich, ob ich nicht recht bei Trost sei.

Ich hätte doch sagen können, ich steckte noch bis über

beide Ohren in der Arbeit. Vielleicht hätte er es nicht geglaubt, nachdem er mich beim Bibelstudium angetroffen hatte. Aber es wäre ihm ja nichts anderes übriggeblieben, als das Feld zu räumen und mich nicht schon wieder zu behelligen. Er hätte verschwinden, er hätte mich und meine Heimatstadt in Ruhe lassen müssen.

Ja. Aber nun hockte er da, lächelnd und nickend.

Die Pause, die er einlegte, wurde mir zu lang, ich hielt sie nicht aus. Ich Hornochse fragte ihn tatsächlich auch noch: »Kann ich Ihnen etwas anbieten?«

»Nicht nötig, danke schön.« Er schüttelte den Kopf. Ich war drauf und dran, ihn zu fragen, was ich denn sonst für ihn tun könne und warum, verdammt noch mal, er überhaupt gekommen sei, als er unvermittelt sagte: »Sie sind offenbar sehr fix bei Ihrer Arbeit. Ein sehr effizienter Journalist.«

Ich fragte, wieso, er kenne mich doch gar nicht und woher er das wissen wolle.

Er sagte: »Nun ja, Sie haben in der Zwischenzeit doch auch noch Frau Keppler besucht.« Er lächelte. »Ich nehme an, Sie haben mich gesehen. Ich habe Ihnen doch gewinkt, als Sie mit Frau Keppler auf der Terrasse saßen.«

»Ja. Ich habe Sie gesehen.« War das der Grund, weshalb er hier hereingeschneit war? Wollte er wissen, wie sein Auftritt bei Susanne gewirkt hatte? Und ob sie auch tief genug beeindruckt war?

Wenn er so weitermachte, würde ich ihn vor die Tür setzen. Nun ja – das vielleicht doch nicht. Aber irgend etwas in dieser Art ganz gewiß.

Ich fragte: »Und was haben Sie da oben gemacht?«

»Ich hab einen Waldspaziergang gemacht. Und dann ist mir dieses prächtige Haus aufgefallen.« Er zuckte die Schultern. »Ich hab ja gar nicht gewußt, daß es das Haus der Kepplers ist. Bis ich dann Sie und Frau Keppler auf der Terrasse entdeckt habe.« Er lächelte. »Sie scheinen mit ihr aber sehr vertraut zu sein?«

Ich starrte ihn an.

Er hob die Hand, als wolle er mich beschwichtigen, und sagte geschwind: »Aber das geht mich ja nun wirklich nichts an!« Er lehnte sich zurück. »Nein... Weshalb ich gekommen bin...« Er fuhr sich mit der Hand übers Kinn, beugte sich wieder vor, sah mich an. »Ich habe, bevor ich auf den Waldweg gegangen bin, Herrn Kepplers Fabrik einen Besuch abgestattet. Ich wollte einen Blick darauf werfen, verstehen Sie.«

Er lächelte. »Sie haben mich neugierig gemacht mit dem, was Sie mir erzählt haben. Eine Fabrik mit einer solchen Vergangenheit sieht man ja nicht alle Tage.«

Ich erwiderte schweigend seinen Blick.

Er sagte: »Weiß Gott nicht alle Tage!« Er lachte, schüttelte den Kopf. »Ich nähere mich also in aller Unschuld dem Eingang, diesem wunderschönen, alten schmiedeeisernen Tor neben dem Pförtnerhäuschen, Sie wissen, wovon ich rede. Ich werfe einen Blick in das Häuschen, es ist offenbar unbesetzt, natürlich, es ist ja Sonntag, eine himmlische Ruhe herrscht ringsum, und ich werfe auch noch einen Blick auf den Hof und die Hallen dahinter.«

Er hob die Brauen, riß die Augen auf. »Und plötzlich taucht wie aus dem Nichts eine Bestie von einem Hund auf! Ein Dobermann, die Rasse ist mir ohnehin ein Greuel mit ihrem polierten Fell und den tückischen gelben Augen, und diese Ausgeburt, dieses mörderische Vieh beginnt wie verrückt zu bellen und springt hoch an dem Tor und steckt seine geifernde Schnauze durch die Lücken und giftet mich an, als werde es mich in der nächsten Sekunde in Stücke reißen!«

Nach einem tiefen Atemzug lehnte er sich zurück. Es sah tatsächlich so aus, als sei er noch immer mitgenommen von dem Auftritt des Köters. »Diese Bestie hat mich buchstäblich zu Tode erschreckt. Und ich weiß nicht, was mit jemandem passiert wäre, der ein schwaches Herz hat oder besonders ängstlich ist. Wirklich, ich würde mich nicht wundern, wenn ein empfindlicher Mensch tot umfiele bei einem solch brutalen Überfall!«

Er nickte, mit zusammengezogenen Brauen. Dann sagte er: »Ja, und kurz darauf erscheint, ebenso wie aus dem Nichts, ein Wachmann, ein Schlägertyp, dem man nicht im Dunkeln begegnen möchte, ich übertreibe nicht, und absurderweise auch noch uniformiert, diese Steckbriefvisage, in elegantem grauen Tuch, mit steifer Dienstmütze. Und er legt doch tatsächlich die Hand an seine Pistolentasche!«

Er schüttelte den Kopf. »Ich war einen Augenblick lang in Versuchung, ihn zu fragen, was er sich dabei denke, diesen Reißzahn frei herumlaufen zu lassen. Und ob er etwa dafür garantieren könne, daß solch ein Satansvieh nicht mit einem gewaltigen Satz über den Zaun springt und zu Tode beißt, was ihm ins Auge sticht. Aber ich war mir nicht sicher, ob nicht jedes Wort von mir, egal, was auch immer, schlimme Folgen hätte haben müssen.« Er strich sich über die Stirn. »Also bin ich einfach weitergegangen.« Er schüttelte den Kopf. »Und dieses Untier hat mich verfolgt bis ans Ende des Zauns, wahrhaftig!«

Eine Stille trat ein, die er anscheinend wirken lassen wollte. Ich fragte ihn, ob er denn den Hinweis nicht gesehen habe.

»Sie meinen dieses Schild ›Vorsicht, bissiger Hund‹?«

Ich nickte. »›Bissige Hunde‹, ja.«

Er hob die Schultern. »Natürlich hab ich das gesehen. Aber wer rechnet denn damit, daß da so ein Raubtier frei herumläuft und einen plötzlich angeifert wie im Horrorfilm?«

Ich sagte, die Hunde liefen nur am Wochenende und an Feiertagen frei herum. Und des Nachts, natürlich.

»Na, das ist ja tröstlich!« Er lachte. »Herrn Keppler gingen sonst wahrscheinlich auch die Arbeiter aus!«

Ich sagte, seine Mitarbeiter hätten nichts gegen die Hunde, soweit ich wisse.

»Ach ja?« Er sah mich an. »Und woher wissen Sie das?«

Ich zögerte, aber dann sagte ich, es habe damals, schon während des Prozesses, aber vor allem nach der Verurteilung Kepplers, Demonstrationen gegeben. Nicht von den Mitarbeitern der Fabrik. Es seien Demonstrationen gegen Keppler gewesen, natürlich, aber nicht zuletzt hätten sie sich gegen die Fabrik gerichtet. Die Demonstranten seien aus der Stadt angereist. Und nicht nur aus der Stadt, auch von weit her. Und ein paarmal sei es zu Auseinandersetzungen gekommen, zwischen den Demonstranten und den Mitarbeitern.

Ich sei zwar noch ein Kind gewesen, aber ich könne mich daran erinnern. Ziemlich heftige Auseinandersetzungen.

Handgreifliche. Die Merzthaler Polizei habe Verstärkungen angefordert, aber bevor die angekommen seien, hätten die Mitarbeiter das Problem schon... nun ja, erledigt gehabt.

Er lächelte. »Die getreuen Mitarbeiter haben die Demonstranten in die Flucht geschlagen. Und das hat man gut gefunden in Merzthal.«

Ich fragte: »Was hätten Sie denn erwartet?«

Er schüttelte den Kopf. »Lassen wir das mal beiseite. Aber diese ganze Geschichte ist doch schon ewig lange her. Was haben Sie gesagt, wie lange schon?«

»Das Urteil ist sechzehn Jahre her. Aber was glauben Sie denn, wie lange so etwas nachwirkt?« Ich packte die Zeitungen, die auf meinem Schreibtisch verstreut lagen, zusammen. »Und wie lange so ein Mann wie Keppler mit so etwas zu tun hat?« Ich sah ihn an. »Was glauben Sie denn, warum er noch immer die Hunde herumlaufen läßt?«

Er lächelte. Dann sagte er: »Vielleicht wird Sie das sehr überraschen. Aber jemand, der sich hier zum erstenmal umsieht, könnte glauben, daß in diesem Unternehmen noch immer *dual use products* fabriziert werden. Oder schon wieder. Und daß ebendarum Herr Keppler seine Hunde an die Front schickt.«

13

Gegen halb sieben rief ich bei Susanne an. Ich war Wallot losgeworden, indem ich sagte, ich hätte noch einen Termin. Ich verabschiedete mich von ihm vor der Tür der Redaktion, ging um die Ecke herum nach Hause und warf, bevor ich in die Seitenstraße abbog, noch einen Blick hinter ihm her. Ich sah, daß er gemächlich in Richtung des Waldhotels davonspazierte.

Aber ich fand auch zu Hause keine Ruhe.

Ich schaltete den Fernsehapparat ein, um die Nachrichten zu sehen oder Fußball, Eishockey, egal was, aber dann überließ ich das Programm sich selbst und ging hinaus auf den kleinen Balkon, den der Architekt in die Dachschräge eingebaut hat. Ich kann von dort auf die Dächer in meiner Umgebung blicken, sie sind fast alle niedriger als meins, und auf ein paar Balkone und auch in einige Fenster.

Anfangs hatte mich der Gedanke gereizt, daß ich von dort oben hin und wieder etwas Aufregendes zu sehen bekäme, aber das war nur sehr selten passiert; in Merzthal gab es anscheinend doch nicht so viele Frauen, die nackt in ihrer Wohnung herumliefen. Auf andere Art wurden meine Erwartungen allerdings erfüllt, an Winterabenden, wenn die Vorhänge an den Fenstern gelb oder rötlich aufglühten in der kühlen, feuchten Dunkelheit und mich vermuten ließen, daß die Menschen dahinter sich wohl und geborgen fühlten – vielleicht war es hier und da aber auch der Lichtschimmer aus einer Höhle, in der sich einer vor der Welt verkroch.

Ich dachte mir Geschichten aus von diesen Menschen, nur bruchstückhafte Geschichten, aber eine Weile plante ich, irgendwann aus diesen Bruchstücken einen ganzen Zyklus von Erzählungen zu machen. Der Zyklus hätte »Blick vom Balkon« heißen sollen, oder so ähnlich. Es gab gewiß auch bessere Titel, ich hätte später einen finden können. Ich würde, vielleicht in einem Urlaub, in dem ich mich darauf konzentrieren konnte, zunächst nur eine dieser Geschichten ausführen und vollenden, und die würde ich an eine Literaturzeitschrift schicken, und wenn die Zeitschrift sie veröffentlichte, dann hätte ich das Entree auch zu Buchverlagen.

Aber an diesem Abend dachte ich nicht an meine literarische Karriere. Die Luft war klar an diesem Abend und noch immer ein wenig warm von der Spätsommersonne. Ich blieb eine Weile auf dem Balkon stehen, starrte in den blauen Himmel, der von Osten her zu dunkeln begann. In einem der Hoffenster gegenüber erschien der alte Gehrmann, er hielt seine abendliche Umschau. Ich winkte ihm zu, er nickte und rief etwas, das ich nicht verstand. Ich nickte, hob grüßend die Hand und ging zurück in die Wohnung.

Das Fernsehen störte mich, ich schaltete es aus. Ich überlegte, was ich zu Abend essen könnte, aber mir fiel nichts ein, was mir Appetit gemacht hätte. Vielleicht sollte ich Stefanie anrufen und sie fragen, ob sie Lust hatte, mit mir zu Felipe zu gehen. Ich legte mich aufs Sofa, starrte an die Decke.

Natürlich war es nicht unbegründet, was Wallot gesagt hatte. Es war auch nicht so überspannt, wie ich in dem Gespräch mit ihm getan hatte, und es war keineswegs bloß eine seiner üblichen Bosheiten gewesen. Natürlich würde jeder Fremde, der sich an einem Sonntagnachmittag in die Nähe von Kepplers Fabrik verirrte und an dieses Empfangskomitee geriete, sich fragen, was es denn um Himmels willen dort zu bewachen gebe. Und da es sich vermutlich nicht um den Nibelungenschatz handelte, würde niemand, der auch nur vage von Kepplers Verurteilung gehört hatte, sich des Verdachtes erwehren können, dieser Geldsack versuche noch immer oder schon wieder, mit kriegslüsternen Schurken seine Geschäfte zu machen.

War nicht mir selbst so ein Gedanke schon oft genug gekommen? Und war mir dabei nicht hin und wieder arg bange geworden? Zwar hatte ich mich an diesem Gedanken auch erwärmt, aber ja, denn dazu gehörte natürlich nicht zuletzt die Perspektive, daß Keppler wieder hinter Schloß und Riegel verschwinden, daß er aus Susannes Leben verbannt werden würde, und dieses Mal vielleicht für immer, denn der Jüngste war er ja nun nicht mehr, und ich konnte mir durchaus vorstellen, das Gericht werde ihn als Wiederholungstäter ein wenig härter anfassen und ihn womöglich so lange wegschließen, daß der Rest seines Lebens dabei draufginge.

Aber ich fürchtete auch, daß ein solches Urteil für Susanne einige sehr bittere Konsequenzen haben würde. Vielleicht ginge es diesmal mit anderthalb Millionen nicht mehr ab? Vielleicht würde sie das Haus räumen müssen. Vielleicht würde der Fiskus auch auf ihren persönlichen Besitz die Hand legen. Vielleicht wäre sie gezwungen, sich selbst ihren Lebensunterhalt zu verdienen, mit diesem eigenbrötlerischen Studium und ohne jede Berufserfahrung.

Es dauerte, als ich sie gegen halb sieben anrief, eine Weile, bevor sie sich meldete. Ich fragte sie, wie es ihr gehe. Gut, und ob ich mit der Arbeit fertig sei. Ich sagte ja. Und was ich jetzt vorhätte? Gar nichts. Sie fragte, ob ich denn nicht zu ihr kommen wolle; sie sei allein, Keppler sei mit

Max weggefahren, er wolle jemanden vom Flughafen abholen und habe gesagt, daß es länger dauern könne, er werde wahrscheinlich mit dem Besucher noch im Hotel oder sonstwo zu Abend essen.

Um zehn vor sieben stellte ich mein Fahrrad im Rondell vor Kepplers Haus ab. Susanne stand in der offenen Tür und sah mir lächelnd entgegen. Ob ich schon etwas gegessen hätte? Ich sagte nein. Sie sagte, sie habe bisher auch keine Lust gehabt, aber jetzt werde sie, wenn ich wolle, uns ein paar Brote machen.

Ich ging mit ihr in die Küche und half ihr dabei. Wir trugen die Brote und Gurkenscheiben und Radieschen und zwei Flaschen Bier ins Wohnzimmer und ließen uns an dem runden Tisch in der Nische nieder. Wir tranken das Bier aus der Flasche, ich zählte »Eins – zwei – drei!«, und wir rülpsten gemeinsam. Susanne kann noch immer lauter und länger rülpsen als ich. Das hat sie schon gekonnt, als wir dieses Spiel, das ich von meinem Klassenkameraden Eckbert von Bülow gelernt hatte, zum erstenmal spielten.

Als wir die Teller und die leeren Flaschen in die Küche brachten, fragte ich sie, wen Keppler denn vom Flughafen abhole. Sie antwortete: »Herrn Ahdab.«

Ich ließ Wasser über die Teller laufen, räumte die Teller in den Geschirrspüler. Dann fragte ich: »Ist das der aus Beirut?«

»Ja. François Ahdab. Der Ingenieur.«

Ich kannte Herrn Ahdab. Er war ein kleiner, rundlicher, schwarzhaariger Mann mit einer Stirnglatze und freundlichen dunklen Augen. Er sprach nur gebrochen Deutsch, und wahrscheinlich deshalb war, als ich ihm bei Keppler begegnete, auch Behringer dabeigewesen. Behringer hatte einen Teil der Unterhaltung in seinem fließenden Französisch übersetzt, ein paar Sätze hatten Ahdab und er auch in röchelnden Kehllauten gewechselt, bei denen es sich um Arabisch handelte, so vermutete ich jedenfalls.

Meine Begegnung mit Herrn Ahdab fand statt, als ich nach einem Besuch bei Susanne das Haus verließ. In der Diele standen Keppler und Ahdab und mit ihnen Behringer im Gespräch. Keppler stellte mich dem Ausländer als das Ziehkind seiner Frau und hoffnungsvollen Journalisten vor, der den *Merzthaler Boten*, »Le courrier de Merzthal«, auf Vordermann gebracht habe und eines Tages vermutlich den Pulitzerpreis erhalten werde.

Ich hörte mir diesen blöden Scherz mit finsterer Miene an, aber Ahdab lächelte und nickte mir zu und schüttelte den Kopf und sagte, er kenne Kurt Keppler gut genug, um seine Witze zu verstehen. Und ich kennte Herrn Keppler wahrscheinlich zu gut, um mich von ihm noch necken zu lassen, »de vous laisser taquiner«, was Behringer übersetzte. Dann sagte der Gast auch noch, der *Merzthaler Bote* habe auf ihn einen sehr guten Eindruck gemacht, aber sein Deutsch – das des Herrn Ahdab – sei leider nicht gut genug, um die Zeitung wirklich gründlich lesen zu können.

Ein netter Mann, ja. Nur hatte ich mich schon damals gefragt, was er in Merzthal suchte. Von Susanne hatte ich erfahren, daß Herr Ahdab aus Beirut gekommen war, der Stadt, in der ja auch Behringer gelebt und studiert hatte. Und ich hatte schon als Neunjähriger die Berichte über den Prozeß gegen Keppler gelesen und nicht vergessen, daß die Lieferungen, die den mächtigen Mann hinter Schloß und

Riegel gebracht hatten, nach Beirut – welch mysteriöses Wort! – gegangen waren.

Was also hatte Herr Ahdab ein rundes Dutzend Jahre später in Merzthal gewollt, und was suchte er jetzt, zum Teufel, schon wieder hier?

Ich konnte mir freilich nicht vorstellen, daß der Verfassungsschutz oder der Bundesnachrichtendienst oder das Zollkriminalamt oder wer immer sonst sich um illegale Waffenexporte zu kümmern hat, die *Fabrik für Apparatebau, Merzthal* ein für allemal von der Liste ihrer Kunden gestrichen hatten. Es schien mir selbstverständlich, daß ein Unternehmen, das wie dieses schon einmal einschlägig straffällig geworden war, wenn nicht dauernd, so doch wenigstens in regelmäßigen Abständen unter die Lupe genommen würde.

Irgendwann mußte bereits ein Mensch, der wie Herr Simonis vielleicht als Vertreter nach Merzthal angereist war, vermerkt haben, daß der Unternehmer Keppler eine Rotte scharfer Köter und nicht minder scharfer Gorillas beschäftigte, um sich und seine Fabrik abzuschirmen. Und ich fürchtete, daß dieser Kollege von Herrn Simonis es mit einem solchen Vermerk nicht hatte bewenden lassen.

Daß allerdings auch Kurt Keppler sich davor fürchtete, bezweifelte ich. Ich traute ihm zu, es aller gebotenen Vorsicht zum Trotz noch einmal zu versuchen. Ich hielt ihn für vermessen genug, sich einzubilden, daß er aus dem Malheur von einst gelernt habe und diesmal die Fußangeln, die die Gesetzeshüter ausgelegt hatten, zu umgehen wüßte.

Keppler ist zeit seines Lebens keiner Herausforderung aus dem Weg gegangen. Und daß er einmal, ein einziges

Mal auf den Bauch gefallen war, aber das sehr heftig, bedeutete ihm wahrscheinlich die größte aller Herausforderungen. Er lechzte, so vermutete ich, nach dem Beweis, daß er letzten Endes doch klüger war als diejenigen, die ihn erwischt hatten.

Ich hatte Susanne nicht spüren lassen wollen, was mir durch den Kopf ging und daß ich mir Sorgen machte, aber als wir aus der Küche zurück ins Wohnzimmer gingen, knuffte sie mich unversehens in die Seite. Ich sah sie an. Sie sagte: »He, was ist los? Bist du jetzt dran mit dem Trübsalblasen?«

Ich sagte, ach wo, ich hätte doch gar keinen Anlaß, Trübsal zu blasen.

Sie kniff mich in den Arm. »Lüg mich nicht an! Nun sag mir schon, was nicht in Ordnung ist!«

»He he, bist du bekloppt?!« Ich rieb mir den Arm. »Das hat weh getan!«

»Sei nicht so zimperlich. Also, was fehlt dir?«

Sie holte zwei Gläser aus dem Schrank, stellte sie auf den Couchtisch und goß Wein aus der Flasche ein, die sie aus dem Kühlschrank mitgenommen hatte.

»Du hast mir heute mittag doch auch nicht gesagt, was dir fehlte.« Ich ließ mich auf dem Sofa nieder.

»Mir hat ja auch nichts gefehlt.« Sie hob ihr Glas, prostete mir zu.

Ich hob mein Glas, prostete ihr zu, trank, stellte mein Glas ab. Sie kostete den Wein. »Der schmeckt gut, nicht wahr?«

Ich nickte. Dann fragte ich: »Warum hat er dich aus der Lesung geholt?«

Sie stellte ihr Glas ab, rückte es zurecht. Dann sagte sie: »Du kennst ihn doch.« Nach einer Weile fuhr sie fort: »Es hat ihm nicht gepaßt. ›Wer hockt sich denn an einem so schönen Tag zwischen Behringers Staubfänger? Geh raus an die Sonne!‹« Sie zuckte die Schultern. Nach wieder einer Weile sagte sie: »Du kennst ihn doch.«

Es war mir klar, daß sie nicht die Wahrheit sagte. Und sie wußte, daß es mir klar war. Sie fragte: »Wie wär's mit einem kleinen Backgammon?« Ich sagte, ja, warum nicht. Ob ich denn Lust dazu hätte? Ja, ja, natürlich hätte ich Lust dazu.

Ich war unglücklich. Sie war, während wir aßen und tranken, aus ihrem Tief herausgekommen. Sie war vergnügt gewesen, hatte gescherzt und gelacht. Aber ich hatte ihr mit meiner Grübelei über Herrn Ahdab und durch die Leichenbittermiene, die ich dabei wahrscheinlich angenommen hatte, die gute Laune gründlich verdorben. Ich spürte es deutlich, daß sie selbst nun wieder traurig war.

Wir spielten unser Backgammon ohne großes Engagement, und demzufolge auch ohne den Spaß, den wir sonst nicht selten dabei hatten. Es war noch nicht halb neun, als sie unversehens die Hand vor den Mund legte und ein heftiges Gähnen unterdrückte, das sie offenbar überfallen hatte. Ich fragte sie, ob sie müde sei. Sie sagte, ein bißchen, ja, und nach einer kleinen Pause fügte sie hinzu, sie habe vergangene Nacht nicht gut geschlafen. Ich sagte, ich sei auch ein bißchen müde.

Um Viertel vor neun ging ich. Ich nahm sie in den Arm und sagte, sie solle mir bitte nicht böse sein. Sie fragte mich, warum sie mir denn böse sein solle; ich sei doch der Liebste von allen. Sie lachte und gab mir einen Kuß.

14

Ich weiß nicht, auf welchem Weg Wallot nach seinem Waldspaziergang am Nachmittag in die Stadt zurückgegangen war. Ich selbst nahm mit meinem Fahrrad die Friedrichstraße, die vom Waldrand um zwei Ecken herum ins Zentrum führt, und sobald ich sie erreicht hatte, dachte ich, daß sie auf einen fremden Besucher der Stadt womöglich ebenso deprimierend wirkt wie die Einfahrt auf dem Bahngleis, zwischen Keppler-Siedlung und Friedhof hindurch.

Natürlich kann man auf dem Stück, das in den Waldweg einmündet, auch nicht viel erwarten, die letzten fünfzig Meter der Straße sind unbebaut geblieben, zur Rechten wie zur Linken herrscht Wildwuchs. Ich weiß gar nicht, warum – das Stück wäre doch leicht zu erschließen, und zwei bis vier schöne Baugrundstücke gäbe es allemal her. Vielleicht hat Kurt Keppler den Daumen draufgehalten, weil er fremde Leute nicht zu nahe an sein Anwesen heranlassen wollte. Vielleicht hat er diesen Teil der Straße aufgekauft. Ich müßte mal im Grundbuch nachschauen.

Wozu? Um einen bissigen kleinen Artikel zu schreiben über diesen Kraken, der die Entwicklung der Stadt auch dort bestimmt, wo er nichts, rein gar nichts zu unternehmen beabsichtigt? Ja, ja, schon gut.

Während ich auf der Friedrichstraße in die Stadt hineinfuhr, fiel mir jedenfalls auf, wie still es da draußen sein kann. Es fiel mir auf, obwohl es eigentlich selbstverständlich war, zumal an einem Sonntagabend. Da draußen war es doch immer schon still gewesen. Ich bin oft genug, eine Zeitlang sogar regelmäßig, am äußeren Ende der Friedrichstraße herumgestreift, manchmal auf dem Weg zu Susanne oder auf dem Rückweg, aber in den früheren Jahren vor allem deshalb, weil ein Schulfreund von mir in einem der Häuser an diesem Ende der Straße wohnte, Heinz-Günther Segeberg, der schon vor dem Abitur ein Auto hatte, einen gebrauchten Escort, und bei einem Frontalzusammenstoß auf der Bundesstraße sein Leben beendete.

An den Nachmittagen im Herbst, wenn die Singvögel schon abgereist waren, hörte man dort draußen keinen Laut, außer vielleicht einmal das Schlagen einer Axt, wenn jemand hinter dem Haus ein paar Scheite für den Kachelofen zurechthackte. Oder das jähe Gegacker und Geflatter eines Hühnervolks, in dem der Hahn sich zu einer Maßregelung veranlaßt gesehen hatte. Aber auch das dauerte nicht lange, und schon breitete die Stille sich wieder aus, wie ein Gewässer, das sich lautlos und unaufhaltsam zu vergrößern schien bis an den Rand der Welt.

Und einen Geruch gab es dort, der mich, wann immer er mir in die Erinnerung kommt, diese Häuser am Ende der Stadt sehen läßt. Er drang mir in die Nase, sobald ich mein Fahrrad am Zaun der Segebergs abstellte und die Kette abschloß. Es war eine Mischung aus feuchtem Erdreich und Grünzeug, Sellerie, ich weiß nicht, Kohl vielleicht und das bittere Kraut der Möhren, und dazu ein Hauch des nahen Waldes. Dieser Geruch begleitete mich bis in das Haus, er war noch in der engen dunklen Diele zu riechen, wo die Regencapes an der Garderobe hingen.

Hin und wieder liefen Heinz-Günther und ich in den Wald, immer dann, wenn unser Bewegungsdrang überhandnahm, und manchmal kamen wir bei Sonnenuntergang zurück und konnten zwischen zwei Häusern auf der gegenüberliegenden Straßenseite den roten Sonnenball sehen, er war schon zur Hälfte hinter dem Hühnerstall der Familie Menninger verschwunden, und wenn wir stehenblieben, konnten wir zuschauen, wie er immer weiter hinabsank.

Aber das hielten wir nicht lange aus, wir fürchteten, mit Blindheit gestraft zu werden, wenn wir nicht schon bald wieder wegschauten, und daraus machten wir ein Spiel, wir hielten eine Hand vor die Augen, streckten die andere aus und tappten und tasteten herum, als hätte uns die Strafe schon ereilt und die Nemesis uns geblendet. Und lachten uns halb tot, als einmal die dicke Lina Menninger mit dem Fahrrad von der Arbeit kam und wie besessen zu klingeln und zu rufen begann, weil sie fürchtete, wir tappten ihr ins Rad und brächten sie zu Fall.

Ich weiß, daß ich mich nicht zuletzt in dieses Spiel flüchtete, weil der Sonnenuntergang mich traurig machte. Der glutrote Ball, der unter den Horizont des Abendhimmels versank, rief in mir einen Schwall von Gefühlen hervor, eine besondere, ganz eigenartige Stimmung; so wie etliche andere, die ich immer wieder erlebte, sie waren jede für sich unverwechselbar, meist an bestimmte Umstände gebunden, ja, aber ich wüßte nicht, noch immer nicht, wie ich sie erklären sollte.

Diese Stimmung hier, die des Sonnenuntergangs in der Friedrichstraße, bestand aus ziemlich heftigen Empfindungen, Gefühlen, die mir die Luft abschnürten, vielleicht einer Sehnsucht nach etwas, das ich nicht zu benennen wußte, einem Verlangen, von dem ich ahnte, daß es nicht erfüllt werden würde, und Furcht, ja, einer beklemmenden Furcht. Vielleicht fürchtete ich, daß mit dem Tag und mit seiner Sonne auch das Leben zu Ende gehen, daß die Nacht es verschlucken, daß es verschwinden würde in ihrem schwarzen Schlund, mit Haut und Haaren.

Ich weiß nicht, ob es Heinz-Günther an solchen Abenden auch so zumute war, ich wäre damals nicht auf den Gedanken gekommen, ihn so etwas zu fragen. Und als ich alt genug dafür geworden war, da verschwand er von einer Stunde auf die andere aus meinem Leben. Zurück blieben ein zerfleddertes Schulbuch und ein nicht sehr ordentlich geführtes Mathematikheft, die er bei mir zurückgelassen hatte, als wir zum letztenmal miteinander arbeiteten, eine Stunde vor seinem Unfall. Ich steckte sie in eine Plastiktüte und brachte diese Hinterlassenschaft eine Woche später seiner Mutter, das war an einem Nachmittag im Winter.

Als ich durch den Garten ging, öffnete sie bereits die Haustür und blickte mir entgegen. Wahrscheinlich hatte sie im Erker des kleinen Wohnzimmers zur Straße hin gesessen und auf die kahlen Beete und Sträucher hinausgeschaut.

Bevor ich etwas sagen konnte, streckte sie die Hand aus, sie faßte mich am Arm und zog mich an sich, umklammerte mich mit beiden Armen, preßte ihr Gesicht an meine Schulter. Ich roch, es war schrecklich, und ich wollte dieser Belanglosigkeit keine Beachtung schenken, aber der Geruch des Gartens stach mir durchdringend in die Nase, ich roch Erdreich und Grünzeug, es schien, als hätten sich ihre Kleider, ihre Haare, ja, ihre Haut, die blasse Haut, die sich hier und da schon in kleine Falten zu kräuseln begann, es schien, als hätte ihre Haut bis in die kleinsten, bräunlichen Fältchen hinein sich vollgesogen mit diesem Geruch. Und was für mich zuvor nur eine Randerscheinung gewesen war, ein bloßer Nasenreiz an einem Ort, den ich immer wieder gern aufgesucht hatte, in einer Szenerie, die mich insgesamt anheimelte, das wurde jetzt zu einem peinigenden Eindruck, der mir den Atem nahm.

Ich spürte, wie ihre Brust bebte von dem Aufruhr, den sie zu unterdrücken versuchte, und wie ich selbst erfaßt wurde von diesem Beben. Ich wußte nicht, wie ich mich aus der erstickenden Umklammerung befreien sollte, aber unversehens ließ sie mich los. Ihre Augen waren feucht, doch sie weinte nicht. Sie trat einen Schritt zurück, tat einen tiefen Atemzug und sagte: »Komm rein.«

Ich stammelte: »Ich … ich wollte aber nur …« Ich hob die Plastiktüte.

Sie warf einen Blick darauf, sah mich fragend an: »Ja?«

Ich sagte: »Das ist sein Physikbuch. Und sein Matheheft. Er hat es bei mir liegenlassen. Beim letztenmal.«

Sie nickte. Dann sagte sie: »Willst du es nicht behalten? Als Andenken.«

Ich zögerte. Dann sagte ich: »Ja. – Ja, danke.« Ich streckte die Hand aus. Sie nahm die Hand, hielt sie einen Augenblick lang in der ihren, aber dann ließ sie sie los. Sie nickte. Ich wandte mich ab, stieg die Außentreppe hinab, ein wenig zu hastig, fast wäre ich gestolpert. Als ich mein Fahrrad vom Gartenzaun losschloß, wagte ich einen Blick zurück.

Sie stand in der offenen Haustür. Sie lächelte, winkte mir. Dann schloß sie die Tür.

Ich stieg auf mein Rad. Ich hatte ihr nicht einmal zurückgewinkt. Mir war zum Sterben elend. Ich trat in die Pedale, biß auf die Zähne, drängte die Tränen zurück. Sie tat mir so schrecklich leid.

Ich sah sie, wie sie in das kleine Wohnzimmer zurückging, langsam. Wie sie in den Erker trat, die Decke auf dem runden Tisch zurechtzupfte. Wie sie sich schließlich wieder in den Sessel neben dem Tisch setzte, hinaussah auf den öden Garten und die leere Straße. Ihr Mann würde erst in einer Stunde oder in zweien von der Arbeit zurückkehren. Sie mußte warten.

Sie tat mir so schrecklich leid. Ich hätte ihr so gern geholfen. Die Tränen drangen mir aus den Augen, ich spürte, wie sie über meine Wangen liefen. Ich warf einen Blick ringsum, niemand war zu sehen. Ich hielt an, zog mein Taschentuch, schneuzte mich, wischte mir die Tränen von den Wangen und aus den Augen. Ich bin mir nicht sicher, aber ich glaube, es hat niemand entdeckt, daß ich weinte.

Ob Wallot, falls er durch die Friedrichstraße in die Stadt zurückgegangen ist, etwas Vergleichbares empfunden hat? Alberne Frage. Natürlich nicht. Woher sollte dieser Mensch aus der Großstadt wissen, was sich hier ereignet hat, was ich hier erlebt habe, hier, an diesem Ort, den er für ein dumpfes Kaff hält? Und wie sollte er es verstehen?

Nein.

Ich weiß, was ihn beschäftigt hat, als er an diesem Nachmittag von seinem Waldspaziergang in die Stadt zurückkehrte. Ich konnte es mir zusammenreimen. Er hat darüber nachgedacht, was das wohl für eine Beziehung sei zwischen Susanne und mir. Ja, das hat er, mit Sicherheit.

Er hatte gesehen, wie ich Susannes Hand hielt, und er

fragte sich, ob sie ihren Mann auch mit mir betrog. Der Besuch, den sie ihm am Vorabend auf seinem Zimmer abgestattet hatte, beschäftigte ihn noch immer, natürlich, er hatte ihn als eine angenehme und durchaus vorzeigbare Eroberung verbucht gehabt. Und nun mußte er sich fragen, ob diese bemerkenswerte Frau vielleicht bloß mannstoll war und mit jedem schlief, dessen sie habhaft werden konnte, mal mit einem namhaften Autor, der die Stadt beehrte, mal mit einem Jüngling, der seine Lebensaufgabe darin sah, Artikelchen für das örtliche Käseblatt zu schreiben. Und ein andermal vielleicht mit dem Klempner, den sie zu sich rief, damit er einen tropfenden Wasserhahn und in einem Aufwasch auch ihr sexuelles Bedürfnis regulierte.

Nicht zuletzt, weil er darüber Genaueres wissen wollte, hatte Wallot sich ja auch zu mir in die Redaktion bemüht. Natürlich hatte er mir ebenso unverzüglich seine Beobachtungen vor Kepplers Fabrik mitteilen und sehen wollen, wie ich darauf reagierte. Aber noch bevor er dieses Thema ansprach, hatte er mir berichtet, daß er Susanne und mich auf der Terrasse gesehen habe, Hand in Hand. »Sie scheinen mit ihr aber sehr vertraut zu sein.«

Ja, das sind wir! Wir sind so vertraut miteinander, wie kein Außenstehender, kein Fremder, wie niemand außer uns beiden es sich vorstellen kann!

Schade. Sehr schade, daß ich ihm, als er bei mir auf den Busch klopfte, nicht solch eine Antwort gegeben, sondern ihn nur angestarrt habe. Nun gut, er hat immerhin wahrgenommen, daß er in einen Bereich geraten war, in dem er nichts zu suchen hatte. Und er hat sich auf der Stelle zurückgezogen.

Okay. Über das, was er nach seinem Besuch in der Redaktion und der Rückkehr zum Waldhotel unternommen hat, muß ich nicht einmal eine Vermutung anstellen, ich weiß es. Er hat es mir selbst erzählt, schon am nächsten Tag, dem Montag. Er hat dabei wieder so getan, als wolle er mir anhand seines Berichtes nur vor Augen führen, daß ein junger, intelligenter Mann wie ich doch nicht in einer Stadt wie dieser hocken bleiben, daß er sein Leben nicht in einem solchen Kaff vergeuden dürfe. Aber auch dieses Mal wollte er mich vor allem ausholen.

Er erzählte mir, daß er sein Abendessen im Restaurant des Waldhotels eingenommen habe, im Speisesaal, in dem diesmal zum Glück kein Sänger mit einem Keyboard aufgespielt habe, die Spuren der Hochzeitsfestivität seien tatsächlich getilgt gewesen. Er habe also einen ruhigen Tisch in einer Ecke gewählt, habe sich von dort die Gäste, es seien nicht allzu viele gewesen, angesehen, die eine oder andere nicht uninteressante Erscheinung habe dazugehört, und habe in Ruhe ein Boeuf Stroganoff gegessen, das übrigens gar nicht so übel gewesen sei, auch der Wein nicht, ein achtundneunziger Château Grand Village, sehr passabel, doch.

Und dann sei unversehens Herr Keppler hereingekommen. Nicht in Begleitung seiner Frau, sondern zweier Herren, und der eine davon sei Herr Behringer gewesen, Doktor Behringer, nicht wahr, der Leiter der Stadtbibliothek, und der andere ein kleiner, rundlicher Herr mit einem fremdländischen Aussehen, er habe zunächst auf einen Griechen getippt oder einen Türken, aber einen der gehobenen Schicht, ein Reeder vielleicht, oder ein Politiker.

Vorzüglich gekleidet, in einen vermutlich maßgeschneiderten Anzug, um das nur am Rande zu erwähnen.

Der Oberkellner habe die drei in einen Nebenraum geführt, und von da an seien dort mehrere Kellner ein und aus gegangen, offenbar habe man diese Gäste bevorzugt bedient. Nun sei das ja vielleicht nicht bemerkenswert, aber er, Wallot, habe sich denn doch gefragt, wie es zu erklären sei, daß Keppler am Morgen ganz rücksichtslos eine Veranstaltung Behringers störe, indem er seine Frau, Frau Keppler, aus dem Saal heraushole, aber des Abends dann mit dem Bibliothekar einträchtig zum Essen gehe. Ganz abgesehen davon, daß Behringer ja angeblich wegen eines Sterbefalls in der Familie schon wieder verreist gewesen sei.

Und nicht zuletzt habe er sich natürlich gefragt, wer denn der kleine Herr in dem Maßanzug sein könne, dem Keppler und Behringer sich anscheinend mit vereinten Kräften widmeten. Also sei er, nachdem er sein Abendessen beendet habe, zur Rezeption gegangen und habe den jungen Mann, der dort Dienst getan habe, gefragt, ob er wisse, wer der Herr sein könne, der mit Herrn Keppler in den Speisesaal gegangen sei, nicht Herr Doktor Behringer, den kenne er, sondern der andere, dunkelhaarige; er, Wallot, sei sich sicher, daß er diesem Herrn schon einmal begegnet sei, aber er komme nicht mehr auf seinen Namen.

Der junge Mann hatte ihm gesagt, das sei Herr Ahdab, François Ahdab. Ah ja, das helfe seiner Erinnerung; und ob der junge Mann vielleicht noch mehr über Herrn Ahdab wisse? Der junge Mann hatte eine unnahbare Miene aufgesetzt und gesagt, über die Gäste des Hauses könne er leider keine Auskünfte geben.

Daraufhin hatte der Autor einen 10-Euro-Schein über den Tresen geschoben, und der junge Mann hatte den Schein verschwinden lassen und gesagt, Herr Ahdab komme aus Beirut, er sei libanesischer Staatsbürger, von Beruf Ingenieur und ein Geschäftsfreund von Herrn Keppler. Und er hatte dem Autor auch noch Herrn Ahdabs Zimmernummer gesagt, sechshundertachtzehn, die gleiche Etage, auf der auch Herr Wallot wohne, und nicht nur das, er hatte dem Autor überdies, nach einem Blick über die Schulter und mit unterdrückter Stimme, anvertraut, daß auf ebendieser Etage und im Anschluß an Herr Ahdabs Suite eine junge Dame logiere, die am Nachmittag aus der Stadt angereist sei und ihr Abendessen auf dem Zimmer eingenommen habe, und vielleicht sei es auch nicht uninteressant, daß Herrn Kepplers Sekretariat das Zimmer der jungen Dame habe reservieren lassen und zudem die Rechnung bezahle.

Nachdem er mir das erzählt hatte, setzte Wallot ein Grinsen auf und sagte, in unserem ersten Haus am Platze gehe es anscheinend zu wie in einem orientalischen Bordell, und mit einem Bakschisch ließen sich offensichtlich selbst die delikatesten Geheimnisse dieser Stadt entschleiern. Ich unterdrückte die Frage, ob er seinen 10-Euro-Schein denn schon einmal in einem Hotel bei sich zu Hause ausprobiert habe und ob, wenn ja, seine Erfahrungen dort etwa anders ausgefallen seien.

Ich sagte auch kein Wort davon, daß es einen ganz simplen Grund für Behringers Anwesenheit bei dem Abendessen mit Ahdab gegeben hatte, jedenfalls lag das für jeden, der sich in Merzthaler Verhältnissen ein wenig auskannte, auf der Hand: Keppler hatte sich nicht etwa für die

Störung der Lesung entschuldigen und bei Behringer eine Art Wiedergutmachung leisten wollen. Er hatte den Bibliothekar ganz einfach als Dolmetscher benötigt und ihn ins Waldhotel zitiert.

Und ich behielt auch meine Vermutung für mich, daß Behringer womöglich schon seit seiner Zeit in Beirut mit dem Ingenieur vertraut war und – wer weiß – ihm damals schon bei seinen Geschäften assistiert hatte.

Ich blieb stumm, als hätte ich Wallots Verlangen nach Auskünften, die ihm weiterhalfen, nicht verstanden. So stumm, als wartete ich auf weitere Beweise dafür, daß Merzthal nichts anderes sei als ein ödes, stumpfsinniges und noch dazu ein korruptes, unmoralisches Kaff. Und solche Beweise glaubte Wallot offenbar dann auch mir anbieten zu müssen, in Form einer weiteren Geschichte, die er erlebt hatte.

Aber die kannte ich schon. Ich hatte sie am Vorabend, am Sonntag noch erfahren. Und mir war sofort klar gewesen, daß Wallot sich auch von diesem Erlebnis nicht würde abschrecken lassen. Nein, er würde in Merzthal bleiben und noch bedenkenloser, noch hemmungsloser sich in Dinge einmischen, die ihn nichts angingen.

15

Gegen halb neun am Sonntag abend war Wallot in den ›Grünen Drachen‹ am Merzbogen gekommen, nicht die allerfeinste Kneipe in der Stadt, aber eine gemütliche, in die ich hin und wieder am Abend einkehre, weil dort auch Ratsmitglieder zu finden sind und etliche Freunde von mir. Wallot hatte einen freien Platz an der Theke eingenommen, ein Bier bestellt, hatte um sich geschaut und war, wie das mit einem Fremden nun einmal geschieht, von den anderen Gästen stumm und intensiv gemustert worden.

Erst nach einer Weile war die Unterhaltung, die bei Wallots Eintritt erloschen war, wieder in Gang gekommen. Hugo Mülfarth, der sich zu ihm umgedreht hatte, um ihn zu betrachten, hatte sich wieder zu seinem Nachbarn an der Theke gewandt und eine halblaute Bemerkung gemacht, die von den Nahestehenden mit einem Gelächter quittiert wurde. Wallot hatte nicht verstanden, was Hugo gesagt hatte: »Wetten, daß der nach dem zweiten Bier voll ist?« Wahrscheinlich hatte er aber das Gelächter verstanden, und er versuchte, sich dagegen zu behaupten.

Er fragte Klaus Merl, der neben ihm stand: »Geht es hier immer so lustig zu?« Die Antwort lautete: »Nä. Nur wenn Fremde reinkommen.«

Wallot hatte nicht aufgegeben. Er hatte gelacht, nach seinem Bier gegriffen und getrunken. Dann hatte er Klaus gefragt, wie viele Einwohner Merzthal habe.

Klaus hatte ihn schweigend angesehen. Wallot wollte noch immer nicht aufgeben, er sagte, er sei zum erstenmal hier, aber die Stadt mache ja wirklich einen sehr ansprechenden Eindruck. Klaus schwieg noch immer. Wallot sagte, er sei vorhin an dem Rest der alten Stadtmauer und dem Wehrturm vorbeigekommen, und das sei ja doch erstklassig restauriert, er habe selten ein so schönes Stück alter Architektur gesehen.

Klaus griff schweigend nach seinem Bier. Wallot nahm

ebenfalls sein Glas, trank einen kräftigen Schluck. Er wischte sich den Mund ab, dann sagte er, auf der Tafel am Wehrturm habe er gelesen, daß Kurt Keppler die Kosten der Wiederherstellung übernommen habe, als ein Geschenk an seine Vaterstadt. Herr Keppler sei wohl ein großer Wohltäter der Stadt. Ganz abgesehen von den Arbeitsplätzen, die er zur Verfügung stelle, und den vermutlich doch beachtlichen Steuern, die er zahle.

Daraufhin hatte Hugo Mülfarth sich wieder zu Wallot umgedreht. Auch einige andere wandten ihm wieder ihre Blicke zu, stellten ihre Unterhaltung ein. Wallot spürte, daß die Atmosphäre sich deutlich abkühlte. Er trank sein Glas leer, winkte Ludwig Häusler, dem Wirt, und sagte: »Noch eins, bitte.«

Ludwig antwortete, ohne Wallot anzublicken: »Gibt nix mehr. Wir machen Feierabend.«

Wallot sagte: »So früh schon? Es ist doch nicht mal neun!«

Uschi Häusler, die Tochter des Wirts, die neben ihrem Vater hinter der Theke stand und Gläser spülte, musterte Wallot mit einem stummen Seitenblick. Ludwig sagte: »Wir sind hier kein Nachtbetrieb. Da müssen Sie schon woandershin gehen.« Er griff nach den Gläsern, die Hugo und sein Thekennachbar leer getrunken hatten, führte sie unter den Zapfhahn und begann zu zapfen.

Wallot deutete mit dem Zeigefinger auf das Glas, das sich in Ludwigs Hand füllte. »Und was ist das da? Wieso bekommen denn andere noch ein Bier?«

Ludwig stellte das Glas ab, nahm das zweite und zapfte weiter. Er sagte: »Ich hab gesagt, Feierabend.«

Wallot starrte Ludwig an. Er überlegte, das hat er mir tatsächlich so berichtet, er überlegte, ob er dem Wirt mit der Polizei oder mit einem Gerichtsbeschluß drohen sollte. Aber dazu kam er nicht mehr.

Er spürte, daß jemand seinen Rücken berührte. Er wollte sich umdrehen, aber er fand keinen Platz dazu, er wandte den Kopf und sah in die halb geschlossenen Augen von Klaus, der sehr dicht an ihn herangetreten war, er hatte die Brust herausgestreckt und sie bis an Wallots Rücken herangeschoben. Wallot wollte von Klaus zurücktreten, aber auch auf der anderen Seite seines Platzes an der Theke war kein Raum mehr. Hugo hatte sich ebenfalls breitgemacht, er war an Wallot herangerückt und berührte ihn mit seiner Brust. Dem Autor blieb, um diese widerwärtige Tuchfühlung zu vermeiden, nichts übrig, als von der Theke zurückzuweichen.

Damit waren die beiden jedoch nicht zufrieden. Sie rückten weiter gegen ihn vor, eng nebeneinander, und unversehens erschien an Hugos freier Seite auch noch ein dritter, Günter Wallmeroth, der sich mit den beiden Schritt für Schritt voranbewegte. Niemand berührte mehr Wallot, aber ihm war klar, daß sie ihn, wenn er stehenbliebe, über den Haufen schieben und stoßen würden.

Er blickte hinter sich und sah Paul Hellenberger, klein gewachsen und bucklig. Paul hatte den Vorhang, der in einem Halbkreis den Eingang abschirmte, gerafft und die Tür geöffnet, er hielt die Tür offen und grinste Wallot an. Wallot, der heftig an einem Gefühlsaufruhr aus wilder Wut und peinlicher Beschämung litt, wollte die Kneipe nicht im Rückwärtsgang verlassen, er drehte sich um und schritt an

Paul vorbei, der wahrhaftig eines seiner kurzen Beinchen ausstreckte, als wolle er Wallot auch noch in den Staub schicken, Wallot stieg darüber hinweg.

Er überquerte die dunkle Straße, strebte in den Schatten der Häuser auf der gegenüberliegenden Seite. Hinter sich hörte er Hugos Bierbaß. Hugo war in die Tür der Kneipe getreten und rief hinter ihm her: »He, Sie da! Beim nächstenmal wird aber bezahlt, Freibier gibt's hier nicht für jeden!« Wallot hörte auch noch das Gelächter, das aus der Kneipe herausschallte, bevor die Tür sich schloß.

Eine knappe halbe Stunde später kam ich in den ›Grünen Drachen‹. Ich hatte, als ich nach meinem Besuch bei Susanne nach Hause gekommen war, noch Lust auf ein Bier und irgendein belangloses, erholsames Gequatsche bekommen, das Fahrrad abgestellt und war zum Merzbogen hinübergegangen. Die Stimmung war noch immer sehr animiert, die Geschichte, wie man diesen Angeber nach Hause geschickt hatte, wurde mit immer neuen Nuancen erzählt und war anscheinend im Begriff, sich zur Heldensage zu entwickeln.

Ich verstand zunächst nicht, um wen es ging, aber dann stieß Günter Wallmeroth mich in die Seite und sagte, ich sei doch gut Freund mit dem Arschloch, ich hätte ihm ja sogar seinen Koffer auf dem Fahrrad transportiert. Ich sagte, das Arschloch sei ein weithin bekannter Schriftsteller und ich hätte nicht seinen Koffer transportiert, sondern seine Reisetasche, und das hätte ich getan, weil ich bei der Gelegenheit ein Interview mit ihm gemacht hätte, und wenn es ihnen nicht zu hoch sei, könnten sie das morgen früh in der Zeitung lesen.

Paul, der Buckel, rief höhnisch: »Schriftsteller? Schriftsteller?«, und dann erzählte er, wahrscheinlich zum wiederholten Mal, daß er diesem Angeber ein Bein gestellt habe und daß der beinahe darüber auf die Schnauze gefallen sei, und Paul erntete den Beifall, den er sich hatte verdienen wollen.

Ich sagte, so sollten sie nur weitermachen. So bringe man Merzthal ins Gerede. So ruiniere man die Stadt. Denn genau so werde man es irgendwann schaffen, daß kein Fremder mehr nach Merzthal kommen wolle, nicht für eine Tagung und nicht für ein Wochenende, geschweige denn für einen Urlaub.

Der Wirt sagte: »Ja und?! Ich brauch doch keine Fremden in meiner Wirtschaft! Darauf bin ich Gott sei Dank nicht angewiesen!«

Ich sagte, bravo, und vielleicht könne er auch die Pensionswirte oder die Leute im Waldhotel oder Felipe oder sonstwen mal fragen, was sie davon hielten.

»Felipe?! Felipe?!« Der Wirt machte eine wegwerfende Geste. »Was geht mich denn der Scheißspanier an?! Der kann von mir aus seinen Schlabberkram selbst fressen, seine Gummitiere!«

In das aufkommende Gelächter und Gegröle hinein rief Herr Zenker: »Moment mal, Moment mal! Ruhe mal, das bringt doch nichts!« Konrad Zenker hat eine starke Stimme, er ist bei der vergangenen Kommunalwahl zum viertenmal für die SPD angetreten und zum viertenmal in den Stadtrat gewählt worden.

Das Gelächter und Gegröle verebbte. Zenker sagte: »Das ist ja alles richtig! Aber du warst nicht dabei, Jörg. Sonst wüßtest du nämlich, daß dieser Mann sich sehr auffällig benommen hat.« Er nickte, wartete, bis das beifällige Gemurmel abnahm. »Er hat sich sehr auffällig, aber wirklich sehr auffällig nach Herrn Keppler erkundigt. Und nach den Arbeitsplätzen beim *Apparatebau*. Und nach den Steuern, die Herr Keppler bezahlt.« Er nickte. »Ich hab's gehört, ich stand hier direkt neben Klaus, dem er die Würmer aus der Nase ziehen wollte.«

Klaus nickte, auch Paul, der auf einem Hocker neben Klaus thronte. Paul sagte: »Stimmt haargenau! Haargenau! Ich hab's auch gehört!«

Herr Zenker sagte: »Wer sich so benimmt, darf sich nicht wundern, wenn man ihn vor die Tür setzt. Vor allem in Merzthal nicht. Das ist jedenfalls meine Meinung.« Er nickte. »Wir haben ja schließlich unsere Erfahrungen mit wildfremden Leuten, die hier angereist kommen und dumme Fragen stellen. Und die trotzdem nicht zuhören, sondern nachher das Blaue vom Himmel herunterlügen und uns nach Strich und Faden schlechtmachen.« Er sah mich an. »Hab ich recht?«

Ich gab ihm keine Antwort. Ich griff nach meinem Bier und trank.

Ja. Vielleicht hatte er ja recht.

16

Am Montag um elf ging ich zu einer Pressekonferenz, die der Architekt Biallas veranstaltete. Pressekonferenz ist vielleicht ein bißchen übertrieben, außer mir waren nur Nadja

Casper, die für das Lokalradio in der Kreisstadt arbeitet, und der alte Henseler, Franz, erschienen, früher einmal Redakteur des *Merzthaler Boten*, den Keppler vorzeitig in den Ruhestand geschickt hat und der immer wieder einmal versucht, eine Geschichte für die Regionalseite einer der größeren Zeitungen zusammenzukratzen; hin und wieder gelingt es ihm auch, schreiben kann er ja.

Biallas wollte den Neubau vorführen, den er an der Bundesstraße für Kühlschrank-Becker errichtet hat. Dem jungen Becker war das Stammhaus im Bachweg zu eng geworden, er – oder in Wahrheit wohl seine Frau – bemühte sich schon seit einiger Zeit, den Laden, mit dem sein Großvater angefangen hatte, zu vergrößern und auch den Geschäftsbereich zu expandieren. Neben Kühlschränken, Waschmaschinen, Audioanlagen und Fernsehgeräten bot er nun auch Computer an, und so drohte das Stammhaus schon seit einiger Zeit aus den Nähten zu platzen.

Mittlerweile hat Biallas für den jungen Becker und Bianca, die rührige Ehefrau, die einem florierenden Lebensmittelgroßhandel in der Kreisstadt entstammt und offenbar frischen Zaster ins Haus gebracht hat, einen ziemlich üppigen Neubau an der Einmündung der Bismarckstraße in die Bundesstraße hochgezogen. Dort stehen demnächst neben zwei Verkaufsetagen für das Beckersche Sortiment auch zwei Büroetagen zur Verfügung, die zudem als Praxisräume verwendbar sind, und in den zwei Geschossen darüber eine Reihe von Wohnungen, vom Einzimmerapartment bis zu einer Flucht von hundertfünfzig Quadratmetern, die Wohnräume nach hinten hinaus mit Blick auf das Merzthal und die grünen Berge ringsum.

Ich hatte meine Zweifel, ob überhaupt jemand und wer eigentlich dieses großzügige Raumangebot nutzen würde, aber der lange, totenbleiche Gert Biallas, der mit seiner Fliege und den nach Künstlerart nackenlangen Haaren noch abgefuckter aussah als bei unserer letzten Begegnung im Rathaus, hatte auf jede Frage eine Antwort parat, und Kühlschrank-Becker, der am Kopfende des Konferenztisches in Biallas' Büro neben dem Architekten saß, konnte sich auf nickende Bestätigung beschränken, was dem Projekt sicher dienlich war, denn dieser Becker-Nachfahr ist eine ziemlich taube Nuß. Die treibende Kraft der Geschäftserweiterung jedenfalls dürfte die Frau aus dem Lebensmittelhandel gewesen sein, die aber öffentlich vielleicht nicht in Erscheinung treten will, vielleicht wegen ihres erschreckend vorspringenden Oberkiefers.

Henseler versuchte es wenigstens einmal, danach aber auch nicht mehr, Becker aufs Kreuz zu legen, indem er ihn fragte, ob das Projekt sich auch dann noch rechne, wenn – zum Beispiel – nur die Hälfte der Büroetagen vermietet werden könne, was ja bei einigen Neubauten in der Kreisstadt eher die Regel als die Ausnahme sei. Der junge Bekker blickte Biallas an, und Biallas sagte lächelnd, da solle Herr Henseler sich mal keine Sorgen machen. Lächelnd blätterte er seine Unterlagen auf.

Gut die Hälfte der ersten Büroetage werde, so trug er alsdann vor, zum Beispiel der Orthopäde Doktor Pagenstecher übernehmen, der bisher als Oberarzt am Kreiskrankenhaus gearbeitet habe und sich nun in Merzthal niederlasse, nicht zuletzt, weil Herrn Beckers Projekt so außerordentlich viele Vorteile biete – das reiche Angebot an

Parkplätzen, die behindertengerechte Gestaltung des Gebäudes und der Zugänge, übrigens auch zweier spezieller Wohneinheiten, und natürlich die günstige Verkehrsanbindung an die Bundesstraße. Das Einzugsgebiet einer dort angesiedelten Praxis werde demzufolge sich weit über Merzthal hinaus erstrecken.

Das gleiche gelte, wie man sich denken könne, für Herrn Beckers Kundenkreis. Wer bei der Firma Becker einkaufen wolle, müsse in Zukunft nicht mehr in der Innenstadt herumkurven, bis er einen Parkplatz gefunden habe, oder manchmal auch keinen, Biallas schaltete ein kleines Lächeln ein; und er müsse auch seinen Einkauf nicht mehr vom Geschäft bis zum Auto schleppen, sondern erreiche mit dem Einkaufswagen den Parkplatz gleich hinter dem Haus. Bequemer gehe es nun wirklich nicht.

Nachdem Nadja, der alte Henseler und ich fürs erste keine Fragen mehr hatten, bat Biallas uns vor die Tür, wo ein Kleinomnibus auf uns wartete. Der junge Becker verabschiedete sich, er sagte, er müsse dringend zurück ins Geschäft, warum so dringend, hätte niemand zu sagen gewußt, man sieht ihn dort allenfalls einmal, wie er beschleunigt die Verkaufsflächen durchquert, in einem weißen Kittel und jeden Kundenkontakt vermeidend.

Wir wurden mit dem Architekten hinausgefahren zu dem Neubau, dort führte Biallas uns durch die nur zum Teil fertigen Etagen. Ich fotografierte das Bauwerk von außen und von innen, machte auch ein paar ausgesuchte Schüsse mehr, als ich eigentlich brauchte, nachdem der alte Henseler mich, wie üblich, beiseite genommen und gefragt hatte, ob ich ihm zwei, drei Abzüge überlassen könne.

Hin und wieder bringt er so etwas bei seinen Abnehmern unter, und damit kann ich zwar keinen Blumentopf gewinnen, denn natürlich lasse ich solche Fotos nicht mit meinem Namen zeichnen, was mir zumindest eine hochnotpeinliche Befragung durch Keppler einbringen würde, aber die Regionalseiten lieben eine großformatige Bebilderung und zahlen nicht schlecht für geeignete Fotos.

Wir standen im Wohnraum der 150-Quadratmeter-Flucht, und Biallas hatte angehoben, den Ausblick ins Merzthal, der vor unseren Augen lag, als ebenso reizvoll wie erholsam zu feiern, da sah ich, daß der Architekt plötzlich den Kopf hob und zum Eingang blickte. Er unterbrach seinen Vortrag und sagte mit einem einladenden Lächeln: »Bitte, kommen Sie doch herein!«

Ich wandte mich zurück und sah Wallot. Er stand in der Tür, eine Hand am Rahmen, ein Schemen, der lautlos erschienen war, und beobachtete uns. Nun trat er einen Schritt näher, lächelte und sagte: »Aber ich wollte Sie keineswegs...«

Biallas sagte: »Ich bitte Sie, Sie stören uns doch nicht!« Er nickte, dann fragte er lächelnd: »Sie sind Herr Wallot, nicht wahr? Carl Wallot?«

Wallot sagte: »Ja, der bin ich.« Ich sah, daß auch Nadja und der alte Henseler verbindlich zu lächeln begannen. Ich hätte wetten mögen, daß zumindest Nadja und Biallas bis heute morgen nicht gewußt hatten, wer Carl Wallot war. Wahrscheinlich hatte ich es mit meinem Artikel und dem Foto, das ihn mit prägnanter Mimik bei der Lesung zeigte, geschafft, ihm dieses freundliche Entree zu besorgen.

Wallot sagte: »Ich wollte eigentlich zu Herrn Froberger.

Aber ich warte wirklich gerne unten, bis Sie Ihre Arbeit getan haben.«

Biallas antwortete: »Nein, nein, warum denn! Bleiben Sie nur bei uns! Ich nehme an, die Damen und Herrn Journalisten befürchten nicht, daß Sie ihnen Konkurrenz machen werden!« Er lachte herzlich über seinen taktlosen Scherz.

Wallot blieb natürlich bei uns. Er stellte sogar einige Fragen, die Biallas hoch erfreut beantwortete.

Ich hätte mich in den Hintern beißen mögen, aber ich hatte schon zuvor erklärt, daß ich an der Einladung zu einem Imbiß im Bürgerstübchen, der im Anschluß an die Vorführung des Neubaus stattfinden sollte und den Henseler und Nadja natürlich mitnahmen, nicht teilnehmen könne. Ob ich Wallot auf diese Weise entkommen wäre, bleibt allerdings zweifelhaft; womöglich hätte Biallas ihn auch dorthin eingeladen, und Wallot wäre, vermute ich, auf der Stelle mitgegangen.

Nun blieb mir nur die Behauptung, ich müsse gleich in die Redaktion zurückkehren, weil der Chefredakteur mich erwarte. Aber auch damit war Wallot nicht loszuwerden. Er sagte, er sei mit dem Taxi gekommen und habe es vor der Tür stehen lassen, er werde mich zur Redaktion bringen.

Als wir ins Taxi gestiegen waren, sagte er, den Chefredakteur habe er übrigens schon kennengelernt, der habe ihm ja auch gesagt, wo ich zu finden sei. Ein netter Mann, der Herr Verhülsdonk. Sehr belesen, offenbar. Und außerdem scheine er große Stücke auf mich zu halten.

Ich hob skeptisch die Augenbrauen, zuckte die Schultern. Er sah mich an, lächelte. »Ja, ja, das ist Ihnen womöglich unangenehm. Aber warum denn so bescheiden?«

Er sagte, er habe heute morgen meinen Artikel gelesen. »Respekt!« Er habe nicht erwartet, daß ich so gut informiert sei, nicht in dieser Materie, meine er, mit der ich doch wohl nicht jeden Tag zu tun hätte. Ich wisse offenbar eine Menge über ihn und über sein Werk. Und nicht nur darüber. Ein sehr guter Artikel, wirklich. Kenntnisreich, aber nicht die übliche Prahlerei der Rezensenten mit dem eigenen Wissen. Und der eigenen Weisheit. »Nein, nein. Grundsolide. Sehr sympathisch. Im Unterschied zu dem großmäuligen Zeug, das man sonst so zu lesen bekommt.«

Ich sagte »Danke« und hoffte, daß er es damit gut sein ließe. Der Taxifahrer, der mir seinen roten Nacken zeigte und unbewegt nach vorn blickte, kannte mich natürlich, und ich kannte ihn, Matthes Eisemann, einer der Lkw-Fahrer von *Tiefbau Lasotta*, der hin und wieder in Hemmerles Fuhrbetrieb aushilft, er ist der Onkel von Bernd, dem Zimmerkellner im Waldhotel. Ich hoffte, daß er nicht hernach herumerzählen würde, der Schriftsteller habe mir Honig ums Maul geschmiert, ganz so, als hätte ich ihm den einen oder anderen Gefallen schon getan oder solle ihm einen tun.

Zu meiner Erleichterung wechselte Wallot schließlich das Thema. Er sagte, er habe mich natürlich nicht nur gesucht, um mir das zu sagen. Er lachte.

Natürlich, sagte ich, das hätte ich mir auch gedacht.

Er hob die Hände. Nein, nein, es sei ihm schon wichtig gewesen, mir zu sagen, was er von dem Artikel halte, es passiere ihm leider nicht allzu oft, daß jemand so einfühlsam über ihn schreibe. Nein, wirklich. Aber er sei in der Tat nicht zuletzt auch aus einem anderen Grund gekommen. Er habe mich nämlich darüber informieren wollen, daß er heute noch einmal in die Stadt fahre. Kein besonderer Anlaß, er müsse sich halt mit Wäsche und Kleidung zum Wechseln ausstatten, er habe sich ja ursprünglich bloß auf eine Übernachtung eingerichtet.

Das sei das eine, und zum anderen habe er auch noch einige Fragen, auf die er gern die Antworten wüßte, bevor er in die Stadt fahre. Zum Beispiel eine Frage, die Kepplers Prozeß betreffe, oder vielleicht auch mehrere davon.

Bevor er weitersprechen konnte, stieß ich ihn leicht mit dem Ellbogen in die Seite. Ich hob den Zeigefinger ein wenig und ließ ihn mehrfach in Richtung des Sitzes und des roten Nackens vor mir stechen.

Wallot begriff, daß es um den Taxifahrer ging. Er sagte: »Aber das hat auch noch Zeit. Ich will Sie natürlich nicht über Gebühr beanspruchen. Sie haben ja ohnehin Arbeit genug.«

Vor der Redaktion ließ er das Taxi wieder warten. Wir stiegen aus, und schon fragte er: »Hatten Sie Angst, der Taxifahrer könne Sie anschwärzen? Bei Herrn Keppler vielleicht?«

Ich sagte: »Ich hatte keine Angst. Wie kommen Sie denn darauf?«

Er lächelte. »Na ja. Wissen Sie, nach meinen bisherigen Erfahrungen in Merzthal muß man mit Fragen nach Herrn Keppler tatsächlich vorsichtig sein.« Er lachte. »Und mit Antworten wahrscheinlich noch mehr.«

Ich führte ihn in mein Büro. Sissy Gambach und Marco Degenhardt, die an ihren Terminals saßen und ihre Geschichten schrieben, reckten die Köpfe. Ich schloß die Tür hinter mir. Der Stuhl, den ich am Vortag für Wallot frei gemacht hatte, war noch nicht wieder beladen, ich rückte ihn zurecht und wies mit der Hand darauf. Wallot warf einen Blick auf die Sitzfläche, dann ließ er sich nieder.

Die Tür zum Büro nebenan wurde geöffnet, Verhülsdonk erschien. »Ah, da sind Sie ja! Sie haben ihn also gefunden.«

Wallot nickte. »Aber ja, das war doch kein Problem, mit der vorzüglichen Beschreibung, die Sie mir gegeben haben.«

»Wir tun, was in unseren bescheidenen Kräften steht.« Verhülsdonk lächelte. Dann sagte er: »Darf ich Ihnen Herrn Froberger noch mal kurz entführen, bevor Sie ihn in die Mangel nehmen?«

Wallot hob protestierend die Hand. »Aber, aber, was denken Sie denn –«

Verhülsdonk fiel ihm ins Wort: »War ja nur ein Scherz!«

Er lächelte, faßte mich am Arm und zog mich in sein Büro, schloß die Tür hinter mir, starrte einen Augenblick lang auf die Tür, als wolle er ergründen, was Wallot dahinter tat. Dann sah er mich an. »Erzählen Sie dem Mann nicht zuviel. Keine Interna, verstehen Sie? Keine Merzthaler Interna!« Er warf einen Blick aus dem Fenster, dann sah er mich wieder an. »Der Mann ist nicht koscher, verstehen Sie?«

Nach einem Zögern sagte ich: »Nein, versteh ich nicht. Wieso ist der denn nicht koscher?«

Er zog die Brauen zusammen. »Wollen Sie jetzt hier etwa eine lange Diskussion führen?! Sie sollen diesem Herrn keine Interna erzählen, genügt das nicht?« Er wandte sich ab, nahm seinen Regenmantel vom Bügel, zog ihn über. »Für ein Palaver hab ich keine Zeit, ich muß gehen!«

17

Es war mir klar, daß er ganz dringend gehen mußte. Die Wanduhr zeigte auf Viertel vor eins. Um diese Zeit hätte er schon zu Hause sein müssen. Seine Frau brachte jeden Mittag exakt um Viertel vor eins das Essen auf den Tisch, und sie legte großen Wert darauf, daß er pünktlich auf die Minute erschien. Jegliche warme Mahlzeit, vor allem Gemüse mit seinen Nährkräften, verlor ihre Wirkung, wenn sie zu lange auf dem Herd stand oder bereits zu erkalten begann, bevor sie verzehrt wurde.

Außerdem hatte Clemens, wie Verhülsdonk mit Vornamen hieß, einen nervösen Magen, und seine Frau achtete deshalb nicht nur auf seine Essenszeiten. Es war für seine Gesundheit nicht weniger wichtig, daß er nach dem Essen ein ausreichend langes Nickerchen machen konnte, nämlich von halb zwei bis zwei.

Er dauerte mich, weil ich ihn aufhielt, aber ich wollte wissen, was passiert war und was ihn umgestimmt hatte, nachdem er Wallot immerhin hatte wissen lassen, wo er mich finden könne. Ich sagte: »Ich habe auch keine Zeit für ein langes Palaver, aber ich wüßte gern, warum der Mann nicht koscher ist, Herrgott noch mal! Oder wollen Sie mich wirklich für dumm verkaufen?«

Er verdrehte die Augen zur Decke, tat einen schweren Schnaufer. Dann sah er mich eindringlich an. »Ich habe einen Anruf bekommen! Genügt Ihnen das vielleicht?!« Er schüttelte den Kopf. »Ich hab einen Anruf bekommen, aber leider zu spät. Da hatte ich Herrn Wallot schon hinter Ihnen hergeschickt.«

Keppler, klar. Von jedem anderen hätte Verhülsdonk sich eine solche Einmischung verbeten. Keppler hatte angerufen und angeordnet, daß diesem Schriftsteller keine Informationen zu geben seien, jedenfalls keine über Merzthaler Interna. Was immer man darunter verstehen mochte.

Verhülsdonk wandte sich abrupt ab, er sagte über die Schulter: »Und jetzt gehe ich, und Sie wickeln diesen Fall ab, den Sie uns eingebrockt haben!«

Er öffnete die Tür und trat in mein Büro. Ich folgte ihm. Er reichte Wallot die Hand, Wallot erhob sich. Verhülsdonk sagte: »Auf Wiedersehen. Entschuldigen Sie, aber da gab es noch ein Problem in unserer Planung für das Blatt.«

Wallot lächelte, schüttelte Verhülsdonks Hand. »Aber das versteht sich doch, das Tagesgeschäft geht vor.«

Verhülsdonk sagte: »Ich bin sicher, daß Jörg Ihnen alle Ihre Fragen beantworten kann.« Er ließ Wallots Hand los, hob den Zeigefinger, als wolle er Wallot drohen, lächelte. »Allerdings hoffe ich, daß Sie mir diesen jungen Mann nicht abwerben wollen! Den brauchen wir hier in Merzthal!«

»Aber ja, das weiß ich doch!« Wallot lachte. »Das glaube ich Ihnen gern, daß Sie ihn nicht abgeben möchten. Aber vielleicht will er ja auch gar nicht weg von hier?«

Verhülsdonk sagte: »Ihr Wort in Gottes Ohr!« Er nickte mir zu, dann eilte er hinaus. Ich ließ mich hinter meinem Schreibtisch nieder.

Wallot sagte: »Apropos – wollen Sie tatsächlich nicht weg von hier?«

Ich hob die Augenbrauen: »Warum sollte ich? Ich sehe im Augenblick wirklich keinen Grund dazu.«

»Na ja.« Er wiegte den Kopf. »Also, diese Veranstaltung vorhin ...«

Ich zog die Brauen zusammen. »Was war denn falsch daran? Das ist doch überall das gleiche, auch bei einer großen, feinen Redaktion: Irgendwann stellt ein Anzeigenkunde was Neues auf die Beine, irgendeine Betonschachtel, und damit will er dann in die Zeitung, in den redaktionellen Teil natürlich. Kostenlos.«

»Ja, ja, schon gut! Das mag ja stimmen, aber wenn ich zum Beispiel ...« Er unterbrach sich, rückte sich auf dem Stuhl zurecht, sah mich an. »Welches Ressort interessiert Sie eigentlich am meisten? Würden Sie am liebsten in einer Lokalredaktion arbeiten, so wie jetzt? Oder wären Sie eventuell auch interessiert an der Kultur, an einem namhaften Feuilleton, meine ich, in dem Sie sich speziell der Literatur widmen könnten?«

Vorsicht. Worauf wollte dieser Mann hinaus? Ich zuckte die Schultern. »Lokaljournalismus ist sicher eines der interessantesten Ressorts. Damit fängt der Journalismus eigentlich an, wissen Sie.«

»Ja, ja, ich weiß.« Er nickte. »Aber ...« Er beugte sich vor. »Was würden Sie denn sagen, wenn ich Sie für eine Stelle in einer großen Feuilletonredaktion empfehlen würde? Bei einer überregionalen Zeitung, meine ich?« Er lehnte sich zurück. »Ich habe eine Menge guter Kontakte, wie Sie sich denken können. Und wenn Sie *mich* fragen ... Ich denke, daß Ihre größte Begabung auch genau im Aufgabenbereich des Feuilletons liegt.«

Mir wurde heiß. Aber auf der Stelle kam mir auch der Verdacht, daß er mich einwickeln wollte, vermutlich um mich um so besser ausbeuten zu können. Ich zuckte die Schultern. »Ich weiß nicht.« Ich schob ein Papier auf meinem Schreibtisch zurück. »Ich hab noch nie darüber nachgedacht.«

Er lächelte. »Das sollten Sie aber.«

Ich sagte: »Aber Sie hatten mich eigentlich etwas anderes fragen wollen?«

»Richtig.« Er lächelte. »Also denken Sie noch einmal in Ruhe darüber nach. Und vielleicht können Sie mir in der Zwischenzeit sagen, wie die leitenden Angestellten hießen, die mit Keppler angeklagt waren, und wer davon noch in der Fabrik arbeitet. Oder hier in Merzthal seinen Ruhestand verbringt. Oder auch anderswo.«

Ich ließ ihn ausreden. Dann sagte ich: »Ich war neun Jahre alt, als der Prozeß lief.«

»Ja, ich weiß. Aber Sie haben doch mit Sicherheit die Berichte nachgelesen.«

Ich hatte sie nicht nur nachgelesen. Ich hatte sie ja auch zur Zeit des Prozesses in der Zeitung studiert. Ich hatte gewußt, was der Prozeß für Merzthal bedeutete, mein Vater und meine Mutter, Onkel und Tante hatten es mir oft genug angedeutet, mit bekümmerten Mienen, und ich hatte es mir ausgemalt. Sie würden die Fabrik zumachen. Die Arbeitslosen würden auf der Straße liegen. Not würde um sich greifen. Und womöglich würden sie auch alles beschlagnahmen oder abreißen, was Herr Keppler der Stadt gestiftet hatte. Das Schwimmbad zum Beispiel. Unser Schwimmbad. Oder die Stadtbibliothek.

Wallot beobachtete mich, mit einem leisen Lächeln. Bevor ich eine plausible Antwort gefunden hatte, hob er die

Hand, winkte ab. Er sagte: »Es eilt ja nicht. Ich werde mir ohnehin morgen in der Universitätsbibliothek das Material über den Prozeß raussuchen und fotokopieren lassen. Damit werde ich zunächst einmal beschäftigt sein, nehme ich an.«

Ich räusperte mich. Nach einem Zögern fragte ich: »Fahren Sie deshalb in die Stadt?«

»Unter anderem. Aber auch, weil ich mir etwas zum Wechseln holen muß. Wäsche, Schuhe. Sagte ich das nicht schon?«

»Doch, ja.«

Er nickte. Dann sagte er: »Außerdem habe ich heute nachmittag einen Termin bei meinem Verleger.«

Er schwieg. Nach einer Weile fragte ich: »Ein neues Buch?«

»Wer weiß?« Er lächelte, zuckte die Schultern. Unversehens stand er auf. »Es wird Zeit für mich. Der Zug fährt um halb zwei, nicht wahr?«

Ich stand auf, sah auf die Uhr. »Ja. Aber mit dem Taxi schaffen Sie das bequem.«

Er streckte die Hand aus, doch als ich sie nehmen wollte, zog er sie zurück, gab sich einen Klaps vor die Stirn. »Ach, da fällt mir doch noch etwas ein, was ich Sie fragen wollte!«

Ich sah ihn schweigend an. Er lächelte. »Womit hat Frau Keppler eigentlich ihren Doktor gemacht? Ich hab's mehr durch Zufall erfahren, daß sie promoviert ist, irgendwer hat sie Frau Doktor Keppler genannt. Das ist sie doch, oder nicht?«

»Doch, das ist sie.« Ich spürte einen Anflug von Stolz.

»Sie hat Religionswissenschaft studiert. Und das Thema ihrer Dissertation lautet: *Ansätze von politischem Heiligenkult in der Bundesrepublik Deutschland, 1967 bis 1990.*«

Er verzog das Gesicht. »Politischer Heiligenkult? Wollen Sie mich veralbern?«

Ich bückte mich, zog die unterste Schreibtischschublade auf und holte mein Exemplar von Susannes Doktorarbeit hervor, zeigte es ihm. Er beugte sich vor, kniff die Augen zusammen, griff nach dem dicken Band. Und ich überließ ihm wider Willen das kostbare Stück.

Er betrachtete den Titel. »Tatsächlich! Das ist ja nicht zu fassen.« Er ließ den Daumen durch die Seiten gleiten, stutzte, hielt schon beim Literaturverzeichnis inne. »Du meine Güte! Was hat die Frau da alles zusammengetragen!«

Ich fragte: »Verwundert Sie das?«

»Na, hören Sie mal! Auf so was kommt doch so leicht niemand!«

»Wieso denn? Haben Sie noch nie was von Che Guevara gehört? Oder von Lassalle?«

»Ferdinand Lassalle, alias Lassel?« Er lächelte: »Der schöne Mann, der sich im Duell auf Pistolen den Tod geholt hat?«

Dieser selbstgefällige Mensch war in Wahrheit ein Ignorant. Ich sagte: »Der Arbeiterführer, ja. Wissen Sie nicht, daß der sogar dem heiligen Joseph Konkurrenz gemacht hat?«

»Nein. Ich wußte nur, daß er mit einer viel älteren Frau liiert war. Und daß der Tod ihn wahrscheinlich aus einer großen Verlegenheit befreite.« Er lächelte wieder. »Nachdem sein Gegner ihm die kostbarsten Körperteile eines

Mannes weggeschossen hatte. ›Eins manns zeüg‹, nicht wahr, wie es bei Josua Maaler heißt.«

Er war nicht nur ein Ignorant. Er war auch ein zynischer Schweinehund. Aber ich war nicht gesonnen, mich von ihm verwirren zu lassen. Ich sagte: »Den kenne ich nicht. Und ich weiß auch nicht, wie es bei ihm heißt. Aber etwas anderes kenne ich, das Sie wahrscheinlich nicht kennen.« Ich zitierte:

»Doch fiel der Joseph glänzend durch,
Es ward gewählt der Sozialist,
Der heil'ge Ferdinand gewiß
Dem heil'gen Joseph über ist.«

Er hob die Augenbrauen. »Und was ist das, um Himmels willen?«

»Das ist ein Spottgedicht zu einer Reichstagswahl. Aber das nur am Rande. Nach Lassalles Tod gab es jedenfalls regelrechte Prozessionen zu seinen Ehren.«

»Fabelhaft. Und das alles findet man in Frau Kepplers Doktorarbeit?« Er hob den Band ein wenig an.

»Das und noch viel mehr.« Ich räusperte mich. »Sie hat immerhin *summa cum laude* promoviert.«

»Ich bin sehr beeindruckt. Aber...« Er schüttelte den Kopf. »Jetzt weiß ich noch immer nicht, was das alles mit der Bundesrepublik Deutschland zu tun haben soll?«

Ich hielt dieses überlegene Getue, diese herablassende, unablässig sich spreizende Ironie, dieses Affentheater nicht länger aus. Ich fragte: »Aber von Konrad Adenauer haben Sie schon einmal gehört? Und von Willy Brandt?«

Er klapste sich vor die Stirn: »Ah, jetzt fällt der Groschen!« Er blickte auf den Band, dann sah er mich an. Er lächelte. »Aber glaubt sie wirklich, daß der Umgang mit den beiden etwas mit Heiligenkult zu tun hatte?«

Ich sagte: »Das ist doch keine Glaubenssache. Sie hat das untersucht.«

Er nickte. Dann ließ er wieder die Seiten an seinem Daumen vorbeigleiten. Ich sagte: »Warum lesen Sie's nicht mal? Es sind bloß vierhundert Seiten.«

»Leihen Sie's mir?«

Ich sagte: »Nein.«

Er blickte ein wenig überrascht auf. Aber dann sah er wieder auf die Titelseite, auf der er angelangt war. Er hob den Band ein wenig an und las laut die handschriftliche Widmung: *»Meinem lieben kleinen Jörg sehr herzlich und mit einem dicken Kuß von seiner Susanne.«* Er lächelte, klappte den Band zu und gab ihn mir zurück. »Da haben Sie recht. Das würde ich auch nicht verleihen.«

Das Blut schoß mir in den Kopf. Ich legte den Band wieder in die Schreibtischlade. Als ich mich aufrichtete, streckte er mir die Hand entgegen. »Es ist jedesmal eine Freude, sich mit Ihnen zu unterhalten. Auf bald! Ich werde mich melden, sobald ich aus der Stadt zurück bin.«

18

Ich schrieb meine Geschichte über Kühlschrank-Becker und seine Pionierleistung an der Bundesstraße, ich redigierte auch die Texte, die Sissy und Marco bis zu dieser Zeit abgeschlossen hatten, aber ich war nicht bei der Sache. Sobald ich das Dringendste erledigt hatte, ging ich in Verhülsdonks Büro und holte mir die Biographie der Gräfin Hatzfeldt vom Regal, die er dort neben der Lassalle-Biographie von Georg Brandes eingeordnet hat. Ich wollte wissen, ob Wallots Unterstellung, daß Lassalle im wesentlichen der Gigolo der Gräfin gewesen sei, tatsächlich zutraf. Ich konnte mich an eine solche Interpretation ihres Verhältnisses nicht erinnern.

Ich fand dergleichen auch nirgendwo in Verhülsdonks Büchern. Freilich, die Gräfin ist, ungeachtet ihrer Jahre, eine temperamentvolle und nicht zuletzt schöne Frau gewesen, mit ihrem »schweren, goldigen Haar«; einer ihrer abgewiesenen Verehrer hat sie mit Lola Montez verglichen, und man sagte ihr nach, daß sie »eine gefährliche Sirene« sei. Aber der Gipfel ihrer Lasterhaftigkeit waren nach den Zeugnissen der Zeitgenossen offenbar die Dekolletés, die sie sich und den Gästen ihres Salons gönnte, die langen Havannazigarren, die sie rauchte, und allenfalls noch die Beteiligung an einer der Haschisch-Partys, die Lassalle im Orient kennengelernt hatte und zu denen er seine Freunde in Berlin schon einmal einlud.

Daß Karl Marx sie »die alte Hure Hatzfeldt« und »das alte Saumensch« nannte, besagt gar nichts, es sei denn über Marx selbst; wer nicht in seinen Kram paßte, den bedachte er gewohnheitsmäßig mit solchen Schmähungen, und besonders gern Frauen, obwohl er ihnen ständig nachstellte.

Am Ende fiel mir noch Stefan Heyms Roman ein, in dem er irgendwo die mächtigen, »gierigen« Schenkel der Gräfin beschrieben hat, mit denen sie Lassalle umfangen habe, nachdem er die Prozesse gegen ihren Mann gewonnen hatte. Aber an der historischen Zuverlässigkeit dieses Romans hatte ich sehr bald meine Zweifel gehabt. Ich erinnerte mich, daß von der Schönheit der Gräfin dort kaum einmal die Rede war, viel mehr aber von ihren gelben Raucherzähnen, ihrem Damenbart. Ihren Hängebrüsten, ihrem Schlafgeruch, ihrem Tabakatem.

Und ich erinnerte mich, daß bei Heym der junge Lassalle am Ende der Nacht, in der die Gräfin ihn in ihr Bett und zwischen ihre Schenkel genommen hat, im Morgengrauen in ihren Armen erwacht und sich geborgen fühlt »wie ein Kind«. Diese absichtsvolle Kombination von widersprüchlichen Wesenszügen einer Frau, diese Vermengung von nackter Sexualität und mütterlicher Fürsorge war mir zuwider. Ich kam mir vor wie der unfreiwillige Zeuge einer Perversion, eines Inzests, den der Autor in seinem Text auszuleben versuchte. Ich mochte den Hang zum Vettelhaften nicht, die verkappte Lust am alt und unförmig gewordenen, zottigen Geschlecht, die mir allzu deutlich aus dieser Darstellung zu sprechen schien.

Ich mochte sie ebensowenig wie das anzügliche Grinsen, mit dem Wallot mir nun schon zum zweitenmal seine obszöne Phantasie demonstriert hatte.

Potiphars Weib, nicht wahr. »Hübsche Geschichte. Ganz schön unanständig, selbst für die Bibel.« Und dazu die taktlose, dreiste Fußnote, daß Keppler seine Frau wohl nicht geheiratet habe, um eine Josephsehe zu führen. Und nun auch noch die respektlose, ganz unverschämte Vermutung, daß Lassalles Tod ihn wahrscheinlich aus einer großen Verlegenheit befreit habe, nämlich der Not, seine mütterliche Liebste auf ihrer Hitze sitzenlassen zu müssen, »nachdem sein Gegner ihm die kostbarsten Körperteile eines Mannes weggeschossen hatte«.

Was nahm dieser Kerl sich heraus, gegenüber einem Menschen, der den Ausgebeuteten hatte helfen wollen und den Hunderttausende verehrt hatten? Und was ging ihn Kepplers Ehe an? Was ging ihn Susanne an?

Bei einem Blick auf die Uhr sah ich, daß es zehn nach zwei geworden war. Verhülsdonk konnte jeden Augenblick zurückkommen. Ich sagte Sissy, ich müsse mal eben zum Waldhotel hinaus. Sie war ein wenig verwundert, aber sie fragte nicht, was denn da los sei. Ich stieg auf mein Fahrrad und fuhr hinunter zur Bürgermeister-Kunze-Straße. Wallot sollte um diese Zeit schon längst im fahrenden Zug sitzen, und das mittlerweile näher an der Stadt als an Merzthal.

Mir war der Gedanke gekommen, daß ich mich während seiner Abwesenheit im Waldhotel ein wenig nach diesem Gast umhören könnte. Ich weiß nicht, was genau ich mir davon versprach. Wahrscheinlich steckte die Hoffnung dahinter, ich würde das eine oder andere, was sich gegen ihn verwenden ließ, erfahren, irgendeine Handhabe finden, mit der ich ihn in die Schranken weisen konnte. Es mußte doch möglich sein, diesem Kerl seine unerträgliche Selbstgefälligkeit abzugewöhnen, die Dreistigkeit, mit der er in die Angelegenheiten anderer Menschen eindrang und über andere Menschen urteilte. Andere diffamierte, ja.

An der Rezeption traf ich auf Elfi Neuhaus. Sie tat dort Dienst anstelle des Kollegen, der am Vortag, am Sonntag abend, den Autor so ausführlich über Herrn Ahdab informiert hatte. Sie erzählte mir, daß sie den ganzen Sonntag nur herumgefaulenzt habe, und irgendwann fragte ich sie dann, ob sie denn Herrn Wallot, den Schriftsteller Carl Wallot, der bei ihnen gewohnt habe und voraussichtlich auch noch einmal zurückkehren werde, gar nicht gesehen habe. O doch, sagte Elfi. Sie lächelte. »O doch, und ob ich den gesehen habe! Schon am Samstag hab ich ihn gesehen!«

Ich sagte, das klinge aber arg hintergründig. Ob mit Herrn Wallot etwas nicht gestimmt habe?

Das komme darauf an, erwiderte Elfi lächelnd. Je nachdem, wie man es sehe. Und sie begann, mit einigen Unterbrechungen durch Gäste, die sie für irgend etwas in Anspruch nahmen, mir die unglaubliche, die widerwärtige Geschichte des Samstagabends zu erzählen.

Wie Wallot angekommen war, zu Fuß und offenbar voller Zorn, weil Behringer ihn versetzt hatte; wie er noch einmal einen Spaziergang unternommen hatte, wahrscheinlich, weil die Hochzeitsgesellschaft ihm auf die Nerven gegangen war; wie er sein Abendessen in der Bauernstube eingenommen und Susanne sich an ihn herangeschmissen hatte; wie sie ihm auf sein Zimmer gefolgt war und gut zwei Stunden dort allein mit ihm verbracht hatte; und wie sie kurz vor Mitternacht durchs Foyer und aus dem Hotel gegangen war, allein und doch nicht allein, weil Herr Simonis, »Auskünfte«, sich an ihre Fersen geheftet hatte.

Und nachdem Elfi alle meine Versuche, diese Geschichte durch törichte und überflüssige Fragen zu erschüttern, hatte ins Leere laufen lassen, setzte sie ihr süffisantes Lächeln auf und sagte: »Noch Fragen?«

Ich schüttelte den Kopf. »Nein.«

Was hätte ich sie noch fragen sollen? Jetzt verstand ich doch, warum Susanne am Sonntag, als ich sie auf der Terrasse fand, so abwesend gewirkt hatte. Und viel zu gut verstand ich jetzt, warum sie geradezu fluchtartig im Haus verschwunden war, nachdem ich auf dem Abhang den winkenden Wallot entdeckt hatte, just in dem Augenblick, in dem Keppler mit meinem Manuskript zu uns kam.

Mir war auch klargeworden, warum Verhülsdonk mich am Sonntag morgen anrufen und mir auftragen mußte, meinen Bericht über die Lesung unserem Gebieter vorzulegen, bevor ich das Manuskript ans *Tageblatt* sendete. Und warum er mir heute mittag gesagt hatte, Wallot sei nicht koscher und ich solle diesem Herrn keine Interna erzählen.

Die unglaubliche Information, die mir den Hals zuschnürte, die Offenbarung, daß Susanne sich mit dem Großkotz aus der Stadt auf ein Schäferstündchen eingelassen hatte, die hatte Keppler spätestens am Sonntag morgen schon erhalten. Herr Simonis, den er hinter Susanne hergeschickt hatte, um sie zu bespitzeln, war fündig geworden und hatte seinem Auftraggeber einen Zwischenbericht erstattet.

Vielleicht hatte Keppler seine Frau sofort zur Rede gestellt. Oder nein – er hatte das aufgeschoben, weil er zuerst mit sich selbst zu Rande kommen, seine Emotionen bändigen wollte. Aber als sie dann auch noch zu der Lesung gegangen war, hatte er es nicht mehr ausgehalten, er war hinter ihr hergefahren und hatte sie aus der Lesung herausgeholt.

Ja. So einfach ließ sich alles erklären.

Und ich Simpel hatte, als ich zum Waldhotel fuhr, mich der Hoffnung hingegeben, eine Handhabe gegen Wallots penetrante Einmischungen zu finden. Das, was ich gefunden hatte, war einzig die niederschmetternde Erkenntnis, daß dieser Mann alle Trümpfe in der Hand hielt. Er hatte sich ohne jede Rücksicht eingemischt, in der Tat, in Kepplers Leben und nicht zuletzt auch in mein Leben (obwohl ihm das vielleicht erst heute mittag klargeworden war, als er Susannes Widmung las). Aber er war nicht ungebeten eingedrungen. Er war dazu eingeladen worden. Susanne hatte ihn insgeheim in ihr und unser Leben eingelassen.

Ich war schon drauf und dran, Elfi pflichtschuldigst zu danken und mich davonzumachen, als sie sagte: »Aber ich hab noch was für dich. Na ja, vielleicht. Wenn du dich so für den Mann interessierst, kannst du es jedenfalls gebrauchen, denke ich.«

Ich sah sie fragend an. Sie warf einen Blick durch das Foyer, dann ging sie in das Hinterzimmer der Rezeption. Ich sah durch die offene Tür, daß sie eine Schreibtischschublade aufzog und etwas herausnahm. Sie kam damit zurück und schob es über den Tresen. Es waren zwei Briefbögen des Hotels, mit Krakeln, Pfeilen, eingerahmten Wörtern bedeckt. Die Bögen sahen aus, als habe man sie zu einem Papierball zusammengeknüllt und dann wieder aufgefaltet und geglättet.

Elfi sagte mit unterdrückter Stimme: »Aber laß das niemanden sehen! Das hat Herr Wallot geschrieben. Oder gezeichnet, könnte man auch sagen. Ich werd daraus nicht schlau. Das hat er heute morgen nach dem Frühstück gemacht. Er war noch nicht ganz fertig mit dem Frühstück, da hat er die Serviererin gefragt, ob sie ihm Papier besorgen könne. Sie hat ihm ein paar Bögen aus dem Schreibzimmer geholt, und dann hat er sich noch einen Kaffee bestellt und das da gemacht.«

Sie wies mit dem Finger auf die Bögen. »Und dann ist ein Anruf für ihn gekommen, von einem Verlag. Ich hab ihn ausgerufen, und er ist ans Telefon gegangen und hat die Bögen auf dem Tisch liegenlassen. Am Ende der Frühstückszeit hat die Serviererin sie in den Papierkorb geworfen, aber dann hat sie ein schlechtes Gewissen bekommen, sie hat sie wieder rausgeholt und mir gebracht und gefragt, ob ich sie ihm geben will oder ob sie sie wegwerfen soll. Bloß war er da schon aus dem Haus. Ich hab mir das angeschaut, aber ich komme damit nicht klar. Ich denke auch nicht, daß er es noch mal braucht. Oder?«

Ich betrachtete die Bögen, und ich glaubte sehr wohl zu verstehen, um was es sich handelte. Es war offenbar das allererste Konzept für eine Geschichte. Vielleicht sollte ein Roman daraus werden, vielleicht ein Drehbuch. Er hatte eine Reihe von Namen notiert, einige mit Berufsbezeichnungen dahinter, dazu Fragmente einer Handlung, Ortsbeschreibungen und alles durch Pfeile und Linien miteinander verbunden.

Ich blickte auf. Elfi beobachtete mich aufmerksam. Ich überlegte, ob ich die Blätter in meinem Büro studieren sollte. Aber daß ich da zum Studieren kommen würde, war eher zweifelhaft; Verhülsdonk konnte jederzeit hereinplatzen, und Sissy hat die üble Angewohnheit, mir hin und wieder überraschend über die Schulter zu blicken, obwohl ich ihr schon einmal gesagt habe, sie solle das lassen.

Ich sagte: »Ich seh mir's mal an. Vielleicht setze ich mich einen Augenblick da drüben hin.« Ich wies auf die Sesselgruppe an der Glaswand zur Straße. »Ich passe auf, daß niemand sieht, was es ist.«

Elfi nickte. Ich wandte mich mit den Blättern ab, dann blieb ich noch einmal stehen, blickte zurück. Ich sagte: »Und danke schön.« Sie nickte, lächelte.

Ich muß sie bald noch einmal zum Essen einladen.

19

Ich kenne Wallots Verleger. Ich weiß zumindest, wie er aussieht. Im *Börsenblatt*, Verhülsdonk bezieht es, ist vor ein paar Monaten einmal ein Foto erschienen, das ihn zusammen mit Wallot und zwei Autorinnen des Verlages sowie seiner rechten Hand, einer rundlichen Mittfünfzigerin namens Dr. Clara Hauptmann, zeigte. Es ging dabei nicht um Wallot, sondern um eine der Autorinnen, die ihr zweites Buch veröffentlicht hatte, dazu interviewt worden war und bei dieser Gelegenheit den Verlag gerühmt hatte als ein Unternehmen, das seinen Autoren einen sicheren Port biete, eine zuverlässige Basis für die Abenteuerreisen der Kreativität.

Ich kenne auch den Verlag, jedenfalls von außen. Als ich noch in der Stadt studierte, bin ich ein paarmal jede Woche an seinem Sitz vorbeigekommen, auf dem Weg zum Hörsaal XI, einem scheußlichen Neubau außerhalb der alten Universitätsgebäude, in dem die Massenappelle der Juristen, auch die der Betriebswirte, abgehalten wurden, zwecks

»Einführung in das Bürgerliche Recht« oder ähnlicher Hochgenüsse. Der Verlag saß in einem vierstöckigen schmalen ehemaligen Mietshaus aus der Gründerzeit, das schon kurz nach der Währungsreform restauriert worden war und noch immer zu den schönsten Baudenkmälern der Großstadt gehört.

Der Verleger ist ein großer, schwerer Mann von Ende Fünfzig, er hat silbergraue Haare, dunkle Augenbrauen und ein verhaltenes, sympathisches Lächeln. Man traut ihm zu, auch mit windigen Vertragspartnern, mit freischaffenden Autoren und deren schwer zu kalkulierenden Bocksprüngen fertig zu werden, zu ihrem Besten. Und auch dem seinen, versteht sich.

So oder sehr ähnlich hatte ich mir einen Verleger vorgestellt, schon lange bevor ich das Foto im *Börsenblatt* sah, tatsächlich schon zu der Zeit, als ich noch auf dem Weg zum Hörsaal XI an seinem Haus vorbeigekommen war. Und ich hatte mir vorgestellt, wie er eines Tages mich empfangen würde, nachdem ich eine meiner Geschichten vollendet und sie ihm geschickt hatte, eine der Geschichten, die mir während des Studiums eingefallen waren, zum Beispiel die von einem Studenten, dem ein Liebesabenteuer mit einer braunäugigen Dozentin (Propädeutik der Literaturwissenschaften) beschert wird, oder auch eine, auf die ich erst später gekommen war, beim Blick von meinem Balkon.

Und natürlich konnte ich mir vorstellen, wie der Verleger seinen Autor Wallot empfangen würde, heute, jetzt, um diese frühe Nachmittagsstunde. Wallot hatte ihn, am frühen Morgen vielleicht, von seinem Zimmer im Waldhotel aus angerufen, der Verleger war noch unterwegs, aber Wallot hatte der Sekretärin ausgerichtet, daß er ihn dringend sprechen müsse, wegen eines neuen Projekts. Und der Verleger hatte, als Wallot beim Frühstück saß, zurückgerufen und ihm gesagt, es lasse sich einrichten, daß er am Nachmittag sich für ihn freimache, um drei vielleicht, und ob Wallot um diese Zeit wieder in der Stadt sein könne. Wallot hatte auf den Fahrplan geschaut, der in der Telefonzelle aushing, und hatte gesehen, daß ein Zug um halb zwei von Merzthal in die Stadt fuhr, und er hatte gesagt, ja, das könne er schaffen.

Das war das Telefonat, von dem Elfi mir erzählt hatte. Und danach hatte Wallot den Hörer aufgehängt und überlegt, was er bis zur Abfahrt noch erledigen könne, und er war auf mich gekommen und darauf, daß ich einige Fragen zu beantworten wüßte, die womöglich in seinem Gespräch mit dem Verleger auftauchen würden. Also war er auf sein Zimmer gegangen und hatte gepackt, und dann hatte er das Taxi bestellt.

Und darüber hatte er die Notizen vergessen, die er auf dem Frühstückstisch hatte liegenlassen. Er dachte erst im Zug wieder daran, aber es kümmerte ihn nicht sehr; er würde die Notizen bei dem Gespräch nicht brauchen, er hätte dem Verleger ohnehin keinen Blick auf diese Krakel und Kringel gestattet, und wahrscheinlich würde es auch stärker wirken, wenn er sein Konzept frei vortrug.

Da die Zeit zu knapp war, fuhr er vom Bahnhof nicht erst nach Hause, sondern mit seiner Reisetasche gleich zum Haus des Verlages. Die Chefsekretärin des Verlegers ließ ihm von der zweiten Sekretärin einen Kaffee servieren, doch hatte Wallot die Tasse noch nicht halb geleert, als schon Frau Dr. Hauptmann erschien, rundlich und rosig, aber auch dieses Mal mit einem Lächeln, das ihn eher auf Distanz zu halten schien. Wallot hatte Frau Hauptmann in dem Verdacht, daß sie sowohl ihn wie sein Werk nicht sonderlich mochte, und er fand diesen Verdacht bestätigt durch die Erfahrung, daß sie bisher noch nie eines seiner Manuskripte lektoriert hatte. Vielleicht ließ der Verleger das nicht zu, weil er wußte, was dabei herauskommen würde.

Frau Hauptmann begrüßte Wallot, dann trat sie nach einem eher beiläufigen Klopfen in das Arbeitszimmer des Verlegers ein, das sich über die vier schmalen Fenster der Straßenfront in der ersten Etage des Hauses erstreckte. Wallot folgte Frau Hauptmann und schloß die gepolsterte Tür hinter sich. Der Verleger, der pfeiferauchend an einem der doppelt verglasten Fenster hinter seinem Schreibtisch gestanden und auf die Straße hinabgeblickt hatte, begrüßte Wallot, bot ihm den Sessel vor seinem Schreibtisch an und fragte ihn, ob er auch einen Kognak möge, er selbst könne gerade einen gebrauchen.

Wallot nahm den Kognak an, er hatte statt eines Mittagessens nach der Ankunft im Bahnhof einen Hot dog gekauft und diese Stärkung wohl zu hastig gegessen, er fühlte sich ein wenig unpäßlich. Frau Hauptmann sah mit betont ausdrucksloser Miene zu, wie der Verleger den Kognak eingoß, sie selbst nahm keinen, war auch nicht gefragt worden, ob sie einen nehme. Der Verleger prostete Wallot zu, Wallot erwiderte den Segenswunsch, und sie tranken. Dann nahm der Verleger hinter seinem Schreibtisch Platz. Er stopfte die Pfeife nach, paffte einige Male, um seine Rauchversorgung wieder in Gang zu bringen. Schließlich lächelte er Wallot an und fragte: »Nun, mein Lieber ... was haben Sie denn Schönes ausgebrütet?«

Roman einer Kleinstadt? Oder *Kein Zutritt? Das Gift einer Straftat?* Oder *Nur wir allein? Eine geschlossene Gesellschaft?* Mit welcher dieser Formulierungen, die er auf den beiden Briefbögen des Hotels notiert hatte, würde Wallot beginnen?

Nein. Wahrscheinlich mit keiner davon. Eher würde er zunächst einmal den Eindruck schildern, der ihm bei seiner Ankunft in Merzthal aufs Gemüt geschlagen war.

Eine tote Stadt. Man könne sich nicht vorstellen, er jedenfalls habe es sich, als er zu dieser Lesung aufgebrochen sei, nicht vorstellen können, auf welch endgültige Weise dort hinten in der Provinz das Leben gute Nacht sage, die Welt zu Ende gehe, von einem Eisenbahnkilometer zum nächsten.

Folgte der zweite Eindruck, nicht weniger deprimierend, aber noch dazu erschreckend: Die Feindseligkeit der Bewohner.

Kein Entgegenkommen, nichts, nur stumpfsinnige Abwehr jeder Frage, jedes Versuchs eines Fremden, dahinten in dieser abgeschlossenen Welt sich zurechtzufinden, eine, wenn auch nur notdürftige, Orientierung zu gewinnen. Wallot beugte sich vor, er tat so, als sei er eben in Merzthal angekommen und frage nach dem Weg: »Zum Waldhotel, bitte?«, und dann wechselte er die Rolle, er zog ein finsteres Gesicht, hielt die Hand hinters Ohr, grunzte »Hä?!«, schüttelte den Kopf.

Der Verleger würdigte die szenische Improvisation, er

lachte stumm, ließ die Schultern hüpfen. Frau Hauptmann zog die Augenbrauen ein wenig empor.

Wallot lehnte sich wieder zurück. Er sagte, leider bleibe es nicht bei solch passivem Widerstand. Wer von draußen komme und sich für dieses Gemeinwesen interessiere und noch dazu sein Interesse erkennen lasse, der müsse damit rechnen, daß er mit Gewalt, ja, tatsächlich, daß er mit nackter Gewalt aufgehalten und zurückgewiesen werde.

Frau Hauptmann fragte: »Aber Sie haben doch nicht etwa eine Tracht Prügel bekommen?« Die Frage klang fast so, als hoffe Frau Hauptmann insgeheim auf eine bejahende Antwort.

Wallot sagte, nein, so weit sei es nicht gekommen, oder besser: habe er es nicht kommen lassen. Drei dieser Provinzler, dieser Eingeborenen hätten ihn allerdings aus einer Kneipe hinausgedrängt, körperlich, und ein vierter, ein Buckliger, habe grinsend vor ihm die Tür geöffnet, eine gespenstische, eine makabre Szene, exakt wie aus einem Horrorfilm der zwanziger Jahre, und er wolle sich lieber nicht ausmalen, auf was dieses Gespann noch verfallen wäre, wenn er sich widersetzt hätte.

Frau Hauptmann fragte: »Was heißt das – sind Sie weggelaufen?«

Wallot erwiderte, er sei nicht gelaufen, sondern gegangen. Aber wenn sie unbedingt hören wolle, daß er die Flucht ergriffen habe, dann werde er ihr nicht widersprechen, »ja, ich habe in der Tat nicht um mich geschlagen, sondern mich entfernt. Und das war auch das einzige, was ein halbwegs vernünftiger Mensch in dieser Lage tun konnte!«

Frau Hauptmann sagte: »Wie kommen Sie denn darauf, daß ich unbedingt etwas hören will? Ich habe Ihnen doch bloß eine Frage gestellt!«

Der Verleger, den dieses Scharmützel offenbar nervös machte, räusperte sich heftig, dann fragte er: »Aber, lieber Herr Wallot... wie erklären Sie sich denn diese Feindseligkeit, ich meine, das ist doch ziemlich ungewöhnlich?«

Wallot sagte, es lasse sich selbstverständlich ein Grund finden, den er so ähnlich in Merzthal auch schon habe nennen hören; das sei der Strafprozeß, in dem vor sechzehn Jahren der Unternehmer Kurt Keppler zu fünfzehn Monaten Haft, die er habe absitzen müssen, und einer hohen Geldstrafe verurteilt worden sei. Keppler sei quasi der Pate von Merzthal, ein ungekrönter König, er habe durch Spenden und Investitionen die Stadt gepäppelt, wie schon sein Vater, der dort die *Fabrik für Apparatebau* gegründet habe, und die sei noch immer der größte Arbeitgeber der Region. Nur habe Keppler für sich und seine Vaterstadt leider zu viel verdienen wollen, nämlich mit *dual use products*.

Der Verleger fragte: »*Dual* was?«

Wallot sagte, das seien Produkte, die sich sowohl für friedliche wie militärische Zwecke einsetzen ließen. Zum Beispiel Meßgeräte, die auch als Zielgeräte verwendbar seien. Solche Apparate habe Keppler in den Libanon geliefert. Also in eine Krisenregion. Und damit habe er sowohl gegen das Kriegswaffenkontrollgesetz wie das Außenwirtschaftsgesetz verstoßen.

Der Verleger sagte: »Warten Sie mal... jetzt erinnere ich mich. Das war doch ein ziemlicher Skandal damals?«

»So ist es.« Wallot nickte. »Mit heftigen Demonstrationen, gegen Keppler, aber auch für ihn. Für die Fabrik, versteht sich, und für ihre Arbeitsplätze. Und für den Paten, der das alles zum Wohl seiner Vaterstadt auf sich genommen hatte. Aber er ist nun mal nach Recht und Gesetz verknackt worden!«

Frau Hauptmann lehnte sich in ihrem Sessel zurück, sie zog das Kinn ein, musterte Wallot; dann fragte sie mit ungläubigem Gesichtsausdruck: »Haben Sie etwa auch den Leuten in der Kneipe gesagt, das sei nach Recht und Gesetz geschehen?«

Wallot antwortete gereizt: »Natürlich nicht! Halten Sie mich für einen Idioten? Ich habe lediglich nach Keppler und seinen Wohltaten gefragt!«

Frau Hauptmann schüttelte den Kopf. Sie sagte: »Ja und?! Denken Sie nicht, daß das schon ein bißchen waghalsig war?«

Der Verleger sagte unwillig: »Na ja, also deshalb müssen diese Leute ihm ja nicht gleich Prügel androhen! Das ist schon eine merkwürdige Überreaktion, finde ich.«

Wallot sagte: »Das ist es ganz gewiß. Aber darum allein geht es ja auch gar nicht! Das ist doch längst nicht alles, was diese Stadt so merkwürdig macht. So unheimlich, ja! So bedrohlich.«

Frau Hauptmann und der Verleger sahen ihn schweigend an, Frau Hauptmann mit leicht gerunzelter Stirn, der Verleger mit einem nachdrücklich interessierten Gesichtsausdruck. Wallot hob an, ein Schreckensbild heraufzubeschwören, dessen Charakteristika er auf seinen beiden Briefbögen notiert hatte, die Beschreibung eines Schlangennestes namens Kleinstadt, in dem einer dem anderen nicht traue, wo Neid und Mißgunst regierten, Frömmelei und vorgebliche Sittenstrenge, während die Geilheit bei jeder sich bietenden Gelegenheit über die Stränge schlage, im verborgenen natürlich, aber um so hemmungsloser.

Ein Ort wie dieser, der sich gegen jede Einwirkung, jede Anregung von außen hermetisch abkapsele, wirke offenbar wie ein Brutofen, in dem alle menschlichen Untugenden und Laster sich in Reinkultur herausbildeten. Ein spätmittelalterliches Kloster, das seinen Insassen als Freistatt diene, um nach Leibeskräften zu sündigen.

Wallot ging nicht ins Detail, dazu hatte er wohl auch bei weitem nicht genug Material beisammen. Aber um so düsterer wirkte sein Horrorgemälde. Frau Hauptmann hielt unverändert ihr Kinn eingezogen und ihre Stirn gerunzelt; der Verleger hingegen begann nachdenklich zu nicken, als könne er Wallots Gedankengang durchaus folgen.

Der Autor sagte, ihm erscheine, um es kurz zu machen, genau hier der Stoff für einen großen, ungewöhnlichen Roman zu liegen, ein Sujet, das auf der einen Seite starke aktuelle Bezüge habe, auf der anderen jedoch an ein ewiges Menschheitsthema rühre, einen Roman, der im übrigen auch einen großen Filmstoff abgeben könne, das Motiv zu faszinierenden optischen Perspektiven, in denen sich die Ödnis und die Aussichtslosigkeit einer solchen menschlichen Heimstatt manifestierten.

Frau Hauptmann sagte: »Du meine Güte! Hätten Sie's nicht ein bißchen kleiner?«

Wallot blickte zur Decke, dann sah er Frau Hauptmann an, lächelte: »Mit Verlaub, Frau Doktor Hauptmann, aber ist es möglich, daß Sie mich nicht verstanden haben?«

Der Verleger räusperte sich heftig, schüttelte den Kopf. »Also wirklich, Clara, ich denke schon, daß der Stoff, den Herr Wallot da entdeckt hat, sehr entwicklungsfähig ist. Sehr erfolgversprechend. Natürlich muß man ein gewisses Verständnis für die Besonderheiten dieses Stoffes aufbringen.«

»Ich glaube schon, daß ich die Besonderheiten der Idee von Herrn Wallot zu würdigen weiß.« Frau Hauptmann erhob sich. »Sie werden mich sicher über die Entwicklung auf dem laufenden halten. Würden Sie mich jetzt bitte entschuldigen.« Sie nickte Wallot zu und verließ den Raum.

Der Verleger nahm die Pfeife aus dem Mund, zog eine Grimasse, zuckte die Schultern. »Na ja. Frauen. Sie ist manchmal halt ein bißchen schwierig.«

Er goß Wallot und sich selbst Kognak nach. Dann sagte er: »Also… ich würde mich freuen, wenn Sie diesen Roman schreiben würden.« Er hob das Glas, sie tranken.

Nachdem Wallot sein Glas abgestellt hatte, sagte er: »Ich werde so bald wie möglich wieder nach Merzthal fahren. Wahrscheinlich schon morgen. Oder spätestens übermorgen. Die Recherche wird ein wenig aufwendig werden, fürchte ich.«

»Das ist klar, o ja.« Der Verleger stutzte, dann sah er Wallot fragend an. »Genügt es Ihnen, wenn wir den Vorschuß wie üblich nach Austausch der Verträge überweisen?«

Wallot fuhr sich mit Daumen und Zeigefinger über die Mundwinkel. »Offen gestanden wäre es mir lieber, wenn…«

»Aber natürlich.« Der Verleger zog eine Schublade auf und holte ein Mäppchen mit Schecks hervor. Er schrieb einen Scheck aus, überlegte kurz, bevor er den Betrag einsetzte, reichte Wallot den Scheck. »Einverstanden?«

Wallot warf einen Blick auf den Betrag, nickte. »Aber ja, danke!«

Bevor er das Haus verließ, rief Wallot vom Vorzimmer des Verlegers aus eine Dame an, mit der er sich hin und wieder verabredete, eine Studienassessorin mit der Lehrbefähigung für Kunst und Deutsch, dunkeläugig und mit pechschwarzen Haaren, die seine sämtlichen Bücher besaß. Der Kognak hatte ihn sehr angenehm vom Bauch her erwärmt, er war auch ein wenig trunken und hatte, wie immer in Augenblicken des beruflichen Erfolgs, Verlangen nach einer Frau.

Wallot wandte sich mit dem Hörer am Ohr von der Chefsekretärin ab, die ihm eins ihrer Telefone zur Verfügung gestellt hatte; er dämpfte seine Stimme, obwohl er wußte, daß die Chefsekretärin ebenso wie ihre Kollegin zuhören und auch alles, was er sagte, verstehen würde, was ihm jedoch eher recht war, weil es seinem Image als Womanizer diente. Er fragte die Assessorin, Ruth, ob sie Lust habe, mit ihm den Abend zu verbringen, und sie hatte Lust.

Wallot verließ den Verlag, er rief »Danke, danke!«, als die Chefsekretärin und die zweite Sekretärin ihm mit anzüglichem Lächeln einen schönen Abend wünschten. Er ging noch in ein Delikatessengeschäft und kaufte ein für das Abendessen mit Ruth, dann nahm er ein Taxi zu seiner Wohnung. Voller angenehmer Empfindungen fuhr er mit dem Fahrstuhl empor zu seinem Penthouse.

Als er aus dem Fahrstuhl trat und sich der Tür der Wohnung näherte, verflogen die angenehmen Empfindungen jedoch schlagartig. So muß es jedenfalls gewesen sein. Ich weiß, was er vorfand, deshalb bin ich so sicher. Ich weiß es von Dirk Gundlach, der als Kommissar zur Anstellung auf der Polizeiwache in Merzthal Dienst tut. Er hat mich den Bericht lesen lassen, den die Polizei der Großstadt über die Ereignisse in Carl Wallots Wohnung angefertigt hat. Und er hat mir gesagt, was die Kollegin, die den Bericht geschrieben hat und die er von früher kennt, ihm außerdem noch erzählte, als sie hernach miteinander telefonierten.

20

Wallot sah, daß das Schloß seiner Wohnungstür aufgebrochen war. Der Zylinder hing schief aus der Öffnung heraus.

Nach einem Blick ringsum trat der Heimkehrer langsam an die Tür heran. Er sah, daß sie nur angelehnt war. Er überlegte einen Augenblick lang, ob er sich zurückziehen und die Polizei herbeirufen sollte, aber seine Erbitterung war größer als die Vorsicht. Er stieß mit der Fußspitze gegen die Tür, sie glitt zurück und gab den Blick frei. Wallot sah, noch bevor er eintrat, daß im Wohnzimmer Bücher und Papiere auf dem Boden verstreut lagen.

Wut und Schrecken durchfuhren ihn. Er stellte die Reisetasche und seine Einkaufstüte neben der Tür ab, trat, nach allen Seiten blickend, in die Wohnung. Er sah in alle Zimmer, ins Schlafzimmer, ins Gästezimmer, ins Arbeitszimmer, in die Küche, ins Bad, ins Gäste-WC, auch in die Abstellkammer und auf die Dachterrasse.

Auch das Arbeitszimmer, das Gästezimmer und das Schlafzimmer waren offenbar durchsucht worden. Die Schubladen ragten hervor, ein Teil des Inhalts lag auch hier ringsum auf dem Boden; im Schlafzimmer standen die Türen des Kleiderschranks offen.

Einige Male, wenn er eine Tür öffnete, lief ihm ein Schauder den Rücken hinab, er fürchtete, daß ein zähnefletschender Tiermensch ihn anspringen oder daß er mit einem krachenden Schlag von hinten zu Boden gestreckt werden würde. Aber niemand ließ sich blicken. Kein Laut war zu hören.

Er ging zurück ins Wohnzimmer, wollte sich, als er unter den Büchern auf dem Boden die Erstausgabe seines ersten Romans sah, schon danach bücken, als er einhielt. Er schüttelte den Kopf, ging zum Telefon und rief die Polizei an. Der Beamte, der sich meldete, sagte, die Kollegen kämen so bald wie möglich. Wallot erwiderte: »Das hoffe ich aber sehr!«

Erst als er aufgelegt hatte, fiel ihm ein, daß er nach der Kriminalpolizei hätte verlangen sollen. Vermutlich würde statt dessen nun ein Streifenwagen kommen, und er bezweifelte, daß die Polizisten, die damit herumfuhren, qualifiziert waren, aus der Besichtigung des Tatorts Schlüsse auf den Täter oder die Täter zu ziehen und so die Fahndung nach ihnen in Gang zu setzen.

Er überlegte, ob er noch einmal anrufen sollte, aber er befürchtete, daß der Beamte dann wahrscheinlich wissen wollte, von welchem Schwerverbrechen er denn ausgehe, wenn er glaube, daß nur die Kriminalpolizei damit fertig werde. Und er fühlte sich nicht in der Lage, jetzt mit einem sperrigen Polizisten zu diskutieren; er fühlte sich nur noch angeekelt und schlapp.

Noch einmal wollte er die Erstausgabe aufheben, und abermals hielt er ein. Er stieß hervor: »Verdammte Zucht!«, wandte sich zurück zum Telefon und schlug das Branchenverzeichnis auf. Wenn er die Nacht nicht bei offener Tür verbringen wollte, mußte er sich auch noch darum kümmern. Er fand einen »Schlüsselnotdienst – 24 Stunden Soforthilfe«, und die Frau, die seinen Anruf annahm, versprach ihm auch umgehende Hilfe: »... der Kollege ist praktisch schon unterwegs!«

Als die Studienassessorin einige Zeit später eintraf, fand sie ihn, noch im Mantel, auf dem Sofa hockend, weit zurückgelehnt, beide Arme auf der Lehne ausgebreitet, die Beine gespreizt. Der Mieter vom ersten Stock war gleichzeitig mit ihr vor der Haustür eingetroffen, er hatte sie eingelassen. Sie hatte, als sie aus dem Fahrstuhl getreten war, das defekte Schloß der Wohnungstür gesehen, war zögernd herangetreten, hatte »Charly?« gerufen.

Er hatte aus dem Wohnzimmer geantwortet: »Komm rein! Ich lebe noch!«

Er stand erst auf, als sie die Papiere auf dem Boden zu mustern begann und Anstalten traf, sich nach dem einen oder anderen zu bücken. Er trat neben sie, sagte: »Laß mal!«, raffte einige Papiere zusammen und legte sie in eine Schublade, die er zuschob. Nach einem schnellen, prüfenden Blick über den Rest ging er ins Arbeitszimmer. Dort tat er das gleiche, in großer Eile.

Es fehlte noch, daß fremde Leute, Polizisten zu allem Überfluß, die Nase in seine Papiere steckten.

Ruth, die ihm gefolgt war, fragte: »Und was jetzt?«

Er zuckte die Schultern. »Nichts. Ich meine, wir finden ja doch keine Ruhe, solange die Polizei nicht hier war. Und dieser Notnagelschlosser.«

Ruth sagte: »Ich könnte ja das Abendessen schon zurechtmachen. Ich hab auch was mitgebracht.« Sie zog aus ihrer Tasche ein kleines, eckiges Glas hervor, das mit einem roten Tüchlein und einer Bastschnur verschlossen war. »Confettura di Peperoni! Mit Zitrone und Zimt! Und zwei geräucherte Makrelen habe ich.«

Wallot nickte.

Sie beschlossen, das Abendessen auf dem kleinen Tisch in der Küche aufzutragen. Als sie mit der Zubereitung fast fertig waren, klingelte es, Wallot ging an den Lautsprecher. »Schlüsselnotdienst.«

Es war ein noch junger, stämmiger Mann in einem grauen Overall. Er warf einen Blick auf das zerbrochene Schloß, nickte, stellte seinen Werkzeugkasten ab und öffnete ihn.

Als er das erste Werkzeug ansetzen wollte, sagte Wallot: »Einen Augenblick mal!« Er hob die Hand. Der junge Mann sah ihn erstaunt an.

Wallot sagte: »Vielleicht sollten wir warten, bis die Polizei hier ist. Wahrscheinlich werden doch die Fingerabdrücke verwischt, wenn Sie jetzt daran arbeiten.«

Der junge Mann lachte. »Glauben Sie etwa, daß die hier Fingerabdrücke abnehmen?« Er hob das Kinn, deutete damit auf das Türschloß. »Von der Sorte haben die doch ein paar Dutzend jeden Tag. Außerdem sind die Jungs, die hier durch die Häuser ziehen, Profis. Rumänen oder so was. Im Zweifel arbeiten die mit Handschuhen.«

Er sah Wallot an. »Also, was ist? Soll ich warten? Das kann ich machen, aber das wird Sie eine Menge kosten, verstehen Sie? Ich muß Ihnen ja den vollen Stundenlohn berechnen.«

Wallot sagte: »Okay, fangen Sie an.« Er wandte sich ab und wollte in die Küche gehen.

Der junge Mann sagte: »Moment noch, Meister!«

Wallot blieb stehen, musterte ihn mit einem unwilligen Blick.

Der junge Mann sagte: »Ich kann Ihnen das gleiche Schloß wieder einbauen. Aber daß das nichts wert ist, haben Sie ja gesehen. Sie können auch eins haben, das nicht so leicht aufgebrochen werden kann. Macht allerdings mit Montage zweihundertneunzig Euro. Und wenn Sie mich fragen, sollten Sie ein zweites dazunehmen, das ist den Jungs meistens zu lästig, dann versuchen –«

Wallot fiel ihm ins Wort. »Ja, ja schon gut! Das bessere Schloß, aber kein zweites! Vielleicht ein andermal. Ich will jetzt erst einmal bloß meine Ruhe haben, verstehen Sie?«

Der junge Mann zuckte die Schultern, griff nach seiner Zange und brach das alte Schloß heraus. Wallot kniff die Augen zusammen, als er das Krachen hörte.

Die Besatzung eines Streifenwagens kam fünf Minuten später, eine Frau mit einem langen blonden Zopf und ein Mann. Die Frau führte das Wort, der Mann hielt ein Schreibbrett und notierte Wallots Angaben.

Nachdem sie durch die Zimmer gegangen waren und im Wohnzimmer standen, fragte die Frau: »Ist das alles so, wie Sie es vorgefunden haben? Oder haben Sie irgend etwas angerührt?«

Wallot sagte: »Nichts Wesentliches. Ich habe hier und im Arbeitszimmer ein paar Papiere aufgehoben und –«

Die Polizistin sagte: »Das hätten Sie nicht tun sollen.«

Wallot erwiderte gereizt: »Entschuldigen Sie, Frau Wachtmeister, aber –«

Sie fiel ihm abermals ins Wort: »Ich bin Kommissarin.«

Wallot fragte: »Und da fahren Sie auf dem Streifenwagen?«

Sie erwiderte kühl: »Wir lernen unser Handwerk gründlich, Herr … Wallot.«

»Was denn, Sie sind noch in der Lehre?!«

Der Polizist, der Wallot stumm gemustert hatte, sagte über sein Schreibbrett hinweg: »Nein, sie ist nicht in der Lehre. Sie ist Kommissarin zur Anstellung. Das kennen Sie wohl nicht, Meister?«

Wallot hatte Mühe, seine Empörung zu bändigen; in den Kreisen, in denen er verkehrte, war es ihm noch nie widerfahren, daß man ihn innerhalb einer Viertelstunde zweimal Meister genannt hätte, und das keineswegs, um seinen Rang als Autor zu würdigen. Aber er war klug genug, sich zu sagen, daß er es zumindest mit dieser merkwürdigen Kommissarin besser nicht verderben sollte. Außerdem fand er sie als Frau durchaus attraktiv.

Die Kommissarin sagte: »Vermissen Sie irgend etwas?«

»Vermissen?«

»Ja. Ich meine, fehlt irgend etwas? Ist etwas gestohlen worden?«

Wallot fühlte sich abermals gereizt, weil sie mit ihm redete, als spreche er nur unzureichend Deutsch. Aber er unterdrückte auch diese Regung. Er sah sich im Wohnzimmer um, schüttelte den Kopf. »Nein. Ich glaube nicht. Jedenfalls, soweit ich das bisher feststellen konnte.« Plötzlich stutzte er. Er sagte: »Halt! – Mein Handy! Mein Handy ist nicht mehr da!«

Die Kommissarin fragte: »Wo war es denn?«

»Auf meinem Schreibtisch. Da lege ich es immer ab. Neben der Lampe.«

Ruth, die dabeigestanden hatte, ging hinaus, der Polizist folgte ihr. Die Kommissarin fragte: »Sie haben es nicht auf Ihre Reise mitgenommen?«

»Nein. Ich habe gedacht, für die anderthalb Tage brauche ich es nicht. Außerdem wollte ich meine Ruhe haben.«

Die Kommissarin nickte. Ruth und der Polizist kamen aus dem Arbeitszimmer zurück. Ruth sagte: »Es ist nicht da. Jedenfalls nicht auf dem Platz, auf den du es normalerweise ablegst.«

Der Polizist notierte etwas auf seinem Schreibbrett. Die Kommissarin sagte: »Tja. Das ist trotzdem merkwürdig.«

Der Polizist sah von seinem Brett auf. Wallot fragte: »Was meinen Sie damit?«

Die Kommissarin sagte: »Wer sich schon die Mühe macht und das Risiko eingeht, in diese Wohnung einzubrechen, der würde sich doch normalerweise nicht mit einem Handy begnügen. Im Arbeitszimmer steht doch auch ein Laptop. Und der PC mit allem Drum und Dran.«

Der Polizist sagte: »Vielleicht sind sie gestört worden.«

»Sie oder er, ja.« Sie kaute an ihrer Unterlippe. Dann sah sie Wallot an. »Bewahren Sie hier irgend etwas auf, das… nun ja, sagen wir mal: geheime Papiere oder so etwas, die für andere so interessant sind, daß sie hier einbrechen?«

»Geheime Papiere?« Wallot lachte ein wenig angestrengt. »Hören Sie, ich bin Schriftsteller! Sie glauben doch wohl nicht, daß ich über Zauberformeln oder etwas in dieser Art verfüge?!«

Die Kommissarin musterte ihn, ohne eine Miene zu verziehen. Dann wandte sie sich zu ihrem Kollegen. »Ja. Vielleicht sind sie gestört worden.« Sie nickte. »Das würde ja auch erklären, warum die Tür offenstand.«

»Wieso?« fragte Wallot. »Natürlich stand die Tür offen! Sie mußten sie doch aufbrechen, um in die Wohnung zu kommen.«

»Natürlich. Aber die Profis ziehen sie danach ins Schloß, damit nicht jeder, der vorbeikommt, sofort sieht, daß sie aufgebrochen worden ist. Das geht, weil die Klinke ja immer noch einschnappt, auch wenn das Schloß kaputt ist.«

»Genau!« Der junge Mann vom Schlüsselnotdienst stand in der Tür. Er lächelte. »Da können Sie mal sehen, was so eine schöne Polizeifrau alles weiß!«

Der Polizist fragte scharf: »Hat Sie jemand hier reingerufen?«

Der junge Mann winkte ab. »Immer mit der Ruhe, Herr Kommissar!«

Wallot sagte: »Das ist nett, daß Sie hier mitmachen möchten, aber das wollen Sie hoffentlich nicht auf Ihre Arbeitszeit draufschlagen!«

»Ich bin fertig, Meister.« Er grinste. »Sie müssen mich nur noch bezahlen.«

»Dann schreiben Sie mir Ihre Rechnung aus. Und nennen Sie mich gefälligst nicht Meister. Ich bin kein Schlosser.«

»Geht in Ordnung, Chef.«

Fünf Minuten später schloß Wallot mit dem neuen Schlüssel die Tür hinter den Besuchern ab. Das Schloß ging sehr leicht.

Ruth fragte: »Erst essen? Oder erst aufräumen?«

Wallot sagte: »Erst essen.«

Während der Nacht wurde er von einer Sekunde auf die andere wach, es blieb kein Rest von Schlaf zurück, obwohl er sich nicht erinnern konnte, irgend etwas geträumt zu haben, was die Ursache gewesen sein könnte. Während er auf die Vorhänge starrte, in die von unten ein Schimmer der Straßenlampen hereindrang, spürte er, wie Unbehagen sich in ihm ausbreitete. Und ebenso plötzlich, wie der Schlaf ihn verlassen hatte, wurde ihm klar, was ihn bedrängte und offenbar bis in den Schlaf hinein bedrängt hatte.

Es war das, was die Polizistin über den oder die Täter gesagt hatte, und über deren Motive. Profis, ja, aber für Profis ungewöhnlich bescheiden. Sie hatten einen vielleicht nicht sehr schwierigen, aber desungeachtet riskanten Einbruch begangen und sich dann mit einer geradezu lächerlichen Beute begnügt.

Vielleicht hatten sie gar nicht nach Beute gesucht?

Vielleicht hatten sie das Handy nur mitgenommen, um einen falschen Hinweis, den Hinweis auf Diebe, zu hinterlassen? Vielleicht hatten sie in Wahrheit ihn ausspionieren wollen?

Genau das hatte doch auch die Polizistin gemeint, als sie ihn fragte, ob er geheime Papiere aufbewahre. Der oder die Einbrecher hatten nach irgendeinem Schriftstück, einem

Beweis gesucht, der ihn belastete und der sich gegen ihn verwenden ließ. Warum sonst hätten sie seine Papiere durchwühlen sollen?

Er fühlte sich versucht, auf der Stelle aufzustehen und festzustellen, ob irgend etwas aus seinen Papieren fehlte, und, wenn ja, was. Er blickte hinüber zu Ruth; sie lag in dem breiten Bett von ihm abgewandt, den Kopf ins Kissen eingegraben und die Decke bis an den Hals hochgezogen.

Er blieb liegen, nicht etwa, weil er Rücksicht auf die Bettgenossin und ihren Schlaf hätte nehmen wollen, sondern weil ihm klar wurde, daß es allzuviel in seinen Papieren gab, was er nicht in fremden Händen hätte wissen mögen. Er könnte Stunden und Tage suchen, und am Ende dann doch von irgendeiner unangenehmen Enthüllung überrascht werden. Die Suche war sinnlos.

Er schloß die Augen, versuchte, wieder einzuschlafen. Aber es wollte ihm nicht gelingen. Nach einer Weile öffnete er die Augen wieder. Ein Gedanke war ihm durch den Kopf gezogen, der wiederkehrte und sich festsetzte und ganz allmählich sich steigerte zu einer Vorstellung, die er am Ende mit den Händen greifen zu können glaubte. Es war die Vorstellung, daß irgendwo in den dunklen, unergründlichen Ecken sich ein Todfeind verbarg, der ihm schaden wollte.

Und nach wieder einer Weile kam ein Gedanke hinzu, der ihm schlagartig den Schweiß aus den Poren trieb.

Susanne. Er hatte sich in Merzthal mit einer Frau eingelassen, die mit dem mächtigsten Mann dieser Stadt verheiratet war. Mit einem Mann, der sechsunddreißig Jahre älter war als sie und der dieses junge, schöne Weib vermutlich nicht verlieren und wohl auch nicht teilen wollte, sie war doch der Jungbrunnen, der ihn am Leben hielt.

Freilich, er hatte im Waldhotel nicht viel tun müssen, um diese Frau in sein Bett zu bekommen; er hatte fast das Gefühl gehabt, sie sei besessen von dem Verlangen, mit ihm zu schlafen, koste es, was es wolle. Aber immerhin war er es gewesen, der sie auf sein Zimmer eingeladen hatte. Und natürlich würde jedermann, dem das zu Ohren käme, davon ausgehen, daß er der Verführer gewesen war.

Auch Keppler würde davon ausgehen. Und es bestand kaum ein Zweifel daran, daß er sich gegen eine solche Demütigung, eine so eklatante Schande zur Wehr setzen würde. Es bestand kein Zweifel daran, daß ein Mann seines Zuschnitts sich dafür rächen und daß seine Rache brutal und unerbittlich ausfallen würde.

Ruth drehte sich auf den Rücken, schmatzte ein wenig. Nach einer Weile begann sie zu schnarchen, nicht sehr laut, aber unüberhörbar. Wallot schlug mit der flachen Hand auf ihre Bettdecke, härter, als er es gewollt hatte. Ruth gab einen unverständlichen Laut von sich, rückte sich zurecht. Dann schlief sie weiter.

Der Schlag schien immerhin ein wenig von der Spannung abgebaut zu haben, unter die er durch sein Kalkül geraten war. Ganz allmählich wich die Angst in ihm zurück. Sie wurde mehr und mehr verdrängt von der Empörung, dem Zorn über diesen niederträchtigen Eingriff in seine Privatsphäre, die Zerstörungswut, die sich dabei entladen hatte, den hinterhältigen Versuch, ihm auf eine Weise zu schaden, gegen die er sich nicht hatte schützen können.

Er wußte zwar nicht, noch nicht, wie Keppler von dem Fehltritt seiner Frau hatte erfahren können. Aber es stand für Wallot außer Frage, daß hinter dem Einbruch niemand anders als der Pate von Merzthal steckte, der ungekrönte König, der sich an ihm rächen wollte. Und je mehr er sich in diesen Gedanken vergrub, um so mehr wuchs seine Entschlossenheit, sich nun seinerseits zu rächen.

Dieser Mann sollte sich wundern. Vielleicht hatte Keppler, der skrupellose Geschäftemacher, eine falsche Vorstellung von Leuten, die Bücher schrieben. Vielleicht war er sich allzu sicher, auch dieses Mal am längeren Hebel zu sitzen. Aber so leicht war der Bücherschreiber Carl Wallot nicht auszumanövrieren, weiß Gott nicht.

21

Bis zum Montag nachmittag, als ich von dem Einbruch noch nichts erfahren hatte und mir demzufolge auch nicht vorzustellen wußte, wie Wallot darauf reagierte, war ich mir alles in allem nicht sicher, ob er überhaupt nach Merzthal zurückkehren würde. Allerdings waren die Zweifel, die ich daran entwickelte, wohl eher darauf zurückzuführen, daß ich fürchtete, ein einmaliges Angebot ausgeschlagen, die bisher größte Chance meines Lebens endgültig vertan zu haben. Zwar schien es mir mittlerweile dringend geraten, jedes Wort dieses Mannes auf die Goldwaage zu legen; aber ich glaubte ihm dennoch, daß er willens und in der Lage war, mir eine Stelle im Feuilleton einer großen, einer der überregionalen Zeitungen zu verschaffen.

Er hatte natürlich mit seinem stets präsenten Gespür herausgefunden, daß ich von solch einer Stelle, die mich auf dem Weg zum Schriftsteller weiterbringen konnte, geträumt hatte und hin und wieder noch immer träumte. Freilich fühlte ich mich wohl in Merzthal, was ja auch bedeutete: in Susannes Nähe, und ich fand auch meine Arbeit im großen und ganzen interessant und lohnend. Aber der Lokalpatriotismus, den ich gegenüber Wallot behauptet, die Sturheit, mit der ich seine Lästereien über die Kleinstadt, dieses Kaff, ignoriert oder zurückgewiesen hatte, war nicht zuletzt ein Reflex gewesen. Ich hatte mich von ihm provoziert gefühlt. Ich wollte mich nicht auf eine so billige Art von ihm vereinnahmen lassen.

Vielleicht hatte ich damit seine Geduld überfordert. Er hatte es inzwischen satt, daß ich ihn mehr oder weniger hinhielt. Wahrscheinlich brauchte ich mir über Carl Wallot und sein Angebot definitiv keine Gedanken mehr zu machen. Ich würde nichts mehr von ihm hören.

Nachdem Elfi mir von Susannes Abenteuer berichtet hatte, sah ich allerdings einen neuen, ganz zweifelsfreien Anlaß, mich mit ihm und seinen eventuellen Aktivitäten in meiner Heimatstadt auseinanderzusetzen. Ich war nun wieder überzeugt davon, daß er zurückkehren würde. Er hatte in Merzthal eine Eroberung gemacht, wie sie auch ihm vermutlich nicht alle Tage gelang. Und ich hielt es für selbstverständlich, daß er begierig war, die Gunst einer so außergewöhnlichen Frau wie Susanne noch ein wenig länger zu genießen. Vielleicht spielte ja zudem das Hochgefühl eine Rolle, einem so gewaltigen Mann wie Keppler Hörner aufzusetzen.

Am Ende kam dann auch hinzu, was ich über Wallots Besuch bei seinem Verleger mir ausgedacht hatte, nein: was ich darüber ermittelt zu haben glaubte. Wenn es zutraf, und daran schien mir kaum ein vernünftiger Zweifel möglich, dann blieb ihm doch gar nichts anderes übrig – er *mußte* nach Merzthal zurückkehren. Er konnte ja das Projekt, das er dem Verleger verkauft hatte, nicht einfach liegenlassen. *Roman einer Kleinstadt*, nicht wahr. *Das Gift einer Straftat.*

Ich wollte mich wappnen. Freilich: Gegen einen Schlüsselroman Wallots, in dem Keppler so angeprangert würde, wie ich ihn mein Lebtag nicht würde anprangern können, ohne mir himmelschreiende Undankbarkeit vorzuwerfen, hätte ich nichts einzuwenden gehabt. Sollte Wallot doch in Gottes Namen über Keppler und seine Methoden herausfinden, was es da alles herauszufinden gab, und sollte er ihn doch nach Strich und Faden bloßstellen, ihn blamieren bis auf die Knochen! Aber es war mir klar, daß dabei auch die Stadt, in der ich geboren war und noch immer lebte, gern lebte, tiefe Schrammen abbekommen würde, wenn nicht sogar üble und schmerzhafte Wunden.

Und nicht minder fürchtete ich um Susanne. Ich war mir sicher, daß ein Mensch wie Wallot eine solche Eroberung nicht diskret behandeln würde. Er würde sie in seinem Roman, wenn er ihn tatsächlich so anlegte, wie er es auf den beiden Briefbögen des Waldhotels skizziert hatte, mit Raffinement beschreiben, niederträchtig und deutlich genug für jeden, der sich in Merzthal ein wenig auskannte. Er würde sich mit Susannes Fehltritt brüsten.

Ja. Er würde sie öffentlich ausziehen, als Beweis dafür,

wie es in dem Kaff, in dem er seinen Roman ansiedelte, zuging. Ebendas hatte ich ja auch unterstellt, als ich mir einfallen ließ, wie Wallot vor dem Verleger und dessen rechter Hand von der Geilheit sprach, die dort im verborgenen, aber um so hemmungsloser über die Stränge schlage, und seinen Vergleich mit dem mittelalterlichen Kloster zog.

Ich dachte angestrengt darüber nach, wie ich einen so bösartigen Angriff abwehren könne. Und nicht zuletzt versuchte ich, mich um meiner selbst willen zu wappnen. Ich wollte der Verführungskraft dieses Menschen nicht abermals begegnen, ohne ausreichend darauf vorbereitet zu sein. Ich wollte mich von seinem verlockenden Angebot, mir zu einer aussichtsreichen Stelle zu verhelfen, nicht ködern lassen. Zumindest wollte ich ihm diesmal Argumente entgegenhalten können, wenn es denn nötig werden sollte.

Es mag ein kindischer Versuch gewesen sein, aber mir fiel nichts Besseres ein: Ich hatte den Feierabend schon angetreten, als ich mich plötzlich an eine einschlägige Dokumentation erinnerte, wenn nicht gar eine Fundgrube, in der die Argumente doch in Hülle und Fülle parat liegen mußten. Ich verließ sofort die Wohnung und ging noch einmal zurück in die Redaktion.

In Verhülsdonks Büro, das auf den engen, unbeleuchteten Hof hinausgeht, war es fast schon dunkel. Ich konnte die Zigarre riechen, die er geraucht hatte, bevor er nach Hause ging. Ich schaltete das Deckenlicht ein und trat an das Regal hinter seinem Schreibtisch. Es dauerte nicht lange, dann fand ich, was ich suchte, ein Bändchen mit dem Titel *Kleinstädte – Motoren im ländlichen Raum*.

Es enthält die Dokumentation einer Tagung in Murau, Steiermark, an der Verhülsdonk teilgenommen und über die er eine Serie von Artikeln geschrieben hat. Die Tagung nannte sich »Erstes mitteleuropäisches Kleinstadtsymposion«, es hatten Experten aus elf verschiedenen Ländern ihre Beiträge geleistet, wie eine Pressemitteilung hervorhob, und Verhülsdonk war davon sehr angetan gewesen, nicht zuletzt freilich auch von den Schmankerln der steirischen Küche, von Klachlsuppe mit Heidensterz, steirischem Wurzelfleisch und Fedlkoch, dazu dem guten Welschriesling oder Murauer Märzen (seit 1495). Sein nervöser Magen hatte ihm dort unten keine Schwierigkeiten bereitet, man denke. Allerdings war er auf dieser Reise auch nicht von seiner Frau begleitet worden, die Fahrt war ihr zu anstrengend gewesen.

Ich löschte das Licht und ging mit dem Bändchen eilig über die dämmernde Straße nach Hause. Ich begann zu lesen und mir Notizen zu machen, noch während ich die Brote aß, die ich vor dem Fernseher hatte stehenlassen, als mir die Studie eingefallen war. Aber die Erleuchtung, die ich mir erhofft hatte, fand ich nicht.

Kleinstädte sind sowohl für die Politik wie die Wissenschaft eine Terra incognita, ein blinder Fleck, sie sind »politisches wie fachliches Niemandsland«. Sehr treffend! Und sehr bedauerlich! An der Mißachtung der Kleinstädte hat auch der *European Council for the Village and Small Town* bisher nichts ändern können. Na, so was! Seit wann gibt es diesen Council denn? Noch nie davon gehört.

Ungeachtet ihres geringen öffentlichen Stellenwertes ist die Kleinstadt »in der Lage, die Vorteile von Stadt und Dorf zu vereinen, ohne deren jeweilige Nachteile in Kauf nehmen zu müssen«. Hört, hört! Aber das ist noch nicht alles: »Im günstigsten Fall ist die Kleinstadt jener Ort, an dem der Widerspruch zwischen Stadt und Dorf aufgehoben wird, beziehungsweise sich zu einer neuen Qualität gewandelt hat.«

Vorzüglich. Aber sollte ich derlei Thesen, so überzeugend sie auch formuliert und so gut sie gemeint waren, etwa Wallot entgegenhalten, wenn er das nächstemal seinen galligen Hohn über Merzthal ausgießen und mich mit der Nase darauf stoßen würde, daß ich ein Idiot sei, wenn ich hier hockenbliebe? Er würde allenfalls müde lächeln.

Ich schlief nicht besonders gut in der folgenden Nacht. Am Dienstag morgen mußte ich früh aufstehen, es war die Woche vor der Bundestagswahl, und Verhülsdonk hatte für mich ein Interview mit dem SPD-Abgeordneten Peter Zils arrangiert, der in Merzthal geboren ist, schon lange jedoch, von seinen Aufenthalten in Berlin abgesehen, in der Kreisstadt wohnt, wo er auch seine politische Karriere begonnen hat, als Mitarbeiter, dann Geschäftsführer des Unterbezirks seiner Partei. Zils sollte am Abend der Star der Veranstaltung sein, mit welcher der Ortsverein der SPD von Merzthal im großen Saal des Waldhotels seinen Wahlkampf abschloß.

Die Berichterstattung über dieses Spektakel würde Verhülsdonk übernehmen, der die große Politik, soweit sie auf unseren Seiten stattfindet, auch grundsätzlich sich vorbehält, vermutlich in der wärmenden Erinnerung an die drei Jahre, die er als Nachrichtenredakteur bei der *Frankfurter Rundschau* verbracht hat. Ich habe gegen diese Geschäftsverteilung nichts einzuwenden, weil das pausenlose Gequatsche der Leute, die das Volk vertreten, im Dienste welcher Partei auch immer, mir schon bei Fernsehdiskussionen auf die Nerven geht. Ich halte es nicht aus, daß solche Erscheinungen habituell auch dann, wenn sie nichts Neues zu sagen haben, weiterquatschen, und das offensichtlich nur, um den anderen nicht zum Quatschen kommen zu lassen.

Das Interview mit Herrn Zils blieb mir gleichwohl nicht erspart, weil der Abgeordnete in Anbetracht seines übervollen Terminkalenders an diesem Tag um einen Besuch schon um 7.15 Uhr am Morgen gebeten hatte, was als Entgegenkommen gegenüber seiner Heimatzeitung zu bewerten war, denn der Gschaftlhuber würde um diese Zeit frühstücken und hatte sich bereit erklärt, synchron die Fragen des Interviewers zu beantworten, der selbstverständlich auch zum Frühstück eingeladen war. Und mir wurde diese Ehre zuteil, weil Verhülsdonk darauf verzichtet hatte.

Er schläft gern ein wenig länger. Auch hat seine Frau ihn schon vor geraumer Zeit davon überzeugt, daß er in seinem Alter die strapaziöseren Aufgaben des Jobs guten Gewissens den Jüngeren übertragen kann; die sollen doch erst einmal beweisen, daß sie brauchbare Journalisten sind.

Ich stand um sechs auf und nahm den Dienstwagen des *Merzthaler Boten*, den ich vor meiner Haustür geparkt hatte. Keppler hat ihn der Redaktion spendiert, doch Verhülsdonk benutzt ihn nur selten, seit er auf einer Fahrt in den Nachbarort Queckemühle den Anhänger gerammt hat, auf dem der Bauer Labusch mit seinem Traktor Zuckerrüben transportierte, die Ladeklappe fiel herunter, und es gab eine Art Trommelfeuer auf Verhülsdonks Motorhaube und eine ziemliche Sauerei auf der Landstraße. Vergleichbare Schocks habe ich mit diesem Auto nicht erlebt, es ist ein sehr solider, sehr angenehmer A 6, aber ich fahre lieber mit dem Fahrrad.

Die Gattin des Abgeordneten, die ihre drei Kinder beiseite geschafft hatte und in der Küche abfütterte, sie schienen damit nicht einverstanden, jedenfalls hörte man sie bis ins Eßzimmer anhaltend herummaulen, Frau Zils also schien mir ein wenig pikiert, als ich das Rührei dankend ablehnte und sagte, ich nähme nur eine Tasse Kaffee, ich hätte schon gefrühstückt. Ich weiß gar nicht, was für absonderliche Vorstellungen und Gewohnheiten solche Leute haben, ich würde vermutlich einen Schwächeanfall erleiden, wenn ich ohne Frühstück aus dem Haus ginge.

Das Interview fiel so aus, wie ich es erwartet hatte, ich hätte die Antworten des Abgeordneten auf die Fragen, die Verhülsdonk am Vorabend unbedingt noch mit mir hatte besprechen wollen, auch schreiben können, ohne in die Kreisstadt zu fahren. Verhülsdonk fand das Werk hochinteressant, ich gab es ihm zu lesen, als ich es fertig hatte, und er machte mich auf einige Formulierungen aufmerksam, weil sich daraus, wie er meinte, Schlüsse auf die künftige Politik der rotgrünen Koalition ziehen ließen. Ich ersparte mir die Antwort, die mir auf der Zunge lag, nämlich ich hätte starke Zweifel erstens daran, daß die Ansichten des Herrn Zils für die Politik der Bundesregierung von Bedeutung seien, und zweitens vor allem daran, daß der gegenwärtige Bundeskanzler auch nach der Wahl noch regieren werde.

Der Tag schleppte sich so dahin, ein paarmal dachte ich an Wallots Rückkehr und meine eventuellen Verteidigungsmaßnahmen, aber Entschlüsse kamen dabei nicht zustande. Gegen halb sechs trat Verhülsdonk im Mantel zu mir, er wollte vor der Veranstaltung im Waldhotel natürlich noch einmal nach Hause gehen, vermutlich hatte die Gattin ihm einen kleinen Imbiß verordnet, den er noch zu sich nehmen mußte, um seinen Magen zu beruhigen.

Er fragte mich, ob er auch mich im Waldhotel sehen werde. Ich antwortete, ich wisse es noch nicht. Er sah mich an, preßte die Lippen zusammen, nickte schwer und lange. Als ich ihn schon fragen wollte, ob er Magendrücken habe, sagte er: »Wissen Sie, das ist wirklich traurig mit Ihrer Generation! Wie wollen Sie die Politik verbessern, wenn Sie sich nicht dafür interessieren?«

Ich kenne den Vers, er betet ihn mir, seit er die jüngste Shell-Studie über die Jugend »zwischen pragmatischem Idealismus und robustem Materialismus« gelesen hat, immer wieder vor. Ich sagte: »Wer sagt denn, daß ich die Politik verbessern will? Sie glauben doch wohl nicht, daß das irgend etwas nutzen würde?«

Er sah mich noch einen Augenblick lang schweigend an, schwer nickend, dann wandte er sich mit einem Seufzer ab.

Ich räumte meinen Schreibtisch auf, blieb noch eine Weile daran hocken und sah zum Fenster hinaus. Um sechs rief ich in der Redaktion des *Tageblatts* an. Die Kollegin, die für unsere Seiten zuständig war, sagte mir, sie habe keine Wünsche mehr. Sie hoffe nur, daß Verhülsdonk mit seiner Meldung über den SPD-Zirkus im Waldhotel beizeiten zu Potte komme. Ich sagte, das hoffte ich auch.

Ich schloß die Redaktion ab und machte mich auf zum ›Grünen Drachen‹. Mir stand der Sinn nach einem Bier und irgendeinem müßigen Gequatsche.

Der Weg führt durch die Schmiedegasse, in der der alte Henseler wohnt, in der Dachetage eines Jugendstilhauses, das um die Wende zum vergangenen Jahrhundert für einen reich gewordenen Merzthaler, einen Bimssteingrubenbesitzer, errichtet worden ist. Das Haus ist zwar nur drei schmale Fenster breit, aber es hat eine schöne alte Tür mit zwei Flügeln und üppig verzierte Simse.

Den Kollegen Henseler, der in der ersten Etage wohnte, bevor seine Frau starb und er unters Dach umzog, habe ich ein paarmal besucht, unterm Dach, in den kleinen Zimmern hinter den Gauben, sie sind vollgestopft mit Büchern und Papieren. Er hat mir nicht verargt, daß Keppler ihn rausgeschmissen hat, um für mich Platz zu schaffen. Er hat mir manchen guten Tip gegeben. Wir haben uns auch schon einmal im Café Specht getroffen, in der engen, vom süßen Mief der Torten und Schokoladen wattierten Gaststube gleich gegenüber seinem Hauseingang. Dort läßt er sich oft zum Schreiben nieder.

Ich war an Henselers Tür schon vorbeigegangen, als mir das Auto bewußt wurde, das davor geparkt stand, mit zwei Rädern auf dem Bürgersteig. Ich blickte zurück. Es war ein silberfarbener BMW. Er trug ein Kennzeichen aus der Großstadt.

Eine beunruhigende Ahnung beschlich mich. Ich zögerte, dann ging ich zurück, überquerte die Straße und betrat das Café. Am Fenster war einer der kleinen, runden Tische frei. Ich ließ mich auf dem Rattanstuhl nieder.

Meine Ahnung hatte mich nicht getrogen. Zwanzig Minuten später trat Wallot aus Henselers Haustür. Er warf einen Blick nach beiden Seiten, dann schloß er den BMW auf, stieg ein und fuhr ab. Mich hatte er nicht gesehen.

22

War ich ihm also doch zu sperrig gewesen? Hatte er einen willigeren ortskundigen Informanten gesucht und sich den Kollegen Henseler auserkoren?

Eines schien mir jedenfalls klar: Die Frage, ob ich mir von Wallot, ausgerechnet von ihm, sollte helfen lassen, bei einer großen Zeitung Fuß zu fassen, und wie ich mich fühlen würde als Protegé eines Mannes, der mir mehr und mehr zuwider wurde, dieses ganze abscheuliche Problem konnte ich vergessen. Es tat mir weh, auf eine solche Hoffnung verzichten zu müssen, und es dauerte nicht lange, bis der Schmerz sich verwandelte in bitteren Zorn auf den alten Henseler. Vermutlich hatte er sich Wallot angedient. Wie anders sollte der Autor aus der Stadt an seine Adresse gekommen sein?

Natürlich war diese Vermutung Unsinn, und das sah ich auch sehr bald ein. Der Architekt Biallas hatte ja, als Wallot zu uns in den Neubau kam, ihm die beiden anderen, Nadja Casper und den Alten, vorgestellt, und Wallot brauchte nur das Telefonbuch aufzuschlagen, um Henseler wiederzufinden, es gab nur den einen in Merzthal. Und selbst wenn er, was ich bei diesem Mann für ausgeschlossen hielt, den Namen vergessen haben sollte, so hätte er nur Biallas anzurufen brauchen, um ihn samt Adresse und Telefonnummer zu erfahren. Biallas hätte sich geehrt gefühlt, er hätte bereitwillig Auskunft gegeben.

Ich blieb noch eine Weile im Café Specht hocken, dann ging ich, wie ich es vorgehabt hatte, in den ›Grünen Drachen‹. Aber das Bier schmeckte mir nicht, und die Unterhaltung ging mir irgendwann auf die Nerven. Ich sagte meinem Schulfreund Dirk Gundlach, dem Polizeikommissar zur Anstellung, der in Räuberzivil neben mir an der Theke stand, ich müßte noch arbeiten, und zahlte. Als sich die Tür hinter mir geschlossen hatte, zögerte ich, aber nur einen Augenblick lang; dann machte ich mich auf zum Waldhotel.

Wenn ich schon meine Chance verpaßt hatte, dann wollte ich wenigstens dem Ränkeschmied, der sie mir in Aussicht gestellt und mich damit allzusehr verunsichert hatte, auf die Finger sehen und ihn, wenn irgend möglich, bei seinen Machenschaften stören. Ich wollte wissen, was Wallot trieb. Vielleicht würde ich es wieder von Elfi Neuhaus erfahren.

Aber an der Rezeption war Elfi nicht zu sehen. Wahrscheinlich hatte sie an diesem Abend keinen Dienst. In der Halle drängten sich die Leute, die den Wahl-Zirkus der SPD erleben wollten, sie standen vor den Aufzügen oder begaben sich die Treppen hinauf zum großen Saal in der ersten Etage. Ich überlegte, dann ging ich zur Seitentreppe und stieg hinab in die Tiefgarage. Ich suchte auf den für die Hotelgäste vorgesehenen Plätzen nach dem silberfarbenen BMW, und es dauerte nicht lange, bis ich ihn gefunden hatte. Die Motorhaube war schon abgekühlt.

Ich warf einen Blick ringsum. Niemand war zu sehen. Ich ging ein Stück weiter, blieb einen Augenblick lang in einiger Entfernung stehen. Mir wollte nichts Sinnvolles einfallen, das ich nun hätte tun können. Ich ging langsam zurück zum Aufzug. Vor den für Frauen reservierten Parkplätzen hielt ich plötzlich inne, ich starrte wie gebannt auf eines der Autos, die dort im hellen Licht der Deckenleuchten zu sehen waren, ein rotes Kabrio. Dann trat ich einen Schritt näher. Aber es gab gar keinen Zweifel.

Es war Susannes Auto, das dort geparkt stand.

Vielleicht hatte sie ihren Mann ins Waldhotel gefahren. Natürlich, so würde es sein. Ich war sicher, daß auch Keppler sich den Gschaftlhuber Zils anhören wollte, wenn auch nur, um die Katastrophen bestätigt zu finden, die das rotgrüne Bündnis laut den Prophezeiungen der Opposition anzurichten gedachte; und vielleicht hatte Max an diesem Abend frei. Keppler hatte Susanne gefragt, ob sie ihn fahren könne, für den Fall, daß er hernach noch mit diesem oder jenem einen Schluck trinken müsse. Sie hatte ja gesagt. Was sonst hätte sie auch sagen sollen.

Ich senkte den Kopf, dachte nach, versuchte, diesen Gedankengang zu überprüfen. Zweifel kamen mir in die Quere, irritierten mich.

Schließlich raffte ich mich auf. Ich wollte, ich mußte mir Gewißheit verschaffen, auch wenn sie mir nicht gefiele. Ich fuhr mit dem Aufzug, in den sich im Erdgeschoß die Leute hereindrängten, hinauf zur ersten Etage, schob mich mit den anderen hinein in den großen Saal, in dem die meisten Sitzplätze schon belegt waren. Ich sah Verhülsdonk, der mit einigen örtlichen Funktionären der SPD zusammenstand. Dann fand ich, wie erwartet, Keppler, der sich mit Pastor Giesebrecht, dem Hirten der evangelischen Gemeinde, und zwei Mitgliedern des Stadtrates unterhielt.

Und schließlich entdeckte ich Max. Er hatte offenbar nicht frei an diesem Abend. Er stand unweit von Keppler und beobachtete dessen Umfeld, sah mich ausdruckslos an, als sein Blick auf mich fiel.

Susanne fand ich nicht.

Ich verließ den Saal, bevor Verhülsdonk mich entdeckte, er hätte mich wahrscheinlich hoch erfreut herangewinkt, um mich an seinem Informationsgespräch teilhaben zu lassen. Ich sah mich vor dem Saal um, aber auch dort war von Susanne nichts zu sehen. Ich wartete sogar eine Weile in der Nähe der Tür zur Damentoilette. Susanne tauchte nicht auf.

Als aus dem Saal über den Lautsprecher die Stimme des Ortsvorsitzenden erschallte und die Ordner die Türen des Saals schlossen, blieb ich noch einen Augenblick lang wie gelähmt stehen, sah den letzten Säumigen zu, die in den Saal hasteten. Dann setzte ich mich in Bewegung, ohne zu wissen, wohin. Vor den Aufzügen blieb ich stehen. Ich schloß die Augen, aber ich öffnete sie gleich wieder, weil ich spürte, daß Übelkeit in mir aufzusteigen begann.

Ich suchte nach einem Weg, mich von dieser Übelkeit zu befreien, von dem peinigenden Druck, von der Qual der Ungewißheit.

Hinauffahren in die sechste Etage, ja. An die Tür von Wallots Zimmer klopfen, hart, um jeden Zweifel daran zu ersticken, daß da jemand darauf bestand, eingelassen zu werden. Vage Geräusche im Zimmer. Noch einmal klopfen, nein, diesmal mit der Faust auf die Tür schlagen. Von drinnen Wallots Stimme: »Was ist denn da los, verdammt noch mal?!«

Er reißt die Tür auf, starrt mich an. Ich mustere ihn von oben bis unten, aber das einzig Auffällige ist ein offener Schnürriemen an seinem linken Schuh. Und er trägt kein Jackett. Auch keine Krawatte. Er holt tief Luft, dann fragt er mit deutlicher Empörung: »Sie?! Was zum Teufel suchen Sie denn hier?!«

Mir ist klar, daß er keinerlei Erklärung akzeptieren wird. Und ich wüßte auch gar nicht, welche Erklärung ich ihm dafür geben sollte, daß ich wie besessen an die Tür gehämmert habe. Ich drücke die Tür auf, er versucht sie festzuhalten, doch ich schiebe ihn beiseite und trete in das Zimmer ein.

»Sind Sie denn ...« Er bricht den Satz ab, kommt hinter mir her, greift nach meinem Arm. Ich schüttele die Hand ab, gehe weiter, blicke um mich. Susanne ist nicht zu sehen. Aber auf dem Sofatisch zwischen den Sesseln liegt die kleine Ledertasche, in der sie ihre Papiere und die Schlüssel mitnimmt, wenn sie das Haus verläßt.

»Was fällt Ihnen ein?! Sie sind wohl total verrückt geworden?! Gehen Sie! Sie verlassen jetzt auf der Stelle dieses Zimmer!«

Ich stoße ihn, als er sich mir in den Weg stellen will, zur Seite und gehe zu der Tür des Badezimmers. Die Tür ist nicht verschlossen, ich öffne sie, langsam, behutsam.

Susanne sitzt auf dem Rand der Badewanne. Sie hat den Kopf gesenkt, stützt sich mit beiden Händen auf den Rand der Wanne. Sie hebt die Augen und sieht mich an. Ich weiß nicht, ob ich mich täusche. Aber mir scheint, als sei es ein Blick voller Traurigkeit.

Wallot steht hinter mir. »Zum letztenmal: Raus hier! Wenn Sie nicht sofort verschwinden, rufe ich die Polizei! Haben Sie das verstanden?! Ich rufe die Polizei!«

Ich schaue Susanne an, strecke ihr die Hand entgegen. »Komm!«

Wallot sagt, seine Stimme schwankt vor Empörung und Wut: »Und ich werde Sie wegen Hausfriedensbruch anzeigen! Darauf können Sie sich verlassen, Sie unverschämter kleiner Pinscher!«

Susanne steht auf. Sie streicht sich über die Stirn, dann geht sie an mir und an Wallot vorbei. Sie bleibt noch einmal stehen, blickt zu Boden, dann wendet sie sich zur Tür.

Wallot sagt: »Susanne! Du wirst doch nicht etwa...«

Susanne öffnet die Tür und geht hinaus. Ich hole die kleine Ledertasche vom Sofatisch, gehe hinter Susanne her. Sie wartet vor den Aufzügen auf mich. Ich trete zu ihr, gebe ihr die Tasche. Sie schaut mich an, lächelt, dann hebt sie die freie Hand und streicht mir sanft über die Wange.

Ja, ja, genau so! Und dann gibt sie ihrem Retter einen langen, langen, innigen Kuß, und dann gehen sie nach Hause und leben glücklich und zufrieden bis an ihr Lebensende!

Idiot.

Wenn ich tatsächlich die Tür des Badezimmers öffnete, langsam, sehr langsam, weil ich Angst hätte vor der Entdeckung, die mir bevorstünde, und auch, weil ich die Frau, die ich liebe, nicht schockieren wollte – es wäre dennoch verlorene Liebesmüh. Ich könnte die Tür noch so langsam, noch so behutsam öffnen, sie würde gleichwohl unversehens auffliegen. Sie würde mir von innen aus der Hand gerissen.

Susanne risse sie mir aus der Hand, und sie ginge sofort auf mich los, mit blitzenden blauen Augen, sie schlüge mit beiden Fäusten auf mich ein, trommelte auf meine Brust, meine Oberarme, stieße mit kaum zu erkennender Stimme ein paar abgehackte Sätze hervor: »Was – ist – los – mit dir? Was – bildest – du dir –«

Ein Schluchzen bricht ihr die Stimme, aber sie läßt sich nicht aufhalten, sie trommelt weiter auf mich ein, stößt zwischen immer neuen Schluchzern hervor: »... bildest – du dir – ein?! Raus mit – dir! Verschwinde! Geh und – verpetz mich! Das – willst du doch, du kleiner – mieser – Spanner! Nicht wahr?! Mich – verpetzen!«

Ich weiche immer weiter zurück, bis zur Tür. Und als ich dort angelangt bin, greift sie um mich herum, öffnet die Tür, schlägt sie mir hart gegen den Arm dabei, stößt mich hinaus auf den Flur. »Hau ab! Hau ab, verstehst du?! Und laß dich nie mehr blicken!«

Sie schlägt die Tür zu.

Vielleicht bleibt ein Hotelgast, der über den Flur gegangen ist, stehen und blickt zurück, starrt mich an. Soll er doch. Meine Welt liegt in Trümmern.

Meine Hoffnungen sind dahin.

Was bleibt mir noch zu tun?

Mich hinabstürzen. Möglichst an der Vorderfront. Im Sturzflug durch die rote Markise hindurch, die vom Eingang bis zur Auffahrt führt, ratsch, und dann auf das Zierpflaster des Entrees. Platsch. Damit Kurt Kepplers Renommierhotel auch was abbekommt von meinem tragischen Tod. Einen klaffenden Riß in der Markise und einen ekligen gelbroten Matschhaufen im Entree. Sie werden Seife und Bürste nehmen müssen, um den Fleck wegzubekommen.

Ratsch und Platsch. Und das war's dann. Gute Nacht, Welt.

Wobei Platsch vielleicht nicht angemessen ist. Zu schwach. Verhülsdonk, der zu seiner Zeit in Frankfurt einmal über die Straße ging, als eine Frau sich aus einer achten oder neunten Etage stürzte, hat mir erzählt, es habe sich angehört wie eine Mischung aus Kanonenschuß und platzendem Riesenkürbis. Er schüttelte sich noch immer, als er es erzählte.

Wo befinden wir uns? In der sechsten Etage, nur. Gleich darüber ist das Dach des Hotels. Aber es müßte reichen. Die Flurfenster werden freilich nicht zu öffnen sein. Vollklimatisiert, dieser Prachtbau des Stadtpatrons. Macht nichts, vom Dach ist es zumindest noch drei Meter tiefer hinab. Hoffentlich ist die Tür, die hinausführt, nicht abgeschlossen.

Es fiel mir schwer, mich aus diesen wabernden Phantasien zu befreien. Ich räusperte mich heftig, blickte um mich. Der Flur vor dem großen Saal war leer. Durch die Türen des Saals drang über die Lautsprecher die Stimme Ernestine Webers, ehemals Betriebsratsvorsitzende bei Keppler, dann streitbare Gewerkschaftssekretärin, genannt »Der Kugelblitz«, und nun, nachdem sie in die Jahre gekommen war und einige Haare auf der Zunge eingebüßt hatte, als Ehrenvorsitzende der Merzthaler SPD von den Genossen mit vereinten Kräften aufs Altenteil gehievt. Ich lauschte, aber es war nicht verständlich, was Ernestine an kämpferischen Parolen noch zu bieten hatte.

Plötzlich durchfuhr mich ein Gedanke, der mich alarmierte, obwohl er nichts, aber auch gar nichts zu ändern versprach. Ich stieg sofort in einen der Aufzüge und fuhr hinab in die Tiefgarage. Der Aufzug hielt im Erdgeschoß nicht an, aber ich konnte es kaum abwarten, bis er in der Garage angekommen war und die Tür zurückglitt. Ich sprang hinaus und ging mit schnellen Schritten hinüber zu den Frauenparkplätzen. Ich sah es schon aus der Entfernung, aber das genügte mir nicht; ich trat ganz nahe an das rote Kabrio heran.

Ja, es war Susannes Auto. Sie hatte das Hotel noch nicht verlassen. Ich legte die Hand auf die Karosserie, senkte den Kopf.

Mir wurde bewußt, daß ich zumindest Verwunderung und Befremden wecken würde, wenn jemand unversehens in die Garage käme und mich in dieser Pose ertappte. Aber ich verließ die Garage nicht. Ich ging ein Stück weiter, trat auf der gegenüberliegenden Seite hinter einen Pfeiler, der mich neugierigen Blicken entziehen würde.

Ich weiß nicht, was ich mir dabei dachte. Wenn der Besitzer des einen oder anderen Autos in meiner Nähe gekommen wäre, hätte er mich für einen Dieb halten und mich fragen können, was ich denn da suchte, und ich hätte keine plausible Antwort gewußt. Ich weiß nur, daß ich mich von Susannes Auto nicht trennen, daß ich es nicht aus den Augen verlieren wollte.

Vielleicht wollte ich das nicht zulassen, weil ich fürchtete, daß ich dann auch Susanne selbst für immer verlöre. Ja, so war es wohl.

Ich weiß auch nicht, wie lange ich da hinter dem Pfeiler stand. Unversehens hörte ich eine der Eisentüren ins Schloß fallen. Es konnte die Tür zum Treppenhaus gewesen sein. Ich hörte Schritte, markante Schritte wie von spitzen Absätzen, die sich näherten. Ich duckte mich ein wenig. Ich hoffte, daß die Frau, die da herankam, nicht zu meinem Versteck kommen würde.

Es war Susanne. Sie hatte nicht den Aufzug genommen, sondern war die Treppe hinuntergestiegen. Sie trat neben ihr Auto, öffnete ihre kleine Ledertasche, wollte den Autoschlüssel herausholen. Aber plötzlich hielt sie inne.

Sie senkte den Kopf, legte die Tasche auf der Motorhaube ab, stützte sich mit einer Hand auf die Haube, mit der anderen hielt sie sich am Dach, sie beugte den Rücken, krümmte ihn vornüber. Ich sah, daß ihr Rücken und die Schultern heftig zu zucken begannen. Sie weinte offensichtlich.

Ich zögerte einen Augenblick lang, aber dann trat ich aus meinem Versteck hervor. Ich ging zu ihr. Sie hob den Kopf, als sie meine Schritte hörte, richtete sich auf, fuhr sich mit den Fingern über die Augenwinkel. Sie sah mich an. Ich fürchtete mich vor ihrer Reaktion.

Sie begann zu lächeln, mit nassen Augen. Ich trat an sie heran. Sie hatte ihr Make-up verschmiert, auf ihrer Wange saß ein grotesker schwarzer Fleck. Sie sagte: »Was tust du hier?«

Ich schluckte, es klang sehr laut in meinen Ohren, peinlich laut. Dann sagte ich: »Ich hab auf dich gewartet.«

Sie nickte. Und plötzlich schlang sie beide Arme um meinen Hals, bettete ihren Kopf an meine Schulter. Ich konnte ihr Haar riechen, ihr frisches Shampoo, ihr Parfum, ich weiß nicht. Ich setzte kleine Küsse auf ihr Haar, einen neben den anderen.

Nach einer Weile löste sie ihre Arme, sie sah mich an. »Fährst du mit mir bis nach Hause?«

Ich nickte.

23

Als wir aus der Garagenausfahrt abbogen zur Innenstadt, sah sie in den Rückspiegel. Das tat sie noch einmal, nachdem sie das nächste Mal abgebogen war, und noch einmal, als wir auf die Friedrichstraße einbogen. Ich schaute über die Schulter und sah die Scheinwerfer, die uns in einigem Abstand folgten. Sie streifte mich mit einem Seitenblick, aber sie sagte nichts.

Wir erreichten das stille Ende der Friedrichstraße, näherten uns dem Wald. Ich schaute noch einmal zurück, die Scheinwerfer folgten uns noch immer.

Ich sagte: »Halt mal an, bitte.«

Sie sah mich an, aber sie fragte nicht, warum. Sie fuhr an den Rand der Straße und hielt an, fast vor dem Haus der Menningers und ihrem Hühnerstall. Aber die Sonne war schon vor einer Weile untergegangen.

Das Auto, das uns gefolgt war, fuhr langsam an uns vorbei. Die Bremslichter leuchteten auf, das Auto fuhr ein Stück voraus an den Straßenrand und hielt an.

Ich sagte: »Warte einen Augenblick, bitte. Ich bin gleich wieder da.« Sie sagte: »Aber was ...« Sie verstummte, ließ sich in ihren Sitz zurücksinken, als ich ausstieg.

Ich ging zu dem Auto, das vor uns zu warten schien. Es war in einem stumpfen Grau lackiert und hatte ein Kennzeichen der Großstadt. Der Motor lief, ich hörte das leise Blubbern aus dem Auspuff. Ich rechnete damit, daß das Auto weiterfahren würde, sobald ich herangekommen war.

Aber es rührte sich nicht von der Stelle. Ich ging vom Gehsteig hinab auf die Straße und trat an die Fahrertür des Autos, bückte mich und blickte durch das Seitenfenster. Herr Simonis war ein schon älterer, korpulenter, anscheinend mittelgroßer Mann mit buschigen, aber adrett gestutzten Augenbrauen und adretter Frisur. Er erwiderte meinen Blick mit einem leicht erstaunten Gesichtsausdruck.

Ich klopfte an die Fensterscheibe. Er öffnete das Fenster einen Spaltbreit. Ich fragte: »Suchen Sie etwas?«

Der Ausdruck des Erstaunens verstärkte sich ein wenig. Er antwortete: »Nein. Warum?«

»Weil Sie fremd hier sind.«

»Ja und?«

Mir schwante, daß ich diesen Routinier nicht aus dem Konzept bringen würde. Aber so völlig widerspruchslos wollte ich ihn nun doch nicht gewähren lassen. Ich beugte mich noch ein wenig näher an den Fensterspalt heran. »Sagen Sie Ihrem Auftraggeber, er kann sich das Honorar für Sie sparen. Er soll sich's statt dessen in den Arsch stecken!«

Herr Simonis hob mit Nachdruck die buschigen Augenbrauen. Er war nun nicht mehr erstaunt, er war deutlich indigniert.

Ich ging zurück, stieg zu Susanne ins Auto. Ich sagte: »Du kannst weiterfahren.«

Sie warf mir einen stummen Blick zu, dann setzte sie das Auto in Bewegung. Sie fuhr an dem grauen Wagen vorbei. Ich schaute zurück. Der graue Wagen folgte uns wieder.

Sie sah in den Rückspiegel. Dann fragte sie: »Wer ist das? Ein Detektiv?«

Ich sagte: »Ja.«

»Hat er es dir gesagt?«

»Nein. Ich wußte es schon vorher.« Nach einer kleinen Pause sagte ich: »Er heißt Harry Simonis.«

Sie sah mich an. Ich sagte: »Schau lieber auf die Straße.«

Sie sah auf die Straße. Ich sagte: »Hast du nicht gewußt, daß er hinter dir her ist?«

»Doch, ja.« Nach einer kleinen Pause sagte sie: »Aber erst seit Sonntag. Ich hab vorher nichts gemerkt. Er ist mir nicht aufgefallen.«

Erst seit Sonntag. Es sah so aus, als sei meine Vermutung richtig gewesen. Am Sonntag morgen hatte Herr Simonis seinen Auftraggeber angerufen und ihn darüber informiert, daß die observierte Person am Vorabend zwei Stunden mit dem Schriftsteller Carl Wallot auf dessen Hotelzimmer verbracht hatte und daß Herr Wallot eine Flasche Champagner aufs Zimmer hatte kommen lassen. Und daraufhin hatte der Auftraggeber die observierte Person zur Rede gestellt, und sie war weggelaufen, und er hatte sie aus der Lesung des Nebenbuhlers kurzerhand herausgeholt.

Sie sagte: »Mein Ehemann läßt mich von einem Detektiv bespitzeln! Ich hab das nicht für möglich gehalten.« Sie lachte bitter. »Ist das nicht alles ganz fabelhaft?!«

Ich gab keine Antwort. Wir kamen vor der Doppelgarage des Kepplerschen Anwesens an, sie schaltete den Sender ein und ließ das Tor aufschwingen. Ich stieg aus. Sie fuhr das Kabrio in die Garage, kam heraus und senkte das Tor. Als es ins Schloß gefallen war, trat sie zu mir.

Sie fragte: »Kommst du noch mit herein?«

Ich sagte: »Ich weiß nicht.«

Sie nickte. Dann fragte sie: »Wo ist denn Herr Simonis abgeblieben?«

»Der steht drüben auf der Straße. Er hat die Scheinwerfer ausgeschaltet.«

Sie kniff die Augen zusammen, spähte hinüber zu der dunklen Straße. Dann sah sie mich an. »Aber deshalb hast du doch keine Bedenken?«

»Bedenken?«

»Ja. Bedenken, mit mir noch mal ins Haus zu gehen.«

Ich schüttelte den Kopf. »Nein.«

Sie zögerte. Aber schließlich fragte sie doch: »Und weshalb hast du dann Bedenken?«

Ich zog die Stirn zusammen, schüttelte wieder den Kopf. Dann schaute ich hinüber zu dem kaum erkennbaren grauen Auto.

Sie seufzte. Dann sagte sie: »Ja. Ich *war* bei Wallot. Ich war schon am Samstag abend bei ihm. Und vorhin noch einmal.« Sie tat einen tiefen Atemzug. »Ich war bei ihm auf seinem Zimmer.«

Nach einer Weile, in der ich schwieg, stieß sie mich vor die Brust. »Hast du gehört?! Ich war bei ihm! Allein mit ihm!«

»Ich hab's gehört, ja!« Der Schmerz schnitt in mich hinein. Ich sah hinüber zu Herrn Simonis' Auto. Ich glaubte, einen flüchtigen Lichtschimmer zu sehen. Vielleicht hatte Herr Simonis sich hinter vorgehaltener Hand eine Zigarette angezündet.

Ich sah sie an. »Und warum warst du bei ihm?«

Sie nagte an ihrer Unterlippe. Dann sagte sie: »Weil ich's nicht mehr ausgehalten habe.«

»Nicht mehr ausgehalten? Was denn, um Himmels willen?«

»Den Terror, verdammt noch mal! Den Terror, mit dem Keppler mich gepiesackt hat!« Sie ließ ein trockenes Schluchzen hören, aber sie begann nicht zu weinen. Heftig, als wolle sie jeden Anflug von Schwäche leugnen, stieß sie hervor: »Kannst du dir nicht vorstellen, wie das ist, wenn dich so ein Spitzel auf Schritt und Tritt verfolgt? Wenn du dir nicht mal die Nase putzen kannst, ohne zu fürchten, daß dieser Kerl irgendwo herumsteht und dir dabei zusieht?«

Sie starrte mich an. Es war mir klar, daß sie keine weiteren Fragen hören wollte. Sie wollte, daß ich sie bedauerte und ihr sagte, ich verstünde es sehr gut, daß sie zu Wallot gegangen sei.

Ich sagte: »Aber...«

Sie zog die Stirn zusammen. »Was denn ›aber‹?!«

Ich schüttelte den Kopf. »Du sagst doch, daß du erst am Sonntag morgen von diesem Detektiv erfahren hast.«

»Ja und?«

»Aber du hast auch gesagt, daß du schon am Samstag abend zu Wallot gegangen bist. Ich meine... da hast du den Terror doch noch gar nicht gespürt? Den Terror, den

Keppler … auf dich ausgeübt hat, dadurch, daß er den Detektiv –«

Sie ließ mich nicht ausreden. Sie sagte: »Gute Nacht, Jörg«, wandte sich von mir ab und ging zur Haustür. Ich lief hinter ihr her, faßte sie am Arm. Ich sagte: »Susanne, bitte, ich will doch nur …«

Sie blieb stehen, sah mich an. »Ja? Und was willst du?«

Es fiel mir schwer, ihrem Blick standzuhalten. Ich holte tief Atem. Dann fragte ich: »Was wolltest du von Wallot? Ich meine … wieso bist du ausgerechnet zu ihm gegangen, wenn du …«

Sie nickte. Sie wandte ihren Blick ab, schaute irgendwohin in den dunklen Himmel. Dann sah sie mich wieder an. »Ich hab gedacht, er kann mir helfen. Verstehst du … wenn ich mich von Keppler trenne, dann muß ich ja irgend etwas tun. Ich brauche einen Job. Und er kennt nun mal eine Menge Leute. Verstehst du, ich will jedenfalls nicht bei meinem Doktorvater unterkriechen. Oder bei irgendeinem Institut und als wissenschaftliche Hilfsarbeiterin irgendwann im Staub ersticken. Ich hab gedacht, Wallot kann mir irgendeinen anderen Job besorgen. Vielleicht in einem Verlag. Und deshalb bin ich zu ihm gegangen. Am Samstag abend, und heute abend noch einmal.«

Sie strich sich über die Stirn. »Ich wußte ja, wann er zurückkommen wollte. Er hatte mich angerufen, bevor er in die Stadt fuhr.«

Nach einer Weile fragte ich: »Willst du dich tatsächlich von Keppler trennen?«

»Ja.« Unversehens lächelte sie. »Zumindest war ich dazu fest entschlossen.« Sie lachte bitter. »Ein paarmal schon in den vergangenen Monaten!« Sie wurde wieder ernst. »Er wird immer unerträglicher. Er will mich anketten, ja.«

Ich sagte: »Und Wallot will dir helfen.«

Sie gab keine Antwort. Ich sah sie an. »Hat er denn schon einen Job für dich?«

Sie lachte. »Nein, nein. Was denkst du denn? So konkret ist er noch nicht geworden.« Sie lachte wieder. »Ich weiß auch nicht, ob er jemals so konkret werden will.«

»Aber was will er denn?«

»Dreimal darfst du raten!« Sie stieß die Luft durch die Nase, wandte den Blick ab. »Und heute abend wollte er wissen, ob es stimmt, daß ich ein Verhältnis mit Behringer habe. Oder zumindest gehabt habe.« Dann sah sie mich wieder an. »Wie kommt er darauf? Wer erzählt ihm so etwas?«

Henseler, ja. Oder Elfi? Ich zuckte die Achseln. »Ich weiß nicht.«

Sie nickte. »Jedenfalls hab ich gedacht, es schlägt mir einer mitten ins Gesicht. Deshalb hab ich in der Garage auch zu heulen angefangen.«

Ich nickte. Plötzlich zog sie fröstelnd die Schultern hoch. »Mir wird kalt, Jörg. Ich gehe rein.«

Ich wartete darauf, daß sie mich noch einmal fragen würde, ob ich mit ihr ins Haus ginge. Aber sie gab mir einen Kuß auf die Nasenspitze. »Gute Nacht, mein Lieber.« Sie wandte sich ab und ging zur Haustür.

Ich folgte ihr. Ich sagte: »Susanne…«

Sie schloß die Tür auf, blickte über die Schulter, lächelte. »Ist schon in Ordnung. Schlaf gut.« Sie ging ins Haus, die Tür schloß sich.

24

Ich lief durch das kühle, klamme Dunkel zu Fuß nach Hause. Als ich mich dem Auto von Herrn Simonis näherte, ließ er den Motor an, die Scheinwerfer leuchteten auf. Er wendete und fuhr zurück zur Stadt. Ich latschte hinter den Rücklichtern her.

Sie hatte mich nicht einmal gefragt, ob sie mich nach Hause fahren solle.

Warum sollte sie? Sie hatte mich noch nie nach Hause gefahren, jedenfalls nicht von Kepplers Haus. Ich hätte es auch nicht gewollt. Sie sollte nicht noch einmal auf die Straße müssen. Sie hatte vorhin schon geschaudert. Und Herr Simonis hätte sie noch einmal geängstigt, er wäre ihr wieder gefolgt, hinein in die Stadt und wieder hinaus bis vor ihre Tür. Ich wollte das nicht. Ich wollte, daß sie ein wenig Ruhe fand. Es war schon gut so, daß sie mich nicht gefragt hatte.

Ich wählte den Weg durch die Friedrichstraße. Aber nachdem ich in sie eingebogen war, blieb ich stehen. Ich blieb noch auf dem unbebauten Stück stehen, im Halbdunkel zwischen den Lichtinseln zweier Laternen. Ich wollte nicht, daß jemand aus den letzten Häusern der Straße mich beobachtete.

Es war okay, daß sie mich nicht gefragt hatte. Aber gewiß war es das. Und doch fühlte ich mich wie aufgeschunden. Ich fühlte mich verletzt.

Was für ein Unsinn! Warum sollte ich mich verletzt fühlen?

Ich brauchte eine Weile, aber dann war es mir klar: weil sie sich Wallot anvertraut hatte. Wallot und nicht mir, ja. Einem wildfremden Menschen, der für zwei halbe Tage und eine Nacht hier angereist und nur geblieben war, weil er Skandale gewittert hatte, schmutzige Wäsche, menschliche Schwächen, die man ausschlachten konnte. Einem solchen Menschen hatte sie sich anvertraut, und nicht mir.

Freilich, ich konnte ihr die Stelle nicht verschaffen, die sie brauchte, um sich von Keppler zu lösen. Ich konnte sie nicht bei einem Verlag unterbringen, nicht bei diesem Verleger, der Pfeife rauchte und Kognak trank in dem schönen alten Haus aus einer fernen, fast schon sagenhaften Zeit.

Aber hätte sie, bevor sie zu Wallot ging, mir nicht wenigstens sagen können, daß sie sich endlich von Keppler trennen wollte?

Wie lange, wie grausam lange hatte sie mir aus nächster Nähe vorgeführt, daß sie mit diesem Mann zusammenlebte, daß sie seine Ehefrau war und zu ihm gehörte? Und was war das für ein Spiel gewesen, als sie mich drängte, unsere enge, innige Beziehung von einst wiederaufzunehmen?

Hatte sie nicht gewußt, daß ich mich von ihr verraten fühlte, als sie wie aus heiterem Himmel Keppler heiratete? Hatte sie nicht geahnt, was sie mir antat, sooft sie mich in das Haus einlud, aus dem ich dann nach einer abgemessenen Zeit wieder zu verschwinden hatte, weil dieser Ehemann sie beanspruchte? Weil er befand, daß sie für diesmal lange genug mit dem dummen Jungen gespielt hatte?

Hatte sie es nicht für nötig gehalten, mir zu sagen, daß das nun vorüber war, für immer vorüber? Hatte sie womöglich nicht einmal daran gedacht?

Oder hatte sie mir nicht sagen wollen, daß sie nun frei war? Frei für mich?

Ich ging ein Stück weiter, blieb im Halbdunkel zwischen den beiden nächsten Laternen stehen. Vielleicht würde ich die Lichtinsel dahinter nicht mehr erreichen. Ich könnte bei der Durchquerung des Halbdunkels ertrinken. Erstikken. Krepieren an dem Schmerz in meiner Brust.

War es überhaupt richtig, was sie mir über ihre beiden Besuche auf Wallots Zimmer erzählt hatte? War es denn wahr, daß sie mit ihm nur über ihre Lage gesprochen hatte und über ihre Hoffnung, in der Stadt eine Stelle zu finden?

War sie nicht in Wahrheit von dem Verlangen besessen gewesen, mit diesem Schriftsteller, dessen Werk sie liebte und bewunderte, eine heiße Affäre zu erleben? Wie war er als Mann, dieser Autor? Wie war er im Bett?

Was Wallot von ihr gehalten hatte, schien mir klar genug. Er hatte sich ja nicht einmal gescheut, bei mir eine plumpe Andeutung über meine Beziehung zu ihr anzubringen, so als wolle er auf den Busch klopfen und erfahren, ob sie's vielleicht mit jedem trieb, also sogar mit mir. Und sie selbst hatte mir auf meine Frage, was denn er von *ihr* wolle, mit einem bitteren Unterton geantwortet, dreimal dürfe ich raten. Fast hatte es wie ein abfälliger, ein verächtlicher Unterton geklungen.

Wie denn auch nicht. Es war ihm nur ums Bumsen gegangen. Sie war von Wallot enttäuscht, ja. Er hatte sie mies behandelt. Er hatte sie ausgebeutet.

Ja. Ja doch, nur weiter so! Am Ende würde mich wieder mein blinder Liebeswahn überwältigen! Ich würde für alles und jedes, was sie getan, alles und jedes, was sie mir angetan hatte, eine Entschuldigung finden. Ich würde andere dafür verantwortlich machen.

War mir denn gar nicht mehr zu helfen?

Ich ging weiter. Vor dem Haus, in dem mein Schulfreund Heinz-Günther Segeberg gewohnt hat, bevor er in der Rechtskurve auf der Bundesstraße das andere Auto zu überholen versuchte, verlangsamte ich meinen Schritt. Ich ging langsam weiter, bis das Halbdunkel zwischen den nächsten beiden Laternen mich aufnahm. Von dort blickte ich zurück auf die andere Straßenseite, auf der die dicke Lina Menninger noch immer bei ihren Eltern wohnt.

Ich versuchte, eine Erinnerung zu beleben, die mich wenigstens zeitweise von meiner Fixierung auf Susanne befreit hat und vielleicht noch einmal befreien konnte. Es war die Erinnerung an mein erstes sexuelles Abenteuer, eine sehr viel handfestere Erfahrung als meine Annäherungsversuche an Susanne, die sie allesamt so entschieden abgewehrt hat.

Diese Erfahrung verdankte ich Heinz-Günther, meinem Kumpan von einst. Mir wurde, als wir dreizehn oder vierzehn waren, überraschend offenbar, daß er eine geheime, aber ziemlich hitzige Beziehung zu der dicken Lina aufgebaut hatte.

Ich weiß nicht, ob in dem unscheinbaren Heinz-Günther ein ungewöhnlich raffinierter, frühreifer Verführer steckte oder ob nicht vielmehr Lina, die auch nicht älter war als fünfzehn, einen ungewöhnlich starken Geschlechtstrieb zu bewältigen hatte. Vielleicht waren die beiden ja auch ganz normal und bloß ich ein bißchen zurückgeblieben. Die Affäre jedenfalls war dadurch initiiert worden, daß Lina hinter dem Menningerschen Hühnerstall ihren Faltenrock hob, ihren Schlüpfer bis zu den Knien hinunterzog und den

Nachbarn Heinz-Günther, der ebenso wie ich keine Schwester hatte, sehen und anfassen ließ, was bei den Mädchen anders ist als bei den Jungen. Heinz-Günther revanchierte sich auf der Stelle.

Natürlich blieb es dabei nicht. Zu dem Zeitpunkt, als ich in diese Beziehung gewissermaßen eingeweiht wurde, war sie über die propädeutischen Übungen bereits hinausgelangt, ich weiß nicht, wer von den beiden die erforderlichen technischen Kenntnisse eingebracht hatte, Lina verfügte jedenfalls darüber, wie ich erfuhr.

An einem Nachmittag im Frühling waren Heinz-Günther und ich mit irgendeiner Bastelei im Schuppen hinter dem Haus beschäftigt, als Lina zum Grundstück der Segebergs herüberkam, wir sahen durch die offene Tür des Schuppens, wie sie in einem hübschen, luftig geschnittenen Kleid die Straße überquerte und die Treppe zur Haustür emporstieg. Sie war am Morgen in der Berufsschule gewesen, nehme ich an, hatte den Nachmittag frei und war von ihrer Mutter zu Frau Segeberg geschickt worden, um etwas Geliehenes zurückzubringen, ein Pfund Zucker oder was auch immer.

Heinz-Günther wurde plötzlich unruhig, er wollte nicht bei dem bleiben, was wir taten, sondern stellte sich an die Tür des Schuppens und beobachtete das Haus. Ich sagte unwillig: »Was ist denn los jetzt, komm doch, Mann!«

Lina trat aus der Haustür, ging die Treppe wieder hinunter. Heinz-Günter pfiff leise. Lina blickte über die Schulter. Heinz-Günther winkte ihr aus dem Schuppen. Sie begann zu lächeln, dann kam sie zu dem Schuppen.

Heinz-Günther sagte hastig und unterdrückt zu mir:

»Wenn sie hier drin ist, gehst du mal gerade mit mir raus, okay?« Ich wußte nicht, wozu das gut sein sollte, aber ich nickte.

Lina trat ohne Zögern in den Schuppen, begrüßte uns. Heinz-Günther sagte: »Ich muß gerade noch was mit Jörg besprechen, warte hier einen Augenblick.«

Sie nickte lächelnd. Heinz-Günther faßte mich am Arm, zog mich hinaus, schloß die Tür hinter uns. Ich sagte: »Warum schaltest du ihr denn nicht wenigstens das Licht ein, sie sieht ja kaum was da drinnen, wenn die Tür zu ist.«

»Was soll sie denn groß sehen? Braucht sie nicht.« Er warf einen prüfenden Blick zum Haus. »Hör zu: Ich geh jetzt wieder zu ihr, und du wartest hier draußen. Dauert nicht lange. Aber wenn meine Mutter kommt, dann rufst du mich. Nein, halt! Nicht rufen! Bloß husten. Laut husten. Verstanden?«

Ich wollte protestieren, aber nach einem abermaligen Blick zum Haus verschwand er in dem Schuppen, schloß die Tür hinter sich.

Mir kam eine Ahnung dessen, was sich dahinter abspielte, und ich verspürte, obwohl die dicke Lina nicht mein Typ war, eine jähe Erregung. Aber vor allem fühlte ich mich sehr unwohl in der Rolle, die Heinz-Günther mir zugewiesen hatte. Außerdem stach mir der Geruch des Gartens plötzlich in die Nase. Ich warf einen Blick zum Haus und dann ringsum. Niemand zu sehen.

Ich war schon drauf und dran, an die Brettertür zu klopfen, als sie sich unversehens öffnete. Heinz-Günther kam heraus, schloß die Tür hinter sich. Nach einem Blick zum Haus sagte er halblaut: »Hast du Lust?«

Ich fragte: »Lust?«

»Ja, Lust, du Blödmann!« Er wandte den Blick zum Haus, zu den Häusern und Gärten rechts und links davon. Dann sah er mich wieder an. »Geh rein, wenn du Lust hast. Lina läßt dich. Sie will bloß fünf Mark dafür. Kannst du mir geben, ich geb's ihr später. Sonst schämt sie sich, verstehst du?« Ich zögerte. Er fragte: »Was ist? Willst du nun, oder willst du nicht?«

Ich zog mein Portemonnaie, schaute hinein. Ich fand ein Fünfmarkstück. Er nahm es mir aus der Hand. »Okay. Du brauchst nicht achtzugeben, sie nimmt die Pille. Aber mach nicht zu lange. Ich passe auf. Wenn einer kommt, huste ich, ist das klar?«

Ich nickte, ging in den Schuppen, schloß die Tür hinter mir. Zwei oder drei Sekunden brauchte ich, um mich in dem Halbdunkel, in dem es nach Holz und Staub und Eisenteilen und Schmierfett roch, zurechtzufinden. Dann sah ich einen großen, bleichen Fleck, größer als der Vollmond. Es war Linas Gesäß, nackt. Sie kniete auf dem ausrangierten Sofatisch, auf dem Heinz-Günthers Vater eine alte Wolldecke ausgebreitet hatte, für den Fall, daß das Möbel doch noch einmal im Haus verwendet werden sollte.

Lina hatte ihr Kleid hochgeschlagen und die stämmigen Schenkel gespreizt. Ihr großer weißer Schlüpfer hing von ihrem linken Fuß herab. Ich hatte nur eine vage Vorstellung davon, daß auch Menschen den Geschlechtsverkehr a tergo vollziehen können und vollziehen; aber dank Linas knapper und präziser Anweisung und ihrer Rechten, mit der sie durch die Beine nach hinten griff, fand ich mich zurecht.

Die Szene ist optisch und mit allem, was sonst noch dazugehörte, in mir haftengeblieben. Zumal in der ersten Zeit danach tauchte sie nicht selten von einer Sekunde zur anderen wieder auf, und manchmal rief ich sie mir auch bewußt in die Erinnerung, um den schweren, dunklen Reiz zu empfinden, den sie auf mich ausübte.

Aber die Stimulation funktionierte nicht immer. Manchmal kam mir der Zweifel in die Quere, ob Lina das, was wir mit ihr getrieben hatten, tatsächlich gewollt hatte. Vielleicht war sie von Heinz-Günther unter Druck gesetzt worden, mit irgendeiner abgefeimten Androhung. Vielleicht hatte sie, bevor ich zu ihr kam, ein paar Tränen vergossen und sie heimlich mit dem Handrücken weggewischt, damit ich nichts davon sah.

Daß sie für ihren Doppeldienst von mir fünf Mark verlangt hätte, glaubte ich meinem Kumpan sowieso nicht. Ich war sicher, daß er mein Fünfmarkstück in die eigene Tasche gesteckt und ihr kein Wort davon gesagt hatte. Die Erklärung, sie schäme sich, wenn statt seiner ich selbst es ihr gäbe, schien mir allzu dämlich.

Lina schämte sich auch nicht, zum Glück. Sooft wir uns danach begegneten, lächelte sie mich freundlich an, nicht bedeutungsvoll, nicht schuldbewußt, nicht anzüglich. Nur freundlich. Hallo, Jörg. Tag, Lina. Und auch ich habe ihr nichts vorzuwerfen. Ganz im Gegenteil, ich werde ihr mein Lebtag dankbar sein, für eine Erfahrung, die ich nicht missen möchte, und dafür, daß sie bereit war, mir diese Erfahrung zu schenken.

Der Versuch, Lina heraufzubeschwören, um mich in eine angenehmere Stimmung zu versetzen, scheiterte allerdings auch diesmal, obwohl diesmal nicht, weil mein Respekt vor Lina, das Gefühl, man dürfe dieses Menschenkind nicht schlecht behandeln und ihre Komplexe, ihre nagenden Zweifel an sich selbst nicht ausbeuten, mich gehemmt hätte. Bis dahin kam ich gar nicht. Ich brachte es ganz einfach nicht fertig, meinen Kummer um Susanne zu ersticken, indem ich sie in Gedanken mit einer anderen betrog. So einfach war das.

Ich ging in den ›Grünen Drachen‹ und gelangte erst gegen eins ziemlich betrunken nach Hause.

25

Am Mittwoch morgen um halb zwölf kam Dechant Kronenberg, der Pfarrer der Sankt-Josephs-Gemeinde, zu uns in die Redaktion. Der Besuch war nicht völlig ungewöhnlich, Kronenberg spielt jeden Donnerstagabend, außer in der Osterwoche und an Weihnachten, mit Verhülsdonk, dem Apotheker Dr. Krautscheid und dem Musiklehrer Huwerstuhl im ›Goldenen Löwen‹ Skat.

Zudem schätzt der Seelenhirte meinen Chefredakteur als seinen Advocatus diaboli; Verhülsdonk sympathisiert insgeheim mit solch aufsässigen Zusammenrottungen wie der Kirche von unten oder der Theologie der Befreiung, besitzt auch fast alle Bücher von Ernesto Cardenal und hat, als die FAZ höchst klassenbewußt Cardenals *Cantico Cosmico* verriß, in einer Rezension, die er ins Feuilleton des *Tageblatts* hineinschmuggelte, tapfer dagegengehalten, was Keppler offenbar entgangen ist, denn der obligate Anschiß blieb aus, jedenfalls nach meiner Kenntnis, und normalerweise sorgt Keppler dafür, daß bei solchen Gelegenheiten keinem in seinen Redaktionen verborgen bleibt, wo's langgeht.

Die Zeit des Besuchs war allerdings auffällig, und Kronenberg trug auch kein Buch mit sich, das er hätte zurückgeben oder diskutieren wollen. Er würdigte mich nur eines flüchtigen Nickens, klopfte an die offenstehende Tür zum Büro Verhülsdonks, der über seiner Wahlkampf-Oper schwitzte, trat ein, ohne die Aufforderung dazu abzuwarten, und schloß sofort die Tür hinter sich.

Sissy Gambach, die mit einer Schachtel Doughnuts zu mir unterwegs war, damit auch ich einen aß und so ihre Gewissensbisse milderte, Sissy zog die Augenbrauen hoch und sagte: »Oje oje! Was mag denn da passiert sein?«

»Keine Ahnung.« Ich zuckte die Schultern. »Vielleicht hat er sein Damaskus erlebt. Andersherum.«

»Was ist das denn?«

»Vergiß es. Das war das falsche Bild.« Ich nahm einen Doughnut.

»Das hat was mit der Bibel zu tun, nicht wahr?«

»Ja. Hast du die noch immer nicht gelesen?«

Sie kicherte, suchte sich mit spitzen Fingern einen Doughnut aus.

Als ich den zweiten nahm, öffnete sich die Tür zu Verhülsdonks Zimmer einen Spaltbreit, Verhülsdonk schaute heraus. »Jörg, kommen Sie mal zu uns, bitte?«

Sissy, die sich auf den Rand meines Schreibtischs gesetzt hatte, mit der Doughnut-Schachtel auf dem molligen Schoß, stand auf und brachte die Schachtel in Deckung. Ich zog ein Blatt Papier aus der Schreibtischlade, legte meinen Doughnut darauf ab, leckte mir den Zucker von den Fingern und ging in Verhülsdonks Büro.

Die beiden hatten sich Zigarren angezündet, der Hecht schwebte bereits in dünnen blauen, langgestreckten Wolkenbänken über der Schreibtischlampe. Verhülsdonk sagte: »Schließen Sie die Tür, bitte.«

Während ich die Tür schloß und mir einen Stuhl heranzog, sagte er zu dem Pfarrer: »Also, Sie können da wirklich beruhigt sein. Jörg ist absolut vertrauenswürdig. Wie ich Ihnen schon sagte. Außerdem hat er tatsächlich einen besseren Draht zu Keppler als ich selbst.« Er lachte. »Er war ja sein Ziehkind, sozusagen.«

Was sollte das denn? Ich sah Verhülsdonk an, der an mir vorbeisah, und dann den Pfarrer. Aber Kronenberg schwieg beharrlich. Er zog an seiner Zigarre, legte den Kopf ein wenig nach hinten und blies den Rauch nach oben, wo die Emission die Wolkenbänke in eine leichte Bewegung versetzte, bevor sie in ihnen aufging.

Verhülsdonk räusperte sich, dann sagte er: »Also, es geht um Folgendes, Jörg. Herr Wallot hat heute morgen den Herrn Dechant angerufen und ihn gefragt, ob er ein wenig Zeit für ihn habe. Der Dechant hat gefragt, um was es denn gehe, und Wallot hat gesagt, das lasse sich am Telefon leider nicht darlegen. Und natürlich hat Pfarrer Kronenberg daraufhin angenommen, es handele sich um ... nun ja, um eine seelsorgerische Frage, womöglich um eine Beichte, und er hat gesagt, wenn Herr Wallot möglichst umgehend zu ihm komme, dann könne er vor seinem nächsten Termin etwas Zeit für ihn erübrigen.«

Verhülsdonk zog an seiner Zigarre, dann sah er den Pfarrer an, aber der war offenbar noch immer nicht gesonnen, höchstselbst mir das anzuvertrauen, was er Verhülsdonk schon erzählt hatte. Verhülsdonk fragte: »Ist das soweit richtig, Herr Pastor?«

»Soweit richtig, ja.« Kronenberg nickte, zog an seiner Zigarre und schwieg erneut. Ich begann mich zu fragen, was dieses alberne Theater bezweckte, und das fragte sich offenbar auch Verhülsdonk. Er gab einen vagen Laut von sich, der auf der mir vertrauten Skala seiner akustischen Gefühlsäußerungen unterdrückten Unmut bedeutet. Aber dann bequemte er sich doch wieder zu seiner Rolle als Dolmetscher des Herrn Pastors.

Er sagte: »Also, um es kurz zu machen: Herr Wallot hat versucht, den Pfarrer auszufragen. Über Keppler und über dessen Rolle in Merzthal. Wie Keppler es denn geschafft habe, mit dem Debakel seiner Verurteilung fertig zu werden, und noch dazu mit der Haft. Das müsse ihm doch schwer geschadet haben, moralisch wie finanziell, und wieso er daran nicht bankrott gegangen sei. Und ob Keppler – jetzt passen Sie auf: ob Keppler womöglich noch immer oder schon wieder irgendein Teufelszeug herstellt! Und damit lukrative Geschäfte macht!«

Der Pfarrer klappte die Augen auf, die er über den schweren Tränensäcken halb geschlossen hatte, wenn vielleicht auch nur des Rauchs wegen, und sah mich an, als sei er auf meine Reaktion gespannt. Womöglich erwartete er, daß ich die Hände über dem Kopf zusammenschlug und »Unerhört!« rief oder meinen Stuhl zurückstieß und aufsprang und ihn fragte, welche Aufgabe er mir im Kampf gegen diesen Widersacher aus der Großstadt zugedacht hatte. Aber ich war nicht gesonnen, ihm dafür, daß er mir nicht traute, nun auch noch ein Stück entgegenzukommen.

Verhülsdonk, der meinen Widerstand spürte, sagte: »Aber das ist noch nicht alles. Er hat den Dechant doch tatsächlich gefragt, wie es denn zu verstehen sei, daß sehr viele Leute in Merzthal Keppler offenbar unbeirrbar die Stange hielten. Wie das denn moralisch zu beurteilen sei, vom Standpunkt des Seelsorgers, zum Beispiel. Und ob die Sympathien, die Keppler so erstaunlicherweise genieße, gewissermaßen die Zinsen seien für das Geld, das er in die Stadt gesteckt habe.«

Der Pfarrer hatte die Lider wieder halb geschlossen und sein Gesicht halb zu Verhülsdonk gewandt. Es sah so aus, als belauere er mich aus den Augenwinkeln.

»Ach so, ja, und auch das noch!« Verhülsdonk, der die Zigarre zum Mund geführt hatte, um daran zu ziehen, hielt ein. Er sagte: »Er hat sich sage und schreibe nicht geniert, sogar zu fragen, ob das Gerede stimmt, daß Frau Doktor Keppler … nun ja, also, daß sie es mit der ehelichen Treue nicht so genau nimmt. Es gehe ihn natürlich nichts an, aber er wundere sich, daß vor ihm, einem Fremden, der völlig ahnungslos hierhergekommen sei, ganz spontan solch intime Geheimnisse ausgeplaudert würden. Bettgeschichten. Und ob es sehr abwegig sei, aus solchen Indiskretionen gewisse Schlüsse auf das Klima in Merzthal zu ziehen; sollte wohl heißen: auf die niederträchtige Art, in der die Menschen hier miteinander umgehen.«

Er holte den Zug an der Zigarre nach. Der Pfarrer öffnete die Augenschlitze und sah mich wieder an. Das tat auch Verhülsdonk, nachdem er den Rauch ausgeblasen hatte. Er war offensichtlich am Ende seines Berichtes angelangt.

Mir wurde klar, was diese beiden bezweckten. Sie hielten es beide für nötig, daß man Keppler Punkt für Punkt über die Umtriebe dieses wild gewordenen Schriftstellers informierte. Aber sie waren beide zu feige, das zu übernehmen.

Kronenberg fürchtete, den großen Spender zu vergrätzen, dem die Merzthaler Katholiken ja nicht nur den Brunnen auf dem Kirchplatz und den schartigen heiligen Joseph verdanken, sondern nicht zuletzt ihre neue Orgel. Und für Verhülsdonk stellte sich auch bei dieser Gelegenheit ganz schlicht und einfach die Existenzfrage, jedenfalls die Frage, wie lange er seinen angenehmen Job noch ausüben durfte, bevor er in den Ruhestand abgeschoben wurde, zu seiner Frau, rund um die Uhr.

Sie fürchteten, daß Keppler spätestens dann explodieren würde, wenn der Informant die Spekulationen Wallots über Susannes Hang zu Abenteuern wiedergab; doch eben die konnte man nicht auslassen, wenn man nicht irgendwann mit dem Vorwurf konfrontiert werden wollte, man habe die Intrige verharmlost. Bloß ist fatalerweise Keppler der Typ, der auf eine schlechte Nachricht reagiert, indem er zunächst einmal deren Überbringer hinrichtet.

Und deshalb wollten die beiden mich vorschicken. Ich sollte Wallot bei Keppler anschwärzen und es Keppler überlassen, ob er den Herrn Pfarrer auch noch selbst dazu hören wollte. Wahrscheinlich wollte er es nicht. Wahrscheinlich wäre nichts ihm widerwärtiger gewesen, als mit anderen und zum Überfluß mit dem Seelenhüter die Frage zu behandeln, ob seine Frau ihn betrog oder nicht. Es mußte ihm schon schwer genug gefallen sein, den Spitzel, den er auf sie losgelassen hatte, anzuhören.

Ich hatte allerdings nicht die geringste Neigung, mich von Hochwürden als Minenhund benutzen zu lassen, und das konnte auch Verhülsdonk sich an fünf Fingern abzählen. Doch er hatte es zumindest versuchen wollen, und das nahm ich ihm sehr übel.

Ich bediente mich der Taktik, die der Pfarrer auf mich angewendet hatte. Ich blickte vor mich hin, nickte sogar ein wenig, als wägte ich die Informationen ab, die mir durch Hochwürdens Dolmetscher zuteil geworden waren. Aber ich schwieg.

Eine lastende Stille trat ein, da auch Verhülsdonk dem Pfarrer offenbar nicht weiter zu assistieren gedachte und kein Wort mehr von sich gab. Am Ende verlor, worauf ich es auch abgesehen hatte, der Pfarrer als erster die Nerven. Er räusperte sich mit starkem Geräusch und ließ alsdann ein volltönendes »Nun...« hören. Ich hob den Blick und sah ihn an, doch ich schwieg noch immer.

Eine Weile erwiderte Kronenberg den Blick, als warte er unbeirrt darauf, daß ich mich äußerte. Angesichts meines penetranten Schweigens kam ihm dann aber die Zuversicht abhanden. Er sagte: »Nun, Herr Froberger... Finden Sie nicht, daß man Herrn Keppler über diese... diese Tätigkeit des Herrn Wallot informieren sollte?«

»Aber ja! Aber sicher!« Ich nickte eifrig. »Ganz bestimmt sollte man das. Ich denke sogar, daß man das muß!«

Der Pfarrer betrachtete mich mit wiederkehrender Hoffnung. Ich sagte: »Stellen Sie sich vor, was er womöglich zusammenträgt! Gerüchte, irgendwelches dummes Zeug. Womöglich auch noch Lügen. Und stellen Sie sich vor, was er daraus machen könnte. Er könnte ja zum Beispiel einen Artikel schreiben, für irgendeine große Zeitung. Er hat doch die Kontakte, er wird gar nicht so selten auch in Zeitungen gedruckt.«

Verhülsdonk sagte: »Oder ein Buch. Er hat dem Dechant gesagt, er denke daran, irgendwann eine Studie über eine Kleinstadt zu schreiben, vielleicht eine Art soziologisches Porträt. Keine wissenschaftliche Arbeit, natürlich. Auch keine Reportage, sondern eher etwas Fiktives, Atmosphärisches. War es nicht so, Herr Pastor?«

Kronenberg nickte. »Ja, das hat er gesagt.«

»Das dachte ich mir.« Ich nickte nachdrücklich. »Er plant einen Schlüsselroman, da bin ich sicher. Und darin kann er natürlich auch die wildesten Gerüchte verarbeiten, ohne daß man ihn so leicht zur Rechenschaft ziehen könnte.« Ich sah den Pfarrer an. »Was haben Sie ihm denn geantwortet?«

»Ich habe ihm gesagt, für Fragen, wie sie ihn anscheinend interessierten, sei wohl eher der Bürgermeister zuständig.«

»Ah ja.« Ich nickte beifällig. »Das war sicher die beste Antwort, die Sie ihm geben konnten. Wenn Sie mir diese Einschätzung gestatten. Aber vielleicht sollte man auch den Bürgermeister informieren.«

Der Pfarrer sagte: »Das habe ich bereits getan.«

Ich sagte: »Sehr gut.«

Es war eine ausgewachsene Frechheit, daß ich, Verhülsdonks junger Mann, dem großmächtigen geistlichen Herrn ein solches Lob spendete. Aber das merkte er offenbar gar nicht. Abermals trat eine Stille ein.

Verhülsdonk, der leicht zusammengezuckt war, als ich Kronenberg dergestalt auf die Schulter klopfte, schien gespannt darauf zu warten, wie es weiterging. Doch diesmal ließ der Pfarrer nur einige Sekunden verstreichen. Er konnte es offenbar nicht mehr aushalten. Er fragte mich erwartungsvoll: »Sie sind also auch der Meinung, daß Herr Keppler verständigt werden muß?«

Ich antwortete: »Unbedingt! Er ist ja wahrscheinlich sogar der Hauptbetroffene. Er sollte unverzüglich informiert werden.« Ich sah den Pfarrer an. Dann sagte ich: »Das werden Sie sicher heute noch tun.«

Der Pfarrer starrte mich an, dann wendete er den Blick zu Verhülsdonk.

Verhülsdonk betrachtete seine Zigarre. Er brauchte eine Weile dazu. Schließlich sagte er: »Wissen Sie, Jörg...«

Er warf noch einmal einen Blick auf die Zigarre, bevor er fortfuhr. Er sagte: »Meinen Sie nicht, daß es besser sei, im Interesse der Sache besser sei, wohlgemerkt, wenn *Sie* Herrn Keppler informierten?«

»Ich?!« Ich schüttelte den Kopf, deutete ein ungläubiges Lachen an. »Aber wieso soll das denn besser sein? Entschuldigen Sie, ich könnte ihm doch alles nur aus zweiter Hand berichten! Er wird doch daran interessiert sein, das muß er doch, ihn interessiert doch nur ein absolut authentischer Bericht! Das ist doch völlig klar!«

»Moment, Moment mal, Jörg!« Verhülsdonk hob die Hand. Der Pfarrer, der den Blick von ihm zurück zu mir gewendet hatte, richtete ihn wieder auf Verhülsdonk. Hochwürden hielt die fleischigen Lippen zwar geschlossen, aber er erinnerte mich an Ernie in der Sesamstraße, wenn er mit offenem Mund ein Gespräch verfolgt.

Verhülsdonk lächelte, wendete sein Gesicht ab, schüttelte den Kopf, als hätte ich etwas Dummes gesagt. Dann sah er mich an. »Gerade Sie sollten doch ein Gefühl dafür haben, Jörg, wie peinlich es für Herrn Keppler sein müßte, wenn der Dechant ihm über die Seitensprünge seiner Frau berichtete.« Er fügte hastig hinzu: »... über die Gerüchte von solchen Seitensprüngen, ich meine, irgendwelche Gerüchte dieser Art!« Er beugte sich vor. »Gerade Sie müßten das doch verstehen. Bei Ihrer so engen Beziehung zu Herrn Keppler. Und nicht zuletzt zu Frau Doktor Keppler.«

Er streifte den Pfarrer mit einem Seitenblick. »Und außerdem«, er hob den Zeigefinger zu halber Höhe, »außerdem müßten Sie sich eigentlich auch vorstellen können, wie peinlich es nicht zuletzt für den Dechant wäre, gerade für ihn als Seelsorger, dieses Thema bei Herrn Keppler anzuschneiden. Wenn auch nur in der Form solch böswilliger Gerüchte, wie Herr Wallot sie verbreitet. Was glauben Sie, wie der Dechant sich fühlen müßte in solch einer Situation?«

Der Dechant wandte den Blick zurück zu mir. Ich ignorierte ihn, sah statt seiner den sich abstrampelnden Verhülsdonk an. »Ja, aber entschuldigen Sie mal ...«

Ich ließ das Lachen hören, das ich zuvor nur angedeutet hatte, schaltete alsbald aber zurück auf eine bitterernste Miene. »Was glauben Sie denn, wie ich mich fühlen müßte in solch einer Situation? Und wie Keppler sich fühlen müßte? Wenn ausgerechnet ich, ich, sein Ziehkind, so haben Sie mich doch genannt, wenn ausgerechnet ich ihm erzählen würde, daß seine Frau fremdgeht? Natürlich nicht richtig fremdgeht, sondern bloß fremdgeht nach dem, was ich von Ihnen gehört habe. Und was Sie von dem Herrn Pastor und der Herr Pastor von Herrn Wallot und Herr Wallot von irgend sonstwem gehört hat. Was denken Sie denn, wie Keppler darauf reagieren würde?«

Ich stieß die Luft durch die Nase. »Ich kann's Ihnen sagen, wenn Sie's wissen wollen: Keppler würde mich achtkantig rausschmeißen! Und er hätte recht damit!«

Der Pfarrer schob unversehens seinen Stuhl zurück und stand auf, in seiner ganzen, tiefschwarz umhüllten Leibesfülle. Ich hätte es ihm nicht zugetraut, aber er war offenbar nicht bereit, sich auch nur eine Sekunde länger vor mir zu winden und sich zu verbiegen, um meine Vermittlerdienste zu gewinnen. Er sagte: »Ich ruf dich dann später noch einmal an, Clemens.«

Verhülsdonk versuchte, wenigstens für seinen Teil den geziemenden Schein zu wahren. Er sagte nicht: »Bis dahin, Konrad«, oder: »Ja, tu das bitte, Konrad.« Er sagte: »Geht in Ordnung.«

Der Pfarrer bedachte mich mit einem knappen Nicken und ging hinaus.

Verhülsdonk starrte mich an, als sei er drauf und dran, mir an den Hals zu fahren. Ich sagte: »Alle Achtung. Der Mann hat nicht nur Schiß. Den ganz ordinären Schiß vor irdischen Potentaten. Der hat auch Rückgrat, auf seine Art.«

»So, finden Sie? Und wissen Sie, was Sie haben?«

»Nein. Aber Sie sagen's mir sicher.«

»Sie, mein lieber Jörg, Sie haben einen Dickschädel der Sonderklasse. Nein, völlig falsch! Völlig unangemessen! Einen exorbitanten Klotzkopf haben Sie, Sie sturer Hund! Ein so uneinsichtiger, so renitenter, beschränkter Mensch wie Sie ist mir in meinem ganzen bisherigen Leben nicht über den Weg gelaufen! Das wird mit Ihnen noch mal ein böses Ende nehmen, glauben Sie mir. Und jetzt raus hier!«

26

Ich sah den Doughnut auf seinem provisorischen Teller liegen, griff danach und biß hinein und aß ihn geistesabwesend auf, warf das klebrige Blatt Papier in den Abfallkorb und blieb eine Weile an meinem Schreibtisch hocken. Aber ich stierte nur vor mich hin, schob ein paar Papiere von der einen Seite auf die andere, um nicht, bei wem auch immer, den Verdacht absoluter Untätigkeit zu erwecken.

Als ich einmal die Augen hob, sah ich, daß Sissy mich durch die Glasscheiben zum Mitarbeiterzimmer beobachtete. Sie lächelte mir zu, dann hob sie mit fragendem Blick die Doughnut-Schachtel von ihrem Schreibtisch und zeigte sie mir. Ich winkte ab, versenkte mich wieder in eines meiner Papiere, ohne wahrzunehmen, wovon es handelte. Ich blickte auf, als ich ein Kratzen hörte.

Sissy stand in meiner Tür, die Doughnut-Schachtel in der Hand. Sie sagte: »Ich hab dir aber extra einen aufgehoben.«

»Was denn? Die anderen hast du alle verputzt?!«

Sie sagte empört: »Nein, hab ich natürlich nicht! Marco und Klein Gretchen waren hier, und die hätten auch den hier noch genommen, wenn ich ihn nicht weggestellt hätte!«

»Danke, Sissy, das war wirklich lieb. Aber ich kann nicht mehr.« Ich klopfte mir auf den Magen. »Ich glaube, ich muß mal dringend an die frische Luft.«

»Aber dir ist doch nicht schlecht geworden? Von den zwei Doughnuts, meine ich?«

»Nein, nein, die waren sehr gut.«

Sie sah mich mit ernster Miene an, hob den Daumen und deutete zur Seite auf Verhülsdonks Tür. »Haben die beiden dir Ärger gemacht?«

»Nein, nein.« Ich stand auf. »Ich glaube, daß ich eher ihnen Ärger gemacht habe.« Ich zog meine Jacke über. »Wenn Verhülsdonk nach mir fragt, sagst du, ich mußte mal eben was besorgen.«

Sie nickte. Ich lächelte sie an, gab ihr einen Kuß in die Luft, streifte meine Jacke über und verließ die Redaktion.

Die Sonne schien, aber sie war blaß. Es war ein wenig kühler geworden. Ich trabte los, ohne ein bestimmtes Ziel zu haben. Am Ende fand ich mich auf dem Kirchplatz wieder.

Ich weiß nicht, ob ich gerade hier nicht doch etwas Besonderes gesucht habe, einen Halt, den ich brauchte, um mich verankern zu können. Der murmelnde Brunnen des Stifters Keppler und auf dem Podest in seiner Mitte der schartige Sankt Joseph, ja. Es paßte jedenfalls. Es gewann eine Bedeutung, nicht von ungefähr.

Ich war dabei, ich hab's gesehen, wie diese kühne, für Merzthal herausfordernde, geradezu obszön herausfordernde Plastik entstand. Das war in Bernhard Beaujeans Atelier, das seinem Großvater noch als Scheune gedient hat, einst, als die Beaujeans noch Bauern waren und einen der letzten Höfe in Merzthal bewirtschafteten. Hier, wo Bernhard geboren und zu Hause ist. Hier, wo auch ich geboren und zu Hause bin.

Bernhard ist gut fünfzehn, fast zwanzig Jahre älter als ich. Aber er ließ uns in seinem Garten spielen, einem ziemlich großen Garten hinter der Scheune, in dem die Familie bis hin zu Bernhards Eltern Obst und Gemüse gezogen hat, den Bernhard jedoch dem Wildwuchs überließ, bis ein veritables Biotop daraus wurde. Hin und wieder verjagte er uns, weil wir ihm zu laut herumgrölten, aber wir durften immer wiederkommen, und wir mußten ihn nicht einmal fragen, bevor wir voller Lebenslust in das wuchernde Grün eintauchten.

Das Vorderhaus mit der Toreinfahrt, in dem die Familie gewohnt hat, und die Stallungen sind schon lange verkauft und zum großen Teil in Eigentumswohnungen umgebaut oder auch abgerissen worden. Für Bernhard ist von dem Erlös nichts übriggeblieben, die Schulden, die auf dem Hof lagen und getilgt werden mußten, haben angeblich so gut wie alles aufgezehrt.

Jedenfalls lautete so die Auskunft, die Bernhard, der damals noch zur Schule ging, von seinen beiden älteren Schwestern erhalten hat. Statt Barem erbte er lediglich das Anrecht auf eine der Eigentumswohnungen auf dem Platz der ehemaligen Stallungen, eine der größeren Wohnungen immerhin, drei Zimmer, Küche, Diele, Bad, in denen Bernhard Platz für sich und eine Frau und zwei Kinder hätte finden können, wenn er denn geheiratet und Kinder gezeugt hätte.

Aber das kümmerte die beiden Schwestern nicht mehr. Sie sind beide von Merzthal weggezogen und haben auch die Kontakte zu Bernhard abgebrochen; sie halten nichts von seiner Kunst, und von seiner Lebensführung rein gar nichts.

Keppler ist auf Bernhard aufmerksam geworden, weil er zu den Käufern des Beaujeanschen Anwesens gehörte. Er hat seinerzeit nicht das Vorderhaus und die Stallungen, wohl aber die Scheune mitsamt dem Garten erworben, wahrscheinlich spekulierte er darauf, daß er die Umwandlung in Bauland durchsetzen und auf dem freien Gelände großzügiger planen und natürlich auch mehr kassieren könne.

Dazu ist es dann jedoch nicht mehr gekommen – ich weiß nicht, ob wegen Widerständen im Rat der Stadt, obwohl ich mir das kaum vorstellen kann, oder bloß weil Keppler sich wieder einmal als Mäzen auszeichnen wollte, und das in diesem Fall ja auch noch für einen Künstler und eine Kunst, zu denen man die Merzthaler erst einmal bekehren mußte. Welch reizvolle Herausforderung für den Paten!

Jedenfalls hatte Keppler nach einem Gespräch mit Bernhards Kunstlehrer das Waisenkind unter seine privaten Stipendiaten aufgenommen, so wie später Susanne, den jungen Hans-Ulrich Behringer und dann auch mich. Er bestand darauf, daß Bernhard, der von Natur ein wenig faul war, Abitur machte, aber sobald das ausgestanden war, schickte er ihn nach München zu einer Bildhauerin, bei der schon der Kunstlehrer studiert hatte, ich habe ihren Namen vergessen, aber es muß eine Künstlerin von Rang gewesen sein, vielleicht nicht gerade eine Camille Claudel, dafür aber auch nicht von einem übergewichtigen Macho abhängig, der sie ausbeutete.

Keppler bezahlte Bernhard das Studium in München, und dann auch noch einen zweijährigen Aufenthalt in Paris. Bernhard war also alles andere als ein Provinztölpel, der aus einem Kaff stammte und noch immer in seinem Kaff herumtappte. Er war ein weltläufiger Mann, einer, der sich ohne Zögern über seine Heimat hinausgewagt und sich draußen umgesehen hatte. Ein gebildeter Mann, ja doch.

Und warum war er nicht draußen geblieben, in München oder in Paris? Warum war er von dort nicht nach New York gegangen oder nach San Francisco oder Rom? Warum ist er nach Merzthal zurückgekehrt und hier geblieben?

Schon als Wallot zum erstenmal mir einzutrichtern versuchte, daß ich in Merzthal mein Leben vergeuden würde, ist mir ein Roman von ihm eingefallen, den Susanne mir einmal geliehen hat. Es ist die Geschichte von einem Deutschen, der eine Weile in San Francisco lebt und eines Tages zu einem Ausflug auf das nördliche Ufer der Bay eingeladen wird, über die Golden Gate Bridge und durch die mennigroten, himmelhohen Tore ihrer Pylone hinüber nach Sausalito.

Ein amerikanischer Freund nimmt ihn mit, und sie fahren über den Highway der leise bebenden Brücke, begleitet vom hohlen Rauschen ihrer eigenen und der vielen anderen Autoreifen neben und vor und hinter ihnen. Die Fahrt dauert einige Zeit, und der Gast denkt mit Unbehagen an das Meer in der Tiefe und an die riesigen Schiffe, die unter ihnen die Brücke passieren.

Wenn das bebende Bauwerk nachgäbe und mit einem langgezogenen, gräßlichen Stöhnen einbräche, würden sie krachend auf das Deck eines Tankers stürzen oder eines Containerschiffs. Oder gleich in das eiskalte Wasser des Pazifischen Ozeans.

Und der Gast denkt an Jack Londons Kapitän Larsen, den Seewolf, der einst im eisigen Nebel den reichen Humphrey van Weyden aus dieser Meerenge retten ließ, aber nur, um ihn zu einer Monate dauernden Robbenjagd auf dem Schoner »Ghost« zu entführen und als Küchenjungen zu versklaven.

Der amerikanische Freund führt seinen Gast in eine Künstlerkolonie ein, Maler, Bildhauer und Schriftsteller, auch eine Tanzpädagogin mit ihren Schülern, die sich in den Wäldern nördlich von Sausalito niedergelassen haben. Ein Bildhauer aus Deutschland ist darunter, der sich auf archaisch-schlichte Skulpturen aus dem rötlichen Holz der Redwoods spezialisiert hat, der riesigen, zwölfhundertjährigen Sequoia-Bäume, die in diesem Teil Kaliforniens zu Hause sind.

Und der Gast bewundert den Gehalt dieser Kunstwerke, in denen ein so vielfältiger Reichtum Gestalt angenommen habe: die Tradition der europäischen Bildhauerei, die urtümlichen Formen der indianischen Kunst, ein Werkstoff, den die Natur in mehr als tausend Jahren hervorgebracht und vervollkommnet habe – das alles, wenn man es genau betrachte, ja ein Querschnitt der Welt und ihrer Entwicklung.

Nun gut. Wenn Bernhard in Sausalito gelandet wäre, hätte er vielleicht auch mit Redwood gearbeitet, und nicht mit seinen schartigen Eisenplatten. Aber auch dann hätte er sich doch, um schaffen und leben zu können, für eine eng umgrenzte Umgebung entschieden, entscheiden müssen, für ein bestimmtes Material, für eine kleine Auswahl aus den unendlich vielen Möglichkeiten, die die Welt bereithält. Und nicht zuletzt für Menschen hätte er sich entscheiden müssen, nicht x-beliebige, sondern ganz bestimmte Menschen, solche, die er vorfand an dem Platz, an dem er bleiben wollte, und mit denen er sein Leben teilen mußte, und ja auch teilen wollte. Menschen, mit denen er Bindungen eingehen würde, ob es ihm behagte oder nicht.

In Sausalito, Marin County, hätte Bernhard andere Wolkenbildungen gesehen, andere Lichteinfälle. Er hätte andere Gerüche gerochen als den, der im Sommer, wenn er die rückwärtige Tür seiner Scheune in Merzthal offenstehen läßt, an ihn herandringt und ihn umfängt, der Geruch seines ungebärdig wuchernden Gartens, der blühenden Wildpflanzen, im Frühjahr der Mandelhauch der Seidelbasttriebe, an Hochsommerabenden der schwere Duft des Geißblatts, im Herbst, wenn der Regen fällt, der satte Geruch der braunen Erdschollen unter dem grünen Geflecht. Aber waren diese Lebenszeichen weniger wert als die Gerüche von Sausalito?

Ich bin sicher, daß Bernhard auch und gerade von seinem Garten lebt, diesem Garten ebenhier, in Merzthal. Der Garten und die Scheune, das sind die Orte, an denen er zu

Hause ist und die Tag um Tag und Nacht um Nacht in sein Lebensgefühl einfließen, in die Grundstimmung, in der er sein Leben verbringt.

Hier kennt er sich aus. Hier erwachsen ihm Antriebe, die sich alltäglich regenerieren, die Kräfte, die der Mensch braucht, um morgens aufzustehen und zu essen und zu lieben und zu arbeiten und hernach sich zu erholen und abends ins Bett zu gehen und zu schlafen und zu träumen. Hier sind Dutzende, Hunderte von Erinnerungen entstanden, die ihn begleiten werden bis zu seinem Tod. Hier hat er seine Neigungen empfunden und sie ausgelebt, soweit es möglich war.

Ich weiß nicht, ob Bernhard schwul ist oder vielleicht mal so, mal so. Hin und wieder hat er ein Mädchen in der Scheune gehabt, die meisten davon waren nicht aus Merzthal. Hin und wieder hat er auch gesagt, sie stünden ihm Modell, obwohl seine Plastiken und Skulpturen nicht einmal einen Ansatz von Gegenständlichkeit erkennen ließen, und auch seine Skizzen und Bilder kaum einmal.

Manchmal, wenn eine bei ihm war, haben wir versucht, in das Atelier zu spähen, und ich habe einmal tatsächlich durch eine Fensterecke eine mit langen, dunklen Haaren gesehen, die mir ihren nackten Hintern zuwandte, aber die stand nicht Modell, sondern brachte Bernhard, der am Tisch saß, einen Becher Kaffee, er rührte Zucker ein und trank. Das Mädchen verschwand, nachdem sie mich auch ihre Vorderseite und die beachtlichen Brüste und das dunkle Dickicht hatte sehen lassen, aus meinem Blickfeld, und ich brach die Beobachtung ab, weil Bernhard aufstand und mir der Boden zu heiß wurde.

Dirk Gundlach wiederum hat mir, als wir dreizehn oder vierzehn waren, eine Geschichte erzählt, die mich einige Zeit erheblich irritiert hat, die Geschichte eines stillen Nachmittags im Sommer, als er und Kurt Badensiefen allein in Bernhards Garten waren, und irgendwann überkam es sie, und sie öffneten ihre Hosenställe und ließen heraus, was da drückte, setzten sich ins hohe Gras, jeder mit dem Rücken an einen Baum gelehnt und einander gegenüber, spreizten die Knie und onanierten synchron und sahen sich zu dabei. So etwas passierte damals schon einmal.

Doch diesmal passierte mehr. Das Gebüsch, das sie gegen die Scheune abschirmte, bewegte sich, und bevor sie ihre Blöße bedecken konnten, trat Bernhard hervor. Sie waren zu Tode erschrocken, aber Bernhard sagte keineswegs, das sei doch wohl eine unglaubliche Sauerei, und ob sie sich denn gar nicht schämten, und das werde er ihren Eltern sagen, darauf könnten sie sich verlassen. Nein, Bernhard sagte: »Na, das macht euch wohl Spaß, ihr Ferkel?«

Und dann zog er den Reißverschluß seiner Jeans hinunter und holte sein Glied hervor, einen Riesenprügel, hat Dirk mir berichtet, und setzte sich auf den umgestürzten alten Zuber, der neben ihnen im hohen Gras stand, lehnte sich zurück, stützte sich mit einer Hand nach hinten auf dem Zuber ab und tat mit der anderen das, was sie getan hatten, und nach einem kurzen Zögern fühlten sie sich ermutigt und ermuntert, und auch sie taten das gleiche wieder, bis zu dem Ziel, das sie gemeinsam erreichten, Bernhard, so Dirk, ächzte am Ende wie der Opa Gundlach, wenn er sich zum Mittagsschlaf auf dem Küchensofa niederließ.

Die Geschichte hat mich nicht deshalb irritiert, weil Bernhard eine strafbare Handlung begangen hatte. Ich wußte natürlich, daß es erwachsene Männer gab, die Jungen verführten und dafür hinter Gitter wanderten. Aber Bernhard hatte die beiden ja nicht einmal angefaßt. Und auf die Idee, sich einen herunterzuholen, waren sie schon allein gekommen, dazu hatten sie Bernhard gar nicht gebraucht.

Sie konnten vielmehr von Glück sagen, daß er nicht wie dieser Engel, ich weiß nicht mehr, welcher, mit einem Flammenschwert durchs Gebüsch gebrochen war und daß er sie auch nicht verpetzte. Das hätte zu Hause eine Menge Ärger gegeben, eine solche Schweinerei zu zweit und dann auch noch unter freiem Himmel!

Mich irritierte ebensowenig, daß Bernhard eine sogenannte Todsünde auf sich geladen hatte. Todsünden dieser Art begingen wir alle, dafür gab es ja die Beichte.

Bernhard würde im Halbdunkel des Beichtstuhls durch das Holzgitter flüstern: »Ich habe Unkeuschheit getrieben«, und wenn die halblaute Stimme hinter dem Gitter fragte: »Allein oder mit anderen?«, dann würde er antworten: »Mit anderen«, und wenn es ein Samstag war und der Beichtvater der alte Geistliche Rat Dr. Hülsebusch, der im Stoßgeschäft noch aushelfen durfte, obwohl er ein wenig schwerhörig war, dann würde die Stimme nicht einmal wissen wollen, wer denn die oder, Maria hilf, der andere oder, Pfui Teufel, die anderen gewesen waren. Und Bernhard würde, wenn er sonst nichts ausgefressen hatte, mit drei Vaterunser und drei Gegrüßet seist du Maria davonkommen.

Bernhard hatte ohnehin, so wie ich das sah, im Himmel

gute Karten. Er war zu seiner Zeit Meßdiener und am Ende, wie er uns erzählte, zwei Jahre lang sogar Obermeßdiener gewesen. Er erzählte uns das nicht, um damit anzugeben, sondern weil wir, die wir jetzt die Meßdiener waren, ihm unser Leid mit dem Kaplan geklagt hatten, der uns bei jeder Gelegenheit schurigelte, und Bernhard erzählte uns, daß das zu seiner Zeit auch nicht anders gewesen sei und wie sie sich dafür gerächt hatten, indem sie dem Kaplan zur Wandlung statt des Meßweins einen Viertelliter Doppelkorn mit einem ordentlichen Schuß Essig gebracht hatten, welchen Verschnitt der Kaplan konsekriert hatte und um ein Haar ex getrunken hätte.

Aber Bernhard war ein guter Katholik, daran bestand für mich kein Zweifel. Er hatte, solange ich mich erinnern konnte, bei der Fronleichnamsprozession zu den vier Trägern des Baldachins gehört, und zwar trug er stets den Pfosten vorn rechts, was eine besondere Verantwortung und eine Auszeichnung bedeutete, denn von dort steuerte er, wie er uns erklärte, den Kurs des Baldachins und damit des Allerheiligsten durch die Straßen und durch die Menge, die kniend die Straßen säumte. Ich war mir sicher, daß solche frommen Verrichtungen in der himmlischen Registratur guter und böser Taten zu Buch schlugen und 1 x Unkeuschheit mit anderen kompensieren konnten, wenn nicht sogar einiges mehr.

Aber wenn es weder der Verstoß gegen das himmlische noch der gegen das irdische Gesetz gewesen war, was mich an dieser Geschichte irritiert hatte, was war es dann gewesen? Ich wollte, vor dem Josephsbrunnen stehend und mit leerem Blick Bernhards Plastik anstarrend, mich abermals in diese Frage vertiefen, als ich empfindlich gestört wurde. Ein heftiger Knuff traf mich auf den Arm, ich wandte mich erschreckt zur Seite und sah in das grinsende Gesicht von Beckers Hermann.

Der Schwachkopf geht mir seit jeher auf den Geist, er hat mit seinen Eltern zwei Häuser neben meinem Elternhaus gewohnt, ist gut zehn Jahre älter als ich, hat nichts gelernt, weil er nicht nur dumm, sondern auch faul ist, und lebt mittlerweile von Botengängen für den Metzger Faßbinder, auch schon mal für den Supermarkt und sogar für die Apotheke. Seit jeher hat er geglaubt, er könne und müsse, wann immer wir uns begegnen, mich auf den Arm nehmen, etwa nach dem Motto »Na, da ist ja wieder unser kleiner schlauer Jörg! Und was hat er denn heute schon alles gelernt?«

Er rückte den Korb, den er in der Armbeuge trug, zurecht, nickte grinsend. Dann sagte er: »Na, Jörg? Willst du was Schönes über unseren berühmten Brunnen schreiben? Dann mußt du aber auch schreiben, daß der Bürgermeister langsam mal einen mit dem Vorschlaghammer vorbeischikken soll. Sonst reißen die Leute ihn selbst noch ab! Wie, Jörg? Hab ich nicht recht, wie?!«

Ich sagte: »Leck mich am Arsch, Hermann!« Ich ließ ihn stehen und machte mich auf den Weg zurück zur Redaktion.

Hermann rief: »Du Drecksack! Hast du schon mal was von Bildung gehört? Für so einen Benimm hätten sie dich nicht auf die Uni zu schicken brauchen!«

27

Verhülsdonk war schon in die Redaktion zurückgekehrt. Er hatte die Tür zu seinem Büro geschlossen, wahrscheinlich saß er am Terminal und feilte an der Langfassung seines Berichts über den SPD-Wahlzirkus im Waldhotel, der im *Tageblatt* von morgen auf der Featureseite erscheinen sollte. Sein Skatfreund Konrad hatte ihn in Zeitnot gebracht. Er hatte mir einen Zettel auf den Schreibtisch gelegt, darauf stand in seinen großen, ausfahrenden Buchstaben geschrieben: »Herr W. war auch schon beim Bm. Hat ihn abfahren lassen. Ausf. Bericht später. Vhd.«

Natürlich hatte der Bürgermeister Herrn Wallot abfahren lassen. Er war ja von Hochwürden entsprechend präpariert worden, und die Kooperation der herrschenden Klasse funktionierte in Merzthal nicht schlechter als überall. So war denn auch der Chefredakteur, als er nach Mittagsmahl und Nickerchen sein Büro wieder aufsuchte und vor allen anderen dienstlichen Verrichtungen im Rathaus anrief, vermutlich sofort zu Herrn Bürgermeister durchgestellt worden, und der Herr Bürgermeister hatte ihm brühwarm und haarklein erzählt, wie Herr Wallot aufgetreten sei und wie er sich aufgespielt habe und wie ihm die gebührende Abfuhr erteilt worden sei, so daß er klein und häßlich habe abziehen müssen.

Ich schaute ins System rein. Ja, Verhülsdonks Artikel war in Arbeit, er saß daran. Wahrscheinlich mühte er sich wieder einmal damit ab, das, was ihm wichtig war, in dem Text unterzubringen und zugleich so zu verschleiern, daß er morgen früh nicht gleich wieder Keppler auf dem Hals hatte und eine strapaziöse Auseinandersetzung führen mußte.

Sissy, die nicht an ihrem Schreibtisch gesessen hatte, als ich zurückgekommen war, kratzte an meiner Tür. »Entschuldige, ich mußte mal verschwinden.«

»Wird nachträglich genehmigt. War was?«

»Ja. Herr Kreuz hat angerufen.«

»O Scheiße, den hab ich vergessen! Ich ruf ihn sofort wieder an.«

»Brauchst du nicht. Er ist gar nicht mehr im Büro. Er mußte weg.«

»Das kann doch nicht wahr sein!«

»Doch.« Sie lächelte. »Aber das macht ja nichts.«

»Sicher macht das was! Ich hab dem *Tageblatt* die Geschichte für morgen versprochen!«

»Die können sie ja auch haben.« Sie strich sich das Haar hinters Ohr. »Ich hab alles aufgenommen, was Kreuz zu erzählen hatte. Ich kann dir alles sagen.« Sie zögerte. Dann sagte sie: »Ich könnte die Geschichte auch selbst schreiben. Wenn du willst.«

Ich starrte sie an.

Sie sagte: »Ich hab vorsichtshalber schon mal angefangen. Ich wußte ja nicht, wann du zurückkommst. Willst du mal sehen, was ich bis jetzt geschrieben habe?«

Ich sagte: »Nein. Schreib es fertig. Und überleg dir, an welchem Abend du ins Kino eingeladen werden möchtest.«

»Ach...« Sie zögerte einen kleinen Augenblick; dann sagte sie: »... eigentlich lieber zum Essen.«

»Okay. Sag mir, wann.«

»Ich sag dir's noch.« Sie lächelte zufrieden, wandte sich

ab und ging. Während ich ihre bewegliche Rückseite betrachtete, wurde mir klar, warum Bernhards Dreier hinter den Büschen im Biotop mich so sehr irritiert hatte. Natürlich, das war der Grund gewesen: Ich glaubte damals, ein erwachsener Mann wie Bernhard tue so etwas nicht mehr, denn er habe es ja nicht nötig. Ich selbst jedenfalls fühlte mich, als Dirk mir brühwarm davon erzählte, auch schon über derlei Knabenspiele erhaben, dank dem Liebesdienst, den die gute Lina mir erwiesen hatte.

Nur war ich nie dazu gekommen, meine Erfahrung bei der Frau zu nutzen, mit der allein ich mein Leben lang zufrieden und glücklich gewesen wäre. Susanne und sonst niemand, ja. Jedenfalls war ich davon überzeugt.

Ich schaute noch einmal ins System hinein. Sissys Artikel war in Arbeit, natürlich, aber auch der von Verhülsdonk noch immer. Irgendwann mußte er sich davon trennen, sonst würde die Redaktion des *Tageblatts* mit dem üblichen Terror anfangen, jede Viertelstunde ein Anruf mit der Frage, wie es denn der SPD im Waldhotel gehe und ob sie nicht wenigstens schon mal ein Stück davon haben könnten. Und vorsichtshalber riefen sie in solchen Fällen nicht Verhülsdonk selbst an, der aus der Haut fuhr, wenn ein jüngerer Kollege versuchte, ihn zu drängen, sondern mich.

Er würde mir den Artikel ohnehin zum Redigieren geben, und ich hatte ihn auch, wenn ich nichts zu beanstanden fand, an das *Tageblatt* zu senden. Schon deshalb machte es keinen Sinn mehr, noch das eine oder andere zu recherchieren und womöglich auch noch zu schreiben, um es in der Ausgabe von morgen unterzubringen. Ich würde wahrscheinlich in letzter Minute und von jetzt auf gleich alles stehen- und liegenlassen müssen, damit Verhülsdonks Artikel rechtzeitig das rettende Ufer und seinen reservierten Platz auf der Featureseite erreichte.

Ich überlegte, womit ich die Zeit totschlagen könnte, und ich landete, zum Schein in meinen Papieren blätternd, natürlich wieder bei dem Problem Wallot.

Aber war es denn noch ein Problem? Nachdem Wallot einen offenbar funktionierenden Kontakt zu Henseler aufgebaut hatte, und das hatte er, denn sonst hätte er wohl nicht schon am Morgen nach seiner Rückkehr zielsicher den Weg sowohl zu dem Dechant wie zu Markwarts Ludwig, dem Bürgermeister, gefunden, nachdem also der alte Henseler den Autor offenbar mit den wichtigsten Namen und Telefonnummern und vermutlich auch mit den dazugehörigen Geschichten ausgestattet hatte, würde Wallot sich mit mir wohl nicht mehr abquälen. Ich brauchte mich gegen den Versucher nicht mehr zu wappnen; der Versucher würde an mir nicht mehr interessiert sein.

Es stellte sich zudem die Frage, ob ich selbst mich noch damit abquälen mußte, ihn zu kontrollieren, um Schaden von Merzthal zu wenden. Die Mafia, die der Pfarrer, kaum daß Wallot ihn verlassen hatte, schon mit seinem Anruf beim Bürgermeister alarmiert hatte, würde sich nicht überraschen und überfahren lassen. Ich war sicher, daß Wallot, wo immer er bei Offiziellen oder Halboffiziellen anklopfte, um das Material für seinen Schlüsselroman zusammenzukratzen, auf Verweigerung, auf vorgebliche Ahnungslosigkeit und fadenscheinige Ausreden stoßen würde.

Um ihn kümmern mußte ich mich nur noch, weil er seine Finger nach Susanne ausgestreckt hatte und weiter ausstrecken würde.

O ja, das mußte ich allerdings. Ich war sicher, daß für Susanne die Bekanntschaft mit diesem Mann böse ausgehen würde, wenn nicht irgend etwas diesem Abenteuer ein Ende setzte. Und leider sah es nicht so aus, jedenfalls zweifelte ich sehr daran, daß sie selbst ihre Hoffnung auf Wallot schon aufgegeben hätte. Schlimmer noch: Womöglich war es ja nicht nur eine Hoffnung, die sie bewegte, sondern ein Anfall von Verwirrung, ein Amour fou, eine Gefühlsverirrung, der sie blindlings gefolgt war und auch weiterhin folgen würde.

Als ich bis dahin gekommen war und, wie zu erwarten, der schneidende Schmerz in meiner Brust sich wieder bemerkbar machte, sah ich, wie Sissy, die von ihrem Schreibtisch auf die Gasse vor den Fenstern der Redaktion sehen kann, plötzlich aufstand. Sie beugte sich vor zum Fenster, und dann wandte sie sich um zu mir und winkte heftig mit beiden Armen, deutete aufgeregt auf die Tür. Ich hatte nicht die geringste Ahnung, was das sollte. Erst als die Tür sich öffnete, begriff ich, daß sie natürlich Verhülsdonks Zettel auf meinem Schreibtisch gesehen und ihn nicht nur gesehen, sondern auch gelesen und sich einiges zusammengereimt hatte.

Wallot trat ein. Er trug einen leichten, langen Mantel mit hochgestelltem Kragen und darüber einen langen Schal. Mit einem Lächeln nickte er Sissy zu, schritt unverzüglich zu meinem Büro, klopfte an die offenstehende Tür und kam zu mir herein. »Ich grüße Sie. Da bin ich wieder.« Er lächelte.

»Ja. Ich hab davon gehört.«

»Ach ja?« Er blickte auf den Stuhl, der wieder seine Last aus Zeitungen und Büchern trug.

Ich sagte: »Ich hab Sie sogar schon gesehen.«

Er sah mich fragend an. »Wirklich?«

»Ja. Gestern abend, als Sie aus der Haustür von Herrn Henseler kamen.«

»Ach ja!« Er lächelte. »Es ist wirklich eine kleine Stadt, nicht wahr?«

»Ja. Könnte man sagen.«

Die Situation wurde offenbar nicht ihm, sondern absurderweise mir unbehaglich. Ich konnte ihn ja nicht wie einen Volontär vor meinem Schreibtisch stehen lassen. Ich stand auf, räumte die Zeitungen und Bücher vom Stuhl auf den Boden und rückte ihm den Stuhl vor den Schreibtisch. Ich sagte: »Ich hab allerdings so gut wie keine Zeit. Tut mir leid.« Ich lauschte hinüber, zum Büro nebenan. Aber von Verhülsdonk war nichts zu hören.

Er fuhr mit der Hand über die Sitzfläche des Stuhls, setzte sich. »Versteh ich doch. Wahrscheinlich ist Ihr Redaktionsschluß ja auch nicht mehr allzu fern.«

»Ja, das stimmt.«

»Ich bin auch nur gekommen, um mich zurückzumelden. Sie erlauben...« Er knöpfte seinen Mantel auf. »Und um zu hören, wie's Ihnen geht.« Er lächelte. »Und natürlich, ob es etwas Neues gibt in Ihren Planungen.«

Nach einer Weile, in der er offenbar auf eine Antwort wartete, sagte ich: »Nein. Nichts Neues.«

»Nun... ich hoffe, daß sich das vielleicht doch noch ergibt.« Er schlug ein Bein übers andere. Dann sagte er: »Allerdings bin ich auch gekommen, um Ihnen eine geradezu unglaubliche Geschichte zu erzählen. In aller Kürze natürlich, ich werde Sie nicht lange aufhalten. Aber das müssen Sie ganz einfach wissen.« Er schüttelte den Kopf. »Ich würde es nicht glauben, wenn ich es nicht gerade selbst erlebt hätte.«

Ich sah ihn schweigend an. Er sagte: »Also... ich komme soeben von Herrn Keppler. Das heißt, nicht von Herrn Keppler, sondern aus seiner Fabrik.« Er lachte. »Nein – genaugenommen nicht einmal das. Sondern vom Gelände seiner Fabrik.«

Er legte eine kleine Pause ein, lächelte. Ich fragte: »Und? Gab es da Schwierigkeiten?«

»Kann man so sagen, ja.« Er lachte. »Ich fahre also an das Tor der Fabrik heran, das selbstverständlich geschlossen ist, und sage dem Pförtner, der aus seinem Häuschen herausschaut, meinen Namen, und ich möchte zu Herrn Keppler. Und der Pförtner sagt, der Herr Keppler ist nicht da, und in demselben Augenblick sehe ich Keppler, wie er mit diesem Libanesen und dem Doktor Behringer aus der Halle gleich rechts herauskommt, und ich sage dem Pförtner, er soll sich nicht bemühen, ich werde Herrn Keppler selbst mal fragen, ob er nicht da ist. Und ich steige aus und gehe durch die kleine Pforte neben dem Tor, die offensteht, auf den Fabrikhof und will zu Keppler gehen.«

Ich sagte: »Das hätten Sie besser nicht tun sollen.«

Er lachte. »Ja, ja, das sagen Sie, Sie verstehen ja auch was von den Sitten und Gebräuchen hier, das weiß ich. Aber lassen Sie mich zu Ende erzählen.«

Ich atmete schwer auf, aber das schien er nicht zu hören.

Er sagte: »Der Pförtner also schreit hinter mir her, und Herr Keppler sieht mich, auch Herr Behringer sieht mich, aber Herr Keppler kehrt doch tatsächlich auf dem Fuße um und geht mit den beiden in die Halle zurück. Und im Handumdrehen kommt ein Wachmann aus der Halle mit einem dieser Dobermänner an der Leine, und das Biest steht schon halb auf den Hinterbeinen, hängt vornüber an der Leine und hangelt mit den Vorderbeinen durch die Luft, als wolle es abheben und sich im Flug auf mich stürzen, und der Sabber läuft ihm über die Lefzen und tropft herunter, und –«

Ich fragte: »Aber losgelassen hat er den Hund doch wohl nicht?«

»Nein, das hat er tatsächlich nicht!« Er setzte ein ironisches Lächeln auf. »Muß ich das jetzt als eine besondere Vergünstigung verstehen?«

»Ach was, natürlich nicht! Ich hab nur gemeint…«

Sissy erschien in Wallots Rücken hinter der Glasscheibe. Sie hob an zu einer Pantomime, wie sie sie gern schon einmal aufführt, wenn sie zu faul ist, zu mir zu kommen, und statt dessen sich mit mir durch die Scheibe verständigen will. Sie zog die Brauen nach oben, riß die Augen weit auf, deutete wiederholt und heftig auf sich, drehte dann einen Finger durch die Luft, als bediene sie eine Wählscheibe, hielt die Hand ans Ohr, als telefoniere sie, deutete dabei ein paarmal heftig auf mich und klappte den Mund mehrmals auf und zu, als spreche sie laut und akzentuiert; man hätte allerdings auch glauben können, sie leide an großer Atemnot.

Sie wollte mir vorschlagen, mich anzurufen und einen

wichtigen Informanten zu mimen, dem ich mich auf der Stelle widmen mußte.

Das hätte mir noch gefehlt. Sie würde nach dem ersten Satz zu kichern anfangen und nach dem zweiten einen Lachanfall bekommen. Ich winkte ihr ab.

Wallot warf einen Blick über die Schulter. Sissy wandte sich gerade nach hinten, um enttäuscht den Rückzug anzutreten. Er fragte: »Werden Sie gebraucht?«

Ich sagte: »Ja, irgendwann jetzt schon, ich …«

Er stand auf. »Natürlich. Ich hoffe aber, wir sehen uns bald wieder. Und daß Sie dann ein wenig mehr Zeit haben. Ich hätte doch noch einige Fragen an Sie. Nicht nur, was diese Darbietung von Herrn Keppler betrifft.«

Ich unterdrückte die Gegenfrage, ob er da nicht lieber den Kollegen Henseler fragen wolle. Das erschien mir denn doch zu billig. Er sagte: »Wissen Sie, Ihr ehemaliger Kollege Henseler war zu seiner Zeit sicher ein passabler Journalist für den *Merzthaler Boten*. Aber für ein wirklich großes Thema reicht der Grips bei ihm wohl doch nicht.« Er gab mir die Hand. »Wann hätten Sie denn mal Zeit?«

Ich zögerte. Mir wurde heiß.

Sollte ich dem Mann etwa sagen: »Für Sie, mein Herr, werde ich nie mehr Zeit haben!«? Oder sollte ich ihn mit dem geringstmöglichen Aufwand abwimmeln und ihn ganz simpel auf den Sankt-Nimmerleins-Tag vertrösten?

Oder sollte ich ihm sagen: »Ich werde Tag und Nacht für Sie Zeit haben, wann immer Sie wollen, Sie elender Schweinehund, wenn Sie bloß meine Freundin, meine Geliebte, meinen Schatz, meine Frau in Ruhe lassen, Sie verdammter Verführer!«?

Ich sagte: »Von mir aus heute am späten Nachmittag. Ich denke, daß ich um sechs mit meiner Arbeit durch bin. Sagen wir, um halb sieben?«

Und was war das? Welcher Teufel hatte mich da geritten? Hatte dieser Mensch mich nun doch wieder verunsichert, mich doch wieder in Versuchung gebracht, mit seinem abfälligen Urteil über Henseler, in das er ein honigsüßes Kompliment für mich verpackt hatte? Und nicht zuletzt natürlich mit seiner Frage, ob ich von mir »etwas Neues« zu berichten hätte, und seiner Anmerkung, er hoffe, daß sich das vielleicht doch noch ergebe?

Nein, das war es nicht. Ganz so einfältig hatte ich wohl doch nicht reagiert. Da war ich mir ziemlich sicher. Es mußte vielmehr etwas anderes gewesen sein.

Ja, aber gewiß war es etwas anderes: Ich wäre mir ziemlich armselig vorgekommen, wenn ich mich an der hemmungslosen Diskreditierung, der unerbittlichen Ausgrenzung dieses Mannes, die gerade in Gang gesetzt worden war, beteiligt hätte. Wie hätte ich mich wohl als Gehilfe bei dieser Treibjagd fühlen müssen, mit meiner Rassel oder den Blechdeckeln oder welchem Lärmgerät auch immer, das die Jagdherren an die Treiber ausgeben?

Wer war ich denn? Was hatte denn ich mit den Parolen zu schaffen, auf die die Mafia von Merzthal sich verständigte? Wollte ich mir etwa von Kurt Keppler oder dem Herrn Dechant vorschreiben lassen, was ich zu tun und zu lassen hatte?

Nein. Nein, Freunde, nicht mit mir!

Wallot sagte: »Ja, gern. Also um halb sieben heute abend. Und wo? Soll ich wieder hierherkommen?«

So tapfer und so aufrecht, wie ich gern gewesen wäre, war ich denn doch nicht. Wenn ich Wallot entgegen der ausdrücklichen, von Keppler in Auftrag gegebenen Warnung meines Chefredakteurs abermals ohne Not in der Redaktion empfangen würde, mußte ich mich zumindest auf eine sehr lästige Diskussion mit dem Herrn des *Merzthaler Boten* gefaßt machen. Warum das? Es gab doch Wichtigeres zu tun.

Ich sagte: »Kennen Sie die ›Alte Lände‹? Lände mit ä wie Äsop?«

Er sah mich aufmerksam an. »Nein?«

»Das ist ein Ausflugslokal an der Merz. Früher haben die Flößer da angelegt. Sie fahren ein Stück auf der Uferstraße flußaufwärts, auf dem rechten Ufer, hier, auf unserer Seite. Sie können es gar nicht verpassen. Um diese Jahreszeit ist das Lokal allerdings geschlossen. Aber man kann sich ungestört und in aller Ruhe da unterhalten, es gibt Bänke am Ufer. Und der Blick ist sehr schön.«

Von dem schönen Blick würde er allerdings nicht viel zu sehen bekommen. Um halb sieben beginnt es zu dieser Jahreszeit in den Auen des Tals schon zu dämmern, und kaum noch jemand verirrt sich dorthinaus. Vielleicht hatte ja auch das bei meinem Vorschlag eine Rolle gespielt.

Nein, ich war nicht bereit, Wallot zu schneiden, nur weil alle anderen ihn am liebsten gekreuzigt hätten, nein, ganz gewiß nicht!

Aber ich mußte mich ja auch nicht unbedingt in seiner Gesellschaft sehen lassen.

28

Wallot war kaum zur Tür hinaus, als Sissy schon mit einem Ausdruck zu mir kam. Sie fragte mich, ob ich ihre Geschichte auf dem Papier oder auf dem Schirm redigieren wollte, und ich ließ mir den Ausdruck geben. Aber ich war über den ersten Absatz noch nicht hinausgelangt, als Verhülsdonk seine Tür aufriß und kundtat, daß er fertig sei und ich mich sofort an seinen Artikel machen müsse, es gebe ein paar heikle Stellen darin, und er wolle wissen, was ich davon hielte.

Sissy sah mich ein wenig bänglich an. Ich sagte: »Der Anfang liest sich gut, Sissy. Schick's ab, und laß mir den Ausdruck da. Ich seh ihn mir später noch an.«

Sie fragte: »Glaubst du denn, du schaffst das noch rechtzeitig?«

Verhülsdonk hielt es für nötig, dazwischenzufahren. »Jetzt lassen Sie ihn doch mal mit diesem Zeug in Ruhe, er hat jetzt Wichtigeres zu tun!«

Sissy wandte sich ab und ging stumm zur Tür. Ich sagte: »Keine Sorge, Sissy! Das geht in Ordnung!«

Verhülsdonk vollzog unwillig eine halbe Drehung, als wolle er wieder in sein Büro gehen, aber dann drehte er sich gleich weiter und sah mich wieder an, über die Brillengläser hinweg. »Haben Sie ihn?«

Der Artikel erschien auf meinem Bildschirm. Ich sagte: »Ja, ich habe ihn. Ich melde mich, wenn ich fertig bin.«

Er brummte und zog sich zurück. Die Tür ließ er offenstehen. Ich hörte ihn, wie er aus seiner großen Tasse den Kaffee schlürfte, der wahrscheinlich kalt geworden war. Er schlürft alles, auch die Suppe und sogar die Kartoffeln. Vielleicht hat seine Frau ihm gepredigt, daß man anders die Nährstoffe nicht aufnehmen könne.

Anderthalb Stunden später machte er sich zufrieden auf den Heimweg. Ich hatte nicht übermäßig lange für seinen Artikel gebraucht, die Zeit hatte sogar noch für einen Ausdruck der redigierten Fassung gereicht, den ich mit ihm zusammen durchgegangen war. Er hatte, wie üblich, alle meine Änderungen akzeptiert, es waren auch nicht allzu viele gewesen, er hatte ein wirklich gutes Feature über die SPD und ihren *local hero* Zils geschrieben.

Seine Sympathien für die ehemalige Partei der Arbeiterklasse, der sein Vater und schon sein Großvater im Dienste der *Fabrik für Apparatebau* angehört haben, waren für einen Leser, der zu lesen verstand, erkennbar geworden; aber er hatte sie mittels der sanften und doch witzigen Ironie verhüllt, mit der er die hölzerne, polternde Performance der Genossen im Waldhotel beschrieb.

Als er in Hut und Mantel zu mir trat, war ich dabei, mit Sissy zu telefonieren. Ich hatte sie nach Hause geschickt und ihr, damit sie sich nicht allzulange dagegen sträubte, versprochen, sie anzurufen, sobald ich auch ihren Artikel gelesen hatte. Der Artikel war solide und gut, und das sagte ich ihr. Ich sagte ihr, das Stück sei astrein.

Verhülsdonk, vor meinem Schreibtisch stehend, hörte sich geduldig die Blödeleien an, mit denen ich Sissys Ängste vertrieb. Geduld war nicht gerade seine starke Seite, aber jetzt genoß er sie und ruhte in ihr. Es war die Geduld des Feierabends, das Bewußtsein, seine Schuldigkeit getan und ein Werk vollbracht zu haben.

Als ich aufgelegt hatte, sagte er: »Das Mädchen nervt manchmal. Aber sie ist nicht dumm.«

Ich sagte: »Nein, das ist sie bestimmt nicht. Das könnten Sie ihr übrigens auch schon mal zu verstehen geben. Und ich finde auch nicht, daß sie nervt.«

»Na gut, wie Sie meinen. Danke, und einen schönen Feierabend wünsche ich.« Er nickte und ging.

»Danke gleichfalls.« Plötzlich fiel mir ein, was ich ihn schon heute mittag hatte fragen wollen. Ich rief: »Halt, halt! Sie müssen mir noch was sagen!«

Er wandte sich zurück, klatschte sich mit der Hand auf die Stirn, der Hut verrutschte ein wenig. »Menschenskind, das hätte ich jetzt glatt vergessen!«

»Was meinen Sie denn?«

Er rückte den Hut gerade. »Na, ich wollte Ihnen doch noch berichten, was Markwart mir über Herrn Wallots Besuch erzählt hat!«

Ich sagte: »Er hat ihm gesagt, wie sehr er sich auch als Bürgermeister freue, daß ein so namhafter Autor in Merzthal zu Gast sei. Und daß er leider aus dienstlichen Gründen nicht zu der Lesung in der Stadtbibliothek habe kommen können. Und als Wallot dann die Rede auf Keppler brachte, hat unser wackerer Ludwig ihm aufgezählt, was Keppler alles für Merzthal getan hat. Die Stipendien für ein rundes Dutzend von begabten jungen Leuten. Das Schwimmbad, die Sporthalle, die Stadtbibliothek, das Waldhotel. Die Chemie- und Physiksäle fürs Gymnasium. Die Restaurierung des Wehrturms und der Stadtmauer. Und daß schon sein Vater die Keppler-Siedlung gegründet hat, und so weiter und so fort. Und in der Zwischenzeit hat er ihm von Frau Kapusta eine Mappe mit Prospekten über alle diese Wohltaten zusammenstellen lassen.«

Ich lehnte mich, bevor ich fortfuhr, in meinem Schreibtischstuhl zurück und streckte die Beine aus. »Und er hat ihm gesagt, er solle bitte die negativen Urteile, die er womöglich hier und da hervorlocken werde, nicht überbewerten. In einer Stadt von 17.000 Einwohnern gebe es natürlich immer den einen oder anderen Unzufriedenen, der ohne jeden Grund auf andere neidisch sei und seinem Unmut durch Verleumdung und üble Nachrede Luft zu machen versuche.«

Verhülsdonk starrte mich an. Ich sagte: »Und dann hat er ihm die Mappe überreicht und ihn mit dem Hinweis auf eine dringende Sitzung an die Luft gesetzt.«

Verhülsdonk fragte: »Und woher wissen Sie das alles? Haben Sie etwa selbst schon Markwart angerufen? Oder vielleicht Frau Kapusta? Mit der können Sie's besonders gut, nicht wahr?«

Ich sagte: »War gar nicht nötig. Nach dem, was der Pfarrer uns erzählt hat, konnte man sich doch an den fünf Fingern abzählen, was unser Bürgermeister diesem unverschämten Störenfried auftischen würde.«

Er nickte eine Weile, ohne mich aus den Augen zu lassen. Dann sagte er: »Sie sind nicht nur stur. Sie sind auch so eitel wie ein Pfau. Sie haben gerade erst in die Welt hineingerochen, aber Sie bilden sich ein, daß Sie alles verstehen und fast alles wissen. Ich sag's Ihnen heute schon zum zweitenmal, Jörg, und ich hoffe, Sie kapieren es, ehe es zu spät ist: Wenn Sie so weitermachen, werden Sie über kurz oder lang ganz böse auf die Schnauze fallen.«

Ich sagte: »Ich werd dran denken.« Er nickte und wandte sich zum Gehen. Ich sagte: »Aber eigentlich wollte ich Sie ja auch ganz was anderes fragen.«

Er blickte zurück. »Was denn?«

»Wie hieß noch mal der Engel mit dem Flammenschwert?«

Er zögerte, dann begann er zu lächeln. »Das war kein bestimmter Engel. Keiner mit einem persönlichen Namen. Das waren die Cherubim. Sie wissen doch hoffentlich, wer die sind?«

»Ich denke schon. Eine Art Eliteregiment von Engeln, stimmt's? So wie die Deutschmeister. Oder die Langen Kerls. Oder die Horse Guards der Queen.« Ich stemmte beide Hände auf die Platte des Schreibtischs und sang:

»Alles, was Dich preisen kann,
Cherubim und Seraphinen
Stimmen Dir ein Loblied an,
Alle Engel, die Dir dienen …«

Er sagte: »Ich hoffe, Sie wollen sich nicht lustig machen. Der Spaß könnte Ihnen vergehen.« Er räusperte sich, dann zitierte er: »›Und er trieb den Menschen hinaus und ließ lagern vor dem Garten Eden die Cherubim mit dem flammenden, blitzenden Schwert, zu bewachen den Weg zu dem Baum des Lebens.‹ Erstes Buch Mose, drittes Kapitel. Irgendwo in den zwanziger Versen. Will heißen: Wer einmal aus dem Paradies rausgeflogen ist, wer es einmal verlassen hat, der kommt so schnell nicht wieder rein. Sollten Sie sich merken. Dick unterstrichen!«

»Ja. Das werde ich. Und vielen Dank. Genau das war es, was ich gesucht habe.« Nach einer kleinen Pause sagte ich: »Ich wollte mich auch nicht lustig machen.«

»Na gut. Ich hoffe es für Sie.« Er wandte sich wieder zum Gehen.

Ich sagte: »Sie werden's mir ja nicht glauben. Aber ich denke schon, daß ich noch viel lernen muß.«

Er blickte noch einmal zurück. »Da könnten Sie recht haben, mein Lieber. Und vielleicht nicht nur, was die Bibel betrifft.« Er nickte schwer. »Vielleicht müssen Sie auch das eine oder andere noch über die Spielregeln des menschlichen Zusammenlebens lernen.«

Ich sah ihm in die Augen. »Meinen Sie etwas Bestimmtes?«

»Vielleicht, ja.« Nach einer kleinen Pause sagte er: »Vielleicht könnten Sie noch etwas über die Kunst des Kompromisses lernen. Ich meine die Kunst, Ihre Mitmenschen zu ertragen. Und zwar auch dann, wenn sie Ihnen unerträglich erscheinen.« Er lächelte. »Schönen Abend, Jörg. Und eine gute Nacht.«

29

Ich lief zu Fuß zur ›Alten Lände‹, ich hatte Zeit genug. Unterwegs fiel mir ein, daß ich Verhülsdonk nichts von Walots jüngstem Besuch gesagt hatte. Normalerweise hätte er allerdings auch mitbekommen, daß jemand bei mir saß. Aber wahrscheinlich hatte sein Artikel ihn so in Atem gehalten, daß es ihm entgangen war.

Es war mir auch egal. Die Kriminalstory, wie Wallot von Kepplers Eingreiftruppe verjagt worden war, würde Verhülsdonk auch ohne mich erfahren. Behringer würde, obwohl die Rolle, die er selbst dabei gespielt hatte, wohl nicht besonders rühmlich gewesen war, das Wasser wahrscheinlich nicht halten können. Damit war die Verbreitung der Story auf den verschiedensten Kanälen gesichert.

Und daß ich mich entgegen der verkappten Dienstanweisung von Keppler mit Wallot verabredet hatte, ging Verhülsdonk sowieso nichts an. Ich gedachte ja nicht, zu dienstlichen Zwecken mit dem Gast aus der Großstadt zu reden und daraus ein Stück für die Zeitung zu machen. Diese Verabredung ging überhaupt niemanden etwas an, außer Wallot und mich. Sie war meine und seine Privatsache.

Schon als ich mich über den alten Treidelpfad zwischen dem Wasser und dem Buschwerk der Aue dem rückwärtigen Teil des Lokals näherte, sah ich, daß der Parkplatz leer war. Die großen Fenster der Küche waren geschlossen, sie erschienen stumpf und dunkel im dämmrigen, diesigen Licht des Herbstabends.

Im Sommer herrscht hier oft Hochbetrieb. Autos fahren langsam und mit knirschenden Reifen hin und her, auf der Suche nach einer Parklücke, dazwischen hört man das Rappeln und Klirren der Pfannen und Töpfe, hin und wieder auch die lauten Anweisungen des Küchenchefs. Und man riecht durch die gekippten Fenster die Schnitzel und Steaks, die da drinnen gebraten werden.

Ich ging durch die Ausfahrt des Parkplatzes auf die Vorderseite des Hauses. Die Terrasse, die auf ihren hölzernen Pfählen bei normalem Hochwasser trocken bleibt, war leer.

Auch in der Aue davor, auf der struppige Büsche und halbhohe Bäume in ein Waldstück übergehen, war niemand zu sehen.

Ich schaute auf meine Uhr. Zwei Minuten vor halb sieben. Ich ging zu der Bank, die am Rand der Aue gleich am Ufer steht, und ließ mich nieder. Es war kühl, aber ich fand, daß man es aushalten konnte. Wallot war ja auch im Mantel und mit seinem exquisiten Schal unterwegs, *pure cashmere*, wie ich vermutete, und lang genug, um sich damit zuzudecken.

Es wurde Viertel vor sieben, und ich begann mich schon zu fragen, ob er mich etwa versetzen würde, als der BMW heranrauschte und auf den Parkplatz einbog. Ich stand auf, aber er hatte mich gesehen, er kam schon mit zügigem Schritt vom Parkplatz herüber zu mir. Ich sah auf meine Uhr.

Er sagte: »Ja, ich weiß, es tut mir leid. Ich war in dieser… wie heißt sie, Hubert-von-Hügelsberg-Straße? Fabelhafter Name. Ich hab mich jedenfalls total verfahren. War schon auf dem Weg in die Kreisstadt.«

»Herwart von Kogelsberg war ein Ratsherr. Siebzehntes Jahrhundert.«

»Donnerwetter. Entschuldigen Sie, ich muß wohl doch noch einiges lernen.«

Ich wies auf die Bank. »Setzen wir uns?«

Er ließ sich nieder, zog den Mantel ein wenig enger um die Knie. »Schöner Blick, tatsächlich. Herbstliches Gewässer.« Er lächelte, sah mich an. »Aber es hat was von einem konspirativen Treff, hab ich recht?«

»Finden Sie?«

Er lachte. »War nur ein Scherz. Ich weiß, daß Sie von Konspiration nichts halten. Immer geradeheraus, nicht wahr?«

Ich zuckte die Schultern.

Er sagte: »Ich hab gehört, daß Sie bei der Bundeswehr waren. Und daß Sie sogar einen von diesen schweren Panzern gefahren haben. Stimmt das?«

»Ja. Warum?«

»Ich hätte gewettet, daß Sie den Wehrdienst verweigert haben.« Er sah mich lächelnd an. »Und zum Zivildienst gegangen sind. Als Krankenpfleger. Oder als Betreuer in einem Altenheim.« Nach einer kleinen Pause fragte er: »Sind Sie zur Bundeswehr gegangen, weil das Kepplers Wunschvorstellung war?«

»War es etwa das, was Sie mich fragen wollten?«

»Nein, natürlich nicht. Entschuldigen Sie.« Er wandte sich ab, spähte hinüber in den dichter werdenden Dunst über dem anderen Ufer der Merz. »Ich hab mittlerweile ohnehin schon wieder neue Fragen. Wichtigere, ja.« Er lachte. »Das reißt nicht ab hier, in diesem … dieser Fundgrube von Charakteren. Von ungewöhnlichen Charakteren.«

Er sah mich wieder an. »Bevor ich in diese Dingsdastraße gefahren bin, war ich bei Herrn Behringer. In der Stadtbibliothek. In seinem Direktorenzimmer. Aber ich hab meinen Augen nicht getraut, als ich ihn dort gesehen habe. Ich dachte, mich trifft der Schlag.«

Ich zuckte die Schultern. »Er war nicht ganz auf der Höhe, nehme ich an?«

»Ungefähr so, ja. Wenn man es sehr zurückhaltend ausdrücken möchte. Nun – als ich anklopfte, hörte ich keine Antwort, ich öffne die Tür und blicke hinein, und da sitzt er an seinem Schreibtisch, nein, er saß keineswegs, er lag vielmehr, mit dem Kopf auf der Platte und mit einem Arm noch dazu, und der andere Arm hing herunter. Ich dachte, er hat einen Schwächeanfall, einen Herzschlag, was weiß ich, ich hatte doch mit so etwas nicht gerechnet, die ältere Bibliothekarin, die auch bei der Lesung dabei war, diese grauhaarige...«

Ich sagte: »Frau Pabst.«

»Ja, Frau wie auch immer, sie hatte gesagt, er ist in seinem Zimmer, gehen Sie nur rein! Vielleicht hatte sie ja auch keine Ahnung, in welchem Zustand er war –«

Ich sagte: »Doch.«

Er sah mich verblüfft an. Ich sagte: »Ich nehme an, sie wußte Bescheid. Aber sie hat Sie trotzdem reingeschickt, weil sie sich davon eine erzieherische Wirkung versprach. Eine erzieherische Wirkung auf ihren Chef.«

Nach einer Weile begann er zu nicken. Dann fragte er: »So etwas kommt bei ihm öfter vor?«

»Ja. Leider. Er ist tatsächlich ja ein... ein sehr begabter Mensch.«

Er nickte, rieb sich die Wange. »Hängt er an der Nadel?«

»Nicht mehr. Nicht mehr, soviel ich weiß.« Ich schüttelte den Kopf. »Aber er kifft. Er raucht Gras, verstehen Sie? Marihuana. Und Haschisch wohl auch.«

»Aber Marihuana hat doch nicht solche Wirkungen, oder?«

»Nicht unbedingt. Aber das ist ja nicht alles. Er nimmt

auch Speed. Er schmeißt sich alles mögliche rein. Und er säuft. Ich weiß nicht, ob Sie das wissen, aber manche Säufer nehmen beim Aufstehen Speed, um den Kater zu vertreiben.«

»Aber das war heute um drei, am Nachmittag!«

»Sicher. Kann auch sein, daß er einen Moralischen hatte. Er war, nach dem, was Sie mir erzählt haben, nicht sehr zufrieden mit sich. Schaut zu, wie Keppler Sie hinausjagen läßt, und sagt kein Wort, fährt ihm nicht in die Parade, sondern dackelt hinter ihm her. Er muß sehr unzufrieden mit sich gewesen sein. Sehr unglücklich.«

Er nickte. Ich fragte: »Was hat er Ihnen denn gesagt? Oder war er total weggetreten?«

»Nein, nein! Das war ja das Unglaubliche!« Er schüttelte den Kopf. »Ich wollte eigentlich auf der Stelle zu dieser Dame zurückgehen und ihr sagen, sie solle den Notarzt rufen, aber einen Schritt bin ich dann doch noch an den Schreibtisch herangetreten und habe gefragt: ›Herr Doktor Behringer?‹ Und da richtet er sich auf und schlägt die Augen auf und sieht mich an und lächelt, na gut, die Augen haben ein bißchen geschwommen und der Kopf ein bißchen gewackelt; aber er schien mir wirklich präsent zu sein. Er sagt: ›Ach ja, Herr Wallot! Guten Tag.‹ Und dann fragt er doch tatsächlich: ›Was kann ich für Sie tun?‹!«

Ich will Wallot nicht permanent Böses unterstellen, aber ich vermute, daß er unversehens in dieser gespenstischen, halb irrsinnigen und halb grotesken Situation denn doch eine Chance witterte, aus Behringer mehr herauszuholen, als der unter normalen Umständen, nämlich bei halbwegs klarem Verstand, preisgeben würde. Er hatte dem Angeschlagenen jedenfalls von seinen Besuchen bei Pfarrer Kronenberg und beim Bürgermeister erzählt, Geschichten, die er natürlich mit seiner widerwärtigen, provokanten Ironie durchtränkte.

Er erzählte ihm, auf welch absonderliche, aber raffinierte Weise sich die beiden Herren allen seinen Fragen nach der Befindlichkeit der Merzthaler und ihrer Stadt verweigert hätten – fast so, und ich zitiere Wallots Formulierung wörtlich: fast so, als sei es ihres Amtes, einen Keller voller Leichen, unschuldiger Opfer, zu bewachen und die Mörder vor Entdeckung durch mißgünstige Eindringlinge zu schützen.

Danach hatte er, während Behringer schweigend, lächelnd und hin und wieder verständnisvoll nickend zuhörte, auch noch von seinem Versuch berichtet, mit Keppler in Kontakt zu treten. Er hatte wohl vermutet, daß der Bibliothekar nicht gern an diese Szene und an die Statistenrolle, die er dabei übernommen hatte oder hatte übernehmen müssen, erinnert wurde, daß er empfindlich darauf reagieren und endlich doch aus sich herausgehen würde.

Das tat Behringer dann auch, aber auf eine Weise, die Wallot nicht erwartet hatte und die selbst ihn, wenn ich das richtig einschätze, tief schockierte. Wallot hatte ihn gefragt, ob denn er eine halbwegs plausible Antwort auf die Frage wisse, was in Kepplers Kopf vorgegangen sei, als er einen Besucher, dessen Rang und Ruf ihm ja nicht völlig unbekannt gewesen sein könnten, nicht einmal an sich herangelassen habe, sondern auf geradezu lächerliche Art vor ihm geflohen sei, um ihn gleich darauf wie einen Landstreicher auf die Straße jagen zu lassen.

Behringer hatte, als sei er zutiefst verwundert, zurückgefragt: »Was in seinem Kopf vorgegangen ist?!« Dann hatte er unversehens laut gelacht. »Glauben Sie im Ernst, daß ich mich in einen Kopf dieser Hutgröße versetzen kann? Daß ich nachvollziehen kann, was in einem solchen Hirn sich abspielt? Daß ich einen Menschen verstehen könnte, für den diese Zwergenstadt da draußen das A und O der Weltgeschichte darstellt?!«

Er hatte mit einer dramatischen Armbewegung zum Fenster gewiesen. »Schauen Sie sich doch um da draußen! Da stolpern Sie doch über die Geschöpfe seines Schlages, die verkleinerten Abbilder, die Kepplers im Westentaschenformat, ja, seine Kompatrioten. Lieber Herr, Sie sind doch hiergeblieben, um diese Spezies zu erforschen, nicht wahr? Haben Sie noch nicht genug erfahren, im Pfarrhaus und auf dem Bürgermeisteramt? Hat man Ihnen denn nicht hinreichend Bescheid gestoßen?«

Er war aufgestanden, war aber plötzlich ins Schwanken geraten, hatte nach der Schreibtischkante greifen müssen und sich wieder in seinen Sessel fallen lassen. Er hatte gelacht, die schwimmenden Augen auf Wallot gerichtet. »Wie haben Sie gesagt? ›Ein Keller voller Leichen‹? Nicht schlecht, aber auch nicht ganz richtig. In einen Keller brauchen Sie hier gar nicht hinabzusteigen. Und unschuldige Opfer werden Sie auch nicht viele finden. Sehen Sie sich nur richtig um in unserer Stadt!«

Er hatte sich vorgebeugt und Wallot fixiert. »Die Leichen laufen da draußen doch herum! Eine so tot wie die andere. Riechen Sie nichts? Schmecken Sie denn nichts? Sie sollten auf dem schnellsten Weg nach Hause fahren. Hier werden Sie nichts ernten, verehrter Herr. Hier werden Sie nichts Verwertbares erfahren. Halt, nein!« Er hatte gelächelt. »Eines werden Sie freilich erfahren können. Aber das ist bei Gott auch das einzige.«

Er hatte sich in seinem Sessel zurücksinken lassen. Dann hatte er gesagt: »Das ist ein Vorgeschmack des Todes. Den können Sie von hier mitnehmen.«

Wallot sagte mir, er habe kein Wort der Reaktion auf diese Darbietung herausgebracht. Die betäubende Stille, die eintrat, hatte Behringer beendet. Er hatte gesagt: »Glauben Sie mir, verehrter Herr Wallot. Es ist ein wirklich guter Rat. Fahren Sie so schnell wie möglich nach Hause. Verlassen Sie diese Stadt, bevor Sie sich infizieren.« Er hatte gelächelt. »Bevor Sie sich selbst den Tod holen, verstehen Sie?«

30

Am Abend dieses Tages, am Mittwoch abend, ist Wallot im Stadtpark überfallen und zusammengeschlagen worden.

Wir hatten nicht mehr allzulange auf der Bank am Merzufer gesessen. Es war dann doch empfindlich kühl geworden, und auch der dünne Regen hatte wieder eingesetzt, der schon tagsüber hin und wieder gefallen war. Ich hatte durch Wallots Geschichte von Behringer einen Punkt ganz vergessen gehabt, der mir zuvor aufgefallen war und der mich auch ein wenig irritierte. Das war seine Bemerkung, daß er von der Herwart-von-Kogelsberg-Straße gekommen sei, bevor er sich verfahren hatte.

In der Herwart-von-Kogelsberg-Straße wohnt Dagmar

Fries, Susannes Freundin. Ihre beste Freundin, denke ich. Das fiel mir wieder ein, als er mich fragte, ob er mich zurück zur Stadt mitnehmen solle. Ich sagte, er könne mich auf der Uferstraße vor der Abbiegung zur Bürgermeister-Kunze-Straße absetzen; ich wolle dort noch einen Freund besuchen. Tatsächlich wohnt Dirk Gundlach in einem der Häuser hinter der nächsten Ecke. Ich wußte freilich nicht, ob er zu Hause war, womöglich war er ja mit dem Streifenwagen unterwegs. Ich wollte ihn auch gar nicht besuchen. Ich mochte nur nicht durch den kalten Regen laufen, aber nach der Fahrt wollte ich natürlich an einer möglichst menschenleeren Ecke aus Wallots Wagen wieder herauskommen. Und dann wollte ich in den ›Grünen Drachen‹ gehen und etwas Kräftiges zu Abend essen.

Allerdings wollte ich nun auch noch erfahren, was Wallot in der Straße zu suchen hatte, in der Susannes beste Freundin wohnt. Als wir den Parkplatz der ›Alten Lände‹ verlassen hatten, fragte ich: »Haben Sie auch in der Kogelsberg-Straße einen Informanten besucht?«

»In der was bitte?«

»In der Straße, in der Sie waren, bevor Sie sich verfahren haben.«

»Ach so, ja.« Nach einer kleinen Pause sagte er: »Nein. Ich hab da eine Bekannte besucht.« Er legte abermals eine kleine Pause ein, bevor er hinzufügte: »Ich kenne sie aus der Stadt. Wir sind uns hin und wieder bei Veranstaltungen begegnet. Schon mal im Theater. Beim Konzert. Oder bei einer Vernissage.« Er lachte. »Es sind ja immer dieselben Leute, denen man da begegnet. Liebhaber der schönen Künste. Na ja. Was man so darunter versteht.«

Der dünkelhafte Ton dieser Charakterisierung ärgerte mich. Aber es konnte Dagmar sein, von der er sprach. Die Charakterisierung hätte auf sie gemünzt sein können. Und sie ließ sich ebenso auf Susanne anwenden. Die beiden fahren nicht selten des Abends in die Stadt, zu irgendeiner dieser Veranstaltungen, bei denen Carl Wallot immer denselben Leuten begegnet. Wahrscheinlich gehört auch seine dunkeläugige Studienassessorin dazu, die mit den pechschwarzen Haaren.

Ich überlegte noch, wie ich meine Vermutung, daß er bei Dagmar gewesen war, oder vielleicht nur in Dagmars Wohnung, aber das allein mit einem anderen Gast, ich überlegte noch, wie ich meinen Verdacht erhärten konnte, als die Ampel vor uns auf Rot sprang. Er hielt an und wendete sich mir zu. Ich hoffte schon, er werde mir offenbaren, mit wem er in der Kogelsberg-Straße zusammengewesen war. Doch er dachte gar nicht daran.

Er sagte: »Aber noch einen Satz zu Behringer... jetzt mal ganz im Vertrauen.« Er beugte sich tatsächlich ein wenig zu mir herüber, sah mich lächelnd an. Dann fragte er: »Halten Sie es für möglich, daß Frau Keppler zu ihm eine intime Beziehung unterhält? Oder wissen Sie sogar etwas darüber?«

Ich holte Luft. Dann sagte ich: »Fragen Sie mich das etwa im Ernst?«

Er sagte: »Ja, natürlich. Ich würde Sie doch nicht veralbern.« Er zuckte die Schultern. »Ich hab's gehört... sogar aus mehreren Quellen!«

Ich starrte ihn an. »Das müssen aber ziemlich trübe Quellen gewesen sein.«

Er schüttelte den Kopf. »Den Eindruck hatte ich eigentlich nicht. Natürlich ist es durchaus möglich, daß der eine oder andere hier im Ort dieser Frau … nun, sagen wir mal: ihr Glück nicht gönnt. Oder wie soll man es nennen, daß sie den reichsten Mann weit und breit bekommen hat? Immerhin ist er sechsunddreißig Jahre älter als sie. Und das mag ja für das eheliche Glück nicht gerade die beste Voraussetzung sein.« Er sah mich an. »Er ist doch sechsunddreißig Jahre älter, oder irre ich?«

»Nein, da irren Sie nicht. Wir haben übrigens Grün.«

»O ja, danke.« Er fuhr wieder an. »Aber das wäre andererseits natürlich eine ziemlich einleuchtende Erklärung.«

»Erklärung wofür?«

»Na, ich denke, wenn sie tatsächlich hin und wieder, und vielleicht sogar regelmäßig, sich einen anderen und vor allem einen jüngeren Partner aussuchte und wenn sie vielleicht sogar dem, nun ja, dem etwas exzentrischen Charme von Herrn Behringer erlegen wäre … dann gäbe der Altersunterschied zwischen ihr und ihrem Ehemann doch eine plausible Erklärung ab. Finden Sie nicht?«

Ich fragte: »Warum interessieren Sie sich so für Frau Keppler?«

»Na, hören Sie!« Er lachte. »Sie ist ja nun mal eine interessante Frau! Das finden Sie doch auch, oder?«

»Ja, das tue ich, in der Tat.«

»Sehen Sie.« Er warf mir einen Blick zu, lächelte. Dann sagte er: »Stellen Sie sich doch mal vor, Frau Keppler ließe … sagen wir, sie ließe ein gewisses Interesse an mir erkennen. Und ich würde dieses Interesse erwidern.« Er hob die Hand. »Nur mal angenommen also, ich würde ein solches Interesse erwidern...« Er ließ die Hand wieder sinken. »Dann wäre es doch nur natürlich, daß ich auch wissen möchte, wie sie es generell mit den Männern hält. Und mit der ehelichen Treue, nicht zu vergessen.« Nach einer kleinen Pause fragte er: »Ginge es Ihnen nicht genauso?«

Ich sagte: »An der nächsten Ecke wollte ich aussteigen.«

Er streifte mich mit einem Seitenblick. Vor der Ecke hielt er an. Ich sagte »Danke fürs Mitnehmen« und öffnete die Tür.

Er sagte: »Sie würden's mir nicht sagen, nicht wahr?«

Ich sah ihn an. Er lächelte. »Selbst wenn Sie wüßten, daß sie ein... ein lockerer Vogel ist, ein Swinger... Sie würden mir kein Wort darüber sagen. Hab ich recht?«

»Ja, da haben Sie völlig recht.«

Er nickte. Ich stieg aus, schlug die Tür zu; er fuhr ab und bog in die Bürgermeister-Kunze-Straße ein.

Ich ging nicht in den ›Grünen Drachen‹, ich überlegte es mir anders. Wahrscheinlich hatte irgendwer schon die Geschichte von Wallots Rausschmiß aus dem *Apparatebau* erfahren, und wenn, dann würde sie an der Theke ins Endlose breitgetreten und gefeiert werden, und auch ich würde, da ich schließlich schon einmal die Partei dieses Gastes ergriffen hatte, mein Fett abbekommen.

Ich hatte keine Lust, mir den öden Flachs anzuhören. Ich ging zu Felipe und aß seinen Kaninchenbraten, der auch dieses Mal sehr gut geraten war, aber mächtig scharf, ich trank zwei Viertelliter Roten dazu. Zwei Tische weiter saßen der Apotheker Dr. Krautscheid und seine Frau und ihre beiden riesengroßen, mageren Töchter, die beide Pharmazie studieren, ich bin gespannt, ob die Erbfrage sich einvernehmlich regeln läßt, nach Merzthaler Sitten vermutlich nicht, und am Tisch dahinter entdeckte ich Frau Kapusta mit ihrer wohlhabend verwitweten Schwester.

Frau Kapusta hatte sich, als ich hereingekommen war, in den Gang hinausgelehnt, um mir an der Breite ihrer Schwester vorbei zuwinken zu können, und ich hatte zurückgewinkt, aber ich war nicht zu ihr gegangen, wahrscheinlich hätte sie mich gefragt, ob ich mich denn nicht zu ihnen setzen wolle, und ich wollte nicht; ich fühlte mich nicht imstande, die Geschichte von Wallots Rausschmiß bei Frau Kapustas Chef, dem Bürgermeister, die ich heute schon zweimal erfahren hatte, mir noch einmal anzuhören.

Ich zog, nachdem Consuela, die Frau des Wirts, meine Bestellung angenommen hatte, mein Notizbuch heraus und tat, als notierte ich mir etwas. Niemand sollte glauben, ich fühlte mich einsam oder ich langweilte mich. Und unversehens schrieb ich den Satz: »Wenn ich W.s Angebot annähme und vielleicht nach München oder nach Frankfurt ginge, könnte ich S. mit mir nehmen, sie könnte doch in so einer Stadt auch ohne W. bestimmt eine Stelle finden, vielleicht sogar in einem Verlag.« Ich starrte das an, was ich da geschrieben hatte, dann strich ich es durch, ein paarmal, bis man es nicht mehr lesen konnte.

Kurz nach neun war ich mit meiner Mahlzeit fertig, ich grüßte Frau Kapusta, die Apothekerfamilie und im Hinausgehen zwei, drei Bekannte, die noch dazugekommen waren, mit einer leichten Verbeugung. Frau Kapusta winkte mir freundlich zu; die beiden Riesentöchter sahen sich nach mir um, als ihre Mutter mit einem gemessenen Kopfnicken meinen Gruß erwiderte, und sie schenkten mir ein Lächeln, aber der Apotheker blickte ostentativ unbeteiligt drein, wahrscheinlich hatte sein Skatfreund Konrad ihm schon berichtet, daß ich ein halsstarriger Lümmel sei.

Ich ging in gemächlichem Tempo nach Hause. Zehn, fünfzehn Meter hinter dem Restaurant versickerte der Widerschein seiner gelb leuchtenden Fenster und des grünen, leise knisternden Namenszuges ›Bei Felipe‹, das schwarze Straßenpflaster sog ihn auf. Es gab nicht allzu viele Laternen in dieser Gasse hinter dem Kirchplatz. Ich zählte, mit dem Kopf im Nacken, die Fenster, hinter denen noch Licht brannte. Ich kam, bis ich zu Hause war, auf neun.

Ich holte eine Flasche Bier aus dem Kühlschrank, sah auf die Uhr. Es war noch zu früh, um ins Bett zu gehen. Ich hatte auch kein gescheites Buch auf dem Nachttisch liegen, nur einen Kriminalroman, den ich mir gekauft hatte, weil auf dem Umschlag ein Zitat von Hitchcock stand, der den Autor lobte, aber ich war sehr schnell darin steckengeblieben; die überbordenden Verbrechensphantasien waren mir zu albern, ich mochte das Buch nicht einmal zu Ende lesen.

Ich schaltete das Fernsehen ein. Vier Tage vor der Wahl verfolgten die Wahlkämpfer ihre Wähler und darunter dummerweise auch mich von Kanal zu Kanal, und wo es nicht Wahlkämpfer waren, da droschen Journalisten das Stroh, das sich mittlerweile angehäuft hatte, alte, schon pensionierte Journalisten, die sich als Experten gerierten, und jüngere, die sich abmühten, ihren bissigen Sachverstand zu demonstrieren, aber merkwürdigerweise durchweg Vertreter jener All-Medien-Koalition, die sich – es war nicht erklärbar, wie oder auf wessen Geheiß – zusammengefunden hatte, um die rotgrüne Koalition aus dem Amt zu knüppeln.

Als ich auch noch in eine Diskussionsrunde geriet, in der ein professioneller Vertreter des Mittelstandes, promovierter Jurist, die allgemeine Lage so schilderte, als werde das deutsche Volk über kurz oder lang in Lumpen gehen und Gras und Würmer fressen, schaltete ich den Apparat wieder aus. Ich ging an den CD-Ständer, suchte eine Weile ohne richtige Lust, nahm schließlich *The way you make me feel* von Ronan Keating heraus und legte sie auf.

Ich löschte die Lampe, zog die Vorhänge auf und legte mich aufs Sofa, starrte hinaus auf den schwarzen Schattenriß der Häuser gegenüber und in den dunklen, feuchten Himmel darüber. Im Wohnzimmer des alten Gehrmann brannte noch Licht. Vielleicht war seine Nachbarin zu Besuch gekommen, und sie tranken ein Fläschchen oder zwei miteinander. *The way you make me feel.*

Kurz nach zehn, ich war eingenickt, und die CD war abgelaufen, klingelte das Telefon, ich fuhr hoch. Ich hob den Hörer ab und meldete mich.

Es war Dirk Gundlach. Er sagte: »Sorry, wenn ich dich gestört habe. Aber dein Freund ist überfallen worden. Ich dachte, es interessiert dich.«

»Wer ist überfallen worden?!«

»Dein Freund. Der Schriftsteller.«

Ich sagte: »Das gibt's doch nicht!«

»Doch. Vor ungefähr einer Stunde haben ihn zwei Mann im Stadtpark zusammengekloppt. Sie haben ihn da liegenlassen, aber er hat sich dann aufgerappelt und ist zu uns auf die Wache gekommen. Irgendeine –« Er räusperte sich, »irgendeine Freundin will... will sich am Wochenende bei Biggi einquartieren. Moment mal, bitte!«

Er legte offenbar die Hand über die Muschel. Ich hörte undeutlich eine dunkle Stimme, die etwas sagte, und dann Dirks Stimme, die antwortete. Nachdem der Dialog noch einmal hin- und hergegangen war, wurde die Muschel wieder freigegeben. Dirk sagte ein wenig gedämpft: »Sorry, das war Kirchhöfer.«

Ich hörte eine Tür, die geschlossen wurde. Dann sagte Dirk in normalem Ton: »Er hatte Dienst, er hat das Protokoll aufgenommen. Und er hat auch den Notarzt bestellt. Um die Zeit hätte dein Freund ja keinen Doktor mehr gefunden.«

Ich sagte: »Er ist nicht mein Freund.«

»Ja gut, aber du weißt doch, wen ich meine!«

»Und wieso Notarzt? Hat er so schwer was abbekommen?«

Dirk sagte: »Nein, nein. Er hat eine dicke Lippe und bekommt wahrscheinlich ein blaues Auge. Er hat hier allerdings ein Riesentheater gemacht, sagt Kirchhöfer. Aber die Notärztin hat gesagt, nichts, was gefährlich wäre. Ich hab ihn gesehen, als ich von der Streife kam. Ein paar Risse und Flecken im Gesicht, das war's tatsächlich.«

Ich fragte: »Und wo ist er jetzt?«

»Ich hab ihm ein Taxi bestellt. Er ist eben abgefahren, zum Waldhotel.«

Es war mir klar, daß Dirk die Frage, die mich am meisten interessierte, wohl kaum beantworten konnte. Ich stellte sie trotzdem: »Und wer war das? Ich meine... wer hat ihn überfallen?«

»Keine Ahnung. Er hat keinen von den beiden deutlich gesehen. Es sei so schnell gegangen, sagt er.« Er schnaufte. »Merkwürdig ist, daß sie ihm nichts abgenommen haben. Uhr, Portemonnaie, Brieftasche... sie haben ihm alles gelassen.« Er schnaufte. »Sie trugen Baseballmützen, sagt er, und sie hatten sie tief heruntergezogen. Beide. Na ja. Was sollen wir denn damit anfangen?«

31

Am Donnerstag morgen rief ich Verhülsdonk zu Hause an. Ich erzählte ihm, was passiert war, und sagte, ich würde, bevor ich ins Büro käme, Wallot im Hotel besuchen.

Er dachte offenbar einen Augenblick lang angestrengt darüber nach, aber dann sagte er: »Ja. Wir müssen natürlich was Eigenes darüber bringen. Das können wir ja nicht aus dem Polizeibericht abschreiben.«

Ich sagte: »Das denke ich aber auch.«

Er zögerte, doch er konnte es dann doch nicht lassen. Er fragte: »Wollen Sie ihm... wollen Sie ihm etwas mitnehmen?«

»Wie meinen Sie das?«

»Na ja, ich meine... einen Blumenstrauß oder so etwas? Sie haben doch bestimmt schon daran gedacht.«

Ich sagte: »Einen Blumenstrauß sollte ihm wohl eher der Bürgermeister schicken. Der ist doch der Repräsentant dieser Stadt, die einen Gast so schändlich behandelt, denke ich!«

»Jetzt mal langsam, mal langsam!« Er räusperte sich.

Ich sagte: »Aber seien Sie unbesorgt: Wenn ich ihm etwas mitnehme, dann werde ich es ihm nicht im Namen der Zeitung, sondern für mich ganz allein überreichen!«

Er blaffte: »Wir sehen uns im Büro!«, und legte auf.

Ich hatte überlegt, Wallot im Waldhotel anzurufen und ihn zu fragen, ob es ihm recht sei, wenn ich ihn kurz besuchte, aber dann dachte ich, es würde ihm schwerer fallen, mich abzuweisen, wenn ich schon an der Rezeption stünde. Ich stieg auf mein Fahrrad, aber ich fuhr noch an der Marien-Buchhandlung vorbei und ließ mir von Fräulein Langenhagen ein Exemplar der *Merzthaler Spaziergänge* geben.

Das ist ein Werk des Lehrers Nikolaus Pannenberger, mehrfach aufgelegt und aktualisiert bis in die jüngste Zeit, eine Sammlung von Aufsätzen zur Geschichte und zur Entwicklung der Stadt Merzthal. Das Buch hat einen Geburtsfehler, nämlich daß der Keppler-Prozeß darin nur knapp und ohne Mitteilung des Urteils erwähnt wird. Fast könnte man glauben, der einschlägige Absatz solle nur untermauern, daß die Produkte der *Fabrik für Apparatebau* auch im Ausland, so im Nahen Osten, sehr begehrt sind. Dieser kleine Mangel ist dadurch verursacht, daß Keppler das Werk finanziell gefördert, wenn nicht sogar insgesamt finanziert hat.

Freilich war er auch in diesem Fall nicht knauserig. Die Textseiten sind ergänzt und reich ausgestattet mit Fotos, Karten und den Faksimiles alter Urkunden. Und mich hat Keppler schon vor einiger Zeit, nämlich als der zuckerkranke Pannenberger seinen Ruhestand antrat, gefragt, ob ich mich gegebenenfalls um eine neue und revidierte Auflage kümmern würde. Diesen mühseligen Job wäre ich los, wenn ich von hier fortginge. Aber ich bin mir nicht sicher, ob ich die Mühe nicht auch sehr gern auf mich nähme. Es würde mich reizen, die Lücken des Werks aufzufüllen und zu sehen, was passiert.

Ach ja? Würde es das?

Wallot war auf seinem Zimmer. Elfi wählte die Nummer und gab mir den Hörer, Wallot sagte, aber natürlich sei es ihm recht, ich solle heraufkommen. Er trug Hausschuhe, einen Morgenmantel und im Gesicht zwei Pflaster, als er mir die Tür öffnete. Die Haut rings um sein linkes Auge war leicht verfärbt und geschwollen.

Das Frühstückstablett, leer gegessen, stand noch auf dem Tisch. Er stellte es auf den Schreibtisch, auf dem ein paar Papiere lagen. Über die *Merzthaler Spaziergänge* schien er sich sehr zu freuen. Er wollte, als er mir die Hand gab, um sich zu bedanken, auch lächeln, aber er zuckte zusammen, griff sich mit der anderen Hand an den Mund und zog die Stirn in Falten. Ich sah, daß auch seine Unterlippe leicht geschwollen war.

Ich fragte: »Tut das weh?«

Er sagte: »Nicht so schlimm.« Er versuchte noch einmal ein Lächeln. »Nicht halb so schlimm wie Ihre Polizei.«

Kirchhöfer hat ihn offenbar nicht besonders gut behandelt. Der Hauptkommissar, Chef der Polizeiwache Merzthal, gehört selbstredend zur herrschenden Klasse der Stadt, wenn vielleicht auch mehr zu deren exekutiven Hilfsorganen. Er ist mittlerweile über Fünfzig, war Zeitsoldat und Unteroffizier bei einem Pionierbataillon, was er heute noch mit durchweg strammer Haltung und seiner silbergrauen Stoppelfrisur zu demonstrieren sucht, ist danach zur Polizei gegangen, wo er es zum Hauptmeister brachte, und wurde nach der Laufbahn- und Ausbildungsreform als Kommissar in den gehobenen Dienst übernommen.

Die Fachhochschule ist ihm erspart geblieben, weil eine der Neuerungen, der sogenannte Bewährungsaufstieg, der nach dem Buchstaben des Gesetzes den qualifizierten und berufserfahrenen Beamten zugute kommen soll, auch ihm zugestanden wurde. Dirk sagt, mit dem Papier, auf dem dieser Paragraph zu lesen stehe, hätte man sich besser den Hintern abgeputzt. Er meint, ein wenig Nachsitzen auf der Fachhochschule hätte sein Chef dringend nötig gehabt. Er hält nicht viel von Kirchhöfer.

Vermutlich hatte auch der Hauptkommissar, noch bevor Wallot mit seinen Blessuren auf der Wache erschien, im Lauf des Tages einen Anruf erhalten, in dem ihm die Parole der Mafia mitgeteilt worden war: »Raus mit dem Schriftsteller!«, oder: »Jagt den Kerl aus der Stadt!« Jedenfalls hatte er Wallot, so berichtete mir dieser, mehr oder weniger so traktiert, als sei er ein Simulant und wolle sich eine lebenslange Rente erschleichen oder ein städtisches Schmerzensgeld in Millionenhöhe.

Als den Gipfel dieser Behandlung hatte der Autor es empfunden, daß Kirchhöfer ihn fragte, ob er selbst womöglich den Überfall provoziert habe. Auf seine Gegenfrage, wie er das verstehen solle, hatte der Hauptkommissar ein paar lehrreiche Andeutungen von sich gegeben, über die Leute hier, die sehr empfindlich reagierten, wenn man ihnen mit indiskreten Fragen lästig falle, und insbesondere empfindlich bei Fragen, nun ja, Fragen also, die sich in den Intimbereich hineindrängten. Ins Sexuelle, um die Sache beim Namen zu nennen. Das sei wahrscheinlich ganz anders hier als in der Großstadt, wo man sich bei so etwas vielleicht schon gar nichts mehr denke.

Wallot hatte ihn gefragt, ob er ihn etwa daran hindern wolle, mit Leuten, die ihn interessierten, Gespräche zu führen, und Kirchhöfer hatte geantwortet, selbstverständlich nicht, und dann hatte er einen anderen Kriegsschauplatz eröffnet, er hatte gesagt, die beiden Schläger könnten ja auch Drogenhändler gewesen sein, und wenn Wallot auch mit ihnen nur eines seiner Gespräche habe führen wollen, ohne ihren Stoff zu kaufen, dann könnten sie schon das als Provokation empfunden haben, solche Leute seien nun einmal unberechenbar.

Ich nickte. Er fragte: »Werden da tatsächlich Drogen gehandelt, in Ihrem putzigen Stadtpark?«

Ich sagte: »Schon mal, ja. Aber die Junkies gehen normalerweise zu den Russen.«

»Zu den Russen? Und wo finden sie die?«

»Draußen in der Vorstadt.«

»Gibt's hier viele von solchen… Russen? Sie meinen Deutschstämmige, richtig?«

»Ja. Einige schon. Aber Jugoslawen gibt's mehr. Und vor allem Türken. Hinter dem Wasserwerk gibt es zwei, drei Straßen, da wohnen nur Türken. Sie haben in dem Viertel auch ein paar gute Läden. Und ein sehr gutes Restaurant.« Nach einer kleinen Pause sagte ich: »Aber da gehen Sie besser nicht hin. Manchmal juckt es die Skins. Oder die, die es gern wären. Und die glauben dann, sie müßten da antreten und die Fremdrassigen ein bißchen aufmischen.«

Er schüttelte den Kopf, riskierte ein schiefes Lächeln. »Und das alles firmiert dann unter Kleinstadt! Wirklich, sehr beschaulich, Ihre Idylle hier!«

Ich hatte ihn anscheinend provoziert. Vielleicht hatte ich das auch gewollt, ich weiß es nicht.

Ich fragte: »Was haben Sie eigentlich im Stadtpark gesucht, um diese Zeit? Sie wollten doch ins Hotel fahren, nachdem Sie mich abgesetzt hatten. Oder nicht?«

Die Frage war zweifellos ein wenig dreist. Aber er nahm sie hin, ohne sich verärgert oder indigniert zu zeigen. Er sagte, nein, nein, er sei ja ins Hotel gefahren, er habe dort auch zu Abend gegessen. Und eigentlich habe er vorgehabt, den Tag damit für beendet zu erklären.

Aber dann habe er doch noch einmal die Stadt auf sich wirken lassen wollen, die Stadt am Abend. Und deshalb sei er auch zu Fuß gegangen, vom Hotel hinunter zur Merz und über die Brücke, merkwürdiges Bauwerk mit diesem gemauerten Bogen, fast zu viel Aufwand für einen so bescheidenen Wasserlauf, aber irgendwie auch apart, heimelig mit dem leisen Gemurmel und Geplätscher, das erst hörbar werde, wenn man stehenbleibe und sich über die Brüstung beuge, ja, so könne man es wohl nennen: heimelig.

Bloß schlage dieser Eindruck dann zwei, drei Ecken hinter der Brücke schon um in den einer absoluten Ödnis, jedenfalls in der Seitenstraße, in die er eingebogen sei, um zum Stadtpark zu gelangen, eine enge Straße, eher eine Gasse, aber keine, wie man sie mit diesem Wort assoziiere, nichts Gewachsenes, gewiß nichts Heimeliges, nur eine Aneinanderreihung von tristen Mietshäusern der Nachkriegszeit, glatte Türen mit den Schlitzen der Briefkästen daneben, tote Fassaden, unbeleuchtet, die meisten Fenster dunkel, als ob niemand dahinter lebe.

Zwar sei ihm keine von Behringers Leichen begegnet, doch gewundert hätte es ihn nicht, wenn irgendein schwarzer Schemen aufgetaucht und mit hohlen Augen und leerem Blick an ihm vorübergegeistert wäre. Er lachte. Dann sagte er, na ja, und wenig später seien dann diese beiden Schläger über ihn hergefallen.

Er schwieg. Ich fragte ihn, was er jetzt tun wolle.

»Als nächstes werde ich mich um den Verbleib von Herrn Colmant kümmern. Peter Colmant.« Nach einer kleinen Pause fragte er: »Sagt Ihnen der Name etwas?«

»Doch. Ja.« Und ob der Name Colmant mir etwas sagte. Peter Colmant war einer der leitenden Angestellten der *Fabrik für Apparatebau* gewesen. Und im Unterschied zu den anderen hatte er im Prozeß gegen Keppler die Aussage verweigert. Alle anderen hatten die Aussage ihres Chefs bestätigt, daß er, Kurt Keppler, als einziger die Hintergründe des kriminellen Geschäfts mit der Firma in Beirut gekannt habe. Sie hatten sich in die Deckung verkrochen, die Keppler für sie aufgebaut hatte.

Nur Colmant hatte von seinem Auskunftsverweigerungsrecht Gebrauch gemacht. Wollte heißen: Er hatte zu dem Waffengeschäft nicht ausgesagt, weil er durch seine Aussage sich selbst belastet hätte. Und der Staatsanwalt hatte daraus den naheliegenden Schluß gezogen, daß Keppler das Gericht partout zu belügen versuche.

Wallot musterte mich. Dann verzog er den Mund zu diesem schiefen Lächeln und fragte: »Überrascht es Sie, daß ich Herrn Colmant ausgegraben habe?«

»Nein. Nicht unbedingt.« Ich zuckte die Schultern. »Ich nehme an, daß Franz Henseler Ihnen den Namen genannt hat?«

»Wo denken Sie hin! Doch nicht der Herr Henseler! Nein.« Das Lächeln geriet ihm ein wenig breit, er zuckte leicht zusammen. »Ich hab nur meine Hausaufgaben gemacht. Wissen Sie, ich kenne einen Staatsanwalt, der während der Vorbereitung des Prozesses dort gerade angefangen hat. Sehr hilfreicher Mann.«

Ich nickte. Dann stand ich auf.

Er fragte: »Was hatten Sie denn erwartet, das ich jetzt tun würde?«

Ich zuckte die Schultern. Dann sagte ich: »Ich weiß nicht. Ich... also, ich hätte mich nicht gewundert, wenn Sie so bald wie möglich abgereist wären.« Ich zögerte, dann sagte ich: »Vielleicht kann man darüber streiten, ob das wirklich klüger wäre. Aber... von Ihnen hätte ich eher erwartet, daß Sie... nicht mit dem Kopf durch die Wand zu rennen versuchen.«

Er begann zu nicken, lächelte. Dann fragte er: »Haben Sie tatsächlich geglaubt, daß ich kneifen würde? Bloß, weil irgend jemand es für angebracht gehalten hat, mir die Faust zu zeigen? O nein, mein Lieber. Da haben Sie mich aber falsch eingeschätzt! Völlig falsch!«

Er stand auf und ging zum Fenster, hob die Gardine an und warf einen Blick hinunter auf die Straße. Dann wandte er sich zurück zu mir. Er sagte: »Ich werde nicht kneifen, mein Lieber. Weit gefehlt. Derjenige, der diesen Überfall in Auftrag gegeben hat, wird meine Antwort erhalten. Er wird sie zu spüren bekommen, darauf können Sie sich verlassen.« Er nickte. »Ebender, der auch den Einbrecher zu mir geschickt hat.«

Dann begann er wieder zu lächeln, hob die Schultern. »Täte mir leid, wenn dabei auch Ihre Heimatstadt etwas abbekommen sollte. Aber wie ließe sich das vermeiden?«

Ich sagte: »Ich muß jetzt gehen.«

Er reichte mir die Hand. »Darf ich Sie noch etwas fragen?«

Ich sah ihn schweigend an. Er sagte: »Dieser Panzer, den Sie fahren können, wie schwer ist der?«

Ich zögerte, dann sagte ich: »Das Kampfgewicht liegt bei rund sechzig Tonnen.«

»Du meine Güte!« Er schüttelte lächelnd den Kopf. »Und das Ding ist auch noch schnell dabei, nehme ich an? Und schwer bewaffnet?«

»Er hat eine 120-Millimeter-Kanone und zwei Maschinengewehre. Und er fährt über siebzig Stundenkilometer.« Ich lächelte. »Der Motor hat fünfzehnhundert PS.«

»Du meine Güte. Ein richtiger, grausiger Kampfelefant, nicht wahr? Ein Riese, der mit gewaltigem Gebrüll in die Schlacht zieht.« Nach einer kleinen Pause fragte er: »Und Sie würden, wenn es verlangt wird, wieder in so ein Ding steigen? Und damit auch… auf andere Menschen losgehen?«

»Ja. Natürlich. Wenn es sein müßte.« Ich sah ihm in die Augen. »Warum fragen Sie mich das?«

Er lächelte. »Nur so. Es interessierte mich, verstehen Sie?«

32

Dieses Gespräch und die Frage, was es zu bedeuten hatte, ließ mich den ganzen Tag nicht los. Ich tat das, was ich tun mußte, es war eine Menge Kleinkram, die mich bis zum Redaktionsschluß beschäftigte und kaum einmal zum Nachdenken kommen ließ. Hinzu kam, daß Verhülsdonk schlechte Laune hatte, vermutlich, weil ihm seine Frage, ob ich Wallot etwa Blumen bringen wolle, im nachhinein peinlich war. Jedenfalls zeigte er sich mit nichts zufrieden, schon gar nicht mit meinem Bericht über den Besuch im Waldhotel.

Ich hatte ihm allerdings auch nur mitgeteilt, wie übel der Autor zugerichtet sei, dies aber in allen Einzelheiten, und daß Kirchhöfer ihm unterstellt habe, er simuliere bloß, daß er einiges abbekommen habe. Über das, was mir zu denken gab, sagte ich ihm nichts.

Warum Wallot mich am Ende so unvermittelt nach dem Panzer gefragt hatte, den ich fahren konnte, war allerdings klar. Er hatte diese Frage nur gestellt, um mir zu demonstrieren, daß ich selbst ein Mensch sei, der bereit war, Widerstände platt zu walzen, seine Gegner niederzumachen. Es hatte ihn gefuchst, daß ich gesagt hatte, von ihm hätte ich eher erwartet, daß er nicht mit dem Kopf durch die Wand zu gehen versuche. Und deshalb hatte er mich als Berserker vorführen wollen.

Lächerlich. Ich bin zum Bund gegangen, weil ich für eine überschaubare Zeit aus Merzthal hinauswollte. Und freilich auch und nicht zuletzt, weil ich mich fragte, was eigentlich mit der Bundesrepublik los war und was aus ihr würde, wenn alle sich vor dem Wehrdienst drückten. Ich mochte nicht in die Armee der Pißpottschwenker und Arschabwischer eintreten. Ich traute mir zu, mich durchs Gelände scheuchen und bimsen zu lassen, ohne schlappzumachen. Und ich wollte mir und anderen ebendas beweisen.

Dirk, der den Wehrdienst verweigerte und am Ende als Hilfshausmeister die kaputten Glühbirnen in einem Altenheim auszuwechseln hatte, war für mich ein Weichei. Ich hätte nicht geglaubt, daß er einige Zeit später dann den Rappel bekommen und sich bei der Polizei bewerben und schon bei der Tauglichkeitsprüfung sich über die Hindernisse scheuchen lassen würde, ohne schlappzumachen, von dem halben Jahr des Grundlagentrainings auf der Landespolizeischule ganz abgesehen, und daß er auch noch mit Stolz über die Schinderei berichten würde.

Das war die Zeit, in der ich selbst schon entschieden ruhiger geworden war. Es war meine Anfangszeit beim *Merzthaler Boten*, die befreiende Zeit, als Verhülsdonk mich in die Schule nahm und ich die juristischen Vorlesungen nicht mehr schwänzen mußte, sondern schreiben durfte und gedruckt wurde und mich voller Dankbarkeit an die Dozentin mit den braunen Augen erinnerte, bei der ich an der Uni zu Gast gewesen war, in ihrem Proseminar über die Ironie in Lyrik und Roman, und die mich dazu gebracht hatte, Heine zu lesen und Jean Paul und auch wieder Thomas Mann, den ich in der Schulzeit leid geworden war.

Nein, daß Wallot mir meine Zeit auf dem Leo 2 hatte unter die Nase reiben wollen, irritierte mich nicht. Es ging mir am Arsch vorbei, nichts anderes. Was mich beunruhigte, war vielmehr die Frage, was er im Schilde führte. Was genau hatte er gemeint, als er sagte, derjenige, der den Überfall auf ihn »in Auftrag gegeben« habe, ebender, der auch für den Einbruch in seine Wohnung verantwortlich sei, werde seine Antwort »zu spüren bekommen«?

Es war klar, daß er in beiden Fällen Kurt Keppler für den Drahtzieher hielt. Und deshalb wollte er sich an Keppler rächen.

Aber wie? Wollte er ihm die Frau abnehmen?

Um halb sieben ging ich aus der Redaktion nach Hause. Ich machte mir ein paar Brote zurecht. Doch noch bevor ich zu essen begann, rief ich bei Susanne an.

Unser Abschied vor zwei Tagen, am Dienstag abend, war zwar ein wenig kühl gewesen, gewiß, und sie hatte sich seither nicht mehr bei mir gemeldet. Aber ich glaubte nicht, daß sie mir böse war. Ich hatte es doch gut gemeint. Und sie war ja auch sehr erleichtert gewesen, als ich in der Tiefgarage des Waldhotels zu ihr kam.

Nach dem fünften oder sechsten Weckzeichen meldete sich Max. Ich sagte, er solle mir bitte Frau Keppler geben. Max sagte: »Das geht nicht.«

Ich sagte: »Wie, das geht nicht? Wollen Sie sie nicht wenigstens mal fragen?«

Max sagte: »Nein. Geht nicht.«

Ich wollte schon sagen, er solle gefälligst nicht so ein albernes Theater aufführen, als ich hörte, daß er die Muschel abdeckte. Ich hörte undeutlich zwei Stimmen, die miteinander sprachen. Dann wurde die Muschel wieder aufgedeckt, ich hörte Kepplers Stimme. Er sagte: »Du hast doch gehört, was Max gesagt hat? Oder?«

Ich sagte: »Ja, aber –«

Er sagte offenbar aufgebracht: »Du kannst sie jetzt nicht sprechen!«

Ich fragte: »Und warum nicht? Ist sie krank?«

Er sagte: »Nein!« Der Hörer wurde aufgelegt.

Ich starrte das Telefon an. Dann warf ich den Hörer darauf. Der Zorn packte mich, einen Augenblick lang fühlte ich mich versucht, zu Kepplers Haus hinauszufahren und Alarm zu klingeln. Aber dann sah ich ein, daß das wenig Sinn hatte. Max würde die Tür öffnen, und wenn ich nicht lockerließe, würde er mich mit Gewalt vor das Tor des Grundstücks setzen.

Aber vielleicht war sie auch schon gar nicht mehr im Haus?

Vielleicht hatte sie Keppler schon verlassen? Vielleicht war sie bei Wallot, im Waldhotel, oder mit ihm in seinem Auto unterwegs in die Stadt?

Nein. Unsinn. Von ihr selbst wußte ich doch, daß sie an Wallots Zuverlässigkeit, an seiner Versicherung, er werde ihr helfen, große Zweifel gehabt hatte. Sie hatte gesagt, sie wisse nicht, ob er jemals so konkret werden wolle, wie sie es wohl gehofft hatte. Und dabei hatte sie gelacht, mit einem unverkennbar bitteren Unterton.

Ja. Daran, daß Wallot sich an Keppler rächen wollte, gab es keinen Zweifel; aber wenn er es tat, dann wohl eher auf einem Wege, auf dem er selbst sich nicht so weitgehend engagieren, sich nicht so unvermeidlich Susannes Last aufbürden mußte.

Auf welchem Wege? Und würde nicht so oder so Keppler um sich schlagen?

Ich fand keine Ruhe. Um halb acht lief ich zurück in die Redaktion. Ich holte mir aus dem abgeschlossenen Fach des Archivschranks den Wortlaut des Urteils gegen Keppler und machte mich damit wieder auf den Heimweg.

Mir war durch den Kopf gegangen, womit Wallot sich gebrüstet hatte, als er mich mit Peter Colmants Namen überraschte: Er hatte gesagt, er habe seine Hausaufgaben gemacht, mit Hilfe dieses Staatsanwalts, den er kannte. Ich glaubte nicht, daß der Staatsanwalt ihm die Akten bis hin zu den Protokollen der Zeugenaussagen beschafft hatte. Aber natürlich war Colmants Aussage auch in der schriftlichen Urteilsbegründung des Landgerichts zitiert worden.

Und vielleicht gab es in dieser Urteilsbegründung auch noch andere Hinweise. Hinweise auf Handhaben, die Wallot nutzen konnte, um sich an Keppler zu rächen.

Ich ackerte mich noch einmal durch die 46 engbeschriebenen Seiten des Urteils hindurch. Der Text verzeichnete penibel die angewandten und – im Widerspruch zur Anklage – die nicht anwendbaren Vorschriften des Außenwirtschaftsgesetzes (AWG), der Außenwirtschaftsverordnung (AWV) samt der Verordnungen, durch die sie geändert worden war, und des Kriegswaffenkontrollgesetzes (KWKG).

Das Gericht hatte sich ausführlich auch der Frage gewidmet, ob schon das bloße Fördern von Vorbereitungshandlungen einer ausländischen Macht, die später zu Taten, wollte heißen: zu einem Angriffskrieg führen würden, für eine Strafbarkeit des Förderns, also des Förderers, ausreichte. Es hatte sich überdies auf eine ziemlich verwunderliche, aber sehr interessante Erörterung des Begriffs »verwenden« und seines Wortsinnes eingelassen (unter welchen

Voraussetzungen ließ sich sagen, daß bestimmte Geräte als Kriegswaffen »verwendet« wurden?).

Aber das, was ich gesucht hatte, fand ich nicht. Als ich am späten Abend über dem Text einschlief und einige Zeit später ins Bett kroch, hatte ich noch immer keine Ahnung, auf welche Weise Wallot seine Rache an Keppler zu nehmen gedachte.

33

Kurt Keppler ist tot. Und Carl Wallot wird des Mordes an ihm verdächtigt.

Die Nachricht hat mich wie ein gewaltiger Schlag getroffen. Sie hinterließ das ekelhafte Gefühl, daß ich drauf und dran war, aus den Fugen zu gehen.

Der Autor Wallot unter dem Verdacht, den König von Merzthal ermordet zu haben!

Ich hatte mit allem Möglichen gerechnet, und vielleicht sogar mit einigem Unmöglichen. Das Gefühl, daß irgendein Unheil bevorstand, irgend etwas Schlimmes, das sich der Kontrolle entziehen und einen Schaden anrichten würde, den niemand hatte vorhersehen können und niemand einzugrenzen wüßte, diese dumpfe Befürchtung war ich nicht mehr losgeworden, seit Wallot aus der Großstadt zurückgekehrt war. Aber daß Keppler eines gewaltsamen Todes sterben und Carl Wallot als sein mutmaßlicher Mörder in Bedrängnis geraten würde, hätte ich mir nie und nimmer träumen lassen.

Allerdings stehen auch die Ehefrau Susanne und der

Bibliothekar Behringer und zudem ich selbst unter diesem Verdacht, wenn nicht sogar Max Ackermann, sein Gorilla. Und am Ende kommt wie fast immer auch noch ein großer Unbekannter in Frage, hier womöglich ein Russe, der aus dem Wald gekommen und über den Zaun von Kepplers Anwesen gestiegen und durch die offenstehende Terrassentür in sein Haus gelangt und in sein Arbeitszimmer eingedrungen sein könnte.

Doch der weitaus stärkste Verdacht richtet sich zweifellos gegen Wallot.

Einen Selbstmord schließt Kirchhöfer aus. Der Hauptkommissar, der von einer Minute zur anderen und das auch noch auf der Schwelle zu einem freien Wochenende mit dem schwierigsten Fall seiner Laufbahn konfrontiert worden ist, weiß nicht mehr, wo ihm der Kopf steht; aber schon die bloße Frage, ob Keppler sich denn nicht selbst erschossen haben könnte, weist er als eine unzulässige Schmähung dieses Mannes zurück, der noch nie in seinem Leben sich schwach oder gar feige gezeigt habe, nicht einmal in den schwierigsten Situationen.

Und warum, fragt der Kommissar, denn Keppler ausgerechnet jetzt, wo keinerlei geschäftliche Schwierigkeit, wo nichts, was ihn hätte bedrängen können, erkennbar sei, die Flucht vor dem Leben hätte ergreifen sollen? Und warum er, wenn es wider alle Vernunft denn doch so wäre, keinen Abschiedsbrief hinterlassen habe?

Ein Abschiedsbrief wurde nicht gefunden. Kirchhöfer hat in seiner Konfusion tatsächlich Wallot gefragt, ob auf Kepplers Schreibtisch ein Schriftstück gelegen und er, Wallot, es womöglich beiseite geschafft habe. Erst als Wallot ihm eine ironische Gegenfrage stellte, hat er gemerkt, daß sein favorisierter Tatverdächtiger, der Autor eben, ein Idiot sein müßte, wenn er einen Abschiedsbrief seines Opfers hätte verschwinden lassen. Aber nur um so intensiver hat er sich dann in seinen Verdacht gegen Wallot hineingekniet.

Es gibt in der Tat einige Argumente für diesen Verdacht. Ich weiß bei weitem nicht alles, was Wallot vom Donnerstag morgen, als ich ihn nach meinem Besuch auf seinem Hotelzimmer verließ, bis zum Freitag nachmittag, als er in Kepplers Arbeitszimmer neben der Leiche angetroffen wurde, unternommen hat. Aber es ist anzunehmen, daß er weiterhin versuchte, sich die Munition gegen Keppler zu verschaffen, die er brauchte, um sich für den Überfall zu rächen. Und für den Einbruch in seine Wohnung, nicht zu vergessen.

Hatte er sich am Ende dann doch, wie es den Anschein hat, für eine schnellere, die radikalste Lösung entschieden? Darüber kann ich nur Vermutungen anstellen.

Das eine oder andere freilich weiß ich mit Gewißheit. Ich weiß, daß Wallot wenigstens einmal noch mit Susanne zusammengetroffen ist. Das war am Donnerstag mittag, bei Felipe. Ich weiß es von Dagmar Fries, die mit Susanne bei Felipe saß, um eine Kleinigkeit zu Mittag zu essen. Und auch die Lücke bis zu diesem Zeitpunkt kann ich auffüllen, dank Elfi Neuhaus.

Elfi hat mir erzählt, daß Wallot, nachdem ich gegangen war, während des Vormittags eine Reihe von Telefongesprächen geführt und sich zweimal eine Kanne Tee aufs Zimmer hat kommen lassen. Gegen Mittag verließ er dann das Hotel. Zuvor war er zur Rezeption gekommen und hatte Elfi gefragt, ob sie ihm in der Stadt für einen schnellen Lunch ein Lokal empfehlen könne, und sie hatte ihm die Pizzeria von Maria Roselli genannt, die ›Pizzeria Maria‹, aber das war wohl nicht sein Geschmack gewesen.

Gegen eins tauchte er bei Felipe auf. Er entdeckte durchs Fenster an einem Tisch gleich dahinter Susanne und Dagmar und kam zu ihnen.

Das und was anschließend geschah, hat Dagmar mir am Freitag abend erzählt. Sie rief mich an, nachdem die Katastrophe passiert war, und bat mich quasi händeringend, mich um Susanne zu kümmern, die völlig verwirrt sei und nicht wisse, was sie tun solle. Ich fragte Dagmar nicht, ob sie am Mittwoch Susanne ihre Wohnung zur Verfügung gestellt habe, damit sie dort ungestört mit Wallot zusammensein konnte. Ich versprach ihr, was denn auch anderes, mich um Susanne zu kümmern.

Wallot also, mit seinem blauen Auge und den beiden Pflastern im Gesicht, hatte sich bei Felipe zu den beiden gesetzt und ein Omelett bestellt. Susanne hatte ihn gefragt, wie es ihm gehe, und er hatte geantwortet: »So lala.« Irgendwann, sehr bald, hatte er dann Susanne gefragt, warum sie ihn nicht angerufen habe; er sei den ganzen Vormittag im Hotel gewesen, auf seinem Zimmer. Er nehme doch an, daß sie von dem Überfall erfahren habe; und um so mehr habe er sich gewundert, daß sie sich nicht einmal bei ihm gemeldet habe.

Dagmar geriet unverkennbar in Rage, während sie mir diese Geschichte erzählte. Sie sagte, sie habe ihren Augen und Ohren nicht getraut, aber so unverschämt sei dieser Kerl wahrhaftig aufgetreten. Erst zwei Tage vorher habe er

Susanne ins Verhör zu nehmen und auszufragen versucht, als sei sie irgendein Flittchen, er habe sie doch sage und schreibe gefragt, ob sie mit Behringer ins Bett gehe. Und dann werfe er ihr vor, daß sie sich nicht um ihn gesorgt habe! Womöglich habe er auch noch erwartet, daß sie zu ihm ins Hotel kommen und die Krankenschwester spielen und ihm den Eisbeutel aufs blaue Auge legen würde.

Ich fragte sie, was denn Susanne dazu gesagt habe.

Sie sagte: »Sie hat die Rechnung verlangt, und dann sind wir gegangen.«

Ich fragte: »Und das war alles? Hat sie ihm nicht gesagt, was sie von dieser Aufführung gehalten hat?«

Dagmar sagte: »Nein. Ich gäb was drum, wenn sie es wenigstens mir halbwegs klar gesagt hätte. Das ist ja das Problem, verstehst du. Sie setzt irgendwelche Hoffnungen auf diesen Kerl. Wahrscheinlich Hoffnungen, die sie nicht eingestehen möchte. Allzu große Hoffnungen. Und das kann nicht gutgehen. Deshalb rufe ich dich ja an. Weißt du... vielleicht kannst du sie ja ein bißchen stabilisieren. Wenn sie von irgendeinem was hält, dann doch von dir.«

Was Wallot nach dieser Begegnung bei Felipe unternommen hat, am Nachmittag und Abend des Donnerstags und am Freitag morgen, das weiß ich leider nicht.

Vielleicht hatte er schon Peter Colmant aufgetrieben, der jetzt in der Kreisstadt wohnt, und ein Treffen mit ihm verabredet und ist zu ihm gefahren. Vielleicht hat er es auch riskiert, in die Vorstadt zu gehen und sich nach den Russen umzusehen und den Jugoslawen, womöglich hatte Keppler ja zwei von diesen zwielichtigen Existenzen gedungen, um ihn im Stadtpark das Fürchten zu lehren. Und zuvor schon einen qualifizierten Experten, der in Wallots Wohnung eingebrochen war.

Oder er hat das Türkenviertel besucht und ist am Abend in das türkische Restaurant gegangen und hat dort getafelt und den Wirt auszufragen versucht. Etliche von den Türken arbeiten beim *Apparatebau*.

Exakte Informationen konnte er dort natürlich kaum erwarten. Aber es hätten ihm ja schon ein paar Vermutungen genügt, die eine oder andere vage Andeutung über die Produktion des Unternehmens oder vielleicht auch nur über das strikte Gebot der Geheimhaltung, dem diese Produktion unterliege, Andeutungen, auf denen sich jedenfalls der Verdacht aufbauen ließe, Keppler habe noch einmal einen Auftrag aus Beirut angenommen, der in Wahrheit aus einer noch brisanteren Weltgegend stammte und zur Vorbereitung eines Angriffskrieges diente.

Über den Fortgang von Freitag mittag an habe ich dann wieder vollständige Informationen, zumindest Aussagen, mit denen sich etwas anfangen läßt. Ich weiß, daß Wallot zum Mittagessen im Waldhotel war und daß er dabei sogar einen Versuch der Annäherung an Herrn Ahdab unternahm, der mit der jungen Dame aus dem Zimmer nebenan, der Betreuerin, deren Rechnung der *Apparatebau* übernommen hat, um die gleiche Zeit im Restaurant des Hotels speiste.

Ich weiß von Elfi Neuhaus auch, daß dieser Versuch scheiterte. Herr Ahdab zeigte dem Schriftsteller offensichtlich die kalte Schulter.

Wallot ging auf sein Zimmer, wahrscheinlich zu einem Mittagsschlaf. Kurz nach drei Uhr verließ er das Hotel.

Was danach geschah, weiß ich von Dirk Gundlach, der mich einen Blick in das Vernehmungsprotokoll hat werfen lassen und mir zudem noch die Eindrücke schilderte, die er persönlich als Teilnehmer der Untersuchung von Kepplers Tod gewonnen hat. Und ich weiß es nicht zuletzt von Wallot selbst, der mich bis in ausgefallene Details hinein über das Geschehen informierte, vor allem freilich wohl deshalb, weil er seinen Zorn auf die unfähige Polizei von Merzthal an den Mann bringen wollte.

An diesem Freitagnachmittag also wiederholte der Autor den Spaziergang, den er am vergangenen Sonntag schon einmal unternommen hat, er wanderte durch die Stadt und ging schließlich hinaus auf den Weg, der hinter Kepplers Haus in den Wald hineinführt. Die Frage, warum er diesen Weg gewählt habe, beantwortete er mit der nicht zu widerlegenden Auskunft, es sei, wie er bereits erprobt habe, ein schöner und erholsamer Spaziergang dorthinaus.

Auf der dichtbewachsenen Steigung hinter Kepplers Zaun blieb er stehen. Er warf, wie am vergangenen Sonntag, einen Blick durch die Büsche, bog die Zweige ein wenig auseinander, schaute in Kepplers Garten, auf die Terrasse, deren Glastür zum Wohnzimmer geschlossen war, und auf die offenstehende Glastür daneben, die Tür, die in Kepplers Arbeitszimmer führt. Niemand war zu sehen. Kein Laut war vernehmbar.

Unversehens hörte er einen scharfen Knall. Es klang wie ein Schuß. Und es klang, als sei dieser Schuß im Haus abgefeuert worden.

Wallot überlegte nicht lange. Er stieg über den Zaun. Kirchhöfers Frage, wie er das denn geschafft habe, da er doch zwei Tage vorher angeblich so schwer zusammengeschlagen und lädiert worden sei, hat er als unsachliche und böswillige Entgleisung zurückgewiesen. Mir hat er gesagt, er habe seine schmerzenden Rippen und Bauchmuskeln überhaupt nicht gespürt, als er den Zaun überstieg. Er habe auch keine Angst gehabt, daß derjenige, der den Schuß abgefeuert hatte, auch auf ihn hätte schießen können.

Er habe nur noch das Gefühl empfunden, daß irgend etwas Schreckliches im Gange sei, daß urplötzlich eine Bedrohung ihren Rachen aufgesperrt hätte, gegen die man etwas unternehmen müsse. Er lächelte, als er hinzufügte, er wundere sich über sich selbst. Aber vermutlich sei ihm in dieser Situation nichts Besseres eingefallen als die Flucht nach vorn. Und vielleicht sei ebendas die Reaktion, mit der man sich im Krieg einen Orden verdiene. »Im Krieg, aber nicht in Merzthal!«

Er hatte mit schnellen Schritten den Rasen überquert, hatte ein paar Laufschritte eingelegt, war dann ein wenig bedächtiger auf die Terrasse getreten. Er hatte halblaut »Hallo?« gerufen. Aber niemand hatte auf den Ruf reagiert.

Wallot trat vorsichtig an die Glasfront des Wohnzimmers heran, versuchte in den weiten, im trüben Licht dieses Nachmittags ein wenig dämmrigen Raum hineinzulugen. Aber er konnte niemanden entdecken. Er ging ein wenig zögernd weiter zu der offenstehenden Tür des Arbeitszimmers, rief noch einmal halblaut »Hallo?«. Wieder gab niemand Antwort.

Wallot tat einen Schritt in das Arbeitszimmer hinein, beugte den Kopf vor. Und dann entdeckte er Keppler.

Der Hausherr saß im Sessel, den er halb nach rechts gedreht hatte, hinter seinem Schreibtisch, regungslos. Sein Kopf war auf die rechte, die Wallot abgewandte Schulter gesunken, beide Arme hingen zu den Seiten hinab. Wallot sagte: »Herr Keppler?« Keppler antwortete nicht.

Wallot warf einen Blick hinter sich, dann ging er langsam zu dem Schreibtisch, ging um den Schreibtisch herum, trat vor Keppler. Er sah das kreisrunde, dunkel geränderte Loch in der Stirn, aus dem ein rotes Rinnsal über Kepplers Nase und Mundwinkel und hinab auf seine Brust gelaufen war und sein Hemd mit einem dunkelroten Fleck durchtränkt hatte.

Wallot sah auch die Pistole, die unter Kepplers schlaffer Rechten auf dem Teppich lag.

Mir hat er gesagt, und er hat gelacht dabei, daß man aus jedem zweitklassigen Kriminalroman, aus jedem primitiven B-Movie wisse, daß aus Fingerabdrücken die größten und tragischsten Verwicklungen entstehen könnten, bis hin zum Ende auf dem elektrischen Stuhl oder dem Schafott oder in der Gaszelle oder zumindest im lebenslangen Knast. Aber es sei eine spontane Reaktion gewesen, über die er gar nicht nachgedacht habe: Er habe die Pistole aufgehoben, sie in die Hand genommen und betrachtet und auch noch an der Mündung geschnüffelt, als verstehe er etwas davon.

Erst dann sei ihm bewußt geworden, daß das nach dem Einmaleins der Kriminalliteratur böse Folgen haben konnte. Vielleicht sei er daraufhin in Panik geraten. Jedenfalls habe er sein Taschentuch hervorgeholt und versucht, die Pistole rundum abzuwischen.

Während er damit noch beschäftigt war, wurde die Tür geöffnet. Max Ackermann trat ein.

Wallot weiß nicht mehr, was dann geschah, aber in Kirchhöfers Protokoll, das Dirk zu Papier gebracht hat, steht es zu lesen: Max habe mit einem einzigen Blick die Situation erfaßt. Zumindest hatte er geglaubt, er habe sie begriffen. Der Leibwächter überwand mit zwei gewaltigen Sätzen die Entfernung zwischen der Tür und dem Schreibtisch. Er schlug Wallot eine Rechte ans Kinn, den Schlag, um dessentwillen er einst als Amateurboxer gefürchtet war.

Wallot ging schwer k. o. Noch als der erste Streifenwagen eintraf und wenig später Kirchhöfer, der bereits in Zivil gekleidet war, zeigte der Autor Wirkungen. Der Arzt, der mit dem Rettungswagen gekommen war, erklärte ihn allerdings für vernehmungsfähig.

34

Dirk, der mit dem zweiten Streifenwagen bei Kepplers Haus ankam, nutzte in dem Chaos, das er dort antraf, einen unbeobachteten Moment und rief mich auf meinem Handy an. Wir hatten unsere Seiten schon am frühen Nachmittag schließen können, aber ich hatte die Idee gehabt, statt eines flauen Zweispalters über Pläne der Stadtverwaltung zur Verbesserung der Wasserqualität, den ich selbst verfaßt hatte, vielleicht noch ein kleines Feuilleton zusammenzukratzen.

Es sollte Impressionen aus der Stadt am Ende eines Wahlkampfes, in dem so beängstigend über den Untergang Deutschlands schwadroniert worden war, aneinanderreihen: das stumme Glotzen der Plakate, die sich hier und da schon von den Wänden lösten, die Flugblätter, die sich in den Rinnsteinen wie in den Papierkörben ansammelten, die gottverlassene Leere der Parteibüros, die erst am Sonntag abend sich wieder beleben würden. Und nicht zuletzt wollte ich ein paar Leute auf der Straße fragen, was sie denn an Erkenntnissen mitgenommen hätten aus diesem Wahlkampf.

Verhülsdonk war sehr angetan von der Idee, und ich stieg aufs Fahrrad. Als Dirk mich anrief, war ich seit fast anderthalb Stunden unterwegs gewesen und auf dem Rückweg zur Redaktion. Leute hatte ich zwar nur wenige befragt, aber die optischen Eindrücke, die ich gewonnen hatte, waren für den Text, den ich schreiben wollte, schon mehr als genug, ich freute mich aufs Schreiben. Und die Zeit würde der Redaktion auch noch reichen, um den Wasser-Zweispalter durch mein Feuilleton zu ersetzen.

Als das Handy klingelte, fuhr ich mit einer Hand am Lenker weiter und meldete mich. Ich hörte Dirks Stimme. Er sagte: »Paß auf, Jörg, ich hab nicht viel Zeit. Aber du solltest sofort zu Kepplers Haus kommen.«

Ich antwortete: »Warum denn das? Ich kann jetzt aber nicht, ich hab auch keine Zeit!«

Er sagte: »Quatsch doch nicht! Keppler ist tot. Und es sieht so aus, als ob dein Freund ihn umgebracht hätte.«

Ich fuhr eine jähe Schlängelkurve, wäre beinahe gestürzt. Ich fing mich, trat auf die Bremse und sprang ab. Ich sagte: »Spinnst du?! Sag das noch mal!«

Er sagte: »Ich sag's nicht noch mal, du hast mich doch verstanden! Also heb deinen Arsch hoch, und komm hierher! Ich muß Schluß machen.«

Der Kontakt brach ab. Ich nahm das Handy vom Ohr, starrte die Straße hinab. War es möglich, daß ich das geträumt hatte? Ich kniff mich in die Seite, so, wie Susanne mich schon einmal kneift. Dann rief ich Verhülsdonk an.

Vielleicht setzte ich darauf, daß er schon informiert war oder daß er gerade erst ein Gespräch mit Keppler geführt hatte und meine Zweifel bestätigen würde. Aber er wußte von nichts. Ich sagte ihm, was Dirk mir gesagt hatte.

Er sagte: »Ach, du grüne Neune! Und die Information ist zuverlässig?«

Ich antwortete, das würde ich jetzt sofort überprüfen. Und er solle bitte der Redaktion des *Tageblatts* Bescheid sagen.

Er sagte: »Ja, das mache ich. Und Sie berichten mir bitte so schnell wie möglich die Einzelheiten!«

Wahrscheinlich würde er im Büro hockenbleiben. Er hätte mit Sicherheit bessere Chancen als ich gehabt, von Kirchhöfer über den Stand der Ermittlungen informiert zu werden. Aber er verläßt sich lieber auf das, was ich aus meinen Quellen herausholen kann. Sicher würde er später versuchen, Kirchhöfer am Telefon zu erreichen. Aber er geht nicht gern vor Ort, um zu recherchieren. Wahrscheinlich liegt es daran, daß er als Nachrichtenredakteur angefangen hat. Reporter war er nie.

Vor Kepplers Haus standen drei Streifenwagen, das war die gesamte Armada der Wache Merzthal, außerdem der Rettungswagen und Kirchhöfers Privatauto. Heinz Koschorreck, ein jüngerer Kollege Dirks, bewachte die Haustür. Ich sagte, ich wolle zu Susanne Keppler. Er schüttelte den Kopf. »Geht nicht.«

Ich fragte: »Warum nicht? Sie hat mich angerufen. Ich bin mit ihr befreundet.«

»Weiß ich. Aber sie wird gerade vernommen. Sie ist ja erst vor fünf Minuten zurückgekommen.«

»Woher denn zurückgekommen?«

»Sie war im Wald.« Er zog die Augenbrauen ein wenig hoch, gab sich den Anschein, als wisse er mehr, als er sagen könne. »Ist mit Doktor Behringer spazierengegangen.«

»Mit Behringer?«

»Genau! Der ist auch da drin. Muß natürlich auch noch vernommen werden.«

»Wozu denn? Was soll er denn wissen?«

Er hob die Schultern, zog die Mundwinkel hinunter.

Ich sagte: »Nun mach schon, Heinz! Du weißt doch noch mehr!«

Er hob wieder die Schultern, schüttelte den Kopf. Dann sagte er: »Max Ackermann war schon dran. Und natürlich dieser Schriftsteller.«

»Und wie ist der da reingekommen? Der Schriftsteller, meine ich?«

Er warf einen Blick über die Schulter, als wolle er sich vergewissern, daß niemand uns zuhörte. Dann beugte er sich ein wenig zu mir und sagte: »Der soll ihn doch aufgefunden haben! Oder sonstwas! Verstehst du?«

Ich brachte ihn dazu, Dirk davon in Kenntnis zu setzen, daß ich vor der Tür stünde. Er klopfte an die Tür, eine uniformierte Polizistin, die ich nur vom Sehen kannte, schaute heraus. Heinz Koschorreck sagte ihr halblaut, was sie Dirk ausrichten solle, die Polizistin nickte und verschwand. Nach einer Minute öffnete sie wieder die Tür. Sie sagte: »Der

Kommissar Gundlach kann jetzt nicht rauskommen. Sie sollen bitte warten.«

Ich sagte: »Hat der sie noch alle? Ich muß meinen Bericht für die Zeitung schreiben, es wird höchste Zeit! Soll ich mir vielleicht was aus den Fingern saugen?«

Die Polizistin betrachtete mich stumm, dann hob sie bedauernd die Schultern und schloß die Tür wieder. Heinz Koschorreck sagte: »Was willst du denn sonst noch wissen?«

Das Angebot war rührend, denn er hatte mir, wie sich herausstellte, bereits alles anvertraut, was er selbst wußte, außer daß Keppler noch immer in seinem Schreibtischsessel mehr lag als saß, den Kopf zur Schulter geneigt, die Augen halb geschlossen, beide Arme hinabhängend, ein dunkles Loch in der Stirn und eine Blutspur im Gesicht, das Hemd von einem dicken, roten Fleck durchnäßt.

Es schauderte mich, aber ich schrieb jedes Wort mit, nicht nur, weil ich nun wenigstens die Todesart wußte und zudem die genaue Mitschrift ihn erfreute und ihn mir gewogen machte, sondern vor allem, weil ich in Ermangelung von wesentlichen Fakten wahrscheinlich eine nicht zu knappe Schilderung des Tatorts und der Leiche gut gebrauchen konnte. Ich fragte: »Und wie lange soll er da liegenbleiben?«

»Bis die Kollegen aus der Kreisstadt hier gewesen sind. Und vor allem das K 7. Der Erkennungsdienst.«

»Ah ja. Ihr habt die Kreisstadt alarmiert?«

»Na klar. Müssen wir doch.« Er sah sich um nach der Haustür, dann sagte er: »Das Ding wäre doch auch zu groß für Kirchhöfer. Könnte Selbstmord sein, okay. Aber vielleicht auch nicht. Er hat der Kripo in der Kreisstadt Bescheid gesagt. Vorschrift, verstehst du? Bloß hat er erst mal Pech gehabt. Der Kollege, den sie ihm schicken wollen, war schon im Wochenende. Den müssen sie jetzt zurückpfeifen.«

»Das wird den aber freuen.«

»Darauf kannst du dich verlassen.«

»Und wie heißt dieser Kollege?«

»Hauptkommissar... Moment mal!« Er hob die Mütze, richtete den Blick zur Seite, kratzte sich mit Ringfinger und kleinem Finger auf dem Kopf. »Ferber?« Er sah mich wieder an, dann nickte er. »Ja. Erster Hauptkommissar Ferber.« Er setzte die Mütze wieder auf, richtete sie. »Ferber mit e wie Emil.«

Ein großes Auto und ein Kombi kamen durch die Einfahrt, sie fuhren bis an die Streifenwagen heran. Mehrere Männer und eine Frau stiegen aus.

Koschorreck sagte: »Das sind die von der Spurensicherung. K 7. Die fahren jetzt den Angriff auf die Leiche.« Er klopfte an die Haustür. Die Tür wurde geöffnet. Koschorreck tippte mit einem Finger an den Mützenschirm, als die Männer und die Frau mit ihren Koffern und Apparaten an uns vorbei ins Haus gingen. Ich versuchte, einen Blick in die Diele zu erhaschen, aber ich konnte nichts Besonderes erkennen.

Die Tür schloß sich wieder. Koschorreck sagte: »Jetzt bin ich mal gespannt, wann der Ferber kommt. Womöglich schafft der es heute gar nicht mehr.« Er stutzte, dann hob er den Blick zum Himmel und fragte: »Ferber? Hieß der so?«

Ich sagte: »Ja! Ferber mit e. Das hast du doch gerade gesagt!«

Er nickte. »Klar. Und so heißt der auch. Kirchhöfer hat den Namen ja buchstabiert. Für Dirk. Frau Löhr hat er gar nicht geholt, die war ihm zu langsam. An ihrer Stelle läßt er jetzt Dirk alles gleich in den Laptop schreiben.« Er lachte. »Damit er nur ja nichts vergißt!«

Ich sah ein, daß es sich wahrscheinlich nicht lohnen würde, länger zu warten. Allmählich wurde die Zeit auch zu knapp dafür. Wenn ich noch eine halbwegs vernünftige Nachricht ins Blatt bringen wollte, mußte ich mich ohnehin sputen.

Ich nickte Koschorreck zu. »Danke, Heinz. Ich muß mich auf die Socken machen. Wenn du Dirk siehst, sag ihm, er soll mich nicht vergessen!«

»Mach ich. Tschüs, Jörg.«

Im letzten Augenblick fiel mir ein, daß ich versäumt hatte, Verhülsdonk an den Fotografen zu erinnern. Bisher war denn auch keiner von unseren Spezialisten aufgetaucht. Ich holte meine Kamera hervor und war dabei, das Haus abzulichten mit den drei Streifenwagen und Kirchhöfers Auto und dem Rettungswagen und dem Fuhrpark der Spurensicherung davor und Koschorreck als belebendem Element im Bogen der Türnische, als Peter Laux auf seinem Motorrad durch die Einfahrt kam. Er rollte mit dem gedämpften Grollen seiner 500 Kubikzentimeter an mich heran.

Ich sagte ihm erleichtert, er solle das Haus und die Szenerie davor fotografieren, schön dramatisch; mehr sei heute abend nicht drin.

Er sagte: »Dramatisch, aha.« Nach einer kleinen Pause fragte er: »Soll ich nicht lieber versuchen, was von Keppler zu bekommen?«

»Du meinst, von der Leiche?«

»Klaro, was denn sonst?«

»Du kannst es ja versuchen. Aber die werden dich gar nicht ins Haus lassen.«

Er bockte die Maschine hoch. »Mal sehen.« Er sah sich um, dann ging er zu dem Polizisten, den er in einem der Streifenwagen entdeckt hatte, und sagte, er solle doch mal gerade das Blaulicht einschalten.

Der Polizist antwortete: »Spinnst du? Wir sind doch nicht in Texas!«

Laux sagte: »Mensch, komm! Wenigstens an deiner Karre hier!«

Der Polizist schüttelte den Kopf. Dann schaltete er das Blaulicht ein. Laux machte sich an die Arbeit.

Ich stieg auf mein Fahrrad und fuhr hinaus auf die Straße.

35

Als ich mich der Einmündung der Friedrichstraße näherte, sah ich eine schwarze Kühlerhaube, die sich langsam über die Ecke hinausschob, als sei der Fahrer nicht sicher, in welche Richtung er abbiegen müsse. Dann folgte der Kühlerhaube ein großer schwarzer Kombi, er bog aus der Friedrichstraße in meine Richtung ein und kam mir entgegen.

Zunächst dachte ich, es sei Franz Paschelke mit seiner

Leichenkutsche. Aber die beiden Männer in grauen Kitteln, die ich hinter der Frontscheibe sah, kannte ich nicht. Das Auto hatte auch keine Merzthaler Nummer, und es war nicht Paschelkes Kutsche mit den Palmzweigen auf den Scheiben der schwarz verhängten Seitenfenster. Es wirkte, als es mit nagelndem Diesel und wie irgendein Kleinlieferwagen an mir vorüberzog, auch kein bißchen feierlich.

Ich vermutete, daß es das Transportgerät der Gerichtsmedizin und aus der Kreisstadt geschickt worden war. Vielleicht gehörte es zum Einsatzkommando der Spurensicherung und wurde immer dann in Marsch gesetzt, wenn ein dubioser Todesfall aufzuklären war. Keppler mußte auf den Obduktionstisch, das war klar.

Eigentlich wollte ich es nicht, aber nach ein paar Metern hielt ich dann doch noch einmal an und blickte zurück. Die Bremslichter des schwarzen Kombis leuchteten auf, er verlangsamte seine Fahrt und bog in die Einfahrt zu Kepplers Haus. Ich wandte mich ab und fuhr weiter.

Wider meinen Willen geschah dann auch noch das, was ich auf jeden Fall hatte vermeiden wollen: Ich sah den massigen Körper vor Augen. Die sich wölbende, breite Brust, blasse Haut, blutleer, wächsern schimmernd im grellen Licht der Leuchten über dem Tisch. Den Kopf, der gestreckt, ein wenig überstreckt, als habe ihn ein schwerer Schlag zurückgetrieben, auf dem flachen, harten Nackenpolster lag. Den haarigen Bauch. Die großen, bleichen Füße. Am rechten großen Zeh das Etikett, das aussah wie ein Preisschild, das allerletzte Identifikationspapier, das für Kurt Keppler ausgestellt worden war.

Irgendwann morgen früh, aber nicht zu früh, es würde

dann ja der Samstagmorgen sein, irgendwann würde eine Gestalt in grünem Kittel und mit Gummihandschuhen sich der Leiche nähern und sich prüfend darüberbeugen, einer wie Dr. Quincy oder wie er heißt, der Tausendsassa aus der amerikanischen Serie.

Oder eine Frau wie Professor Samantha Ryan von RTL, die mit der schnurrenden Knochensäge an die Brustkörbe herangeht, blutrote Herzen herausholt und aus den Bäuchen rotbraune Lebern und sie auf die Waage legt. Eine Klassefrau, in die man sich verlieben könnte, wenn sie nicht dauernd dieses wissend-versonnene Lächeln um ihre Lippen spielen ließe, egal, an welchem Körperteil sie gerade riecht.

Als mein Vater starb, gab es diese TV-Pathologen noch nicht, jedenfalls hatte ich ihnen noch nicht über die Schulter blicken können. Aber ich litt, während er vom Bett gehoben und in den Sarg gelegt wurde, unter der gleichen, bedrückenden Vorstellung, dem Bild des Leichnams, eines Wesens, das einmal gelebt hatte und sich bewegt und sich geäußert hatte und das jetzt nichts anderes mehr zu sein schien als eine Masse von blassem, verfallendem Fleisch.

Ich ließ den Sarg noch einmal öffnen, am Vorabend der Beerdigung, für eine Tante, die von weit her angereist war und ihren Bruder noch einmal sehen wollte, bevor er unter die Erde kam. Franz Paschelke hatte mich gewarnt, es war im Hochsommer, und die Leichenhalle des Merzthaler Friedhofs steht zwar am Rand von Scheuermanns Wäldchen und profitiert am frühen Morgen eine oder zwei Stunden lang von dessen Schatten, aber danach knallt die Sonne bis zum späten Abend auf das geteerte Flachdach. Kühleinrichtungen gibt es nicht, die Särge stehen in der stickigen Luft Seite an Seite und warten darauf, daß sie drankommen.

Die Tante hatte jedoch auf ihrem Abschied vom jüngsten Bruder bestanden, und so war Paschelke mit uns zum Friedhof gekommen und hatte die Verschlüsse geöffnet. Als er den Deckel zurückschlug, glaubte ich, einen süßlichen Hauch zu riechen, und ich sah es, das bräunliche Rinnsal, das aus einem Nasenloch meines Vaters hervorgedrungen war und seine Wange und sein Kinn beschmutzt hatte.

Paschelke schien mit dergleichen gerechnet zu haben, er zog einen Lappen aus der Tasche, beugte sich über das Kopfende des Sargs und wischte mit einer einzigen, routinierten Handbewegung das Rinnsal ab, steckte den Lappen wieder in die Tasche. Ich bin mir nicht sicher, vielleicht hat die Tante gar nichts mitbekommen. Sie murmelte zwei Gebete und war zufrieden.

Bei meiner Mutter, vor zwei Jahren, gab es solche Komplikationen nicht, nicht solch bedrückende Offenbarungen. Ich weiß nicht, aber vielleicht lag es daran, daß – jedenfalls war es so bei meinen Eltern – Männer normalerweise mit mehr Materie, mehr Fleisch und Knochen im Leben stehen als Frauen, mit unübersehbarer Materie, die sich auch noch nach dem Tod nachhaltiger aufdrängt, die tote Masse, meine ich, die zurückbleibt.

Ich weiß jedenfalls – nein, mir scheint, ich wüßte, warum es im Apostolischen Glaubensbekenntnis heißt: »Ich glaube an die Auferstehung der Toten und das ewige Leben.« Vielleicht wird solche Zuversicht ja auch belohnt. Schön wär's.

Ich war nicht mehr weit von der Redaktion entfernt, als es mir endlich gelang, dieses lähmende Geflecht von Vorstellungen und Erinnerungen abzuschütteln. Ein Gedanke half mir dabei, dessen ich mich schämte, aber nur sehr wenig schämte: Keppler war tot. Es gab ihn nicht mehr. Und das bedeutete ja nicht zuletzt, daß Susanne frei war. Frei für mich.

Frei für mich? Ja, natürlich! Ein paarmal bewegte ich stumm die Lippen, sagte es mir vor: »Frei für mich!«

36

Verhülsdonk stürzte sich auf mich, als ich die Redaktion betrat. Auch Sissy war nicht nach Hause gegangen, und Marco, der auf einem Spaziergang mit Klein Gretchen zufällig hereingeschaut hatte, war geblieben, um nichts zu verpassen.

Verhülsdonk fragte mich mit unterdrücktem Groll, warum ich ihm nicht wenigstens einen Zwischenbericht gegeben hätte. Ich hatte ganz einfach nicht daran gedacht, aber ich sagte statt dessen, ich hätte es für besser gehalten, mit dem wenigen, das sich hätte an Land ziehen lassen, gleich in die Redaktion zu kommen. Ich gab ihm eine kurze Zusammenfassung dessen, was ich erfahren hatte, Sissy und Marco, dem Gretchen verstohlen folgte, näherten sich und lauschten gespannt; Verhülsdonk streifte sie mit einem unwilligen Blick über die Schulter, doch er war vernünftig genug, sie nicht wegzuscheuchen, ich hätte ihn auch zur Ordnung gerufen.

Statt dessen mußte ich ihn loben, insgeheim. Er hatte tatsächlich nicht nur an Peter Laux gedacht, sondern sogar versucht, Kirchhöfer anzurufen, freilich kein Glück gehabt. Kirchhöfer hatte ihn zu seiner Empörung zweimal abwimmeln lassen.

Wir sprachen uns ab, und ich setzte mich ans Terminal. Verhülsdonk rief das *Tageblatt* an und sagte ihnen, was wir vorhatten. Danach störte er Reinhild Weber zu Hause auf und beorderte sie als Horchposten vor Kepplers Haus.

Er hatte bereits seinen Nachruf auf Keppler, den wir im Vorratskästchen gehabt hatten, überarbeitet und aktualisiert, er hatte zudem eine Reihe von Prominenten, darunter den Bürgermeister, den Abgeordneten Zils und sowohl den katholischen wie den evangelischen Pastor angerufen und ihre ersten Würdigungen des so tragisch verstorbenen Unternehmers und Mäzens eingeholt.

Die angefallenen Hymnen ließen es an Lob nicht mangeln, aber es fehlten ihnen erkennbar die Knochen, was einleuchtete, da Verhülsdonk den Lobpreisern ja nur hatte sagen können, Keppler sei aus noch zu klärender Ursache plötzlich verschieden, und dazu allenfalls hinter vorgehaltener Hand, daß die Polizei die Möglichkeit eines Mordes untersuche und auch schon einen Tatverdächtigen zu nennen wisse, zum Glück keinen Merzthaler, sondern diesen Schriftsteller, den Herrn Wallot.

Ich ließ, während ich schrieb, Marco durch einen Anruf bei der Kriminalinspektion in der Kreisstadt klären, ob dort ein Erster Hauptkommissar namens Ferber mit e wie Emil tätig war. Er war dort tätig, Heinz Koschorreck zur Ehre.

Um zwei Minuten nach sieben, rechtzeitig, hatten wir unsere sämtlichen Werke ans *Tageblatt* gesendet. Meine Nachricht, in der ich auch Kernsätze aus Verhülsdonks Stimmensammlung zitiert hatte, wollten sie mit einem der Fotos von Peter Laux als Zweitaufmacher neben die Schlagzeile zur Bundestagswahl placieren. Das Foto zeigte nur ein Panorama des Hauses, die Leiche hatte Laux nicht geschafft, das *Tageblatt* hätte sie auch nicht veröffentlicht, aber mit ein wenig Scharfblick ließ sich erkennen, daß die Blaulichter aller drei Streifenwagen in Betrieb waren.

Mit Verhülsdonks Nachruf nebst Porträtfoto des Dahingeschiedenen hatten sie die dritte Seite aufmachen wollen; aber in letzter Sekunde hatte es sich der geschäftsführende Gesellschafter und Altverleger des *Tageblatts*, den die Redaktion, wie sich versteht, hatte verständigen müssen, wieder anders überlegt.

Er wollte Keppler, den Goldesel der Zeitung, denn doch nicht allein von einem popligen Chefredakteur beerdigen lassen und hatte einen zusätzlichen oder vielmehr vorrangigen Nekrolog angekündigt. Dieser konnte natürlich nur am Kopf der Seite erscheinen, egal, ob der Altverleger in der Kürze der Zeit die erforderliche Länge des Beitrags schaffen würde oder ob ihm vorzeitig die Luft ausginge.

Den ungenutzt bleibenden Raum würde die Redaktion mit Verhülsdonks Nachruf, seiner Stimmensammlung und dem kleinen Feature zuschaufeln, das ich unter Verwendung von Heinz Koschorrecks Schilderung des Tatorts und der Leiche gestaltet hatte. Es blieb ihr ja auch nichts anderes übrig.

Für unsere erste Lokalseite hatte ich auf Verlangen noch

einen kurzen Aufmacher geschrieben, den Rest der Seite füllten wir mit Daten und Fotos von spektakulären Ereignissen in Kepplers Leben. Natürlich nicht solchen vom Prozeß im düsteren Großen Saal des Landgerichts oder von dem funkelnden Sommermorgen, als Max seinen Herrn in der schwarzspiegelnden Chefkarosse zum Tor der Justizvollzugsanstalt brachte und unversehens die Fotografen ihren Hinterhalt verließen und heranstürmten, um den König von Merzthal beim Antritt seiner Haftstrafe zu verewigen.

Es waren vielmehr schöne, eindrucksvolle Bilddokumente, zum Beispiel von der Einweihung des Schwimmbads und der des Waldhotels, der Fronleichnamsprozession, wie sie gerade an einem Straßenaltar in der Keppler-Siedlung verharrt, mit Kurt Keppler im Cut gleich hinter dem Baldachin, und derlei mehr. Sissy und Marco hatten sie aus unserem Archiv herausgesucht und betextet, Verhülsdonk hatte die Aufsicht geführt und auch den Abriß von Kepplers Lebenslauf redigiert, den Sissy aus unserem üppigen Vorrat seiner biographischen Daten ausgewählt und zusammengeschrieben hatte.

Als ich die Taste drückte und das letzte Stück zur Redaktion des *Tageblatts* absendete, hatten sich wie auf ein stilles Kommando alle, auch Klein Gretchen mit ihrer Puppe, in meinem Zimmer versammelt, die Großen sahen mir entspannt und mit offenkundiger Befriedigung zu. Es ist schon ein absonderlicher Beruf: Selbst die größten Katastrophen verlieren weitgehend ihren Schrecken, sobald man sie wohlgestaltet im Blatt hat. Man hat sie bewältigt, gewissermaßen.

Zu einer Siegesparty kam es allerdings nicht. Ich hatte mich gerade in meinem Stuhl zurückgelehnt, als mein Telefon klingelte.

Es war Dirk. Er sagte: »Ich bin's. Tut mir wirklich leid. Aber wir waren mitten in der Vernehmung, und ich hab das Wichtigste gleich eingegeben. Der Alte hätte das Rad geschlagen, wenn ich ihn allein gelassen hätte.«

Ich sagte: »Ist schon klar. Wir haben uns fürs erste durchgemogelt.«

Verhülsdonk, der begriff, um was es ging, wedelte mit der Linken Sissy und Marco mitsamt Gretchen hinaus, sie trollten sich. Er selbst zog sich in sein Büro zurück, schob sogar die Tür bis auf einen Spalt zu.

Unterdessen sagte Dirk: »Wenn du willst, komme ich nachher noch mal zu dir. Nicht in die Redaktion. Vielleicht besser bei dir zu Hause. Wann bist du denn da?«

»Ich könnte in einer Viertelstunde rübergehen, denke ich. Ich nehme jedenfalls an, daß Verhülsdonk für mich die Stallwache übernehmen wird.« Dann fragte ich: »Aber seid ihr denn auch schon fertig? Haben die Kollegen aus der Kreisstadt übernommen?«

»Die sind erst mit einem Mann da. Aber der wird heute abend nicht mehr viel tun. Und die vom K 7 sind auch bald fertig.« Er lachte. Dann sagte er gedämpft: »Hier ist ein Film abgelaufen, den glaubst du nicht. Ich erzähl's dir später.«

Ich fragte: »Was ist denn mit Wallot? Hat er gestanden?«

»Ja, von wegen! Davon kann gar nicht die Rede sein. Das können wir uns –« Er unterbrach sich; dann sagte er unterdrückt: »Ich muß Schluß machen. Ich erzähl's dir später.«

Ich sagte: »Okay. Ich warte bei mir zu Hause auf dich.«

Er erwiderte: »Ich gehe aber erst noch mal auf die Wache. Ich zieh meine Zivilklamotten an. Und ich muß schnell noch einen Happen essen, sonst falle ich um.«

Ich sagte, er solle doch für uns beide was Ordentliches beim Chinesen holen und mitbringen. Und ein paar Flaschen Bier. Zahlen würde ich, das sei eine Einladung.

Dann ging ich zu Verhülsdonk, berichtete ihm, was mein Gewährsmann mir erzählt hatte, und fragte ihn, ob er bis zum Andruck im Büro bleiben könne, für den Fall, daß die Redaktion sich noch einmal melde. Ein Informant wolle gleich zu mir nach Hause kommen.

Er sagte: »Ja. Natürlich.« Nach einer kleinen Pause fragte er: »Glauben Sie denn, daß Sie dabei noch was Entscheidendes erfahren? Ich meine, ein so dickes Ding, daß wir eine zweite Form machen müssen?«

Ich sagte, das glaubte ich nicht. Aber wenn es trotzdem so sei, käme ich natürlich in die Redaktion zurück.

Ich wollte mich schon verabschieden, als wieder mein Telefon klingelte. Diesmal war es Dagmar. Sie sagte, ich wisse sicher schon, was passiert sei, und sie solle mir einen schönen Gruß von Susanne bestellen. Mir wurde heiß; Susanne hatte ich völlig vergessen. Ich fragte Dagmar, ob sie gesagt habe, daß ich zu ihr kommen solle.

Nein, nein; sie habe gerade eine Tablette genommen und sich hingelegt. Ich fragte Dagmar, ob sie bei ihr sei.

Sie sagte ja. Susanne habe sie angerufen und gefragt, ob sie zu ihr kommen könne, und die Polizisten hätten sie ins Haus gelassen. Sie werde die Nacht über auch bei Susanne bleiben.

Ich fragte sie, ob etwa Kepplers Leiche noch immer in seinem Sessel liege. Sie sagte, nein, nein, Keppler sei abtransportiert worden, in einem Leichenwagen, der extra aus der Kreisstadt gekommen sei. Auch die Polizisten bereiteten anscheinend ihren Abmarsch vor.

Ob denn auch Carl Wallot schon nach Hause entlassen worden sei? Sie sagte, ja, es sei nicht zu fassen; aber damit hatte ich ihr das Stichwort gegeben, sie rückte mit dem heraus, was ihr so schwer auf dem Herzen lag: Sie bat mich, fast beschwor sie mich, in den nächsten Tagen mich doch bitte um Susanne zu kümmern, Susanne sei völlig verwirrt, sie wisse nicht, wohin und woher, und das offenbar auch wegen diesem Kerl. Und Dagmar erzählte mir die Geschichte von Wallots unverschämtem Auftritt bei Felipe am Mittag des vorangegangenen Tages.

Ich versuchte, sie zu beruhigen und nicht zuletzt meine eigene Wut auf Wallot zurückzudrängen. Ich sagte ihr, ich würde Susanne am nächsten Morgen anrufen, und bat sie, ihr einen schönen Gruß von mir zurückzusagen.

Nachdem ich den Hörer aufgelegt hatte, blieb ich an meinem Schreibtisch hocken. Ich hatte noch immer mit Wallot zu tun, als Verhülsdonk den Kopf durch die Tür steckte.

Er sagte: »Wird es nicht Zeit für Sie? Nicht, daß Ihr Informant vor der Tür steht.«

Ich erwiderte: »Nein, nein, so schnell wird der nicht bei mir sein.« Ich überlegte einen Augenblick lang, dann sagte ich: »Ich denke, ich sollte es gerade auch noch mal bei Herrn Wallot versuchen.« Der Kerl war ein Schweinehund, ja, aber er war nicht zuletzt ein Informant, wenn nicht im Augenblick sogar der wichtigste von allen. Ich rief im Waldhotel an.

Diesmal blieb Verhülsdonk in der Tür stehen, mit dem Zigarrenstummel im Mund. Das Mädchen an der Rezeption, es war nicht Elfi Neuhaus, sondern eine, die ich nicht kannte, stellte mich auf Wallots Zimmer durch, aber er meldete sich nicht. Nach einer Weile schaltete das Mädchen sich wieder ein, sie sagte: »Sein Schlüssel ist nicht hier, aber er scheint nicht auf dem Zimmer zu sein. Vielleicht ist er beim Abendessen. Soll ich ihn mal ausrufen lassen?«

Ich sagte, nein, nein. Ich wolle ihn nicht stören. Ich würde es später noch einmal versuchen.

Als ich endlich zu Hause ankam und den Hausschlüssel herausnahm, hielt Dirk mit seinem Schätzchen, einem betagten Mazda MX-5-Cabrio, neben mir. Er wand sich aus der Tieflage empor und hob eine große Tüte vom Chinesen und eine Einkaufstasche, in der die Flaschen klingelten, vom Beifahrersitz.

Wir aßen, genauer gesagt: wir fraßen schweigend und mit Stumpf und Stiel die drei Gänge, die Dirk beim Chinesen gekauft hatte, die Aufregungen dieses Tages hatten bei uns beiden vor allem einen Riesenhunger hinterlassen, und wir tranken zu unserem Menü die vier Flaschen Bier aus Dirks Tasche.

Erst als wir dieses Pensum absolviert und ich die fünfte und sechste Flasche aus meinem Kühlschrank geholt hatte, streckte Dirk alle viere von sich und erzählte mir den Film, den er erlebt und von dem er mir gesagt hatte, ich würde ihn nicht glauben wollen.

37

Wallot hatte auf die polizeiliche Vernehmung von Beginn an so reagiert, als handele es sich dabei um eine absichtsvolle Beleidigung, eine böswillige Provokation. So völlig unverständlich, meint Dirk, sei diese Reaktion allerdings nicht gewesen.

Als der Autor sich von Max Ackermanns Knockout-Schlag erholt hatte und zu sich kam, fand er sich auf dem Boden liegend, gleich neben Kepplers Sessel und der Leiche. Vor ihm stand Max, der ihn beobachtete. Wallot wollte aufstehen. Max richtete den gestreckten Zeigefinger auf ihn und sagte in gebieterischem Ton, als spreche er zu einem Hund: »Nein! Nichts da! Du bleibst da liegen!«

Wallot, noch stark benommen, stützte sich auf einen Ellbogen auf.

Max fuhr ihn an: »Liegenbleiben!«

Wallot ließ sich zurücksinken auf den Boden.

Wenig später klingelte die Besatzung des ersten Streifenwagens, der vor Kepplers Haus eintraf. Max hatte, sobald er die Verletzung seines Chefs gesehen hatte, den Notarzt und die Polizei gerufen. Er öffnete den Polizisten, nachdem er Wallot gedroht hatte, er werde ihn, wenn er sich von der Stelle rühre, noch einmal schlafen legen, aber diesmal so, daß er im Krankenhaus wach werde.

Es waren zwei noch junge, unerfahrene Kollegen Dirks, die vor der Tür standen. Max sagte ihnen, Herr Keppler sei ermordet worden; er, Max, habe den Täter auf frischer Tat ertappt und gestellt. Er führte die beiden in Kepplers Arbeitszimmer, zeigte ihnen Wallot, der wie zuvor auf dem

Boden lag, und übergab ihnen die Pistole und das Taschentuch, mit dem dieser Mann da die Pistole gerade in dem Augenblick habe abwischen wollen, als er, Max, in das Zimmer gekommen sei.

Der ältere der beiden Polizisten, der das Kommando führte, sagte Wallot in scharfem Ton, er solle aufstehen. Dann eröffnete er ihm, er sei vorläufig festgenommen. Und dann ließ er ihm von dem jüngeren Polizisten Handschellen anlegen.

Wallot protestierte aufgebracht. Er sagte, er wolle sofort seinen Anwalt anrufen. Der Streifenführer antwortete, er solle sich gefälligst ruhig verhalten und ihre Arbeit nicht stören, er werde noch reichlich Gelegenheit haben, mit seinem Anwalt zu sprechen. Die beiden wandten sich der Leiche zu, gingen um sie herum, musterten sie aus der Nähe.

Ich sagte: »Das war aber nicht in Ordnung.«

Dirk sagte: »Na ja, völlig in Ordnung war es sicher nicht. Aber was glaubst du wohl, wie die beiden geflattert haben. Der erste Mord, zu dem sie gerufen worden sind! Und dann auch noch Keppler! Die hatten doch Schiß bis obenhin, sie könnten irgendwas falsch machen. Und deshalb hat der Kollege halt den starken Mann gespielt.«

Zur Erleichterung der beiden traf wenig später Kirchhöfer ein, und kurz danach mit dem zweiten Streifenwagen auch Dirk. Nachdem der Hauptkommissar die Leiche gesehen hatte, rief er die Kriminalinspektion in der Kreisstadt an und erhielt den Bescheid, daß der Kollege Ferber, den man nach Merzthal schicken werde, zunächst allerdings noch verständigt werden müsse und daß das ein Weilchen dauern könne.

Kirchhöfer erwiderte, er wolle nur noch einmal darauf hinweisen, daß es sich bei dem Toten um den Unternehmer Kurt Keppler handele, den Eigentümer der *Apparatebau Merzthal*, und die Antwort lautete, ja, ja, das sei schon angekommen, aber es sei ja nun mal Freitag nachmittag und die Inspektion habe ohnehin alle Hände voll zu tun. Damit wurde das Gespräch beendet.

Dirk bedeutete Kirchhöfer unauffällig, er solle Wallot die Handschellen abnehmen lassen. Das tat der Hauptkommissar denn auch, der in dieser Situation wahrscheinlich für jeden Rat dankbar war, und er ließ den Autor außerdem den Rechtsanwalt anrufen. Jedoch war der Anwalt nicht zu erreichen.

Von Wallot selbst habe ich später erfahren, was er Kirchhöfer verschwieg: Gemeldet hatte sich der Anrufbeantworter, und dann erst die Sekretärin des Anwalts, die gerade die Praxis hatte verlassen wollen. Sie hatte ihm gesagt, der Chef sei bereits zu einer Wochenendreise aufgebrochen. Sie werde natürlich versuchen, ihn unterwegs zu erreichen, aber das könne schwierig werden.

Wallot sagte dem Hauptkommissar, der Anwalt halte sich im Augenblick nicht in der Praxis auf; aber er werde sich melden, sobald er zurückgekommen sei.

Kirchhöfer fragte den Autor, ob er bis dahin warten wolle oder ob er bereit sei, schon einmal die Fragen zu beantworten, die er ihm stellen müsse.

Wallot antwortete, selbstverständlich sei er dazu bereit, unter der Voraussetzung allerdings, daß er nicht wie bisher mit Gestapo-Methoden behandelt werde. Er habe jedenfalls nichts zu verbergen.

Kirchhöfer geriet langsam, aber sicher in Wut. Er sagte, von Gestapo-Methoden könne wohl nicht die Rede sein. Und wenn Herr Wallot nichts zu verbergen habe, sei ja alles in bester Ordnung. Er könne ihm jedenfalls nur dringend raten, die Wahrheit zu sagen und nichts zurückzuhalten. Vielleicht glaube er, die Polizei in Merzthal lebe hinter dem Mond, aber da irre er sich gewaltig.

Alsdann wandte Kirchhöfer sich an Dirk und fragte ihn, ob er den Laptop dabeihabe. Dirk holte den Laptop aus dem Wagen, wobei er die Gelegenheit nutzte und mich anrief, und unverzüglich begann der Hauptkommissar, nachdem er das Arbeitszimmer hatte absperren lassen, im Wohnzimmer seine Befragungen, die Dirk mit dem Laptop protokollierte.

Ich fragte: »Konnte er das denn so ohne weiteres? Ich meine, zuständig war doch die Kriminalinspektion, oder?«

Dirk sagte, ja, natürlich. Aber Kirchhöfer sei auch ziemlich in der Klemme gewesen, das müsse man ihm zugute halten. Er habe zunächst einmal den Tatort absichern müssen, mitsamt allen Spuren, die Hinweise auf den Tathergang geben konnten. Aber es habe ihm ja ebenso oblegen, alle Zeugen zu ermitteln und dafür zu sorgen, daß ihre Aussagen nicht verfälscht wurden, sowie nicht zuletzt dafür, daß der oder die potentiellen Täter sich der Identifizierung nicht entziehen konnten.

Und natürlich habe er diesen Fall auch als eine Herausforderung verstanden. Daß der große Kurt Keppler einer Gewalttat zum Opfer gefallen, daß ein so ungeheuerliches Verbrechen in seinem, des Hauptkommissars Kirchhöfer, Zuständigkeitsbereich begangen worden sein sollte und daß dann irgendwann ein Irgendwer aus der Kreisstadt kommen und den Fall übernehmen würde, das sei für ihn nur schwer zu verkraften gewesen. Und hinzu komme schließlich auch noch, daß dieser Schriftsteller, der ihm wahrscheinlich ohnehin zuwider sei, ihn bis aufs Blut gereizt habe.

Daß die Sache ihm dann über den Kopf gewachsen sei, wundere ihn, Dirk, keineswegs. Aber das stehe natürlich auf einem anderen Blatt.

Als erster Zeuge wurde Max befragt. Kirchhöfer hatte zu Dirk gesagt, das sei vermutlich der einzige, dem man glauben könne. Den Autor schickte er vorerst und auf Maxens Rat in das Hausarbeitszimmer hinter der Küche; dort ließ er ihn ausgerechnet von dem Polizisten bewachen, der ihm die Handschellen angelegt hatte.

Max sagte aus, er sei außer Haus gewesen, weil Herr Keppler ihn nach drei beauftragt habe, mit etlichen Briefen zur Post zu fahren und sie dort in den Briefkasten zu werfen. Der nämlich, erklärte Max, und Dirk gab auf Geheiß Kirchhöfers auch das in den Laptop ein, der Briefkasten vor der Postfiliale also werde am Samstagmorgen noch einmal geleert, während der Briefkasten, der als nächster in der Umgebung des Hauses stehe, von Freitagmittag bis Montagmittag von der Deutschen Post AG geschnitten werde, was zu früheren Zeiten auch nicht passiert wäre.

Kirchhöfer fragte ihn, an wen die Briefe gerichtet gewesen seien, und Max erwiderte, es sei nicht seine Art, die Post seines Chefs zu kontrollieren. Kirchhöfer fragte, wann er zurückgekommen sei, und Max sagte, fast genau um Viertel vor vier Uhr, denn Herr Keppler habe ihm gesagt, er könne sich Zeit lassen, und so habe er, bevor er zurückgefahren sei, in dem Kaffeeladen neben dem Postamt noch eine Tasse Kaffee getrunken, aber auch nur diese eine Tasse.

Dann sei Keppler also wie lange allein im Haus gewesen? Das wisse er nicht, sagte Max; er selbst habe das Haus um Viertel nach drei verlassen. Aber zu dieser Zeit seien Frau Dr. Keppler und Herr Dr. Behringer noch im Haus gewesen.

Aha? Frau Keppler und Herr Behringer?

Ja. Behringer sei gekommen, um Frau Keppler zu einem Spaziergang abzuholen. Sie seien ja anscheinend noch immer im Wald.

Und er wisse nicht, wann sie das Haus verlassen hätten?

Nein. Als er aus der Stadt zurückgekommen sei, habe er sie jedenfalls nicht mehr angetroffen. Eben nur diesen Schriftsteller, mit Herrn Kepplers Pistole in der Hand.

Was denn? Die Pistole gehöre Herrn Keppler?

Ja, natürlich. Er habe sie stets in der obersten Schreibtischschublade rechts aufbewahrt. Und er habe die Schublade auch nicht abgeschlossen.

Kirchhöfer dachte einen Augenblick lang nach. Dann fragte er Max, ob er den Schuß gehört habe.

Nein, sagte Max. Wahrscheinlich sei er in diesem Augenblick noch zu weit vom Haus entfernt gewesen.

An dieser Stelle wurde die Vernehmung beendet, weil der Notarzt hereinkam und seinen Bericht erstatten wollte. Der Befund war freilich wie erwartet, Tod durch die Schußverletzung, vorbehaltlich des Ergebnisses der Obduktion.

Als der Notarzt gegangen war, ließ Koschorreck dem Hauptkommissar ausrichten, Frau Keppler und Herr Behringer seien aus dem Wald zurückgekommen. Kirchhöfer ging hinaus in die Diele, Dirk folgte ihm und hörte mit an, wie er die Todesnachricht überbrachte.

Dirk meint, sein Chef habe zwar nicht gerade gesagt: »Guten Tag, Frau Keppler, Sie sind leider Witwe«, aber viel behutsamer sei seine Formulierung auch nicht ausgefallen. Er habe ihr jedenfalls platt heraus gesagt, daß ihr Mann wahrscheinlich erschossen worden sei. Und doch habe Susanne kaum eine Regung gezeigt. Vielleicht könne man sagen, sie sei wie versteinert gewesen, während Behringer, der hinter ihr stand, auf einen Schlag so bleich geworden sei wie der Tod, wahrhaftig.

Susanne hatte ihren Mann sehen wollen, und Kirchhöfer hatte sie ins Arbeitszimmer geführt und ihr die Leiche gezeigt. Aber auch dieser Anblick hatte sie, so Dirk, nicht aus der Fassung gebracht.

Ich sagte: »Was soll das denn heißen? Willst du sagen, daß sie kein Gefühl hat? Oder etwa, daß sie schon alles wußte?«

Dirk erwiderte: »He, reg dich nicht auf! Ich erzähle dir doch nur, was ich gesehen habe!«

Ich entschuldigte mich. Er sagte, jedenfalls habe Susanne sich ganz anders verhalten als Behringer. Behringer habe sich hinsetzen müssen. Es habe so ausgesehen, als könne er jeden Augenblick zusammenklappen. Er habe auch sein Gesicht von der Leiche abgewendet, bis sie das Arbeitszimmer wieder verlassen hätten.

Dirk nahm, als sie hinausgingen, Kepplers Drucker mit. Er hatte Susanne gefragt, ob er ihn für die Protokolle ausleihen könne, und sie hatte genickt.

Dann fragte Kirchhöfer Susanne, ob sie ihm schon einige Fragen beantworten könne und wolle, und sie sagte ja. Er ging mit ihr ins Wohnzimmer. Den Bibliothekar wollte er zu Wallot in das Hausarbeitszimmer schicken, aber Dirk nahm ihn beiseite und sagte ihm, es sei vielleicht besser, wenn er den Zeugen keine Gelegenheit gebe, miteinander zu sprechen; Behringer mußte daraufhin in der Diele warten.

Susannes Befragung ergab, meint Dirk, nichts besonders Aufschlußreiches. Sie sagte aus, ihr Mann sei, nachdem er sich gegen elf Uhr angemeldet hatte, zum Mittagessen aus der Fabrik nach Hause gekommen und habe ihr gesagt, er werde am Nachmittag zu Hause arbeiten. Er habe sie gefragt, ob sie schon etwas vorhabe, und sie habe geantwortet, vielleicht werde sie ein Stündchen spazierengehen. Er habe gefragt, mit wem, und sie habe gesagt, vielleicht mit Dagmar Fries. Oder mit Hans-Ulrich Behringer.

Dagmar Fries sei nicht zu erreichen gewesen. Also habe sie in der Stadtbibliothek angerufen, und Behringer habe sich freimachen können. Er sei ein paar Minuten nach drei Uhr gekommen, und sie hätten das Haus um Viertel nach drei verlassen, kurz nachdem Max weggefahren sei. Mehr könne sie nicht sagen.

Kirchhöfer fragte sie, ob sie irgend etwas wisse, mit dessen Hilfe sich erklären lasse, warum ihr Mann erschossen worden sei.

Susanne sagte nein. Nach einer kleinen Pause fragte sie, ob es nicht denkbar sei, daß ihr Mann sich selbst erschossen habe.

Kirchhöfer fragte, ob sie das denn für möglich halte.

Nach einem Zögern sagte Susanne nein. Sie sagte, jedenfalls könne sie sich nicht vorstellen, warum er so etwas getan haben sollte.

Kirchhöfer sagte, es sei tatsächlich auch kein Abschiedsbrief oder etwas Derartiges gefunden worden. Oder ob sie vielleicht zu diesem Punkt etwas wisse?

Susanne sagte, selbstverständlich nein. Sonst hätte sie das ja gesagt.

Der Hauptkommissar bedankte sich bei Susanne. Sie sagte, sie möchte ihre Freundin bitten, zu ihr zu kommen, oder ob er etwas dagegen habe. Kirchhöfer sagte, nein, selbstverständlich nicht, und Susanne ging auf ihr Zimmer im Obergeschoß.

Um die gleiche Zeit war das Kommissariat 7 angerückt. Kirchhöfer hatte ihnen den Tatort und die Leiche gezeigt und ihnen gesagt, die Pistole, die in Wallots Taschentuch auf dem Schreibtisch lag, gehöre dem Toten, sie sei aber von einem Tatverdächtigen, der noch vernommen werden müsse, mit diesem Taschentuch da abgewischt worden. Er hatte, wie Dirk später von einem Kollegen vom K 7 erfuhr, hinzugefügt, er halte es trotzdem für angebracht, eventuell verbliebene Abdrücke zu sichern und auch die des Tatverdächtigen. Es handele sich um den bekannten Schriftsteller Wallot, und er befinde sich im Hausarbeitszimmer hinter der Küche.

Der Kollege vom K 7, der den Einsatz leitete, hatte ihn mit betontem Erstaunen gefragt, ob er außerdem noch Wünsche habe. Kirchhöfer hatte nein gesagt, aber er hatte zurückgefragt, ob er sonst noch etwas für die Kollegin und die Kollegen tun könne. Der Kollege aus der Kreisstadt hatte geantwortet, besten Dank, nein, sie kämen in der Regel sehr gut allein zurecht, und Kirchhöfer war wieder in das Wohnzimmer zurückgegangen, wo Dirk dabei war, die Protokolle der Vernehmungen von Max und Susanne auszudrucken.

Der Hauptkommissar schloß die Tür hinter sich und stieß einen gotteslästerlichen Fluch aus. Dann sagte er: »Der Teufel soll diesen Scheißjob holen!«

Dirk fragte: »Was ist denn passiert?«

Kirchhöfer sagte: »Wissen Sie… dieser Schriftsteller ist ja wirklich eine arrogante Sau! Aber der Kollege vom K 7 kann ihm das Wasser reichen, ich sag's Ihnen!« Als Dirk noch einmal fragte, was denn passiert sei, antwortete er nicht mehr, er brummte nur und schüttelte den Kopf, griff nach den Ausdrucken und überflog sie. Dann ging er hinaus und rief Behringer, der totenbleich auf einem Stuhl in der Garderobe hockte, zur Befragung herein.

Aber auch Behringers Aussage, meint Dirk, erbrachte nichts Wesentliches. Der Bibliothekar bestätigte Susannes Aussage bis in die Uhrzeiten hinein. Auch er fragte, ob es nicht möglich sei, daß Keppler sich selbst umgebracht habe. Auf die Frage, ob er das denn für möglich halte und ob er einen Grund wisse, aus dem Keppler Selbstmord hätte begehen können, trat allerdings auch er den Rückzug an, er sagte, nein, nein, etwas Derartiges sei ihm nicht bekannt.

Dirk druckte seine Niederschrift aus, Behringer las und unterschrieb sie. Er fragte, ob er jetzt gehen könne, und Kirchhöfer antwortete, er müsse leider noch ein wenig Geduld haben; es könne sein, daß die Beamten aus der Kreisstadt noch die eine oder andere Frage an ihn hätten. Der Bibliothekar ging hinaus und ließ sich wieder auf seinen Stuhl in der Garderobe sinken.

Wallot, den Kirchhöfer dann endlich kommen ließ, eröffnete die Vernehmung mit der Ankündigung, er werde bei der Polizeibehörde eine Dienstaufsichtsbeschwerde sowohl gegen den Polizisten, der ihn in dem Hausarbeitszimmer bewacht habe, wie gegen dessen Vorgesetzten, also Herrn Kirchhöfer, einreichen. Es stellte sich heraus, daß er mit der Erklärung, er sei nicht gesonnen, noch länger in diesem Verlies zu warten, das Zimmer hatte verlassen wollen und daß der Polizist ihn gegen seinen Widerstand hinter die Tür zurückbefördert hatte, womöglich ein wenig unsanft.

Der Hauptkommissar erwiderte, er möge getrost seine Beschwerde einreichen, aber zunächst solle er bitte noch erklären, wie er in Kepplers Arbeitszimmer und an die Pistole gekommen sei. Er hoffe doch, daß Herr Wallot dafür eine plausible Erklärung wisse.

Der Autor sagte, er wisse nicht, wie weit der Hauptkommissar einer plausiblen Erklärung zu folgen vermöge, aber er habe in der Tat eine solche Erklärung. Dann erzählte er die Geschichte des Spaziergangs, den er an diesem Freitagnachmittag unternommen hatte.

Einen Spaziergang zum Haus von Herrn Keppler?

Nein, einen Spaziergang an Herrn Kepplers Haus vorbei; und ebenden, weil er diese Wanderung schon einmal als schön und erholsam kennengelernt habe.

Er erzählte, wie er auf dem Weg hinter dem Haus in den Wald hinaufgestiegen sei, wie er einen Augenblick innegehalten und einen Blick auf das Haus geworfen und unversehens einen Schuß gehört habe, wie er über den Zaun gestiegen sei, weil er geglaubt habe, helfen zu müssen, wie niemand auf sein Rufen geantwortet habe, wie er durch die offene Terrassentür in Kepplers Arbeitszimmer geschaut und den Hausherrn gefunden habe, leblos im Sessel und mit dem Loch in der Stirn.

Alsdann erzählte er, daß er die Pistole auf dem Boden entdeckt und sie – völlig unbedacht – aufgehoben und sie danach, was wohl noch törichter gewesen sei, auch noch mit seinem Taschentuch abgewischt habe, weil er plötzlich von der Furcht ergriffen worden sei, daß seine Fingerabdrücke ihn unter Verdacht bringen würden.

Nun ja, »und dann ist dieser Schläger ins Zimmer gestürzt und hat mir ohne jede Ankündigung die Faust ins Gesicht geschlagen.« Er habe das Bewußtsein verloren und sei erst wieder zu sich gekommen, als die Kollegen der Herren ihm die Handschellen angelegt hätten; wahrscheinlich könne er ja von Glück sagen, daß sie ihm nicht auch noch eine Fußfessel verpaßt hätten.

Kirchhöfer, der diese Geschichte schweigend und ohne weitere Unterbrechung durch eine Zwischenfrage angehört hatte, schwieg auch noch, nachdem Wallot geendet hatte. Er schaute, als sei er in Gedanken versunken, auf die Niederschriften der vorangegangenen Befragungen, die vor ihm lagen. Erst als Wallot die Geduld verlor und sich nachdrücklich räusperte, hob der Hauptkommissar den Blick und sah den Autor an. Er fragte: »Es lag nicht irgendein Papier auf dem Schreibtisch?«

»Ein Papier?«

»Ja. Zum Beispiel ein Brief? Ein Abschiedsbrief, den Sie womöglich an sich genommen haben?«

Wallot starrte ihn an. Plötzlich begann er zu lachen. Dann fragte er: »Ich sehe das doch recht, daß Sie mich verdächtigen, Herrn Keppler erschossen zu haben?«

Kirchhöfer antwortete: »Wieso ich? Sie haben doch gerade gesagt, daß Sie sich selbst unter Verdacht gebracht haben.«

Wallot sagte: »Absolut richtig! Und nun verdächtigen Sie mich also, daß ich einen Abschiedsbrief, will heißen, einen Brief meines Opfers, der beweisen würde, daß es sich selbst umgebracht hat, verschwinden lasse! Richtig?«

Kirchhöfer sah ein, daß er einen Denkfehler begangen hatte. Er räusperte sich. Dann fragte er: »Haben Sie Ihrer Aussage noch irgend etwas hinzuzufügen?«

Wallot sagte: »Nein. Sie ist, wie es sich in einem solchen Fall gehört, wohlüberlegt und vollständig. So, wie es sich übrigens auch für die Fragen gehört hätte.«

Kirchhöfer atmete tief, dann nickte er Dirk zu. Dirk druckte das Protokoll aus und gab es dem Hauptkommissar, der es überflog und an Wallot weitergab. Der Autor zog einen Mehrfarbenstift aus der Jackentasche, las das Protokoll, trug an vier Stellen mit Rot Korrekturen ein, die er jeweils mit seiner Paraphe abzeichnete, und unterschrieb es. Dann sagte er: »Ich nehme an, ich kann Sie jetzt verlassen?«

Kirchhöfer sagte: »Tut mir leid. Noch nicht.«

Wallot sagte: »Wie bitte?!«

Dirk stand abrupt auf und ging hinaus. Mir hat er zur Erklärung dieser Reaktion gesagt, er habe sich die Steigerung des giftigen Gezänks, dieses Hahnenkampfes zwischen dem Autor und dem Hauptkommissar, die nun ganz unvermeidlich war, nicht antun wollen. Es sei ihm wirklich unerträglich geworden, nicht allein die Sturheit, mit der Kirchhöfer auf seinem Verdacht gegen Wallot herumgeritten sei, sondern vor allem auch die Böswilligkeit dieses Schriftstellers. Einem größeren Kotzbrocken als Wallot sei er, Dirk, jedenfalls noch nicht begegnet.

Er verließ das Wohnzimmer und ging ins Arbeitszimmer, vor dem schon der Blechsarg der Gerichtsmedizin wartete und in dem die Kollegen vom Erkennungsdienst dabei waren, ihre Arbeit zu beenden. Während er sich noch mit ihnen unterhielt, traf der Kriminalkommissar Giess von der Kriminalinspektion der Kreisstadt ein, der dem Hauptkommissar Ferber zugeteilt worden war.

Ferber hatte, als die Inspektion ihn in seinem Wochenendquartier erreichte, gesagt, es sei für ihn praktischer, gleich nach Merzthal und nicht erst in die Kreisstadt zu fahren, um zu Giess umzusteigen. Und so hatte Giess sich schon allein auf den Weg gemacht.

Giess sah sich die Leiche und den Tatort an, der Chef der Spurensucher erstattete ihm Bericht. Dirk hörte interessiert zu. Dann brachte er Giess zu Kirchhöfer, der mittlerweile allein im Wohnzimmer saß.

Kirchhöfer war unverkennbar pikiert, daß Giess nicht zuerst zu ihm gekommen war. Er drückte ihm die Protokolle der Vernehmungen in die Hand und ging hinaus. Dirk folgte ihm. Er fragte ihn, wo denn Wallot sei, und Kirchhöfer antwortete kurz angebunden: »Unterwegs zum Waldhotel, nehme ich an.« Und damit war er auf die Toilette verschwunden.

Dirk faßte sich mit beiden Händen an den Kopf, als er mir das erzählt hatte. Er sagte: »Das mußt du dir vorstellen! Er belehrt den Hauptverdächtigen nicht, und dann läßt er ihn laufen, ohne auch nur mal gefragt zu haben, ob die Fingerabdrücke gesichert sind! Und er gibt ihm die Gelegenheit, alle anderen Spuren zu beseitigen!«

Ich fragte: »Was denn für andere Spuren?«

Er starrte mich an. »Mannomann! Schmauchspuren, zum Beispiel! Hast du noch nie was davon gehört?!«

38

Wallot hatte, nachdem Dirk das Wohnzimmer verlassen hatte, ein gewaltiges Theater veranstaltet. Er selbst erzählte mir nachher mit offensichtlichem Vergnügen, er habe diesem unbedarften Hauptkommissar mit sofortigen Schritten des Anwalts gedroht, von dem er nicht einmal gewußt habe, ob er ihn an diesem Wochenende überhaupt noch erreichen würde, jedenfalls habe er Herrn Kirchhöfer mit der Ankündigung einer Anzeige wegen Freiheitsberaubung und ähnlichem Zeug die Hölle so heiß gemacht, daß der am Ende nur noch gebellt habe: »Machen Sie, daß Sie rauskommen! Verschwinden Sie, aber blitzartig!«

Gleich danach war Kirchhöfer zu Behringer in die Garderobe gegangen und hatte auch dem gesagt, daß er nach Hause gehen könne, und der Bibliothekar hatte auf der Stelle das Weite gesucht. Dirk, der – wie er es bei mir ausdrückte – das alles für einen schlechten Witz hielt, sagte seinem Chef, aber zumindest diese Entlassung sei doch nun wirklich nicht nötig gewesen; Behringer hätte auf die absehbare Zeit doch stillgehalten. Und der Hauptkommissar fragte ihn, ob er sich etwa hätte den Vorwurf zuziehen sollen, er behandele seine Zeugen mit zweierlei Maß.

Dirk fragte ihn auch noch, ob denn wenigstens daran gedacht worden sei, Behringer die Fingerabdrücke abzunehmen, und Kirchhöfer hatte ihn angefahren, wen er denn noch alles verdächtigen wolle; außerdem sei das sowieso nicht sein Bier, sondern das des K 7, und so schlau wie die seien, hätten sie es auch gar nicht gern, wenn man sie an etwas erinnere, die dächten sowieso an alles, jedenfalls habe ihr Chef ihm ja unter die Nase gerieben, sie kämen in der Regel allein zurecht.

Und damit hatte Kirchhöfer sich abgewandt und im Weggehen gesagt, Dirk könne übrigens auch einpacken und nach Hause oder wohin auch immer gehen, er werde selbst den Kehraus übernehmen. Dirk hatte den Drucker in Kepplers Arbeitszimmer gebracht, wo die Leiche gerade in den Blechsarg gelegt wurde, hatte den Drucker wieder angeschlossen und war dem Abtransport der Leiche bis vor die Tür gefolgt.

Danach hatte er mich in der Redaktion angerufen und mit mir gesprochen, bis plötzlich der Kommissar Giess das Wohnzimmer verließ, mit leicht gerunzelter Stirn. Dirk hatte ihn gefragt, ob er etwas für ihn tun könne und wohin er jetzt wolle. Giess hatte gesagt, für den Kollegen Ferber und ihn seien Zimmer im Waldhotel reserviert, und Dirk hatte dafür gesorgt, daß Koschorreck mit dem Streifenwagen vor Giess herfuhr und ihn bis zum Waldhotel geleitete. »Und das war's dann. Jedenfalls für heute.«

Ich sagte: »Der Herr Giess war wohl mit eurer Arbeit nicht zufrieden?«

Er knurrte: »So kann man es sagen, ja.«

»Und das lag an diesen… wie heißen die Dinger noch mal? Schmauchspuren?«

Er schüttelte den Kopf. »Bist du wirklich so unbedarft, oder willst du mich auf den Arm nehmen? Okay, und jetzt kannst du dich meinetwegen totlachen, aber selbstverständlich lag es daran, daß keine Sau sich um ›diese Dinger‹ gekümmert hat, unter anderem! Was denn sonst?!«

»Nun erklär mir's schon. Ich bin wirklich total unbedarft.«

»Du meine Güte!« Er begann damit, mir zu erklären, daß ein Schuß aus einer Pistole auch auf der Hand des Schützen und sogar seiner Kleidung, auf dem Ärmel zum Beispiel, Rückstände hinterlasse, die man nachweisen könne, nicht immer, aber häufig jedenfalls, Schmauchspuren eben, Verbrennungsrückstände von der Explosion der Treibladung, von der Patrone also, Nitrate, aber auch winzige Bleipartikel, die sich in den Fältchen der Haut und im Gewebe der Kleidung festsetzten.

Bei dem Folgenden hätte ich ihm gern gesagt, das genüge schon, aber es war mir klar, daß er jetzt nicht mehr aufzuhalten war und auf meinen leicht überladenen Magen schon gar keine Rücksicht nehmen würde, er legte dar, daß bei einem Kontaktschuß, also einem Schuß, bei dem die Mündung der Waffe aufgesetzt werde, was bedeute, auf den Körper des Opfers aufgesetzt werde, auch Partikel von dessen Haut, Gewebeteile, zudem Blutspritzer und Knochensplitter oder Gehirnmasse weggeschleudert würden und beim Schützen landen könnten. Das seien natürlich alles flüchtige Spuren, aber ebendeshalb müsse man sie sichern.

Ich fragte, wie man so etwas denn sichern könne, weil ich hoffte, ihn damit wenigstens von weiterem Ekelkram abzuhalten, und er antwortete, er kenne ein Lehrbuch, in dem sogar empfohlen werde, die Hände eines Verdächtigen, solange die Spurensicherung noch nicht am Tatort eingetroffen sei, in Papiertüten zu stecken, damit die eventuellen Spuren nicht verlorengingen.

Ich sagte, ich könne mir ungefähr vorstellen, was passiert wäre, wenn Kirchhöfer versucht hätte, Wallots Hände in Papiertüten zu stecken.

Er sagte: »Ich auch. Aber das war ja noch kein Grund, ihn einfach laufenzulassen. Jetzt braucht man ihn gar nicht mehr unter die Lupe zu nehmen. Wenn er der Täter war und wenn er ein bißchen Ahnung hat, was ich ihm durchaus zutraue, dann hat er sich schon längst sehr gründlich die Hände gewaschen und seine Kleidung abgebürstet. Und das, was übrigbleibt, ist wahrscheinlich nicht einmal mehr unter dem REM nachzuweisen.«

Er hielt ein, sah mich an.

Ich sagte: »Ich weiß, was ein REM ist. Ein Elektronenmikroskop.«

Er sagte: »Na bitte, fast erraten. Ein Rasterelektronenmikroskop.«

»Korinthenkacker.«

»Das könnte von Kirchhöfer sein. Sag mal…« Er hob seine Bierflasche hoch, hielt sie gegen die Lampe, schüttelte sie.

Ich ging in die Küche und fand im Spind tatsächlich

noch zwei Flaschen. Ich rief: »Aus dem Spind, oder soll ich sie erst noch in den Kühlschrank legen?«

Er rief: »Bring sie, wie sie ist!« Ich nahm beide Flaschen mit, gab ihm eine. Er öffnete sie, nahm einen Schluck, verzog das Gesicht. Ich streckte die Hand aus, aber er schüttelte den Kopf. Dann sagte er: »Das gleiche gilt natürlich für Frau Keppler und Behringer. Und letzten Endes auch für Max Ackermann.«

»Was gilt für sie?«

»Daß man ihre Hände und ihre Klamotten hätte untersuchen müssen.«

Ich starrte ihn an. »Sag mal, spinnst du? Du verdächtigst doch wohl nicht Susanne Keppler, daß sie ihren Mann erschossen hat?«

»Ich sag ja nicht, daß sie es getan haben muß. Oder daß sie es allein getan hat. Vielleicht hat ja auch Behringer das übernommen, für sie. Oder er hat sich bereit erklärt, ihr das Alibi zu liefern. So wie sie ihm. Hatten die beiden nicht mal was miteinander? Und vielleicht sogar noch immer? Komm, Jörg, sei ehrlich! Du hast doch auch schon mal so was gehört!«

Ich sagte aufgebracht: »Ja, vielleicht hab ich auch schon mal so was gehört! Aber ich glaube doch nicht jeden Mist, der hier herumerzählt wird! Und glaubst du vielleicht, daß Susanne ihren Mann umbringt, damit sie ungestört mit Behringer in die Kiste gehen kann? Mit diesem Alki, der sich alle paar Tage mit Dope vollhaut?«

Er trank einen Schluck Bier, blickte eine Weile aus dem Fenster. Dann sagte er: »Das vielleicht nicht. Aber vergiß das Geld nicht. Sie erbt doch wahrscheinlich die Fabrik und alles. Sie hätte doch mehr als genug, um Behringer zu bezahlen. Dafür, daß er dem Alten das Ding verpaßt hat. Wenn er es ihm verpaßt hat. Und es würde sie gar nichts kosten, auszusagen, daß der Alte noch lebte, als sie mit Behringer in den Wald gegangen ist.«

Ich sagte: »Menschenskind, du bist ja besoffen! Behringer würde doch nicht einmal ein Scheunentor treffen! Der hat doch den Tatterich!«

Er nickte. Nach einer Weile fragte er: »Hat sie denn auch den Tatterich? Hab ich bisher nichts von gemerkt. Nicht einmal heute nachmittag.«

Ich sagte: »Du bist doch abartig! Ich kann's nicht fassen!«

Er sah mich an, nickte. »Ich weiß, daß du das nicht gern hörst. Es geht dir gegen den Strich, daß jemand sagt, sie ist ein Luder. Vielleicht ist sie ja auch keins. Vielleicht hat es gar nichts mit dem Geld zu tun. Auch nicht damit, daß sie mit Behringer schlafen möchte.« Er zuckte die Schultern. »Vielleicht hat der Alte sie schikaniert. Hat sie kurzgehalten. Hat sie gequält, Tag und Nacht und bis aufs Blut. So was gibt's ja. Denk mal an den Oster. Osters Karl. Bricht seiner Frau den Arm.«

Ich trank einen Schluck Bier.

Er seufzte. »Und Behringer... na ja, er wollte deiner Susanne halt helfen. Sie befreien. Von einem Pascha, der sie drangsaliert hat. Schikaniert nach Strich und Faden.« Er rieb sich die Stirn. »In der Richtung läßt sich übrigens auch ein Motiv für Max Ackermann finden. Der Alte hat ihn doch von morgens bis abends herumgescheucht. Und auch noch des Nachts. Vielleicht war er es satt.«

Er kratzte sich auf der Wange. »Oder es war auch bei ihm das Geld. Oder beides. Man müßte mal in das Testament reinschauen. Werden die Jungs aus der Kreisstadt natürlich tun. Vielleicht erbt der Ackermann ja einen ordentlichen Batzen.«

Nach einer Weile sagte er: »Wäre von der Zeit her auch darstellbar gewesen. Er nimmt die Briefe, fährt hinaus auf die Straße, wartet ab, bis er sieht, daß Frau Keppler und Behringer rauskommen und in den Wald gehen. Sie hat uns gesagt, sie seien gegangen, kurz nachdem Ackermann weggefahren sei. Er kommt also unbeobachtet zurück, geht ins Arbeitszimmer und zu Keppler, der am Schreibtisch sitzt, nimmt, ohne ein Wort zu sagen, die Pistole aus der Schublade, Keppler will aufstehen, und Ackermann setzt ihm die Bohne in die Stirn.«

Er stieß die Luft durch die Nase, lächelte. »Und da Keppler schon halb stand, verläuft der Schußkanal auch noch so, als hätte er sich selbst die Pistole vor die Birne gehalten!« Er nickte. »Und Keppler sackt zurück in den Sessel, und Ackermann wischt die Pistole ab und drückt sie ihm in die Hand und legt sie dann auf den Boden, neben Keppler. Und hat das Glück, daß dieser Wallot kommt, und der wischt die Pistole noch mal ab und läßt sich dabei ertappen. Und gibt das auch noch zu.«

Er trank einen Schluck Bier. Dann sagte er: »Und nach dem Mord hat Ackermann ja auch noch Zeit genug gehabt. Er hat sich auf die Socken gemacht und die Briefe in den Kasten geworfen, ist in die Kaffeebude gegangen und hat seinen Kaffee getrunken. Ein bißchen schnell vielleicht. Vielleicht hat er sich das Maul verbrannt, aber was macht das schon, so was muß man halt in Kauf nehmen. Die Leute hatten ihn jedenfalls gesehen. Und dann ist er still und leise verschwunden und in sein Auto gestiegen und ziemlich schnell zurückgefahren. Und er kam gerade rechtzeitig, um Herrn Wallot k.o. zu schlagen und ihn als Täter anzuzeigen.«

Er sah mich an. »Könnte doch so gewesen sein, oder?«

Ich sagte: »Sicher. Und der Herr Wallot ist bei dir jetzt völlig aus dem Schneider, nicht wahr?«

»O nein!« Er schüttelte den Kopf. »Das ist er überhaupt nicht.«

»Und wieso nicht?«

»Das, was ich von Ackermann gesagt habe, könnte ja auch Wallot getan haben, genau so. Oder Behringer, natürlich. Der eine wie der andere könnte ja ebensogut zu Keppler ins Arbeitszimmer gegangen sein; der eine über den Zaun und die Terrasse, der andere ganz simpel durch die Tür, denn er war ja schon im Haus. Geht zu Keppler, der am Schreibtisch sitzt und gar nicht kapiert, was da geschieht; und schon nimmt dieser Eindringling die Pistole aus der Schublade und nietet ihn um.«

»Aber klar! Ganz einfach so!« Ich stieß die Luft durch die Nase. »Wenn du so weitermachst, dann werde ich wohl der nächste sein, den du verdächtigst.«

Er zog die Stirn zusammen. »Was soll das denn? Willst du dich jetzt nur noch lustig machen?«

»Überhaupt nicht.« Ich lächelte, aber wahrscheinlich fiel das Lächeln ziemlich böse aus. Ich sagte: »Als die Geschichte passierte, war ich allein unterwegs. In der Stadt. Eineinhalb Stunden lang, und nur in der ersten halben Stunde hab ich mit ein paar Leuten gesprochen. Ich weiß nicht, ob ich in der restlichen Stunde überhaupt jemandem aufgefallen bin. Das heißt doch wohl: Ich hab kein Alibi!«

Er begann zu grinsen. »Laß das nur ja nicht Kirchhöfer hören. So schnell wie den Wallot und Uli Behringer wird der dich bestimmt nicht laufenlassen. Pressefritze!«

»Ich war bei den Panzern. Und dafür hat er mich sogar mal gelobt.«

»Das ist lange her. Schreiberling!« Er grinste mich an. »Und er könnte sogar darauf kommen, daß du ein Motiv gehabt hast. Es ist dir doch gar nicht recht gewesen, daß deine Freundin diesen alten Knacker geheiratet hat, nicht wahr? Du wolltest sie doch an niemanden abgeben, hab ich recht? Und schon gar nicht an den!«

Ja, da hatte er recht. Ich hätte sogar ein Motiv gehabt, o ja! Dazu hätte ich freilich Susannes Klagen über den Terror, den Keppler auf sie ausübte, ich hätte die Depressionen, die Verzweiflung, die sie hatte erkennen lassen, ernst nehmen müssen. Dann wäre wohl auch ich auf den Gedanken gekommen, ihn umzubringen. Ich hätte jedenfalls darüber nachdenken müssen, wieder einmal und sehr viel gründlicher als zuvor, wann immer er durch die despotischen Allüren, die er außerhalb seines Hauses auslebte, mich in Wut gebracht hatte.

Ich sagte: »Laß den Quatsch!«

»Okay.« Er setzte die Flasche an und trank, verzog wieder das Gesicht. Dann sagte er: »Das Problem bei Wallot ist nur, daß mir kein überzeugendes Motiv einfällt, das er gehabt haben könnte. Oder weißt du vielleicht eins?«

Mir wurde heiß. Wenn bekannt würde, daß Susanne den

Autor zweimal, mindestens zweimal auf seinem Hotelzimmer besucht hatte, dann drängte sich der Verdacht geradezu auf, daß die beiden eine Affäre hatten und daß Keppler ermordet worden war, weil er ihnen im Wege stand. Und Wallot war als Partner bei diesem Komplott natürlich sehr viel plausibler als Behringer, nicht zuletzt deshalb, weil der Autor ja schließlich mit der Tatwaffe in der Hand ertappt worden war.

Vielleicht würde Dirk so bald nicht dahintersteigen, und Kirchhöfer auch nicht. Aber ihren Kollegen von der Kriminalpolizei würde Susannes Abenteuer wohl kaum verborgen bleiben.

Nein. Das war weiß Gott nicht anzunehmen. Denn zum Überfluß gab es da ja auch noch den rundlichen Herrn Simonis mit der adretten Frisur. Detektive waren zur Verschwiegenheit verpflichtet, das wußte ich wohl. Und in Fernsehfilmen nahmen sie hin und wieder ja sogar Repressalien der Polizei in Kauf, um ihre Auftraggeber und deren Privatangelegenheiten nicht preiszugeben.

Aber womöglich sah die Sache anders aus, wenn der Auftraggeber nicht nur tot, sondern auch noch eines gewaltsamen Todes gestorben und womöglich sogar einem Mord zum Opfer gefallen war. Womöglich würde Herr Simonis sich ein Fleißkärtchen bei der Polizei verdienen wollen.

Dirk sagte: »Ich hab dich was gefragt. Willst du nicht antworten, oder bist du nur weggetreten?«

»Nein, nein. Ich hab nachgedacht. Wallots Motiv, ja.« Nach einem Zögern sagte ich: »Er hat geglaubt, daß Keppler diesen Überfall im Stadtpark in Auftrag gegeben hat. Und auch noch einen Einbruch in seine Wohnung, während er hier in Merzthal war.« Nach einer kleinen Pause sagte ich: »Und er hat gesagt, daß derjenige, der dafür verantwortlich sei, von ihm die Antwort erhalten werde. Er werde diese Antwort zu spüren bekommen, hat er gesagt.«

Dirk hob die Augenbrauen. »Oh! Interessant!«

Unversehens wurde mir anders. Es war keine direkte Übelkeit, die mir aus dem Magen in die Kehle kroch, aber es war einer Übelkeit sehr ähnlich. Ich schluckte. Ich schluckte so laut, daß es deutlich zu hören war.

Ich hatte Wallot denunziert. Ich hatte ihn so unbedenklich und unanständig angeschwärzt, daß ich hätte kotzen können. Der Mann mochte ein Schweinehund sein, doch mir selbst hatte er nichts Böses getan. Im Gegenteil, er hatte mir angeboten, mir zu einem besseren Job zu verhelfen. Aber ich hatte ihn soeben denunziert.

Was ich damit bezweckte, war völlig klar: Ich wollte Dirk, ich wollte die Polizei von Wallots Beziehung zu Susanne ablenken. Ich wollte ihnen klarmachen, daß Wallot ein ganz anderes Motiv gehabt hatte, Keppler umzubringen; wenn er ihn denn umgebracht hatte. Ein Motiv, das für sich allein durchaus stark genug war.

Ich sagte: »Entschuldige, aber am besten vergißt du das gleich wieder. Er hat es mir so gesagt, daß es eigentlich nicht ernst zu nehmen war. Ich möchte auch nicht, daß er womöglich glaubt, ich hätte ihm Böses nachgesagt.«

Dirk nickte, aber seine Augen verengten sich ein wenig.

Ich sagte: »Außerdem, und das solltest du nicht völlig vergessen, außerdem besteht doch durchaus die Möglichkeit, daß Keppler Selbstmord begangen hat. Kirchhöfer hat doch auch danach gefragt, hast du mir erzählt. Oder?«

»Ja, hat er.« Er trank einen Schluck. »Aber er hat das nur getan, weil Frau Keppler und Behringer das Thema angeschnitten haben. Mir ist er fast mit dem Hintern ins Gesicht gesprungen, als ich laut darüber nachgedacht habe. Auf seinen Keppler läßt er nun mal nichts kommen. Der war in seinem ganzen Leben nicht feige, verstehst du? Keiner, der kneift, sagt er.«

»Was ist denn das nur für ein blödsinniges Argument?«

»Nicht für meinen Chef.« Er zuckte die Schultern. »Männer geben nicht auf. Selbst in der größten Scheiße nicht. Wußtest du das etwa nicht?«

»Na bravo! Da sieht man doch gleich, daß der Mann gedient hat!«

Dirk erwiderte: »Aber er hat auch eine gute Frage.«

»Und die wäre?«

Er kratzte sich auf der Wange, sah mich an. »Warum sollte Keppler sich denn umgebracht haben? Die Fabrik läuft wie geschmiert, der Prozeß ist längst vergessen, ebenso, daß er im Knast gesessen hat, er ist nach wie vor die große Nummer, nicht nur in Merzthal, und größer als je zuvor, wenn ich das richtig sehe. Und seine Frau hat noch lange keine Falten und auch keine Hängetitten, Entschuldigung, und wenn sie welche bekäme, könnte er sich mit seinem Geld sofort eine neue holen. Entschuldigung, ich sag's auch nicht wieder. Warum also sollte der Mann sich selbst ausblasen? Und das auch noch, ohne einen Abschiedsbrief zu hinterlassen?«

Ich schwieg eine Weile. Dann fragte ich: »Es war kein Kontaktschuß, ich meine, er hat sich die Pistole nicht an die Stirn gesetzt?«

»Nein, eben nicht. So, wie es aussieht, war es ein relativer Nahschuß.« Er schüttelte den Kopf. »Das allein würde allerdings noch nicht beweisen, daß ein anderer ihn erschossen haben muß.« Er trank einen Schluck. »Es gibt Fälle von Selbsttötung, in denen die Waffe gerade nicht aufgesetzt wird. Ich weiß nicht... vielleicht ist den Leuten die Mündung zu kalt. Oder sonstwas hält sie davon ab. Bloß bin ich bei Keppler ziemlich sicher, daß er den Nerv dazu gehabt hätte.«

Er stellte die Flasche ab, nickte. »Der hätte keinen Schiß gehabt. Der hätte sich die Wumme platt auf die Stirn gesetzt. Schon um sicherzugehen, daß es klappt. Nein. Irgend jemand anders hat ihm das Ding verpaßt.« Er sah mich an, nickte wieder.

»Aber ich krieg's noch raus, wer. Und warum. Verlaß dich drauf.«

Ich war stets der Meinung gewesen, daß Dirk den Mund schon mal ein bißchen voll nahm. Und ich hatte geglaubt, daß er berechenbar sei und daß ich ihn durchschauen könne. Aber diesmal wurde mir bang. Ich schwieg eine Weile. Dann sagte ich: »Könnte es nicht auch ein Fremder gewesen sein? Ein Russe, zum Beispiel, dem Kepplers Haus in die Nase gestochen hat? Steigt über den Zaun, schleicht sich an und kommt unversehens durch die Terrassentür in Kepplers Arbeitszimmer.«

»Und woher weiß er, daß die Pistole in der Schublade liegt?«

»Braucht er ja gar nicht zu wissen. Er steht da urplötzlich in dem Zimmer, und Keppler holt die Pistole aus der Schublade, weil er ihn vertreiben will, aber der Russe greift nach seiner Hand, und sie ringen miteinander. Und der Schuß löst sich, und Keppler ist tot. Und der Russe will wieder durch den Garten abhauen, aber dann sieht er Wallot über den Zaun klettern, also geht er raus zur Diele, aber da sieht er, wie Max Ackermann aus dem Auto steigt, also versteckt er sich, in der Garderobe, zum Beispiel, bis Ackermann im Arbeitszimmer verschwunden ist. Und dann haut er ab, durch den Vordereingang.«

»Mannomann! Das nenn ich aber eine Super-Zwölf!« Er lächelte. »Die ringen da miteinander, und peng, Keppler bekommt die Bohne genau in die Stirn! Kannst du mir die Stellung mal zeigen, in der dieser Russe das geschafft hat? Und gehst du mit mir in die Vorstadt, den Kerl suchen?«

Ich sagte: »Na gut. Jedenfalls denke ich, daß es auch ein ganz Unbekannter gewesen sein könnte.«

»Ja. Der große Unbekannte.« Er schüttelte den Kopf. Dann sagte er: »Nein, laß mal, Jörg. Ich finde heraus, wer's war. Ich werd's herausfinden.« Er nickte.

Er machte mir ziemlich bange.

39

Ich rief ihn, nachdem er gegangen war, noch zweimal zu Hause an. Ich litt unter dem Gefühl, ihm beweisen zu müssen, daß ich das Meine tun wollte, um den Fall zu lösen. Und es machte mir nach wie vor zu schaffen, daß ich Wallot angeschwärzt, daß ich ihn verraten hatte, nur um meinen V-Mann bei der Polizei und dessen Kollegen von einem bestimmten Verdacht abzulenken.

Beim erstenmal sagte ich ihm, ich hätte noch einmal nachgedacht und dabei sei mir aufgefallen, daß in diesem Anfangsstadium der Ermittlungen sein Chef ja keineswegs der einzige Dämlack gewesen sei.

Er glaubte wohl, ich wolle ihm persönlich ein Versäumnis oder einen Fehler unter die Nase reiben. Er fragte ein wenig gereizt: »Ach ja? Und wen sonst hast du dir herausgepickt?«

Ich sagte: »Dieser Kollege von den Spurensuchern... Kirchhöfer hatte ihm doch gesagt, daß er Wallots Fingerabdrücke nehmen solle. Klar, daß er sich darüber geärgert hat, er wollte sich von dem Dorfgendarmen ja keine Anweisungen geben lassen. Aber bloß zum Trotz darf er so was doch nicht ignorieren!«

Das habe er ja auch nicht, erwiderte Dirk. Er sagte, ebendieser Kollege sei irgendwann zu der Kollegin gekommen, die in der Diele stand, und habe sie gefragt, wo das Hausarbeitszimmer sei. Er habe nämlich Wallot ins Arbeitszimmer holen wollen, um ihn dort in der Datei des Erkennungsdienstes zu verewigen. Bloß sei Wallot da gerade zur Vernehmung bei Kirchhöfer und ihm, Dirk, im Wohnzimmer gewesen. Und als der Kollege dann das nächstemal den Schriftsteller gesucht habe, sei der von Kirchhöfer bereits nach Hause geschickt worden.

Ich sagte: »O Scheiße, ja.«

»Richtig. Genau das war's. Aber noch ist nicht aller Tage Abend. Verlaß dich drauf.«

Beim zweiten Anruf sagte ich ihm, Max Ackermann könne der Täter nicht gewesen sein. Er fragte, und wieso das denn nicht. Ich sagte, wenn Wallot den Schuß gehört habe und sofort über den Zaun gestiegen sei... woran wir ja nicht zweifelten, oder?

Nein, natürlich nicht, sagte er.

Ich sagte, okay, aber wenn Wallot auf der Stelle dem Schuß nachgegangen sei und wenn Ackermann derjenige gewesen sein sollte, der den Schuß abgegeben hatte, dann hätte Wallot sich eine kleine Ewigkeit lang mit Kepplers Leiche und der Pistole und dem Abwischen der Pistole beschäftigt. Nämlich die ganze Zeit, in der Ackermann nach der Tat unterwegs war und in die Stadt fuhr und die Briefe einwarf und den Kaffee trank, und dazu noch die Zeit, die er brauchte, um zu Kepplers Haus zurückzukommen und Wallot zu ertappen – Wallot, wie er immer noch dabei war, die Pistole abzuwischen.

Er brummte. Dann sagte er: »Nicht eine kleine Ewigkeit. Aber eine runde halbe Stunde schon, ja.«

Ich sagte: »Egal, aber du glaubst doch wohl nicht, daß er sich so lange damit aufgehalten hätte?«

Nach einer kleinen Pause sagte er: »Nein. Wahrscheinlich hätte er sich bis dahin längst aus dem Staub gemacht.«

Ich sagte: »Vielleicht, ja. Aber vielleicht hätte er ja auch euch gerufen. Sobald er die Pistole abgewischt hatte. Und vor allem den Notarzt hätte er geholt, denke ich.«

»Ja. Sicher. Wäre wohl auch möglich gewesen.« Nach einer Weile sagte er: »Gut. Gut, Jörg! Sauber gedacht. Für so was kannst du mich jederzeit anrufen. Ich meine, wenn du noch mehr von solchen Ideen haben solltest.«

»Wirklich sehr liebenswürdig von dir. Okay. Ich werd mich melden.«

Er sagte hastig: »Aber nicht sofort, bitte! Nicht gleich

heute nacht noch mal!« Er stöhnte. »Irgendwann muß ich nämlich ein Auge zutun. Oder am besten zwei. Solltest du übrigens auch. Also, schlaf gut! Und bitte möglichst lange!«

Ich fühlte mich ein wenig erleichtert. Ich hatte etwas getan, um den Fall aufzuklären, und nicht bloß eine weitere Verdächtigung in die Welt gesetzt. Aber der erholsame Schlaf, den ich wahrscheinlich dringend benötigt hätte, wollte sich so schnell nicht einstellen, obwohl ich schon gleich nachdem ich den Telefonhörer aufgelegt hatte, ins Bett ging und das Licht löschte.

Kaum daß das Dunkel mich eingeschlossen hatte, dachte ich an Susanne. Ich fragte mich, wie es ihr in dem großen, dunklen Haus ergehen mochte, aus dem Kurt Keppler für immer ausgezogen war. Vielleicht schlief Dagmar nicht im Gästezimmer; vielleicht hatte sie sich bei Susanne einquartiert, in den beiden ineinandergehenden Zimmern, auf der großen Couch, die sich in ein Bett verwandeln ließ. Oder sie hatte sich, um noch besser Susannes Schlaf bewachen zu können, an ihre Seite gelegt, in ihr breites, französisches Bett.

Susanne war, nachdem sie die Tablette genommen hatte, in einen unruhigen Schlaf gefallen, und Dagmar war behutsam neben ihr unter die Decke gekrochen. Nach einer Weile hatte Susanne, als quäle sie ein schlechter Traum, ein schwaches, ängstliches Stöhnen von sich gegeben, und Dagmar hatte ihr die Hand ein wenig getätschelt und dann die Hand in die ihre genommen, und Susanne hatte im Halbschlaf den Kopf bewegt, als wolle sie nicken, und die Lippen zum Ansatz eines Lächelns verzogen.

Ich wäre gern an Dagmars Stelle bei ihr gewesen.

Ich erinnerte mich an einen Sommernachmittag, an dem sie mit mir in den Wald ging. Es muß gewesen sein, noch bevor ich in die Schule kam, ich hatte jedenfalls keine Hausaufgaben gehabt, deren sie sich hätte annehmen müssen. Es war sehr heiß. Sie war schon bald nach dem Mittagessen gekommen, und von zu Hause hatte sie ein Wasserblech mitgebracht, den ein wenig verbeulten Halbliterbecher, der in den Küchen an einem Haken neben dem Spülbecken hing, man ließ Wasser hineinlaufen, wenn man Durst hatte, und trank daraus.

Susanne sagte, jetzt würden wir in den Wald gehen und Brombeeren pflücken, und meine Mutter nickte beifällig. Ich weiß nicht, ob es bei dieser Gelegenheit war, aber ich erinnere mich auch, daß ich mit Susanne an der Waldstraße das Gleis überquerte und daß wir dahinter stehenblieben und zurückschauten. Die Glocke an den Schranken hatte zu bimmeln begonnen, und ich bestand darauf, daß wir warteten und ich zusehen durfte, wie die rotweißen Schranken sich auf die Gabeln senkten und wie nach einer Weile der Zug den Bahnhof verließ, über die Straße rollte und hinter dem Friedhof verschwand und die Schranken sich wieder hoben.

Dann gingen wir in den Wald hinein, es war spürbar kühler unter dem Blätterdach, das sich in einem leichten Wind bewegte und hin und wieder ein paar rätselhafte Worte zu wispern schien und Tausende von kleinen Lücken öffnete und wieder schloß und nur hier und da vereinzelte Sonnenstrahlen hereinließ. Wir stiegen ein Stück den Berg hinan, und dann nahm Susanne mich an die Hand, und wir verließen den Weg, hoben die Füße und durchquerten den hohen Farn, drangen durch ein Gebüsch, Susanne voran und ich mit beiden Händen an ihrem Rock hinterher, und dann standen wir auf einmal vor einem breitgelagerten Gesträuch, das von dicken, glänzenden schwarzroten Beeren übersät war.

Susanne pflückte zwei davon und steckte sie mir in den Mund, sie sah mich fragend an, und ich kaute und nickte, und sie sagte: »Siehst du, die sind besonders lecker. Aber jetzt wird erst mal nicht genascht, sondern gepflückt.«

Sie zeigte mir, wie man die Beeren pflückt, ohne sie zu zerdrücken, und wie man sie ganz leicht und locker in das Wasserblech fallen läßt, und sie sagte mir, ich müsse nur ein bißchen aufpassen, sonst würde ich mich an den Stacheln piksen. Dann begannen wir mit dem Pflücken, Susanne pflückte mit der Rechten und hielt in der Linken das Wasserblech so, daß ich heranreichen konnte, und ab und zu kontrollierte sie mit einem Seitenblick, ob ich die Beeren auch ordentlich pflückte und ordentlich in das Wasserblech fallen ließ.

Ich strengte mich an, und ich naschte, obwohl es mich danach gelüstete, nicht eine einzige von den Beeren, aber einmal paßte ich nicht auf und stach mich an einem Dorn, ich ließ die Beere fallen, hörte auf zu pflücken und betrachtete erschreckt meinen linken Daumen, aus dem ein winziger roter Blutstropfen hervordrang. Susanne stellte das Wasserblech ins Gras, sie ging vor mir in die Hocke, griff nach meiner Hand und sah sich den Daumen an.

Sie sagte: »Ich hab dir's doch gesagt, du kleiner Dummkopf!«

Ich sagte: »Das tut aber weh!«

»Ja, das tut weh, aber das geht ganz schnell vorüber. Paß mal auf, das heilen wir sofort.«

Sie leckte den kleinen Blutstropfen ab, und dann führte sie meine Hand zu ihrem Mund und nahm den Daumen in den Mund und nuckelte ein wenig daran.

Nach einer kleinen Weile sagte sie undeutlich, mit meinem Daumen im Mund: »Besser?« Ich sagte: »Ja.«

Sie rieb den Daumen mit einem Tüchlein ab, das sie aus der Tasche ihres Rocks hervorzog, und wir pflückten weiter. Einmal fragte sie mit einem Seitenblick: »Tut's noch weh?« Ich antwortete: »Nein.«

Als das Wasserblech gefüllt war, ließ sie es mich mit beiden Händen nehmen, um das Gewicht zu prüfen. Sie fragte: »Schwer, was?«, und ich nickte.

Sie fragte: »Mit nach Hause nehmen oder sofort essen?«

Ich sagte: »Sofort essen.«

Sie lachte. Sie griff nach dem Wasserblech, nahm mich an die Hand und führte mich ein Stück weiter über den weichen Boden, bis sie einen Platz gefunden hatte, an dem es warmes Licht gab, er lag halb in hell gesprenkeltem Schatten und halb in der Sonne. Wir ließen uns auf dem warmen Gras in der Sonne nieder, und ich durfte die erste Handvoll Beeren nehmen, und dann nahm sie sich auch eine Handvoll, und wir aßen so lange, bis das Wasserblech leer und nur noch die schwarzroten, dunklen Spuren vom Saft der Beeren darin zu sehen waren.

Ich weiß nicht mehr, ob es bei dieser Gelegenheit war, daß Susanne mir beibrachte, wie man den Genuß noch steigern konnte, nämlich indem man nicht eine Beere nach der anderen aß, sondern den ganzen Mund voller Früchte nahm, bevor man zu kauen begann. Ich erinnere mich jedenfalls, daß wir Kirschen auf diese Weise aßen, wir saßen unter dem Vordach der Hütte im Garten ihrer Eltern, und dort zeigte sie mir, wie man's bei Kirschen macht, was ein wenig schwieriger ist.

Sie nahm eine Kirsche in den Mund und löste mit Zähnen und Zunge den Kern heraus, spuckte ihn auf eine Untertasse und schob die entkernte Kirsche mit der Zunge zwischen Backenzähne und Wange, und ich tat es ihr nach. Und dann nahm sie die nächste Kirsche und präparierte sie ebenso, bis ihre Wange, man könnte auch sagen, ihre Backentasche dick angeschwollen war von den entkernten Kirschen, und sobald sie sah, daß auch ich genug Vorrat angesammelt hatte, sagte sie mit einer dumpfen, durch die Schwellung ihrer Wange halb erstickten Stimme: »Jetzt kauen!«, und wir begannen gleichzeitig zu mampfen, und es war köstlich, so viele entkernte Kirschen auf einmal.

Wir waren knüppelsatt danach, und satt waren wir auch diesmal, nach dem Wasserblech voller Brombeeren. Susanne sagte: »Jetzt machen wir erst mal ein Mittagsschläfchen, das wird dir guttun«, und sie wählte in dem dichten Gras eine Stelle aus, auf der sie mit dem Kopf und der Brust im Schatten und mit den Beinen und dem Bauch in der Sonne lag. Sie breitete ihren linken Arm aus und tippte mit dem rechten Zeigefinger darauf, und ich kroch an sie heran und bettete meinen Kopf auf ihren Oberarm.

Sie fragte: »Gut so?«

Ich hob den linken Daumen und hielt ihn vor ihr Gesicht. Sie lachte, dann schnappte sie einmal mit den Lippen nach dem Daumen, aber sie nahm ihn zu meiner Enttäuschung nicht wieder in den Mund. Sie sagte: »Du spinnst wohl! So gut schmeckt der nun auch wieder nicht. Das hab ich nur gemacht, damit du schneller wieder gesund wirst.« Sie schob den Daumen von sich. »So, und jetzt wird geschlafen!«

Ich widersprach nicht. Vielleicht erkannte ich instinktiv, daß sie zum Ausgleich für die Intimität, die sie mir in diesem Augenblick verweigerte, zu irgendeinem anderen Zugeständnis bereit sein würde. Ich rückte näher an sie heran, sehr nahe, sehr eng, ich legte meinen linken Arm über ihren Bauch, und sie duldete es.

Ich schloß die Augen, kniff die Lider fest zusammen, vielleicht weil ich glaubte, ich könne jede Störung meines Glücks, die aus dem wispernden Wald auf uns zukommen mochte, auf diese Weise von uns fernhalten. Nach einer Weile schmerzten mich die Lider, ich lockerte die Anspannung. Und ich nahm mit geschlossenen Augen das Licht des Sommertages wahr, gedämpft und rot verschleiert. Ich hörte nahe bei uns das unstete Brummen einer Fliege, einer von den großen, dunklen mit den blauschimmernden Flügeln.

Ich roch Susannes Blumenseife. Und ich roch den Schweiß ihrer Achselhöhle.

Schweiß mochte ich nicht. Nicht jedermanns Schweiß. Beckers Hermann roch nach Schweiß, er sah manchmal sogar an Wintertagen, wenn es kalt war, verschwitzt aus, und ich hatte einmal, als er bei uns gewesen war, meine Mutter sagen hören: »Das Ferkel wäscht sich nicht!«, und dann hatte sie das Fenster weit geöffnet.

Eine Zeitlang hatte ich Hermann, obwohl ich ihn nicht ausstehen konnte, sogar beneidet, morgens im Winter, wenn die Heizung in dem alten Haus nicht funktionierte und wenn es in der Küche noch kalt war und das Wasser eiskalt, das aus dem Hahn am Spülstein floß, und meine Mutter den Schemel heranrückte und mich darauf stellte und den Waschlappen einseifte und mein Gesicht über dem Spülstein rubbelte und den Hals und auch noch die Ohren, in die sie die Ecken des Waschlappens unerbittlich hineinzwirbelte.

Auch Frau Kretzer, die uns die Eier brachte, roch nach Schweiß. Im Sommer war ihr Kittel unter den Armen dunkel durchtränkt, und die rote, porige Haut im Halsausschnitt des Kittels glänzte feucht. Frau Kretzer schien mich zu mögen, oder vielleicht gehörte es bloß zu ihrer Verkaufsroutine, daß sie kleine Knaben oder kleine Kinder überhaupt herzte, jedenfalls fürchtete ich, sobald sie durch die Tür kam, daß sie mich wieder besonders begrüßen würde, »Na, Jungelche?!«, und daß sie mich an ihren weichen, ausladenden Bauch ziehen und meinen Kopf hineindrücken würde.

Frau Kretzers Schweiß roch scharf, erstickend, er stach einem in die Nase. Hermanns Schweiß roch sauer. Susannes Schweiß roch anders, ganz anders.

Es lag nicht nur an der Blumenseife, mit deren Duft er eine mysteriöse Mischung einging. Die Blumenseife allein, wenn sie denn ausschlaggebend war für den Geruch, an dem ich Susanne auch im Dunkeln erkannt hätte, der Duft der Seife allein war freilich für mich schon faszinierend genug. Aber Susannes Schweiß, der sich an diesem Hochsommertag daruntermischte, machte aus dem Geruch ein aufregendes Rätsel. Nein. Ein Geheimnis, dessen Enthüllung unter Strafe stand, ja.

Ich hatte eine Ahnung, woher die Beimischung kam. Ich hatte Susannes Achselhöhlen schon gesehen, hin und wieder. Ich hatte, wenn sie die Arme reckte, die blonden Haare gesehen, die dort im verborgenen wuchsen. Aber ich hatte auch jedesmal, wenn sich mir dieser Anblick eröffnete, Beklemmung und Furcht empfunden. Der Anblick bedeutete etwas. Er war zu schön, um nicht verboten zu sein.

Ich dachte darüber nach, in dieser Nacht nach Kepplers Tod.

Kinderkram, natürlich. An mir hatten vermutlich noch die Eierschalen einer Erziehung geklebt, die den Menschen schon in den Windeln Mores zu lehren, ihm die unkeuschen Gefühle auszutreiben versuchte.

Natürlich war es bei uns zu Hause nicht so zugegangen, wie es in einem dickleibigen, in Leder gebundenen Gesundheitsratgeber für die christliche Familie empfohlen wurde, den meine Mutter über ihre Mutter von ihrer Großmutter geerbt hatte und in dem ich heimlich herumblätterte. Es gab keine kalten Waschungen, um den Trieb einzudämmen. Und es war auch nicht strikt verboten, die Hände unter die Bettdecke zu stecken, sei es im Wachen, sei es im Schlaf.

Aber man ignorierte nicht partout die Sitten, die in anderen, glaubensfesteren Familien beachtet wurden. Auch ich bezog Prügel, nachdem wir zu dritt, darunter ein Mädchen, hinter Eudenbachs Haus eine Kuhle gegraben und nacheinander hineingepinkelt hatten, wobei derjenige, der dran war, den jeweils beiden anderen genauen, quasi hautnahen Einblick in den Vorgang zu gewähren hatte.

Lange vorbei. Kinderkram. Ich begann, während ich meinen Erinnerungen nachhing, mich an der Vorstellung zu erwärmen, daß es dergleichen Hemmungen zwischen Susanne und mir nicht mehr gab und nun endlich auch sonst kein Hindernis mehr, das es mir unmöglich gemacht hätte, nahe, sehr nahe, hautnah an sie heranzurücken, keinen Ehemann, niemanden. Aber plötzlich durchfuhr mich ein Gedanke, der meinen Puls schlagartig beschleunigte und den Halbschlaf, in den ich allmählich hineinglitt, von einer Sekunde zur anderen verjagte.

Dagmar. Dagmar hatte mir sehr eindringlich gesagt, Susanne sei völlig verwirrt, und das nicht zuletzt wegen Wallot. Und sie hatte gesagt, Susanne setze Hoffnungen auf diesen Kerl, sehr große Hoffnungen.

Genau das hatte Dagmar mir heute abend gesagt, rund vier Stunden nach Kepplers Tod. Vier Stunden nach dem Ereignis, das für Susanne ja doch die Befreiung bedeutete, die Unabhängigkeit. Sie brauchte Wallot nicht mehr, um sich zu befreien und so unabhängig zu werden, wie sie es sich wünschte. Sie war es schon.

Warum zum Teufel setzte sie noch immer Hoffnungen auf diesen Mann, sehr große Hoffnungen?

Hatte Dagmar die Gemütsverfassung ihrer Freundin vor Kepplers Tod beschrieben? Natürlich nicht. Susanne hatte Dagmar zu sich gerufen, sobald Kirchhöfer sie vernommen hatte. Zu der Zeit, als Dagmar mich in der Redaktion anrief, hatte sie bereits mehrere Stunden mit Susanne verbracht; sie wußte, wie ihr zumute war.

Was um Himmels willen hatte Susanne jetzt noch mit Wallot zu schaffen?

40

Am Samstag morgen stand ich um sieben Uhr auf. Ich duschte, kochte Kaffee und trug auf, was ich zum Frühstück brauchte. Unterdessen hörte ich den Lokalsender. Sie machten ihre Nachrichten mit Kepplers Tod auf, aber es war unverkennbar, daß sie uns abgeschrieben hatten, ich hörte nicht ein Wort, das mir neu war.

Bevor ich mich an den Frühstückstisch setzte, holte ich mir die Zeitungen aus dem Briefkasten. Wir waren die einzigen, die Kepplers Tod vermeldeten. Die Redaktion des *Tageblatts* hatte gut gearbeitet, das Blatt sah ordentlich aus. Gemessen an dem wenigen, das wir gewußt hatten, erweckte es den Eindruck einer umfassenden Berichterstattung. Ich las, was ich geschrieben hatte, es schien mir angemessen. Dann las ich die übrigen Beiträge quer. Der Altverleger hatte mehr geschrieben, als ich für möglich gehalten hatte; vielleicht war er ins Schwätzen gekommen und hatte nur mit Mühe ein Ende gefunden. Es sah so aus, als sei Verhülsdonks Nachruf, der darunter stand, gekürzt worden, um Raum zu schaffen.

Ich überflog den Rest des Blattes, las auch die Überregionalen, freilich nur die Überschriften. Ich war sicher, daß ich nicht viel verpassen würde. Der Wahlkampf wurde bis zur letzten Minute ausgekostet, nein, ausgelutscht. Rot-Grün war faktisch schon in die Wüste geschickt.

Am Ende hockte ich gut zehn Minuten lang völlig untätig an meinem Frühstückstisch. Ich wartete, es fiel mir schwer genug, bis die Zeiger meiner Uhr auf acht gerückt waren. Ich zwang mich sogar, noch eine Minute länger zu warten, aber dann hielt ich es noch länger nicht aus. Ich rief bei Susanne an.

Max Ackermann meldete sich. Er sagte: »Die beiden Damen ruhen noch.« Sein Ton war deutlich abfällig. Er wollte mir vermutlich zu verstehen geben, wie er als disziplinierter Mensch eine solch liederliche Gestaltung des Tagesanfangs beurteilte und daß es zu Lebzeiten seines Herrn nicht üblich gewesen war, sich um acht noch in den Kissen zu aalen. Susanne mußte ihn wahrscheinlich auf dem schnellsten Wege vor die Tür setzen, wenn sie unbelästigt leben wollte.

Ich legte auf und wählte die Nummer des Waldhotels. Elfi Neuhaus meldete sich. Ich fragte nach Wallot, und sie sagte, er sei vor etwa einer Viertelstunde an ihr vorbeigegangen, ohne Gruß. Er habe seinen Schlüssel nicht abgegeben, aber er sei auf die Straße hinausgegangen. Sie habe den Portier gefragt, und der habe ihr gesagt, Wallot habe sich in Richtung der Innenstadt entfernt, zu Fuß.

Bevor ich weitersprechen konnte, fragte sie mich, ob es wohl stimme, daß Wallot Herrn Keppler erschossen habe, und ich erwiderte, das sei bisher keineswegs erwiesen. Sie sagte, na ja, aber denken könne man sich das eine oder andere denn wohl doch.

Ich fragte: »Und was denkst du dir?«

Sie sagte: »O nein, o nein! Dazu will ich lieber nichts sagen!«

Ich fragte sie, ob Wallot denn nicht gefrühstückt habe. Sie antwortete, doch, doch, er habe sich schon um sieben das Frühstück aufs Zimmer bringen lassen. Dann sagte sie, aber zwei andere Leute, die mich vielleicht auch interessieren könnten, säßen gerade beim Frühstück. Ich fragte, wer, und sie sagte, die Kriminalbeamten. Jedenfalls nehme sie an, daß es Kriminalbeamte seien.

Ich fragte, ob der Kommissar Giess dabei sei, und sie sagte, ja, mit dem Namen Giess sei er jedenfalls eingetragen. Und der andere heiße Ferber, Ferber mit e. Der Giess sei gestern abend als erster gekommen, das habe sie von einer Kollegin erfahren, und eine halbe Stunde später der Ferber. Die beiden hätten dann zusammen im Restaurant zu Abend gegessen und hernach noch eine Zeitlang in der Bar gehockt. Sie sei sicher, daß alle beide zur Kriminalpolizei gehörten, denn die Zimmer für sie habe gestern nachmittag eine Frau von der Polizeiinspektion in der Kreisstadt reservieren lassen, eine Sekretärin, nehme sie an.

Ich bedankte mich, aber bevor ich auflegen konnte, sagte sie hastig: »Hör mal, Jörg… hast du tatsächlich Keppler gesehen, wie er da hing, in seinem Sessel, meine ich, mit dem Loch in der Stirn?«

Ich sagte: »Ich erzähl's dir ein andermal, Elfi.«

Sie fragte: »Aber ist dir denn da nicht schlecht geworden? Ich meine, das muß doch schrecklich geblutet haben… Ich hab mal gelesen, da kommt ja auch was vom Gehirn heraus, manchmal jedenfalls.«

Mein Handy klingelte. Ich sagte: »Elfi, entschuldige, mein Handy klingelt, ich muß mal drangehen. Ich erzähl's dir ein andermal! Und vielen Dank!«

Sie sagte: »Kein Problem. Du weißt doch, daß ich dir gern helfe.«

Auf dem Handy meldete sich Verhülsdonk. Er sagte: »Sie sind ja schon fleißig.«

Ich sagte: »Ich hab ein bißchen recherchiert.«

Er fragte: »Haben Sie schon das Blatt gelesen?«

»Erst mal nur quer.«

Unversehens brach es aus ihm heraus. »Lesen Sie mal die Seite drei! Der Herr Kompagnon hat sich ausgeschleimt! Unter anderem hat er sich über Kepplers Beitrag zur Renovierung der Synagoge in der Kreisstadt ausgelassen. Erinnern Sie sich an die Passage, die ich darüber in meinem Nachruf geschrieben habe?«

»Natürlich. Die fand ich besonders elegant. Die leichte Ironie, meine ich, mit der Sie diese … diese Demonstration behandelt haben.«

»Dann lesen Sie auch mal die Lobhudelei, mit der unser Altverleger sich darüber verbreitet! Und wegen diesem Mist haben sie die ganze Passage bei mir herausgehackt, ratzfatz! Das liest sich jetzt wie gekotzt!«

»Unglaublich. Haben Sie schon den Bernardi angerufen?«

»Natürlich. Der Blödmann sagt, das sei ja nicht anders gegangen, sonst hätten wir eine Doublette im Blatt gehabt.«

Ich ließ ihn sich noch ein Minütchen lang beklagen, dann sagte ich, ich müsse jetzt zum Waldhotel aufbrechen, vielleicht könne ich die beiden Beamten der Kriminalinspektion noch auftun, die gestern abend angekommen seien.

Er sagte: »O ja, dann aber nix wie los! Sie können mich ja später mal anrufen!«

Ich stieg auf mein Rad und trat in die Pedale. Als ich in die Hotelhalle kam, stand Elfi hinter dem Tresen der Rezeption, sie hob einen Zeigefinger.

Ich ging zu ihr. Sie sagte: »Sie sitzen noch im Frühstückszimmer. Sie lesen irgendwelche Papiere.«

Ich ging zum Frühstückszimmer. Es waren etliche Tische besetzt, aber ich glaubte, die beiden auf Anhieb zu erkennen. Der eine war dunkelhaarig und Mitte Vierzig, er trug Krawatte; der andere einen Rollkragenpullover, er hatte einen hängenden Schnurrbart, war blond und vielleicht Ende Zwanzig.

Sie saßen an dem Tisch in einer Ecke und hielten Computerausdrucke auf Endlospapier in den Händen, vermutlich Dirks Protokolle der Vernehmungen. Wie auf Kommando hoben sie beide, als ich eintrat, die Augen vom Papier und musterten mich. Mir wurde ein wenig unbehaglich.

Ich ging zu ihnen an den Tisch und fragte: »Herr Ferber? Und Herr Giess?«

Keiner von beiden gab eine Antwort. Sie musterten mich mit unbewegten Gesichtern. Ich sagte: »Guten Morgen. Ich bin Jörg Froberger vom *Merzthaler Boten.*« Zwei Exemplare der Zeitung, offenbar gelesen und nicht sehr ordentlich wieder zusammengefaltet, lagen vor ihnen auf dem Tisch.

Nach einer kleinen Pause, in der keiner von beiden die Augen von mir ließ, hob der Hauptkommissar den Finger und deutete auf die Zeitung, die ihm zunächst lag. Er fragte: »Haben Sie das geschrieben?«

»Nicht alles, aber einiges davon. Wenn Sie draufschauen, können Sie auch meinen Namen über meinen Beiträgen lesen.«

»Ja, ich weiß.« Er nickte. »Ordentliche Arbeit. Jedenfalls haben Sie nichts aufgebauscht. Nicht so, wie das in Ihrem Metier sonst leider üblich ist.«

»Ach ja? Finden Sie?«

»Ja. Finde ich.« Er legte den Ausdruck, den er vor sich hatte, zusammen. »Und was wollten Sie von uns? Wer wir sind, wissen Sie ja anscheinend schon.«

»Ja, das weiß ich. Ich wollte Sie nach dem Stand der Ermittlungen fragen. Und danach, wie Sie jetzt vorgehen wollen.«

Er lächelte, warf dem Kommissar Giess einen Seitenblick zu. Giess sagte: »Rufen Sie die Inspektion an, und fragen Sie nach unserem Pressebeauftragten. Der wird eine Erklärung herausgeben. Vielleicht ist sie schon fertig.«

»Aber ich nehme an, daß Sie mir mehr sagen können, als in der Presseerklärung steht.«

Ferber lachte. Giess sagte: »Da könnten Sie recht haben. Aber vielleicht können Sie uns ja auch einiges sagen.«

»Ich? Was soll ich Ihnen denn sagen? Ich bin doch kein Kriminalist.«

Ferber hob das Kinn, deutete mit dem Kinn auf den freien Stuhl, der ihm gegenüber am Tisch stand. »Setzen Sie sich doch einen Augenblick zu uns.«

Ich ließ mich nieder, zog ostentativ meinen Notizblock heraus und legte ihn vor mich.

Ferber sagte: »Wir haben gehört, daß Sie Merzthal in- und auswendig kennen.«

»Das ist nichts Besonderes. Das gehört zu meinem Job.«

Ferber nickte. »Ja, aber Sie haben Herrn Keppler besonders gut gekannt, nicht wahr? Und mit Frau Keppler sind Sie sogar befreundet.«

Giess sagte: »Und von Herrn Wallot wissen Sie auch einiges, oder?«

Ferber nickte. »Interessanter Artikel, den Sie da über ihn geschrieben haben. Anfang der Woche. In der Montagausgabe war es doch, nicht wahr?«

Ich mochte nicht glauben, was die Kerle in der Kürze der Zeit zusammengekratzt hatten. Vielleicht hatten sie gestern abend den Barkeeper ausgefragt. Oder die Serviererinnen im Restaurant oder Elfis Kollegin an der Rezeption. Oder der Barkeeper hatte die Seite mit meinem Artikel über Wallot aufbewahrt und in die Sammlung aufgenommen, die er hin und wieder einem Gast zeigt, um zu demonstrieren, welch interessante Leute im Waldhotel absteigen.

Ich versuchte, ihren Fragen auszuweichen, ohne sie zu verärgern. Es war klar, worauf sie aus waren: Sie suchten nach einer Verbindung zwischen Keppler und Wallot, und sie wollten wissen, welche Rolle Susanne in einer solchen Verbindung gespielt haben könnte. Bei einigen ihrer Fragen geriet ich ziemlich peinlich ins Gedränge. Entlastung fand ich durch mein Handy, das plötzlich klingelte.

Es war eine Kollegin von einer überregionalen Zeitung, sie fragte mich, ob ich für ihre Montagausgabe ein Feature von vier Blatt über Keppler und seinen Tod schreiben könne. Ich fragte sie nicht, woher sie von Kepplers Tod wisse (wahrscheinlich hatte der Mitarbeiter der Agentur, der in der Kreisstadt sitzt, uns gelesen und eine Meldung abgesetzt) und wie sie auf mich gekommen sei (vielleicht hatte sie Verhülsdonk angerufen, und der hatte ihr meine Handynummer gegeben); aber ich wiederholte, bevor ich ihr zusagte, den Namen ihrer Zeitung und den Umfang des gewünschten Artikels, und Ferber und Giess hörten mit gespitzten Ohren zu, wie ich es gewollt hatte, weil ich hoffte, sie auf diese Weise ein wenig zu beeindrucken.

Aber die beiden selbst sagten mir so gut wie gar nichts. Ferber ließ mich wissen, daß Herr Kirchhöfer auf der Wache einen Raum für sie frei gemacht habe, in dem sie in den nächsten Tagen arbeiten würden; und Giess rückte, nachdem Ferber ihn dazu aufgefordert hatte, seine Handynummer heraus, für den Fall, daß ich ihnen außerhalb der Bürostunden etwas zu sagen hätte; sie seien natürlich für jede Information dankbar. Ich sagte: »Ich auch.«

Das war's dann fürs erste. Ich blieb, als sie gingen, zurück, setzte mich noch einmal an den Tisch und schlug meinen Notizblock auf, als gebe es nach diesem Gespräch etwas zu notieren.

Als ich in die Hotelhalle hinausging, begegnete mir Wallot. Er war gerade von der Straße hereingekommen. Er begrüßte mich und fragte: »Wollten Sie zu mir?« Ich sagte ja, aber da er nicht dagewesen sei, hätte ich die Zeit zu einem Gespräch mit den beiden Kriminalbeamten genutzt, die aus der Kreisstadt gekommen seien.

Er fragte: »Wo sind sie?«

Ich sagte, wahrscheinlich auf ihren Zimmern. Oder sie seien schon zur Polizeiwache gefahren.

Er sagte: »Kommen Sie, wir gehen auf mein Zimmer. Es wäre ja vielleicht nicht vorteilhaft für Sie, wenn man uns beieinander sähe.«

41

Als sich die Aufzugstüren schlossen, sah er mich an und fragte: »Wissen Sie, wie ich mich in Ihrer schönen Heimatstadt fühle?«

Ich erwiderte seinen Blick, schüttelte den Kopf.

Er lachte. Nach einer Pause sagte er: »Ich fühle mich, als wäre ich ein mehrfach zum Tode verurteilter Massenmörder. Einer, dem das Blut seiner Opfer noch von den Händen trieft.«

Ich fragte: »Und warum sollten Sie sich so fühlen?«

Er wollte mir antworten, aber die Aufzugstüren fuhren auf, er trat hinaus, warf einen Blick ringsum und ging schweigend vor mir her zu seinem Zimmer. Als er mich eingelassen und die Tür hinter sich geschlossen hatte, sagte er: »Ich habe einen Spaziergang gemacht. Ich war auf dem Kirchplatz. Allerdings nicht, um Ihren heiligen Josef um Hilfe zu bitten.« Er lachte. »Ich war in der Apotheke. Ich hab vergangene Nacht ein wenig Halsbeschwerden gehabt, und mir sind die Lutschtabletten ausgegangen.«

Er wies auf die Sesselgruppe, ließ sich in einem der Sessel nieder. »Ich wollte auch bei Ihnen reinschauen, in der Redaktion. Aber dann ist mir klargeworden, daß Sie so früh ja gar nicht antreten.«

»Doch, schon. Aber heute ist Samstag, und da ist die Redaktion überhaupt nicht besetzt. Wir erscheinen morgen ja nicht.«

Er klapste sich mit der Hand vor die Stirn. »Nicht zu fassen! Sieht so aus, als würde ich in dieser Idylle allmählich die Orientierung verlieren.« Er schüttelte den Kopf. »Wäre allerdings kein Wunder nach dem, was mir gestern hier widerfahren ist. Einiges davon werden Sie ja gehört haben. Auch wenn Sie womöglich nicht alles geschrieben haben, was Sie gehört haben.«

Vermutlich hatte er vor allem von mir etwas erfahren wollen; aber ich sah ihn nur fragend an, und das genügte schon. Die Schleusen öffneten sich, er erzählte mir, ohne einzuhalten, seine Version von Kepplers Tod und wie er die Leiche gefunden habe und wie dieser wild gewordene Lakai hereingestürmt sei und ihn bewußtlos geschlagen habe, und er erzählte auch noch in aller Breite, wie die Lümmel von Polizisten mit ihm umgesprungen seien, einschließlich ihres Chefs, eines Riesentrottels offenbar, der ihm unbedingt die Ermordung Kepplers anhängen wolle.

Ich sagte: »Soll das heißen, daß Sie sich bloß deshalb jetzt wie ein Massenmörder vorkommen?«

Er rückte sich in seinem Sessel zurecht, sah mich an, lächelte. Dann sagte er: »Nein. Aber ich hab gar nicht gewußt, daß in dieser... dieser Stadt so viele Menschen mich kennen. Jedenfalls konnte ich vorhin, auf meinem Spaziergang, ich konnte mich wenden, wohin ich wollte – an jeder Ecke blieb irgendeiner stehen und starrte mich an und glotzte hinter mir her! Und manchmal blieben sie zu zweit und zu dritt stehen und sperrten die Mäuler auf!« Er breitete die Hände zur Seite, blickte an sich hinunter. »Hab ich irgend etwas Auffälliges an mir? Etwas Ungehöriges?«

Ich schüttelte den Kopf. »Natürlich nicht. Entschuldigen Sie, aber... manchmal ist man ja auch... ein bißchen übersensibel. Je nachdem –«

»Ja, ja, schon gut!« Er winkte ab. »Ich hatte auch eine

Begegnung mit Herrn Pfarrer Kronenberg. Und die habe ich mir ganz bestimmt nicht eingebildet!« Er lachte. »Ich komme also aus der Apotheke, wo ich übrigens drei Figuren in weißen Kitteln zurückließ, die wie die Salzsäulen hinter den Theken standen und meinen Abgang beobachteten, ich trete hinaus auf den Heiligen-Josephs-Platz, und an mir vorbei schreitet Herr Pfarrer, oder halt, er ist ja noch mehr als das, Herr Dechant Kronenberg also schreitet an mir vorüber.«

Er rückte sich noch einmal zurecht. »Na schön, der Herr war zwar nicht sehr freundlich zu mir, als ich ihn Anfang der Woche aufgesucht habe, aber deshalb muß man sich ja nicht mit Mißachtung strafen, ich sage also: ›Guten Morgen, Herr Pfarrer!‹ Und er zuckt leicht zusammen, doch er tut, als hätte er den Gruß nicht gehört, und geht noch zwei oder drei Schritte weiter, aber dann überlegt er es sich offenbar anders, er vollzieht eine Wende um einhundertachtzig Grad und kommt zurück und baut sich vor mir auf. Aber das hätten Sie sehen müssen! Man hätte glauben können, er sei der liebe Gott persönlich, und wir befänden uns beim Jüngsten Gericht.«

Wallot richtete sich auf, schob die Brust heraus, riß die Augen weit auf und fixierte mich mit einem furchterweckenden Blick. »Und schon donnert er mich an: ›Mit Ihnen, mein Herr, möchte ich keine Unterhaltung führen! Aber Sie sollen wissen, was man hier in Merzthal von Ihnen hält!‹ Und dann folgt die Anklage, nach einem gewaltigen Räuspern: ›Sie haben sich in die Ehe der Kepplers hineingedrängt, mein Herr! Und Sie sind nach meiner Meinung und nach der Meinung unserer Bürger voll verantwortlich für die Katastrophe, die sich im Hause Keppler ereignet hat!‹ Worauf er noch folgen läßt, mit ersterbendem Tremolo: ›Und für das ungeheuerliche Ende eines großen, großen Mannes!‹«

Er ließ sich in seinem Sessel zurücksinken. Dann gab er ein Lachen von sich, es klang nicht sehr überzeugend, und schloß seine Geschichte ab: »Spricht's und verschwindet in seinem Gotteshaus. Sie hätten dabeisein müssen, wahrhaftig! Einen solchen Mimen erlebt man nicht alle Tage!«

Mein Hals war plötzlich trocken. Ich schluckte. Er sah mich lächelnd an. Ich suchte nach einer unverfänglichen Erwiderung. Am Ende fragte ich: »Das hat er gesagt?«

»Ja, mein Lieber.« Er nickte. »Das hat er gesagt.«

Ich schluckte noch einmal. Dann raffte ich mich auf, ich fragte: »Aber wie… wie kommt er darauf? Ich meine… wie kommt er darauf, zu sagen, daß Sie sich in Kepplers Ehe hineingedrängt haben?«

Er zuckte die Schultern. Nach einer Weile sagte er: »Natürlich habe ich Kontakte zu Frau Keppler gehabt. Wahrscheinlich wissen Sie das ja auch.«

Er sah mich an. Ich hob die Schultern ein wenig, als verstünde ich nicht recht, was er meinte.

Er lächelte. Dann sagte er: »Sie ist am Abend meiner Ankunft zu mir gekommen. Heute vor einer Woche. Hier im Hotel, als ich beim Abendessen saß. Sie hat mir ein paar Komplimente gemacht. Sehr schmeichelhafte Dinge. Natürlich hat mich das gefreut. Wir haben über meine Bücher gesprochen und über die Lesung am nächsten Morgen. Und da der Service im Restaurant miserabel war, haben wir das Gespräch auf meinem Zimmer fortgesetzt.«

Er strich sich mit der Hand über die Stirn. »Und sie hat mich auch danach noch besucht. Sie hat mich ... sie hat mir einiges anvertraut.«

Es klopfte an die Zimmertür. Er sah mich ein wenig irritiert an, dann stand er auf, ging zur Tür nach draußen und öffnete.

Es war der Kommissar Giess, er stellte sich vor, mit Dienstrang und Dienststelle. Wallot bat ihn nicht herein. Giess konnte mich in meinem Sessel am Sofatisch nicht sehen. Aber ich verstand jedes Wort, das gesprochen wurde.

Der Kommissar fragte den Autor, ob er bitte heute nachmittag zur Polizeiwache kommen könne.

Wallot fragte mit starker Betonung: »Heute nachmittag?!«

Giess sagte, ja, es tue ihm leid. Aber die Ermittlungen zu Herrn Kepplers Tod duldeten keinen Aufschub. Es hätten sich noch einige Fragen ergeben, die sein Kollege, Hauptkommissar Ferber, und er mit ihm klären müßten. Und ob ihm fünfzehn Uhr recht sei?

Wallot fragte, abermals mit starker Betonung: »Fünfzehn Uhr am Samstagnachmittag?!«

Giess antwortete knapp: »Ja.«

Nach einer kleinen Pause sagte Wallot, er werde um fünfzehn Uhr zur Wache kommen. Dann sagte er: »Guten Tag.« Er schloß die Tür.

Er blieb neben der Tür stehen, mit gesenktem Kopf. Schließlich hob er den Blick, lächelte. Er sagte: »Ich sollte vielleicht doch meinen Anwalt in seinem Liebesnest aufstöbern.«

Ich fragte: »Ist er in den Flitterwochen?«

Er lachte. »Nein, nein!« Er erzählte mir, daß der Anwalt, obwohl er nicht mehr der Jüngste sei, einen großen Verschleiß an Gefährtinnen habe und daß die Auskunft, er habe sich auf eine Wochenendreise begeben, meist bedeute, daß er mit der neuesten Errungenschaft in irgendeinem Luxusschuppen abgestiegen sei. Er fügte an, daß die Auskunft, die er von der Sekretärin des Anwalts vor seiner Vernehmung durch Kirchhöfer bekommen habe, genau darauf schließen lasse und daß der Anwalt aus eigenem Antrieb wahrscheinlich über das ganze Wochenende sich nicht bei ihm melden werde. Bisher habe er selbst das aber auch nicht für nötig gehalten.

Mir wurde plötzlich klar, daß der Mann mir vertraute. Er hielt es für ausgeschlossen, daß ich der Polizei vielleicht einen Tip geben könnte, den Tip, daß mit seinem Anwalt übers Wochenende nicht zu rechnen sei, so daß sie, wenn sie es für nützlich hielten, ihn ein wenig härter anfassen könnten und das in einem so kitzligen Fall wahrscheinlich auch würden.

Ich hatte ihn denunziert, ihn schlankweg und hundsgemein angeschmiert. Aber er vertraute mir.

Er war noch dabei, mir mit offenbar innigem Vergnügen zu erzählen, wie er diesen stupiden Revierleiter mit dem nicht vorhandenen Anwalt ins Schwitzen gebracht hatte, als das Telefon klingelte. Er hob den Hörer ab, meldete sich. Unversehens öffnete er den Mund, als suche er nach Worten. Dann sagte er: »Oh … Entschuldigung, ich war jetzt … ich war ein wenig überrascht.« Er wandte sich von mir ab, nahm in seinem Sessel eine etwas gezwungen wirkende seitliche Position ein, richtete den Blick aufs Fenster.

Nach ein paar Sekunden, in denen er zuhörte, sagte er: »Ja, natürlich. Ich verstehe. Aber... vor allem anderen möchte ich doch noch sagen, daß es mir... sehr leid tut. Ich war sehr betroffen.« Er hörte wieder eine Weile zu, nickte stumm, dann sagte er: »Ja, natürlich. So bald wie möglich, natürlich. Obwohl... ich weiß nicht... ob es sehr klug wäre, im gegenwärtigen –« Anscheinend wurde er unterbrochen. Nachdem er wieder zugehört hatte, fragte er: »Und wo ist das?«

Schließlich sagte er: »Ja. Gut. Und um welche Zeit?« Er sah auf seine Uhr. »Ja, das müßte gehen. Ich denke schon, ja. Also gut. Dann bis später.«

Er rückte sich in seinem Sessel schon wieder in eine normale Position, beugte sich vor, um den Hörer aufzulegen, als der Gesprächspartner offenbar noch etwas anfügte. Wallot streifte mich mit einem schnellen Seitenblick, dann sagte er: »Ja, ich auch.« Er legte den Hörer auf.

Nach einem Blick auf die Uhr sagte er: »Nun... wie ich Ihnen schon erzählte, ist es mir tatsächlich gelungen, diesen unsäglichen Hauptkommissar in arge Nöte zu bringen. Ich weiß nicht, was er sich unter meinem Anwalt vorgestellt hat, vielleicht einen Mega-Bossi, der ihm seine Pensionsansprüche vermasseln könnte oder der es sogar fertigbrächte, daß er hinter Gittern landete, was weiß ich!«

Einen Augenblick lang hielt er inne, ich hatte den Eindruck, daß ihn etwas ganz anderes beschäftigte, doch dann hatte er sich wieder gefangen. Er sagte: »Jedenfalls hat er mich dann in seiner Not förmlich rausgeworfen.« Nachdem er imitiert hatte, wie Kirchhöfer ihn angebellt und ihn aufgefordert habe, auf der Stelle zu verschwinden, lachte er. Er sagte, in einer halbwegs normalen Situation hätte er diesem Kerl einen solchen Ton nicht durchgehen lassen; aber unter den gegebenen Umständen habe er es für klüger gehalten, den Ort ohne Gegenrede zu verlassen.

Er schwieg still, lächelte, schüttelte den Kopf. Ich konnte kaum darüber hinweggehen, daß er seinen Bericht beendet hatte und offenbar auch unser Gespräch beenden wollte. Aber ich mochte noch nicht das Feld räumen. Ich litt unter der törichten Vorstellung, ich könne mir noch Gewißheit darüber verschaffen, wer da angerufen hatte, und herausfinden, ob Wallot sich alsbald zu einem Rendezvous begeben würde, das in diesem Telefonat vereinbart worden war.

Mir fiel kein besseres Thema ein, um unser Gespräch zu verlängern, als Hans-Ulrich Behringer. Ich sagte, Kirchhöfer habe übrigens wenig später auch Behringer nach Hause geschickt.

Er sagte: »Ja, ich weiß.«

Als ich ihn fragend ansah, sagte er: »Er hat mich wohl noch vorausgehen sehen. Jedenfalls kam er hinter mir hergelaufen und ist ein ganzes Stück des Weges mit mir gegangen. Er hat mir erzählt, daß er mit Frau Keppler einen Spaziergang gemacht habe, und als sie völlig ahnungslos zurückgekommen seien, hätten sie die Streifenwagen und den Notarzt und das ganze Haus voll von Polizisten vorgefunden.«

Ich sagte: »Ja, das hat ihn wohl ziemlich mitgenommen. Er war am Rande einer Ohnmacht, habe ich gehört.«

»Was Sie nicht sagen.« Er schüttelte den Kopf. »Davon habe ich allerdings nichts bemerkt, als er hinter mir hergelaufen kam. Ganz im Gegenteil. Das war ein ganz respektabler Sprint, den er da hingelegt hat. Und er war hellwach.« Er stieß die Luft durch die Nase, lächelte. »Er hat versucht, mich auszuhorchen, ziemlich raffiniert. Er ist wirklich nicht dumm.«

»Sie auszuhorchen? Was wollte er denn von Ihnen erfahren?«

»Er wollte unbedingt wissen, wie mein Eindruck von Keppler gewesen sei, von Keppler und von diesem Tatort, sagte er. Ich sei doch der erste gewesen, der die Leiche gesehen habe.« Er lächelte, schüttelte den Kopf. »Ich habe ihm geantwortet, der erste, der die Leiche gesehen habe, müsse nach meiner Einschätzung der Mörder gewesen sein. Das hat ihm dann wohl eingeleuchtet. Er hat sich entschuldigt. Doch er hat nicht lockergelassen.«

»Aber was meinte er denn mit Ihrem Eindruck von Keppler und vom Tatort?«

Er verzog den Mund. »Er wollte unbedingt wissen, ob überhaupt irgend etwas darauf hingedeutet habe, daß Keppler ermordet worden sei, nach meinem Eindruck. Irgendwelche Kampfspuren. Oder ob nicht vielmehr die Sache ganz eindeutig wie ein Selbstmord ausgesehen habe.« Er zuckte die Schultern, schwieg.

Nach einer Weile fragte ich: »Was war denn daran so wichtig für ihn?«

Er sagte: »Das frage ich mich auch.« Er stand auf, ging ans Fenster, sah hinab auf die Straße. Dann fragte er, ohne sich zu mir umzuwenden: »Verdächtigt Herr Kirchhöfer denn nur mich? Hat er gar nicht die ... sagen wir, die Möglichkeit in Erwägung gezogen, daß Frau Keppler und Herr

Behringer eine Beziehung unterhalten? Wie man das in der Stadt doch auch hören kann. Daß sie also ein Motiv hatten, diesen Pascha umzubringen. Und natürlich auch die Gelegenheit. Hat dieser famose Hauptkommissar das denn ignoriert?«

Ich war drauf und dran, ihn kalt abzuweisen. Ich wollte sagen: »Woher soll ich das wissen? Fragen Sie doch Herrn Kirchhöfer.« Aber ich sagte nichts dergleichen. Ich brachte es nicht fertig. Ich mochte den Mann nicht im dunkeln herumtappen lassen.

Ich sagte: »Nein. Ich glaube nicht, daß Kirchhöfer Herrn Behringer als Täter in Betracht gezogen hat. Oder Frau Keppler. Oder beide. Diese Möglichkeit hat er wohl ausgeschlossen. Soviel ich weiß, hält er aber auch nichts von der Selbstmordtheorie. Er meint, ein Mann wie Keppler begehe keinen Selbstmord. Er kneife nicht, verstehen Sie?«

Wallot lachte. Er wandte sich vom Fenster ab, schüttelte den Kopf. »Solche Typen sterben doch niemals aus. Ein richtiger Mann begeht keinen Selbstmord, ja, natürlich! Solche Typen tun das in der Tat ja auch nicht. Leider!« Er sah auf seine Uhr. »Seien Sie mir nicht böse, mein Lieber, aber ich muß noch etwas erledigen. Ich melde mich bei Ihnen.«

Als ich in die Halle kam, sah ich mich um nach einer Ecke, in der ich unauffällig auf Wallot hätte warten können, um ihm zu folgen und herauszufinden, wohin er ging. Aber das ließ ich. Ich bedankte mich bei Elfi, die gern noch ein bißchen geplaudert und mich ausgefragt hätte; ich sagte, ich hätte einen Termin.

Ich stieg auf mein Rad und fuhr in die Redaktion. Ich

wollte nicht zuletzt erfahren, was die Agentur gemeldet hatte.

42

Bevor ich das Agenturmaterial nachlas, rief ich bei Susanne an. Max meldete sich. Er sagte, Frau Doktor Keppler sei ausgegangen. Ich fragte, ob denn Dagmar Fries zu sprechen sei. Er antwortete, nein, Frau Fries sei nicht mehr im Haus. Ich fragte, ob Frau Keppler und Frau Fries das Haus gemeinsam verlassen hätten. Er sagte, er glaube nicht, daß das irgend jemanden etwas angehe. Ich legte auf.

Die Agentur hatte in der Tat am Morgen um 8.32 Uhr eine Meldung verbreitet, die im wesentlichen auf dem fußte, was im *Tageblatt* zu lesen stand. Natürlich würde der Kollege, nachdem er uns gelesen hatte, die Inspektion und auch Kirchhöfer angerufen und ihn auszuholen versucht haben; aber ich konnte mir vorstellen, was der Hauptkommissar bei diesem Gespräch am ersten Morgen eines Wochenendes, das für ihn hatte dienstfrei sein sollen, von sich gegeben hatte.

Als nächstes rief ich die Kriminalinspektion in der Kreisstadt an, um nach der Presseerklärung zu fragen, auf die der Kommissar Giess mich so liebenswürdig hingewiesen hatte. Aber auch diese Recherche war nicht so einfach.

Die Presseerklärung war zwar fertig, und die Sekretärin, die meinen Anruf annahm, bot mir auch an, sie mir vorzulesen oder durchzugeben. Aber der Beamte, der Dienst hatte und dem ich noch ein paar Fragen hätte stellen wollen, war mal gerade aus dem Zimmer gegangen, was immer das bedeutete; vielleicht hatte er sich an einen stillen Ort zurückgezogen und las die Berichte über die Spiele der Zweiten Bundesliga, die am Freitag abend ausgetragen worden waren.

Ich fragte die Sekretärin nach der Privatnummer des Pressemanns der Inspektion, und sie sagte, die könne sie mir leider nicht geben. Aber es werde im Lauf des Tages vielleicht noch eine weitere Presseerklärung mit dem neuesten Stand herausgegeben, und die könne ich bei ihr abfragen.

Ich bedankte mich, ließ mir die vorhandene Erklärung übermitteln und druckte sie aus. Als ich sie las, überkam mich der Verdacht, daß auch der Pressemann der Inspektion bei uns Honig gesaugt hatte. Aber ich fand immerhin einen Satz, der bei uns nicht gestanden hatte. Er besagte, daß die ermittelnden Beamten mehrere Spuren verfolgten.

Ich wollte noch Verhülsdonk anrufen und ihn fragen, ob ich ihm den Auftrag der überregionalen Kollegin verdankte. Aber während ich seine Nummer wählte, klopfte es resolut an die Tür zum Flur, und fast in derselben Sekunde wurde sie geöffnet. Die Herren Ferber und Giess traten ein. Ferber hob die Hand zum Gruße, Giess sparte sich das, und dann warf Ferber, während er durch das Mitarbeiterzimmer sich meiner offenen Tür näherte, einen Rundum-Blick durch die Redaktionsräume, welcher Musterung Giess sich noch ein wenig intensiver widmete.

Ferber steckte den Kopf durch die Tür und fragte: »Stören wir?«, aber er wartete die Antwort nicht ab, sondern trat ein. Er sagte: »Unser Büro war noch nicht fertig.« Er lächelte. »Herr Kirchhöfer hatte mit dem Umräumen noch zu tun. Und da haben wir uns gedacht, wir sehen uns in der Zeit mal in der Stadt um.«

Ich stand auf und ging in Verhülsdonks Büro, holte einen Stuhl und stellte ihn vor meinen Schreibtisch, wies darauf. Dann wollte ich die Papiere und Bücher von dem Stuhl neben dem Aktenregal herunterräumen; aber Giess sagte: »Nicht für mich, bitte! Ich stehe gern!«

Ich ließ mich wieder auf meinem Stuhl nieder, blickte von Ferber zu Giess, der sich an das Aktenregal lehnte und die Arme übereinanderschlug, und wieder zurück zu Ferber. Der Hauptkommissar lächelte, nickte. Dann sagte er: »Macht einen guten Eindruck, Ihre Redaktion. Schön eingerichtet. Nicht so trist.« Er verstärkte das Lächeln. »Von so was können wir armen Polizisten nur träumen.«

Ich sagte: »Ja, ich weiß. Das erzählen mir auch andere Beamte, die hierherkommen.«

»Ach ja? Na, wie auch immer, das Geschäft muß sich ja lohnen. Dafür leisten Sie ja auch gute Arbeit.«

Ich zog die Schultern hoch, setzte eine skeptische Miene auf. »Wir tun, was wir können. Und manchmal ist es leider ziemlich wenig.«

Giess sagte: »Warum sind Sie denn so bescheiden? In diesem Fall zum Beispiel waren Sie doch erstaunlich früh am Tatort.«

»Finden Sie?«

Ferber sagte: »Doch, ja. Finde ich auch. Ich hab gehört, daß Sie schon an der Haustür waren, als die Kollegen gerade mit den Vernehmungen begonnen hatten.«

»Na schön.« Ich zuckte die Achseln.

Giess fragte: »Woher hatten Sie eigentlich die Information?«

Ich grinste ihn an. Dann sagte ich: »Ein kleines Vögelchen hat sie mir ins Ohr gezwitschert.«

Ferber lachte. »Mit Speck fängt man Mäuse, nicht wahr? Der Kollege Giess hat wahrscheinlich geglaubt, das hätte sich noch nicht bis Merzthal herumgesprochen.«

»O doch! Wir sind hier ziemlich auf dem laufenden.«

Ferber sagte: »Das glaube ich Ihnen aufs Wort.«

»Aber wo Sie vorher waren, das können Sie uns sicher verraten?« Giess schien völlig unbeeindruckt von dem kleinen Dämpfer, den ich ihm verpaßt hatte. Ich fixierte ihn, aber er gab den Blick ohne erkennbare Regung zurück.

Ich fragte: »Sie meinen, zur Tatzeit?«

Er zuckte die Schultern. »Wenn Sie so wollen, ja.«

Ferber fragte: »Woher wissen Sie eigentlich die Tatzeit?«

Ich hob den Ausdruck der Presseerklärung hoch. »Aus der Erklärung, die Ihr Sprecher herausgegeben hat.«

»Ach ja! Darf ich das mal sehen?«

Ich gab ihm den Ausdruck. Während Ferber ihn las, sagte Giess: »Wo waren Sie also gestern zur Tatzeit?«

Ich sagte: »Ich war in der Stadt unterwegs. Ich hab Material für ein kleines Feuilleton zur Bundestagswahl gesammelt. Es sollte den Wahlkampf kritisch unter die Lupe nehmen. Und die Wahlkämpfer.«

Ferber, der sich bis dahin anscheinend in die Presseerklärung vertieft hatte, sagte: »Aber es ist doch nicht erschienen? Dieses Feuilleton, meine ich.« Er legte den Ausdruck auf meinen Schreibtisch. »Oder habe ich's heute morgen in Ihrer Zeitung übersehen?«

»Nein, das haben Sie nicht. Ich hab's gar nicht geschrieben. Bevor ich dazu kam, hab ich... vernommen, daß Keppler tot war. Außerdem hätten wir's auch gar nicht unterbringen können.« Ich zeigte auf die Wochenendausgabe, die auf dem Schreibtisch lag. »Wir haben wegen Keppler doch das ganze Blatt umgekrempelt.«

»Natürlich.« Ferber nickte. »Verstehe.«

Giess sagte: »Sie waren also in der Stadt unterwegs. Allein, nehme ich an.«

»Richtig. Mehr oder weniger. Ich habe auch mit ein paar Leuten gesprochen. Aber das war vor der Tatzeit. Und danach hat mich sicher auch der eine oder andere noch gesehen, aber ich weiß nicht, wer. Und ich weiß auch nicht, ob er sich an mich und an die genaue Zeit erinnert.« Ich sah Giess an. »Wenn Sie also mich als Täter in Betracht ziehen sollten, muß ich Ihnen gestehen, daß ich wahrscheinlich kein hieb- und stichfestes Alibi habe.«

»Was bringt Sie denn auf die Idee, daß ich Sie als Täter in Betracht ziehe?«

Ferber sagte: »Ja, das wundert mich aber auch ein bißchen! Wenn wir das täten, hätten wir Ihnen doch zumindest sagen müssen, was wir Ihnen zur Last legen. Und natürlich auch, daß Sie jederzeit die Aussage verweigern und einen Rechtsanwalt hinzuziehen können.« Er lächelte mich an. »Aber das haben Sie doch sowieso gewußt, oder? Ich meine, daß wir Sie über Ihre Rechte belehren müssen? Und daß wir das nicht stillschweigend hätten übergehen dürfen?«

Ich zuckte die Achseln. »Vielleicht vergessen Sie so was schon mal.«

Ferber lachte. »Aber doch nicht bei einem so ausgeschlafenen Menschen wie Ihnen!«

»Danke für die Blumen.«

»Das war ehrlich gemeint. Okay ... wie gesagt, wir wollten uns ja nur ein bißchen mit Ihnen unterhalten. Aber um noch mal auf die Fragen von Herrn Giess zurückzukommen ...« Er lehnte sich zurück, streckte die Beine aus, richtete den Blick zur Decke, rieb sich die Nase. Dann sah er mich an.

Er sagte, als bedauere er das sehr: »Wir müssen natürlich überall herumkratzen. Auch an empfindlichen Stellen. Wir wissen zum Beispiel, daß Sie mit Frau Keppler eng befreundet sind, das weiß ja wohl jeder in Merzthal. Und wenn ich Sie fragen würde, wie es um die Ehe der Kepplers bestellt war, oder, ein bißchen genauer: ob die junge Frau fremdgegangen ist, was bei dem Altersunterschied ja nicht so verwunderlich wäre... Also, wie auch immer... wenn ich Sie danach fragen würde, dann träfe ich vermutlich auf solch eine empfindliche Stelle.«

Ich sagte: »Erraten. Eine sehr empfindliche Stelle.«

»Sehen Sie.« Er nickte. »Aber solche Fragen müssen wir halt sehr oft stellen.« Er lachte. »Sie wissen doch: *Cherchez la femme*.«

»Ach ja? Ich dachte, die Raster, mit denen man einen Mörder sucht, seien im Lauf der Jahrhunderte ein wenig verfeinert worden.«

»Keine Bange, das sind sie auch.« Er beugte sich vor. »Aber würden *Sie* denn in einem solchen Fall völlig ausschließen, daß zum Beispiel ein Liebhaber der Frau den Ehemann aus dem Weg geräumt hat?«

»Warum fragen Sie mich das? Ich bin doch kein Kriminalist!«

Giess, den ich fast vergessen hatte, rührte sich plötzlich. Er fragte: »Geht sie mit Ihnen ins Bett?«

Ich brauchte einen Augenblick lang, um mich zu sammeln. Dann sagte ich: »Ich bitte gehorsamst um Vergebung, Herr Kommissar, aber das geht Sie doch einen Dreck an!«

»Nun mal langsam! Wir wollen doch auf dem Teppich bleiben!« Ferber hob beschwichtigend die Hand.

Ich sagte: »Sagen Sie das doch ihm!«

Er antwortete: »Ich sag's Ihnen beiden.« Er ließ die Hand langsam wieder sinken.

Giess fragte mit unbewegtem Gesicht: »Können Sie uns sonst jemanden nennen, mit dem sie ins Bett geht?«

Ich starrte ihn an, schwieg. Ferber sagte: »Okay, das reicht jetzt, Harald. Das reicht.« Er wandte sich zu mir. »Ich hab eine ganz andere Frage, Herr Froberger.« Er lächelte. »Auch, damit Sie sehen, daß wir uns nicht nur für Frau Kepplers Liebesleben interessieren.« Nach einer kleinen Pause fragte er: »Halten Sie es für möglich, daß Herr Keppler noch immer im internationalen Rüstungsgeschäft tätig war? Im illegalen, meine ich?«

Ich sagte: »Dann müßte er den Verstand verloren haben. Und das hatte er nicht, ganz bestimmt nicht.«

Ferber sagte: »Entschuldigen Sie, aber das halte ich nicht für ein überzeugendes Argument. Die Katze läßt das Mausen nicht, wissen Sie. Solche Leute werden nicht selten rückfällig. Sogar die Klügsten in diesem Geschäft. Das Geld, ist doch klar. So schnell kommt man sonst nirgendwo daran. Außer mit Drogen vielleicht.«

»Vergessen Sie nicht, daß er schon einmal ganz bitter hat bezahlen müssen. Nicht nur mit Geld, sondern ja auch mit seiner Freiheit.«

Er nickte. »Ja, ja, ich weiß.«

Giess fragte: »Kennen Sie Herrn Ahdab?«

Ich überlegte einen Augenblick lang, ob ich ihm noch einmal eine Antwort verweigern und ihn mit Schweigen strafen sollte, aber es wäre kindisch gewesen. Es hätte niemandem genutzt, und mir schon gar nicht.

Ich sagte: »Ja. Ich habe ihn vor einer Reihe von Jahren mal kennengelernt. Keppler hat mich ihm vorgestellt, als er schon einmal hier zu Gast war. Aber das war nur eine flüchtige Begegnung. Die zwischen Herrn Ahdab und mir, meine ich. Mir schien er ein netter Mensch zu sein. Ein sympathischer.«

Giess lächelte. »Klar. Das sind die meisten aus der Branche. Sie sind nicht so, wie Klein Moritz sie sich vorstellt.«

»Ach wirklich? Hochinteressant!«

Ferber stand auf. »Okay, ich denke, daß wir Sie jetzt lange genug aufgehalten haben. Sie wissen am Wochenende sicher auch was Schöneres zu tun.«

Ich stand auf. »Sie sagen es.«

»Danke für die Auskünfte.« Er reichte mir die Hand. »Und, wie gesagt: Wir sind Ihnen für jede Information dankbar. Unser Job hier ist nicht gerade einfach.«

»Das glaube ich Ihnen aufs Wort.«

Ferber nickte und ging hinaus. Giess folgte ihm. Immerhin bedachte er mich im Vorübergehen mit einem knappen Nicken.

43

Ich fühlte mich nicht besonders wohl in meiner Haut. Es war klar, daß die beiden mir nicht glaubten. Irgend jemand hatte ihnen erzählt, wie vertraut ich schon so lange mit Susanne war und wie oft ich sie besuchte, vielleicht war es Max gewesen, vielleicht der Barmann aus dem Waldhotel, vielleicht auch beide oder noch einige mehr. Und es paßte anscheinend nicht in ihre Köpfe hinein, daß Susanne und ich auch ohne Sex genügend viele Berührungspunkte miteinander hatten.

Bis zu diesem Zeitpunkt hatten die Ermittler aus der Kreisstadt, wie ich schon vermutete und wie Dirk es mir später bestätigte, Susanne noch nicht einmal gesehen. Giess hatte sich am Abend vorher mit Dirks Protokoll der Vernehmung begnügt, und als die beiden am Samstag morgen, heute morgen, sich telefonisch zum Besuch bei ihr hatten anmelden wollen, erhielten sie von Max die gleiche Auskunft wie ich, nämlich, daß sie das Haus verlassen habe und er nicht wisse, wo sie sich aufhalte.

Aber es wollte natürlich auch nicht so leicht in ihre Köpfe, daß eine junge und zumindest dem Vernehmen nach sehr ansehnliche Frau die Ehe mit einem alten Mann wie Keppler ausgehalten haben sollte, ohne sich hin und wieder eine Eskapade zu gönnen. Einen kleinen Ausritt, würden sie vielleicht sagen. Und das am liebsten natürlich mit einem jungen, potenten Hüpfer.

Sie würden nicht lockerlassen. Und so völlig falsch war ihr Verdacht ja auch nicht. Wenn es nach mir gegangen wäre, hätte Susanne mich schon lange, schon ewig lange zu ihrem Liebhaber gemacht. Ich zumindest hatte unleugbar ein Motiv gehabt, Kurt Keppler umzubringen. Dirk hatte darüber einen Witz gerissen, als ich ihm sagte, ich hätte wahrscheinlich kein Alibi für die Tatzeit. Aber der Kommissar Giess war gar nicht auf Witze aus, als er mich fragte, wo ich gewesen sei, bevor ich mich so prompt am Tatort einfand. Und der Hauptkommissar Ferber hatte zwar den guten Cop gemimt, aber zu trauen war dem Kerl auch nicht.

Sie würden nicht lockerlassen. Es war zwar lächerlich, aber unversehens fühlte ich mich wie eingeschlossen, ohne die Chance, mich zu wehren, ohne die Chance zu fliehen, und ich spürte einen Anflug von Panik. Dirk hatte mich hin und wieder damit aufgezogen, damals, als er noch in seinem Altenheim die Glühbirnen auswechselte und ich den Leo fuhr. Er hatte gesagt, wahrscheinlich hätte ich jedesmal die Hosen voll, wenn ich mich in meinen Sitz hineinzwängte. Ein normaler Mensch müsse in so einer Sardinenbüchse doch den großen Angstschiß bekommen.

Merkwürdigerweise habe ich ihn damals nie bekommen. Mit einer Ausnahme, ja. Das war, als wir vor einer Schießübung den Leo abholten, der bei der INST, der Instandsetzung, gewesen war. Für den Transport zurück hatten sie den Turm nach hinten gedreht und fixiert, und wir mußten ihn vor dem Einsatz wieder nach vorn drehen. Und dabei passierte es.

Irgendein Rindvieh von der INST hatte den Sicherungskasten, der unter dem Turm angebracht war, nicht richtig verschlossen oder sonstwie Mist gebaut, jedenfalls riß der Turm mit dem Schutzgitter, das ringsum an seiner Unterseite saß, beim Drehen den Sicherungskasten auf und riß ihn ab, und es funkte und blitzte und krachte und stank wie verrückt. Ich hatte keine Ahnung, was passiert war, und ich dachte, das war's jetzt und jeden Augenblick gehen unsere Granaten, die wir noch gar nicht aufgenommen hatten, in die Luft, und es war nur noch Panik, die sich in meinem Kopf wie in meinem Bauch breitmachte, mir wurde kotzübel.

Dann hörte ich den Kommandanten schreien: »Motor aus, Motor aus!«, und der Richtschütze schrie ebenfalls, und ich versuchte, den Motor auszuschalten, aber nichts ging mehr, der Motor lief einfach weiter. Und dann erst fiel mir ein, was ich gelernt hatte, man mußte, wenn gar nichts mehr half, das Gaspedal nach oben reißen, und das tat ich, und der Motor ging tatsächlich aus. Es stank nur noch in unserer Sardinenbüchse, aber es war endlich still, still und dunkel.

Ich erinnerte mich daran, an diesem Samstagmorgen, als die Panik nach mir griff. Es gab kein Gaspedal, das mir hätte helfen können, aber nach einer halben Minute oder einer ganzen war es ausgestanden. Ich würde, wenn diese Kerle keine Ruhe gäben, mich notfalls auf die Socken machen und jemanden suchen und wahrscheinlich ja auch finden, der mich zur Tatzeit in der Stadt gesehen hatte. Diese Kerle würden mich nicht in die Enge treiben; sie mochten gewitzt sein, aber dumm war ich auch nicht.

Ich rief Verhülsdonk an und berichtete ihm von Wallots Erlebnissen mit unserer Polizei und von dem jüngsten Besuch in unserer Redaktion. Von meinem Muffensausen sagte ich ihm nichts. Aber ich fragte ihn, ob er vielleicht derjenige gewesen sei, der der Kollegin von der Überregionalen meine Handynummer gegeben habe. Er sagte, ja, und ob mir das nicht recht gewesen sei. Ich sagte, doch, doch, ganz im Gegenteil; aber ob denn nicht er selbst diese vier Blatt hätte schreiben wollen.

Er sagte: »Ach Quatsch, ich bin doch auf dem Aussterbeetat. Und Sie bekommen auf diese Weise ja vielleicht einen Fuß bei denen rein. Außerdem bin ich sicher, daß Sie das vorzüglich machen werden.«

Ich bedankte mich. Als ich aufgelegt hatte, fragte ich mich, ob irgendwann auch ich einmal imstande sein würde, um eines Kollegen willen auf etwas zu verzichten. Einen Artikel abzutreten, um den man mich bat und den ich selbst gern schriebe; einem anderen nicht gerade den Ruhm, aber zumindest doch das Ansehen zu überlassen, das sich mit einem solchen Artikel gewinnen ließe; und diesem anderen auch noch einzugestehen, daß ich selbst im Leben nicht mehr allzuviel zu bestellen hätte.

Ich dachte nicht allzulange darüber nach. Ich befand, daß ich nicht im entferntesten Anlaß hatte, so zu denken und mich so zu verhalten. Ich war ja schließlich fast vierzig Jahre jünger als Verhülsdonk.

Der Artikel, der ein beachtliches Werk werden mußte und werden sollte, beschäftigte mich noch eine Weile, aber es hatte wenig Sinn, schon jetzt darüber nachzudenken. Die Kollegin hatte mir gesagt, sie hätte den Text gern am frühen Sonntagnachmittag, aber was bis dahin noch passierte und was ich erfahren würde, mußte natürlich darin stehen. Es war noch viel zu früh, sich über diesen Artikel den Kopf zu zerbrechen.

Einen Augenblick lang war ich in Versuchung, wieder bei Susanne anzurufen. Doch ich fürchtete, wieder nur Max anzutreffen, und fürs erste hatte ich genug von ihm. Ich wählte statt dessen Dirks Nummer zu Hause, und er meldete sich.

Ich fragte, ob es etwas Neues gebe, und er sagte, o ja, etwas ziemlich Neues: Der Kollege Ferber habe Kirchhöfer gefragt, ob er nicht ihn, Dirk, für die Dauer der Ermittlungen in Merzthal als ihren Assistenten abstellen könne. Sie brauchten einen ortskundigen Mann, der auch als Protokollführer schnell und zuverlässig arbeiten könne. Und Kirchhöfer habe sich, wenn auch ziemlich verdrossen, damit einverstanden erklärt.

Ich vermute, daß Dirk vor allem wegen seiner Protokolle vom Vortag diesen Ruf erhalten hat. Ich weiß, daß er mit seinem Laptop schnell und präzise umzugehen versteht. Wahrscheinlich hätte Kirchhöfer dem Kollegen von der Kripo lieber die behäbige Frau Löhr abgetreten, die regelmäßig auf die Wache kommt, um die Schreibarbeiten zu besorgen. Aber da Frau Löhr schon ihm selbst für seine Vernehmungen zu langsam gewesen war, hatte er sich nicht getraut, sie Ferber anzudienen.

Von diesen Überlegungen sagte ich Dirk freilich kein Wort. Ich gratulierte ihm, und er sagte: »Na ja, das heißt natürlich noch nichts. Aber wahrscheinlich kann ich von den beiden ja was lernen.« Dann sagte er, er habe übrigens noch was Neues.

Er wartete, bis ich ihn gebührend um Näheres gebeten hatte; dann erzählte er mir, daß er von der Fachhochschule her eine Kollegin kenne, die unterdes in der Großstadt arbeite, und zwar bei der Inspektion, die für Wallots Wohnbezirk zuständig sei. Sie habe ihn heute morgen ganz überraschend angerufen. Er legte eine Kunstpause ein, und ich fragte ihn: »Ja und? Will sie dich besuchen kommen?«

Er sagte: »Vielleicht demnächst einmal, schon möglich. Aber heute morgen ging es ihr um was anderes.« Er pausierte abermals.

Ich sagte: »Menschenskind, tu mir den Gefallen, und sag endlich, um was es ihr denn ging!«

Er sagte, die Kollegin habe die Presseerklärung der Kriminalinspektion gelesen und gesehen, daß die Merzthaler Leiche von dem Schriftsteller Carl Wallot aufgefunden worden sei. Und sie habe gemeint, das sei aber wirklich ein merkwürdiger Zufall; denn erst am Montag abend habe sie selbst mit Herrn Wallot zu tun gehabt. Sie sei Streife gefahren, und die Zentrale habe sie zu Herrn Wallot geschickt, weil ein Einbruch in dessen Wohnung gemeldet worden sei. Sie habe dort Herrn Wallot persönlich kennengelernt, und der Kerl sei ein unausstehliches Ekel; aber noch dazu sei dieser Einbruch höchst merkwürdig gewesen.

Die Kollegin hatte Dirk berichtet, der oder die Täter hätten die Wohnung durchwühlt gehabt, Papiere en masse aus den Schränken gerissen und auf dem Boden verstreut; doch gestohlen worden sei gar nichts, außer einem Handy, was Herrn Wallot aber auch erst nachträglich eingefallen sei. Sie habe jedenfalls den Eindruck gehabt, daß Wallot durchaus einen Verdacht gehabt habe, wer den Einbruch begangen haben könnte, daß er aber keinen Namen habe nennen wollen.

Dirk hatte sie gefragt, ob sie ihm ihr Protokoll des Einsatzes schicken könne, und sie hatte ihm den Text als E-Mail durchgegeben. Und als er den gelesen habe, sei ihm auch klargeworden, sagte Dirk, warum Wallot überzeugt gewesen sei, daß Keppler hinter diesem Einbruch stecke.

Ich fragte ihn nicht, warum er das glaube. Ich wollte, nachdem ich schon Wallot bei ihm denunziert hatte, seinen Verdacht gegen den Autor nicht auch noch aufheizen.

Er fragte mich: »Willst du es haben?«

»Was denn – das Protokoll etwa?«

»Na klar, was denn sonst? Ich kann das Ding sowieso nicht vorzeigen. Wenn Ferber und Giess dahinterkämen, daß ich es auf eigene Faust bestellt habe, wäre ich wahrscheinlich die längste Zeit ihr Assistent gewesen. Ich kann ihnen bloß erzählen, daß ich mit der Kollegin telefoniert habe, das täten wir aus alter Freundschaft halt hin und wieder, und dann müssen sie selbst entscheiden, ob sie sich das Ding an die Wache durchgeben lassen. Werden sie natürlich tun.«

Wir verabredeten uns in der Mühlenstraße, die er auf dem Weg von seiner Wohnung zur Wache passiert. Wir begegneten uns wie zufällig, und er gab mir nach einem schnellen Blick ringsum den Ausdruck des Protokolls. Ich ging damit zurück zur Redaktion, während er sich zur Wache begab, um seinen Dienst anzutreten.

Ich goß mir einen Kaffee auf, ließ mich an meinem Schreibtisch nieder und studierte das Protokoll Wort für Wort. Die Sicht des Einbruchs unterschied sich natürlich von der, die ich von Wallot kannte, und es fehlte auch seine Androhung, daß er diesen Angriff auf seine Privatsphäre nicht ungeahndet hinnehmen werde. Aber das Wesentliche kannte ich schon. Um so mehr interessierte mich, was Dirks Kollegin über die dunkeläugige Studienassessorin Ruth berichtet hatte.

Es gab wohl keinen Zweifel: Erst zwei Abende zuvor hatte der Schweinehund Susannes Bedrängnis ausgenutzt und sie dazu gebracht, mit ihm ins Bett zu gehen; aber kaum war er wieder zu Hause, hatte er nichts Eiligeres zu tun gehabt, als sich die nächste Frau unter den Nagel zu reißen. Und wiederum einen Tag später hatte er wieder Susanne auf seinem Zimmer empfangen, was immer er bei dieser Gelegenheit mit ihr veranstaltet haben mochte.

Ich brütete eine Weile über dem Ausdruck. Ich dachte daran, noch einmal bei Susanne anzurufen; mittlerweile mußte sie doch wieder nach Hause gekommen sein. Doch ich konnte mich nicht dazu aufraffen. Max, ja, aber das war es nicht einmal, was mich daran hinderte, ihre Nummer zu wählen; irgendwann würde er mich ja, ob er es mochte oder nicht, mit ihr verbinden müssen. Es gab einen anderen Grund, und ich wußte, was es war: Ich grollte ihr. Ich war gekränkt, daß sie sich mit diesem Menschen eingelassen und vermutlich noch immer Umgang mit ihm hatte.

Wer hatte denn Wallot auf seinem Hotelzimmer angerufen, als ich bei ihm saß? Mit wem hatte er sich denn bei diesem Telefongespräch verabredet? Es war doch alles allzu offensichtlich.

Zum Überfluß fiel mir auch noch der besondere Grund ein, warum Susanne so schwer erreichbar war: Sie hatte es ein paarmal abgelehnt, sich ein Handy zuzulegen. Keppler hatte es ihr wiederholt empfohlen, aber sie hatte gesagt, das sei nichts für sie, sie werde das Ding doch nur überall liegenlassen. Den wahren Grund hatte sie mir anvertraut. Sie hatte gesagt, es fehle ihr noch, daß ihr Mann sie auf Schritt und Tritt anrufen und kontrollieren könne. Und ich Idiot hatte mich noch über ihren Protest gegen das Ehejoch, den ich darin zu erkennen glaubte, gefreut.

Ich versuchte, mich aus solchen Selbstquälereien zu befreien, indem ich überlegte, mit wem ich den Abend und möglichst auch die Nacht verbringen könnte. Ich wußte schon gar nicht mehr, wie lange ich enthaltsam gelebt hatte, seit dem vorangegangenen Wochenende ganz gewiß, das bedeutete, seit der Ankunft Wallots in Merzthal. Es fehlte noch, daß mir wegen dieses Kerls die Lust auf Sex verginge.

Sissy, ja. Sissy mit ihrer beweglichen Rückseite. Ich schuldete ihr noch eine Einladung, die Einladung zu dem Essen, das ihr lieber war als der Kinobesuch, den ich vorgeschlagen hatte. Sie hatte mir Bescheid sagen wollen, wann es ihr recht sei, und das hatte sie bislang nicht getan; aber das mußte nicht heißen, daß sie nein sagen würde, wenn ich sie anriefe.

Bloß war ich mir nicht sicher, wie das hernach in der Redaktion weitergehen sollte, Tag um Tag, sobald ich mich einmal mit Sissy eingelassen hätte. Es könnte lästig werden, sehr strapaziös, für uns beide, aber auch für unsere Umgebung.

Vielleicht lieber Stefanie. Allerdings war bei ihr nie auszuschließen, daß sie einen ihrer melancholischen Tage hatte. Es würde sie nicht stören, daß die Einladung ziemlich kurzfristig käme, und sie würde sie annehmen, wenn sie nicht schon etwas Besseres vorhatte. Und sie würde hernach auch mit zu mir gehen, und es wäre im Bett wahrscheinlich so angenehm, wie es mit ihr immer gewesen ist; aber ich scheute das, was dann womöglich kommen würde.

Wenn sie einen ihrer melancholischen Tage hatte, würde sie danach nicht schlafen und mich nicht schlafen lassen, sondern sie würde eine Diskussion über das Leben und seine Sinnleere führen wollen, »oder hast du vielleicht mittlerweile herausgefunden, welchen Sinn es haben könnte, ich meine, als wir das letztemal darüber gesprochen haben, schienst du mir auch ziemlich ratlos, hab ich recht?«

Aber vielleicht Nadja Casper. Ich hatte sie kennengelernt, als sie beim Lokalradio anfing, und sie hatte mich ein paarmal um Rat gefragt, war schließlich auch eines Abends überraschend bei mir zu Hause erschienen, um mich um Rat zu fragen, und dann gleich über Nacht geblieben.

Doch Nadja fragte nach meinem Geschmack zu viele Leute um Rat, auch Leute, die erheblich älter waren als wir beide, was natürlich für die Qualität der Ratschläge sprach, aber mir doch sehr gegen den Strich ging, und das sagte ich ihr, und wir trennten uns in Freundschaft. Hin und wieder hatte ich sie dann trotzdem noch beraten, zu unser beider Zufriedenheit.

Ja. Oder Elfi Neuhaus, natürlich, die Hilfsbereite.

Als ich so weit gekommen war, trat ich jäh nach dem Papierkorb, der umkippte und ein Stück über den Boden rollte. Wollte ich tatsächlich hier auf meinem Hintern sitzen bleiben und völlig unbeleckt von Skrupeln darüber nachdenken, mit wem ich mich darüber hinwegtrösten könnte, daß Susanne sich mit einem Schweinehund von Liebhaber eingelassen hatte und mich darüber offensichtlich vergaß?

Ich wußte zwar nicht, wohin ich gehen sollte, ich wußte auch nicht, was ich tun sollte, aber ich hielt es an meinem Schreibtisch nicht mehr aus. Ich schloß das Protokoll in die Schublade, stellte den Papierkorb wieder auf und verließ die Redaktion.

Vor der Tür stieß ich um ein Haar mit Franziska Bechtle zusammen. Sie legte die flache Hand auf meine Brust, lächelte und sagte: »Hoppla! Ich hab gerade an dich gedacht!«

»Entschuldige, ich… ich war in Gedanken.«

Sie sagte lächelnd: »Klar. Du hast ja auch ganz schön was um die Ohren.«

Ich stutzte. »Wie meinst du das?«

»Na, wenn man die Zeitung so liest… Ich find das ziemlich aufregend. Toll! Und wie hast du das alles bloß herausbekommen?«

Ich sagte: »Ach, das ist eine lange Geschichte!«

»Die würd ich gern mal hören.« Sie lächelte. »Hättest du denn nicht noch mal Zeit für mich? Heute abend, zum Beispiel?«

Franziska hat einen achtjährigen Sohn. Sie ist so alt wie Susanne, die beiden haben jedenfalls eine Zeitlang in derselben Schulklasse gesessen. Franziska hat einen Ingenieur geheiratet, einen Ortsfremden, der nach Merzthal gekommen war, weil er in Kepplers Fabrik eine Stelle gefunden hatte. Aber die Ehe ist schon vor einer Reihe von Jahren geschieden worden, und der Ingenieur hat Merzthal wieder verlassen.

Ich habe Franziska im Sommer vor zwei Jahren kennengelernt, bei einem Schwimmwettbewerb für Kinder, den Keppler gesponsert und über den wir entsprechend ausführlich berichtet haben. Ihr Sohn, Dustin, hatte in seiner Altersklasse gewonnen, und ich hatte ihn interviewt, während Peter Laux den Sieger und seine Mutter, die in einem hübschen schulterfreien Kleid daneben stand, fotografierte.

Nachdem Laux zu seinem nächsten Motiv gegangen war, hatte sich zwischen Franziska und mir ein sehr angenehmes Gespräch entwickelt. Sie hatte mich gefragt, ob ich ihr eines der Fotos besorgen könne, und ich hatte ihre Anschrift notiert, um es ihr zuzuschicken, aber sie hatte gefragt, ob ich nicht selbst vorbeikommen wolle, sie lade mich zu einem Glas Wein ein. Zwei Tage später hatte ich sie mit drei großen Hochglanzabzügen, die ich Peter Laux herausgeleiert hatte, besucht, um halb neun abends, weil sie gesagt hatte, ich solle kommen, wenn Dustin im Bett sei, dann hätten wir mehr Ruhe.

Die hatten wir in der Tat gehabt. Von Dustin gab es, bis ich die Wohnung verließ, nichts zu sehen und zu hören, und Franziska Bechtle, die nicht gerade hübsch, aber sehr wohlgestaltet ist, widmete sich mir mit einer Intensität, die ich bisher noch nicht erfahren hatte, die ich mir auch nicht hätte träumen lassen.

Ich besuchte sie bis in den Winter hinein noch oft, so lange, bis ich mich eines Nachts an ihrem weichen, warmen Hinterteil so wohl fühlte, daß ich nicht aufstehen mochte und verschlief und erst wach wurde, als Dustin heulend vor dem Bett stand, mit dem Finger auf mich wies und schluchzte: »Der da... der da...!« Ich sprang in die Hose, tätschelte ihm den Scheitel, woraufhin er nach mir trat, und verzog mich.

Franziska erzählte mir, er habe sich schnell beruhigt

und er werde sich auch daran gewöhnen, daß ich schon einmal bei ihr läge oder morgens mit am Tisch säße. Aber den Schock, den Dustin mir versetzt hatte, wurde ich so schnell nicht los, ich besuchte sie nur noch selten, und seit einer nun schon langen Zeit gar nicht mehr.

Viellcicht war diesmal mein Groll auf Susanne zu groß, größer als mein Liebesschmerz um sie. Ich sagte: »Heute abend? Das müßte gehen. Halb neun?«

Franziska lächelte und sagte: »Neun vielleicht. Dann schläft er ganz bestimmt.«

44

An den wesentlichen Ereignissen, die an diesem Samstag noch folgten und die sich in unerwarteter Weise zuspitzten, nahm ich nicht teil, aber ich erfuhr davon, und was ich erfuhr, ließ sich zu einem einigermaßen vollständigen und plausiblen Bild zusammenfügen. Das meiste erfuhr ich von Dirk, aber auch Susanne, die ich dann doch noch besuchte, steuerte einen Teil bei, zumindest eine Reihe von Informationen, auf die ich mir einen Reim machen konnte.

Als ich zu ihr hinausfuhr, war die Mittagszeit schon vorüber. Ich hatte bis zu diesem Aufbruch zu Hause herumgelungert, aber nicht mehr versucht, in Kepplers Haus anzurufen. Ich redete mir ein, ich sei es leid, mich an der Nase herumführen zu lassen. Mich hinhalten zu lassen, ja, darauf lief es doch hinaus. Ich war es leid, so sagte ich mir, nur dann willkommen zu sein, wenn Susanne das Bedürfnis hatte, sich auszuweinen.

Es war Dagmar, die mich aufstörte. Sie rief mich an, und ich hatte mich kaum gemeldet, als sie schon sagte: »Du wolltest dich doch um Susanne kümmern, oder hab ich das mißverstanden?«

»Nein, das hast du nicht mißverstanden. Aber dann mußt du mir auch mal verraten, wie ich überhaupt an sie rankommen soll! Entweder ruht sie noch, oder sie ist auf Achse, oder dieser Scheiß-Max denkt sich irgendwas aus, mit dem er mich abwimmeln kann! Und bei mir melden tut sie sich sowieso nicht!«

Sie sagte: »Reg dich ab! Kannst du jetzt rauskommen?«

Ich zögerte, aber dann sagte ich: »Ja.«

»Dann komm. Ich war jetzt eine gute Stunde bei ihr, und ich werde heute auch wieder bei ihr übernachten. Aber ich muß dringend noch mal zu meinem Vater, dem geht's nicht gut.«

Ich wollte es nicht, doch ich konnte es nicht unterdrükken. Ich fragte: »Hat sie Wallot getroffen, als sie heute morgen unterwegs war?«

Sie schwieg einen Augenblick lang, aber dann sagte sie: »Ja. Und sie war fix und fertig, als sie danach zurückkam. Ich war gerade vor dem Haus angekommen, sie sah aus wie der Tod. Ich hab versucht, sie ein bißchen aufzubauen. Doch dann sind auch noch diese beiden Kommissare gekommen und haben versucht, sie fertigzumachen.«

»Wieso denn das?«

»Es sieht so aus, als ob sie Susanne verdächtigen, ihren Mann umgebracht zu haben. Susanne glaubt das jedenfalls. Oder daß sie jemanden gehabt hätte, der das für sie besorgt hat. Wallot, zum Beispiel. Vielleicht auch Behringer.« Nach einer kleinen Pause sagte sie: »Oder du. Du stehst anscheinend auch auf ihrer Liste.«

Ich sagte: »Ich weiß. Okay, ich mach mich auf den Weg.«

Susanne saß in ihrem Zimmer auf dem Sofa und las in einem Buch, als ich zu ihr kam. Sie lächelte mich an und klopfte neben sich auf das Sofa. Sie sah gar nicht gut aus. Ihre Augen waren gerötet, ihr Gesicht blaß. Die Hand, die sie mir reichte, war kalt, ihre Lippen, mit denen sie meine Wange berührte, erschienen mir wie ausgetrocknet.

Ich setzte mich neben sie. Nach einer Weile, in der wir beide schwiegen, klopfte ich ihr leicht auf den Schenkel. Sie hielt die Hand fest, nahm sie in beide Hände. Dann legte sie den Kopf an meine Schulter. Ich roch ihre Seife, ich spürte ihre Haare an meiner Wange. Mir wurde warm ums Herz, ganz anders, als ich es gewollt und mir unterwegs vorgestellt hatte. Ich empfand ein völlig verrücktes, absurdes Glücksgefühl, und zugleich den schneidenden Schmerz, der mir das Wasser in die Augen trieb.

Nach einer langen Zeit sagte sie: »Ich hab im Safe nachgesehen. Ich hab die Berichte von diesem Detektiv gefunden.«

Mir wurde kalt. Wollte sie mir erzählen, was alles Herr Simonis über sie und Wallot herausgefunden hatte? Und wollte sie mir offenbaren, was daran stimmte?

Sie sagte: »Ich hab sie verbrannt.« Nach einer Weile hob sie den Kopf, sah mich an. »Glaubst du, daß sie mir daraus einen Strick drehen können?«

Ich überlegte angestrengt, was sie aushalten könnte. Schließlich sagte ich: »Wenn sie dahinterkommen. Vielleicht. Aber vielleicht kommen sie ja gar nicht dahinter.«

Sie nickte, dann bettete sie den Kopf wieder an meine Schulter.

Nach einer Weile fragte ich: »Wie viele Berichte waren es denn?«

Sie zuckte die Schulter. »Weiß nicht. Ich hab sie nicht gezählt. Aber es waren schon einige.«

Ich brachte es nicht fertig, ihr noch mehr Fragen zu stellen, ich zögerte zumindest, das zu tun. Aber sie fuhr auch ungefragt fort. Nach einer kleinen Weile sagte sie: »Der letzte war von Donnerstag abend. Vorgestern.«

Vorgestern abend? Das war der Abend, an dem ich versucht hatte, sie anzurufen, und Max mir gesagt hatte, das gehe nicht, bis schließlich Keppler ihm den Hörer abnahm und mich abfertigte. Es war der Abend vor Kepplers Tod, der Abend, von dem ich nicht wußte, wo Wallot ihn verbracht und was er getrieben hatte. Ich hatte mir ausgedacht, daß er womöglich Peter Colmant, Kepplers früheren, widersetzlichen Angestellten besucht oder bei den Russen oder im Türkenviertel herumgeforscht hatte, um Material zu sammeln, mit dem er sich an Keppler hätte rächen können. Aber das alles waren nur Vermutungen gewesen.

Hatte er den Abend mit Susanne verbracht?

Vielleicht hatte sie sich mit Keppler gestritten gehabt, war aus dem Haus gelaufen, in ihr Kabrio gestiegen und zum Waldhotel gefahren. Und deshalb hatte Max so stur erklärt, ich könne nicht mit ihr sprechen, und mir verschwiegen, warum nicht. Und ebendeshalb war Keppler so grob zu mir geworden und hatte dann einfach aufgelegt.

Sie sagte: »Ich nehme an, daß er den letzten Bericht am Freitag morgen Keppler in die Fabrik gebracht hat.«

Nach einer Weile konnte ich mich nicht länger zurückhalten. Ich sagte: »Er ist dir also nicht gefolgt, als du heute vormittag das Haus verlassen hast.«

»Nein. Ich hab ihn jedenfalls nicht gesehen.« Sie stieß verächtlich die Luft durch die Nase. »Das hätte mich auch gewundert. Sein Auftraggeber ist ja tot, das wird er wohl erfahren haben. Und er konnte ja kaum darauf hoffen, daß ich seine nächsten Rechnungen bezahlen würde.«

Es war mir klar, daß wir an einem entscheidenden Punkt angelangt waren, entscheidend jedenfalls, wenn ich mehr über ihr Verhältnis zu Wallot erfahren wollte. Und ich wußte auch, welche Frage ich als nächste stellen mußte. Aber ich brachte es wieder nicht fertig, ihr noch mehr zuzusetzen.

Ich schwieg still, und das tat auch sie. Nach einer Weile schloß sie die Augen. Dann sagte sie: »Warum kann es nicht immer so friedlich sein?«

Ich sagte: »Ja. Warum kann es das nicht sein?« Sie seufzte, es klang fast wohlig. Sie rückte ihren Kopf an meiner Schulter zurecht und begann, tief und ruhig zu atmen.

Ich sah hinaus auf den Wald, den ein frischer Wind in ständiger Bewegung hielt. Manchmal sah es aus, als liefen zwei, drei Wellen hintereinander über den grünen Abhang, mal von links nach rechts, dann wieder den Abhang empor, bis sie irgendwo im Blattwerk versickerten.

Ich schloß die Augen und stellte mir vor, wir gingen im Wald spazieren. Ich hätte meinen Arm um sie gelegt und sie den ihren um mich, und wir hörten das Rauschen über unseren Köpfen und schauten nach oben und sähen, wie die Wellen über uns hinwegliefen, und sie würde ein wenig schaudern, und ich sähe sie an und fragte: »Was ist denn?«

Und sie würde lächeln und stumm den Kopf schütteln, aber ich wüßte, warum sie geschaudert hatte, es war das Gefühl gewesen, auf dem Grund eines Meeres dahinzutreiben und über sich die Wellen zu sehen, wie sie an der Oberfläche des Meeres davonliefen. Und sie wüßte, daß ich wüßte, was sie empfunden hatte. Wir würden uns auch ohne Worte verstehen, nicht anders, als wir uns seit vielen, vielen Jahren ohne Worte verstanden haben.

Oder war es nur eine Täuschung gewesen, diese Erfahrung aus so vielen, vielen Jahren? Ich konnte es nicht lassen, ich wollte schon wieder diesem Gedanken nachgehen und ihn überprüfen, aber unversehens bewegte sie sich an meiner Schulter. Ich öffnete die Augen und sah, daß sie auf ihre Armbanduhr blickte.

Ich fragte: »Hast du noch was vor?«

»Nein. Aber Dagmar wird jeden Augenblick zurückkommen. Und dann kannst du auch in aller Ruhe gehen. Ich hatte schon ein schlechtes Gewissen, daß sie dich angerufen hat. Du hast doch sicher noch einiges zu tun?«

Ich schwieg einen Augenblick lang. Dann sah ich sie an. »Aber wenn ich gern noch hierbleiben möchte?«

Sie lachte. »Natürlich kannst du auch hierbleiben! Ich will dich doch nicht rausschmeißen!« Sie gab mir einen Kuß auf die Wange. Dann schob sie ihren Arm zwischen meinen Rücken und die Sofalehne, zog mich an sich, legte ihren Kopf wieder an meine Schulter. Sie fragte: »Gut so?«

Ich nickte. Ich ließ einige Zeit verstreichen. Aber das half ja auch nichts, es mußte sein, bevor Dagmar zurückkam. Ich fragte: »Warst du das, die heute morgen auf Wallots Zimmer angerufen hat?«

Sie hob den Kopf ein wenig, sah mich an. »Wie kommst du darauf?«

Ich sagte: »Ich war bei ihm, als der Anruf kam. Und ich war bis zum Ende dabei. Er hat mir nicht gesagt, wer es war, aber ich... nun, ja, ich konnte es mir denken.«

Sie ließ den Kopf wieder sinken. Nach einer langen Zeit sagte sie: »Ich hab ihn gefragt, ob wir uns treffen könnten. Ich hab ihm das Wegekreuz an der Tannenschonung vorgeschlagen.« Sie stieß wieder, als wolle sie ihre Verachtung kundtun, die Luft durch die Nase. »Er hatte eine Heidenangst, mit mir gesehen zu werden.«

Ich fragte: »Und warum wolltest du ihn treffen?«

Sie schwieg eine Weile, dann rückte sie ihren Kopf in eine etwas andere Position. Ihre Haare streiften meine Wange. Ich spürte ein heftiges Verlangen, nicht abzuwarten, was sie sagen mochte, sondern mich ihr zuzuwenden und sie zu küssen.

Sie sagte: »Ich wollte ihn noch einmal fragen, ob er mir helfen kann, wenn ich mir eine Stelle suche. Und ob er mir auch helfen wird.«

Ich war tief betroffen. Ich war schockiert.

Der Widerspruch zu der Perspektive, in der ich selbst ihre Situation nach Kepplers Tod gesehen hatte, sie ja auch hatte sehen müssen, war allzu deutlich.

Ich konnte nicht an mich halten, ich fragte: »Wozu willst du dir denn noch eine Stelle suchen? Du bist doch frei jetzt, du wirst doch alles erben, nehme ich an? Du kannst doch tun und lassen, was du willst?«

Sie sagte: »Ja, das kann ich, da hast du recht. Aber ebendeshalb weiß ich nicht, ob ich hier bleiben werde. Hier, in dieser Stadt, in der sie mir wahrscheinlich bis an mein Lebensende nachsagen werden, ich hätte meinen Ehemann umgebracht. Und ich will mich auch nicht an irgendeinen paradiesischen Ort absetzen, an dem ich nichts anderes zu tun habe, als Kepplers Geld auszugeben. Und mich der Schmarotzer zu erwehren, die sich daran beteiligen möchten. Ich will etwas Vernünftiges tun, etwas Sinnvolles. Verstehst du das nicht? Gerade du müßtest das doch verstehen.«

Ich sagte: »Ja. Ich müßte das wohl verstehen.« Ich zögerte lange, aber dann fragte ich: »Und *wird* er dir denn helfen? Mittlerweile könnte er doch Verbindungen aufgenommen haben, denke ich. Oder sogar schon etwas gefunden haben.«

Sie sagte: »Ja, das hatte ich auch gedacht.« Dann sagte sie: »Er hat gesagt, im Augenblick halte er es für reichlich riskant, wenn wir unsere... wenn wir allzu offensichtlich miteinander Kontakt hielten. Er habe ja nun mal Kepplers Leiche gefunden, und natürlich nehme die Polizei ihn besonders scharf unter die Lupe. Und wenn wir ihnen Anlaß gäben, anzunehmen, daß wir in einer engen Beziehung zueinander stünden, dann hätten sie natürlich auch das Motiv für einen Mord.«

Ich schwieg eine Weile. Dann sagte ich: »Da hat er natürlich nicht unrecht.«

Sie hob den Kopf und sah mich an. »Würdest denn du das auch für möglich halten? Würdest du glauben, daß Keppler von Wallot erschossen worden ist? Und daß Wallot das getan hat, weil ich eine Beziehung zu ihm habe? Oder daß ich es sogar selbst getan habe, wegen Wallot? Oder zusammen mit ihm?«

Ich sagte: »Nein. Ich würde nicht glauben, daß du es getan hast.«

Sie zog den Arm hinter meinem Rücken hervor, richtete sich auf. Sie sagte: »Aber das ist ja noch nicht einmal alles, was er von sich gegeben hat.«

Ich sah sie schweigend an. Sie sagte: »Dieser Mensch hat mich allen Ernstes gefragt, ob ich denn die Theorie, ich hätte zusammen mit Behringer meinen Ehemann aus dem Weg geräumt, für völlig unplausibel hielte. Und dann hat er wieder davon angefangen, daß in der Stadt ja doch unüberhörbar getuschelt werde, ich hätte mit Behringer geschlafen und schliefe womöglich noch immer mit ihm. Das hat er mir schon einmal ohne jede Hemmung ins Gesicht gesagt!«

Ich sagte: »Ich weiß. Am Dienstag abend, als du ihn im Hotel besucht hast.«

»Ja, und dann weißt du sicher auch noch, wie ich darauf reagiert habe. Aber das alles hält ihn nicht davon ab, es mir schon wieder an den Kopf zu knallen. Nur sagt er diesmal auch noch, wenn das zuträfe, dieses Getuschel, dann wäre es natürlich auch vorstellbar, daß Behringer geschossen hat oder ich selbst und daß wir danach in den Wald gegangen sind, um uns wechselseitig ein Alibi liefern zu können. Und am Ende fragt er mich dann auch noch mit Grabesstimme: ›War es nicht so?‹«

Ich nickte. Dann sagte ich: »Und was hast du ihm geantwortet?«

»Ich hab ihn da stehenlassen. Mitten im Wald. Ich bin nach Hause gelaufen.«

»Hat er denn nicht versucht, dich zurückzuhalten? Hat er nicht versucht ...«

»Sich zu entschuldigen, meinst du? Nein.« Sie fuhr mit der Hand unter das Kissen, das neben ihr die Sofaecke ausfüllte, tastete und zog schließlich ein kleines Tüchlein hervor, mit dem sie sich die Augen abtupfte, dann auch die Nasenspitze. Ich sah, daß ihre Augen feucht waren.

Ich streichelte ihr den Rücken. Aber sie bettete sich nicht wieder an meine Schulter. Sie blieb aufrecht sitzen, schweigend, mit dem Tüchlein in der Hand.

Ich war froh, als Dagmar hereinkam. Ich sagte, ich würde mich jetzt vielleicht doch besser auf den Weg machen. Ich hätte einen Auftrag von einer anderen Zeitung, und es wäre wohl ratsam, daß ich mir darüber schon einmal ein paar Gedanken machte.

Susanne berührte zum Abschied mit ihren rauhen Lippen meine Wange. Sie sagte: »Danke.«

45

Auf dem Rückweg machte ich auf der Polizeiwache Station. Hinter dem Tresen saßen Heinz Koschorrek und die Polizistin, die Kepplers Haustür bewacht hatte; unter dem Wandbrett mit den Bekanntmachungen hatte Herr Ahdab auf einem der Plastikstühle Platz genommen, sein dunkler Mantel und sein Homburg hingen am Kleiderhaken. Er hob die Hand und grüßte mich mit einem matten Winken.

Ich ging zu ihm, gab ihm die Hand. Er sagte, er erinnere sich sehr gut an mich. Ich fragte, ob er zur Vernehmung müsse. Er sagte, ja, aber das alles sei doch sehr ärgerlich, nein, es sei sogar skandalös. Ich fragte, was er damit meine.

Er sagte: »Also wissen Sie, dieser Herr Gries hat mich heute morgen aus dem Bett geholt und mich auf vierzehn Uhr hierherbestellt, und ich war auf die Minute pünktlich. Und nun läßt man mich seit einer halben Stunde warten –« er sah auf seine Armbanduhr, ein flaches, dezentes Prachtstück in Gold –, »schon mehr als eine halbe Stunde! Und ich bin sehr pressiert, ich möchte heute noch den Rückflug antreten, das heißt, ich muß, man erwartet mich in Beirut! Sie werden das verstehen.«

Ich sagte, natürlich verstünde ich das, und ich hörte mir auch noch die Schilderung seines Befremdens darüber an, daß so etwas bei der deutschen Polizei überhaupt möglich sei, er habe immer geglaubt, die deutsche Polizei arbeite besonders präzise und zuverlässig, aber das sei offenbar ein Fehlurteil, wenn auch ein weitverbreitetes.

Mir fiel auf, daß Herr Ahdab ein sehr gutes und geläufiges Deutsch sprach. Und ich fragte mich, wieso denn Behringer ständig dabeigewesen war, wenn Keppler sich mit dem Gast aus Beirut unterhielt. Ich hatte geglaubt, Behringer sei als Dolmetscher gebraucht worden. Aber in dieser Rolle wäre der Bibliothekar offenbar überflüssig gewesen.

Hatte Herr Ahdab, wenn er mit Keppler verhandelte, in deutsch nur deshalb gestottert, weil er Behringer zu einem anderen Zweck dabeihaben wollte? Behringer, mit dem er seit dessen frühen Jahren in Beirut vertraut war? Und zu welchem Zweck hatte er Behringer eingesetzt?

Nachdem ich Herrn Ahdabs Klage bis zum Ende angehört hatte, drückte ich ihm mein Bedauern aus und entschuldigte mich, wegen dringender Geschäfte. Ich ging zu

Koschorreck und seiner Kollegin, die unser Gespräch mit Aufmerksamkeit verfolgt hatten; die Kollegin lächelte und wandte sich wieder der Akte zu, die vor ihr lag.

»Hochbetrieb?«

Koschorreck nickte. »Kann man wohl sagen.«

»Und wo findet das statt?«

Er hob den Daumen und deutete über seine Schulter nach hinten, durch die offene Tür zum nächsten Raum. Dahinter lag noch ein Raum, dessen Tür geschlossen war. »Und dann hat sich auch noch einer dazwischengedrängt.«

»Wer denn?«

Er antwortete: »Ein Wichtigtuer aus der Stadt. Platzt hier herein und tut ganz geheimnisvoll und muß sofort mit Ferber sprechen. Er hat einen sehr bedeutsamen Hinweis zum Fall Keppler, sagt er. Sehr bedeutsam.«

»Und wer war das?«

Die Polizistin deckte einen Zettel auf, der unter ihrer Akte gelegen hatte. Sie schaute darauf und sagte: »Er heißt Harry Simonis. Ein Privatdetektiv.«

O Gott. Es würde eng werden für Susanne. Für sie und für Carl Wallot. Jetzt mußte sie auch noch erklären, wo Herrn Simonis' Berichte geblieben waren.

Koschorrek sagte: »Ist was?«

»Wieso?«

»Weil du gerade dreingeschaut hast wie die Kuh, wenn's donnert.«

Die Polizistin lachte. Ich sagte: »Quatsch. Mach dich lieber mal nützlich.«

»Jawohl, Herr Chefredakteur. Was können wir für Sie tun?«

Ich sagte: »Die Kriminalinspektion wollte im Lauf des Tages noch eine Presseerklärung herausgeben. Habt ihr die schon bekommen?«

»Eben gelaufen.« Die Polizistin griff in einen Ablagekorb, der auf ihrem Schreibtisch stand, und gab mir einen Ausdruck.

Ich sagte: »Danke dir. Wie heißt du eigentlich? Wir kennen uns doch auch schon seit ewigen Zeiten.«

Sie sagte: »Kristin Albrecht. Ich war mit Leonilla Best in der Schule.«

Die Familie Best hatte uns schräg gegenüber gewohnt; Leonilla, die in die Kreisstadt geheiratet hat, war etwas jünger gewesen als ich. Ich sagte: »Du meine Güte! Also, ich will ja nicht zu dick auftragen, aber du hast dich wirklich unglaublich herausgemacht!«

Sie lächelte. Koschorrek beobachtete stumm die Szene.

Ich las die Presseerklärung, sie enthielt keine Sensationen. Allerdings redeten sie mittlerweile nicht mehr nur von »mehreren Spuren«, welche die ermittelnden Beamten verfolgten, sondern sie nannten eine konkrete Zahl: Es würden zur Zeit fünf Personen näher überprüft, die in Verbindung mit dem toten Unternehmer gestanden hätten. Offenbar hatten sie mich zu Susanne, Wallot, Behringer und Max Ackermann hinzugezählt, aber meinen Russen ignoriert; Dirk hatte wohl gar nicht erst versucht, ihnen den großen Unbekannten zu verkaufen.

Die Tür im Hintergrund öffnete sich, Herr Simonis trat heraus, mit einem Regenmantel über dem Arm, Dirk folgte ihm. Die beiden kamen zu uns herein, der Privatdetektiv musterte mich mit einem scharfen Blick, wandte sich zu

Dirk und murmelte ihm etwas zu, Dirk nickte. Herr Simonis sagte: »Guten Morgen«, nickte den beiden hinter dem Tresen zu und ging hinaus.

Dirk gab mir einen Wink mit den Augen und ging ebenfalls hinaus. Ich hob den Ausdruck der Presseerklärung: »Kann ich das mitnehmen?«

Kristin Albrecht sagte: »Kannst du. Aber nicht bloß abschreiben!«

»Aha. Frech bist du auch noch.« Sie lachte. Ich grüßte in die Runde, Herr Ahdab erwiderte den Gruß, indem er das Gesäß ein wenig vom Plastikstuhl lüftete und sich ansatzweise verbeugte. An der Tür zur Toilette wartete Dirk auf mich. Ich folgte ihm in die Toilette, er warf einen Blick in die Kabinen, sie waren leer.

Er sagte: »Das war ein Privatdetektiv.«

»Dieser Dicke? Ah ja. Wen hat er denn beschattet?«

Er trat an ein Becken und öffnete die Hose. »Frau Keppler. Im Auftrag ihres Herrn Gemahl. Einmal hat er sie auch mit dir gesehen. Aber rat mal, mit wem die meiste Zeit.«

Ich sagte: »Frag mich was Leichteres.«

Er grinste über die Schulter. »Mit dem bekannten Schriftsteller Wallot. Und ich wette, daß der ihr nicht bloß was vorgelesen hat.«

»Du hast eine schmutzige Phantasie.«

»Richtig.«

Ich fragte: »Und warum ist dieser Detektiv erst jetzt damit aufgekreuzt?«

»Weil er erst heute morgen erfahren hat, daß Keppler abgenibbelt ist. Er hat's gelesen, in deinem Blättchen übrigens.«

»Wo denn sonst.«

»Ja, ja, schon gut. Am Freitag morgen, gestern, hat er Keppler zum letztenmal gesehen. Er ist bei ihm gewesen, im *Apparatebau*, und hat ihm einen Bericht gegeben. Wie schon vorher ein paarmal. Aber dann hat Keppler ihm ganz überraschend gesagt, das sei's denn auch, der Auftrag hätte sich damit erledigt, und hat sich bedankt und hat ihm seinen Scheck ausgeschrieben. Und der Herr Simonis hat sein Bündel gepackt und ist nach Hause gefahren. Und heute morgen, sobald er deine Story gelesen hatte, hat er die Kriminalinspektion angerufen und gesagt, er habe wichtige Informationen zum Fall Keppler.«

Er schloß seine Hose und trat von dem Becken zurück. Vielleicht würden sie glauben, daß Keppler die Berichte von Herrn Simonis in der Fabrik aufbewahrt hatte. Aber dann würden sie auch dort danach suchen. Sie würden dahintersteigen, daß Susanne sie verbrannt hatte.

Dirk sagte: »Hör zu, Gevatter, du kannst ja gern noch ein bißchen hier stehenbleiben, wenn der Mief dich zum Nachdenken anregt. Aber ich muß zurück.«

Ich sagte: »Hat der Herr Simonis denn auch gesagt, daß er in Wallots Wohnung eingebrochen ist?«

Er starrte mich an. Ich sagte: »Wäre doch logisch, oder? Keppler will von ihm Beweise haben, daß seine Frau fremdgeht. Und natürlich sucht der Herr Simonis überall danach, und bestimmt auch in Wallots Wohnung. Wäre doch möglich, daß sie mal ihr Höschen hat bei ihm liegenlassen. Na, wie findest du das?«

Er nickte. Nach einer Weile sagte er: »Gar nicht schlecht, verdammt noch mal!«

»Siehst du. Und jetzt mach dich an die Arbeit, Gevatter. Herr Ahdab muß nach Hause, hat er mir gesagt.«

»Bist du etwa auch mit dem dicke?«

»Na klar. Alter Freund von mir.«

Er schüttelte den Kopf, griff nach der Türklinke. Ich sagte: »Halt!«

Er sah mich an.

Ich sagte: »Und wann höre ich wieder von dir?«

Er rieb sich die Stirn. »Heute abend am besten. Früher Abend. Bist du zu Hause?«

Ich sagte ja. Erst als er schon verschwunden war, fiel mir ein, daß ich mich mit Franziska Bechtle verabredet hatte.

Mir war nicht wohl. Mir war wegen Franziska nicht wohl. Nun gut, Dirk hatte gesagt »früher Abend«. Vielleicht waren wir früh genug fertig, und ich konnte doch noch pünktlich bei Franziska sein.

Aber mir war auch wegen Dirk nicht wohl. Warum hatte ich so getan, als kennte ich Herrn Simonis nicht? Ich hatte meinen Freund zum Narren gehalten. Zum Dank dafür, daß er mich treu und brav auf dem laufenden hielt. Und ich hatte überdies einen ordinären Scherz auf Susannes Kosten gemacht. Mir war gar nicht wohl.

46

Ich vertrödelte den Rest des Nachmittags, aber Dirk hielt mich auf dem laufenden, treu und brav. Nachdem Ferber und Giess die Arbeit für diesen Tag eingestellt und ihn entlassen hatten, klingelte er bei mir und kam guter Dinge die

Treppe heraufgesprungen. Ferber hatte ihm, was er wie beiläufig erwähnte, zum Abschied einen anerkennenden Klaps auf den Rücken gegeben.

Seine Stimmung wurde noch besser, als er sah, daß ich vorgesorgt hatte. Ich war, um für alle Fälle gerüstet zu sein, auf dem Heimweg noch beim Kiosk vorbeigegangen und hatte Aufschnitt, Brot und Butter und zehn Flaschen Bier eingekauft. Und Dirk machte reichlich Gebrauch von dem Angebot, während er mir erzählte, was sich vor seinen Augen und Ohren abgespielt hatte. Manches davon war schwer zu glauben. Aber ich fand hernach auch das bestätigt.

Herr Ahdab hatte gemauert. Er hatte erklärt, bei seinem Besuch sei es nicht um ein bestimmtes, konkretes Geschäft gegangen. Er habe sich vielmehr über die neueren Entwicklungen informieren wollen, und das nicht nur in Merzthal, sondern zum Beispiel auch in Frankreich und in der Schweiz, wo er zuvor Station gemacht habe. Er hatte mit seinem Paß gewedelt und gesagt, das ergebe sich im übrigen ja auch aus den Visa in seinem Reisepaß.

Auf die Frage, was denn eine doch nur mittelgroße Firma wie der *Apparatebau* an solchen neueren Entwicklungen, offenbar ja international interessanten Entwicklungen, zu bieten habe, hatte Herr Ahdab mit einem Lächeln den Kopf geschüttelt und gesagt, die Herren unterschätzten vielleicht die Qualität und den Rang ihrer heimischen Industrie. Und alsdann hatte er ihnen ein Bibelzitat unter die Nase gerieben: »Nun ja … es steht ja auch geschrieben: ›Ein Prophet gilt nirgend weniger denn in seinem Vaterland und in seinem Hause.‹«

Ferber, dem der Satz bekannt vorkam, hatte ihn gefragt,

woher er denn das kenne. Und Herr Ahdab hatte geantwortet, aus dem Matthäusevangelium. Und während noch Ferber diese Antwort verdaute, hatte er lächelnd hinzugefügt: »Ich bin getaufter Christ.«

Giess, der mit Bibelkenntnissen nicht zu beeindrucken war und der sich offenbar auch hier wieder für die härtere Gangart zuständig fühlte, hatte ihn gefragt, ob es sich bei den neueren Entwicklungen, die ihn interessierten, vielleicht um die Entwicklungen bei Meßgeräten handele, Präzisionsmeßgeräten.

Und Herr Ahdab hatte gesagt: »Auch, aber ja doch! Selbstverständlich. Herrn Kepplers Unternehmung ist ja weltberühmt für ihre Entwicklung und Produktion von solchen Präzisionsinstrumenten.«

Und Giess hatte ihn gefragt, ob er das Ausführungsgesetz zu Artikel 26 Absatz 2 des Grundgesetzes der Bundesrepublik Deutschland kenne. Herr Ahdab hatte geantwortet: »Aber natürlich. Es soll in Kürze geändert werden, nicht wahr?«

Ferber war Giess mit der Frage beigesprungen, wieso Herr Ahdab darüber so gut Bescheid wisse. Und Herr Ahdab hatte gelächelt und gesagt, wer wie er sich mit dem Import von Hochtechnologie in Länder des Nahen Ostens befasse, der sei gut beraten, das deutsche Kriegswaffenkontrollgesetz zu kennen.

Sie hatten es auch noch mit den *dual use products* versucht, dem Teufelszeug, das sich sowohl für zivile wie militärische Zwecke verwenden läßt und um dessentwillen Keppler vor sechzehn Jahren ins Gefängnis gewandert ist. Aber Herr Ahdab hatte auch auf die Frage, ob sein Geschäftsfreund Keppler vielleicht noch immer oder schon wieder solch ein Teufelszeug produziert habe oder habe produzieren wollen, eine Antwort gewußt, an der ihn niemand aufhängen konnte.

Er hatte gesagt, der Nutzen oder der Schaden solcher Produkte hänge immer von dem ab, der sie verwende, wie ja auch der Name *dual use products* besage. Vielleicht sei Herr Keppler damals nur verurteilt worden, weil seine Abnehmer ihn getäuscht und die Geräte, die er für friedliche Zwecke konstruiert und geliefert habe, für kriegerische Zwecke mißbraucht hätten.

Am Ende hatte Giess wissen wollen, ob Herr Ahdab es denn für möglich halte, daß irgendein Interessent, dem Keppler die Lieferung von waffenfähigen Produkten verweigert habe, sich habe rächen wollen, indem er ihn ermorden ließ.

Herr Ahdab hatte gesagt, o nein. Das seien aber mit Verlaub ziemlich abenteuerliche Vorstellungen. So gehe es vielleicht im Fernsehen oder im Kino zu, wo man ja gern solche Geschichten aufführe, um die Sensationslust des Publikums zu befriedigen; aber in der seriösen Geschäftswelt gebe es diese Praktiken nicht, jedenfalls habe er noch nie dergleichen gehört.

Und zum Überfluß hatte er auch noch eine Frage beantwortet, die niemand ihm gestellt hatte. Er hatte gesagt, er halte es übrigens auch für ausgeschlossen, daß Herr Keppler Suizid begangen habe.

Ach ja, und warum?

Herr Ahdab hatte mit einer Gegenfrage geantwortet: Warum denn ein Mann wie Herr Keppler, wohlhabend, bei bester Gesundheit, erfolgreich, mit einer jungen und ungewöhnlich schönen, überdies sehr gebildeten Frau verheiratet, warum denn so ein Mann, du lieber Himmel, sich das Leben nehmen solle?

Und wie er es sich erkläre, daß man Herrn Keppler erschossen aufgefunden habe?

Ein Unfall. Es könne sich, nach seiner Meinung, nur um einen Unfall handeln. Und Herr Ahdab hatte unverzüglich auch begründet, warum es so sein müsse: Er habe gehört, sagte er, daß Herrn Kepplers Tod durch seine eigene Waffe herbeigeführt worden sei. Das spreche aber doch eindeutig für die Vermutung, daß Herr Keppler die Waffe habe inspizieren, vielleicht auch reinigen wollen und daß dabei ein Schuß sich gelöst und ihn tödlich verletzt habe.

Giess, der allmählich ins Kochen geraten war, mochte sich die Gelegenheit nicht entgehen lassen. Er hatte gefragt: »Ach, Sie meinen, er hat sich irrtümlich so getroffen?«, und er tippte sich mehrfach mitten auf die Stirn, so, als wolle er die Stelle anzeigen, an der Keppler das dunkel geränderte Loch abbekommen hatte.

Wie Dirk berichtete, hatte Ferber sich ziemlich laut geräuspert und den Kommissar mit einem durchbohrenden Blick bedacht; er habe wohl befürchtet, daß der Libanese hochgehen und sich solche anzüglichen und beleidigenden Gesten verbitten würde. Aber Herr Ahdab hatte mit unbewegtem Gesicht genickt und gesagt: »Ja, warum nicht? Solche fatalen Unfälle gibt es mehr, als man glauben möchte.«

Dirk sagte, er sei während der ganzen Vernehmung das Gefühl nicht losgeworden, daß Herr Ahdab die beiden Kommissare ebenso kaltblütig wie voller Lust verarscht habe. Vermutlich hätten die Kommissare das auch bemerkt, aber sie hätten offenbar keine Handhabe gegen den Mann gefunden. Dieser Zeuge sei ein hoffnungsloser Fall gewesen. Ein Aal sei nichts dagegen, sagte Dirk.

Ähnlich schwierig ließ sich auch die nächste Etappe an, die Befragung von Carl Wallot. Zu diesem Zeitpunkt ahnte allerdings noch niemand, daß sie einen ganz anderen und ziemlich überraschenden Verlauf nehmen sollte.

Wallot also trat an mit der Frage, ob Herr Giess oder vielleicht auch der andere Herr, wie war noch mal Ihr Name, ihm erklären könne, warum Herr Giess ihn auf fünfzehn Uhr hierherbestellt habe, wenn er, Wallot, erst eine gute halbe Stunde später das Vergnügen habe, zu ihnen vorgelassen zu werden. Giess erwiderte, ob das ein Vergnügen für ihn werde, solle er doch erst einmal abwarten.

Ferber hob die Hand, wedelte sie dämpfend auf und ab und sagte, es handele sich, wie Herr Wallot ja wisse, immerhin um den Fall eines gewaltsamen Todes. Und deshalb wollten sie sich auch noch einmal in aller Ruhe und ganz zwanglos mit ihm unterhalten – natürlich nur, wenn er dazu bereit sei. Die Ermittlungen in solchen Fällen verliefen jedenfalls, um das noch zur Erklärung zu sagen, nicht immer streng nach Plan. Manchmal gewinne man auch überraschende Erkenntnisse, die es erforderlich machten, den Plan zu ändern.

Ja, fabelhaft, sagte Wallot, aber nun wisse er schon gar nicht mehr, was sie von ihm wollten. Denn überraschende Erkenntnisse habe er nicht zu bieten. Er empfehle ihnen, das Protokoll seiner Vernehmung durch Herrn, wie hieß er noch mal, dieser Korpulente, sie wüßten, wen er meine, das besagte Protokoll also nachzulesen, das ja ihr Kollege dort am Laptop angefertigt habe. Es sei im großen und ganzen zutreffend gewesen, er habe es ja auch unterzeichnet; aber er habe seiner dort nachlesbaren Aussage absolut nichts hinzuzufügen.

Ferber wartete, bis Wallot dieses Statement vorgetragen hatte, die Augenbrauen hochzog und ihn stumm ansah, gerade so, als frage er sich, welche Begehren ihm denn jetzt, bitte schön, noch zugemutet werden sollten. Nach einer kleinen Pause sagte der Hauptkommissar, sie hätten diese Niederschrift bereits aufmerksam gelesen; aber sie würden seine Darstellung, wie er Keppler angetroffen habe und was dann geschehen sei, doch gern noch einmal von ihm selbst hören.

Wallot erwiderte: »Tot!«, und als Ferber ihn fragend ansah, war er so freundlich, diese Auskunft zu ergänzen, er sagte, er habe Keppler tot angetroffen, tot wie ein Stein, was er ja bereits ausgesagt habe, und er wisse wirklich nicht, wozu diese Wiederholung erforderlich sei, aber bitte sehr, wenn es den Herren bei der Erfüllung ihrer dienstlichen Obliegenheiten oder womöglich auch ihrem Tätigkeitsnachweis nützen könne, werde er halt alles noch einmal wiederkäuen.

Er setzte schon an, sich dieser Mühe zu unterziehen, als Ferber ihn unterbrach. Der Hauptkommissar sagte, er wolle ihn pflichtschuldigst noch darauf hinweisen, daß jemand, der wie er mit der Tatwaffe in der Hand am Tatort angetroffen werde, normalerweise als Beschuldigter anzusehen und verfahrensrechtlich dementsprechend zu behandeln sei. Das wolle heißen, daß er ihn auf seine Rechte hinweisen müsse, also das Recht, jederzeit die Auskunft zu verweigern und einen Anwalt zu befragen, auch das Recht, die Erhebung von Beweisen zu beantragen, die ihn entlasten könnten. Und nicht zuletzt habe er Anspruch darauf, zu erfahren, welche Tat ihm zur Last gelegt werde und welche Strafvorschriften dafür in Betracht kämen.

Schon als Ferber angefangen hatte, ihm seine Rechte zu erklären, hatte Wallot die Hand gehoben, und nun winkte er ab, mit einem Lächeln. Er sagte, er habe doch schon dem Herrn Ortspolizisten erklärt, daß er nichts zu verbergen habe. Es sei ihm durchaus klar, welcher erschreckenden Auswahl von Schandtaten man ihn mit ein wenig bösem Willen verdächtigen könne, von der Körperverletzung mit Todesfolge bis zum kalt geplanten Mord. Und er habe auch eine ausreichende Vorstellung, welche Strafe er von einem Gericht zu erwarten hätte, wenn auch nur eine dieser abenteuerlichen Beschuldigungen zuträfe.

Ferber sagte: »Na ja, na ja!« Er zog die Stirn zusammen, wiegte den Kopf hin und her, als halte er Wallots Darstellung denn doch für übertrieben. Dann fragte er: »Mit Ihrem Anwalt hatten Sie ja schon Kontakt aufgenommen?«

Wallot antwortete: »Ja.«

Ferber sagte: »Nun gut... Dann würden wir also mit Ihrem Einverständnis gern noch einmal hören, was Sie dem Hauptkommissar Kirchhöfer bereits berichtet haben.«

Und Wallot erzählte abermals seine Geschichte vom Leichenfund, dem K.-o.-Schlag durch Herrn Kepplers Lakaien und der unglaublichen Behandlung durch die beiden Streifenpolizisten; und sie fiel mehr oder weniger genauso aus, wie er sie Kirchhöfer und später auch mir erzählt hat.

Ferber nickte, als Wallot die Geschichte beendet hatte. Er schaute eine Weile schweigend vor sich hin. Dann hob er unversehens den Blick und sah den Autor an. Er sagte: »Und Sie hätten vermutlich auch kein Motiv gehabt, Herrn Keppler umzubringen?«

Wallot zog die Augenbrauen zusammen. »Nein, natürlich nicht!« Er schüttelte den Kopf. »Ich kannte den Mann ja nicht einmal!«

Giess räusperte sich. »Sie haben ihn zum erstenmal gesehen, als Sie nach Merzthal kamen? Oder genauer: als er in Ihre Lesung kam und seine Frau herausholte? Mehr oder weniger gewaltsam?«

Wallot runzelte die Stirn. »Gewaltsam? Ich weiß nicht, woher Sie das haben, in meiner Lesung waren Sie ja nicht. Oder sollte ich Sie übersehen haben?«

Ferber sagte: »Also, jetzt lassen wir das Wort gewaltsam doch mal beiseite! Aber trifft es denn nicht zu, Herr Wallot, daß Herr Keppler seine Frau offenbar gegen deren Willen aus der Bibliothek herausgeholt hat?«

»Es kann schon sein, daß Frau Keppler gern geblieben wäre.« Er lächelte. »Sie ist ein Fan von mir, wie das so heißt. Und wie ich hier erfahren habe.«

Giess sagte: »Ach ja! Und vorher haben Sie davon nichts gewußt? Sie sind hier in Merzthal auch ihr zum erstenmal begegnet? Und vorher nie?«

Wallot zog wieder die Brauen zusammen. »Nein! Jedenfalls soviel ich weiß!« Er schüttelte den Kopf. »Wo sollte ich ihr denn schon einmal begegnet sein?!«

Ferber sagte: »In der Stadt, zum Beispiel. Bei einer anderen Lesung. Bei irgendeiner Veranstaltung. Im Theater.«

Wallot verdrehte die Augen zur Decke, schüttelte den Kopf. »Du meine Güte!« Er sah Ferber an, lächelte. »Ich begegne jedes Jahr Tausenden von Menschen. Und Tausende lesen meine Bücher, ohne daß ich sie je zu sehen bekomme. Glauben Sie wirklich, ich könnte mich daran erinnern, wenn Frau Keppler mir irgendwann einmal über den Weg gelaufen sein sollte?«

Giess fragte: »Kennen Sie Frau Fries? Dagmar Fries?«

Wallot seufzte, wie im Überdruß. »Nein! Nicht, daß ich wüßte.« Unversehens grinste er Giess an. »War sie auch schon mal in einer Lesung? Oder im Theater?«

Ferber sagte: »Sie ist eine Freundin von Frau Keppler. Und die beiden fahren, wie wir gehört haben, oft gemeinsam in die Stadt, um eine Veranstaltung zu besuchen. Meist kulturelle Veranstaltungen.«

»Ah ja, ich verstehe.« Wallot setzte noch einmal sein Grinsen auf. »Die beiden Damen sind Liebhaberinnen der schönen Künste. Sagt man nicht so?«

Giess verlor anscheinend die Geduld. Er sagte: »Es wäre also falsch, wenn jemand behauptete, Sie hätten Frau Keppler schon früher auf solch einer Veranstaltung kennengelernt und sie sei mit Ihnen in Ihre Wohnung gegangen?«

Wallot starrte Giess an. »Wie bitte? Wollen Sie hier jetzt eine Märchenstunde mit mir veranstalten? Oder mich mit den dummen, mit den überhitzten Phantasien irgendwelcher Klatschtanten aus der Provinz belästigen?«

Giess fragte, ohne eine Miene zu verziehen: »Ist es denn auch falsch, daß Sie hier in Merzthal Frau Keppler mehrfach empfangen haben, auf Ihrem Hotelzimmer, sogar nachts? Und ohne daß sonst irgend jemand dabeigewesen wäre?«

Wallot rang noch nach Fassung, als es an die Tür klopfte. Ferber schnauzte: »Ja, was ist denn?!«

Koschorreck kam herein. Giess fauchte ihn an: »Muß das denn jetzt sein?!«

Koschorreck sagte: »'tschuldigung, muß sein.« Er beugte sich zu Ferber und murmelte ihm etwas ins Ohr. Wallot beobachtete die beiden angespannt.

Ferber stand auf. »Entschuldigen Sie mich bitte einen Augenblick. Wir machen eine kleine Pause.« Er ging hinaus, Koschorreck folgte ihm.

Giess warf einen Blick auf Wallot, dann starrte er schweigend vor sich hin. Dirk rollte seine Niederschrift zurück und las sie vom Beginn an.

Wallot stand auf und trat ans Fenster. Aber nach einem kurzen Blick hinaus setzte er sich wieder. Die beiden Fenster in diesem Raum der Wache sind vergittert. Sie führen auf den Hof. In der Ecke gegenüber stehen zwei Abfallcontainer.

Es dauerte keine zwei Minuten, bis Ferber wieder hereinkam. Er sagte: »Es tut mir leid, aber wir müssen unser Gespräch für kurze Zeit unterbrechen. Der Kommissar Giess und ich sind zu einem dringenden Termin gerufen worden.« Giess stand auf.

Wallot blickte angespannt von dem einen zum anderen. Ihn beunruhigte offenbar die Frage, was das für ein Termin sein mochte.

Ferber sagte: »Ach so, ja… Wollten Sie die letzte Frage von Herrn Giess noch beantworten, bevor wir gehen?«

Nach einem kurzen Zögern sagte Wallot: »Ich möchte meinen Anwalt anrufen.«

Ferber nickte. »Das sollte möglich sein, ja. Haben Sie ein Handy dabei?«

Wallot schüttelte den Kopf. Er sagte, mit einem Anflug von Bitterkeit, als müsse er sich damit abfinden, daß sich alles gegen ihn verschworen hatte: »Das hab ich im Hotel gelassen.«

Ferber sagte: »Okay. Schreiben Sie mir die Nummer auf. Ich werde die Kollegen draußen bitten, Sie zu verbinden.« Er wandte sich zu Dirk. »Tragen Sie vor dem Text noch die Angaben zur Person ein, und die Zeiten, Sie kennen ja das Procedere.«

Dirk nickte. Ferber blickte zu Wallot, der bisher offenbar keinerlei Anstalten traf, die Nummer des Anwalts aufzuschreiben.

Wallot räusperte sich. Er sagte: »Ich müßte aber zunächst einmal die Auskunft anrufen.«

Ferber sah ihn ein wenig verwundert an. Dann sagte er: »Okay. Die Kollegen werden Sie verbinden.« Er ging hinaus. Giess folgte ihm und schloß die Tür hinter sich.

47

Wallot hatte sich übernommen. Darüber war ich mir mit Dirk einig.

Als der Autor am Freitag, nachdem er von Max bei der Leiche überrascht worden war, sich nicht konsequent genug bemüht hatte, seinen Anwalt zu verständigen, hatte er geglaubt, er werde mit diesen Provinzgendarmen auch ohne Rechtsbeistand fertig werden. Er hatte es sogar genossen, höchstpersönlich den Hauptkommissar Kirchhöfer als Idioten vorzuführen, der nicht einmal logisch denken konnte. Daß Kirchhöfer nicht nur einen Denkfehler, sondern auch schwere Verfahrensfehler begangen hatte, war dem Autor nicht aufgefallen. Sein Anwalt hätte es ihm sagen können.

Nun saß er in der Klemme. Diese beiden Kriminalbeamten waren offenbar ein anderes Kaliber. Sie hatten ihn, ohne direkt gegen eine Vorschrift zu verstoßen, in eine Vernehmung hineingelockt, auf die er sich nicht hätte einlassen müssen, in seinem eigenen Interesse auch nicht hätte einlassen dürfen. Und daß sie offenbar über seine Kontakte zu Susanne Keppler Bescheid wußten, hatte ihn aus dem Gleichgewicht gebracht. Ihm war klargeworden, daß er unter dem dringenden, schwerwiegenden Verdacht stand, um einer Liebesaffäre willen, womöglich zudem eines beträchtlichen Vermögens willen, einen kaltblütigen Mord begangen zu haben.

Daß er jetzt alles daransetzte, seinen Anwalt zu alarmieren, war naheliegend. Aber es war zugleich ein verzweifeltes, ziemlich aussichtsloses Unternehmen.

Es war Samstag nachmittag. Er mußte also davon ausgehen, daß in der Praxis des Anwalts noch immer nur der Anrufbeantworter zu erreichen sein und daß der Apparat erst am Montag morgen abgehört werden würde. Er hatte nur die Chance, über die Sekretärin, die er am Freitag nachmittag gerade noch erreicht hatte, an den Anwalt heranzukommen. Möglicherweise hatte sie seinen, Wallots, Anruf gar nicht weitergegeben. Er hatte die Sache nicht dringlich genug gemacht. Sie scheute sich, den Anwalt auf seinem Wochenendausflug zu stören. Er konnte sehr unfreundlich werden, wenn man ihm ins Tête-à-tête hineinplatzte.

Wallot kannte jedoch die private Telefonnummer der Sekretärin nicht, natürlich nicht. Er konnte sich, wie er mir später erzählte, auch nur mit Mühe an ihren Familiennamen erinnern – war es Krüger gewesen? Oder Berger? Hatte sie den Namen überhaupt genannt, als sie sich in die Ansage des Anrufbeantworters eingeschaltet und sich gemeldet hatte? Ihren Vornamen wußte er freilich mit Sicherheit; der Anwalt hatte sie immer Renate genannt. »Renate, Schätzchen.«

Während Wallot noch nachdachte, fragte Dirk ihn nach seinen persönlichen Daten, und der Autor nannte sie ihm, ohne Widerstand, wenn so fügsam wahrscheinlich auch nur deshalb, weil der Name der Sekretärin ihn beschäftigte. Dirk rückte die Daten am Anfang seiner Niederschrift ein.

Wenig später meldete Kristin Albrecht sich auf dem Telefon im Hinterzimmer und sagte, sie schalte die Leitung jetzt auf ein Amt. Dirk gab dem Autor den Hörer, und Wallot rief die Auskunft an. Er fragte nach einer Teilnehmerin in der Großstadt, der Name sei Renate Krüger.

Dirk hatte seinen Laptop heruntergefahren und abgeschaltet, er nahm ihn unter den Arm und verließ das Zimmer. Im Vorderzimmer schloß er ihn an den Drucker an und druckte seine Niederschrift aus, las sie durch und korrigierte die Fehler, die er noch fand. Er nahm an, daß Ferber und Giess bei der Rückkehr den Ausdruck gebrauchen konnten, um die bisherige Befragung zu rekapitulieren.

Im Hinterzimmer hatte Wallot unterdessen von der

Auskunft die Telefonnummer einer Renate Krüger bekommen. Er fragte, wie er mir später erzählte, ob das der einzige Eintrag unter diesem Namen sei. Die Frau am Telefon sagte, ja; es stehe allerdings noch eine andere Nummer unter »Krüger R.« verzeichnet, und wie denn die Adresse der Teilnehmerin laute?

Wallot sagte, die wisse er nicht; er notierte auch die Nummer von Krüger R. Dann bat er, ihm außerdem die Nummer von Renate Berger zu geben. Die Frau gab ihm zwei Nummern, die unter diesem Namen eingetragen seien, und fragte ihn, ob sie ihn gleich verbinden solle. Wallot sagte ja, und zunächst vielleicht mit dem zuletzt genannten Anschluß.

Es meldete sich ein Mann. Er sagte: »Hier gibt es keine Renate Berger«, und legte auf.

Wallot wählte die Nummer der erstgenannten Renate Berger. Nach einer Weile sagte eine etwas zittrige Frauenstimme: »Ja, bitte?«

Wallots Hoffnung hatte sich bereits verflüchtigt, aber er sagte: »Guten Tag, hier ist Carl Wallot. Ist dort Frau Renate Berger?«

Die zittrige Frauenstimme antwortete: »Ja, die bin ich. Sagten Sie Carl Wallot, Carl mit C?«

An einem anderen Tag hätte Wallot das Gespräch vermutlich fortgesetzt, um zu erfahren, ob er auf eine begeisterte, wenn leider auch schon etwas betagte Leserin seiner Werke gestoßen war. Diesmal sagte er: »Ja, mit C. Aber Sie arbeiten wahrscheinlich nicht in der Praxis von Rechtsanwalt Doktor von der Heydt?«

»Nein. Nein. Ich habe den Namen zwar schon öfter gehört, aber –«

»Entschuldigen Sie die Störung! Guten Tag.« Er warf den Hörer auf den Apparat.

Im Vorderzimmer sagte Kristin Albrecht zu Dirk: »Jetzt hat er schon zwei Gespräche geführt. Soll ich ihm den Saft abdrehen?« Dirk winkte ab. »Laß ihn noch.«

Wallot konnte ohne Störung auch die nächsten Gespräche führen, und zuerst wählte er die Nummer, die unter dem Namen Renate Krüger eingetragen war. Ein kleines Mädchen meldete sich und rief, nachdem er guten Tag gesagt hatte: »Mami, Mami! Da ist einer!« Wallots Hoffnung stieg – die Sekretärin war in einem Alter, in dem sie diese Mami hätte sein können. Doch er wurde enttäuscht. Die Renate Krüger, die ans Telefon kam, arbeitete nicht bei einem Anwalt. Sie sagte: »Nein, nein. Ich hab zwei kleine Kinder. Das reicht mir, das dürfen Sie mir glauben.«

Wallot versuchte auch noch die Nummer von »Krüger R.«. Aber dort meldete sich niemand. Nach einer Weile legte er den Hörer auf, wählte sofort noch einmal, sehr sorgfältig, um sicherzugehen, daß er sich beim erstenmal nicht etwa verwählt hatte und noch einmal verwählen würde.

Niemand meldete sich.

Ich kann mir vorstellen, was in Wallot vorging. Ich kann es mir ebenso klar zusammensetzen wie die Befragungen, zu denen Dirk mir die Bausteine lieferte. Es liegt auf der Hand, finde ich, was Wallot empfand und welche Gedanken ihm durch den Kopf jagten, in diesem engen, schäbig möblierten, kargen Büro mit den vergitterten Fenstern, aus denen sich die Aussicht auf einen ausgestorbenen Hinterhof bot, auf ein paar Garagentore und zwei Container.

Unversehens rang er nach Luft, das Gefühl hatte ihn überfallen, sein Hals werde zugedrückt. Ihm war, als würge ihn jemand, den er nicht sehen, nicht greifen konnte. Er stieß den Stuhl zurück, stolperte hinüber ans Fenster, öffnete es, atmete tief durch. Aber der Würgegriff wurde eher fester.

Vielleicht war diese Sekretärin ebenfalls verreist. Nicht gerade mit dem Chef, der ihr Vater hätte sein können, wenn nicht ihr Großvater. Aber vielleicht mit ihrem Freund. Oder mit einer Freundin. Zwei unternehmungslustige junge Frauen, die Reizvolleres, Wichtigeres zu tun hatten, als sich um den Anruf irgendeines Fuzzis zu kümmern und ihn auszurichten. Zumal Renates Chef wirklich sehr garstig werden konnte, wenn man ihn im Liebesnest störte. Renates Freundin haßte den Kerl; sie war einmal dabeigewesen, als er Renate durchs Telefon anbrüllte.

Wallot schloß das Fenster, wollte noch einmal die Nummer von »Krüger R.« wählen. Aber er legte den Hörer wieder auf. Er wußte ja nicht einmal, ob die Sekretärin in der Großstadt wohnte. Vielleicht wohnte sie noch bei ihren Eltern, auf einem Dorf in der Umgebung. Oder in einem Kaff wie diesem hier. Vielleicht war sie auch jung verheiratet; hatte gemeinsam mit dem Ehemann die Bausparverträge eingesetzt, um sich ein kleines Reihenhaus gleich hinter der Stadtgrenze zuzulegen. Pendelte jeden Tag mit dem Auto hin und her. Oder mit dem Nahverkehrszug.

Er würde die Sekretärin gar nicht auftreiben können. Und wenn sie nicht von sich aus daran dachte, den Anwalt zu verständigen, dann war er zumindest das ganze Wochenende lang ohne Beistand diesen erbarmungslosen Polizisten ausgeliefert. Und selbst wenn sie es auf sich nähme, ihren Chef zu behelligen, war noch lange nicht sicher, ob der bereit sein würde, wegen Carl Wallot ein sorgfältig vorbereitetes Abenteuer abzublasen.

Was blieb zu erwägen übrig?

Einem fremden Anwalt konnte und würde er sich nicht anvertrauen.

Was hätte er diesem Menschen sagen sollen, sagen können, ohne seine Privatsphäre in einer Weise zu offenbaren, die ihm aufs äußerste zuwider war? Es hätte eine Entblößung, eine Auslieferung seiner selbst bedeutet, zu der er sich in seinem ganzen Leben so gut wie nie hatte verstehen können – abgesehen von den versteckten und verkleideten, verfremdeten Bekenntnissen in seinen Büchern, für die man ihn jedoch nur als Autor, nicht als Mensch zur Verantwortung ziehen konnte.

Selbst seinem vertrauten Anwalt hätte er nur das Unumgängliche gesagt. Er war nicht bereit, das, was ihn in seinem Inneren bewegte, seine Wünsche, seine Neigungen, seine Ängste, einem anderen Menschen einzugestehen.

Er ging wieder ans Fenster, öffnete es, versuchte durchzuatmen. Es klang wie ein Ächzen. Er wandte den Blick zur Seite, um nicht diesen trostlosen Hof vor Augen zu haben.

Vielleicht war es um ebendiese Zeit, daß bei mir zu Hause das Telefon klingelte. Ich saß vor der Übertragung eines Turniers von Springreitern und, nicht zuletzt, Springreiterinnen, kleinen Teufelsweibern mit prallen Hintern, die auf Riesengäulen über diese heimtückischen Hindernisse hinwegsetzten, ich hatte dauernd die Angst, jetzt brettert eine voll in die Balken hinein und fliegt durch die Halle wie eine Kanonenkugel. Aber wo das stattfand und um was es dabei ging, davon hatte ich keine blasse Ahnung. Ich hatte nur davor gesessen und darauf geglotzt.

Es war Elfi. Sie fragte: »Hab ich dich beim Nickerchen gestört?«

»Von wegen Nickerchen. Ich arbeite.« Ich fuhr den Ton des Fernsehapparats zurück.

»Dann würde es dich vielleicht reizen, mal zu mir zu kommen. Ins Hotel, meine ich.«

»Was gibt's denn da Schönes?«

»Hier ist eben eine Dame angekommen. Anfang Vierzig vielleicht, aber gutaussehend. Sie hat mir ihren Namen genannt, Hemmerich, und hat nach Hauptkommissar Ferber gefragt. Doch der war nicht da, und der Herr Giess auch nicht. Sie hat gefragt, ob sie ein kleines Sitzungszimmer haben kann. Ich hab gesagt, ja, und dann hat sie aus ihrer Tasche ein Notizbuch genommen und ihr Handy und eine Nummer eingetippt, und dann ist sie mit dem Handy beiseite gegangen. Aber ich hab noch gehört, wie sie sich gemeldet hat, ›Hemmerich von der Staatsanwaltschaft‹, und sie hat nach Ferber gefragt.«

Ich sagte: »Elfi, was kann ich dir Gutes tun?«

Sie lachte. »Ich überleg mir was. Kommst du?«

»Klaro.« Ich schaute im Register der Justizbehörde nach und fand sie, Oberstaatsanwältin Lucy Hemmerich. Ich schaltete den Fernseher ab und schwang mich auf mein Fahrrad.

Als ich ins Waldhotel kam, waren Ferber und Giess bereits eingetroffen. Sie hatten sich mit der Staatsanwältin in das Sitzungszimmer zurückgezogen und Kaffee bestellt.

Ich schäkerte ein Weilchen mit Elfi herum, die mir beiläufig sagte, daß sie seit ewigen Zeiten nicht mehr im Theater gewesen sei und gern mal wieder hinginge, aber dann mußte sie sich um Gäste kümmern und hatte keine Zeit mehr für mich. Ich ließ mich in der Sesselgruppe neben dem Eingang nieder und sah den Leuten zu, die hereinkamen und hinausgingen.

Herr Ahdab kam mit einer großen, stattlichen Blondine herein, von der Elfi mir später sagte, das sei die, die das Zimmer neben dem seinen habe und deren Rechnung vom *Apparatebau* bezahlt werde. Anscheinend hatte er es doch nicht so eilig gehabt, nach Beirut zu kommen, was ich am Abend Dirk wissen ließ. Es sah eher so aus, als habe Herr Ahdab mit der Blondine einen Samstagnachmittag-Spaziergang unternommen und ziehe sich jetzt zum Schönheitsschlaf vor dem Abendessen zurück, Wand an Wand oder wohl eher Seite an Seite mit dem Prachtweib.

Unversehens sah ich, wie ein Streifenwagen vor dem Eingang hielt. Dirk stieg aus, mit einer Mappe in der Hand, und kam ins Hotel. Ich ging ihm entgegen, aber er hob nur kurz die Hand zum Gruß, ging eilig zu Elfi an den Tresen. Sie wies ihm den Weg, und er sprang mit seiner Mappe die Treppe zum ersten Stock empor.

Ich ging ein wenig in der Halle auf und ab, und er kam auch schon nach zwei Minuten zurück, ohne die Mappe. Ich fragte ihn: »Was hast du ihnen gebracht?«

»Protokolle.«

Ich fragte: »Gibt's Ärger mit der Staatsanwältin?«

Er bewegte kaum den Mund, als er antwortete: »Glaub ich nicht. Ist wohl eher Routine.« Aber er blieb nicht stehen, sondern bewegte sich weiter auf den Ausgang zu. Ich folgte ihm, schloß zu ihm auf. Er sagte unterdrückt: »Jetzt besser nicht. Wart ab bis heute abend.«

Ich blieb im Ausgang stehen und schaute hinter ihm her. Er stieg in seinen Streifenwagen, hob die Hand zum Gruß und fuhr davon.

Ich ging zurück, schickte Elfi eine kleine Kußhand und ließ mich wieder in meinem Sessel nieder. Aber es gab keine halbwegs interessante Unterbrechung dieser Wache mehr, kein Ereignis, das mich hätte aufmuntern können.

Die Uhr über der Rezeption stand schon auf halb sechs, als Ferber und Giess auf der Treppe zum ersten Stock auftauchten. Sie flankierten eine nicht sehr große Dame in dunkelblauem Jackenkleid, die unter dem Arm eine Aktenmappe trug.

Ich stand auf und ging ihnen entgegen. Ferber hob die Augenbrauen und lächelte, Giess setzte eine finstere Miene auf.

Ich sprach die Dame an. »Guten Tag, bitte verzeihen Sie. Ich bin Jörg Froberger vom *Tageblatt* und vom *Merzthaler Boten*. Sind Sie Frau Oberstaatsanwältin Hemmerich?«

»Ja, das bin ich, aber ...«, sie hob die Schultern, lächelte, »... ich kann Ihnen leider gar nichts sagen!«

Ich fragte: »Sind es immer noch fünf Personen, die näher überprüft werden müssen?«

»Ebendas kann ich Ihnen ja nicht sagen, im Interesse der Ermittlungen, ich bitte Sie um Ihr Verständnis!«

»Wird es denn bis morgen wenigstens eine neue Presseerklärung geben?«

»Ich denke schon, aber da müssen Sie sich zunächst auch

an die Kollegen von der Polizei halten; Hauptkommissar Ferber und Kommissar Giess bleiben ja vor Ort.«

Die Miene von Kommissar Giess verfinsterte sich ein wenig mehr. Ich machte der Staatsanwältin den Weg frei und sagte: »Ich danke Ihnen. Und eine gute Heimfahrt!«

Sie lächelte und sagte: »Danke schön!«

Ich folgte den dreien hinaus vor den Eingang, blieb dort stehen. Ferber und Giess begleiteten die Staatsanwältin zu einem dunkelblauen Corolla. Sie hoben die Hand an die Schläfe, erwiesen ihr eine Art militärischen Gruß, als sie abfuhr. Dann gingen sie zu dem Auto, mit dem Giess nach Merzthal gekommen war. Giess wendete auf der Straße, sie fuhren zurück zur Innenstadt.

48

Unterdessen hatte Wallot die Fassung völlig verloren. Ich mochte es zunächst nicht glauben, aber er hat buchstäblich durchgedreht.

Dirk war, nachdem Giess ihn aus dem Waldhotel angerufen und ihm gesagt hatte, er solle so schnell wie möglich mit seinen Protokollen dorthin kommen, alsbald mit seiner Mappe aufgebrochen. Aber bevor er die Wache verließ, hatte er den beiden im Vorderzimmer gesagt, sie sollten den Autor nicht laufenlassen, bevor Ferber und Giess zurückgekommen seien.

Koschorreck fragte: »Was soll ich denn machen, wenn er gehen will?«

Dirk, in Eile, hatte geantwortet: »Laß dir was einfallen.«

Er hatte gesagt, Kristin solle Wallot einen Kaffee anbieten, und vielleicht nicht im Pappbecher, sondern in der Tasse, das werde ihn wahrscheinlich besänftigen. Dann war er gegangen.

Kristin hatte Wallot den Kaffee angeboten, aber er hatte ihn abgelehnt. Er hatte sie gefragt, wann denn die beiden Herren zurückzukommen gedächten oder ob sie etwa glaubten, er werde auch noch seinen Abend hier verbringen.

Kristin sagte, es tue ihr leid, aber sie wisse nicht, wann Herr Ferber und Herr Giess zurückkämen. Wenn Herr Wallot in der Zwischenzeit doch noch einen Wunsch habe, könne er ihr oder ihrem Kollegen vorn Bescheid sagen; er müsse auf dem Telefon nur die Eins-null wählen.

Als sie die Tür hinter sich geschlossen hatte, brütete Wallot eine Weile vor sich hin. Er spürte, daß die Panik nach ihm griff, aber er wollte sich von ihr nicht überwältigen lassen. Diese beschränkten Machos, die ihn hereinlegen wollten, dieses törichte Mädchen, das offenbar von ihnen losgeschickt worden war, um ihn mit einem Milchkaffee stillzustellen, sie würden ihn doch nicht aus der Ruhe bringen. Sie konnten ihm doch nichts anhaben. Das war einfach lächerlich. Er war ihnen gewachsen. Ganz selbstverständlich war er ihnen gewachsen.

Er griff nach seinem Notizbuch, zerrte daran, als es nicht gleich aus der Jackentasche herauswollte. Er begann, Stichworte zu notieren, Abkürzungen der Fragen, auf die er nach seinen Erwartungen gefaßt sein mußte, Konzepte der Antworten, die er geben konnte, ohne sich noch tiefer in die Bredouille zu manövrieren.

Dieser Versuch beschäftigte ihn eine Zeitlang. Aber dann wurde ihm plötzlich bewußt, daß die vier Wände, zwischen denen er hockte, mitsamt ihren faden Tapeten, ihrer angeschmutzten, grauen Decke, dem rissigen Fußboden auf beängstigende Weise denen eines Kerkers ähnelten.

Er blickte um sich. Womöglich bildete er es sich nur ein, aber er glaubte, daß die Dämmerung schon begonnen hatte, in den Hinterhof und durch die Fenstergitter zu kriechen. Er glaubte auch, ein wenig entfernt Stimmengewirr zu hören, rauhe Stimmen, die sich überschnitten, ein grobes Gelächter.

Versammelten sie sich da draußen? Irgendwann würde einer dieser Schergen die Tür aufreißen, zwei andere würden hinter ihm im Türrahmen erscheinen. Und der Anführer würde ihn auffordern, ihm zur Hinrichtung zu folgen.

Nein, schlimmer noch: Sie würden ihn in diesem Loch vergessen.

Die Stimmen würden sich irgendwann verlieren, er würde das Gescharre und die Schritte von derben Schuhsohlen hören, die sich entfernten, so lange, bis Totenstille eingekehrt war. Er würde zur Tür gehen, aber er fände die Tür verschlossen.

Er würde an der Klinke rütteln, auf die Tür hämmern, rufen. Niemand würde antworten. Er würde am Telefon die Eins-null wählen. Aber niemand würde sich melden. Er würde schreien. Noch immer würde sich nichts regen. Er würde an das Fenster springen, es aufreißen, um Hilfe rufen, seine Not hinausbrüllen in den dämmernden Hinterhof.

Seine Schreie würden von den Wänden widerhallen. Aber sobald das Echo verklungen war, würde der Hof so still, so ausgestorben wie zuvor im langsam verdämmernden Tageslicht der Nacht entgegentreiben.

Wallot ging zur Tür, riß die Tür auf und stürzte hinaus. Er stolperte, fing sich, blieb stehen, als er durch die offene Tür zum nächsten Zimmer die Männergesellschaft sah, die sich dort versammelt hatte. Die ersten Polizisten der Nachtschicht hatten sich auf der Wache eingefunden, und diejenigen von der Tagschicht, die auf Streife gewesen waren, kamen hinzu, sie drängten sich in dem vorderen Zimmer, sprachen miteinander, und ab und zu ließen sie ein Gelächter los.

Als Wallot polternd aus der Tür des Hinterzimmers hervorkam, erstarb die Unterhaltung. Sie starrten ihn an. Einer neben dem anderen, junge, kräftige Männer in Uniformen, die ihn musterten. Es war wohl nicht ihre Absicht, aber sie sahen in dieser Massierung und in der Bündelung ihrer Blicke auf ein einziges Ziel, Wallot, einschüchternd aus. Bedrohlich. Einer von ihnen hob die Hand in Richtung auf Wallot. Er sagte: »Kundschaft, Koschorreck!«

Ein Stuhl wurde heftig zurückgeschoben, er schurrte über den Holzboden. Koschorreck erschien in der Tür, er trat auf Wallot zu, hob die flache Hand, als wolle er ihm Einhalt gebieten. Er sagte: »Ja? Wollen Sie zur Toilette?«

Wallot ermannte sich. Er sagte: »Ich will nicht auf die Toilette! Ich will in mein Hotel gehen!«

Koschorreck sagte: »Tut mir leid, aber das geht nicht.«

Wallot fragte: »Wie bitte?! Und warum soll das nicht gehen?!«

Koschorreck sagte: »Weil Sie hierbleiben müssen. Sie müssen warten, bis Hauptkommissar Ferber und Kommissar Giess zurückgekommen sind.«

Die Wut über diese Unverschämtheit kochte auf in Wallot, sie belebte noch einmal die Streitbarkeit, die üblicherweise jeder zu spüren bekam, der sich ihm widersetzte. Er sagte: »Mein lieber junger Freund, wenn Sie nicht eine Anzeige wegen Freiheitsberaubung riskieren wollen, dann gehen Sie mir gefälligst aus dem Weg! Ich werde jetzt in mein Hotel gehen, haben Sie das verstanden?«

Koschorreck spürte die gespannte Aufmerksamkeit der Kollegen im Rücken, auch die von Kristin Albrecht, die aufgestanden war und sich zwischen die Polizisten eingereiht hatte. Koschorreck sagte: »Sie werden nirgendwohin gehen.«

Wallot brachte ein Lachen zustande. »Und wie wollen Sie das verhindern? Wollen Sie mich etwa k. o. schlagen?«

Koschorreck antwortete: »Ich werde Sie vorläufig festnehmen.«

Die Gründe für einen solch massiven Amtsakt nannte er Wallot nicht; er hätte auch nicht gewußt, wie er es stichhaltig hätte darlegen sollen, daß Gefahr im Verzuge sei, wenn Wallot die Wache verlassen könnte.

Und Wallot fragte auch nicht danach. Die Erinnerung an die vorläufige Festnahme, die ihm am Vortag widerfahren war, als er auf dem Boden neben Kepplers Leiche gelegen hatte, durchfuhr ihn heiß. Er spürte noch die Handschellen an seinen Gelenken.

Am liebsten hätte er diesen grasgrünen Rotzlöffel samt der ganzen stinkenden Wache in Klump geschlagen. Aber es war ihm klar, daß jeder der uniformierten Gaffer im Hintergrund auf der Stelle dem Kollegen zu Hilfe geeilt wäre und Brachialgewalt angewendet hätte, jeder, einschließlich dieses Mädchens, die wahrscheinlich auch die einschlägigen Griffe gelernt hatte und beherrschte, eine Megäre oder Tisiphone in Uniform, dieser Weibstyp war im Polizeidienst vermutlich doch sehr gefragt.

Wallot stieß hervor: »Das wird ein Nachspiel haben, verlassen Sie sich drauf!« Er ging zurück in das Hinterzimmer, schlug die Tür krachend hinter sich zu. Hinter der Tür blieb er stehen, preßte beide Fäuste an die Schläfen, kniff die Augen fest zusammen, sein Mund verzerrte sich.

Zum drittenmal hatte man ihn in diesem tumben Kaff gedemütigt.

Die entfernten Stimmen erhoben sich wieder, sie überschnitten sich, wurden laut. Und dann lachten sie auch noch, lachten dröhnend. Wahrscheinlich feierten sie Heinz Koschorreck für seinen entschlossenen Auftritt.

49

Als Dirk zurück zur Wache kam, berichtete Koschorreck ihm, wenn auch ein wenig zögernd, was sich dort abgespielt hatte. Dirk sagte: »Ach du Scheiße!«

Er hatte ein schlechtes Gewissen. Er hatte sich auf dem Rückweg noch ein wenig Freizeit gegönnt, war gegenüber der Wache in die Konditorei Schmengler gegangen, hatte an einem der Stehtische ein Stück Bienenstich gegessen und dazu eine Tasse von Frau Schmenglers erstklassigem

Kaffee getrunken. Mir sagte er am Abend, er habe einen Riesenhunger gehabt. Aber ich vermute, daß er in Wahrheit den Augenblick hatte hinausschieben wollen, in dem er in der Abwesenheit von Ferber und Giess sich selbst als der zuständige Beamte um diesen Schriftsteller kümmern mußte. Ihm schien es auf der Hand zu liegen, daß Wallot nicht die ganze Zeit abgesessen hatte, ohne ein hochbrisantes Protestpotential aufzubauen.

Ferber und Giess trafen nur kurze Zeit nach Dirk auf der Wache ein. Dirk berichtete ihnen, was passiert war. Giess verzog keine Miene. Ferber sagte: »Bravo! Das hat uns noch gefehlt.«

Dirk vermutet, daß die Staatsanwältin die beiden angehalten hatte, Wallot nicht allzu hart anzufassen. Vielleicht hatte sie selbst einen etwas deutlicheren Begriff von dem gesellschaftlichen Rang und den mannigfaltigen Beziehungen dieses Schriftstellers, als sie ihn den Kommissaren zutraute. Vielleicht hatte sie auch von einer noch höheren Instanz einen Wink bekommen, die sanfte Mahnung, sich und der Ermittlungsbehörde nicht überflüssigen Ärger einzuhandeln.

Die beiden Kommissare hatten jedenfalls, als sie mit Dirk in das Hinterzimmer zurückkehrten, mit dem, was sie dort erwartete, offensichtlich nicht gerechnet. Sie waren völlig überrascht und brauchten eine Weile, um sich darauf einzustellen.

Wallot empfing sie keineswegs mit der Androhung einer förmlichen Beschwerde beim Polizeipräsidenten oder beim Innenminister oder anderer rechtlicher Schritte. Er verlor kein Wort über Koschorrecks Auftritt oder den Grundsatz der Verhältnismäßigkeit und das Übermaßverbot. Er blieb vielmehr stumm auf dem Stuhl hocken, auf dem er während der ganzen Befragung gesessen hatte. Seine Haare waren wirr, die gepflegte Frisur nicht mehr zu erkennen. Er blickte den Beamten aus geröteten, fast entzündet wirkenden, trüben Augen entgegen.

Ferber sagte, es tue ihm sehr leid, aber der Termin habe länger gedauert, als er habe erwarten können. Sie seien so schnell wie möglich zurückgekommen.

Wallot nickte. Dann sagte er: »Kann ich bitte ein Glas Wasser haben?«

Ferber war völlig perplex, er brauchte einen Augenblick, um auf diese so bescheidene Frage zu reagieren. Dirk, der nichts verpassen und schon gar nicht hinausgeschickt werden wollte, um das Wasser zu holen, nutzte die Verzögerung und ging ans Telefon. Er sagte dem Kollegen Josef Siebenmorgen, der mittlerweile Kristin Albrechts Schreibtisch übernommen hatte, er solle bitte eine Flasche Wasser und ein Glas nach hinten bringen.

Dann sagte er ins Telefon: »Moment mal, Jupp!« Er sah Wallot an und fragte: »Wollen Sie ein stilles Wasser oder ein Mineralwasser?«

Giess verzog das Gesicht, als spüre er einen jähen Schmerz. Wallot hob die Augen, sah Dirk an und sagte: »Ein stilles Wasser, bitte.«

Dirk gab die Order an Josef Siebenmorgen weiter und legte auf. Ein paar Sekunden lang trat eine etwas unbehagliche Stille ein. Wallot hatte die Augen wieder gesenkt, er starrte auf den zernarbten, ringsum von abgelegten Zigaretten gebrandmarkten Schreibtisch, an dessen Flanke er saß.

Giess grübelte vermutlich darüber nach, ob Ferber mit der entscheidenden Frage etwa warten wolle, bis Wallot sein Wasser gelabbert und sich dabei womöglich erholt hatte.

Schließlich räusperte sich Ferber. Er sagte: »Nun, Herr Wallot... Haben Sie übrigens Ihren Rechtsanwalt erreicht?«

Wallot schüttelte stumm den Kopf. Er machte sich nicht einmal mehr die Mühe, die Ausflucht anzuwenden, die er bei Kirchhöfer benutzt hatte. Vielleicht war es ihm mittlerweile auch egal, ob der Anwalt zurückrufen würde oder nicht. Vielleicht hatte er die Hoffnung auf diesen Rechtsbeistand abgeschrieben.

Giess rückte sich unruhig auf seinem Stuhl zurecht.

Ferber sagte: »Nun... ich weiß nicht, wie Sie sich entschieden haben, Herr Wallot, aber... wir möchten das unterbrochene Gespräch gern fortsetzen. Wenn Sie einverstanden sind.«

Giess rückte auf seinem Stuhl nach vorn. Er brannte wahrscheinlich darauf, die letzte Frage, die er dem Autor gestellt hatte, zu wiederholen, die Frage, deren Beantwortung Wallot durch das Verlangen nach seinem Anwalt entgangen war: Ob es denn falsch sei, daß er, Wallot, seit seiner Ankunft in Merzthal Frau Keppler mehrfach empfangen habe, auf seinem Hotelzimmer, auch des Nachts und immer allein mit ihr? Giess wartete ungeduldig darauf, daß Ferber ihm grünes Licht gab.

Er mochte seinen Ohren nicht trauen, und das taten auch Ferber und Dirk nicht, als der Autor, ohne gefragt zu sein, unversehens zu reden begann.

Wallot sagte: »Ja, es ist richtig. Frau Keppler hat mich seit meiner Ankunft hier ein paarmal auf meinem Hotelzimmer besucht. Und wir sind uns auch außerhalb des Hotels begegnet, hin und wieder.«

Er holte tief Luft, dann fuhr er fort: »Die Initiative ist von ihr ausgegangen. Sie ist am Abend meiner Ankunft zu mir gekommen, im Hotel. Ich saß beim Abendessen. Sie war zu Gast bei einer Hochzeitsgesellschaft, die im großen Saal des Restaurants stattfand.« Er verzog das Gesicht. »Ziemlich laute Veranstaltung. Laut und aufdringlich.«

Der Polizeikommissar-Anwärter Siebenmorgen brachte eine Flasche Wasser und ein Glas herein, sah fragend Dirk an. Dirk, der seine Verblüffung überwunden und damit begonnen hatte, das, was Wallot offenbarte, in seinen Laptop zu schreiben, deutete mit dem Kopf auf den Schriftsteller. Siebenmorgen stellte die Flasche und das Glas vor Wallot, der sagte »Danke schön«, und Siebenmorgen verließ das Zimmer.

Wallot goß ein Glas Wasser ein und trank es in einem Zug leer. Er füllte das Glas sofort wieder, rückte es ein wenig zur Seite, ließ die Hand aber daran liegen.

Einen Augenblick lang schaute er auf den Schreibtisch, dann hob er den Blick und sagte: »Vielleicht hat dieser Lärm auch sie belästigt. Jedenfalls ist sie aus dem Saal hinausgegangen, und dabei hat sie mich wohl gesehen, ich saß in einem Nebenraum allein am Tisch, in der Bauernstube, und sie ist zu mir gekommen.« Er lächelte. »Sie hat mir gesagt, daß sie ein Fan von mir sei.« Er zuckte die Schultern. »Vielleicht hat sie sogar gesagt, sie liebe meine Bücher. Ich weiß es nicht mehr.«

Er hob das Glas, trank es noch einmal auf einen Zug leer, füllte es wieder.

Dann sagte er: »Wir haben uns sehr angeregt unterhalten. Über meine Lesung, die ja am nächsten Morgen stattfinden sollte, und über meine Bücher, Literatur im allgemeinen und so weiter. Und da der Service in diesem Nebenraum miserabel war, habe ich sie gefragt, ob wir unser Gespräch nicht besser auf meinem Zimmer fortsetzen sollten. Und uns durch den Zimmerservice versorgen sollten.« Er zuckte die Schultern. »Und sie war damit einverstanden.«

Giess wollte eine Frage stellen, aber Ferber machte eine leichte Handbewegung, ganz nebenbei, fast so, als habe ein Insekt die Hand berührt. Giess warf dem Hauptkommissar einen Seitenblick zu, er sah, daß Ferber die Stirn gerunzelt hatte und kaum merklich den Kopf schüttelte. Giess schwieg still.

Wallot sagte: »Vielleicht wundert Sie das.« Er lächelte. »Aber bei Frauen erlebe ich das schon mal. Gerade bei den interessanten Frauen. Wenn sie einen Autor für sich entdeckt haben, dann sind sie nicht nur die besten, die einfühlsamsten Leser, die ein Autor sich wünschen kann.«

Er legte eine kleine Pause ein, dann sagte er lächelnd: »Sie wissen manchmal auch mit ihrer... Vorliebe nicht richtig umzugehen. Sie geraten in Begeisterung. Sie... entbrennen, verstehen Sie? Und sie schaffen es nicht, diesen Brand unter Kontrolle zu halten.« Er zuckte wieder die Schultern. »Sie möchten nicht nur den Autor kennenlernen, sondern auch den Mann.«

Er trank wieder, diesmal nur das halbe Glas. Er ächzte ein wenig, zog ein Tuch hervor und tupfte sich die Lippen ab. Dann sagte er: »Ganz davon abgesehen scheint Frau

Keppler ja ohnehin eine sehr … temperamentvolle Frau zu sein. Leicht entflammbar. Jedenfalls nach dem, was man hier in der Stadt hören kann.«

Er seufzte. »Natürlich hat sie es auch mit diesem Ehemann nicht leicht gehabt. Der Altersunterschied war ja doch beträchtlich. Und Herr Keppler scheint auch nicht gerade ein liebenswürdiger Partner gewesen zu sein. Jedenfalls kein duldsamer.« Er sah zum Fenster hinaus, rieb sich mit zwei Fingern die Wange. Er schwieg.

Nach einer Weile fragte Ferber: »Warum meinen Sie das?«

Wallot hob die Augenbrauen, sah Ferber an. »Er hat sie von einem Detektiv beobachten lassen, schon seit geraumer Zeit! Das wissen Sie doch, nehme ich an. Ihre Informationen über Frau Kepplers Kontakte zu mir haben Sie doch von ihm, von diesem Detektiv, nicht wahr?«

Giess fragte: »Und woher stammt Ihre Kenntnis von einem Detektiv?«

»Sie hat es mir gesagt!« Er starrte Giess an, und noch einmal regte sich sein Widerstandsgeist, der hitzige Zorn auf jeden, der ihn, Carl Wallot, in Frage zu stellen wagte. »Verehrter Herr Kommissar, diese Frau hat sich mir anvertraut! Ich weiß nicht, ob Sie sich so etwas vorstellen können. Sie hat mir anvertraut, daß diese Ehe für sie schon seit langer Zeit kaum noch auszuhalten war. Daß ihr Mann sie permanent anzubinden und zu unterjochen versuchte! Sie wollte sich von ihm trennen! Haben Sie das bei Ihren Ermittlungen etwa noch nicht herausgefunden?«

Ferber sagte: »Und Sie wollten ihr dabei helfen? Bei dem Versuch, sich von diesem Joch zu befreien. Hab ich das richtig verstanden?«

»Nein, das haben Sie ganz bestimmt wieder falsch verstanden!« Die Antwort klang aufgebracht, aber auch ein wenig verzweifelt. Wallot fuhr fort, als müsse und wolle er diese sturen Polizisten beschwören: »Sie hat mich gefragt, ob ich ihr helfen könnte, in der Stadt eine Stelle zu finden! Vielleicht eine Stelle als Lektorin in einem Verlag. Und ich habe ihr gesagt, ich würde mich umhören! Das war alles!«

Giess tauschte den Hebel aus. Er sagte: »Noch mal zurück zu diesem Detektiv: Wie erklären Sie sich denn, daß Frau Keppler eine für sie so... peinliche, eine so beschämende Geschichte ausgerechnet Ihnen anvertraut hat?«

Wallot starrte Giess an. »Weil Sie mich dazu ausersehen hat! Es ist mir klar, daß das in Ihren Horizont nicht hineinpaßt, aber Sie müssen's mir schon glauben. Sie hat mir vertraut!«

Giess grinste. Dann sagte er: »Wie angenehm für Sie!«

Wallot wandte sich von Giess ab. Er schaute in eine Ekke, schüttelte stumm den Kopf, als fehlten ihm angesichts eines solchen Menschen die Worte.

Es dauerte keine drei Sekunden, bis Ferber den Angriff fortsetzte, diesmal wieder von der anderen Seite: »Glauben Sie denn, daß Keppler dabei zugesehen hätte? Ich meine, wenn Sie seiner Frau geholfen hätten, aus der Ehe mit ihm auszubrechen?«

Wallot legte die Fingerspitzen beider Hände an die Stirn. »Wie soll ich das denn wissen? Ich habe den Mann doch gar nicht gekannt!«

Giess fragte: »Und wie erklären Sie sich den Einbruch in Ihre Wohnung?«

Wallot starrte ihn wieder an. Dann ließ er langsam die

Hände sinken, legte sie in den Schoß. Er schloß die Augen. Mit geschlossenen Augen sagte er: »Haben Sie auch schon mein Umfeld in der Stadt ausgeforscht? Sind Sie dabei, mich von allen Seiten einzukreisen?« Er öffnete die Augen, sah Ferber an. »Wollen Sie mich auf Biegen oder Brechen zur Strecke bringen?«

Ferber seufzte, sah auf zur Decke. »Ach, wissen Sie... so dramatisch ist das wirklich nicht. Manchmal funktioniert die Zusammenarbeit der Polizei nur besser, als einige Leute glauben möchten.« Er sah Wallot an. »Sie haben doch die Kollegen gerufen, um den Einbruch aufzunehmen. Und wir haben den Bericht gelesen, ganz einfach.«

Wallot nickte. »Ah ja. Ah ja. Ganz einfach! Rein zufällig, nicht wahr?«

Ferber ging auf diese Frage nicht mehr ein. Er sagte: »Diesen Kollegen ist allerdings aufgefallen, und uns auch, daß keinerlei Wertsachen entwendet wurden. Obwohl Sie ja nicht wenige in Ihrer Wohnung haben, natürlich. Da bricht also jemand ein, wühlt die vorhandenen Papiere durch und schmeißt sie auf den Boden, aber verzieht sich ohne ein Beutestück. Außer einem Handy, das war es doch wohl, Sie haben dann irgendwann ein Handy vermißt, war es nicht so?«

»Stimmt genau. Ein Handy.« Wallot legte eine kleine Pause ein, dann fragte er: »Und was wollen Sie damit sagen? Was wollen Sie damit beweisen?«

Ferber lächelte. »Überlegen Sie doch mal! Drängt sich da nicht die Vermutung auf, daß es gar kein gewöhnlicher Einbruch war? Sondern daß jemand dahintersteckt, der den Einbrecher bestellt hat und bezahlt? Und daß dieser

Einbrecher etwas ganz Bestimmtes suchen und finden sollte?«

»Was denn, um Himmels willen?!« Wallot klatschte sich die Hand auf die Stirn. »Und wer sollte dafür auch noch einen Einbrecher losschicken und bezahlen?!«

»Keppler, Herr Wallot.« Giess beugte sich vor. »Der eifersüchtige Ehemann von Susanne Keppler, die Sie bei Nacht auf Ihrem Hotelzimmer empfangen haben! Und der Einbrecher sollte einen Beweis dafür finden, daß Sie nicht nur seit dieser Nacht im Hotel, sondern schon seit langer Zeit eine Affäre mit ihr haben. Und daß Sie drauf und dran waren, dem alten Mann die Ehefrau auszuspannen!«

Wallot schüttelte stumm den Kopf, als verstehe er kein Wort mehr.

Ferber sagte: »Überlegen Sie doch mal, Herr Wallot!« Er lächelte. »Wenn es so gewesen wäre, dann hätten Sie ein wahrhaftig ausreichendes Motiv gehabt, diesen Ehemann aus dem Weg zu räumen. Rechtzeitig, bevor er sein Testament änderte. Das heißt, solange die Frau auch noch ein sattes Erbe erwarten konnte. Und überdies, weil Herr Keppler ja noch gar nicht so klapprig war, wie man vielleicht glauben mochte; sondern daß er für Sie vielmehr zu einer ernsten Bedrohung werden konnte. Der Mann war ja bekannt dafür, daß er mit harten Bandagen kämpfte.«

Vielleicht hat Dirk sich geirrt, vielleicht hatte die Staatsanwältin die beiden gar nicht dazu angehalten, dem Autor nicht allzu ungestüm zuzusetzen. Vielleicht hatten sie im Jagdeifer diese Mahnung auch nur vergessen. Jedenfalls hatten sie Wallot auf beängstigende Art in die Enge getrieben.

Er blieb einen Augenblick lang regungslos auf seinem Stuhl hocken. Dann beugte er sich vor. Er riß die Augen auf und flüsterte: »Sie sind besessen! Sie können nicht mehr klar denken! Vielleicht *wollen* Sie es auch gar nicht mehr. *Mich* wollen Sie zur Strecke bringen, mich und keinen anderen!«

»Finden Sie?« Giess lächelte kühl. »Überlegen Sie doch mal: Zu allem, was der Hauptkommissar Ihnen vorgehalten hat, kommt ja noch hinzu, daß Sie neben der Leiche angetroffen worden sind. Die Leiche war noch warm, und Sie hielten die Tatwaffe in der Hand und bemühten sich, die Fingerabdrücke abzuwischen.« Er stieß die Luft durch die Nase. »Was sollen wir denn davon halten? Wie hätten Sie's denn gerne? Wie sollen wir das nach Ihrer Meinung beurteilen, wenn wir uns tatsächlich bemühen, klar zu denken?«

»Aber übersehen Sie denn alles andere? Warum sammeln Sie immer nur Verdachtsmomente gegen –«, die Stimme brach ihm weg, er räusperte sich heftig, bevor er hervorstieß: »... gegen mich?«

Die beiden Kriminalbeamten gaben ihm keine Antwort. Dirk sagt, er habe ernsthaft befürchtet, daß der Autor in Tränen ausbrechen würde. Es war wohl zuviel, was Wallot in den vergangenen Tagen erlebt hatte, in diesem tumben Kaff. Er war am Ende. Er war fix und fertig, sagt Dirk, psychisch und auch physisch.

Wallot trank sein Glas leer, füllte es mit fahrigen Fingern wieder auf. Dann blickte er von Ferber zu Giess und wieder zurück zu Ferber. Er sagte, als wolle er ihnen dringlich eine Bitte ans Herz legen: »Kapieren Sie denn nicht, daß eine ganze Reihe von Leuten ein mindestens ebenso großes Interesse am Tod dieses Paschas hatten wie ich? Ein mindestens so großes, wie Sie es mir fälschlich unterstellen?«

Ferber fragte: »Wer zum Beispiel?«

»Mein Gott... Herr Behringer zum Beispiel! Haben Sie denn noch nie gehört, daß er hin und wieder mit Frau Keppler ins Bett geht? Oder aufs Sofa? Wenn vielleicht auch nur, weil sie keinen Besseren zur Hand hat? Und haben Sie noch nie gehört, daß er auf Drogen ist? Haben Sie ihn noch nie gesehen, wenn er zugelangt hat?«

Ferber sagte: »Und warum sollte er Herrn Keppler umbringen? Glauben Sie etwa, er würde sich Hoffnungen machen, daß die Frau ihn heiratet?«

»Was weiß ich! Würden Sie sagen, das ist unvorstellbar? Und wenn Sie es für unvorstellbar halten... haben Sie dann schon einmal darüber nachgedacht, daß er womöglich für Geld den Alten umgelegt hat? Daß sie diesen Schwachmatikus gekauft hat, damit er den Mord erledigt? Gekauft mit einer Menge Zaster, für den er sich eine Menge Stoff reinziehen kann?«

Die beiden beobachteten ihn schweigend.

Wallot holte tief Luft, dann sagte er: »Oder dieser Junge, der vom *Merzthaler Boten*! Ich mag ihn sehr, wirklich, ein heller Bursche, und sympathisch dazu, was ja nicht immer zusammenkommt. Es ist doch ein offenes Geheimnis, daß er diese Frau verehrt! Daß er ihr zu Füßen liegt! Sie hat ihn schon als Kleinkind gepäppelt und spazierengefahren.«

Er schüttelte wie bedauernd den Kopf. »Und wahrscheinlich hat er nie kapiert, er hat es nicht kapieren wollen, daß sie für ihn eher wie eine Mutter empfindet. Und daß sie in ihm noch nie den Mann gesehen hat, sondern immer nur das Kind. Vielleicht hat sie ihn schon mal in ihr Bett gelassen, ja, gewiß. Aber wenn, dann aus Erbarmen. Aus liebevoller Fürsorge. Und er hat es mißverstanden.«

Giess fragte: »Und wegen dieses Mißverständnisses geht er zu Keppler und baut sich vor ihm auf, Auge in Auge, und schießt ihm eine Kugel in den Kopf? Dem Mann, der ihn sein Leben lang gefördert hat?«

»Mein Gott, haben Sie denn noch nie erfahren, wozu Menschen im Liebeswahn fähig sind?!« Wallot rückte sich auf seinem Stuhl zurecht, beugte sich vor.

»Also gut, vielleicht hat er es nicht getan, weil er geglaubt hätte, ab sofort gehört die Frau dann ihm. Aber er hat doch erfahren, daß Keppler sie tyrannisiert und pausenlos schikaniert hat, er hat doch mit Sicherheit gewußt, wie sehr sie darunter gelitten hat. Glauben Sie etwa nicht, daß das einen jungen, verliebten Mann motivieren kann, einen Mord zu begehen? Und zwar eben nicht hintenherum, nicht aus dem Dunkel, nein, nein, er tritt offen dem Übeltäter entgegen. Er sagt: ›Ich vollstrecke die Strafe für das, was du deiner Frau angetan hast!‹ Und peng!«

Wahrscheinlich war er mit diesem banalen Wort als Pointe nicht recht zufrieden, aber er mochte es auch nicht korrigieren. Er wartete auf eine Reaktion der Kriminalbeamten. Doch sie schwiegen. Sie hielten ihre Augen auf ihn gerichtet, rührten sich nicht. Und Wallot war offenbar nicht länger fähig, diese stummen Blikke zu ertragen. Er ließ den letzten Rest an Hemmungen, an Fairness und Anstand, der ihm geblieben sein mochte, über Bord gehen.

Er lehnte sich zurück und sagte: »Also gut. Auch das scheint Sie ja nicht zu interessieren. Aber haben Sie denn wenigstens einmal darüber nachgedacht, daß auch Frau Keppler selbst den Schuß abgefeuert haben könnte? Wegen des Erbes, ja, das werden ja auch Sie als ein Motiv nicht ausschließen. Bloß war das Erbe womöglich nicht einmal das ausschlaggebende Motiv.«

Er warf einen Blick durchs Fenster, lächelte, sah dann wieder von einem der Kommissare zum anderen. Mit einem etwas starren Lächeln sagte er: »Ist Ihnen je in den Sinn gekommen, daß sie eine Nymphomanin ist? Ich bin in Merzthal ja doch ein Fremder, aber man muß hier nicht einmal fragen, um zu erfahren, daß Susanne Keppler ›Hummeln im Höschen hat‹, wie es mir beschrieben wurde. Die Details haben mich natürlich nicht interessiert, aber der allgemeine Tenor geht doch dahin, daß sie mal mit diesem, mal mit jenem ins Bett steigt. Oder auch auf eine Waldwiese.«

Er erinnerte sich an sein stilles Wasser, trank einen kleinen Schluck. Dann sagte er: »Auf das Erbe hätte sie sicher warten können, sie hatte wohl Geld genug zu ihrer Verfügung. Daran lassen diese älteren Männer es in der Regel ja nicht fehlen. Aber sie wollte den Aufpasser loswerden. Diesen eifersüchtigen Greis, der einen Detektiv hinter ihr herschickte. Sie wollte sich endlich ungestört ausleben, verstehen Sie?«

Weder Ferber noch Giess gaben eine Antwort. Sie nickten nicht, sie schüttelten nicht den Kopf, sie verzogen keine Miene.

Dirk sagt, man habe es auf Wallots Gesicht ablesen können, wie seine Hoffnungen Stück um Stück in sich zusammenbrachen. Und er sagt, er habe noch nie erlebt, daß ein Mensch bei einer Vernehmung so klein und schäbig geworden sei.

Am Ende versuchte der Autor es auch noch mit einer abenteuerlichen Mafiatheorie. Er sagte, die Herren hätten überdies vielleicht gar nicht bedacht, daß Herr Keppler ja ein vorbestrafter Lieferant im illegalen Waffengeschäft gewesen sei. Und so weit seine, Wallots, Informationen reichten, sei es überaus schwierig, aus diesem Geschäft, wenn man sich erst einmal darauf eingelassen habe, wieder auszusteigen. Schon der Versuch sei jedenfalls brandgefährlich, und deshalb werde er auch so gut wie nie unternommen.

Vielleicht habe, sagte Wallot, Herrn Kepplers Vergangenheit ihn eingeholt. Auch die Herren wüßten ja offensichtlich, daß zur Zeit dieser Libanese namens François Ahdab im Waldhotel wohne. Jedenfalls habe er Herrn Ahdab auf der Wache gesehen. Aber wüßten die Herren denn auch, daß dieser Mann aus der arabischen Welt Zimmer an Zimmer mit einer blonden Walküre logiere, deren Rechnung von Herrn Kepplers Fabrik bezahlt werde? Die Vermutung liege doch nahe, daß es zwischen den beiden Zimmern eine Verbindungstür gebe und daß Herr Keppler die Walküre engagiert habe, damit sie seinen Gast verwöhne und besänftige.

Aber vielleicht habe nicht einmal dieser Service ausgereicht, um Herrn Ahdab zufriedenzustellen. Vielleicht sei er aus Beirut abgesandt worden, um eine ernste Meinungsverschiedenheit zwischen Herrn Keppler und seinen Kunden im Nahen Osten zu klären. Und als Herr Keppler die Forderungen, die man an ihn gestellt habe, nicht habe erfüllen wollen oder erfüllen können, habe Herr Ahdab ihn mit seiner eigenen Pistole erschossen. Oder er habe einen Killer dafür angeheuert, irgendeinen von den Umsiedlern in der Vorstadt, einen der sogenannten Russen, es gebe doch genug zwielichtige Existenzen in Merzthal.

Wallot schien sich mehr und mehr an dieser Theorie aufzurichten. Aber wie farbig er sie auch vortragen mochte – Ferber und Giess waren stumm und regungslos sitzen geblieben, die Augen auf diesen Schriftsteller gerichtet.

Schließlich, nach einer Weile, in der bleiernes Schweigen herrschte, hatte Wallot zu verstehen gegeben, daß er unter diesen Umständen nichts mehr zu sagen habe, er hatte die Arme und Schultern gehoben und sie wieder fallen lassen, so, als wisse er nun mit dem besten Willen keinen Rat mehr. Kopfschüttelnd hatte er sich gegen seine Stuhllehne zurücksinken lassen.

Nach einem Räuspern sagte Ferber: »Sie können dann in Ihr Hotel gehen, Herr Wallot. Aber warten Sie bitte noch so lange, bis der Kollege die Niederschrift ausgedruckt hat. Sie sollten sie gleich durchsehen und unterschreiben.« Er stand auf, hielt ein. »Ach so, ja: Und Sie sollten bitte vorerst noch in Merzthal bleiben.«

Wallot äußerte sich zu diesen Anweisungen nicht. Er wartete schweigend, bis Dirk ihm das Protokoll vorlegte, überflog den Text, brachte nicht eine einzige Korrektur an und unterschrieb das Dokument.

Als er vor die Tür trat und sich auf den Weg zum Hotel machte, war die Dämmerung schon fortgeschritten, die

Straßenlaternen brannten. Ein dünner, kalter Regen fiel aus dem dunklen Himmel.

50

Dirk verließ mich um zehn vor neun. Es wäre noch früh genug gewesen, meine Verabredung mit Franziska Bechtle einzuhalten. Aber ich hatte ihr schon gegen sieben Uhr abgesagt, noch bevor Dirk gekommen war. Ich hatte daran gezweifelt, daß ich bei ihr imstande sein würde, Susanne zu vergessen und das, was sich möglicherweise über ihr zusammenbraute, und all das, was sie mir nicht sagen mochte.

Franziska schien mir ein bißchen gekränkt. Aber vielleicht war sie ja eher traurig als gekränkt, und als Dirk gegangen war, fiel auch das mir wieder ein, und ich hatte auch damit eine Weile zu tun. Ich sah Franziska, wie sie in dem hübschen, bequemen Wollrock, an den ich mich sehr gut erinnerte und den sie an diesem Nachmittag vielleicht schon nach dem Bad angezogen hatte, in ihrem Wohnzimmer saß und mit Dustin *Unser Charly* guckte und sich sehr einsam und verlassen fühlte, und ich kam mir ziemlich mies vor.

Ich überlegte, ob ich noch einmal vor die Tür gehen sollte. Im ›Grünen Drachen‹ wäre das Risiko, Franziska zu treffen oder jemanden, der ihr erzählen könnte, daß ich dort aufgetaucht sei, sehr gering gewesen; aber ich hatte keine Lust, mich in die Debatten über Keppler und seinen jähen Tod und seine Frau und was sie so juckte und den Angeber aus der Stadt, den sie jetzt hoffentlich einbuchteten, verwickeln zu lassen.

Zu Felipe zu gehen machte auch keinen Sinn, Dirk hatte mich mit seiner heißhungrigen Fresserei angesteckt, und ich hatte selbst reichlich Brote mit Aufschnitt eingefahren. Ich hätte nicht einmal mehr eine Suppe herunterbekommen.

Ich griff nach dem Buch, das ich im Internet gefunden und mir hatte schicken lassen, Raymond Carvers *What we talk about when we talk about love*. Ich wußte, daß ich darin keinen Trost finden würde, aber ich grub mich hinein in diese Liebesgeschichten, in denen die Liebe keine Chance hat.

Ich las die schreckliche Geschichte von Bill Jamison und Jerry Roberts, die beide jung verheiratet sind, und Jerry hat schon zwei kleine Töchter, und an einem Samstagnachmittag kommen die Jamisons wieder einmal zu Besuch, und Jerry schlägt Bill vor, daß sie sich zwischendurch ein kleines Billardspielchen gönnen, »Sag den Frauen, daß wir wegfahren«, und sie fahren gemeinsam mal eben über Land zu einem Billardsalon.

Und auf der Rückfahrt, nach fünf Runden Billard und fünf Dosen Bier für jeden, überholen sie auf der Landstraße zwei Mädchen auf Fahrrädern, in Shorts und Bikini-Oberteilen, und Jerry sagt, er nimmt die Dunkle, und Bill kann die Kleine nehmen, aber Bill meint, sie sollten vielleicht besser nach Hause fahren. Unterdessen stellen die Mädchen ihre Fahrräder ab und steigen den Picture Rock hinauf, vielleicht wollen sie von da oben den Ausblick genießen.

Es sieht so aus, als wollten sie von den beiden Jungs nichts wissen. Doch die beiden folgen ihnen in einigem

Abstand, und dann trennen Bill und Jerry sich und kreisen sie ein, und Bill entdeckt sie, wie sie sich hinter einen kahlen Felsbrocken ducken, und vielleicht lächeln sie dabei, weil das Spiel ihnen gefällt.

Aber dann sieht er Jerry, der sich den Mädchen nähert. Und Jerry hebt einen Stein auf, und dann gebraucht er zweimal denselben Stein, zuerst bei der Dunklen und dann bei der Kleinen. »Es begann und endete mit einem Stein.«

Ich schlief schlecht in der Nacht. Ich glaubte im Traum, die beiden Mädchen zu sehen, junge Mädchen in ihren Shorts und den Bikini-Oberteilen, und Bill, der zusah und nicht imstande war, etwas zu tun, oder vielleicht war er bloß zu feige, um etwas zu tun. Und ich sah Wallot, der sich auf unerklärliche Art über mein Bild von Jerry Roberts schob und sich in ihm auflöste und den schweren kantigen Stein vom Boden hob und damit ausholte, und das Blut drang zwischen den dunklen Haaren hervor.

Am Sonntag morgen ging ich schon früh ins Wahllokal und gab meine Stimme ab. Herr Knauf, der als Wahlhelfer tätig war, sagte: »Na, Jörg! Hoffentlich wählst du auch die Richtigen! Oder bist du's noch nicht satt?«

Ich fragte: »Wer sind denn die Richtigen?«

Er lächelte bedeutungsvoll. »Darf ich doch nicht sagen. Wäre doch Wahlbeeinflussung! Willst du mal unser Merkblatt sehen?«

Ich sagte: »Mein Gott, Sie nehmen's aber genau!«

Ich stieg auf mein Fahrrad und fuhr zum Waldhotel. Ich hatte wieder darauf verzichtet, Wallot vorher anzurufen und ihn zu fragen, ob es ihm recht sei. Ich hoffte wieder darauf, daß er mich nicht abweisen würde, wenn ich ihm sagte, daß ich schon im Hotel sei und an der Rezeption stünde.

Niemand war hinter dem Tresen zu sehen. Als ich die Glocke anschlug, kam einer von Elfis Kollegen aus dem Hinterzimmer hervor. Ich kannte ihn, aber ich kam nicht auf seinen Namen. Ich spähte auf sein Namensschild und sagte dann: »Morgen, Norbert.«

Er sagte: »Morgen, Jörg.«

Ich fragte ihn, ob er heute morgen schon den Herrn Wallot gesehen habe.

Er sagte, nein, der habe sich das Frühstück und die Sonntagszeitungen aufs Zimmer bringen lassen. Er grinste und sagte: »Der muß sich wahrscheinlich noch ein bißchen erholen.«

Ich nahm an, daß er etwas von dem Spektakel auf der Wache hatte läuten hören. Ich fragte: »Erholen? Von was denn?«

Er sagte: »Von den Prügeln, die er gestern abend beinahe bekommen hätte.«

Ich starrte ihn an. »Wo? Doch nicht hier im Hotel?«

»Doch. Genau hier. In der Bar.« Er schüttelte den Kopf, deutete ein unterdrücktes Lachen an. »Er hat sich mit einem anderen Gast angelegt. Mit Herrn Ahdab.« Er musterte ein Paar, das die Halle durchquerte, sah dann wieder mich an. »Ein Ingenieur, kommt aus Beirut. Hat irgendwas mit der Fabrik zu tun. Der saß in einer Nische, mit einer Frau, die auch hier wohnt, in dem Zimmer neben ihm. Und dann ist Herr Wallot zu den beiden in die Nische gegangen, und es hat einen Wortwechsel gegeben.«

»Worüber?«

Er zuckte die Schultern. »Keine Ahnung. Die Kollegin, die unten servierte, hat jedenfalls erzählt, daß Herr Ahdab gesagt hat, Wallot soll ihn nicht belästigen, und dann hat Wallot ihn am Revers gepackt.« Er grinste. »Aber dann ist die Frau aufgestanden und hat sich Wallot am Arm gegriffen und hat ihn herangezogen, und dann hat sie ihn mit beiden Händen zurückgestoßen, fast hätte er sich lang auf den Rücken gelegt. Na ja, und da hat er sich verzogen. Hat noch irgendwas von sich gegeben, aber hat sich davongemacht, klein und häßlich. Auf sein Zimmer vermutlich.«

»Was denn? Er hat sich von der Frau davonscheuchen lassen?«

»Ja, aber klar!« Er lachte. »Na ja, du müßtest die Frau mal sehen«, er hob beide Hände, musterte den Abstand, als wolle er eine Schulterbreite markieren, »mindestens so groß wie du und gut anderthalb Zentner, eine richtige Wuchtbrumme, aber kein Gramm zuviel, alles richtig verteilt, wirklich gut anzusehen!«

Ein Telefon klingelte. »Ein Prachtweib, verstehst du?« Er wandte sich zur Seite, hob den Hörer ab: »Die Rezeption, guten Morgen, was kann ich für Sie tun?«

Ich überlegte einen Augenblick lang, ob ich tatsächlich Wallot heimsuchen sollte. Von einer Frau aus der Bar hinausgejagt, wahrscheinlich ja in der Anwesenheit anderer Gäste – das konnte er nicht auch noch verwunden haben. Er mußte völlig aus den Fugen gegangen sein. Ich würde ihn in einem erbärmlichen Zustand finden, so peinlich derangiert, wie niemand angetroffen werden wollte.

Rücksicht auf Wallot? Ich zögerte, aber dann griff ich nach einem anderen Telefon auf dem Tresen. Als ich den

Hörer abhob, blickte Nobert herüber. Ich deutete fragend auf das Telefon, er nickte. Ich wählte Wallots Nummer.

Es dauerte nicht lange, bis er sich meldete. Ich sagte, ich hätte im Hotel zu tun gehabt, stünde jetzt am Tresen der Rezeption und wollte nur wissen, wie es ihm gehe.

Er sagte: »Kommen Sie doch rauf, und trinken Sie einen Kaffee mit mir.«

Er trug wieder seinen Morgenmantel und die Hausschuhe. Es hätte mich nicht gewundert, wenn er gebeugt durchs Zimmer geschlurft wäre und nur leise gesprochen hätte, so, als strenge das Sprechen ihn an. Aber er sprach wie immer und hielt sich auch aufrecht. Als ich eintrat, blickte er auf meine leere Hand, lächelte und fragte: »Diesmal bekomme ich keine *Merzthaler Spaziergänge*?«

Ich sagte: »Tut mir leid, aber so viele Spaziergänge gibt's hier nun auch wieder nicht. Ist ja nur eine kleine Stadt.«

»Ja, da haben Sie wieder mal recht.« Er lachte. »Das kann man sagen. Eine wirklich kleine Stadt!«

Er wies auf einen Sessel, setzte sich aufs Sofa. »Kaffee kommt gleich, ich hab ihn bestellt.« Er schlug die Zeitung, die aufgeschlagen vor ihm lag, zusammen, legte sie auf die übrigen. »Klein in jeder Hinsicht. So klein, so erbärmlich klein, so… niedrig, ja, daß man es kaum noch begreifen kann! Entschuldigen Sie, ich möchte…« Er sah mich an, hob die Hand. »Ich möchte Ihnen ja keineswegs zu nahe treten…«

»Kein Problem. Aber ich verstehe nicht so ganz, was Sie meinen? Klein, ja gut, aber…«

Er sagte: »Dieser tote Keppler. Was der alles hervorgebracht hat, hervorgerufen durch sein Ableben! Wie die Würmer aus der Erde. Diese Sintflut, diese Schlammflut von Verdächtigungen, Beschuldigungen, Bosheiten. Abgrundtiefen Gemeinheiten. Rachegelüsten.«

Er schüttelte den Kopf. »Sicher hat er schon zu seinen Lebzeiten dazu beigetragen, daß in dieser Stadt hier alle… alle menschlichen Untugenden angeheizt wurden. Daß jeder hier des anderen Feind war. Homo homini lupus, exakt wie bei Hobbes beschrieben, nicht wahr. Aber wie diese Stadt«, er hob die Schultern, ließ sie fallen, als stehe er selbst vor einem Rätsel, »wie diese Stadt hier nach seinem Tod ins Brodeln geraten ist… das ist wirklich ein Schauspiel, wie ich es noch nie gesehen habe!«

Ich fragte: »Was ist denn passiert? Was haben Sie erlebt?«

»Das sollen Sie erfahren, aber gern!«

Es klopfte. Er stand auf, ließ das Mädchen vom Zimmerservice herein, zeichnete ihr die Rechnung ab. Als sie gegangen war, setzte er sich wieder, goß mir Kaffee ein. Und dann berichtete er, zunächst über seine dramatischen Erlebnisse auf der Wache.

Er erzählte mir, wie dieser grüne Junge von Polizist sich aufgespielt habe. Und er schilderte eindringlich die bedrohliche Haltung, die dessen Kollegen angenommen hätten, als er in sein Hotel habe gehen wollen, ein unmißverständlicher, uniformierter, gemeinschaftlicher Terror, wahrhaftig. Und die beiden Kriminalbeamten, erwachsene Männer immerhin, hätten sich am Ende auch nicht zivilisierter benommen. Dabei seien sie ja nicht einmal Merzthaler Bürger, sie kämen schließlich aus der Kreisstadt, von weit draußen vor den Bergen, gewissermaßen, und nicht aus dem Wald. Es müsse wohl am Klima in Merzthal liegen.

Nun gut, sie hätten ihn am Ende ja ins Hotel gehen lassen, immerhin! Allerdings vermute er, das sei nur deshalb geschehen, weil sie die Lust verloren hätten und hungrig geworden seien. Und auf dem Fußweg durch die Stadt habe er dann selbst zu zweifeln begonnen, ob es denn rechtens sei, daß man ihn aus dem Gewahrsam entlassen habe. Denn es sei vielleicht schwer zu glauben, aber er übertreibe nicht: Einer wie der andere von den Leuten, denen er begegnet sei, hätten ihn angestarrt und gemustert wie einen entsprungenen Schwerverbrecher, feindseliger noch als am Morgen, bei seinem Besuch in der Apotheke.

Und dem allen die Krone aufgesetzt habe diesmal nicht der Pfarrer, wohl aber der Herr Bürgermeister persönlich. Er sei ihm in der Lobby des Hotels begegnet, die Herr Markwart in Begleitung mehrerer anderer gedeckt gekleideter Herren durchschritten habe, auf dem Weg zu einem Abendessen offenbar; jedenfalls sei diese Gesellschaft hernach in einem Séparée des Restaurants verschwunden. Er, Wallot, sei auf Herrn Markwart zugetreten, der ihm doch noch vor drei Tagen versichert habe, wie sehr er sich auch und gerade als Bürgermeister freue, daß ein so namhafter Autor in die Stadt gekommen sei.

Ja, vor drei Tagen! Diesmal habe der Bürgermeister seine, Wallots, Hand übersehen. Er habe ihn mit strengem Blick fixiert und ihn mit volltönendem Organ angeherrscht: »Werter Herr, Sie sollten mich und die Bürger von Merzthal nicht länger mit Ihren Annäherungsversuchen belästigen! Sie haben weiß Gott Schaden genug angerichtet!« Die anderen Herren hätten beifällig gemurmelt, und dann seien sie an ihm vorbei und in ihr Séparée geschritten.

Der Autor verheimlichte mir nicht einmal die Prügel, die er einige Zeit später bezogen hatte. Er sagte, er habe den Anblick dieses fetten kleinen Libanesen, der am Abend mit seiner blonden Nutte in der Bar gesessen habe, als er dort eingekehrt sei, nicht länger ertragen können.

Er sei zu ihm gegangen und habe ihn gefragt, ob die Gerüchte zuträfen, daß er mit Herrn Keppler über *dual use products* verhandelt habe. Und Herr Ahdab sei böse geworden, und dann sei er, Wallot, noch ein wenig böser geworden und habe den Kleinen an seinem maßgeschneiderten Gewand gefaßt.

Ja, und dann sei wahrhaftig die Frau, ein Riesenweib und vermutlich auch in irgendeinem Kampfsport ausgebildet, diese Domina also sei über ihn, Wallot, förmlich hergefallen und habe sich mit ihm prügeln wollen. Und wahrscheinlich habe es sie sehr enttäuscht, daß er zu klug gewesen sei, um sich mit ihrem Karate oder Kung-Fu oder Taekwondo zu messen, und die Kampfstätte auf der Stelle verlassen habe.

Er erzählte mir, was mich nach so vielen Halbwahrheiten wiederum wie ein Vertrauensbeweis anmutete, auch noch von seinen Problemen, den Anwalt zu erreichen, und daß er mittlerweile alle Hoffnung darauf habe fahrenlassen. Er erzählte mir freilich nicht, was er an üblen Verdächtigungen gegen Susanne von sich gegeben, und nicht, daß er auch mich bei den Kriminalbeamten angeschwärzt hatte.

Am Ende fragte er mich mit einem Lächeln, ob ich denn nach all dem seine Meinung über Merzthal, das deprimierende Urteil, das sich für ihn tatsächlich schon in der ersten Stunde nach seiner Ankunft abgezeichnet habe, ein wenig besser verstehen könne.

Ich zuckte die Schultern. Dann sagte ich, zumindest habe er doch eine Menge Material sammeln können, für den Roman, den er habe schreiben wollen, den Roman einer Kleinstadt. Oder ob ich ihn da mißverstanden hätte?

Er sah mich an, als müsse er über diese Frage gründlich nachdenken. Schließlich sagte er, nein. Nein, da hätte ich ihn wohl nicht mißverstanden. Eine Zeitlang habe er in der Tat über ein solches Projekt nachgedacht, ja. Und er habe es wohl auch für reizvoll gehalten. Sogar für lohnend. Für ein großes Projekt.

Ich fragte: »Und jetzt? Wollen Sie diesen Roman nicht mehr schreiben?«

Er dachte wieder lange nach, bevor er antwortete. Er sagte: »Ich weiß es nicht. Ich empfinde einen starken Widerstand gegen das Thema. Ich will nicht übertreiben, aber fast empfinde ich eine physische Übelkeit, wenn ich darüber nachdenke.« Er hob die Hand. »Das soll nicht heißen, daß ich dem Thema ausweichen möchte. Ich bin unangenehmen Themen noch nie ausgewichen.«

Er ließ die Hand sinken. »Aber ich bin mir nicht sicher, ob ich eine solche Strapaze auf mich nehmen sollte. Und es würde zu einer Strapaze werden, das weiß ich. Ein langes, zähes Ringen.« Er seufzte. »Und ich weiß nicht, ob sich am Ende die Mühe lohnte.«

Ich nickte, schwieg eine Weile. Während ich darüber nachdachte, ob diese Überlegung nun ernst zu nehmen war oder ob sie wieder nur der Show diente, sagte er plötzlich: »Wollen Sie denn nicht diesen Roman schreiben?«

Ich blickte auf. Er lächelte mich an. »Würde Sie das denn nicht reizen? Sie kennen diesen Ort, diese Stadt wie kaum jemand sonst. Sie kennen die Menschen, den Menschenschlag. Die Mentalität, die ja womöglich typisch ist für eine Kleinstadt. Sie können schreiben, das vor allem. Und Sie können sogar das, was dem Schreiben vorausgehen sollte, nämlich recherchieren.«

Er beugte sich vor, schaute in meine Tasse, goß dann mir und sich selbst noch einmal Kaffee ein. Er trank, lehnte sich zurück, schaute mich wieder an, lächelte.

Er sagte: »Damit wir uns nicht mißverstehen: Ich meine nicht, daß Sie eine Reportage schreiben sollen. Das beherrschen Sie, und das tun Sie ja schon alle Tage. Nein, nein, ich meine einen Roman. Einen richtigen, ausgewachsenen Roman. Ein Epos, dessen Brennpunkt Kepplers Tod sein könnte. Der Tod eines mächtigen Mannes wie Keppler.« Er lächelte. »Sie müssen ja nicht gerade Truman Capote in den Schatten stellen. Sie kennen *In Cold Blood*?«

Ich nickte. Er sagte: »Verstehen Sie… die raffinierte Mischung aus Fakten und Fiktion, mit der er diesen fürchterlichen vierfachen Mord, dahinten irgendwo im verschlafenen, friedlichen Kansas, beschrieben hat – das wäre wahrscheinlich eine Form, die Ihnen läge. Würden Sie sich das nicht zutrauen?« Er lächelte. »Natürlich würden Sie das! Und Sie könnten es auch, guten Gewissens!«

Er hatte es wieder fertiggebracht: Ich war schon wieder voll von Zorn auf diesen arroganten Besserwisser, der mich durchschaute, als wäre ich ein kleines unmündiges Kind, und der es nicht lassen konnte, mir seine Weisheiten vorzuführen und mir seine Lehren zu erteilen. Aber ich wollte nicht der Adept von Carl Wallot sein, nicht sein Jünger und schon gar nicht sein Protegé, verdammt noch mal!

Ich sagte: »Ich weiß nicht, ob ich es könnte. Aber ich weiß auch nicht, ob ich es möchte. Ich sehe diese Stadt ganz anders als Sie, das wissen Sie doch.«

Er sah mich offenbar verwundert an. Nach einer kleinen Pause sagte er: »Wollen Sie mir noch immer weismachen, daß Sie hier rundum zufrieden sind, unter einem Chefredakteur namens Verhülsdonk und mit einem Wirkungsbereich, der allenfalls das Verbreitungsgebiet dieses *Tageblatts* umfaßt?«

»Und was wäre daran so verkehrt?«

»Daß es nicht wahr ist, das wäre daran verkehrt!« Er zog die Stirn zusammen. »Es stimmt doch einfach nicht! Sie wollen Schriftsteller werden! Sie wollen etwas Großes schaffen, etwas, das anerkannt wird!«

Ich sagte: »Sie meinen, ich soll das werden, was nach Meinung mancher Leute den Vorteil hat, daß man morgens nicht ins Büro muß, sondern liegenbleiben kann?«

Er lachte. »Was haben Sie dagegen, morgens liegenzubleiben, wenn Sie Lust dazu haben oder das Bedürfnis? Warum möchten Sie das denn nicht?«

Ich sagte: »Weil ich morgens lieber aufstehe und mein Tagewerk anfange.«

Er fragte: »So wie bei der Bundeswehr?«

Die Frage war mir zu läppisch, um darauf einzugehen. Ich sagte: »Und weil ich denke, daß es produktivere Möglichkeiten gibt, sich mit der Welt auseinanderzusetzen.«

Er sagte: »Die letzte Frage war unter Niveau, entschuldigen Sie.« Und dann nickte er und sagte: »Ja, ich habe Sie verstanden. Ich glaube Ihnen kein Wort, aber ich habe Sie verstanden.«

Er lächelte. »Wenn Sie auf dieser Meinung beharren, dann hat das zumindest auch den Vorteil, daß Sie mir keine Konkurrenz machen werden.« Er rieb sich mit zwei Fingern die Wange. »Vielleicht werde ich ja doch diesen Roman schreiben.«

Ich stand auf. »Ich muß gehen. Ich hab noch einiges zu tun heute.«

»Ja, natürlich.« Er stand auf, geleitete mich zur Tür.

Ich reichte ihm die Hand, blickte ihn an, um mich zu verabschieden. Urplötzlich sah ich, wie sein Gesicht sich verzerrte. Ich war mir nicht sicher, ob es ein Schmerz war, der ihn unerwartet befallen hatte. Oder war es nackte Angst?

Er sagte, mit einer Stimme, die gepreßt klang, als habe ihn aus heiterem Himmel eine schwere Atemnot heimgesucht: »Sie könnten mir helfen, Jörg. Sie könnten morgen in Ihrer Zeitung darauf hinweisen, daß die Polizei hier vor… vor brutaler Einschüchterung nicht zurückschreckt.« Seine Unterlippe schien zu zittern.

Er nahm meine Hand, legte seine andere Hand an meinen Arm, als wolle er mich festhalten. »Vielleicht kann man damit die… die Polizei ein wenig bremsen?«

Ich sagte: »Ich kann Sie zitieren. Ich kann Sie mit dem, was Sie darüber gesagt haben, zitieren. Natürlich. Wenn Ihnen das so wichtig ist.«

Er nickte stumm. Ich löste mich von ihm und ging. Ich hatte das Gefühl, daß er mich am liebsten gebeten hätte, ihn um Gottes willen nicht allein zu lassen.

51

An der Rezeption klingelte ich Norbert heraus, der bei einer Tasse Tee in seinem Hinterzimmer saß und die Fußballberichte in den Sonntagszeitungen las. Ich fragte ihn nach Ferber und Giess, aber sie hatten das Hotel schon verlassen.

Er wollte eine längere Klage loswerden über diese Scheißreporter, die glaubten, sie müßten eine Mannschaft auch dann noch schlechtmachen, wenn sie gar nicht schlecht gespielt und sogar gewonnen habe, aber ich machte es kurz, ich sagte, in jedem Beruf gebe es leider solche Pflaumen, aber ich hätte es ein bißchen eilig, und vielleicht könnten wir das Thema ein andermal diskutieren. Er nickte, und ich ging.

Ich hatte keine Lust, mich auf die Wache zu begeben, vielleicht waren Ferber und Giess ja auch gar nicht dort, sondern auf der Suche nach einer neuen Spur oder beim Beschnüffeln einer alten. Ich ging in die Redaktion und rief die Kriminalinspektion in der Kreisstadt an. Sie hatten tatsächlich eine neue Presseerklärung parat, und der Beamte, der am Telefon saß, sagte noch gleich dazu, darüber hinaus sei am heutigen Sonntag nichts mehr zu erwarten. Es sei ja auch Wahlsonntag.

Ich ließ mir diese Information durchgeben, aber sie offenbarte mehr ungelöste Fragen als Antworten. Die Kernsätze lauteten, im Todesfall Keppler habe ein bestimmter Verdacht sich erhärtet, jedoch könne Näheres noch nicht mitgeteilt werden, um die Ermittlungen nicht zu gefährden. Und das war's.

Ich hatte die freie Auswahl. Hatte der Verdacht gegen

mich sich erhärtet? Oder der gegen Behringer, den Todesschützen mit der Zitterhand? Oder waren sie dahintergekommen, daß Keppler heimlich, aber gewohnheitsmäßig die Freundin von Max, eine üppige Filialleiterin von »Kloses Käseschachtel«, gebürstet hatte, wohinter wiederum Max gekommen war? Oder hatten sie Wallots Hinweis, Susanne sei eine Nymphomanin, die jedes Hemmnis ihres Triebes bedenkenlos aus dem Weg räume, überprüft und für wahr befunden?

Oder sollte am Ende doch der Schriftsteller selbst, der so gut wie jeden anderen in Verdacht gezogen hatte, der Dumme sein? Hatten sie weitere Indizien gegen ihn angehäuft, weiteres Material ausgegraben?

Eine fast schon vergilbte Polizeiakte über die Gewalttätigkeit, zu der er sich vor Jahren hatte hinreißen lassen: Er hatte einen Redakteur, der ihm mit einer höhnischen Bemerkung ein Manuskript zurückgab, so heftig geohrfeigt, daß der Kritiker vom Stuhl gefallen war. Oder Ruth, die Studienassessorin: Er hatte nicht nur mir, sondern auch ihr gesagt, daß den Einbruch ganz gewiß Keppler angestiftet habe und daß Keppler ihm dafür büßen werde. Und auch sie hatte ihn verpetzt.

Vielleicht zog sich die Schlinge um Wallot zusammen. Ich sah ihn vor mir, wie er jetzt in seinem Hotelzimmer saß und auf die Zeitungen starrte, in denen er nichts mehr fand, was er hätte lesen mögen, und wie er ans Fenster ging und die Gardine anhob und hinabsah auf die Straße vor dem Hotel, aber auch auf der Straße gab es nichts zu sehen, was ihn interessiert hätte.

Bei einem solchen Blick auf die Straße hatte ich ihn

schon einmal beobachtet, nach dem Überfall im Stadtpark, am Donnerstag morgen, als ich ihn auf seinem Zimmer besuchte und sein Auge noch verfärbt war und er noch die beiden Pflaster im Gesicht trug. Aber als er sich an diesem Morgen vor zwei Tagen zu mir zurückwandte, hatte er noch gesagt, es sei nicht seine Art, zu kneifen, und er hatte gesagt, daß Keppler ebendas zu spüren bekommen werde.

Von der Kampfeslust war nichts übriggeblieben. Vielleicht täuschte ich mich ja, aber mir schien alles darauf hinzudeuten, daß Angst ihn lähmte, die existentielle Angst vor einem Schicksal, das man nicht aufhalten und nicht abwenden kann.

Es war ihm gelungen, diese Angst immer wieder zu verdrängen und sich unverändert so zu gerieren wie Carl Wallot, der namhafte Autor. Aber die Angst hatte ihn auch immer wieder eingeholt, und am Ende, in der Minute, in der ich mich verabschiedete und in der ihm klar wurde, daß er im Handumdrehen wieder allein sein würde in diesem Hotelzimmer, in dem kein Laut zu hören war, keine Menschenseele ihm beistand, in ebendiesem Augenblick schlug die Angst wie eine riesige Woge über ihm zusammen und nahm ihm die Luft und erstickte seine Stimme und ließ seine Unterlippe zittern.

Der Kerl war ein Feigling. Er war ein großmäuliger Feigling, der geglaubt hatte, er könne seine Mitmenschen täuschen und sich über sie erheben. Er war ein Blender.

Ich griff zum Telefon und wollte Dirks Nummer zu Hause wählen. Aber ich legte den Hörer wieder auf.

Gesetzt den Fall, die Geschichte, die Wallot der Polizei und ja auch mir erzählt hatte, stimmte. Und gesetzt den

Fall, ich hätte sie so wie er erlebt und ich hätte dieselben Dummheiten gemacht wie er, und wieso denn auch nicht, selbstverständlich wäre auch ich, wenn ich diesen Schuß gehört hätte, über den Zaun gestiegen, und womöglich hätte auch ich die Pistole aufgehoben und dann erst begriffen, daß das gefährlich war, und ich hätte die Pistole abgewischt, was denn sonst!

Und wenn Max mir daraufhin seinen Killerschlag verpaßt hätte, wäre ich genauso k. o. gegangen wie Wallot, und von da an hätte ich ebensowenig eine Chance gehabt wie er. Nun gut, ich hätte vermutlich einen Anwalt bekommen, Verhülsdonk hätte seinen Freund Erwin, den Doktor iuris utriusque Erwin Neizert, mobil gemacht, welcher allerdings seine Praxis wegen gewisser Altersleiden, darunter einer lästigen Inkontinenz, schon im vergangenen Jahr verkauft hatte, und ob der eine größere Hilfe gewesen wäre als Wallots weibstoller Dr. von der Heydt, schien mir doch fraglich.

Und wie hätte ich selbst mich gehalten? Was für eine Figur hätte denn ich abgegeben, in diesem tristen Hinterzimmer mit den vergitterten Fenstern, bei diesem Verhör, das der Hauptkommissar Ferber eine zwanglose Unterhaltung nannte, ich anstelle von Wallot Auge in Auge mit diesem so jovial tuenden Ermittler und seinem ganz unverhohlen giftigen, gefährlichen Kollegen, dem Kommissar Giess? Und wie hätte ich mich hernach gehalten, wenn ich mich eingesperrt gefunden hätte und bewacht von dem unscheinbaren Koschorreck, der unter den Augen seiner Kollegen unversehens irrationale, ganz unkalkulierbare Kräfte zu entwickeln schien?

Ja. Ich hätte wohl einige Federn gelassen.

Was aber hielt ich nun von Carl Wallot? Der Kerl war ein Feigling, fertig.

Bravo! Mit dergleichen Sprüchen ließ sich ein Mensch so ganz und gar, so hoffnungslos diskreditieren. Er war erledigt damit, auf Wiedersehen. Nein, eben nicht auf Wiedersehen. Sondern leb wohl. Oder noch besser: Geh zum Teufel, Scheißkerl!

Dirk meldete sich zu Hause, aber er sagte, er habe leider keine Minute mehr Zeit. Ferber und Giess hätten ihm freigegeben, und sobald er das Biggi am Telefon gesagt habe, sei sie unruhig geworden. Sie habe aufgelegt, und dann habe sie nach zehn Minuten wieder angerufen und gesagt, er solle doch mal in die Zeitung von gestern gucken, da stünden eine ganze Reihe schöner Sachen drin, die sie sehr interessieren würden, und sie habe keine Lust, den Sonntag schon wieder zu Hause abzusitzen.

Nun ja, und jetzt müsse er also mit ihr zum Pferderennen in die Großstadt fahren, wie sie ausgerechnet darauf verfallen sei, wisse er nicht, aber ich kennte ja Biggi. Er werde nach der Rückkehr die Kommissare anrufen und fragen, ob es etwas Neues gebe, und wenn es was Neues gebe, werde er mir Bescheid sagen,

Ich machte mich an die vier Blatt für die Überregionale, es wurden viereinhalb, und als ich sie fertig hatte, schickte ich sie der Kollegin per E-Mail, und ich hängte auch noch vier Fotos von Peter Laux an, der damit nicht nur einverstanden war, sondern sich bei mir schon im voraus bedankte, und als das geschafft war, schrieb ich für unseren Lokalteil im *Tageblatt* noch einen Bericht über das, was die Ermittlungen im Fall Keppler bisher erbracht oder eher nicht erbracht hatten, und schließlich eine Zusammenfassung für die erste Seite des *Tageblatts*.

Kurz nach halb vier war ich fertig. Ich rief bei Susanne an, Dagmar meldete sich. Sie sagte, Susanne habe sich einen Augenblick aufs Sofa gelegt, aber es wäre wahrscheinlich gut, wenn ich mal vorbeikäme. Und sie selbst könne auch eine Pause gebrauchen, sie müsse mal raus aus diesem verdammten Bau, manchmal glaube sie tatsächlich, der Mief von Kepplers Zigarren komme aus dem Arbeitszimmer gekrochen und breite sich langsam, aber sicher bis in den letzten Winkel aus.

Ich übergab Marco, der zum Sonntagsdienst ausnahmsweise ohne Klein Gretchen erschienen war, und der emsigen Luise Henn, die schon einen großen Teil des Kleckerkrams vom Wochenende verwurstet hatte, die Geschäfte, sagte den beiden, zu den Hochrechnungen sei ich früh genug zurück, und stieg aufs Fahrrad. Verhülsdonk hatte sich für halb sechs angesagt, er wollte wie üblich zur Wahl einen Kurzkommentar schreiben, den er der Redaktion des *Tageblatts* als Lokalspitze verkauft, in dem er aber ebenso regelmäßig seinem ungestillten Verlangen, die große Politik zu analysieren, ein wenig Auslauf gewährt.

Dagmar öffnete mir die Tür. Sie war schon im Mantel. Sie sagte, Susanne wisse Bescheid, und dann fragte sie, ob es mir recht sei, wenn sie sofort gehe. Ich sagte, natürlich sei mir das recht, ich hätte gut anderthalb Stunden Zeit. Sie nickte, sagte »Danke« und ging. Anscheinend hatte auch sie mittlerweile eine etwas zu große Dosis Streß abbekommen.

52

Ich schloß die Haustür hinter Dagmar. Im Durchgang zu Kepplers Arbeitszimmer erschien Max, der mich schweigend ansah. Ich gab den Blick zurück und stieg die Treppe hinauf. Ob Susanne wußte, daß der Schläger sich im Arbeitszimmer aufhielt, und ob sie auch wußte, was er dort trieb? Dem Burschen war doch nicht zu trauen.

Ich klopfte an Susannes Tür. Susanne rief: »Komm rein!« Ich öffnete die Tür, trat ein. Sie saß an dem Ausziehtisch, der vor den Fenstern steht und an dem sie manchmal, wie in der alten Zeit, ein paar Bücher ausbreitet, die sie parallel benutzt. Diesmal lagen keine Bücher auf dem Tisch. Sie hatte den Plan des Scrabble-Spiels aufgeschlagen, darauf lag das Leinensäckchen mit den Buchstaben, und daneben standen eine Platte mit belegten Broten, ein Pack Servietten, zwei Teller mit Bestecken und zwei Flaschen Bier.

Ich küßte sie auf die Wange. Sie faßte mich am Kinn und gab mir einen Kuß auf die Lippen. Ich roch ihr Parfum, ihre Haut, und eine heiße Welle lief mir durch den Bauch und durch die Brust.

Sie sagte: »Du hast doch bestimmt nicht zu Mittag gegessen. Dagmar hat die Schnittchen gemacht.« Sie lachte. »Aber nicht nur für dich, ein paar sind auch für mich!«

Wir zogen unsere Steine und fingen mit dem ersten Spiel an. Und dann griffen wir auch schon nach den Schnittchen, ich spießte eines mit der Gabel auf und streifte es mit dem Messer auf meinen Teller ab und wollte es mit Messer und Gabel essen, aber Susanne sagte: »Was machst du denn da für einen Quatsch, die Bestecke hat Dagmar dazugelegt, das hält uns doch viel zu lange auf! Außerdem ist das out.«

Also aßen wir die Schnittchen mit den Fingern, und jedesmal, wenn wir in eins hineingebissen und es auf dem Teller abgelegt hatten, putzten wir uns die Finger an den Servietten ab, damit die Buchstaben nicht fettig wurden.

Wir tranken das Bier auch aus der Flasche, aber diesmal zählte ich nicht »Eins – zwei – drei!«, und Susanne fragte nicht, ob wir denn nicht das Rülpsspiel spielen wollten. Ich fragte sie auch nicht, wie es ihr gehe, und sie verlor denn auch kein Wort darüber.

Wir machten drei oder vier Spiele, und wir hatten nur hin und wieder einen kleinen Disput über ein Wort, dessen Zulassung man hätte anzweifeln können, aber ich ließ »Bhavachakra« zu, nachdem sie erklärt hatte, das sei ein Symbol des Buddhismus, und ich sagte, es sei nicht nötig, daß sie es mir im Lexikon zeige, und sie gestattete mir umgekehrt die Verwendung des Verbums »arschficken«, wenn sie auch anmerkte, daß das Niveau unseres Spiels durch solche Entgleisungen nicht gerade gehoben würde.

Sie war dabei, ein langes Wort zu legen, als sie jäh in ein heftiges Schluchzen ausbrach, und dann warf sie die Arme nach vorn auf den Tisch und ließ den Kopf darauf fallen, der Scrabble-Plan verrutschte, und die ganzen Buchstaben gerieten durcheinander, ich war zu Tode erschreckt, und dann ging das Schluchzen in ein lautes Jammern über, sie jammerte in ihre Arme hinein: »Nein, nein, nein!« Es klang, als drücke man jemandem ein Kissen auf den Mund und er protestiere verzweifelt dagegen.

Ich sprang auf und trat neben sie und tätschelte ihr den

Rücken, ich wußte nicht, was ich anderes tun sollte. Nach einer Weile verstummte sie. Schließlich richtete sie sich auf. Ich zog meinen Stuhl heran und setzte mich neben sie. Sie wischte sich mit dem Handrücken die Tränen aus den Augen. Ich zog mein Taschentuch hervor und trocknete ihr die Augen und die Wangen.

Sie sah mich an, lächelte. »Entschuldige.«

»Du brauchst dich nicht zu entschuldigen.« Nach einer Pause sagte ich: »Ich wüßte nur gern, wie ich dir helfen kann.«

Sie schüttelte stumm den Kopf, mit einem Lächeln, das fast so aussah, als bedauere sie mich in meiner Hilflosigkeit. Dann legte sie ihren Kopf an meine Schulter, schloß die Augen. Und so blieben wir sitzen, ganz still und eine lange Zeit.

War es möglich, daß sie um Keppler trauerte? War es vorstellbar, daß diese Trauer sie von der einen zur anderen Sekunde so heftig überwältigte, so unwiderstehlich sich Bahn brach?

Nein, das war ganz unmöglich.

War es denn möglich, daß sie wegen irgendeines anderen Menschen so außer sich geraten würde?

Ich konnte es mir nicht vorstellen.

Trauer wegen Wallot? Liebeskummer? Ich mochte es nicht glauben. Aber ich überlegte, für den Fall, daß es dennoch so war, ob ich irgend etwas gegen diese bestürzende, ganz unverständliche Trauer tun könnte. Ob ich sie ihr vielleicht austreiben könnte, ja. Auf die Gefahr hin, daß ich sie einer Roßkur unterziehen müßte.

Ich überlegte, ob ich ihr erzählen sollte, was Wallot den

beiden Kriminalbeamten vorgeschwätzt hatte, über sie, Susanne, und ihre Nymphomanie. Nein, wenn schon, dann auch die volle Wahrheit und ungekürzt das, was er wortwörtlich gesagt hatte, nämlich über Frau Keppler und die Hummeln in ihrem Höschen. Ich überlegte, ob ich ihr offenbaren sollte, daß dieser Feigling, dieser beschissene Blender versucht hatte, sie ans Messer zu liefern, um seine eigene Haut zu retten.

Dagmar kam um halb sechs zurück. Als sie eintrat, saßen wir noch immer Seite an Seite an dem Ausziehtisch, die derangierte Scrabble-Partie vor uns. Susannes Kopf ruhte noch immer an meiner Schulter. Ich hatte eine Zeitlang geglaubt, sie sei in ein Schläfchen hinübergeglitten.

Zum Abschied drückte sie mich heftig an sich.

In der Redaktion war mittlerweile nicht nur Verhülsdonk eingetroffen, der nervös und mit erloschener Zigarre zwischen seinem Büro und dem Fernsehgerät in meinem Zimmer hin- und hertigerte, sondern auch Marcos Frau Gretchen mit Klein Gretchen. Es gab schon wieder Schnittchen, Groß Gretchen hatte eine Platte voll mitgebracht, wofür Verhülsdonk ihr einen Zwanziger in die Hand drückte, und Bier, das Marco in Verhülsdonks Auftrag am Kiosk geholt hatte.

Als die ersten Hochrechnungen kamen, begab Verhülsdonk sich aufs Drahtseil. Er schrieb seinen Kommentar auf den Verdacht hin, daß die Hochrechnungen halbwegs stimmten, und das Stück geriet ihm gar nicht übel, aber er änderte es im Lauf des Abends noch zweimal, und auch beim drittenmal konnte er sich nicht sicher sein, daß Rot-Grün es geschafft hatte. Ich fand es imponierend, wie er sich aus der Affäre zog, aber die Redaktion in der Kreisstadt begann zu maulen, ein Kollege namens Niersbach glaubte, er müsse mich anrufen und mir auf die Nerven gehen und fragen, wieso eine Lokalspitze am Wahlsonntag zweimal aktualisiert werden müsse.

Ich sagte Verhülsdonk nichts von dem Anruf, aber ich verzichtete auf die Beiträge, die ich selbst noch hatte liefern wollen; ich hatte geplant, die Merzthaler Parteigrößen anzurufen und Kurzinterviews mit ihnen zu machen, doch das hätte in der Zentrale das Faß wohl zum Überlaufen gebracht.

Schließlich waren die Schnittchen aufgegessen und das Bier getrunken, Klein Gretchen war auf Luise Henns Schoß eingeschlafen, und wir hatten gemeinsam den historischen Moment erlebt, in dem der schlohweiße Kanzlerkandidat die Bühne betrat, die Hände wie segnend hob und unter dem, wenn auch noch ein wenig bangen, Jubel seines Parteivolks ausrief: »Eins steht fest: Wir ha-bän die Wahl gewon-nän!«

Den später folgenden historischen Moment der Erkenntnis, daß der Kanzlerkandidat sich geirrt hatte, erlebten Marco und seine Familie nicht mehr mit uns. Gretchen hatte gesagt, das Kind müsse ins Bett, und so sahen nur Luise Henn und ich, wie unverschämt Verhülsdonk feixte, als das erste zuverlässige Wahlergebnis auf dem Bildschirm erschien.

Ich brachte Luise, die sich vor streunenden Nazilümmeln, Russen und Rumänen fürchtet, bis vor ihre Tür, bevor ich nach Hause ging. Noch eine Liebesgeschichte von Carver traute ich mir an diesem Abend nicht zu. Ich holte mir ein Bier aus dem Kühlschrank und trank es, während ich mich auszog, aber dann hatte ich auch die erforderliche Bettschwere. Ich schlief ohne Traum bis am anderen Morgen um Viertel vor acht.

Nach dem ersten Blick auf die Uhr stand ich auf, duschte, zog mich an und deckte meinen Frühstückstisch, dann fuhr ich mit dem Aufzug hinunter. Als ich die Zeitungen aus dem Briefkasten nahm, sah ich, daß auch der Briefträger schon dagewesen war. Ich blätterte die Post durch.

Zuunterst fand ich einen Brief von Kurt Keppler, in seiner ordentlichen Handschrift adressiert an mich.

53

Während ich in der Kabine des leise summenden Aufzugs wieder hinauffuhr, überlief mich ein Schauer. Ich hielt die Zeitungen unter dem linken Arm, die Post in der Rechten, Kepplers Brief obenauf, und ich fühlte mich versucht, den Brief zwischen die Zeitungen zu stecken, damit ich ihn nicht berühren mußte.

Es war völlig albern, aber mir kam ein Titel in den Sinn, mit dem man einen Kriminalreißer hätte anpreisen können: *Post aus dem Reich der Toten*. Ja, und auf dem Cover in Blau und Schwarz die leicht verweste Visage eines Zombies mit tief eingesunkenen Augen, der ein Briefkuvert anleckt.

Ich riß mich zusammen. Ich legte die Zeitungen auf den Frühstückstisch, die übrige Post daneben, und dann öffnete ich mit meinem Frühstücksmesser den Brief mit der Adresse »Herrn Redakteur Jörg Froberger«.

Der Umschlag enthielt einen anderen verschlossenen

und unfrankierten Brief mit der Anschrift »Frau Dr. Susanne Keppler«, auch diese Adresse in Kepplers Schrift, und dazu ein Blatt von Kepplers Briefpapier, handgeschöpft und mit dem Aufdruck seines Namens, ein Handschreiben, das Keppler an mich gerichtet hatte. Das Schreiben lautete:

»Lieber Jörg,
hier beigeschlossen findest Du einen Brief an Susanne. Mit der Bitte an Dich, ihn persönlich ihr zu überreichen, und zwar unter vier Augen. Es soll niemand von diesem Brief erfahren. Was Susanne dann damit macht, ist dann ihre Sache. Ich vertraue auf Deine Diskretion. Und ich bin sicher, daß Du dieses Vertrauen rechtfertigst. Du hast mich noch nie enttäuscht, das muß ich Dir bei dieser Gelegenheit mal sagen. Daß Du nicht Jura studieren wolltest, hat mich gefuchst. Aber jetzt verstehe ich es. Du bist sicher auch ein viel besserer Journalist als Jurist. Mach's weiter so gut, Jörg!

Kurt Keppler

Und bleib der anständige Kerl, der Du bist!«

Ich saß da und starrte auf den Brief, und auf einmal verschwammen Kepplers Schriftzüge vor meinem Blick. Ich zog mein Taschentuch und wischte mir die Augen trocken.

Der Brief trug das Datum vom vergangenen Freitag. Er war am Samstag in Merzthal abgestempelt worden. Es mußte einer von den Briefen gewesen sein, mit denen Max am Freitag nachmittag nach drei von Keppler zum Briefkasten vor dem Postamt geschickt worden war.

Auf Kirchhöfers Frage, an wen diese Briefe adressiert gewesen seien, hatte Max geantwortet, er habe nicht die Angewohnheit, die Post seines Chefs auszuspionieren. Aber in Wahrheit hatte er natürlich kontrolliert, welche Adressaten seinem Herrn so wichtig waren, daß er ihnen noch am Freitag nachmittag handgeschriebene Briefe sandte.

Vielleicht hatte Max sein Wissen zurückgehalten, weil er nach Kepplers Tod zunächst einmal abwarten wollte, wie die Lage sich entwickelte. Aber vergessen hatte er den Brief mit meiner Adresse gewiß nicht.

Ich schlang ein Brötchen hinunter, trank eine Tasse Kaffee, überflog unterdessen die Titelseiten der anderen Zeitungen, las Wort für Wort mein Feature für die Überregionale, sie hatten es tatsächlich auf die drei gestellt, als aufgesetzten Kasten, und darüber den Wahlkram. Ich las auch noch meine Nachricht fürs *Tageblatt* und meinen Bericht in unserem Lokalteil. Als ich den letzten Bissen geschluckt hatte, schaute ich auf die Uhr. Es war Viertel vor neun. Ich rief bei Susanne an. Dagmar meldete sich, aber sie war in Eile. Sie sagte, sie sei auf dem Sprung ins Büro.

Ich fragte, ob Susanne schon aufgestanden sei, und Dagmar sagte, ja, sie habe mit ihr gefrühstückt und jetzt habe sie sich mit ein paar Büchern in ihrem Zimmer niedergelassen. Ich sagte, ich müsse Susanne dringend sprechen und ich käme jetzt sofort raus und ob sie das bitte Susanne sagen könne und auch Max, bitte auch dem, damit der Blödmann sich nicht wieder bemüßigt fühle, sich als Zerberus aufzuspielen.

Dagmar lachte und sagte, sie werde es ausrichten.

Ich rief Verhülsdonk an und sagte ihm, ich käme womöglich etwas später in die Redaktion. Das Frühstücksgeschirr ließ ich stehen, nur die Butter und den Aufschnitt räumte ich in den Kühlschrank. Der Aufzug stand im Erdgeschoß, ich lief die Treppen hinunter, holte mein Fahrrad aus dem Keller und fuhr hinaus zu Kepplers Haus. Zu Susannes Haus, ja.

Sie saß, über ein Buch gebeugt, in der Morgensonne am Ausziehtisch, andere Bücher lagen ringsum auf dem Tisch. Sie wandte sich nicht zu mir um, als ich eintrat, sie hob, ohne ihre Augen von dem Buch zu lösen, einen Arm und streckte ihn halb nach hinten, bewegte wie winkend die Hand. Ich trat an sie heran, sie umschlang mit dem Arm meinen Hals, zog mich an sich und gab mir einen Kuß auf die Wange. Aber ihre Augen waren noch immer auf das Buch gerichtet.

Sie sagte: »Eine Sekunde, ich muß das gerade zu Ende lesen!«

Ich setzte mich auf den Stuhl über Eck, warf einen Blick auf die Bücher. Ich erkannte die Ausgewählten Schriften von Walter Benjamin und ein abgegriffenes Exemplar von Robbe-Grillets *Pour un Nouveau Roman*.

Dann hob sie den Blick, sah mich an, lächelte. »Entschuldige, aber ich hab mich gerade erst darangemacht. Und es macht einen Riesenspaß, weißt du.«

Ich nickte. Sie sagte: »Dagmar hat gesagt, du hättest was Dringendes?«

»Ja, ich denke schon. Ich hab was für dich.« Ich zog den Umschlag mit ihrem Namen aus der Brusttasche. »Ich weiß nicht, ob es etwas Gutes oder etwas Schlechtes ist. Aber ich muß es dir geben. Ich hoffe, es ist was Gutes.«

Ich gab ihr den Umschlag. Sie nahm ihn, blickte darauf, erkannte Kepplers Handschrift, erstarrte. Dann sah sie mich an. Sie fragte: »Wie kommst du daran?«

»Er hat es mir geschickt. Mit der Post. An meine Adresse zu Hause. Ich hab's heute morgen im Briefkasten gefunden.«

Sie sah wieder auf den Umschlag, wandte ihn um, warf einen Blick auf die andere Seite. Es sah fast so aus, als hätte sie Angst, den Umschlag zu öffnen.

Ich sagte: »Mir hat er auch einen Brief geschrieben. Eine Art Begleitschreiben zu dem Brief an dich.« Ich zog Kepplers Brief an mich aus der Tasche, faltete ihn halb auf. »Willst du ihn lesen?«

Sie nickte. Sie war anscheinend froh über den Aufschub, den sie auf diese Weise gewann. Ich schlug den Brief an mich auf und gab ihn ihr.

Sie las ihn, las ihn noch einmal, und dann nickte sie. Sie sagte: »Ich weiß nicht, ob du stolz darauf bist. Aber du könntest sehr stolz darauf sein.«

Ich nickte, steckte den Brief ein. Sie sah wieder auf den an sie gerichteten Brief. Plötzlich griff sie nach einem Kugelschreiber, schob ihn in den Umschlag und schlitzte ihn auf. Während sie den Brief herauszog, stand ich auf. Ich sagte: »Susanne, ich werd jetzt mal gehen. Es wird so langsam auch Zeit für mich.«

»Nein, bitte bleib!« Sie griff nach meiner Hand. »Ein bißchen kannst du doch noch bleiben, oder?«

Ich zögerte, aber dann nickte ich. Ich setzte mich wieder. Sie ließ meine Hand nicht los, legte sie in ihrer Hand auf den Tisch, breitete ihre Hand darüber aus und hielt sie fest. Kepplers Brief faltete sie mit der anderen Hand auf, es waren mehrere Blätter, sie legte sie vor sich auf den Tisch, glättete sie und beugte sich darüber.

Ich wollte sie beim Lesen nicht beobachten, aber irgendwann richtete ich dann doch den Blick auf sie. Ich sah, wie zwei dicke, große Tränen ihr die Wangen hinabrannen. Ihre Mundwinkel hatten sich nach unten gezogen, ihre geöffneten Lippen zitterten, während ihre Augen noch über die Zeilen wanderten.

Ich wandte den Blick von ihr ab. Eine heiße, schmerzliche Welle durchfuhr mich. Ich litt an meinem Erbarmen, ich wollte ihr helfen, aber ich wußte nicht, wie.

Als ich hörte, daß sie tief einatmete, sah ich sie wieder an. Sie hatte sich aufgerichtet, aber sie schaute noch immer auf den Brief. Aus den beiden dicken Tränen waren zwei glitzernde Spuren geworden, immer neue Tränen strömten über ihre Wangen.

Ich zog meine Hand sachte unter ihrer Hand hervor, legte sie auf ihre Hand und tätschelte sie ein wenig. Sie sah mich an. Dann nahm sie Kepplers Brief und hielt ihn mir entgegen.

Ich schüttelte den Kopf. Ich sagte: »Susanne… Ich glaube aber nicht, daß ich das lesen sollte. Ich glaube nicht, daß es ihm recht wäre.«

Sie sagte: »Lies ihn.« Sie schob ihre Hand mit dem Brief noch ein wenig näher an mich heran. »Er hätte nichts dagegen.«

Ich nahm den Brief, warf einen Blick darauf, sah sie wieder an. Sie nickte bekräftigend. Ich begann den Brief zu lesen. Er lautete:

»Liebe Suse,
es tut mir sehr leid, daß es so enden muß. Ich hab das alles nicht gewollt. Aber ich bin trotzdem schuld daran. Auch ich bin schuld daran.

Ich habe mir zu viel zugetraut. Und Dich habe ich auch überfordert. Das tut mir leid. Ich habe gedacht, das geht gut mit uns beiden. Hab gedacht, die sechsunddreißig Jahre, die zwischen uns liegen, daß sie sich überwinden lassen. Habe auch gedacht, daß diese Ehe uns *beiden* guttut. Mir und auch Dir.

Aber es ist schlimm, daß Du Dich mit diesem Mann eingelassen hast. Mich betrogen hast. Du hast mir damit sehr weh getan. Verstehst Du das? Es tut mir zu weh. Ich halte das nicht aus. Ich weiß wohl, daß dieser Mann fast dreißig Jahre jünger ist als ich. Und er sieht ja auch ziemlich gut aus. Will damit nicht sagen, daß Du auf einen Mann fliegst, bloß weil er gut aussieht.

Aber ich weiß auch, daß der Mann berühmt ist und viele Bücher geschrieben hat. Und ich weiß ja auch, wie gern Du Bücher liest. Vielleicht hätte ich auch schon mal ein Buch lesen sollen. Das war meine Schuld.

Also, wie gesagt: Ich kann manches verstehen. Und es war ja auch meine Schuld. Aber ich halte das nicht aus. Es tut zu weh, daß Du einen anderen Mann liebst.

Wenn ich diesen Brief geschrieben habe und alle aus dem Haus sind, werde ich mich mit meiner Smith & Wesson erschießen. Ich will aber den Brief nicht hier liegenlassen, deshalb schicke ich ihn durch Jörg an Dich. Denn sonst würde vielleicht die Polizei ihn hier finden, und das geht sie nichts an, was hier geschrieben steht.

Wenn du es ihnen zeigen willst, ist das eine andere Sache. Aber ich hoffe, Kirchhöfer hat genug Verstand, um auch ohne den Brief festzustellen, daß ich Selbstmord begangen habe. Du kannst ihm ja sagen, ich hätte Depressionen gehabt.

Wegen des Testaments mußt Du Dich an Dr. Eifler wenden. Du erbst alles, trotz dieser schlimmen Geschichte. Außer was ich für gemeinnützige Zwecke vorgesehen habe. Aber es bleibt eine Menge übrig. Ein paar Legate gehen auch noch ab. Aber mit denen bist Du bestimmt einverstanden.

Liebe Susanne, ich habe Dir für manches zu danken. Wir haben ja auch sehr gute Zeiten miteinander gehabt. Für mich waren sie jedenfalls sehr gut. Es tut mir wirklich sehr leid, daß es so zu Ende gehen muß.

Dein Kurt Keppler«

Sie hatte, während ich las, die Arme auf den Tisch gelegt und den Kopf in die Arme gebettet. Sie jammerte nicht, wie gestern nachmittag, aber ich sah, daß ihre Schultern anhaltend zitterten und zuckten. Und als ich den Brief ablegte, gab sie unversehens einen gräßlichen Laut von sich, sie zog die Luft ein, als hätte sie den Atem zu lange angehalten, es war ein einziges durchgehendes, abgrundtiefes Schluchzen, aber es fuhr mir durch Mark und Bein.

Ich tätschelte ihre Hand, streichelte ihr über den Rükken, die Haare. Nach einer Weile beruhigten sich ihre Schultern allmählich. Schließlich richtete sie sich auf. Ihre Augen schwammen in Tränen, ihre Wangen waren naß.

Sie lächelte mich an, ein wenig unsicher, wie mir schien.

Ich gab ihr mein Taschentuch, sie trocknete ihr Gesicht. Sie behielt das Taschentuch in der Hand, knüllte es zusammen, starrte darauf, dann breitete sie es aus und versuchte, es wieder in die Falten zu legen.

Ich sagte: »Du mußt diesen Brief der Polizei zeigen.«

Sie hob die Augen, sah mich ungläubig an. Vielleicht war es auch Entsetzen, was in diesem Blick zu lesen stand. Ich sagte: »Es hat ja nicht funktioniert, was er sich ausgerechnet hatte. Sie glauben nicht, daß es ein Selbstmord war. Sie suchen nach einem Mörder, und dabei verdächtigen sie sogar eine ganze Reihe von Leuten. Sie stellen ihnen nach.« Ich warf einen Blick hinaus auf den Wald. Dann sah ich sie wieder an. »Nicht zuletzt dich.«

Sie sagte: »Ja. Und dich auch.«

»Das wäre nicht so wichtig. Ich glaube nicht, daß ein Staatsanwalt mich anklagen würde.« Ich deutete auf den Brief. »Aber was du da hast, das ist Beweismaterial. Entscheidendes Beweismaterial. Und wenn du das unterschlägst, und sie kommen dahinter, dann werden sie dir auf jeden Fall den Prozeß machen.«

Sie schaute auf den Brief, aber sie gab keine Antwort.

Ich sagte: »Du brauchst dir keine Sorgen zu machen. Die Kriminalpolizei wird nicht herauslassen, warum Keppler sich umgebracht hat. Du kannst sie darum bitten, und sie werden sich daran halten, da bin ich sicher. Sie werden sagen, er habe sich aus Gründen, die nicht näher bekannt seien, erschossen.« Ich zuckte die Schultern. »Oder sie werden sogar die Erklärung benutzen, die er selbst ja vorgeschlagen hat. Sie werden sagen, er habe an Depressionen gelitten.«

Nach einer kleinen Pause sagte ich: »Und das wäre ja nicht einmal falsch.«

Sie sah mich an. Dann nickte sie. Nach einer Weile sagte sie: »Ich möchte aber vorher mit einem Anwalt sprechen.«

»Willst du Eifler fragen?«

Sie schüttelte den Kopf. »Nein. Der hat zu lange mit Keppler zusammengearbeitet. Sie waren ja sogar befreundet. Nein.« Sie rieb sich die Stirn. »Ich werde einen Anwalt fragen, den Dagmar mir empfohlen hat. Renzel, er sitzt in der Kreisstadt, in einer Praxis mit mehreren anderen. Ein Strafverteidiger. Ich hätte ihn sowieso gefragt, wie ich mich gegenüber diesen Polizisten verhalten soll.«

Ich nickte. »Aber warte nicht zu lange damit.« Ich stand auf. Sie fragte: »Mußt du schon gehen?«

»Ja. Ich muß in die Redaktion.« Ich zuckte die Schultern, lächelte. »Es ist ja ein ganz gewöhnlicher Montag. Nein, so gewöhnlich nun auch wieder nicht, fällt mir gerade ein. Wir haben ja gestern eine Bundestagswahl gehabt.«

Sie nickte. Dann fragte sie: »Wann kommst du wieder?«

Ich sagte: »Ich muß mal sehen.«

Sie nickte. Ich gab ihr einen Kuß auf die Wange. Sie sagte: »Du bist mir jederzeit willkommen, das weißt du doch?«

Ich sagte: »Ja. Natürlich.«

54

Ich war noch nicht soweit, zu meiner Arbeit zurückzukehren. Ich fuhr an der Einmündung der Friedrichstraße vorbei und folgte dem Weg am Waldrand entlang. Nach hundert Metern sah ich den entwurzelten Baum, der noch immer zwischen den benachbarten Bäumen liegt, die ihn aufgefangen haben. Eine Sturmbö hat ihn bei dem Unwetter im vergangenen Juli ausgehebelt. Ich legte mein Fahrrad daneben in das hohe Gras und ließ mich auf dem Baumstamm nieder.

Gegenüber, auf der anderen Seite des Weges, liegt hinter einer dichten Hecke der Garten eines Einfamilienhauses. Ich hörte Kinder durcheinanderschreien und lachen. Dann rief eine Männerstimme, die eines alten Mannes, wie es schien, sie klang ein wenig angestrengt: »Ruhe jetzt dahinten! Ihr sollt doch nicht so einen Lärm machen!« Der alte Mann hustete. Die Kinder verstummten, aber ich konnte hören, daß sie unterdrückt kicherten.

Das Rätsel war gelöst, nicht wahr? Keppler war nicht von einem kaltblütigen Mörder erschossen worden. Er war auch nicht dem komplizierten Unfall zum Opfer gefallen, von dem Herr Ahdab die Polizisten hatte überzeugen wollen. Vielmehr hatte er sich selbst umgebracht, ganz einfach.

So hatte er es jedenfalls in seinem Abschiedsbrief an Susanne angekündigt. Und an dessen Wahrheitsgehalt war nun wirklich kein Zweifel mehr möglich.

Wirklich nicht?

Ich wurde das nagende Gefühl nicht los, daß ich die Wahrheit, die ganze, unverkürzte und unverfälschte Wahrheit, selbst durch diesen Brief nicht erfahren hatte.

Ich wußte mir Kepplers Reaktion, seine Entscheidung für den Selbstmord, nicht zu erklären. Sie paßte nicht zu dem Bild, das ich mir in den vielen Jahren unseres Umgangs miteinander von ihm gemacht hatte. Er war doch ein Machtmensch gewesen, ganz offenkundig. Er hatte es nie hingenommen, daß man ihm widersprach, und wer sich ihm zu widersetzen wagte, den hatte er niedergewalzt.

Ich hätte es verstanden, wenn er Susanne, sobald er ihr auf die Schliche gekommen war, aus dem Haus geworfen hätte.

In seinem Abschiedsbrief hatte er ihr doch auch einen schweren Vorwurf gemacht. Er hatte, obwohl er einen Teil der Schuld an der Katastrophe zu übernehmen erklärte, keinen Zweifel daran gelassen, daß der ausschlaggebende Schritt von ihr getan worden war, als sie ihn mit Wallot betrog. Für einen sensiblen Menschen wie Susanne stand in dem Brief klar zu lesen, daß sie Kurt Keppler in den Tod getrieben hatte.

Und doch hatte er sie nicht einmal enterbt, »trotz dieser schlimmen Geschichte«. Er hatte vielmehr alles getan, um ihren Fehltritt nicht einmal bekannt werden zu lassen. Wie sollte man das verstehen?

Während ich darüber nachdachte, fiel mir der andere Brief ein, der – wenn auch verhüllte – Abschiedsbrief, den Keppler ja auch an mich geschrieben hatte. Mein gestrenger Pate hatte mich darin in einem Maße herausgestrichen und gelobt und mir seinen Respekt bekundet, wie es nie zuvor geschehen war. Auch dieser Brief war mit meinem Bild von Kurt Keppler nicht vereinbar. Und doch hatte ich ihn nicht angezweifelt, sondern Tränen darüber vergossen.

Ja, das hatte ich, und ich wußte auch, warum: Ich war ganz sicher, daß Keppler mir zum Abschied eine Seite seines Wesens offenbart hatte, die er bis dahin sorgfältig, vielleicht auch ängstlich verborgen hatte. Es lag ihm etwas an anderen Menschen, nicht an jedem, aber zum Beispiel an mir. Es mochte übertrieben klingen, aber ich war mir plötzlich sicher, daß er mich in sein Herz geschlossen hatte.

War es nicht um so wahrscheinlicher, daß er auch Susanne, und vor allem sie, obwohl er sie schikanierte und zu unterjochen versuchte und bespitzeln ließ, in sein Herz geschlossen hatte? Daß sie ihm weit mehr bedeutete als die junge, schöne Frau, die zu seinen Besitztümern gehörte und mit der er sich schmücken konnte?

Ja, daß er sie sogar liebte, aus ganzem Herzen liebte, so abwegig es auch erscheinen mochte, einen Mann wie Keppler eines solchen Gefühls für fähig zu halten?

Ich erinnerte mich an meinen jüngsten Besuch bei Wallot, gestern morgen im Waldhotel, nachdem bei der Befragung durch Ferber und Giess seine großspurige Fassade in Stücke gegangen war, so gründlich, daß am Ende nur noch der miese Charakter dahinter zu sehen blieb. Ein Feigling, ein Scheißkerl, nicht wahr? Bis mir dann unversehens die Frage aufstieß, wie ich mich selbst denn wohl in seiner Lage, im Würgegriff dieses unbarmherzigen Verhörs gehalten hätte. Wie konnte ich denn Wallot aburteilen?

Und was wußte ich von Keppler? Was hatte ich denn von ihm erfahren, bevor er seine Abschiedsbriefe schrieb und sich in die Stirn schoß? Ein Machtmensch, ja, ja, ein skrupelloser Geschäftemacher. Ein Sklaventreiber.

Selbst wenn es so einfach gewesen wäre: Hätte nicht das, was Herr Simonis über Susanne zu berichten wußte, ihm durchaus den Todesstoß versetzen können? Der Machtmensch war ausgerechnet im heikelsten, im wichtigsten aller Wettbewerbe geschlagen und gedemütigt worden, in der Liebe, er hatte als Ehemann den kürzeren gezogen. Ein hergelaufener Großkotz hatte ihm die Frau ausgespannt. Seine junge Ehefrau hatte ihm Hörner aufgesetzt. Und damit sollte er sich von nun an vor seinen Untertanen zeigen?

Aber vielleicht war es noch ganz anders gewesen, noch viel verschlungener, als es sich mit dem Klischee vom Machtmenschen ausdrücken ließ: Vielleicht war all seine Macht ihm nichts mehr wert gewesen, nachdem diese Frau, die er liebte, ihn betrogen hatte. Er hätte sie aus dem Haus werfen können, ja, natürlich, aber ebendas hatte er nicht übers Herz gebracht. Er wußte, daß es seine Qual nur noch vergrößert hätte.

Er war so tief getroffen, daß er nicht mehr weiterleben mochte, weiterleben konnte.

Ich erhob mich von dem Baumstamm, klopfte mir die Hose ab. Nein, er gab keine Rätsel auf, Kepplers Abschiedsbrief an Susanne, nein, nein! Kepplers Entscheidung, seinem Leben ein Ende zu setzen, war keineswegs mysteriös. Der Grund dafür war offenkundig, er hatte ihn in seinem Brief genannt.

Wirklich? Ich starrte eine Weile in den Wald hinein. Dann ließ ich mich wieder auf dem Baumstamm nieder.

Mir war Herrn Ahdabs angestrengter Versuch eingefallen, den Polizisten klarzumachen, daß Keppler einem Unfall zum Opfer gefallen sein könnte: Er habe seine Waffe inspizieren, vielleicht auch reinigen wollen, und dabei habe sich ein Schuß gelöst und ihn fatalerweise mitten in die Stirn getroffen – »Solche Unfälle gibt es mehr, als man glauben möchte«, nicht wahr?

Der Mann war eigentlich zu klug, um den Polizisten im Ernst eine solch abenteuerliche Theorie anzudienen. Hatte er sie nur ein wenig ablenken, ein wenig Verwirrung stiften wollen?

Ablenken? Von was? Von wem?

Von sich selbst natürlich.

Ja. Vielleicht war Herr Ahdab wieder einmal nach Merzthal gekommen, um ein neues Geschäft mit Keppler unter Dach und Fach zu bringen. Der Bedarf nach *dual use products* war im Nahen Osten, sogar in aller Welt, ja eher gewachsen. Vielleicht hatte Herr Ahdab durch seinen V-Mann in Merzthal, den Dr. Hans-Ulrich Behringer, erfahren, daß die Wirtschaftsflaute auch der *Fabrik für Apparatebau* zusetzte und daß die Gelegenheit günstig war, einen größeren Auftrag bei Keppler unterzubringen.

Auch ich hätte vordem ja gewettet, daß Keppler darauf brannte, die bis zu Wallots Erscheinen schwerste Schlappe in seinem Leben wettzumachen, die Schlappe, bei einem lohnenden, aber illegalen Geschäft erwischt und dafür in den Knast geschickt worden zu sein. Aber vielleicht hatte ich geirrt. Vielleicht hatte er dieses Kapitel ein für allemal abgeschlossen.

Es war doch möglich, daß er nicht noch einmal seine Kräfte mit der Polizei messen wollte und mit dem Verfassungsschutz und dem Bundesnachrichtendienst und dem Zollkriminalamt und mit den Staatsanwälten und den Richtern und am Ende auch noch mit dem Kalfaktor und dem anderen Gesindel im Knast. Er bedurfte solcher Kraftproben nicht mehr.

Also hatte er Herrn Ahdab einen Korb gegeben. Aber

Herr Ahdab hatte insistiert, er hatte versucht, diesen störrischen Lieferanten unter Druck zu setzen, mit dem Hinweis zum Beispiel, seine Auftraggeber könnten im Handumdrehen dafür sorgen, daß Herrn Keppler einige seiner Aufträge entzogen würden, auch der legalen Aufträge, versteht sich. Und Kurt Keppler war sehr zornig geworden, er hatte umgekehrt Herrn Ahdab mit dem Hinweis gedroht, daß er, wenn der Bundesnachrichtendienst erführe, zu welchen Zwecken ein gewisser Ingenieur aus Beirut in Europa herumreise, sehr schnell hinter Gittern landen könne.

Herrn Ahdabs Auftraggeber hatten ein solches Verhalten ihres ehemaligen Geschäftspartners in Merzthal nicht hinnehmen mögen, und sie hatten ihren Emissär beauftragt, den unproduktiv und nun auch noch riskant gewordenen Kontakt so schnell wie möglich und zugleich gründlich zu beenden. Und so hatte Herr Ahdab dafür gesorgt, daß Kurt Keppler keine Gelegenheit mehr hatte, sich um den Bundesnachrichtendienst und ums Vaterland verdient zu machen.

Natürlich hatte Herr Ahdab nicht eigenhändig die Smith & Wesson abgefeuert. Zwar hätte Behringer ihm sagen können, wo die Pistole lag, aber wie hätte Herr Ahdab unbemerkt in das Haus hineinkommen und wieder herauskommen sollen? Nein, er hatte den Mord von einem Beauftragten erledigen lassen.

Von Behringer? Wohl kaum. Die Zitterhand war nicht zuverlässig genug. Außerdem hätte Susanne dabei nicht mitgespielt.

Aber Max. Natürlich. Max mußte seinen Dienstherrn, diesen Despoten, der ihn Tag und Nacht herumschubste, leid gewesen sein bis obenhin. Und Max war mit Sicherheit sehr empfänglich gewesen für das vermutlich fette Honorar, das Herr Ahdab für die Tat ausgeworfen hatte. Der Leibwächter hatte sich Keppler auch ohne Schwierigkeiten nähern und mit einem schnellen Griff die Pistole aus der Schreibtischlade nehmen und den Schuß placieren können, den »relativen Nahschuß«, wie Dirk gesagt hatte, eine Kleinigkeit für einen routinierten Schützen und Nahkämpfer.

Ja. Alles ganz einfach.

Nur... Leider. Es war nicht zu übersehen. Es gab da noch ein kleines Problem mehr. Eine Art Schönheitsfehler dieser Theorie: Angenommen, sie träfe zu – warum hatte Keppler dann diesen Abschiedsbrief geschrieben, in dem er angekündigt hatte, er selbst werde sich mit seiner Smith & Wesson erschießen?

Zweifellos eine kritische Frage. Aber auch sie mußte sich beantworten lassen, selbstverständlich. Etwa so: Keppler hatte geahnt, nein, er hatte gewußt, daß seine Weigerung, Ahdabs Auftrag anzunehmen, und nicht zuletzt die Drohung, zu der er sich hatte hinreißen lassen, böse Folgen haben würde. Aber er hatte denjenigen, die seinen Tod und dessen Ursachen untersuchen würden, nicht eingestehen –

Halt. Nein, das war Unsinn. Das wäre keine plausible Erklärung dieses Abschiedsbriefs. Es wäre an den Haaren herbeigezogen. Einen Augenblick...

Ja, aber so, so ginge es! So machte es Sinn: Keppler wußte, was ihm bevorstand, nachdem er Ahdab so massiv vor den Kopf gestoßen hatte. Und er wollte auch in diesem Fall das Gesetz des Handelns nicht aus der Hand geben. Also entschloß er sich zum Selbstmord.

Allerdings wollte er den wahren Grund dieses Endes – daß er abermals unterlegen war, auf seinem ureigenen Feld, einem Geschäftspartner unterlegen, dessen Gefährlichkeit er weit unterschätzt hatte –, den wahren Grund wollte er auch in diesem Fall niemandem eingestehen. Und so schrieb er den Abschiedsbrief an Susanne, ein Dokument seiner Selbstgerechtigkeit, in dem er die Verstrickung durch Ahdab mit keinem Wort erwähnte, wohl aber die Verantwortung für seinen, Kepplers Tod, auf Susanne abwälzte.

Das paßte zum Machtmenschen, nicht wahr? Es erklärte das, was mich an diesem Brief irritiert hatte. Es löste das Rätsel. Oder etwa nicht?

Ich erhob mich von dem Baumstamm, stand da mit gesenktem Kopf. Unvermittelt trat ich so heftig gegen den Stamm, daß mich der Fuß schmerzte.

Und was zum Teufel sollte den Machtmenschen dann davon abgehalten haben, Susanne zu enterben und sie auch in aller Öffentlichkeit zu verurteilen?

Ich hob mein Fahrrad auf, hinkte ein paar Schritte daneben her, stieg dann auf, fuhr zurück zur Friedrichstraße und folgte ihr in die Innenstadt. Ich fuhr über die Friedrichstraße, ohne das Haus, in dem Heinz-Günther gewohnt hat, oder das gegenüber, in dem die dicke Lina noch immer wohnt, auch nur wahrzunehmen.

Dummes Zeug, lauter dummes Zeug, was ich mir über Kepplers Abschiedsbrief zusammenphantasiert hatte. Sie waren völlig belanglos, alle diese Überlegungen. Was zählte, war einzig und allein die Tatsache, daß Keppler tot war. Und das bedeutete: Es stand niemand mehr zwischen Susanne und mir.

Niemand? Wallot, ja. Vielleicht gab es da noch Wallot. Aber den würde ich aus dem Weg räumen können. Wenn Susanne erfuhr, was er der Polizei über sie erzählt hatte, dann war auch Wallot für sie gestorben.

Sie hatte mir zum Abschied gesagt, ich wisse doch, daß ich ihr jederzeit willkommen sei. Sie hatte in der Not nach meiner Hand gegriffen und sie festgehalten, sie hatte sich an die Hand geklammert wie an einen rettenden Anker. Und sie hatte mir Kepplers Brief zu lesen gegeben. Sie vertraute mir.

Sie liebte mich, ja.

55

Kurz nach halb zwölf rief Elfi Neuhaus mich an. Sie fragte, ob ich wüßte, daß mein Freund abreise.

Ich fragte: »Wer? Doch nicht etwa Carl Wallot?«

Sie sagte, doch, genau der. Sie könne nicht lange sprechen, aber vor zehn Minuten sei der Kommissar Giess, der schon früh mit dem Kommissar Ferber das Hotel verlassen habe, zurückgekommen und habe sie gefragt, ob Herr Wallot auf seinem Zimmer sei, und dann sei er zu Wallot hochgefahren, aber schon sehr bald wieder heruntergekommen und wieder hinausgegangen, und fast gleichzeitig habe Herr Wallot angerufen und gesagt, sie solle seine Rechnung fertig machen.

Elfi sagte: »Ich muß Schluß machen!« Ich sagte: »Ich danke dir!«, und sie legte auf.

Es machte mir Mühe, diese Nachricht zu verdauen. Ich

hatte erwartet, daß Susanne den Besuch oder den Anruf bei der Polizei so lange wie möglich hinauszögern, daß sie vielleicht sogar den Anwalt bitten würde, nach Merzthal zu kommen, und daß sie vor seiner Ankunft nichts unternähme. Aber es war nicht möglich, daß der Anwalt schon in Merzthal angelangt war und auch schon den Fall mit ihr beraten und sie zur Polizei begleitet hatte und daß die Kommissare die neue Entwicklung auch noch mit der Staatsanwältin beredet hatten, denn das würden sie tun, wahrscheinlich mußten sie es sogar, da war ich ziemlich sicher.

Ich rief Dirk auf seinem Handy an. Er meldete sich, aber er sagte: »Augenblick mal, Biggi, das paßt jetzt schlecht, ich ruf dich gleich zurück.«

Er rief mich tatsächlich nach zehn Minuten an, aber er war ein wenig ungnädig. Ich sagte: »Entschuldige, ich hab nur eine Frage, aber die ist leider eilig.«

Ich stand auf und schloß die Tür zu Verhülsdonks Büro und die zum Mitarbeiterzimmer. Als ich den Hörer wieder aufnahm, sagte Dirk: »Also frag schon, ich stehe hier auf dem Scheißhaus, und jeden Augenblick kann's einer nötig haben.«

Ich fragte: »War Susanne Keppler heute morgen schon bei euch? Oder hat sie die Kriminaler zu sich gerufen?«

»Susanne Keppler?« Er legte eine kleine Pause ein. Offenbar dachte er angestrengt nach. Dann sagte er: »Nein. Und warum soll sie zu uns kommen? Oder die beiden zu sich rufen?« Und nach einer sehr kleinen Pause fragte er: »Will sie ein Geständnis ablegen?«

»Quatsch. Was soll sie denn gestehen? Nein, aber ich hab gehört, daß ihr Wallot habt laufenlassen.«

»Und was hat das mit Susanne Keppler zu tun?«

Ich sagte: »Nun sei doch nicht so stur! Ich hab halt ein bißchen herumzustochern versucht!«

»Außerdem haben wir Wallot nicht laufenlassen. Giess hat ihm nur gesagt, daß er nach Hause fahren kann. Aber er muß erreichbar bleiben.«

»Und warum so großzügig? Habt ihr einen anderen genagelt?«

»Nein.« Er schnaufte. »Aber die beiden haben heute morgen Kepplers Ärzte abgeklappert. Hätte ja sein können, daß er irgendwas hatte. Krebs oder so.«

»Ach, sieh mal an! Und ich dachte, über einen Selbstmord würde sich bei euch sowieso keiner den Kopf zerbrechen!«

»Ja, ja, denk du nur! Die Polizei ist doof, ja. Nur Journalisten sind schlau. Wir danken Ihnen für dieses Gespräch. Ich muß raus hier, der Mief bringt mich um!«

»Halt, Moment noch! Hat ihm denn was gefehlt?«

»Nein. Er hat schon mal schlecht geschlafen. Auch schon mal Depressionen gehabt. Wie das bei alten Leuten so ist. Der Arzt hat ihm Pillen verschrieben. So, und damit Feierabend, ciao, Jörg!«

Ich sagte: »Danke dir, Dirk!« Aber er hatte die Verbindung schon unterbrochen.

Ich informierte Verhülsdonk, erledigte dann das Programm, das ich mit ihm abgesprochen hatte. Ich machte telefonische Interviews mit dem Kreisvorsitzenden der CDU und dem Unterbezirksvorsitzenden der SPD und der Ortsvorsitzenden der FDP und der Sprecherin unserer Grünen, und es stellte sich heraus, daß alle die Wahl gewonnen hatten, nicht anders als in der Hauptstadt, denn die PDS hatte es in Merzthal ja noch nie gegeben, wohl die Rechten, aber die pflegten wir nicht zu befragen. Allerdings sahen der Christdemokrat und die liberale Frontfrau schwarz für unsere kommunalen Belange, denn die seien dieser Regierung bekanntlich Wurst.

Während der ganzen Zeit, in der ich solchen Müll zusammentrug, wartete ich darauf, daß Wallot anrufen oder sogar vorbeikommen würde, um sich zu verabschieden, aber anscheinend hatte er Wichtigeres zu tun. Ich überlegte mit Sissy und Reinhild Weber, ob wir aus dem Kleckerkram, den es außer der Wahl zu vermelden gab, irgend etwas aufblasen und daraus einen halbwegs interessanten Aufmacher unserer Seiten im *Tageblatt* machen konnten, aber wir fanden nichts Richtiges.

Verhülsdonk, den wir dann auch noch hinzuzogen, beendete das Brainstorming, indem er sagte, Wahl sei nun mal Wahl, und anstatt uns darüber zu mokieren, sollten wir so was lieber ernst nehmen, schließlich gehe es um die Ausübung unseres vornehmsten politischen Rechtes. Dann fauchte er Sissy an, die sich die Andeutung eines Grinsens erlaubt hatte, Reinhild Weber fuhr zusammen, als sei sie gemeint gewesen, aber Sissy holte das Grinsen wieder hervor, sobald er den Rücken gewendet hatte und in sein Zimmer stapfte, er schloß heftig die Tür hinter sich.

Ich wartete, bis auch Sissy und Reinhild sich verzogen hatten, dann rief ich Elfi an. Ich fragte sie, ob sie wisse, was Wallot mittlerweile treibe. Sie sagte, der sei doch schon vor zwölf abgereist; wahrscheinlich liege er schon lange auf seinem Sofa zu Hause und erhole sich von Merzthal.

Ich brauchte einen Augenblick, aber dann fragte ich, ob sie ganz ausnahmsweise mal einen Blick in ihr System werfen und nachschauen könne, ob Wallot vor der Abreise noch eine bestimmte Merzthaler Nummer angerufen habe. Oder vielleicht auch von dieser Nummer angerufen worden sei.

Sie fragte: »Was für eine Nummer?« Ich nannte ihr Susannes Nummer. Ich hörte, daß sie den Hörer ablegte. Nach einer Weile meldete sie sich wieder. Sie sagte: »Heute nicht. Soll ich weiter zurückgehen?«

Mir wurde bange. Wie weit wollte ich das treiben? Wie weit wollte ich Elfi treiben?

Ich sagte: »Nein, nein, danke! Das genügt. Hör mal, Elfi...«

»Ja, was denn?«

»Du hast mir sehr geholfen. Im Augenblick hab ich noch ein bißchen viel um die Ohren, aber ich werd's nicht vergessen. Du hörst von mir.«

Sie sagte: »Da bin ich aber sehr gespannt!« Sie lachte und legte auf.

Dem Autor mußte der Boden unter den Füßen gebrannt haben. Es wurmte mich, ja, natürlich, daß er sich nicht von mir verabschiedet hatte. Aber wenn er Susanne, in deren Schicksal er wohl oder übel verwickelt worden war, wenn er nicht einmal Susanne mitgeteilt hatte, er reise ab, dann konnte er es tatsächlich nicht eine Minute länger in Merzthal ausgehalten haben.

Ich überlegte, was nun zu tun war.

Eine gute Geschichte schreiben, ja.

Ich hätte ja auch einen Aufmacher gehabt, o ja, eine exklusive Geschichte sogar, und das nicht nur für den *Merz-*

thaler Boten, sondern auch für die erste Seite des *Tageblatts*, und vielleicht sogar für eine hintere Seite der Überregionalen. »Fabrikant Keppler beging Selbstmord«. Die Überregionale würde aus dem Fabrikanten vielleicht einen Waffenhändler machen. Aber es wäre so oder so eine süffige Geschichte, auch wenn ich den wahren Grund des Selbstmords nicht nennen würde.

Aber ich konnte und durfte diese Geschichte nicht schreiben. Ich konnte sie so lange nicht schreiben, wie Susanne nicht die Polizei verständigte und ihnen Kepplers Brief vorlegte. Ich konnte ihr Vertrauen nicht mißbrauchen.

Unversehens erschreckte mich der Gedanke, daß mittlerweile der Anwalt vielleicht schon in Merzthal eingetroffen war und mit Susanne und Ferber und Giess und womöglich auch noch Dirk zusammensaß. Ich würde die Information über das, was dort beredet wurde, nicht früher als alle anderen erhalten. Von exklusiv könnte keine Rede mehr sein.

Ich zögerte, aber dann rief ich wieder Dirk an. Wenn er sein Handy abgeschaltet hatte, war Gefahr im Verzuge.

Er meldete sich, mit deutlichem Unwillen.

Ich sagte: »Ich bin's, aber du brauchst kein Wort zu sagen. Ich wollte dir nur was für deinen Hinterkopf anvertrauen.«

»Und das wäre?«

Ich sagte: »Ich nehme an, daß über kurz oder lang Susanne Keppler zu euch kommt. Oder daß sie anruft und bittet, daß ihr zu ihr kommt. Ich bin mir nicht sicher, aber ich nehme an, sie hat eine Information für euch. Eine wichtige.

Und wenn sie kommt, oder wenn sie anruft, damit ihr zu ihr kommt, dann würde ich nur um eine kurze Nachricht bitten. Es genügt, wenn du sagst: ›Sie ist da‹, oder: ›Sie kommt!‹ Okay. Das war's.«

Er sagte: »Okay. Danke.«

Dirk würde mir nichts vormachen. Sie war noch nicht bei ihnen und auch noch nicht unterwegs. Vielleicht war der Anwalt noch gar nicht angekommen. Vielleicht war er auch nicht abkömmlich, und sie mußte sich mit einer telefonischen Beratung begnügen und das Gespräch mit der Polizei allein durchstehen. Wer sollte ihr helfen?

Aber vielleicht hatte sie es sich auch ganz anders überlegt. Ihre Scheu, diesen Brief, in dem ihr Mann sie des Ehebruchs beschuldigte und erklärte, er habe sich wegen ihrer Untreue das Leben genommen, ihre Furcht, ein solches Dokument aus der Hand zu geben, war so groß, daß sie sich entschieden hatte, weder einen Anwalt noch die Polizei darüber zu verständigen.

Ich hätte versuchen können, sie telefonisch zu erreichen, um das zu klären. Aber ich mochte sie nicht anrufen.

Mir kam ein neuer Gedanke, der mich beanspruchte. Ich suchte die Karte mit Wallots Telefonnummer heraus, die er mir gegeben hatte, bevor er zu dem Gespräch mit seinem Verleger abgereist war, und rief ihn an. Es meldete sich der Anrufbeantworter. Ich nannte meinen Namen und sagte, ich hätte nur hören wollen, wie es ihm gehe.

Diesen Anruf wiederholte ich noch zweimal. Bei der zweiten Wiederholung meldete sich auch der Anrufbeantworter nicht mehr. Hatte Wallot den Telefonstecker herausgezogen?

56

Um halb sechs schickte ich Sissy und Reinhild nach Hause. Wenig später ging auch Verhülsdonk. Er fragte mich, ob ich denn nichts unternehmen wolle, womit ich mich ein wenig entspannen könne; das sei wichtig zur Wiederherstellung der Kräfte, und darauf habe er auch in den Zeiten größter Anspannung stets geachtet.

Ich sagte, ja, das sei wohl richtig. Aber ich fühlte mich noch keineswegs zu sehr strapaziert. Ich würde auch nur noch ein bißchen bleiben und dann nach Hause gehen oder in die Kneipe oder sonstwohin. Er nickte mit sorgendurchfurchter Miene und ging.

Ich wartete, bis ich die Außentür ins Schloß fallen hörte, dann schlug ich das Telefonbuch der Großstadt auf und suchte die Nummer der Studienassessorin Ruth Erlenmeyer heraus, der Freundin Wallots oder welche Rolle auch immer sie bei ihm spielte; ich kannte sie und ihren Namen aus dem Protokoll, das Dirks Kollegin über den Einbruch in Wallots Wohnung angefertigt hatte.

Die Assessorin meldete sich sofort.

Ich stellte mich vor und sagte, ich wüßte ihren Namen aus einer Quelle, die ich ihr leider nicht nennen könne. Ich war mir nicht sicher gewesen, ob sie über dieses Stöckchen springen würde, aber sie reagierte sofort mit einer Gegenfrage: »Jörg Froberger? Sie sind der junge Journalist aus Merzthal, nicht wahr?«

Ich sagte, ich sei mir nicht sicher, ob man mit fünfundzwanzig wirklich noch jung sei, und sie begann zu lachen. Sie sagte: »Also, jetzt glauben Sie mal einer alten, erfahrenen Frau: Mit fünfundzwanzig ist man noch so herrlich jung, daß einem hernach die Tränen kommen, wenn man sich daran erinnert. Die Tränen des Bedauerns, daß man dieses Alter schon hinter sich hat!«

Ich sagte, es gehöre sich zwar nicht, aber jetzt würde mich doch mal interessieren, wie alt sie denn sei. Sie lachte, und dann sagte sie : »Achtunddreißig.« Ich sagte, sie wolle mir doch nicht im Ernst weismachen, daß sie sich mit diesem Alter nicht sehr wohl fühle; ihre Stimme höre sich jedenfalls ganz anders an, und ich hätte auch schon oft gelesen, daß gerade diese Jahre für eine Frau die besten seien.

Sie sagte: »Ja, ja, reden Sie nur noch ein bißchen weiter so, das gefällt mir sehr!« Sie lachte. Die Frau hatte in der Tat eine sehr angenehme Stimme. Ich stellte mir wieder vor, daß sie schwarze Haare hatte und dunkle, dichte Augenbrauen und vielleicht einen leicht bräunlichen Teint.

Sie sagte: »Nein, jetzt mal im Ernst! Carl Wallot hat mir den Artikel gezeigt, den Sie über ihn geschrieben haben. Und abgesehen davon, daß er alles mag, wobei er gut wegkommt, hat der Artikel auch mir sehr gut gefallen. Das war ein solides Stück Arbeit. Wallot hält nicht ohne Grund große Stücke auf Sie!«

Ich sagte, das hörte wiederum ich nun sehr gern, aber es sei jetzt fürs erste wohl auch genug davon. Nein, ich hätte mir erlaubt, sie anzurufen, weil ich mir Sorgen um Wallot machte. Er sei schon vor zwölf von Merzthal abgefahren, und ich hätte am Nachmittag ein paarmal versucht, ihn telefonisch in seiner Wohnung zu erreichen, aber zunächst habe sich nur der Anrufbeantworter gemeldet, und jetzt sei die Leitung tot, man bekomme gar keinen Kontakt mehr.

Sie sagte: »Ja, das kenne ich. Ich wette, daß er den Stekker rausgezogen hat. Das macht er schon mal, wenn er die Krise hat, und was andere Leute ihm zu sagen haben oder sagen möchten, ist ihm dann völlig egal. Oder daß sie sich vielleicht Sorgen um ihn machen. Sein Verleger hat mich auch schon angerufen. Der macht sich allerdings weniger Sorgen um Wallot, vermute ich, als um das Buch, das der ihm versprochen hat. *Das Schlangennest*, hübscher Titel, nicht wahr?!«

»So soll das heißen?«

»Ja, ich glaube schon. Und im Untertitel *Roman einer Kleinstadt*. So was kann Wallot, glauben Sie mir. Und er kann es auf ziemlich hohem Niveau. Wenn er will. Und wenn er in Stimmung ist. Na, wie auch immer, seit in Merzthal nun auch noch dieser Mord passiert ist, scheint der Verleger buchstäblich Blut geleckt zu haben.«

Ich sagte: »Es steht doch keineswegs fest, daß es ein Mord war.«

Sie sagte: »Ach ja?« Sie lachte. »Aber das spielt doch für so ein Buch gar keine Rolle!«

Ich sagte: »Was glauben Sie, warum er sich nicht meldet?«

Sie antwortete: »Weil er in einer ganz massiven Krise steckt!« Sie zögerte, dann sagte sie: »Jetzt sage ich Ihnen was im Vertrauen. Und ich wäre Ihnen dankbar, wenn Sie's nicht schreiben würden.«

»Versprochen.«

Nach einer kleinen Pause sagte sie: »Ich war bei ihm, heute nachmittag. Ich hatte in dem Hotel in Merzthal angerufen, und sie haben mir gesagt, er sei abgereist. Und als ich dann unter seiner Telefonnummer zu Hause an den Anrufbeantworter geraten bin, hab ich mich zu ihm aufgemacht. Ich bin mit einer Nachbarin ins Haus gekommen und bin raufgefahren und hab an die Tür geklopft, und er hat mir die Tür geöffnet. Er hatte nämlich mit jemand anderem gerechnet.«

Sie seufzte. »Er sah aus wie der Tod. Und betrunken war er auch. Er hat sich in seinem Bademantel aufs Sofa fallen lassen, die Calvados-Flasche stand daneben, und hat gesagt, er sei leider sehr krank zurückgekommen.«

Sie schwieg. Ich fragte: »Und... haben Sie ihn versorgt?«

Sie sagte: »War nicht nötig. Er hatte sich schon eine Pflegerin bestellt. Eine von seinen kleinen Freundinnen, die er zwischendurch schon mal vögelt, zur Kurzweil. Ich weiß nicht, wo er sie aufgerissen hat, ich kannte sie noch nicht. Er hatte sie zum Einkaufen geschickt, ein paar leckere kleine Sachen zum Abendessen wahrscheinlich. Und als sie dann unverhofft mit ihren Tüten im Wohnzimmer stand, habe ich gesagt, er könne mich mal kreuzweise, und dann bin ich gegangen.«

Ich sagte: »Das tut mir leid.«

Sie lachte. »Sie sind ja ein richtiger Schatz. Aber das braucht Ihnen nicht leid zu tun. Ich bin doch selbst schuld. Ich hab's ja schon ein paarmal mit ihm erlebt.« Sie seufzte. »Und wahrscheinlich werd ich's noch ein paarmal mehr erleben. So lange, bis ich nun wirklich die Schnauze voll habe und ihm den finalen Tritt in den Hintern verpasse. Oder auch den finalen Schuß.« Sie räusperte sich. »So, jetzt höre ich wohl besser auf.«

Ich sagte: »Ich danke Ihnen.«

»Nichts zu danken. Rufen Sie gern wieder an, wenn Sie irgendein Anliegen haben. Es ist angenehm, mit Ihnen zu plaudern.« Sie legte auf.

Ich wollte schon nach Hause gehen, als Dirk anrief. Er sagte: »Sie ist unterwegs.« Die Verbindung brach ab.

Es dauerte eine Dreiviertelstunde, bis er sich wieder meldete. Er sagte: »Ich bin unterwegs zu Biggi, sie wollte mit mir essen gehen. Das wird nichts mehr heute abend, mit dir und mir, meine ich.« Ich fragte: »Warum nicht?«

Er sagte: »Sie ist mit einem Anwalt gekommen. Und der hat Ferber beiseite genommen, und dann hat Ferber mich rausgeschickt. Ich hab noch eine Zeitlang draußen gewartet. Giess ist zwischendurch rausgekommen und hat ein paar Blätter kopiert, aber er ist damit umgegangen wie mit einer Geheimakte. Es hatte keinen Sinn, noch länger zu warten. Ich konnte auch nicht mehr. Biggi hätte mir den Kopf abgerissen. Sobald ich morgen was erfahren habe, rufe ich dich an.«

Ich sagte: »Danke, Dirk. Und schönen Abend.«

Ich rief die Redaktion des *Tageblatts* an, und dann schrieb ich ihnen für die Seite 1 eine Meldung. Ich schrieb, die Polizei hätte sichere Hinweise darauf, daß Keppler nicht einem Verbrechen zum Opfer gefallen sei, sondern daß er sich mit seiner eigenen Waffe, einer Smith & Wesson-Pistole, erschossen habe. Es gebe auch Hinweise darauf, daß der Fabrikant unter Depressionen gelitten habe. Der Autor Carl Wallot, der die Leiche aufgefunden und sich bisher in Merzthal zur Verfügung gehalten habe, sei an seinen Wohnort zurückgekehrt. Die Polizei habe ihm mitgeteilt, daß er gegenwärtig nicht mehr befragt werden müsse.

Ich sendete die Meldung ans *Tageblatt*, und dann sagte ich auch noch Verhülsdonk Bescheid. Er fragte: »Und was tun Sie jetzt?«

Ich sagte: »Jetzt gehe ich nach Hause, oder ich gehe in die Kneipe, und wahrscheinlich werde ich mich so oder so besaufen.«

Er sagte: »Es soll Ihnen Spaß machen und Ihnen bekommen! Gute Nacht, Jörg!«

57

Am Dienstag morgen rief Dagmar mich an, ich hatte schon gefrühstückt, aber ich saß noch über den Zeitungen.

Sie sagte, nach ihrem Eindruck gehe es Susanne um einiges besser. Sie habe sie in der Nacht allein gelassen und sei heute morgen auf dem Weg ins Büro vorbeigefahren, um zu sehen, wie sie damit klargekommen sei, aber Susanne habe schon am Frühstückstisch gesessen und die Zeitungen gelesen, und sie habe ihr auch gesagt, sie werde danach die Arbeit fortsetzen, die sie gestern angefangen habe, sie habe Freude daran, und für heute nachmittag habe sie einen Termin beim Notar vereinbart.

Ich fragte Dagmar, wie sie sich diese Besserung erkläre, und sie antwortete, aber das sei doch ziemlich klar, der Brief Kepplers, den er ihr so vorsorglich über mich geschickt habe, damit die Polizei nicht ihre Nase hineinsteckte, dieser Abschiedsbrief habe doch einen enormen Druck von Susanne genommen. Klar, es sei schlimm genug, daß Keppler sich selbst eine Kugel in den Kopf geschossen habe, gräßlich, ja; aber jeder habe doch auch gewußt, daß er unter schweren Depressionen litt und deshalb schon lange in Behandlung war.

Und nun sei das jedenfalls vorüber, und auch was die Polizei veranstaltet habe, sei Gott sei Dank vorüber, die hätten doch wie wild versucht, ihren Mörder zu finden, und dabei alle möglichen Leute verdächtigt, mich doch auch und nicht zuletzt Susanne selbst, das wisse ich doch. Und ob ich nicht glaubte, daß dieser Brief schon deshalb für Susanne eine wahnsinnige Erleichterung bedeutet habe?

Ich sagte, ja. Das müsse wohl so sein.

Sie sagte, aber es gebe vielleicht noch einen anderen Grund dafür, daß Susanne sich sehr viel besser fühle. Ich fragte, welchen denn.

Sie sagte, sie habe das Gefühl, daß sie diesen Herrn Wallot endgültig abgeschrieben habe. Sie könne sich täuschen, aber sie glaube, daß Susanne endlich realisiert habe, wie wenig der Typ tauge, nämlich null, und daß zumindest die verrückten Hoffnungen, die sie in ihn gesetzt habe, ihr ein für allemal vergangen seien. Vielleicht könne man ja sagen, daß sie sich in den Kerl verliebt habe, als er in Merzthal aufgetaucht sei; aber dieser Anfall von Wahnsinn, so müsse man es wohl nennen, der sei offenbar verflogen.

Ich fragte sie, warum sie das glaube.

Sie sagte, sie hätten über diesen Bericht von mir gesprochen, der heute morgen im *Tageblatt* gestanden habe. Den Bericht, daß Wallot nach Hause gefahren sei. Und sie habe Susanne gefragt, ob er sich denn von ihr verabschiedet habe. Und Susanne habe gelächelt und gesagt: »Wie kommst du denn darauf? Er hat sich still und leise davongemacht.

Wie ein Einbrecher, der die Hosen voll hat, weil er fürchtet, gestellt und festgehalten zu werden.«

Ich sagte: »Nun ja…«

Sie sagte: »Was denn, ist dir das nicht genug? Dann frag sie doch selbst! Du besuchst sie doch heute, oder?«

Ich sagte: »Ich muß jetzt erst mal in die Redaktion.«

Nach einer kleinen Pause sagte sie: »Red nicht so dumm, Jörg! Sie braucht dich. Es verlangt sie nach dir, sobald du nicht da bist. Und das weißt du sehr gut. Und du brauchst sie auch, mach dir doch nichts vor!«

Ich sagte: »Und deshalb glaubst du, daß ich sie schlankweg fragen kann, ob sie… ob sie von ihren Gefühlen für Carl Wallot endlich geheilt ist?«

»Klar kannst du das. So, wie ihr zueinander steht. Ihr hängt doch aneinander wie ein altes Ehepaar.« Nach einer kleinen Pause sagt sie: »So scheint es *mir* jedenfalls.«

Ich fuhr in die Redaktion und schaute im System nach und fand, was ich suchte: Die Oberstaatsanwältin Lucy Hemmerich hatte am Morgen in einer Presseerklärung bekanntgegeben, daß die polizeilichen Ermittlungen im Todesfall Keppler zur Aufklärung des Falles geführt hätten. Es sei zweifelsfrei erwiesen, daß der Merzthaler Fabrikant nicht durch Fremdverschulden, sondern durch Freitod aus dem Leben geschieden sei.

Keppler habe sich mittels einer Waffe aus seinem eigenen Besitz durch einen Schuß in die Stirn getötet. Wie die Ermittlungen ergeben hätten, habe der 72jährige Keppler, der sich als Mäzen in vielen Bereichen einen Namen gemacht habe, seit längerer Zeit an Depressionen gelitten und sich deshalb auch in ärztliche Behandlung begeben. Die Ermittlungen seien zum Erfolg geführt worden durch den Ersten Kriminalhauptkommissar Jochen Ferber und den Kriminalkommissar Karlheinz Giess in guter Zusammenarbeit mit der örtlichen Polizeidienststelle von Merzthal.

Ich fand auch noch eine E-Mail von der Kollegin bei der Überregionalen, die den Artikel bei mir bestellt hatte. Sie schrieb: »Lieber Herr Froberger! Ihre Geschichte zum Fall Keppler hat hier großen Beifall gefunden. Noch einmal danke schön für die prompte Lieferung! Ich hoffe, wir können die Zusammenarbeit bei nächster Gelegenheit fortsetzen. Herzliche Grüße, Ihre Maja Hachenberg.«

Ich las diese Mail zweimal, und dann druckte ich sie aus und steckte den Ausdruck in meine Brieftasche. Danach rief ich Verhülsdonk an, um ihm die Erklärung von Frau Hemmerich vorzulesen, aber er sagte, er wisse es schon, er habe es gerade im Lokalradio gehört.

Ich sagte, ich müsse jetzt noch einmal weg, aber wir könnten vorher, wenn er wolle, schon einmal die Planung durchsprechen, ich dächte, daß wir ein möglichst breites Echo einholen sollten, Merzthal natürlich, aber auch darüber hinaus; und dann vor allem ein nicht zu kurzes Stück über die Geschäftslage der Fabrik und die Frage, ob Kepplers Tod Auswirkungen auf die Arbeitsplätze haben könne, natürlich nicht, würde die Auskunft lauten, aber man müsse der Geschäftsleitung wohl doch einmal mit Nachdruck auf den Zahn fühlen.

Verhülsdonk sagte, ja, ja, das höre sich doch alles schon sehr gut an, und ich sagte, ich wäre auf jeden Fall früh genug zurück, um meinen Teil der Arbeit zu tun. Er sagte: »Okay, okay, und jetzt hauen Sie ab, und nehmen Sie sich die Zeit, die Sie brauchen. Ich gehe sofort zur Redaktion rüber, aber vorher werde ich noch das junge Gemüse aus den Federn schütteln, die sollen jetzt mal zeigen, was sie gelernt haben.«

Ich setzte mich aufs Fahrrad und fuhr hinaus zu Susanne. Auf den ersten zweihundert Metern dachte ich noch darüber nach, daß Verhülsdonk das junge Gemüse aus den Federn schütteln wollte; er war ein guter Kerl und eigentlich auch ein sehr guter Journalist, aber mit seinen Metaphern hatte er hin und wieder schreckliches Pech. Ich stellte mir vor, wie er Sissy aus den Federn schüttelte und wie sie auf ihr bewegliches Hinterteil plumpste. Aber wahrscheinlich war sie ja schon längst gebadet und gesalbt.

Auf dem Rest der Strecke dachte ich an Max und daran, daß wahrscheinlich er an die Tür käme, weil Susanne am Arbeitstisch in ihrem Zimmer saß und sich in ihre Bücher hineingrub. Und ich überlegte, daß ich, wenn der Schwachkopf mir wieder blöd käme und behauptete, Susanne sei nicht zu sprechen, keine andere Wahl hätte, als ihn zur Seite zu stoßen und die Treppe zum Obergeschoß hinaufzuspringen.

Ich fragte mich, ob das wohl gutgehe, und ich überlegte mir, daß der Stoß ihn sehr überraschend treffen müsse, so daß ich einen kleinen Vorsprung gewönne, die Treppe würde ich vielleicht doch ein wenig schneller hinaufkommen als er, solche ehemaligen Boxer hatten ja nicht selten irgendwelche Macken zurückbehalten, warum nicht auch einen kaputten Meniskus im rechten Knie oder in beiden.

Gleichwohl ängstigte mich eine Szene, die man immer wieder einmal in Horrorfilmen zu sehen bekommt, sie mußte sich traumatisch in mir festgesetzt haben und drängte sich nun hervor: Der gute Mensch ist auf der Flucht, in einem düsteren Haus, er flieht eine lange, matt beleuchtete Treppe empor, und der böse Mensch verfolgt ihn, und der gute Mensch hat fast schon die oberste Stufe und damit das rettende Ufer erreicht, als der böse Mensch ihn doch noch am Fußgelenk erwischt, und der böse Mensch krallt sich fest an dem Gelenk, und beide fallen bäuchlings auf die Stufen, und dann rutschen sie beide wie ein großes, vielgliedriges, mit sämtlichen Gliedern zuckendes Tier die Stufen hinab, polternd und schlurfend.

Manchmal bricht der böse Mensch sich das Genick dabei. Doch darauf ist kein Verlaß.

Das Garagentor stand offen. Ich schaute hinein, aber Susannes rotes Kabrio war an seinem Platz, neben Kepplers Limousine. Susannes Limousine, natürlich. Ich ließ mein Fahrrad neben dem Kabrio stehen. Der Himmel sah nach Regen aus, und ich mußte mir auf der Rückfahrt ja nicht unbedingt einen nassen Hintern holen.

Es war Max, der mir die Tür öffnete. Aber er machte keinerlei Schwierigkeiten, er trat beiseite und wies mir sogar den Weg, auf seine Art freilich: Er wies mit dem ausgestreckten Zeigefinger die Treppe empor, als habe er es mit einem Tauben zu tun. Ich revanchierte mich, auf meine Art; ich beugte mich zu ihm vor, glotzte ihn an und deutete wiederholt und wie fragend die Treppe empor, als sei ich tatsächlich taub und noch stumm und blöd dazu und wolle mich vergewissern, daß ich seine Wegweisung richtig verstanden hatte.

Er musterte mich mit einem durchbohrenden Blick.

Dann wandte er mir den Rücken zu, warf einen Blick hinaus, als interessiere ihn das Wetter, und schloß die Tür.

Susanne saß an dem Tisch am Fenster vor ihren Büchern. Sie blickte über die Schulter, als ich eintrat, dann begann sie zu lächeln, stand auf, kam auf mich zu und schloß mich in ihre Arme. Sie legte ihr Gesicht an meine Wange, löste es wieder, küßte mich auf beide Wangen, auf die Nasenspitze und schließlich auf den Mund.

Ich suchte nach dem Zorn, dem eingeschnappten Widerstand, dem hochfahrenden Bedürfnis, mich von ihr zu distanzieren, unter dem ich gelitten hatte, seit ich Kepplers Brief und seine Begründung für den Selbstmord kannte. Vor mir hatte sie sich gegen seinen Vorwurf, sie habe ihn mit diesem Schriftsteller betrogen, nicht einmal verteidigt. Und sie hatte schon gar nicht gesagt, dieser Vorwurf tue ihr unrecht, er sei falsch.

Aber ich fand nichts mehr von meiner Empörung. Ich war, während sie mich so fest umschlungen hielt und mich so sorgfältig küßte, nur noch glücklich.

Sie sagte: »Ich hab ja gar nicht gehofft, daß du so früh schon kommen würdest! Du hast doch sicher eine Menge zu tun?«

Ich nickte. Dann sagte ich: »Ohne dich halt ich's nicht lange aus, weißt du.«

Sie lachte. »Ich ohne dich doch auch nicht! Komm, setz dich.«

Sie zog mich an den Arbeitstisch, ließ sich nieder. Ich setzte mich über Eck an die Schmalseite des Tischs. Sie rückte ihren Stuhl näher an mich heran, legte ihre Hand auf meine, die ich auf den Tisch gelegt hatte, lächelte mich an.

Ich zögerte, doch dann überkam es mich unwiderstehlich. Ich sagte: »Aber wenn das so ist, ich meine, wenn du es ohne mich auch nicht lange aushältst, warum... warum tun wir uns dann nicht zusammen?«

Ihre Augen wurden groß, sie sah mich fragend an. Nach einer kleinen Pause sagte sie: »Zusammentun? Wie meinst du das?«

Mich verließ der Mut. Ich fragte mich, welcher Teufel mich geritten hatte, sie mit einem solchen Antrag wie aus heiterem Himmel zu überfallen.

Ich schluckte. Ich schluckte noch einmal. Es war sehr peinlich, ich konnte dieses Schlucken sehr deutlich hören. Wahrscheinlich hatte auch sie es gehört.

Aber es half ja alles nichts. Ich hatte nun einmal damit angefangen. Ich sagte: »Susanne... ich hab schon immer mit dir zusammenleben wollen. Ich wollte dein Mann sein, ja. Und ich hab davon geträumt, daß du meine Frau sein würdest.« Ich rieb mir den Nacken, kratzte mich auf der Wange. »Ich war fünfzehn, als du Keppler geheiratet hast. Ich hab gedacht, ich sterbe.«

Sie sah mich an, dann nickte sie.

Ich sagte: »Ich hab geglaubt, ich werd dir das nie verzeihen können. Aber das hat nicht lange vorgehalten.« Ich zuckte die Schultern. »Als wir uns damals auf der Straße wiederbegegnet sind, vor Minchens Schreibwaren, und du mich gefragt hast, ob ich dich denn nicht mal wieder besuchen wolle, du hättest eine schöne Terrasse hier draußen und einen großen Tisch für die Bücher, wie vor der Hütte bei deinen Eltern – da war ich doch schon am nächsten Tag wieder bei dir.«

Sie nickte.

Ich sagte: »Ich hab mich oft gefragt, wie du mir das antun konntest. Und ob du das denn gar nicht gespürt hast, ich meine… was das für eine Qual für mich war, dich hier zu besuchen. In Kepplers Haus. Im Haus des Mannes, mit dem du verheiratet warst. Eine Qual und zur gleichen Zeit… der Himmel auf Erden.«

Sie drückte meine Hand ein wenig.

»Ja. Ich hab mich doch ständig nach dir gesehnt. Gesehnt wie ein… wie ein Todkranker. Wie einer, der verdurstet. Ich hab deinen Arm berührt, und du hast mich geküßt, und ich… ich hab an nichts anderes denken können als an uns beide. Uns beide… nackt und Haut an Haut, in deinem Bett, in meinem Bett, irgendwo. Irgendwo, wo es keinen Keppler gab und niemand sonst, der sich zwischen uns gedrängt hätte.«

Ich sah sie an. »Ich hab immer gedacht, du mußt das doch spüren. Und ich hab gedacht, vielleicht empfindest du es ja genauso, aber du willst es mir nicht zeigen. Du willst keinen Ehebruch begehen, hab ich gedacht.«

Sie erwiderte meinen Blick, aber sie ließ keine Reaktion erkennen.

Ich sagte: »Doch jetzt gibt es Keppler nicht mehr.« Ich zögerte eine Sekunde lang, aber auch das mußte heraus. Ich sagte: »Und es gibt auch keinen Wallot mehr. Er hat sich davongemacht. Wie ein Einbrecher, der die Hosen voll hat. Das hast du doch gesagt, nicht wahr? Dagmar hat es mir erzählt.«

Sie nickte. Dann sagte sie: »Ja, das hab ich gesagt.«

Ich zog meine Hand unter der ihren hervor, faßte ihre

Hand und drückte sie, suchte ihren Blick und sah ihr eindringlich in die Augen. »Warum sollten wir nicht zusammenleben, Susanne? Nicht hier, nein, irgendwo, wo du auch eine Arbeit findest, die dir Freude macht.«

Ich holte meine Brieftasche hervor und nahm den Ausdruck der E-Mail heraus, die am Morgen bei mir eingegangen war. »Ich hab dir doch von dem Artikel erzählt, für den ich den Auftrag bekommen habe?«

Sie nickte. Ich reichte ihr den Ausdruck. »Das habe ich heute morgen in meiner Mail gefunden.« Sie las den Ausdruck.

Ich sagte: »Ich könnte sie fragen, ob sie eine Stelle für mich haben. Oder ob sie mich als freien Mitarbeiter für ihren Lokalteil beschäftigen wollen. Wir könnten zusammen dorthin ziehen. Ich bin sicher, daß du da unten auch einen Job finden würdest, der dir Spaß macht.«

Sie gab mir den Ausdruck zurück. Sie sagte: »Herzlichen Glückwunsch, Jörg! Das ist aber wirklich eine tolle Sache.«

Ich sagte: »Du verstehst mich doch richtig, Susanne, nicht wahr? Ich bin nicht hinter deinem Geld her. Dein Geld brauchten wir gar nicht. Und ich kann zur Not auch genug für uns beide verdienen. Und wenn dir das lieber wäre, könnten wir natürlich auch heiraten. Wir könnten sogar kirchlich heiraten. Als Cousin und Cousine brauchten wir eine Dispens, aber die bekämen wir, der Prozeß ist mittlerweile nicht mehr so schwierig, wie er mal war.«

Sie sagte: »Aber das weiß ich doch, du Dummerchen!«

Ich fürchtete, sie werde mich nicht zu Ende reden lassen. Ich sagte hastig auch das noch: »Und die Gefahr von

Erbkrankheiten bei Kindern ist ziemlich unerheblich. Bei Kindern, wenn wir welche haben sollten. Es gibt ein gewisses Risiko einer autosomal rezessiven Erkrankung. Aber das ist bei normalen Partnern fast ebensogroß. Oder ebenso klein. Bei sozusagen normalen Partnern. Solchen, die nicht Cousin und Cousine sind, verstehst du?«

Sie fragte: »Hast du das etwa alles nachgeschlagen?«

Ich kam nicht dazu, ihr zu antworten. Es klopfte an die Tür. Ihre Augen wurden groß, sie sah mich erschreckt an. Dann rief sie: »Was ist denn?«

Die Tür wurde halb geöffnet, in der Öffnung erschien Max. Er sagte: »Herr Wallot ist hier. Er möchte Sie sprechen.«

58

Einen Augenblick lang erschien sie mir völlig verwirrt und ratlos. Dann stand sie auf. Sie sagte: »Er soll einen Augenblick warten! Und schließen Sie bitte die Tür!«

Max verschwand, die Tür schloß sich.

Sie faßte mich am Arm, ich stand auf, sie schob mich in Richtung ihres Schlafzimmers und deutete durch eine Handbewegung an, daß ich dort hineingehen solle. Ich ging auf Zehenspitzen in das Schlafzimmer, drückte hinter mir die Tür behutsam ins Schloß. Ich wollte zu dem Sessel gehen, der an der Balkontür stand, als ich sah, daß die Tür, die ich gerade geschlossen hatte, wieder geöffnet und um zehn oder fünfzehn Zentimeter aufgeschoben wurde.

Dann hörte ich, wie Susanne an die Tür zum Flur ging.

Sie sagte: »Kommen Sie herein, bitte.« Wallot hatte offenbar schon vor der Tür gestanden.

Max, ja, der Drecksack. Vermutlich hatte er für eine überraschende Begegnung zwischen dem angereisten und dem ortsansässigen Liebhaber sorgen wollen.

Wallot sagte: »Liebe Susanne ...«

Sie sagte: »Das wäre aber nicht nötig gewesen.«

Ich nahm an, daß er ihr ein Geschenk mitgebracht hatte, Blumen wahrscheinlich.

Er sagte: »Ich habe heute morgen von dieser überraschenden Wendung erfahren. Und ich muß sagen, die Nachricht hat mich zugleich erschüttert und erleichtert.«

Susanne fragte: »Erschüttert?«

Er sagte: »Nun ja, es ist natürlich ein ... ein schreckliches Sterben gewesen. Ich meine ... ich habe ihn ja gefunden, mit dieser gräßlichen Wunde. Und ich denke mir, es wird jedem Menschen nahegehen, wenn ein anderer Mensch glaubt, er müsse sein Leben auf solche Weise beenden.«

Eine Stille trat ein. Nach einer Weile sagte Wallot: »Aber auf der anderen Seite muß es ja auch eine große Erleichterung bedeuten, daß all diese ... diese bedrückenden und quälenden Probleme, die mit seinem Tod zusammenhingen, diese Verfolgungsjagd, dieses Kesseltreiben nun sich schlagartig erledigt haben. Eine große Erleichterung nicht zuletzt für dich, denke ich.«

»Und warum denken Sie das?«

Ich hörte, daß er sich räusperte. Dann sagte er: »Entschuldige, aber ich ... ich bin ein wenig irritiert ... Waren wir nicht schon einmal per du?«

»War das denn eine Übereinkunft für die Ewigkeit?«

»Nein, natürlich nicht, was heißt denn Ewigkeit? Nur werden solche Übereinkünfte in der Regel nicht... ich meine, man kündigt sie nicht auf. Normalerweise.«

»Dann hatte ich Sie wohl mißverstanden.«

»Mißverstanden? Wieso? Und wann?«

»Bei unserem letzten Rendezvous. Dem am Wegekreuz bei der Tannenschonung. Vor drei Tagen. Am Morgen nach dem Tod meines Mannes. Erinnern Sie sich nicht?«

»Doch, natürlich.«

»Sehen Sie. Da haben Sie mir doch gesagt, es wäre besser, wenn wir unsere Beziehung nicht allzu offenkundig werden ließen. Wenn wir sie nicht zu deutlich demonstrierten, wenn wir sie einfrören oder so ähnlich, ich habe nicht genau aufgepaßt. Es war ja auch nicht so wichtig.«

Er sagte: »Aber ich habe das doch in einem ganz anderen Zusammenhang gesagt!«

»Ja, ich weiß. Sie hatten eine schreckliche Angst, daß die Polizei glauben würde, Sie hätten meinen Mann umgebracht, um ihn in meinem Bett zu beerben.«

Er sagte: »Du irrst dich! Pardon, Sie irren sich. Sie irren sich wirklich! Es ging doch nicht zuletzt um Sie. Um das, was die Polizei Ihnen unterstellte.«

Sie gab ihm keine Antwort. Aber er mochte offensichtlich noch nicht aufgeben. Nach einer Weile fragte er: »Was wollen Sie jetzt tun?«

Susanne sagte: »Wahrscheinlich werde ich die Fabrik verkaufen. Und einige andere Liegenschaften. Und werde von Merzthal weggehen.«

Er räusperte sich. Dann fragte er: »Und wohin?«

»Das weiß ich noch nicht. Ich werde mich umhören.«

Nach einer kleinen Pause sagte sie: »Sie hatten mir einmal dabei helfen wollen. Erinnern Sie sich?«

»Natürlich. Aber das war nicht so einfach.« Es schien, als ob er zögere. Dann sagte er: »Ich habe Ihnen ja nichts Zweitklassiges anbieten wollen.«

»Ah ja! Ich verstehe.«

Anscheinend hielt er ihren ironischen Unterton nicht länger aus. Er fühlte sich auf ungebührliche Art provoziert, und er wollte es ihr heimzahlen. Er sagte: »Aber Sie werden sicher nicht allein gehen.«

»Wie kommen Sie darauf?«

»Nun... ich nehme doch an, daß Sie einen männlichen Begleiter finden werden.«

Sie fragte: »Und auf wen tippen Sie?«

Ich sah sein süffisantes Lächeln. Er sagte: »Ja, auf wen tippe ich denn? Das Angebot, über das Sie verfügen können, ist sicher recht groß.« Nach einer kleinen Pause sagte er: »Aber vielleicht ist doch Herr Doktor Behringer der Auserwählte? Ein weltläufiger Mann, immerhin. Und er scheint von Merzthal ja genauso wenig zu halten wie ich.« Er lachte. »Von ihm weiß ich nämlich, daß man hier nur eines erfahren kann: den Vorgeschmack des Todes.« Er lachte noch einmal. »Hübsches Bild, nicht wahr?«

Susanne antwortete in großer Ruhe, und sie gab ihre Antwort in einem Ton, den ich von ihr noch nie gehört hatte, unnahbar, unversöhnlich. Sie sagte: »Glauben Sie wirklich, daß ich noch einmal meine Tage verschleißen würde mit einem Partner, der sich nur für sich selbst interessiert? Mit einem Mann, der beständig um seine eigenen Wünsche und Probleme kreist? Und der gar nicht wahrnimmt, daß andere Menschen auch ihre Wünsche haben, und ebenso ihre eigenen Probleme?«

Er sagte: »Nun –«, aber sie ließ ihn gar nicht zu Wort kommen. Sie sagte: »Lieber Herr… Wallot. Ich habe geglaubt, daß Sie ein sehr begabter Autor sind. Daß Sie in die Menschen hineinzusehen vermögen. Und daß Sie auch das erkennen, was Menschen zu verbergen suchen. Aber ich habe mich wohl doch geirrt.«

Er lachte; es klang ein wenig künstlich. »Nun ja«, sagte er, »warum soll es Ihnen bessergehen als anderen? Wir irren uns doch alle – mal mehr, mal weniger dramatisch!« Ich hörte, daß er aufstand. Er sagte: »Aber vielleicht könnten Sie meiner Begriffsstutzigkeit wenigstens in einem Punkt noch aufhelfen.«

»Gerne. Und was wollen Sie wissen?«

Er fragte: »Was hat denn diese dummen, verbohrten Polizisten veranlaßt, die fabelhafte Theorie aufzugeben, Ihr Mann sei ermordet worden? Wie sind diese Einfaltspinsel um alles in der Welt denn auf einen Selbstmord gekommen? Zumal es doch nicht einmal einen Abschiedsbrief gab!«

Sie sagte: »Sie irren sich, Herr Wallot.« Nach einer kleinen Pause sagte sie : »So dumm sind diese dummen Polizisten nicht. Und es gab auch einen Abschiedsbrief.«

»Aber… ich hätte ihn doch –«

Sie fiel ihm ins Wort. »Mein Mann hat ihn mir durch die Post geschickt. An die Adresse von Jörg Froberger. Er hat Jörg vertraut. Und daran hat er recht getan. Er hat den Brief nicht auf seinem Schreibtisch hinterlassen, wie man das erwarten würde. Er wollte nicht, daß die Polizei ihn findet. Und daß sie sein Motiv erführe.«

Er zögerte offenbar einen Augenblick lang; aber seine Begierde, mehr zu erfahren, war wohl doch zu groß. Er fragte: »Sein Motiv? Was war denn sein Motiv?« Er fügte hastig hinzu: »Entschuldigung, aber ich…«

Sie sagte: »Nichts zu entschuldigen. Sie können es erfahren. Sie sollten es sogar erfahren, denke ich.« Nach einer Pause sagte sie: »Mein Mann hat geglaubt, ich liebte Sie. Er hat geglaubt, ich wolle ihn um Ihretwillen verlassen. Er ist in diesem Irrtum gestorben. In einem grotesken Irrtum. Er konnte den Gedanken nicht ertragen, daß ich ihn an einen Menschen wie Sie verraten hätte.«

»Grotesk, sagen Sie?« Ich glaubte zu hören, daß dieses Wort ihn schwer getroffen hatte. »Sie meinen, daß es ein grotesker Irrtum war, in dem er sich befand?«

Sie antwortete sehr ruhig: »Ja. Grotesk. So grotesk wie der Irrtum, dem ich erlegen bin.«

»Ah ja! Und was war das für ein Irrtum?«

»Mein Irrtum war es, zu glauben, daß ein Mensch, der solche Bücher schreibt wie Sie, ein guter Mensch sein müsse. Ein starker Mensch, dem man sich anvertrauen könne. Ich habe geglaubt, ein solcher Mensch könne nie und nimmer ein Opportunist sein. Und nie und nimmer ein Feigling.«

Er fragte mit einer plötzlich sehr engen Stimme: »Ist das Ihre Meinung von mir? Daß ich ein Opportunist sei? Und ein Feigling?«

Sie sagte: »Ja. Und jetzt bitte ich Sie, mein Haus zu verlassen.«

Nach einer kleinen Pause sagte er: »Ich wünsche Ihnen alles Gute, Frau Doktor Keppler. Leben Sie wohl.«

Sie sagte: »Guten Tag, Herr Wallot.«

Die Tür fiel hinter ihm ins Schloß.

59

Sie hatte sich an den Arbeitstisch gesetzt, blickte hinaus auf den grünen Abhang, als ich die Schlafzimmertür ein wenig weiter öffnete und zu ihr ins Wohnzimmer hineinschaute. Sie sagte, ohne sich zu mir zu wenden: »Komm doch rein.«

Ich ging zu ihr. Auf dem Sofatisch lag ein großer Strauß lachsfarbener Rosen.

Sie reckte sich ein wenig, bewegte die Schultern, als schmerzten sie von einer Anstrengung. Ich trat hinter sie, massierte ihr die Schultern und den Nacken. Sie sagte »O ja, das tut gut!«, und ließ den Kopf nach vorn sinken.

Nach einer Weile sagte ich: »Willst du wirklich die Fabrik verkaufen?«

»Ich denke, ja.« Sie sprach ein wenig undeutlich, mit dem Kinn fast auf der Brust, und wohl auch, weil sie sich der Massage hingab. »Weißt du, ich verstehe absolut nichts davon. Keppler hat mich doch nie in irgend etwas reinschauen lassen. Er hat gesagt, das sei nichts für mich. Und ich könne mich darauf verlassen, daß er alles so regele, wie es zu meinem und unserem Besten sei.« Sie seufzte, aber es klang eher wie ein wohliger Seufzer. »Soll ich die Chefin spielen, die von nichts eine Ahnung hat?«

Ich ließ abermals eine Zeit verstreichen. Dann fragte ich: »Und du willst auch von Merzthal weggehen?«

Nach einer Pause sagte sie: »Denk doch mal nach, Jörg.

Vielleicht läßt die Polizei tatsächlich nicht raus, was Keppler in seinem Brief geschrieben hat. Ich kann mir zwar nicht vorstellen, daß nicht doch irgend etwas durchsickert, aber selbst wenn das nicht geschähe... was glaubst du denn, was unsere Merzthaler Mitbürger von diesem Todesfall halten? Und was sie sich erzählen werden?«

Sie stieß die Luft durch die Nase. »Daß Keppler ermordet wurde und daß ich dahinterstecke, wenn ich nicht sogar selbst geschossen habe – diese wunderbare, aufregende Munkelei werden sie doch niemals lassen können. Sie wollen nicht ganz und gar darauf verzichten, verlaß dich drauf. Und das mindeste, was sie mir nachsagen werden, wird sein, daß ich meinen Mann in den Tod getrieben habe.«

Sie seufzte. »Denkst du wirklich, daß ich hier bleiben sollte? Hier, in diesem Haus, das Keppler gebaut und in dem er sich eine Kugel in den Kopf geschossen hat?«

Nach einer Weile fragte ich: »Und wohin wirst du gehen?«

»Das weiß ich noch nicht. Irgendwohin, wo ich einen sinnvollen Job finden kann.« Sie schwieg eine Weile. Dann sagte sie: »Vielleicht sogar Italien. Oder Frankreich. Obwohl es bestimmt nicht so einfach sein wird, dort den Job zu finden, den ich mir vorstelle.«

Ich widerstand eine Weile noch den Gefühlen, die mich heimsuchten, der gottverdammten Sehnsucht, dem widerwärtigen, schneidenden Schmerz, aber dann war es nicht mehr möglich, ich beugte mich über sie, küßte immer wieder ihren Nacken, den blonden Flaum unterhalb des Haaransatzes, umschlang sie von hinten mit beiden Armen, preßte mein Gesicht an ihren Kopf.

Der Geruch dieser schimmernden Haare, in dem ich auch den ihrer Haut zu finden glaubte, hüllte mich ein. Sie hob die Rechte und bog sie nach hinten, streichelte meine Wange. Sie sagte: »Ach, Jörgi…«

Ich sagte, und es war mir gar nicht recht, daß meine Stimme klang, als hätte ich einen Kloß im Hals: »Sag das nicht zu mir, bitte!«

Jörgi hatte sie mich genannt, als ich noch sehr klein war, und sie hatte auf mein dringliches Ersuchen erst damit aufgehört, als ich in die erste Klasse des Gymnasiums aufgenommen wurde.

Sie sagte: »Ich hab's doch nicht bös gemeint.« Sie klopfte mit der Linken auf den Tisch. »Komm, setz dich zu mir! So wie am Sonntag, als wir hier gesessen haben. Erinnerst du dich?«

»Natürlich erinnere ich mich.« Ich gab ihr noch einen Kuß auf den Nacken, dann holte ich mir einen Stuhl heran und setzte mich neben sie. »Ich hab rausgeguckt auf den Wald, und du hast ein Schläfchen gemacht. Stimmt doch, oder?«

Sie lachte. »Stimmt haargenau.« Sie schlang ihren Arm um meinen Rücken, bettete ihren Kopf an meine Schulter, wie am Sonntag, bevor ich zurückgegangen war in die Redaktion, um nach Dagmars Schnittchen auch noch Gretchens Schnittchen zu essen.

Ich sagte: »Ich erinnere mich an alles, was mit dir zu tun hat. An sehr vieles jedenfalls. Und wenn ich mich daran erinnere, dann wird mir oft ebenso zumute wie damals. Soviel Glück. So viel gottverdammte Sehnsucht, ja, aber auch das pure Glück.«

Sie schloß den Arm ein wenig enger um mich, rüttelte mich ein wenig.

Ich sagte: »Einmal waren wir im Wald und haben Brombeeren gepflückt. Du hast mir gezeigt, wie man's richtig macht. Und nachdem wir sie gepflückt und alle aufgegessen hatten, hast du dich mit mir auf eine Lichtung gelegt, zu einem Schläfchen. Ich weiß nicht mehr, ob ich tatsächlich geschlafen habe; aber ich weiß, daß du mich in den Arm genommen hast. Ich war dir sehr nahe. Und ich weiß, daß ich dich gerochen habe, deine Haut, deinen Schweiß. Es war ein wunderbarer Geruch. Und ich hab den Arm über deinen Bauch gelegt und hab deinen Bauch gespürt.«

Ich schwieg. Nach einer Weile sagte sie: »Du bist damals tatsächlich eingeschlafen. Und du hast nicht nur dein Schläfchen gemacht.« Sie lachte. »Du hast auch geschnarcht wie ein Alter.«

Ich schwieg wieder eine Zeitlang. Ich wollte es eigentlich nicht, aber am Ende sagte ich: »Wallot hat beim Verhör durch die Kriminalbeamten etwas gesagt. Er hat mich verdächtigt, auch mich. Das war nicht so wichtig, aber er hat gesagt, es sei doch durchaus möglich, daß ich deinen Mann erschossen hätte, weil ich nämlich verrückt nach dir sei. Ich läge dir doch zu Füßen. Und dann hat er gesagt, ich hätte nie kapiert, daß es Muttergefühle sind, die du für mich empfindest, und nichts anderes.«

Ich schwieg, und sie antwortete sofort. Sie sagte: »Der Mann hat doch keine Ahnung! Was versteht der denn von dir und mir? Der legt sich die Welt so zurecht, wie er sie haben möchte, Jörg!«

Noch während sie sprach, begann mein Handy zu klingeln. Ich sagte: »Entschuldige«, und nahm den Ruf an. Ich dachte, es sei Verhülsdonk, der nun doch unruhig geworden sei und mich in der Redaktion sehen wolle. Aber es war Elfi Neuhaus.

Sie sagte: »Dein Freund ist heute morgen hier aufgetaucht.«

Ich sagte: »Ja, ich weiß.«

»Weißt du denn auch, daß er schon wieder abreist? Er hat eben das Zimmer gecancelt. Allerdings ist er jetzt noch ins Restaurant gegangen und hat ein Mittagessen bestellt. Ich wollte dir's nur sagen. Für den Fall, daß du ihn noch erwischen willst.«

Ich sagte: »Ja, okay. Ich danke dir.« Ich beendete die Verbindung.

Susanne sah mich fragend an. Ich sagte: »Eine Bekannte aus dem Waldhotel. Gibt mir hin und wieder einen Tip. Sie hat gesagt, daß Wallot heute morgen ein Zimmer bei ihnen gebucht hat, aber schon wieder abreist. Und daß er gerade jetzt noch zu Mittag ißt, bei ihnen im Restaurant. Sie meinte, ich wollte ihn noch interviewen.«

»Ja, und?« Sie sah mich mit großen Augen an. »Willst du das denn nicht auch? Das wäre doch vielleicht für die Zeitung ganz interessant, oder?«

Ich dachte nach. Wollte sie mich loswerden? Es war nicht auszuschließen. Vielleicht hatte ich sie zu sehr bedrängt, mit meinen Geschichten aus der Vorzeit. Mit meinem Liebeswahn.

Ich sagte: »Okay, ja. Wahrscheinlich hast du recht.« Ich stand auf. »Ich sehe mal zu, daß ich ihn noch erwische.«

Sie stand auf, trat vor mich, sehr nahe, nahm mein Gesicht in beide Hände. Sie sagte: »Jörg, lieber Jörg! Ich weiß nicht, wie eine Mutter ihr Kind liebt. Aber ich weiß, daß ich dich sehr, sehr liebe. Und ich weiß nicht, wie ich ohne dich auskommen soll. Ob ich ohne dich überhaupt leben kann, verstehst du? Aber du darfst mich bitte, bitte nicht überfordern! Ich hab dich großgezogen, das weißt du doch. Ich hab dich nicht als Mann kennengelernt, sondern als Kind. Ich weiß nicht, ob sich das irgendwann einmal ändern wird! Aber sei doch ein wenig geduldig mit mir! Bitte!«

Tränen traten in ihre Augen. Ich küßte sie auf beide Augen.

60

Wallot saß bei einem Dessert, als ich in das Restaurant des Waldhotels trat. Er hob die Hand, machte eine Geste, als wolle er mich willkommen heißen. Ich ging zu ihm und sagte: »Mit Ihnen habe ich aber nicht gerechnet.«

Es war ja fast die Wahrheit. Ich hätte angenommen, daß er nach der Begegnung mit Susanne schneller das Weite gesucht hätte. Aber vielleicht hatte der Mann doch robustere Nerven, als ich zeitweise geglaubt hatte. Er wies auf einen freien Stuhl an seinem Tisch und sagte: »Ich hatte hier noch etwas zu erledigen. Wollen Sie sich nicht einen Augenblick zu mir setzen?«

Ich setzte mich. Von dem desolaten Zustand, in dem die Studienassessorin ihn noch gestern nachmittag angetroffen hatte, war ihm nichts mehr anzumerken. Vielleicht war es nur die Angst gewesen, die ihn so derangiert hatte?

Er fragte: »Und was hat Sie hierhergeführt?«

Ich sagte: »Ich hatte hier etwas zu erledigen.«

Er lächelte. Dann fragte er: »Trinken Sie einen Kaffee mit mir?«

Ich sah auf die Uhr. »Ja, doch. Soviel Zeit müßte ich noch haben.«

Er sagte: »Hochbetrieb bei Ihnen, nehme ich an. Die Sensation, daß der große Keppler sich selbst das Lebenslicht ausgeblasen hat.«

»Ja. Finden Sie nicht, daß es eine Sensation war?«

»Doch, doch, selbstverständlich.« Zu der Serviererin, die vorüberkam, sagte er: »Bitte zwei Tassen Kaffee statt einer!« Die Serviererin nickte.

Er sah mich an. »Aber Sie hatten die Nachricht heute schon im Blatt, vor allen anderen. Wie sind Sie daran gekommen?«

Ich lächelte. »Der *Merzthaler Bote* ist halt eine gute Zeitung.«

»Gewiß doch, das versteht sich!« Er lächelte. »Nun gut, das war auch eine dumme Frage. Aber wie auch immer – jetzt hat sich doch alles in Wohlgefallen aufgelöst, nicht wahr?«

»Finden Sie?«

»Finden Sie nicht?«

Ich sagte: »Kurt Keppler ist tot.«

»Ja, ja, natürlich, da haben Sie recht, das war jetzt wohl ein bißchen pietätlos, Entschuldigung! Für ihn selbst war die Entwicklung vermutlich nicht so erfreulich. Aber um so besser geht es jetzt doch seiner Frau.« Er sah mich an, lächelte. »Denke ich.«

Ich sah ihn schweigend an.

Die Serviererin brachte die beiden Kaffees. Er sagte: »Und die Rechnung hätte ich gern!« Sie nickte. Er schüttete einen Löffel Zucker in seinen Kaffee, rührte um, schlürfte einen Schluck, stellte die Tasse ab. Dann beugte er sich ein wenig vor.

»In dieser Ehe hat es doch nicht mehr zum besten gestanden. Habe ich gehört. Er hat sie doch sogar von einem Detektiv beschatten lassen. Und das hat sie selbst mir gesagt. Nicht gerade der größte Liebesbeweis, oder? Na ja, wie man's nimmt!« Er lachte. »Eifersucht soll ja auch zur wahren Liebe gehören. Sagen die Eifersüchtigen.«

Er lachte noch einmal, dann lehnte er sich zurück. »Und jetzt? Die Frau Doktor ist den alten Mann los, mitsamt seiner lästigen Eifersucht. Und sie erbt wahrscheinlich ein klotziges Vermögen. Allein die Fabrik ist doch zig Millionen wert. Auch wenn sie keine krummen Geschäfte macht.«

Er schüttelte den Kopf. »Nein, nein, mein Lieber. Es könnte doch niemanden... überraschen, wenn diese Frau jetzt ganz obenauf wäre. Sehr hochgemut! Sehr stolz!« Er rieb sich mit zwei Fingern die Wange. »Ich nehme an, daß sie die Fabrik versilbern wird. Und was sie sonst noch an Immobilien erbt. Das wird ja auch nicht gerade wenig sein. Und dann wird sie auf dem schnellsten Wege Merzthal den Rücken kehren, das versteht sich. Sie will doch nicht hier versauern!«

Er trank noch einmal von seinem Kaffee, dann sagte er: »Und an einem geeigneten Partner, auf jeden Fall einem jüngeren Partner, vermute ich, auch daran wird es ihr nicht mangeln.« Er lächelte. »Die Frau ist doch weiß Gott eine gute Partie, eine glänzende, würde ich sogar sagen, mit soviel Geld und so, wie sie aussieht. Nein, nein, sie wird nicht lange Trauer tragen müssen, diese Witwe. Da wird sich schon jemand finden. Sehr schnell sogar.«

Nach einer kleinen Pause fragte ich: »Hätten *Sie* denn nicht Interesse?«

»Ich?!« Er lachte, lehnte sich zurück, hob abwehrend die Hände. »Nein, nein, ich komme dafür nicht in Frage! Ich wäre wahrscheinlich zu kritisch für diesen Job!«

Die Serviererin brachte die Rechnung. Er warf einen Blick darauf, nahm fünfundzwanzig Euro aus der Brieftasche, gab sie ihr und sagte: »Danke, das stimmt so.«

Als die Serviererin gegangen war, trank er seine Kaffeetasse leer, ächzte behaglich. Dann beugte er sich vor, lächelte mich an.

Er sagte: »Aber wie wär's denn mit Ihnen? Wären Sie nicht der ideale Partner für diese Frau? Sie lieben sie doch, hab ich recht?«

Ich sagte: »Ich wüßte nicht, was Sie das anginge.«

Er hob die Hände, blies die Backen auf. »Entschuldigung! Entschuldigung! Nichts geht es mich an, da haben Sie natürlich absolut recht!«

Er stand auf, sah sich um nach seiner Reisetasche, die hinter dem Tisch stand, und hob sie auf. Er sagte: »Sie wollen ja überdies in Merzthal bleiben, das hatte ich ganz vergessen. Sie wollen Ihr Leben hier verbringen, nicht wahr?«

»Ja, das könnte durchaus sein.« Ich lächelte. »Ich weiß nicht, ob ich mich in der Großstadt wohl fühlen würde, wissen Sie.«

Er lächelte. »Und warum nicht?«

Ich zuckte die Schultern. »Geht es da nicht hin und wieder zu wie in einem Schlangennest?«

Er starrte mich an. Dann sagte er: »Leben Sie wohl«, und ging mit seiner Reisetasche.

Auf dem Weg hinab zur Brücke über die Merz begegnete mir Bernhard Beaujean, der zu Fuß unterwegs war, vielleicht hatte er eine Verabredung im Waldhotel. Ich hielt an, stieg ab und fragte ihn, wie es ihm gehe. Er wollte wissen, was es Neues über Keppler gebe, und während wir noch miteinander sprachen, überfiel uns eine schallende Dreiklanghupe. Wallot rauschte in seinem silberfarbenen BMW an uns vorbei, er hob die flache Hand und winkte.

Er winkte wie ein gekröntes Haupt, das seinen Subjekten begegnet. Man hätte glauben können, er sei ein König, der huldvoll seine Untertanen grüßt.

Bernhard fragte: »Was war das denn für ein Arschloch?«

Ich sagte: »Das möchte ich auch mal wissen.«

Hans Werner Kettenbach im Diogenes Verlag

Minnie oder Ein Fall von Geringfügigkeit

Roman

Es sollte eine Urlaubsreise werden. Die Geschäfte in Nashville waren abgeschlossen, nun wollte Wolfgang Lauterbach ausspannen, eine Woche lang durch den Süden der USA bummeln. Aber er gerät in eine rätselhafte Geschichte, von der er nur eines begreift: Leute, die er nie zuvor gesehen hat, trachten ihm nach dem Leben, sie verfolgen ihn durch Tennessee und Georgia.

»Ein Thriller, den man nach der Lektüre nicht so leicht vergessen wird. *Minnie oder Ein Fall von Geringfügigkeit* kann getrost mit den besten Romanen der Schweden Sjöwall/Wahlöö, des Engländers Jack Beeching oder des rebellischen Südafrikaners Wessel Eberson verglichen werden.« *Plärrer, Nürnberg*

»Ein Glücksfall – Hans Werner Kettenbach auf der Höhe seiner Kunst.« *Die Zeit, Hamburg*

Hinter dem Horizont

Eine New Yorker Liebesgeschichte

Der Deutsche Frank Wagner hat den Atlantik überquert wie einst Millionen von Einwanderern: in der Hoffnung, den Horizont der Alten Welt hinter sich zu lassen und endlich das Zentrum des Lebens zu finden. In Manhattan begegnet er der Amerikanerin Nancy Ferencz. Es beginnt eine Liebesgeschichte. Doch ist New York die Erfüllung der Sehnsucht?

»Natürlich gibt es heute wie früher Journalisten, die sich aufs Erzählen verstehen: Hans Werner Kettenbach beispielsweise mit seinem Liebesroman *Hinter dem Horizont*.« *Süddeutsche Zeitung, München*

Sterbetage

Roman

»Es gilt eine Geschichte von hoher erzählerischer Qualität vorzustellen: Kettenbach entfaltet in behutsamer Weise das Ereignis einer ›unmöglichen Liebe‹ zwischen einer jungen Frau und einem alternden Mann. Alles in dieser Geschichte ist unauffällig, passiert ohne große Worte. Kettenbach erzählt in einer eigenartigen Mischung von Sprödigkeit und Zartheit, von Humor und Melancholie, aber immer auf erregende Art glaubwürdig. Es ist ein Buch über die Trauer des Alterns, ein Buch über das Sterben, aber in erster Linie doch wohl ein Buch über das Lieben in einer Zeit, die das große Gefühl verbietet, auch wenn sie von Toleranz und Freiheit spricht.« *Neue Zürcher Zeitung*

»Ein Meisterstück – Patricia Highsmith hätte es nicht besser gemacht.« *Die Zeit, Hamburg*

Schmatz
oder Die Sackgasse

Roman

Uli Wehmeier, Texter in einer Werbeagentur, gerät – scheinbar unaufhaltsam – in eine bedrohliche Lage, sein ganzes Leben ist in Frage gestellt. Seine Frau erträgt die Besessenheit, mit der er sich in seine Arbeit kniet, nicht mehr. In der Agentur fühlt er sich durch die Schikanen des neuen Creative Directors Nowakowski immer stärker eingeengt und abgewürgt. Wehmeier reagiert auf seine Art, er spielt mit dem Gedanken an einen Mord, als könne er so die Bedrohung seiner Existenz abwehren.

»Wie gut, daß es noch immer Autoren gibt, die uns nicht mit wohlgemeinten Belehrungen zu traktieren gedenken, sondern auf die einsambefeuernden Erzählkünste vertrauen...«
Süddeutsche Zeitung, München

Der Pascha

Roman

»Ich habe eine merkwürdige Beobachtung gemacht.« Damit beginnt Martin Marquardts Abenteuer, eine lebensgefährliche Expedition zur Erforschung der Wahrheit. Ist es wahr, daß seine Geliebte ihm die Treue hält, die er von ihr ebenso wie von seiner Ehefrau fordert? Oder betrügen ihn beide? Der Computer-Fachmann Marquardt versucht immer bedenkenloser, sich Gewißheit zu verschaffen. Als die beiden Frauen sich gegen seinen Herrschaftsanspruch solidarisieren, gerät der Pascha aus dem Dreiecksverhältnis, in dem es sich für ihn so behaglich leben ließ, unversehens in einen tödlichen Zweifrontenkrieg.

»...sehr exakt, richtig bis ins letzte Detail.«
Neue Zürcher Zeitung

Der Feigenblattpflücker

Roman

Faber ist freier Feuilletonjournalist. Aber insgeheim sehnt er sich danach, auch einmal politische Schlagzeilen zu machen. Nebenbei arbeitet er als Lektor für einen kleinen Verlag, und eines Tages gerät ihm ein Manuskript in die Hände, das verdächtig nach einem Schlüsselroman aussieht: Da packt einer aus, ein Insider der politischen Szene, und berichtet Skandalöses über die allerhöchsten Regierungskreise. Wer rechnet hier mit wem ab? Jemand, der in eine üble Abtreibungsgeschichte verwickelt war. Der vermutlich im Dunstkreis einer gewissen Landeshauptstadt zu finden ist. Eine Veröffentlichung und Entlarvung wäre politischer Sprengstoff...

»Eine kenntnisreich geschriebene Story aus dem Polit- und Journalistenmilieu; das darf man erwarten von einem, der seit vielen Jahren als Journalist tätig ist. Ein

Roman, der alle Qualitäten hat: temporeich geschrieben, spannend, anregend für den Geist.«
Thomas Kropf/Neue Zürcher Zeitung

Davids Rache

Roman

Sieben Jahre nachdem Oberstudienrat Christian Kestner eine Reise nach Georgien unternommen hat, wird er von den damaligen Ereignissen wieder eingeholt: In Georgien herrscht mittlerweile Bürgerkrieg. David Ninoschwili, einst sein Gastgeber, kündigt seine Ankunft im Westen an. Nach den Regeln georgischer Gastfreundschaft wird er bei dem wohnen, den er damals bewirtet hat: bei Kestner. Die Familie reagiert mit offener Ablehnung. Nur für zwei, drei Wochen, versichert Kestner – und hat sich gründlich getäuscht. Denn der Georgier entwickelt undurchsichtige Aktivitäten und große Sympathie für Kestners Frau. Die Phantasie des Oberstudienrats beginnt zu blühen, er fängt an, den Fremdling zu beschatten und gegen ihn zu intrigieren...

Die Schatzgräber

Roman

Kaum vorstellbar, daß Großonkel Wilhelm und Opa Heinrich, zwei biedere Kleinbürger, anno 1928 einen Bankraub begangen haben sollen. Aber Onkel Leo, der leider meist einzige Mann in Maria Mendels Leben, behauptet steif und fest, daß unter einem Pflaumenbaum die damals geraubten Goldbarren vergraben seien. Onkel Leo ist ein hinreißender Geschichtenerzähler, doch diese Erzählung vom Familienschatz ärgert Maria so sehr, daß sie sich auf die Suche macht. Sie möchte den Mythos vom ungehobenen Schatz, die alten Geschichten von Schuld, Versäumnissen und verpaßten Gelegenheiten aus der Welt schaffen – und gerät dabei in einen Strudel tragikomischer Ereignisse, die ihr Leben ziemlich auf den Kopf stellen.

»Kettenbachs Roman über den Unterschied von Wahrnehmung und Wirklichkeit ist pure Erzähllust voll sanfter Eindringlichkeit, ein Schatz, den im Buchladen zu heben sich lohnt.« *Die Woche, Hamburg*

Grand mit vieren

Roman

Paris, Mitte der siebziger Jahre. Während der internationalen Konferenz zur Bekämpfung des Terrorismus wird der Journalist Claus Delvos in seinem Hotelzimmer durch eine Bombe getötet. Warum mußte er sterben? Wurde er Opfer einer Verwechslung? Was sind die Hintergründe der Tat? Je länger Peter Grewe, Kollege und Freund von Delvos, der Sache nachgeht, desto tiefer gerät er in den Sumpf von Bonner Politmachenschaften. Und desto mehr verstrickt er sich in den Fängen des vermeintlich schwachen Geschlechts.

»Kettenbach ist der einzige deutsche Autor, der das Kunststück der Meister des internationalen Kriminalromans zuwege bringt: dem Leser mit unwiderstehlicher Spannung die moralischen Bruchstellen, das untergründige Rumoren seiner Zeit und Gesellschaft bewußtzumachen.«
Gerhard Beckmann / Die Welt, Berlin

»Hans Werner Kettenbach gehört zu den wenigen renommierten deutschen Kriminalautoren.«
Thomas Hauschild / Westdeutscher Rundfunk, Köln

Glatteis

Roman

Ausgerechnet beim idyllischen Ferienhäuschen am See stürzt Erika, die attraktive Ehefrau von Tiefbauunternehmer Wallmann, zu Tode. Ein tragischer Unfall, meint die Polizei. Ein fast perfekter Mord – vermutet dagegen der Angestellte Scholten, der einige unschöne Details aus dem Eheleben der Wallmanns kennt. Er stellt auf eigene Faust Nachforschungen an, nicht ahnend, daß er sich dabei auf gefährliches Glatteis begibt.

»Ein meisterhafter Erzähler und einer der wenigen zeitgenössischen deutschen Kriminalromanciers von Rang.« *Ulrich Baron/Rheinischer Merkur, Bonn*

Die Konkurrentin

Roman

Eine sympathische Frau strebt das höchste Amt der Stadt an. Doch sie hat starke Gegner, die versuchen, ihr den Weg zu verlegen. *Die Konkurrentin* ist ein satirischer Politthriller über die Rituale und Taktiken, ohne die in der Demokratie keine Wahlen zu gewinnen sind. Es ist zugleich ein ergreifender Roman über den Konflikt zweier ungleicher Schwestern und damit die Erinnerung an ein dramatisches Kapitel deutscher Geschichte.

»Kettenbach erweist sich als glänzender Erzähler im schmierigen Brackwasser von Machtmißbrauch und Intrigantentum – und sein Roman behandelt auf nachdrückliche Weise den politischen Zeitgeist.«
Landshuter Zeitung